【臺灣現當代作家
研究資料彙編】19

柏　楊

國立台灣文學館
出版

主委序

　　近年來，臺灣文學創作與出版的旺盛能量，可說是國內讀者與華人文化圈有目共睹的事實；然而，文學之花要開得繁麗燦爛，除了借助作家們豐沛文思的澆灌，亦需仰賴評論者的慧眼與文學史料的積累。是以，國立臺灣文學館「臺灣現當代作家研究資料彙編計畫」第二輯的出版，格外令人振奮。

　　為具體展現臺灣現當代文學的發展與既有研究成果，奠定詳實、深入的臺灣文學史料基礎，國立臺灣文學館於 2010 年規劃並執行「臺灣現當代作家研究資料彙編計畫」，秉持堅毅而勤懇的馬拉松精神，在卷帙繁浩的文獻史料中梳理 50 位臺灣現當代重要作家的生平資料、年表、評論文章，各自彙編成冊，以期呈現作家完整的存在樣貌、歷史地位與影響。此計畫首先在 2011 年完成第一階段，包括賴和等 15 位作家的研究資料彙編，歷經將近一年的悉心耕耘，在眾人引頸期盼中，於 2012 年春天再度推出 12 位臺灣文學前輩作家：張我軍、潘人木、周夢蝶、柏楊、陳千武、姚一葦、林亨泰、聶華苓、朱西甯、楊喚、鄭清文、李喬的研究資料彙編。

　　這群主要出生於 1920 年代的作家，雖然時間座標相近，然因歷史軌跡、時代局勢與身處地域的殊異，而演繹出不同的生命敘事；無論成長於日治時期的臺灣，或是在 1949 年前後由中國大陸渡海來臺者，他／她們窮畢生之力，筆耕不輟，在詩、散文、小說、戲劇、兒童文學、文學評論等方面作出貢獻，共同形塑出臺灣文學紛繁多姿的面貌。

　　由於有執行團隊地毯式蒐羅及嚴謹考證，加上多位專家學者的戮力協助，我們才能懷抱欣喜之情，向讀者推介這一套深具實用價值的臺灣文學工具書，提供國內外關心、研究臺灣文學發展者參考使用；我們期待以此為基礎，滋養臺灣文學綻放出更為璀璨亮麗的花朵。

行政院文化建設委員會主任委員　龍應台

館長序

　　作家是文學的創作主體，他在哪些主客觀因素的影響下，走上了寫作之路？寫出了什麼樣的作品？而這些作品，究竟對應著什麼樣的心靈狀態以及變動中的客觀環境？一般所說的作家研究，即是要解答這些問題。進一步說，他和同時代，或同世代的其他作家之所作，存有什麼樣的異同？和前行代的作家之所作，又有什麼樣的繼承與創新？這些則是有關文學史性質的討論。著名的、重要的作家，從其自身的文學表現，到文壇地位，到文學史的評價，是一個值得全方位開挖的寶庫。

　　現當代臺灣文學的討論，原本只在文壇發生，特別是在文藝性質的傳媒上，以書評、詩話、筆記、專訪等方式出現；隨著這個文學傳統形成且日愈豐厚，出版市場日漸活絡，媒體編輯也專業化了，於是我們看到了各種形式的作家專（特）輯，介紹、報導且評論他的人和文學，而如何介紹？如何報導？如何評論？所形成的諸多篇章形式，竟也逐漸規範化：包括小傳、年表、著譯書目（提要）；人和作品的總論、分期和分類的作品群論、單一作品集和個別獨立文本的個論；其他更有比較分析，或與他人合論等，都有相對比較嚴謹的學術要求。

　　將臺灣現當代作家的研究資料加以彙編，應是文壇及學界很多人的期待。2010 年，在《臺灣現當代作家評論資料目錄》（16 開，8冊）的基礎上，國立臺灣文學館再度委託臺灣文學發展基金會組成

顧問群及工作小組，進行《臺灣現當代作家研究資料彙編》的工作，準備出版 50 位作家的研究資料彙編（一人一冊），第一批計 15 冊於 2011 年 3 月出版，包含賴和、吳濁流、梁實秋、楊逵、楊熾昌、張文環、龍瑛宗、覃子豪、紀弦、呂赫若、鍾理和、琦君、林海音、鍾肇政、葉石濤。我仔細看過承辦單位的期中、期末報告書，從其中的工作手冊、顧問會議的紀錄等，可以看出承辦諸君是如何的敬謹任事。

　　現在，第二批 12 冊也將出版，他們是：張我軍、潘人木、周夢蝶、柏楊、陳千武、姚一葦、林亨泰、聶華苓、朱西甯、楊喚、鄭清文、李喬。由於有工作小組執行資料的蒐集整理，且又由對該作家嫻熟者主編，各書都相當完整，所選刊的評論文章皆極富參考價值；我個人特別喜歡包含影像、手稿、文物的輯一「圖片集」，以及輯三的「研究綜述」，前者頗有一些珍品，後者概括性強，值得參考。這是臺灣文學研究界的大事，相信有助於這個學科的擴大和深化。

國立臺灣文學館館長　李瑞騰

編序

◎封德屏

緣起

　　1995 年 10 月 25 日，在臺灣師範大學教育大樓的 201 室，一場以「面對臺灣文學」為題的座談會，在座諸位學者分別就臺灣文學的定義、發展、研究，以及文學史的寫法等，提出宏文高論，而時任國家圖書館編纂張錦郎的「臺灣文學需要什麼樣的工具書」，輕鬆幽默的言詞，鞭辟入裡的思維，更贏得在座者的共鳴。

　　張先生以一個圖書館工作人員自謙，認真專業地為臺灣這幾十年來究竟出版了多少有關臺灣文學的工具書，做地毯式的調查和多方面的訪問。同時條理分明地針對研究者、學生，列出了十項工具書的類型，哪些是現在亟需的，哪些是現在就可以做的，哪些是未來一步一步累積可以達成的，分別做了專業的建議及討論。

　　當時的文建會二處科長游淑靜，參與了整個座談會，會後她劍及履及的開始了文學工具書的委託工作，從 1996 年的《臺灣文學年鑑》起始，一年一本的編下去，一直到現在，保存延續了臺灣文學發展的基本樣貌。接著是《中華民國作家作品目錄》的新編，《臺灣文壇大事紀要》的續編，補助國家圖書館「當代文學史料影像全文系統」的建置，這些工具書、資料庫的接續完成，至少在當時對臺灣文學的研究，做到一些輔助的功能。

　　2003 年 10 月，籌備多年的「台灣文學館」正式開幕運轉。同年五月《文訊》改隸「財團法人台灣文學發展基金會」，為了發揮更大的動能，

開始更積極、更有效率地將過去累積至今持續在做的文學史料整理出來，讓豐厚的文藝資源與更多人共享。

於是再次的請教張錦郎先生，張先生認為文學書目、作家作品目錄、文學年鑑、文學辭典皆已完成或正在進行，現在重點應該放在有關「臺灣現當代作家評論資料目錄」的編輯工作上。

很幸運的，這個計畫的發想得到當時臺灣文學館林瑞明館長的支持，於是緊鑼密鼓的展開一切準備工作：籌組編輯團隊、召開顧問會議、擬定工作手冊、撰寫計畫書等等。

張錦郎先生花了許多時間編訂工作手冊，每一位作家的評論資料目錄分為：

（一）生平資料：可分作者自述，旁人論述及訪談，文學獎的紀錄。

（二）作品評論資料：可分作品綜論，單行本作品評論，其他作品（包括單篇作品）評論，與其他作家比較等。

此外，對重要評論加以摘要解說，譬如專書、專輯、學術會議論文集或學位論文等，凡臺灣以外地區之報刊及出版社，於書名或報刊後加註，如中國大陸、香港、新加坡等。此外，資料蒐集範圍除臺灣外，也兼及中國大陸、香港、新加坡、日本、韓國及歐美等地資料，除利用國內蒐集管道外，同時委託當地學者或研究者，擔任資料蒐集工作。

清楚記得，時任顧問的學者專家們，都十分高興這個專案的啟動，但確定收錄哪些作家名單時，也有不同的思考及看法。經過充分的討論後，終於取得基本的共識：除以一般的「文學成就」為觀察及考量作家的標準外，並以研究的迫切性與資料獲得之難易度為綜合考量。譬如說，在第一階段時，作家的選擇除文學成就外，先考量迫切性及研究性，迫切性是指已故又是日治時期臺籍作家為優先，研究性是指作品已出土或已譯成中文為優先。若是作品不少而評論少，或作品評論皆少，可暫時不考慮。此外，還要稍微顧及文類的均衡等等。基本的共識達成後，顧問群共同挑選出 310 位作家，從鄭坤五、賴和、陳虛谷以降，一直到吳錦發、陳黎、蘇

偉貞，共分三個階段進行。

　　張錦郎先生修訂的編輯體例，從事學術研究的顧問們，一方面讚嘆「此目錄必然能成為類似文獻工作的範例」，但又深恐「費力耗時，恐拖延了結案時間」，要如何克服「有限時間，高度理想」的編輯方式，對工作團隊確實是一大挑戰。於是顧問們群策群力，除了每人依研究領域、研究專長認領部分作家外（可交叉認領），每個顧問亦推薦或召集研究生襄助，以期能在教學研究工作外，為此目錄盡一份心力。

　　「臺灣現當代作家評論資料目錄」專案計畫，自 2004 年 4 月開始，至 2009 年 10 月結束，分三個階段歷時五年六個月，共發現、搜尋、記錄了十餘萬筆作家評論資料。共經歷了三位專職研究助理，近三十位兼任研究助理。這些研究助理從開始熟悉體例，到學習如何尋找資料，是一條漫長卻實用的學習過程。

接續

　　「臺灣現當代作家評論資料目錄」的專案完成，當代重要作家的研究，更可以在這個基礎上，開出亮麗的花朵。於是就有了「臺灣現當代作家研究資料彙編暨資料庫建置計畫」的誕生。為了便於查詢與應用，資料庫的完成勢在必行，而除了資料庫的建置外，這個計畫再從 310 位作家中精選 50 位，每人彙編一本研究資料，內容有作家圖片集，包括生平重要影像、文學活動照片、手稿及文物，小傳、作品目錄及提要、文學年表。另外每本書分別聘請一位最適當的學者或研究者負責編選，除了負責撰寫五千至一萬字的作家研究綜述外，再從龐雜的評論資料中挑選具有代表性的評論文章，全文刊載，平均 12～14 萬字，最後再附該作家的評論資料目錄，以期完整呈現該作家的生平、創作、研究概況，其歷史地位與影響。

　　由於經費及時間因素，除了資料庫的建置，資料彙編方面，50 位作家分三個階段完成。第一階段出版了 15 位作家，此次第二階段出版了 12 位作家的資料彙編。體例訂出來，負責編選的學者專家名單也出爐了，於是

展開繁瑣綿密的編輯過程。一旦工作流程上手，才知比原本預估的難度要高上許多。

首先，必須掌握每位編選者進度這件事，就是極大的挑戰。於是編輯小組在等待編選者閱讀選文的同時，開始蒐集整理作家生平照片、手稿，重編作家年表，重寫作家小傳，尋找作家出版品的正確版本、版次，重新撰寫提要。這是一個極其複雜的工程。還好有認真負責的宇霈、雅嫻、寠婷，以及編輯老手秀卿幫忙，讓整個專案維持了不錯的品質及進度。

在智慧權威、老練成熟的學者專家面前，這些初生之犢的年輕助理展現了大無畏的精神，施展了編輯教戰手冊中的第一招——緊迫盯人。看他們如此生吞活剝地貫徹我所傳授的編輯要法，心裡確實七上八下，但礙於工作繁雜，實在無法事必躬親，也只好讓他們各顯身手了。

縱使這些新手使出了全部力氣，無奈工作的難度指數仍然偏高，雖有第一階段的經驗，但面對不同的編選者，不同的編選風格，進度仍然不很順利，再加上整個進度掌控者雅嫻遭逢車禍意外，臥病月逾，工作小組更是雪上加霜。此時就得靠意志力及精神鼓舞了。我對著年輕的同仁曉以大義，告訴他們正在光榮地參與一個重要的文學工程，絕對不可輕言放棄。

成果

雖然過程是如此艱辛，如此一言難盡，可是終究看到豐美的成果。每位編選者雖然忙碌，但面對自己負責的作家資料彙編，卻是一貫地認真堅持。他們每人必須面對上千或數百筆作家評論資料，挑選重要或關鍵性的評論文章，全面閱讀，然後依照編選原則，挑選評論文章。助理們此時不僅提供老師們所需要的支援，統計字數，最重要的是得找到各篇選文作者，取得同意轉載的授權。在第一階段進度流程初估時，我們錯估了此項工作的難度，因為許多評論文章，發表至今已有數十年的光景，部分作者行蹤難查，還得輾轉透過出版社、學校、服務單位，尋得蛛絲馬跡，再鍥而不捨地追蹤。有了第一階段的血淚教訓，第二階段關於授權方面，我們

更是如臨深淵、如履薄冰，希望不要重蹈覆轍。

　　除了挑選評論文章煞費苦心外，每個作家生平重要照片，我們也是採高標準的方式去蒐集，過世作家家屬、友人、研究者或是當初出版著作的出版社，都是我們徵詢的對象。認真誠懇而禮貌的態度，讓我們獲得許多從未出土的資料及照片，也贏得了許多珍貴的友誼。遠在中國大陸的張我軍的長子張光正；潘人木的女兒黨英台及在她身後一直持續整理她的遺作及資料的周慧珠；陳千武的長子陳明台、後輩友人吳櫻；姚一葦的女兒姚海星；林亨泰女兒林巾力、兒子林于竝；遠在美國的聶華苓、女兒王曉藍；朱西甯的夫人劉慕沙、女兒朱天文；住得很近卻常常被我們打擾的鄭清文、女兒鄭谷苑；在苗栗的李喬，以及幫了很多忙的許素蘭……，我們和他們一起回憶、欣賞他們或父祖、前輩，可敬可愛的文學人生。

　　研究綜述部分，許俊雅敘述在中研院臺史所楊雲萍數位典藏建置完成後，她才讀到一封 1946 年 5 月 12 日張我軍在上海給楊雲萍的一封信，不僅感受到一位離家 20 年的臺灣遊子，熱切盼望返鄉的心情，也印證了張我軍與楊雲萍早在 1920 年代相識，1943 年再度於京都相逢。林武憲在〈縱橫於小說創作與兒童文學之間〉一文中，對潘人木研究資料的謬誤提出細部的更正及檢討，對她小說創作、兒童文學的貢獻及價值再度給予肯定；曾進豐寫周夢蝶，已超越一個學者的研究論述，情動於中而發為文，情理交融，令人動容。

　　林淇瀁論柏楊，短短一萬字，對其豐富的創作類型、多樣的文風、浩瀚如海的研究概述，鞭辟入裡；阮美慧揭示陳千武一生的文學志業及作品精神樣貌，讓陳千武那種質樸、更貼近普羅大眾語言風格的特殊價值彰顯出來；王友輝將姚一葦的研究分為「人、文、理、育」四方面來檢視、探索的同時，也充分顯示姚一葦一生春風化雨、提攜後進，並專注尋找自己創作和研究上新出路的特質。

　　呂興昌在〈林亨泰研究綜論〉中，特別舉出劉紀蕙〈銀鈴會與林亨泰的日本超現實淵源與知性美學〉一文所言：紀弦為林亨泰提供延續銀鈴會

現代運動的管道，而林亨泰則成為紀弦發展現代派的支柱，此觀察「可謂機杼別出，言人之所未言」；應鳳凰將聶華苓研究的三個時期，與聶華苓文學事業的三個時期，相互呼應與比較，也凸顯了聶華苓研究領域幅員遼闊，有待來者；陳建忠開宗明義即謂「朱西甯及其文學在臺灣當代文學史上的定位，仍有待重估」，當抽絲剝繭的評析朱西甯研究不同的研究路徑後，期待「朱西甯研究的進展，也實在到了朝更有彈性而務實的方向轉變的時機」。

須文蔚在〈唱出土地與人們心聲的能言鳥——臺灣當代楊喚研究資料評述〉一開始，就將 24 歲楊喚遇難當天驚悚的故事錄下，從此許多年輕早慧的心靈中，在閱讀楊喚天才的、靈巧的詩篇同時，也都記得了詩人早夭與不幸的命運。楊喚留下的作品不多，須文蔚認為他的作品得以傳世，除了友人的幫忙與努力，楊喚真誠的創作與動人的人格，應該是另一項重要的原因；李進益寫鄭清文，一句「他所有作品都在寫臺灣」，道盡鄭清文一生創作，所描繪與建構的文學世界，正是來自他立足的臺灣；彭瑞金在細分李喬研究概述後，輕輕帶上一筆「欲知李喬文學究竟，得閱讀近千萬字文獻」，真實反映出李喬評論及創作的豐盛，但他最終希望選文能「掌握李喬創作脈絡，反映李喬各階段的重要作品成果」。

1987 年 7 月臺灣解嚴，臺灣文學研究的風潮日漸蓬勃。1990 年 4 月 23 日，《民眾日報》策劃「呂赫若專輯」，標題為〈呂赫若復出〉；1991 年前衛出版社林文欽出版「臺灣作家全集・短篇小說卷・日據時代」；1997 年自真理大學開始，臺灣文學系所紛紛成立，臺灣文學體制化的脈動，鼓舞了學院師生積極從事日治時期臺灣文學史料的蒐集。這股風潮正如陳萬益所言，不只是文獻的出土，也是一種心態的解嚴，許多日治時期作家及其家屬，終於從長期禁錮的氛圍中解放。許俊雅認為，再加上當初以日文創作的作家作品，也在 1990 年代後被逐漸翻譯出來，讀者、研究者在一個開放的空間，又免除語文的障礙，而使臺灣文學研究開始呈現多元的風貌。

1990 年開始，各地縣市文化中心（文化局），對在地作家作品集的整理出版，以及台灣文學館成立後對日治時期作家以迄當代重要作家全集的編纂，對臺灣文學之作家研究，也有了很好的促進作用。《龍瑛宗全集》、《吳新榮選集》、《呂赫若日記》、《楊逵全集》、《葉石濤全集》、《鍾肇政全集》，如雨後春筍般持續展開。「臺灣意識」的興起，使本土文學傳統快速的納入出版與研究行列。

經過近二十年的努力，臺灣文學的研究與出版，也到了可以驗收或檢討成果的階段。這個說法，當然不是要停下腳步，而是可以從「臺灣現當代作家評論資料目錄」所呈現的 310 位作家、10 萬筆資料中去檢視。檢視的標的，除了從作家作品的質量、時代意義及代表性去衡量外、也可以從作家的世代、性別、文類中，去挖掘還有待開墾及努力之處。因此在這樣的堅實基礎上，這套「臺灣現當代作家研究資料彙編」，每位編選者除了概述作家的研究面向外，均有些觀察與建議。希望就已然的研究成果中，去發現不足與缺憾，研究者可以在這些不足與缺憾之處下功夫，而盡量避免在相同議題上重複。當然這都需要經過一段時間、去發現、去彌補，因此，有關臺灣文學研究的調查與研究，就格外顯得重要了。

期待

感謝台灣文學館持續支持推動這兩個專案的進行。「臺灣現當代作家評論資料目錄」的完成，呈現的是臺灣文學研究的總體成果；「臺灣現當代作家研究資料彙編」套書的出版，則是呈現成果中最精華最優質的一面，同時對未來的研究面向與路徑，做最好的建議。我們可以很清楚的體會，這是一條綿長優美的臺灣文學接力賽，我們十分榮幸能參與其中，我們更珍惜在傳承接力的過程，與我們相遇的每一個人，每一件讓我們真心感動的事。我們更期待這個接力賽，能有更多人加入。誠如張恆豪所說「從高音獨唱到多元交響」，這是每一個人所期待的。

編輯體例

一、本書編選之目的，爲呈現柏楊生平、著作及研究成果，以作爲臺灣文學相關研究、教學之參考資料。

二、全書共五輯，各輯內容及體例說明如下：

　　輯一：圖片集。選刊作家各個時期的生活或參與文學活動的照片、著作書影、手稿（包括創作、日記、書信）、文物。

　　輯二：生平及作品，包括三部分：

　　　　1.小傳：主要內容包括作家本名、重要筆名，生卒年月日，籍貫，及創作風格、文學成就等。

　　　　2.作品目錄及提要：依照作品文類（論述、詩、散文、小說、劇本、報導文學、傳記、日記、書信、兒童文學、合集）及出版順序，並撰寫提要。不收錄作家翻譯或編選之作品。大陸出版品僅收臺灣未出版者。

　　　　3.文學年表：考訂作家生平所進行的文學創作、文學活動相關之記要，依年月順序繫之。

　　輯三：研究綜述。綜論作家作品研究的概況，並展現研究成果與價值的論文。

　　輯四：重要文章選刊。選收國內外具代表性的相關研究論文及報導。

　　輯五：研究評論資料目錄。收錄至 2011 年 6 月底止，有關研究、論述臺灣現當代作家生平和作品評論文獻。語文以中文爲主，兼及日文和英文資料。所收文獻資料，以臺灣出版爲主，酌收中國大陸、香港、日本和歐美國家的出版品。內容包含三部分：

　　　　1.「作家生平、作品評論專書與學位論文」下分爲專書與學位論文。

　　　　2.「作家生平資料篇目」下分爲「自述」、「他述」、「訪談」、「年表」、「其他」。

　　　　3.「作品評論篇目」下分爲「綜論」、「分論」、「作品評論目錄、索引」、「其他」。

目次

輯一◎圖片集
影像◎手稿◎文物

1946年，柏楊自東北大學畢業。（柏楊／提供，轉載自《這個人‧這個島──柏楊人權感恩之旅》，遠流出版公司）

1949年，柏楊（右）初到臺灣，與鄒族少女合影於日月潭。（柏楊文物館提供）

柏楊（右）與作家張雪茵合影，攝影年分不詳。（柏楊文物館提供）

1950年代，柏楊（左三）擔任中國青年寫作協會總幹事，陪同作家參訪
澎湖漁村。左二為楊群奮，右一為覃子豪。（柏楊文物館提供）

1955年，柏楊留影於阿里山車站，時任中國青年寫作協會總幹事，陪同
作家參訪阿里山。（柏楊文物館提供）

柏楊（右）與轟華苓（中）、王正路（左）夫婦
合影於基隆外海的中程軍艦上，攝影年分不詳。
（柏楊文物館提供）

1976年，柏楊（右）被軟禁期間，么女郭本明（中）
在友人羅祖光（左）陪同下，至綠島探視父親。
（柏楊／提供，轉載自《這個人・這個島──柏楊人
權感恩之旅》，遠流出版公司）

1978年2月4日，出獄甫滿一年的柏楊與張香華結婚，證婚
人為余紀忠。左起：余紀忠、張香華、柏楊、陶希聖。
（柏楊文物館提供）

1978年7月，柏楊至松山機場迎接孫觀漢返臺，兩人首次相會。左起：陳麗真、達義、梁上元、孫觀漢、郭本明、張香華、柏楊、羅祖光。（柏楊／提供，轉載自《柏楊回憶錄》，遠流出版公司）

1984年，柏楊、張香華夫婦受邀參加「愛荷華國際作家寫作計畫」。前排左起：王曉藍、柏楊、Paul Engle（保羅‧安格爾）、聶華苓、林懷民；後排左起：徐遲、諶容、張香華、李歐梵。（柏楊文物館提供）

1984年，柏楊夫婦合影於美國愛荷華公園溪畔。
（柏楊文物館提供）

1987年3月7日，柏楊（左一）應香港電臺邀請，擔任「開卷有益」頒獎典禮嘉賓。張敏儀（左二）致贈「香港人眼中的柏楊」紅色橫長條幅予柏楊。（柏楊／提供，轉載自《這個人‧這個島——柏楊人權感恩之旅》，遠流出版公司）

1988年11月，柏楊夫婦返鄉探親，於西安參觀紅鬃鬣馬。左起：汪炎、柏楊、犁青、卡桑、張香華。（翻攝自《家園》，林白出版社）

1993年3月7日，柏楊出席遠流出版公司舉辦的「柏楊日」活動，慶祝生日及《柏楊版資治通鑑》全書問世。左起：柏楊、張香華、王榮文。（柏楊／提供，轉載自《柏楊回憶錄》，遠流出版公司）

1993年9月15日，柏楊（右）與老友徐天祥於北京重逢。（柏楊／提供，轉載自《柏楊回憶錄》，遠流出版公司）

1994年3月13日，柏楊（左一）應邀重返綠島拍攝臺視「臺灣風雲」節目，於綠島賓館中，解說綠島指揮部及國防部感訓監獄位置。（柏楊／提供，轉載自《柏楊回憶錄》，遠流出版公司）

1996年12月6日，柏楊擔任臺灣師範大學駐校作家時出席座談活動。
左起：張素貞、張香華、柏楊、陳芳明、莊萬壽、許俊雅。（柏楊
文物館提供）

1997年9月25日，柏楊應邀出席《文訊》
「文藝資料研究及服務中心」重新開幕
酒會並致詞。（文訊資料室）

1998年12月，柏楊應邀參加綠島人權紀念碑揭碑典禮。左二起：柏
楊、王昶雄、張香華。（王奕心提供）

1999年6月，柏楊應邀出席香港大學亞洲研究中心舉辦的「柏楊思想與文學國際學術研討會」。左起：王榮文、唐德剛、柏楊、陳宏正、潘耀明。（柏楊／提供，轉載自《這個人‧這個島——柏楊人權感恩之旅》，遠流出版公司）

1999年12月30日，眾文友於文訊雜誌社合影。前排左起：李瑞騰、隱地、柏楊、張默；後排左起：何寄澎、陳義芝、王國良、封德屏、陳信元、吳興文、林水福。（文訊資料室）

2000年3月4日，人權教育基金會與遠流出版社聯合舉行柏楊八十大壽壽宴。前排左起：張香華、柏楊、艾迺美（外孫女）、郭本明（么女）、孫觀漢；後排左起：郭本桓（長子）、齊怡（長媳）、郭本城（次子）、郭迺中（孫子）、尚麗靜（外孫女）、劉麗鳳（次媳）、郭素萍（長女）、崔渝生（次女）、林蔚文、曹長安（次女婿）、林蔚川。（柏楊／提供，轉載自《這個人·這個島——柏楊人權感恩之旅》，遠流出版公司）

2002年7月19日，柏楊夫婦（中、右）與潘耀明合影於香港「《中國人，活得好沒有尊嚴》新書發表會」。（柏楊文物館提供）

2002年12月26日，柏楊獲行政院文化獎。左起：陳郁秀、游錫堃、柏楊、張香華。（柏楊／提供，轉載自《這個人·這個島——柏楊人權感恩之旅》，遠流出版公司）

2003年，應邀出席文訊雜誌社舉辦「第五屆五四文藝雅集」。左起：丘秀芷、王榮文、廖咸浩、初安民、楊牧、曹又方、劉源俊、柏楊、馬英九、朱立倫、林良、廖炳惠、阿盛、陳信元、唐捐、桂文亞、柯慶明。（文訊資料室）

2003年10月13日，柏楊（中）出席「柏楊劇場」電視單元劇「蓮」首映會，該劇場由李行（右）策劃監製。（柏楊／提供，轉載自《這個人‧這個島——柏楊人權感恩之旅》，遠流出版公司）

2004年10月15日，柏楊獲「二等卿雲勳章」，
與獲獎文友合影於總統府。左起：葉石濤、鍾
肇政、柏楊、陳水扁、琦君、齊邦媛。（總統
府網站提供）

2005年，柏楊（左）與其報導文學作品〈穿山甲人〉的主角張四
妹合影。（柏楊／提供，轉載自《這個人‧這個島──柏楊人權
感恩之旅》，遠流出版公司）

2005年，柏楊（左）與張香華合影。（柏楊／提
供，轉載自《這個人‧這個島──柏楊人權感
恩之旅》，遠流出版公司）

2006年12月12日，柏楊（前排左二）獲臺南大學名譽教育博士學位，
學位授予典禮於新店花園新城柏楊自宅舉行。（柏楊文物館提供）

2007年3月7日，柏楊（右）與臺南大學校長黃政傑合影於「祝賀柏楊
八八米壽暨《重返異域》、《柏楊品三國》新書發表會」。（柏楊
文物館提供）

柏楊致孫觀漢信函。（柏楊文物館提供）

柏楊致次女崔渝生信函。（柏楊文物館提供）

柏楊〈軍法再審抗告狀〉手稿。（柏楊文物館提供）

待晴日奇書看
罷臥小窗午睡
聽黃鶯
　詞一句贈香華
柏楊
二〇〇三
三月

柏楊〈詞一句贈香華〉手稿。（柏楊文物館提供）

千言萬語，只兩句話：做一
但有尊嚴，也尊重別人尊
嚴的人，做一個有誠信，也有
能力包容別人的人！
我們攜手共勉！
二〇〇三，台北，
柏楊

柏楊手跡。（柏楊文物館提供）

輯二◎生平及作品
小傳◎作品◎年表

小傳

　　柏楊，男，本名郭定生，改名郭立邦，後又改名郭衣洞，另有筆名鄧克保，籍貫河南輝縣，1920 年生於河南開封，1949 年來臺，2008 年 4 月 29 日辭世，享年 88 歲。

　　四川東北大學政治系畢業。二戰時曾參加軍事委員會戰時工作幹部人員訓練團、三民主義青年團。戰後赴瀋陽，任遼東文法學院政治系副教授、中央陸軍軍官學校第三訓練班教官，並籌辦《大東日報》。來臺後，曾任屏東農業學校人事管理員，1950 年因「收聽匪區廣播」被判刑六個月，出獄後曾任臺南工學院附設工業學校教員、南投草屯初中教員、國際青年歸主協會函授學校教師、臺北縣樹林中學教員、中國青年反共救國團文教組副組長、中國青年寫作協會總幹事、成功大學副教授、《自立晚報》副總編輯、臺灣藝術專科學校兼任教授，並在 1961 年創辦「平原出版社」。1968 年，因「共產黨間諜」及「打擊國家領導中心」罪名被司法行政部調查局逮捕入獄。1977 年出獄後曾任中國大陸問題研究中心研究員、人權教育基金會董事長、國際特赦組織中華國總會會長、總統府國策顧問。曾獲時報文學推薦獎、國際桂冠詩人獎、臺灣十大男人金像獎、中國民主傑出人士獎、臺美基金會人才成就獎、全球中華文化藝術薪傳獎、行政院文化獎等獎項。

　　柏楊創作文類眾多，包括論述、詩、散文、小說、傳記、報導文學等。論者多將其來臺半世紀歲月劃分爲「十年小說、十年雜文、十年牢獄、十年通鑑、十年人權」。戰後初期，柏楊以小說創作爲主，背景從東北至臺灣，主題自反共至知識分子的疏離、貧窮與困頓，皆以寫實手法刻劃動盪時代下的悲苦人物，而以鄧克保爲名所寫的《異域》，介於小說與報導文學之間，描寫一批在緬北作戰的孤軍，抗爭求存的悲劇，引起空前關注與迴響。1960 年開始，柏楊於報紙專欄撰寫雜文，以尖銳的筆觸諷刺社會百態，揭露中國的醬缸文化。他的小說和雜文有著一脈相承的批判性，在冷嘲熱諷中指出中國文化的病態及臺灣社會黑暗面，卻也在嘻笑怒罵中隱含悲天憫人的情操。

　　十年牢獄時期，柏楊完成古典詩集《柏楊詩抄》，詩中刻劃監獄中的黑暗面，吐露身繫囹圄的悲苦心情與不畏強權的意志，老練的文字及意境表現出孤高堅苦的風貌，評論家稱爲「真正以血淚凝成的詩集」，且其藝術成就更使柏楊獲得「國際桂冠詩人」的殊榮；此時期亦完成多部歷史著作，以人民爲主體，爲整個中國歷史做了一番詳實的整理。1983 年起，柏楊開始致力於《資治通鑑》的白話翻譯及評論，將史學通俗化，以人權的觀點重新詮釋歷史。晚年積極參與國際特赦組織、人權教育基金會，爲人權而奔走，促成綠島人權紀念碑的建立。柏楊一生著作等身，服膺的是一貫的寫作信念：「不爲帝王唱讚歌，只爲蒼生說人話。」寫作不輟的精神與道德勇氣備受知識分子敬重。

作品目錄及提要

【論述】

星光出版社　　星光出版社
1977　　　　　2000

中國帝王皇后親王公主世系錄（上冊）

臺北：星光出版社
1977 年 12 月，25 開，401 頁
柏楊歷史研究叢書第二部

臺北：星光出版社（增訂六版）
2000 年 11 月，25 開，401 頁
柏楊歷史研究叢書第二部
（改題《中國世系錄》）

本書爲作者彙整歷代帝王、皇后、親王與公主的生卒相關資料而成之工具書，分爲上、下二冊。上冊分爲「序表」、「帝王篇」、「皇位世系篇」三部分，及「附錄一：春秋時代重要封國」、「附錄二：春秋時代次要封國」、「附錄三：邊疆諸國」三篇，正文前有作者〈柏楊歷史研究叢書總序〉。星光六版「帝王篇」新增〈中華民國〉、〈中華人民共和國〉，新增「附錄四：鄰邦」。

星光出版社　　星光出版社
1977　　　　　2000

中國帝王皇后親王公主世系錄（下冊）

臺北：星光出版社
1977 年 12 月，25 開，932 頁
柏楊歷史研究叢書第二部

臺北：星光出版社（增訂六版）
2000 年 11 月，25 開，980 頁
柏楊歷史研究叢書第二部
（改題《中國世系錄》）

本書爲作者彙整歷代帝王、皇后、親王與公主的生卒相關資料而成之工具書，分爲上、下二冊。下冊分爲「皇后篇」、「親王篇」、「公主篇」三部分，及後表〈草莽帝王表〉、〈歷代年號表〉二篇。

星光出版社　　躍昇文化公司

中國歷史年表（上冊）

臺北：星光出版社
1977 年 12 月，32 開，710 頁
柏楊歷史研究叢書第三部

臺北：躍昇文化公司
1994 年 1 月，25 開，685 頁
柏楊書・歷史研究 2

本書為作者編寫中國自神話時代至中華民國期間之
年表工具書，分為上、下二冊。上冊編年從紀元前
「神話時代」至紀元後「五世紀」為止，正文前有
作者〈柏楊歷史研究叢書總序〉。

星光出版社　　躍昇文化公司

中國歷史年表（下冊）

臺北：星光出版社
1977 年 12 月，32 開，1367 頁
柏楊歷史研究叢書第三部

臺北：躍昇文化公司
1994 年 1 月，25 開，1365 頁
柏楊書・歷史研究 2

本書為作者編寫中國自神話時代至中華民國期間之
年表工具書。分為上、下二冊。下冊編年從紀元後
「六世紀」至「二十世紀」為止。

史綱文選

臺北：星光出版社
1979 年 9 月，32 開，265 頁
銀河書系 2

本書摘錄《中國人史綱》之各段精華，編輯而成。全書收錄〈鳥瞰
中國（上）〉、〈鳥瞰中國（下）〉、〈中國人的成長（上）〉、〈中國人的
成長（下）〉、〈蘇妲己〉等 65 篇文章。正文前有林紫耀〈前言〉。

星光出版社
1982

躍昇文化公司
1991

星光出版社
1997

遠流出版公司
2002

中國人史綱（上）

臺北：星光出版社
1982 年 2 月，25 開，480 頁
柏楊歷史研究叢書第一部

臺北：躍昇文化公司
1991 年 8 月，25 開，481 頁
柏楊書・歷史研究 1

臺北：星光出版社（修訂版）
1997 年 11 月，25 開，480 頁
柏楊歷史研究叢書第一部

臺北：遠流出版公司
2002 年 10 月，25 開，592 頁
柏楊歷史研究叢書第 1 部・柏楊精選集 31

本書爲作者於綠島監獄中所著中國通史之上冊。全書分「歷史舞臺」、「神話時代」、「傳說時代」等 19 部分，收錄〈空中・馬上〉、〈河流・湖泊〉、〈山〉、〈沙漠・萬里長城〉、〈城市〉等 141 篇文章。星光修訂版、躍昇版、遠流版正文前有作者〈柏楊歷史研究叢書總序〉。

星光出版社
1982

躍昇文化公司
1991

星光出版社
1997

遠流出版公司
2002

中國人史綱（下）

臺北：星光出版社
1982 年 2 月，25 開，994 頁
柏楊歷史研究叢書第一部

臺北：躍昇文化公司
1991 年 8 月，25 開，995 頁
柏楊書・歷史研究 1

臺北：星光出版社（修訂版）
1997 年 11 月，25 開，994 頁
柏楊歷史研究叢書第一部

臺北：遠流出版公司
2002 年 10 月，25 開，604 頁
柏楊歷史研究叢書第一部・柏楊精選集 32

本書爲作者於綠島監獄中所著中國通史之下冊。全書分「第七世紀」、「第八世紀」、「第九世紀」等 13 部分，收錄〈隋王朝弒父凶案〉、〈楊廣的大頭症〉、〈十八年改朝換代混戰〉、〈中國第二個黃金時代〉、〈唐政府的結構〉等 149 篇文章。

星光出版社
1980

躍昇文化公司
1989

星光出版社
2002

皇后之死第一集

臺北：星光出版社
1980 年 3 月，32 開，237 頁
湖濱讀史札記

臺北：躍昇文化公司
1989 年 4 月，32 開，237 頁
湖濱讀史札記
(改題《姑蘇響鞋》)

臺北：星光出版社（二版）
2002 年 5 月，32 開，237 頁
湖濱讀史札記・柏楊書房 26
(改題《姑蘇響鞋——皇后之死第一集》)

本系列《皇后之死》共三集，匯集作者發表於《臺
灣時報》「湖濱讀史札記」專欄文章，本書收錄 1979
年 6 月至 12 月發表作品，整理西元前 23 世紀到西
元前 2 世紀共 13 位皇后之歷史資料，將中國歷史上
可知的死於非命的皇后做個案研究。全書收錄〈聖
人成名〉、〈一個可憐的女俘〉、〈巢湖末日〉、〈東西
兩大美人〉等 51 篇文章，正文前有作者〈序〉、「引
言」〈帝王知多少〉、〈皇后知多少〉、〈宮廷鬥爭〉。

星光出版社
1981

躍昇文化公司
1989

星光出版社
2002

皇后之死第二集

臺北：星光出版社
1981 年 2 月，32 開，247 頁
湖濱讀史札記

臺北：躍昇文化公司
1989 年 4 月，32 開，265 頁
湖濱讀史札記
(改題《溫柔鄉》)

臺北：星光出版社（二版）
2002 年 5 月，32 開，247 頁
湖濱讀史札記・柏楊書房 27
(改題《溫柔鄉——皇后之死第二集》)

本系列《皇后之死》共三集，匯集作者發表於《臺
灣時報》「湖濱讀史札記」專欄文章，本書整理西元
前二世紀到西元一世紀共九位皇后之歷史資料。全
書收錄〈鬼話・謀略〉、〈北方佳人的故事〉、〈幽魂
的相會〉、〈悼亡賦〉、〈太子寶座空懸〉等 59 篇文
章，正文前有作者〈序〉。

星光出版社
1980

躍昇文化公司
1989

星光出版社
2002

皇后之死第三集

臺北：星光出版社
1982 年 1 月，32 開，271 頁
湖濱讀史札記

臺北：躍昇文化公司
1989 年 4 月，32 開，271 頁
湖濱讀史札記
（改題《長髮披面》）

臺北：星光出版社（二版）
2002 年 5 月，32 開，271 頁
湖濱讀史札記・柏楊書房 28
（改題《長髮披面——皇后之死第三集》）

本系列《皇后之死》共三集，匯集作者發表於《臺灣
時報》「湖濱讀史札記」專欄文章，本書整理西元一
世紀到西元三世紀共 17 位皇后之歷史資料。全書收
錄〈招撫河北〉、〈政治婚姻〉、〈事情終於爆發〉、〈母
子俱廢〉、〈三對姐妹花〉等 63 篇文章。正文前有作
者〈所謂「借古諷今」（代序）〉。

皇后之死

臺北：遠流出版公司
2003 年 12 月，25 開，608 頁
柏楊精選集 35

本書爲《姑蘇響鞋》、《溫柔鄉》、《長髮披面》三書之合訂本。

四季出版公司

學英文化公司

星光出版社

可怕的掘墓人

臺北：四季出版公司
1983 年 5 月，32 開，272 頁
帝王之死第一集

臺北：學英文化公司
1983 年 11 月，32 開，264 頁

臺北：星光出版社
1993 年 11 月，25 開，247 頁

本書匯集作者發表於紐約《中國時報・美洲版》的專
欄文章，整理西元前 24 世紀至西元前 7 世紀共 15 位
皇帝之歷史資料，以生活化的文字敘述，讓讀者容易

閱讀並思考歷史的真相。全書收錄〈雪白的羔羊〉、〈攀梯爬天〉、〈聖人不是聖人〉、〈吸塵器〉、〈孔丘熱情如火〉等 87 篇文章。正文前有作者〈序〉、「引言」〈四個時代〉、〈有點邪門〉、〈王就是 King〉、〈王不是 King〉。

學英文化公司　　林白出版社

星光出版社

忘了他是誰

臺北：學英文化公司
1983 年 11 月，32 開，238 頁
帝王之死 2

臺北：林白出版社
1987 年 5 月，新 25 開，250 頁
帝王之死第二集・島嶼文庫 46 之 2

臺北：星光出版社
1993 年 11 月，25 開，223 頁

本書匯集作者發表於《中國時報・美洲版》的專欄作品，整理西元前六世紀至西元三世紀共 12 位皇帝之歷史資料，以生活化的文字敘述，讓讀者容易閱讀並思考歷史的真相。全書收錄〈陣前奪功〉、〈問病遽下毒手〉、〈目標直指慶封〉、〈流血政變〉、〈閨房布下陷阱〉等 65 篇文章。正文前有作者〈序〉。

帝王之死

臺北：遠流出版公司
2003 年 12 月，25 開，424 頁
柏楊精選集 34

本書為《可怕的掘墓人》、《忘了他是誰》兩書之合訂本。標題部分修改帝王名，如：「伊祁放勳」改為「堯」、「姚重華」改為「舜」、「姒履癸」改為「夏桀」、「子受辛」改為「商紂王」、「姬宮涅」改為「周幽王」等。

柏楊版資治通鑑（平裝版）／（宋）司馬光編著；柏楊譯

臺北：遠流出版公司
1983 年 9 月～1993 年 3 月，25 開，共 36 冊

每冊正文前均有張香華輯「通鑑圖粹」及作者〈前言〉，正文後並附歷史文物之照片、歷史地圖及各代君王世系介紹。初以卷期方式出版，每月一期，預計全 36 冊，後因超出預期，改為 72 冊。

1983　1993

戰國時代

臺北：遠流出版公司（卷期版）
1983 年 9 月，25 開，276 頁
柏楊版資治通鑑 1

臺北：遠流出版公司（平裝版）
1993 年 2 月，25 開，276 頁
柏楊版資治通鑑 1

本書編寫西元前 403 年～前 291 年之歷史。全書分「前五世紀九〇年代」、「前四世紀〇〇～二〇年代」、「前四世紀三〇～五〇年代」、「四世紀六〇～九〇年代」、「前三世紀〇〇年代」五部分，收錄〈三家分晉〉、〈聶政刺死俠累〉、〈吳起被陷害奔楚〉等事件篇目。正文前有〈司馬光進《資治通鑑》表〉、作者〈柏楊序〉。

1983　1993

吞併六國

臺北：遠流出版公司（卷期版）
1983 年 10 月，25 開，253 頁
柏楊版資治通鑑 2

臺北：遠流出版公司（平裝版）
1993 年 2 月，25 開，253 頁
柏楊版資治通鑑 2

本書編寫西元前 290～前 211 年之歷史。全書分「前三世紀一〇～三〇年代」、「前三世紀四〇～六〇年代」、「前三世紀七〇～八〇年代」三部分，收錄〈藺相如完璧歸趙〉、〈趙秦澠池之會〉、〈田單火牛陷破燕〉等事件篇目。

1983　1993

楚漢相爭

臺北：遠流出版公司（卷期版）
1983 年 11 月，25 開，202 頁
柏楊版資治通鑑 3

臺北：遠流出版公司（平裝版）
1993 年 2 月，25 開，202 頁
柏楊版資治通鑑 3

本書編寫西元前 210 年～前 201 年之歷史。全書描寫秦朝滅亡至漢朝建立之經過，收錄〈嬴政沙丘死亡〉、〈嬴胡亥篡奪帝位〉、〈秦王朝崩潰〉等事件篇目。

1983　1993

匈奴崛起

臺北：遠流出版公司（卷期版）
1983 年 12 月，25 開，249 頁
柏楊版資治通鑑 4

臺北：遠流出版公司（平裝版）
1993 年 2 月，25 開，249 頁
柏楊版資治通鑑 4

本書編寫西元前 200 年～前 161 年之歷史。全書分「前二世紀〇〇年代」、「前二世紀一〇年代」、「前二世紀二〇年代」、「前二世紀三〇年代」四部分，收錄〈叔孫通制定朝儀〉、〈白登之圍〉、〈誣殺韓信・彭越〉等事件篇目。

1984　1993

黃老之治

臺北：遠流出版公司（卷期版）
1984 年 1 月，25 開，269 頁
柏楊版資治通鑑 5

臺北：遠流出版公司（平裝版）
1993 年 2 月，25 開，269 頁
柏楊版資治通鑑 5

本書編寫西元前 160 年～前 121 年之歷史。全書分「前二世紀四〇年代」、「前二世紀五〇年代」、「前二世紀六〇年代」、「前二世紀七〇年代」四部分，收錄〈周亞夫屯軍細柳〉、〈七國之亂〉、〈太子劉榮罷黜〉等事件篇目。正文前有「通鑑專欄」王夢鷗〈話《資治通鑑》〉、「通鑑專欄」蘇塋基〈復活古籍〉。

1984　1993

開疆拓土

臺北：遠流出版公司（卷期版）
1984 年 2 月，25 開，231 頁
柏楊版資治通鑑 6

臺北：遠流出版公司（平裝版）
1993 年 2 月，25 開，231 頁
柏楊版資治通鑑 6

本書編寫西元前 120 年～前 91 年之歷史。全書分「前二世紀八〇年代」、「前二世紀九〇年代」、「前一世紀〇〇年代」三部分，收錄〈封狼居胥山・禪姑衍〉、〈發行「白鹿幣」〉、〈李廣自殺〉等事件篇目。正文前有「通鑑專欄」章維新〈一個進步的起點〉，正文後有「通鑑廣場」刊登讀者信件 24 封。

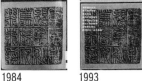

宮廷鬥爭
臺北：遠流出版公司（卷期版）
1984 年 3 月，25 開，249 頁
柏楊版資治通鑑 7

臺北：遠流出版公司（平裝版）
1993 年 2 月，25 開，249 頁
柏楊版資治通鑑 7

1984　1993

本書編寫西元前 90 年～前 61 年之歷史。全書分「前一世紀一〇年代」、「前一世紀二〇年代」、「前一世紀三〇年代」三部分，收錄〈屠李廣利全族〉、〈屠江充三族〉、〈蘇武回國〉等事件篇目。正文後有「通鑑廣場」刊登讀者信件九封。

萬里誅殺
臺北：遠流出版公司（卷期版）
1984 年 4 月，25 開，279 頁
柏楊版資治通鑑 8

臺北：遠流出版公司（平裝版）
1993 年 2 月，25 開，279 頁
柏楊版資治通鑑 8

1984　1993

本書編寫西元前 60 年～前 21 年之歷史。全書分「前一世紀四〇年代」、「前一世紀五〇年代」、「前一世紀六〇年代」、「前一世紀七〇年代」四部分，收錄〈開始設西域總督〉、〈殺酷吏嚴延年〉、〈匈奴汗國分裂〉等事件篇目。正文前有「通鑑專欄」高平〈重擔——《柏楊版資治通鑑》〉、「通鑑專欄」李寧〈訪柏楊談《資治通鑑》〉，正文後有「通鑑廣場」刊登讀者信件九封。

昏君輩出
臺北：遠流出版公司（卷期版）
1984 年 5 月，25 開，260 頁
柏楊版資治通鑑 9

臺北：遠流出版公司（平裝版）
1993 年 2 月，25 開，260 頁
柏楊版資治通鑑 9

1984　1993

本書編寫西元前 20 年～前 1 年之歷史。全書分「前一世紀八〇年代」、「前一世紀九〇年代」兩部分，收錄〈洪水淹沒三十一縣〉、〈趙飛燕當皇后〉、〈鐵礦工人暴動〉等事件篇目。正文前有「通鑑專欄」黃克安〈中國人民的一面鏡子〉，正文後有「參考資料」二篇、「通鑑廣場」刊登讀者信件 13 封。

王莽篡奪

臺北：遠流出版公司（卷期版）
1984 年 6 月，25 開，270 頁
柏楊版資治通鑑 10

臺北：遠流出版公司（平裝版）
1993 年 2 月，25 開，270 頁
柏楊版資治通鑑 10

1984　　　1993

本書編寫西元 1 年～23 年之歷史。全書分「一世紀〇〇年代」、「一世紀一〇年代」、「一世紀二〇年代」三部分，收錄〈王莽毒死漢皇帝劉箕子〉、〈翟義、趙朋起兵失敗〉、〈王莽奪取政權〉等事件篇目。正文前有「通鑑專欄」唐德剛〈通鑑與我〉，正文後有「通鑑廣場」刊登讀者信件八封。

全國混戰

臺北：遠流出版公司（卷期版）
1984 年 7 月，25 開，231 頁
柏楊版資治通鑑 11

臺北：遠流出版公司（平裝版）
1993 年 2 月，25 開，231 頁
柏楊版資治通鑑 11

1984　　　1993

本書編寫西元 24 年～34 年之歷史。全書分「一世紀二〇年代」、「一世紀三〇年代」兩部分，收錄〈劉秀稱帝〉、〈劉玄被殺‧玄漢亡〉、〈三輔大饑人相食〉等事件篇目。正文前有「通鑑專欄」呂應鐘〈不是柏楊不懂——試釋《柏楊版資治通鑑》不明的天象〉，正文後有「通鑑廣場」刊登讀者信件 14 封。

馬援之死

臺北：遠流出版公司（卷期版）
1984 年 8 月，25 開，274 頁
柏楊版資治通鑑 12

臺北：遠流出版公司（平裝版）
1993 年 2 月，25 開，274 頁
柏楊版資治通鑑 12

1984　　　1993

本書編寫西元 35 年～79 年之歷史。全書分「一世紀三〇四〇年代」、「一世紀五〇六〇年代」、「一世紀七〇年代」三部分，收錄〈東漢王朝統一中國〉、〈劉秀拒絕收復西域〉、〈交趾女人徵側叛變〉等事件篇目。正文前有「通鑑專欄」江南〈柏楊版《資治通鑑》〉，正文後有「參考資料」、「通鑑廣場」刊登讀者信件九封。

1984　　　　1993

燕然勒石
臺北：遠流出版公司（卷期版）
1984 年 10 月，25 開，283 頁
柏楊版資治通鑑 13

臺北：遠流出版公司（平裝版）
1993 年 2 月，25 開，283 頁
柏楊版資治通鑑 13

本書編寫西元 80 年～119 年之歷史。全書分「一世紀八〇年代」、「一世紀九〇年代」、「二世紀〇〇年代」、「二世紀一〇年代」四部分，收錄〈東漢政府收復西域〉、〈梁竦冤獄〉、〈鮮卑斬北匈奴單于〉等事件篇目。正文前有「通鑑專欄」劉永雄〈《柏楊版資治通鑑》〉，正文後有「通鑑廣場」刊登讀者信件 12 封。

1984　　　　1993

跋扈將軍
臺北：遠流出版公司（卷期版）
1984 年 11 月，25 開，302 頁
柏楊版資治通鑑 14

臺北：遠流出版公司
1993 年 2 月，25 開，302 頁
柏楊版資治通鑑 14

本書編寫西元 120 年～159 年之歷史。全書分「二世紀二〇年代」、「二世紀三〇年代」、「二世紀四〇年代」、「二世紀五〇年代」四部分，收錄〈鄧家班覆沒〉、〈閻皇后當權及滅亡〉、〈班勇再通西域〉等事件篇目。正文前有「通鑑專欄」張文達〈讀《柏楊版資治通鑑》〉、「通鑑專欄」余愉〈讓每一個中國人都看懂《資治通鑑》〉，正文後有「通鑑廣場」刊登讀者信件五封。

1984　　　　1993

黃巾民變
臺北：遠流出版公司（卷期版）
1984 年 12 月，25 開，285 頁
柏楊版資治通鑑 15

臺北：遠流出版公司（平裝版）
1993 年 2 月，25 開，285 頁
柏楊版資治通鑑 15

本書編寫西元 160 年～189 年之歷史。全書分「二世紀六〇年代」、「二世紀七〇年代」、「二世紀八〇年代」三部分，收錄〈宦官橫暴〉、〈張成大獄興起〉、〈桓帝劉志卒，靈帝劉宏立〉等事件篇目。正文後有「通鑑廣場」刊登讀者信件二封。

1985　1993

東漢瓦解

臺北：遠流出版公司（卷期版）
1985 年 1 月，25 開，285 頁
柏楊版資治通鑑 16

臺北：遠流出版公司（平裝版）
1993 年 2 月，25 開，285 頁
柏楊版資治通鑑 16

本書編寫西元 190 年～203 年之歷史。全書分「二世紀九〇年代」、「三世紀〇〇年代」兩部分，收錄〈東漢遷都長安〉、〈呂布刺殺董卓〉、〈洛陽、長安，全成一堆焦土‧天下大亂〉等事件篇目。正文後有「通鑑廣場」刊等讀者信件 15 封。

1985　1993

赤壁之戰

臺北：遠流出版公司（卷期版）
1985 年 2 月，25 開，238 頁
柏楊版資治通鑑 17

臺北：遠流出版公司（平裝版）
1993 年 2 月，25 開，238 頁
柏楊版資治通鑑 17

本書編寫西元 204 年～220 年之歷史。全書分「三世紀〇〇年代」、「三世紀一〇年代」、「三世紀二〇年代」三部分，收錄〈劉備、諸葛亮「隆中對策」〉、〈赤壁之戰〉、〈周瑜奪取南郡〉等事件篇目。正文前有「歷史的沉思」，正文後有「通鑑廣場」刊登讀者信件七封。

1985　1993

三國鼎立

臺北：遠流出版公司（卷期版）
1985 年 3 月，25 開，253 頁
柏楊版資治通鑑 18

臺北：遠流出版公司（平裝版）
1993 年 2 月，25 開，253 頁
柏楊版資治通鑑 18

本書編寫西元 221 年～235 年之歷史。全書分「三世紀二〇年代」、「三世紀三〇年代」兩部分，收錄〈猇亭之戰‧火燒四十餘營〉、〈諸葛亮七擒孟獲〉、〈諸葛亮北伐‧上〈前後出師表〉〉等事件篇目。正文前有「歷史的沉思」，正文後有「通鑑廣場」刊登讀者信件七封。

壽春三叛
臺北：遠流出版公司（卷期版）
1985 年 4 月，25 開，270 頁
柏楊版資治通鑑 19

臺北：遠流出版公司（平裝版）
1993 年 2 月，25 開，270 頁
柏楊版資治通鑑 19

1985　1993

本書編寫西元 236 年～259 年之歷史。全書分「三世紀三〇年代」、「三世紀四〇年
代」、「三世紀五〇年代」三部分，收錄〈遼東郡長公孫淵叛變被殺〉、〈東吳斬酷吏
呂壹〉、〈蜀漢皇帝劉禪信任宦官〉等事件篇目。正文前有「歷史的沉思」，正文後
有「參考資料」二篇、「通鑑廣場」刊登讀者信件六封。

司馬奪權
臺北：遠流出版公司（卷期版）
1985 年 5 月，25 開，285 頁
柏楊版資治通鑑 20

臺北：遠流出版公司（平裝版）
1993 年 2 月，25 開，285 頁
柏楊版資治通鑑 20

1985　1993

本書編寫西元 260 年～288 年之歷史。全書分「三世紀六〇年代」、「三世紀七〇年
代」、「三世紀八〇年代」三部分，收錄〈曹魏帝國皇帝曹髦被殺〉、〈蜀漢帝國滅
亡〉、〈東吳帝國孫皓當皇帝〉等事件篇目。正文前有「歷史的沉思」，正文後有
「通鑑廣場」刊登讀者信件 10 封。

八王之亂
臺北：遠流出版公司（卷期版）
1985 年 6 月，25 開，302 頁
柏楊版資治通鑑 21

臺北：遠流出版公司（平裝版）
1993 年 2 月，25 開，302 頁
柏楊版資治通鑑 21

1985　1993

本書編寫西元 289 年～309 年之歷史。全書分「三世紀九〇年代」、「四世紀〇〇年
代」兩部分，收錄〈司馬炎逝世〉、〈楊太后囚死金墉城〉、〈皇后賈南風當權〉等事
件篇目。正文前有「歷史的沉思」，正文後有「通鑑廣場」刊登讀者信件 14 封。

大分裂
臺北：遠流出版公司（卷期版）
1985 年 7 月，25 開，270 頁
柏楊版資治通鑑 22

臺北：遠流出版公司（平裝版）
1993 年 2 月，25 開，270 頁
柏楊版資治通鑑 22

1985　　1993

本書編寫西元 310 年～319 年之歷史。全書描寫八王之亂至漢趙帝國皇帝劉聰逝世
之經過，收錄〈「八王之亂」結束〉、〈洛陽、長安先後陷落〉、〈晉皇帝司馬熾、司
馬業先後被俘、被殺〉等事件篇目。正文前有「歷史的沉思」，正文後有「參考資
料」二篇、「通鑑廣場」刊登讀者信件 11 封。

五胡亂華
臺北：遠流出版公司（卷期版）
1985 年 8 月，25 開，269 頁
柏楊版資治通鑑 23

臺北：遠流出版公司（平裝版）
1993 年 2 月，25 開，269 頁
柏楊版資治通鑑 23

1985　　1993

本書編寫西元 320 年～336 年之歷史。全書分「四世紀二〇年代」、「四世紀三〇年
代」兩部分，收錄〈前涼王國興起〉、〈王敦兩次進攻首都健康〉、〈漢趙帝國與後趙
帝國爭霸血戰〉等事件篇目。正文前有「歷史的沉思」，正文後有「參考資料」、
「通鑑廣場」刊登讀者信件八封。

石虎肆暴
臺北：遠流出版公司（卷期版）
1985 年 9 月，25 開，269 頁
柏楊版資治通鑑 24

臺北：遠流出版公司（平裝版）
1993 年 2 月，25 開，269 頁
柏楊版資治通鑑 24

1985　　1993

本書編寫西元 337 年～354 年之歷史。全書分「四世紀三〇年代」、「四世紀四〇年
代」、「四世紀五〇年代」三部分，收錄〈前燕帝國崛起〉、〈石虎攻昌黎大敗〉、〈成
漢帝國政變・李壽篡位〉等事件篇目。正文前有「歷史的沉思」，正文後有「通鑑
廣場」刊登讀者信件。

1985　1993

苻堅大帝

臺北：遠流出版公司（卷期版）
1985 年 10 月，25 開，270 頁
柏楊版資治通鑑 25

臺北：遠流出版公司（平裝版）
1993 年 2 月，25 開，270 頁
柏楊版資治通鑑 25

本書編寫西元 355 年～376 年之歷史。全書分「四世紀五〇年代」、「四世紀六〇年代」、「四世紀七〇年代」三部分，收錄〈苻生暴行〉、〈前涼王國政變・張天錫弒君自立〉、〈晉帝國連死二帝〉等事件篇目。正文後有「通鑑廣場」刊登讀者信件四封。

1985　1993

肥水之戰

臺北：遠流出版公司（卷期版）
1985 年 11 月，25 開，286 頁
柏楊版資治通鑑 26

臺北：遠流出版公司（平裝版）
1993 年 2 月，25 開，286 頁
柏楊版資治通鑑 26

本書編寫西元 377 年～393 年之歷史。全書分「四世紀七〇年代」、「四世紀八〇年代」、「四世紀九〇年代」三部分，收錄〈前秦帝國統一北方〉、〈肥水之戰〉、〈後燕王國興起〉等事件篇目。正文前有「通鑑面面觀」李仁芳〈從企業政策觀點看《資治通鑑》——「隆中對」的策略分析〉，正文後有「通鑑廣場」刊登讀者信件九封。

1985　1993

參合殺俘

臺北：遠流出版公司（卷期版）
1985 年 12 月，25 開，270 頁
柏楊版資治通鑑 27

臺北：遠流出版公司（平裝版）
1993 年 2 月，25 開，270 頁
柏楊版資治通鑑 27

本書編寫西元 394 年～402 年之歷史。全書分「四世紀九〇年代」、「五世紀〇〇年代」兩部分，收錄〈西燕帝國亡〉、〈前秦帝國亡〉、〈參合陂之役〉等事件篇目。正文後有「參考資料」、「通鑑廣場」刊登讀者信件三封。

1986　　1993

王始帝國

臺北：遠流出版公司（卷期版）
1986 年 1 月，25 開，270 頁
柏楊版資治通鑑 28

臺北：遠流出版公司（平裝版）
1993 年 2 月，25 開，270 頁
柏楊版資治通鑑 28

本書編寫西元 403 年～414 年之歷史。全書分「五世紀〇〇年代」、「五世紀一〇年代」兩部分，收錄〈後涼王國亡〉、〈西蜀王國興起〉、〈胡夏帝國興起〉等事件篇目。正文前有「通鑑面面觀」朱啓章〈從經濟學角度看通鑑——中國改革家的智慧〉，正文後有「通鑑廣場」刊登讀者信件五封。

1986　　1993

統萬碑文

臺北：遠流出版公司（卷期版）
1986 年 2 月，25 開，286 頁
柏楊版資治通鑑 29

臺北：遠流出版公司（平裝版）
1993 年 2 月，25 開，286 頁
柏楊版資治通鑑 29

本書編寫西元 415 年～428 年之歷史。全書分「五世紀一〇年代」、「五世紀二〇年代」兩部分，收錄〈後秦帝國亡〉、〈劉裕毒死晉帝司馬德宗〉、〈晉帝國亡〉等事件篇目。正文前有「通鑑專欄」胡菊人〈《資治通鑑》的華清池〉，正文後有「參考資料」二篇、「通鑑廣場」刊登讀者信件八封。

1986　　1993

自毀長城

臺北：遠流出版公司（卷期版）
1986 年 3 月，25 開，285 頁
柏楊版資治通鑑 30

臺北：遠流出版公司（平裝版）
1993 年 2 月，25 開，285 頁
柏楊版資治通鑑 30

本書編寫西元 429 年～449 年之歷史。全書分「五世紀三〇年代」、「五世紀四〇年代」兩部分，收錄〈第二次南北大戰〉、〈北燕流血政變〉、〈西秦王國亡〉等事件篇目。正文後有「參考資料」二篇、「通鑑廣場」刊登讀者信件五封。

1986　1993

南北朝
臺北：遠流出版公司（卷期版）
1986 年 4 月，25 開，270 頁
柏楊版資治通鑑 31

臺北：遠流出版公司（平裝版）
1993 年 2 月，25 開，270 頁
柏楊版資治通鑑 31

本書編寫西元 450 年～465 年之歷史。全書分「五世紀五〇年代」、「五世紀六〇年代」兩部分，收錄〈拓拔燾誣殺崔浩〉、〈第三次南北大戰〉、〈北魏宮廷政變・殺拓跋燾〉等事件篇目。正文後有「通鑑廣場」刊登讀者信件七封。

1986　1993

劉彧詔書
臺北：遠流出版公司（卷期版）
1986 年 6 月，25 開，254 頁
柏楊版資治通鑑 32

臺北：遠流出版公司（平裝版）
1993 年 2 月，25 開，254 頁
柏楊版資治通鑑 32

本書編寫西元 466 年～479 年之歷史。全書分「五世紀六〇年代」、「五世紀七〇年代」兩部分，收錄〈北魏取南宋淮河以北四州〉、〈北魏帝拓跋弘誣殺慕蓉白曜〉、〈南宋帝劉彧誣殺所有兄弟〉等事件篇目。正文後有「通鑑廣場」刊登讀者信件七封。

1986　1993

全盤漢化
臺北：遠流出版公司（卷期版）
1986 年 7 月，25 開，254 頁
柏楊版資治通鑑 33

臺北：遠流出版公司（平裝版）
1993 年 2 月，25 開，254 頁
柏楊版資治通鑑 33

本書編寫西元 480 年～494 年之歷史。全書分「五世紀八〇年代」、「五世紀九〇年代」兩部分，，收錄〈北魏攻壽春不克〉、〈僧侶法秀在平城起兵失敗〉、〈南齊武帝蕭賾誣殺忠良荀伯玉、垣崇祖〉等事件篇目。正文後有「參考資料」二篇、「通鑑廣場」刊登讀者信件三篇。

1986　**1993**

蕭鸞眼淚

臺北：遠流出版公司（卷期版）
1986 年 9 月，25 開，269 頁
柏楊版資治通鑑 34

臺北：遠流出版公司（平裝版）
1993 年 2 月，25 開，269 頁
柏楊版資治通鑑 34

本書編寫西元 495 年～502 年之歷史。全書分「五世紀九〇年代」、「六世紀〇〇年代」兩部分，，收錄〈第七次南北大戰結束〉、〈拓跋宏下詔改姓〉、〈第八次南北大戰開始〉等事件篇目。正文前有「通鑑專欄」李明德〈行走在地雷上〉、「通鑑專欄」朱啟章〈柏楊無罪〉，正文後有「通鑑廣場」刊登讀者信件 15 封。

1986　**1993**

洛陽暴動

臺北：遠流出版公司（卷期版）
1986 年 11 月，25 開，284 頁
柏楊版資治通鑑 35

臺北：遠流出版公司（平裝版）
1993 年 2 月，25 開，284 頁
柏楊版資治通鑑 35

本書編寫西元 503 年～522 年之歷史。全書分「六世紀〇〇年代」、「六世紀一〇年代」、「六世紀二〇年代」三部分，收錄〈第九次南北大戰〉、〈「仇池」亡〉、〈北魏元恪誣殺元勰〉等事件篇目。正文後有「參考資料」二篇、「通鑑廣場」刊登讀者信件六封。

1987　**1993**

河陰屠殺

臺北：遠流出版公司（卷期版）
1987 年 1 月，25 開，270 頁
柏楊版資治通鑑 36

臺北：遠流出版公司（平裝版）
1993 年 2 月，25 開，270 頁
柏楊版資治通鑑 36

本書編寫西元 523 年～531 年之歷史。全書分「六世紀二〇年代」、「六世紀三〇年代」兩部分，收錄〈北魏六鎮齊放〉、〈北魏全國變民蠭起〉、〈蕭衍開始捨身同泰寺〉等事件篇目。正文後有「通鑑廣場」刊登讀者信件 18 封。

遍地血腥

臺北：遠流出版公司
1987 年 4 月，25 開，268 頁
柏楊版資治通鑑 37

本書編寫西元 532 年～547 年之歷史。全書分「六世紀三〇年代」、「六世紀四〇年代」兩部分，收錄〈北魏帝國分裂爲東魏西魏〉、〈沙苑戰役〉、〈十年中，北魏四個皇帝被殺〉等事件篇目。正文前有「讀通鑑·用通鑑」賴福來〈「水清無魚」還是「混水摸魚」？〉、陳順明〈多言善辯的管理員〉、「通鑑專欄」作者〈品質是千秋大業〉。

餓死宮城

臺北：遠流出版公司
1987 年 5 月，25 開，285 頁
柏楊版資治通鑑 38

本書編寫西元 548 年～554 年之歷史。全書分「六世紀四〇年代」、「六世紀五〇年代」兩部分，收錄〈蕭衍餓死宮城〉、〈高澄被奴隸誅殺〉、〈東魏覆亡·北齊建國〉等事件篇目。正文前有「讀通鑑·用通鑑」詹朴〈虞詡的智慧〉、王謙〈選相的標準〉、羅志芳〈杯酒授兵權〉三篇，正文後有「參考資料」二篇、「通鑑廣場」刊登讀者信件六封。

禽獸王朝

臺北：遠流出版公司
1987 年 6 月，25 開，285 頁
柏楊版資治通鑑 39

本書編寫西元 555 年～562 年之歷史。全書分「六世紀五〇年代」、「六世紀六〇年代」兩部分，收錄〈北周帝國建立〉、〈高洋肆虐〉、〈北周帝宇文毓被毒死〉等事件篇目。正文前有「讀通鑑·用通鑑」羅多淵〈用策的訣竅〉、陳錦輝〈進諫妙方〉，正文後有「參考資料」、「通鑑廣場」刊登讀者信件三封。

黃龍湯

臺北：遠流出版公司
1987 年 7 月，25 開，269 頁
柏楊版資治通鑑 40

本書編寫西元 563 年～575 年之歷史。全書分「六世紀六〇年代」、「六世紀七〇年代」兩部分，收錄〈陳帝國誣殺侯安都〉、〈周突聯軍侵北齊〉、〈陳帝國陳寶應、華皎叛變〉等事件篇目。正文前有「讀通鑑・用通鑑」孫秀苓〈抉擇：「攻韓」乎？「取蜀」乎？〉、郭誼和〈封侯風波〉，正文後有「參考資料」四篇、「通鑑廣場」刊登讀者信件十封。

突厥可汗

臺北：遠流出版公司
1987 年 9 月，25 開，268 頁
柏楊版資治通鑑 41

本書編寫西元 576 年～588 年之歷史。全書分「六世紀七〇年代」、「六世紀八〇年代」兩部分，收錄〈北齊國滅亡〉、〈北周皇帝宇文贇〉、〈北周禁婦女使用脂粉〉等事件篇目。正文前有「讀通鑑・用通鑑」陳正益〈智破羌人〉、吳筱筑〈借力使力〉，正文後有「參考資料」、「通鑑廣場」刊登讀者信件 12 封。

南北統一

臺北：遠流出版公司
1987 年 11 月，25 開，286 頁
柏楊版資治通鑑 42

本書編寫西元689 年～608 年之歷史。全書分「六世紀九〇年代」、「七世紀〇〇年代」兩部分，收錄〈大分裂時代結束〉、〈楊素討平江南民變〉、〈楊堅築仁壽宮〉等事件篇目。正文前有「讀通鑑・用通鑑」陳錦輝〈陳說利害〉、陳雍〈一代梟雄──欒提冒頓〉，正文後有「參考資料」、「通鑑廣場」刊登讀者信件三封。

官逼民反

臺北：遠流出版公司
1987 年 12 月，25 開，238 頁
柏楊版資治通鑑 43

本書編寫西元609 年～617 年之歷史。全書描寫楊廣三征高句麗至隋朝將滅之經過，收錄〈楊廣三征高句麗王國〉、〈變民紛紛起兵抗暴〉、〈楊玄感兵變失敗〉等事件篇目。正文前有「說評」黎颺〈關於蕭衍的對談〉，正文後有「參考資料」、「通鑑廣場」刊登讀者信件 14 封。

江都政變

臺北：遠流出版公司
1988 年 1 月，25 開，286 頁
柏楊版資治通鑑 44

本書編寫西元618 年～621 年之歷史。全書分「七世紀一〇年代」、「七世紀二〇年代」兩部分，收錄〈隋王朝亡・唐王朝興〉、〈定楊天子劉武周被殺〉、〈夏王竇建德被擒〉等事件篇目。正文後有「通鑑廣場」刊登讀者信件八封。

玄武門

臺北：遠流出版公司
1988 年 4 月，25 開，286 頁
柏楊版資治通鑑 45

本書編寫西元622 年～629 年之歷史。全書描寫唐軍擊破林士弘軍至西突厥汗國內亂之經過，收錄〈楚帝林士弘逝世〉、〈宋帝輔公祏被殺〉、〈燕王高開道被殺〉等事件篇目。正文後有「參考資料」、「通鑑廣場」刊登讀者信件七封。

貞觀之治

臺北：遠流出版公司
1988 年 5 月，25 開，286 頁
柏楊版資治通鑑 46

本書編寫西元630 年～643 年之歷史。全書分「七世紀三〇年代」、「七世紀四〇年代」兩部分，收錄〈李靖北伐・東突厥汗國亡〉、〈貞觀之治〉、〈唐軍大破吐谷渾汗國〉等事件篇目。正文後有「參考資料」、「通鑑廣場」刊登讀者信件三封。

黃金時代

臺北：遠流出版公司
1988 年 7 月，25 開，286 頁
柏楊版資治通鑑 47

本書編寫西元644 年～664 年之歷史。全書分「七世紀四〇年代」、「七世紀五〇年代」、「七世紀六〇年代」三部分，收錄〈李世民東征高句麗・敗回〉、〈李世民誣殺李君羨・不久逝世〉、〈武照入宮・殺王皇后及蕭淑妃〉等事件篇目。正文後有「參考資料」、「通鑑廣場」刊登讀者信件六封。

武照奪權

臺北：遠流出版公司
1988 年 9 月，25 開，269 頁
柏楊版資治通鑑 48

本書編寫西元665 年～688 年之歷史。全書分「七世紀六〇年代」、「七世紀七〇年代」、「七世紀八〇年代」三部分，收錄〈滅高句麗王國〉、〈吐蕃大舉攻中國〉、〈武照毒死親子李弘〉等事件篇目。正文後有「參考資料」二篇、「通鑑廣場」刊登讀者信件二封。

恐怖世界

臺北：遠流出版公司
1988 年 11 月，25 開，270 頁
柏楊版資治通鑑 49

本書編寫西元689 年～705 年之歷史。全書分「七世紀九〇年代」、、「八世紀〇〇年代」兩部分，收錄〈武照稱帝・唐王朝亡〉、〈特務橫行・中國成恐怖世界〉、〈屠殺流刑犯〉等事件篇目。正文後有「參考資料」、「通鑑廣場」刊登讀者信件六封。

惡妻惡女

臺北：遠流出版公司
1989 年 1 月，25 開，270 頁
柏楊版資治通鑑 50

本書編寫西元706 年～718 年之歷史。全書分「八世紀〇〇年代」、「八世紀一〇年代」兩部分，收錄〈唐中宗李顯誅殺五王〉、〈李重俊起兵殺武三思父子〉、〈安樂公主專權橫行〉等事件篇目。正文後有「參考資料」、「通鑑廣場」刊登讀者信件七封。

開元盛世

臺北：遠流出版公司
1989 年 5 月，25 開，270 頁
柏楊版資治通鑑 51

本書編寫西元719 年～744 年之歷史。全書分「八世紀二〇年代」、「八世紀三〇年代」、「八世紀四〇年代」三部分，收錄〈唐政府廢除府兵制〉、〈酷吏來俊臣子孫永遠禁錮〉、〈王君（上囚・中比・下大）攻擊吐蕃，兵敗被殺〉等事件篇目。正文後有「參考資料」二篇、「通鑑廣場」刊登讀者信件七封。

范陽兵變

臺北：遠流出版公司
1989 年 8 月，25 開，270 頁
柏楊版資治通鑑 52

本書編寫西元745 年～756 年之歷史。全書分「八世紀四〇年代」、
「八世紀五〇年代」兩部分，收錄〈特務與宰相共同肆虐〉、〈雲南
郡長張虔陀逼反閣羅鳳〉、〈高仙芝攻擊怛羅斯〉等事件篇目。正文
後有「通鑑廣場」刊登讀者信件 16 封。

睢陽之圍

臺北：遠流出版公司
1989 年 9 月，25 開，286 頁
柏楊版資治通鑑 53

本書編寫西元757 年～763 年之歷史。全書分「八世紀五〇年代」、
「八世紀六〇年代」兩部分，收錄〈安祿山被刺身亡〉、〈睢陽之
圍〉、〈李亨收復兩京，回紇大掠洛陽〉等事件篇目。正文後有「通
鑑廣場」刊登讀者信件三封。

皇后失蹤

臺北：遠流出版公司
1989 年 11 月，25 開，270 頁
柏楊版資治通鑑 54

本書編寫西元764 年～780 年之歷史。全書分「八世紀六〇年代」、
「八世紀七〇年代」、「八世紀八〇年代」三部分，收錄〈僕固懷恩
叛變〉、〈皇后失蹤〉、〈郭子儀隻身退敵〉等事件篇目。正文後有
「通鑑廣場」刊登讀者信件八封。

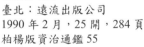

涇原兵變

臺北：遠流出版公司
1990 年 2 月，25 開，284 頁
柏楊版資治通鑑 55

本書編寫西元781 年～784 年之歷史。全書描寫唐朝德宗繼位至宦官
掌權之經過，收錄〈藩鎮叛變〉、〈盧杞誣殺楊炎〉、〈四鎮稱王〉等
事件篇目。正文後有「通鑑廣場」刊登讀者信件三封。

豬皇帝

臺北：遠流出版公司
1990 年 4 月，25 開，270 頁
柏楊版資治通鑑 56

本書編寫西元785 年～799 年之歷史。全書分「八世紀八〇年代」、「八世紀九〇年代」兩部分，收錄〈李沁單騎入陝〉、〈李懷光自縊而亡〉、〈陳仙奇毒弒李希烈〉等事件篇目。正文後有「通鑑廣場」刊登讀者信件七封。

元和中興

臺北：遠流出版公司
1990 年 6 月，25 開，270 頁
柏楊版資治通鑑 57

本書編寫西元800 年～815 年之歷史。全書分「九世紀〇〇年代」、「九世紀一〇年代」兩部分，收錄〈鹽州兵變〉、〈李适、李誦相繼去世〉、〈平定西川〉等事件篇目。正文後有「通鑑廣場」刊登讀者信件三封。

牛李黨爭

臺北：遠流出版公司
1990 年 8 月，25 開，302 頁
柏楊版資治通鑑 58

本書編寫西元816 年～826 年之歷史。全書分「九世紀一〇年代」、「九世紀二〇年代」兩部分，收錄〈停止討伐王承宗〉、〈李愬陷蔡州擒吳元濟〉、〈韓愈諫迎佛骨〉等事件篇目。正文後有「參考資料」、「通鑑廣場」刊登讀者信件七封。

甘露事變

臺北：遠流出版公司
1990 年 10 月，25 開，301 頁
柏楊版資治通鑑 59

本書編寫西元827 年～843 年。之歷史。全書分「九世紀二〇年代」、「九世紀三〇年代」、「九世紀四〇年代」三部分，收錄〈李同捷拒不赴鎮〉、〈南詔入寇西川〉、〈宦官誣宋申錫反〉等事件篇目。正文後有「通鑑廣場」刊登讀者信件 11 封。

大中之治

臺北：遠流出版公司
1991 年 1 月，25 開，285 頁
柏楊版資治通鑑 60

本書編寫西元844 年～866 年之歷史。全書分「九世紀四〇年代」、
「九世紀五〇年代」、「九世紀六〇年代」三部分，收錄〈中國收復
河湟〉、〈武宗滅佛〉、〈李忱嗣統〉等事件篇目。正文後有「通鑑廣
場」刊登讀者信件七封。

黃巢民變

臺北：遠流出版公司
1991 年 3 月，25 開，285 頁
柏楊版資治通鑑 61

本書編寫西元867 年～881 年之歷史。全書分「九世紀六〇年代」、
「九世紀七〇年代」、「九世紀八〇年代」三部分，收錄〈龐勛兵
變〉、〈陝虢民變，灌行政長官崔蕘尿〉、〈盧龍兵變，逐張允伸之
子〉等事件篇目。正文後有「參考資料」、「通鑑廣場」刊登讀者信
件八封。

狼虎谷

臺北：遠流出版公司
1991 年 6 月，25 開，317 頁
柏楊版資治通鑑 62

本書編寫西元882 年～888 年之歷史。全書描寫平盧兵變至昭宗李
曄繼位之經過，收錄〈平盧兵變，逐司令官安師儒〉、〈魏博攻天
平〉、〈魏博兵變，殺司令官韓簡〉等事件篇目。正文後有「參考資
料」、「通鑑廣場」刊登讀者信件七封。

軍閥混戰

臺北：遠流出版公司
1991 年 8 月，25 開，269 頁
柏楊版資治通鑑 63

本書編寫西元889 年至895 年之歷史。全書描寫唐昭宗時，節度使
引發的戰亂。全書收錄〈唐政府命張濬討伐李克用〉、〈王建陷成
都〉、〈宦官楊復恭及義子群背叛中央〉等事件篇目。正文後有「參
考資料」、「通鑑廣場」刊登讀者信件五封。

大黑暗

臺北：遠流出版公司
1991 年 10 月，25 開，285 頁
柏楊版資治通鑑 64

本書編寫西元896 年～901 年之歷史。全書分「九世紀九〇年代」、「十世紀〇〇年代」兩部分，收錄〈武安兵變〉、〈李茂貞攻長安〉、〈韓建屠殺「十六宅」親王〉等事件篇目。正文前有牧惠〈讀通鑑二題〉，正文後有「參考資料」、「通鑑廣場」刊登讀者信件六封。

五代時代

臺北：遠流出版公司
1991 年 12 月，25 開，269 頁
柏楊版資治通鑑 65

本書編寫西元902 年～907 年之歷史。全書描寫朱全忠的崛起至唐朝滅亡，收錄〈第二次宦官時代結束〉、〈遷都洛陽〉、〈朱全忠誅殺李曄〉等事件篇目。正文後有「參考資料」、「通鑑廣場」刊登讀者信件六封。

小分裂

臺北：遠流出版公司
1992 年 2 月，25 開，269 頁
柏楊版資治通鑑 66

本書編寫西元908 年～916 年之歷史。全書分「十世紀〇〇年代」、「十世紀一〇年代」兩部分，收錄〈後梁遷都洛陽〉、〈後梁與晉柏鄉會戰〉、〈劉守光稱燕帝〉等事件篇目。

千里白骨

臺北：遠流出版公司
1992 年 4 月，25 開，285 頁
柏楊版資治通鑑 67

本書編寫西元917 年～925 年之歷史。全書分「十世紀一〇年代」、「十世紀二〇年代」兩部分，收錄〈劉巖稱越帝，又改稱漢帝〉、〈鎮州兵變〉、〈定州兵變〉等事件篇目。

半截英雄

臺北：遠流出版公司
1992 年 7 月，25 開，276 頁
柏楊版資治通鑑 68

本書編寫西元926 年～932 年之歷史。全書分「十世紀二〇年代」、「十世紀三〇年代」兩部分，收錄〈李存勗敗亡〉、〈李嗣源稱帝〉、〈蘆台兵變〉等事件篇目。正文前有崔永東〈評柏楊對中國傳統文化的研究〉，正文後有「通鑑廣場」刊登讀者信件五封。

兒皇帝

臺北：遠流出版公司
1992 年 11 月，25 開，293 頁
柏楊版資治通鑑 69

本書編寫西元933 年～941 年之歷史。全書分「十世紀三〇年代」、「十世紀四〇年代」兩部分，收錄〈閩王王延鈞稱閩帝〉、〈後唐李從厚被殺〉、〈後唐亡，建後晉〉等事件篇目。正文後有「通鑑廣場」刊登讀者信件五封。

橫挑強鄰

臺北：遠流出版公司
1993 年 1 月，25 開，269 頁
柏楊版資治通鑑 70

本書編寫西元942 年～947 年之歷史。全書描寫後晉滅亡之經過，收錄〈南漢帝劉巖逝世〉、〈後晉帝石敬瑭逝世〉、〈南唐帝李昪逝世〉等事件篇目。正文後有「通鑑廣場」刊登讀者信件五封。

高平之戰

臺北：遠流出版公司
1993 年 2 月，25 開，251 頁
柏楊版資治通鑑 71

本書編寫西元948 年～954 年之歷史。全書描寫高平之戰及大一統觀念開始復甦之經過，收錄〈劉承祐誅殺大臣〉、〈郭威叛〉、〈郭威建後周〉等事件篇目。

分裂尾聲

臺北：遠流出版公司
1993 年 3 月，25 開，233 頁
柏楊版資治通鑑 72

本書編寫西元955 年～960 年之歷史，由於司馬光原著敘述至西元
959 年止，故 960 年為作者參考清人畢沅的《續資治通鑑》而成。
全書分「十世紀五〇年代」、「十世紀六〇年代」兩部分，收錄〈郭
榮攻南唐〉、〈南唐取消帝號〉、〈郭榮逝世〉等事件篇目。正文後有
「通鑑廣場」刊登讀者信件二封、〈司馬光上趙頊疏〉、〈趙頊賜司
馬光褒獎詔書〉、〈柏楊跋〉、〈出版人王榮文後記〉。

柏楊版資治通鑑（精裝典藏版）／（宋）司馬光編著；柏楊譯

臺北：遠流出版公司
1999 年 3 月，25 開，共 36 冊

本套書匯集平裝版《柏楊版資治通鑑》中之正文內容，重新編排成冊。各冊正文前
皆有「柏楊版資治通鑑總目錄」。

柏楊版資治通鑑 1 · 戰國／秦

臺北：遠流出版公司
1999 年 3 月，25 開，640 頁

本書匯集《戰國時代》、《吞併六國》之內容。

柏楊版資治通鑑 2 · 西漢

臺北：遠流出版公司
1999 年 3 月，25 開，488 頁

本書匯集《楚漢相爭》、《匈奴崛起》之內容。

柏楊版資治通鑑 3 · 西漢

臺北：遠流出版公司
1999 年 3 月，25 開，512 頁

本書匯集《黃老之治》、《開疆拓土》之內容。

柏楊版資治通鑑 4‧西漢
臺北：遠流出版公司
1999 年 3 月，25 開，520 頁

本書匯集《宮廷鬥爭》、《萬里誅殺》之內容。

柏楊版資治通鑑 5‧新／玄漢
臺北：遠流出版公司
1999 年 3 月，25 開，496 頁

本書匯集《昏君輩出》、《王莽篡奪》之內容。

柏楊版資治通鑑 6‧東漢
臺北：遠流出版公司
1999 年 3 月，25 開，544 頁

本書匯集《全國混戰》、《馬援之死》之內容。

柏楊版資治通鑑 7‧東漢
臺北：遠流出版公司
1999 年 3 月，25 開，552 頁

本書匯集《燕然勒石》、《跋扈將軍》之內容。

柏楊版資治通鑑 8‧東漢
臺北：遠流出版公司
1999 年 3 月，25 開，544 頁

本書匯集《黃巾民變》、《東漢瓦解》之內容。

柏楊版資治通鑑 9・東漢／三國
臺北：遠流出版公司
1999 年 3 月，25 開，544 頁

本書匯集《赤壁之戰》、《三國鼎立》之內容。

柏楊版資治通鑑 10・晉
臺北：遠流出版公司
1999 年 3 月，25 開，544 頁

本書匯集《壽春三叛》、《司馬奪權》之內容。

柏楊版資治通鑑 11・大分裂
臺北：遠流出版公司
1999 年 3 月，25 開，544 頁

本書匯集《八王之亂》、《大分裂》之內容。

柏楊版資治通鑑 12・大分裂
臺北：遠流出版公司
1999 年 3 月，25 開，466 頁

本書匯集《五胡亂華》、《石虎肆暴》之內容。

柏楊版資治通鑑 13・大分裂
臺北：遠流出版公司
1999 年 3 月，25 開，560 頁

本書匯集《苻堅大帝》、《肥水之戰》之內容。

柏楊版資治通鑑 14・大分裂

臺北：遠流出版公司
1999 年 3 月，25 開，544 頁

本書匯集《參合殺俘》、《王始帝國》之內容。

柏楊版資治通鑑 15・大分裂

臺北：遠流出版公司
1999 年 3 月，25 開，560 頁

本書匯集《統萬碑文》、《自毀長城》之內容。

柏楊版資治通鑑 16・大分裂

臺北：遠流出版公司
1999 年 3 月，25 開，544 頁

本書匯集《南北朝》、《劉彧詔書》之內容。

柏楊版資治通鑑 17・大分裂

臺北：遠流出版公司
1999 年 3 月，25 開，512 頁

本書匯集《全盤漢化》、《蕭鸞眼淚》之內容。

柏楊版資治通鑑 18・大分裂

臺北：遠流出版公司
1999 年 3 月，25 開，528 頁

本書匯集《洛陽暴動》、《河陰屠殺》之內容。

柏楊版資治通鑑 19．大分裂
臺北：遠流出版公司
1999 年 3 月，25 開，528 頁

本書匯集《遍地血腥》、《餓死宮城》之內容。

柏楊版資治通鑑 20．大分裂
臺北：遠流出版公司
1999 年 3 月，25 開，544 頁

本書匯集《禽獸王朝》、《黃龍湯》之內容。

柏楊版資治通鑑 21．隋
臺北：遠流出版公司
1999 年 3 月，25 開，512 頁

本書匯集《突厥可汗》、《南北統一》之內容。

柏楊版資治通鑑 22．唐
臺北：遠流出版公司
1999 年 3 月，25 開，464 頁

本書匯集《官逼民反》、《江都政變》之內容。

柏楊版資治通鑑 23．唐
臺北：遠流出版公司
1999 年 3 月，25 開，464 頁

本書匯集《玄武門》、《貞觀之治》之內容。

柏楊版資治通鑑 24・唐
臺北：遠流出版公司
1999 年 3 月，25 開，512 頁

本書匯集《黃金時代》、《武照奪權》之內容。

柏楊版資治通鑑 25・唐
臺北：遠流出版公司
1999 年 3 月，25 開，512 頁

本書匯集《恐怖世界》、《惡妻惡女》之內容。

柏楊版資治通鑑 26・唐
臺北：遠流出版公司
1999 年 3 月，25 開，512 頁

本書匯集《開元盛世》、《范陽兵變》之內容。

柏楊版資治通鑑 27・唐
臺北：遠流出版公司
1999 年 3 月，25 開，544 頁

本書匯集《睢陽之圍》、《皇后失蹤》之內容。

柏楊版資治通鑑 28・唐
臺北：遠流出版公司
1999 年 3 月，25 開，528 頁

本書匯集《涇原兵變》、《豬皇帝》之內容。

柏楊版資治通鑑 29・唐

臺北：遠流出版公司
1999 年 3 月，25 開，496 頁

本書匯集《元和中興》、《牛李黨爭》之內容。

柏楊版資治通鑑 30・唐

臺北：遠流出版公司
1999 年 3 月，25 開，528 頁

本書匯集《甘露事變》、《大中之治》之內容。

柏楊版資治通鑑 31・唐

臺北：遠流出版公司
1999 年 3 月，25 開，416 頁

本書匯集《黃巢民變》、《狼虎谷》之內容。

柏楊版資治通鑑 32・唐

臺北：遠流出版公司
1999 年 3 月，25 開，432 頁

本書匯集《軍閥混戰》、《大黑暗》之內容。

柏楊版資治通鑑 33・小分裂

臺北：遠流出版公司
1999 年 3 月，25 開，464 頁

本書匯集《五代時代》、《小分裂》之內容。

柏楊版資治通鑑 34・小分裂
臺北：遠流出版公司
1999 年 3 月，25 開，528 頁

本書匯集《千里白骨》、《半截英雄》之內容。

柏楊版資治通鑑 35・小分裂
臺北：遠流出版公司
1999 年 3 月，25 開，544 頁

本書匯集《兒皇帝》、《橫挑強鄰》之內容。

柏楊版資治通鑑 36・小分裂
臺北：遠流出版公司
1999 年 3 月，25 開，480 頁

本書匯集《高平之戰》、《分裂尾聲》之內容。

柏楊曰——讀通鑑，論歷史
臺北：遠流出版公司
1998 年 8 月，25 開，共 6 冊

本系列將《柏楊版資治通鑑》中，仿效「臣光曰」（「司馬光曰」）史評形式而寫的讀史心得「柏楊曰」部分抽出，編成《柏楊曰》六冊，單獨發行，共 862 則。每冊正文前有作者〈誠實的面對歷史——《柏楊曰》序〉。

柏楊曰——讀通鑑，論歷史 1
臺北：遠流出版公司
1998 年 8 月，25 開，304 頁

本書收錄《柏楊版資治通鑑》「西元前 403 年」至「西元前 121 年」之間 133 則〈柏楊曰〉。

柏楊曰——讀通鑑，論歷史 2
臺北：遠流出版公司
1998 年 8 月，25 開，320 頁

本書收錄《柏楊版資治通鑑》「西元前 120 年」至「西元 79 年」之間 131 則〈柏楊曰〉。

柏楊曰——讀通鑑，論歷史 3
臺北：遠流出版公司
1998 年 8 月，25 開，320 頁

本書收錄《柏楊版資治通鑑》「西元 80 年」至「西元 336 年」之間 146 則〈柏楊曰〉。

柏楊曰——讀通鑑，論歷史 4
臺北：遠流出版公司
1998 年 8 月，25 開，272 頁

本書收錄《柏楊版資治通鑑》「西元 337 年」至「西元 522 年」之間 148 則〈柏楊曰〉。

柏楊曰——讀通鑑，論歷史 5
臺北：遠流出版公司
1998 年 8 月，25 開，272 頁

本書收錄《柏楊版資治通鑑》「西元 523 年」至「西元 705 年」之間 139 則〈柏楊曰〉。

柏楊曰——讀通鑑‧論歷史 6
臺北：遠流出版公司
1998 年 8 月，25 開，320 頁

本書收錄《柏楊版資治通鑑》「西元 706 年」至「西元 960 年」之間 165 則〈柏楊曰〉。

柏楊版通鑑紀事本末／袁樞著，柏楊改寫，游奇惠地圖繪製

臺北：遠流出版公司
1999 年 2 月～2001 年 3 月，25 開，共 38 冊

本系列非翻譯袁樞原著，而是參照柏楊版資治通鑑而成，只是沿用書名。每冊正文前有作者〈前言〉，正文後有「地圖索引」。

范睢漂亮復仇

臺北：遠流出版公司
1999 年 2 月，25 開，272 頁
柏楊版通鑑紀事本末 1

本書記錄「三大家族瓜分晉國」、「秦國變法」、「孫臏與龐涓」、「南北合縱・抗秦聯盟」、「東西連橫・和秦聯盟」、「燕國禪讓」、「趙雍傳奇」、「燕齊火拚」、「秦趙爭霸」、「八王國相繼覆亡」、「秦王朝倏興倏滅」共 11 項事件本末。全書收錄〈周王朝封三家當國君〉、〈智家覆滅與趙家興起〉、〈魏國建立〉、〈大將吳起〉等 55 篇文章。正文前有〈袁樞版通鑑紀事本末敘（原文）〉、〈袁樞版通鑑紀事本末敘（譯文）〉、作者〈柏楊版通鑑紀事本末序〉。

汗血馬戰爭

臺北：遠流出版公司
1999 年 5 月，25 開，288 頁
柏楊版通鑑紀事本末 2

本書記錄「楚漢相爭」、「劉邦殘殺功臣」、「中匈關係」、「西漢王朝奪嫡惡鬥」、「南越帝國」、「七封國之亂」、「劉武奪嫡」、「西南夷」、「淮南國及衡山國大獄」、「張騫發現西域」共 10 項事件本末。全書收錄〈項羽霸王事業〉、〈劉邦東進〉、〈項羽反攻〉、〈韓信掃蕩華北〉、〈幾項重大決策〉等 35 篇文章。

巫蠱恐怖

臺北：遠流出版公司
1999 年 5 月，25 開，288 頁
柏楊版通鑑紀事本末 3

本書記錄「中匈激戰」、「征服兩越」、「征服朝鮮」、「劉徹患神怪症」、「巫蠱恐怖」、「燕蓋政變」、「霍光廢君立君」、「羌民族抗暴及屈服」、「匈奴汗國衰敗」共九項事件本末。全書收錄〈兩國邦交斷絕〉、〈攻略與戰略並下〉、〈中國反攻〉、〈大漠最後一戰〉、〈蘇武北海牧羊〉等 30 篇文章。

床上巨星趙合德

臺北：遠流出版公司
1999 年 5 月，25 開，256 頁
柏楊版通鑑紀事本末 4

本書記錄「西漢中葉官場傾軋」、「床上巨星趙合德」、「黃河災難」、「皇親傅丁家族」、「同性戀效應」、「新王朝」共六項事件本末。全書收錄〈蕭望之之死〉、〈蟲蛆翻騰〉、〈石顯破敗〉、〈劉驁獻身美女〉、〈「禍水」〉等 26 篇文章。

逐鹿大混戰

臺北：遠流出版公司
1999 年 5 月，25 開，240 頁
柏楊版通鑑紀事本末 5

本書記錄「東漢王朝建立」、「一世紀初葉逐鹿型大混戰」、「楚王劉英大獄」、「馬竇兩大家族」、「西域回歸中國」共五項事件本末。全書收錄〈劉秀〉、〈昆陽之戰〉、〈王郎稱帝〉、〈平定黃河以北〉、〈定都洛陽〉等 19 篇文章。

慘烈窩裡鬥

臺北：遠流出版公司
1999 年 5 月，25 開，224 頁
柏楊版通鑑紀事本末 6

本書記錄「匈奴汗國慘烈窩裡鬥」、「羌民族武裝抗暴」、「鮮卑興起」、「宵小專政」、「梁家班專政」共五項事件本末。全書收錄〈南北戰爭〉、〈車師爭奪戰〉、〈北汗國衰微〉、〈北汗國星散〉、〈南汗國瓦解〉等 20 篇文章。

第一次宦官時代

臺北：遠流出版公司
1999 年 5 月，25 開，224 頁
柏楊版通鑑紀事本末 7

本書記錄「第一次宦官時代」、「二、三跨世紀逐鹿型大混戰」共二項事件本末。全書收錄〈鄭眾首先封侯〉、〈五侯比賽貪暴〉、〈知識份子出現派閥〉、〈「黨禁之禍」〉、〈大逮捕〉等 16 篇文章。

三國周郎赤壁

臺北：遠流出版公司
1999 年 9 月，25 開，256 頁
柏楊版通鑑紀事本末 8

本書記錄「曹魏帝國建立」、「東吳帝國建立」、「蜀漢帝國建立」共
三項事件本末。全書收錄〈曹操出生卑微〉、〈皇帝進入掌握〉、〈擊
張繡・擊袁術・擊呂布〉、〈官渡之戰〉、〈奪取華北平原〉等 17 篇
文章。

諸葛亮北伐挫敗

臺北：遠流出版公司
1999 年 9 月，25 開，304 頁
柏楊版通鑑紀事本末 9

本書記錄「東吳蜀漢間的戰與和」、「諸葛亮南征北討」、「兩國擴
張」、「曹魏衰敗」、「東吳權臣當道」、「三帝國相繼覆亡」共六項事
件本末。全書收錄〈關羽倨傲・為國招禍〉、〈猇亭之戰〉、〈終歸和
解〉、〈七擒七縱孟獲〉、〈五次北伐・都受挫敗〉等 22 篇文章。

十三王之亂

臺北：遠流出版公司
1999 年 9 月，25 開，240 頁
柏楊版通鑑紀事本末 10

本書記錄「官逼民反」、「十三王之亂」共二項事件本末。全書收錄
〈鮮卑人禿髮樹機能〉、〈氐人齊萬年〉等 15 篇文章。

華亂五胡

臺北：遠流出版公司
1999 年 9 月，25 開，256 頁
柏楊版通鑑紀事本末 11

本書記錄「60 大分裂時代來臨」、「四世紀北中國混戰」共二項事件
本末。全書收錄〈氐人建成漢帝國〉、〈匈奴人建漢趙帝國〉、〈中華
人建前涼王國〉等 10 篇文章。

祖逖擊楫渡江

臺北：遠流出版公司
1999 年 9 月，25 開，240 頁
柏楊版通鑑紀事本末 12

本書記錄「晉帝國安內攘外」、「前燕帝國擴張」、「桓溫」共三項事件本末。全書收錄〈肅清長江中游民變〉、〈祖逖北伐〉、〈王敦之亂〉等 10 篇文章。

星墜五將山

臺北：遠流出版公司
1999 年 9 月，25 開，224 頁
柏楊版通鑑紀事本末 13
（原題《苻堅大帝悲劇》）

臺北：遠流出版公司
2001 年 2 月，25 開，224 頁
柏楊版通鑑紀事本末 13

本書記錄「氐人建前秦帝國」、「後燕國擴張」共二件事件本末。全書收錄〈苻健入據長安〉、〈苻堅大帝〉、〈滅前涼〉、〈滅前燕〉、〈襄陽之圍〉等 10 篇。

桓玄篡位鬧劇

臺北：遠流出版公司
1999 年 9 月，25 開，256 頁
柏楊版通鑑紀事本末 14

本書記錄「大漠混戰」、「晉帝國混戰」共二項事件本末。全書收錄〈鮮卑人在北方興起〉、〈代王時代〉、〈前秦攻陷盛樂〉、〈弒父屠弟・血淹王庭〉等 33 篇文章。

慕容超傳奇

臺北：遠流出版公司
2000 年 1 月，25 開，288 頁
柏楊版通鑑紀事本末 15

本書記錄「短命王國紛起」、「短命王國紛亡」、「短命王國續亡」共三項事件本末。全書收錄〈中華人建西蜀王國〉、〈氐人建後涼王國〉、〈鮮卑人建西秦王國〉、〈鮮卑人建南涼王國〉、〈匈奴人建北涼王國〉等 16 篇文章。

王師北定中原日

臺北：遠流出版公司
2000 年 6 月，25 開，240 頁
柏楊版通鑑紀事本末 16

本書記錄「南宋帝國」、「第一次南北戰爭」、「皇親逆叛」、「第二次南北戰爭」共四項事件本末。全書收錄〈劉裕剷除異己〉、〈收復關中慘劇〉、〈篡奪晉帝國政權〉、〈瓶頸改變〉、〈劉義康奪權〉等 13 篇文章。

鮮卑羨慕中華

臺北：遠流出版公司
2000 年 6 月，25 開，240 頁
柏楊版通鑑紀事本末 17

本書記錄「劉子業狂暴」、「第三次南北戰爭」、「南宋帝國內亂」、「鮮卑接受中華文化」、「第四次南北戰爭」共五項事件本末。全書收錄〈殺宰相‧殺親王〉、〈殺叔‧弒舅‧姦姑‧淫嬸母〉、〈死於刀下〉、〈劉子業事件後遺症〉、〈野心家鄧琬〉等 20 篇文章。

南北亂成一團

臺北：遠流出版公司
2000 年 6 月，25 開，272 頁
柏楊版通鑑紀事本末 18

本書記錄「南齊帝國內亂」、「第五次南北戰爭」、「柔然汗國」、「北魏帝國內亂」共四項事件本末。全書收錄〈蕭昭業庸劣〉、〈蕭鸞邪惡〉、〈蕭寶卷驕暴〉、〈殺徐孝嗣‧殺陳顯達‧殺崔慧景〉、〈襄陽兵變〉等 21 篇文章。

最美麗的蠢女人

臺北：遠流出版公司
2000 年 6 月，25 開，288 頁
柏楊版通鑑紀事本末 19

本書記錄「第六次南北戰爭」、「沿邊六鎮反撲」、「北魏帝國潰爛」、「一國兩帝——北魏再分東西」共四項事件本末。全書收錄〈西戰場——爭奪巴蜀〉、〈東戰場——爭奪淮河大壩〉、〈莫折念生稱帝〉、〈葛榮稱帝〉、〈蕭寶寅稱帝〉等 22 篇文章。

最嚴重一次叛變
臺北：遠流出版公司
2000 年 6 月，25 開，256 頁
柏楊版通鑑紀事本末 20

本書記錄「短命帝國」、「侯景災難」、「蕭家班慘烈內鬥」、「第七次
南北戰爭」共四項事件本末。全書收錄〈英雄蘭京之怒〉、〈高家班
建北齊〉、〈宇文家建北周〉、〈叛東魏・降西魏・降南梁〉、〈寒山之
戰〉等 19 篇文章。

人渣家族
臺北：遠流出版公司
2000 年 6 月，25 開，288 頁
柏楊版通鑑紀事本末 21

本書記錄「南梁末日」、「人渣家族」、「陳帝國內鬥」、「北周帝國東
侵」、「吐谷渾汗國」、「北周滅北齊」共六項事件本末。全書收錄
〈西魏取巴蜀〉、〈嶺南嶺北・軍閥混戰〉、〈陸納起兵護主〉、〈王琳
孤臣孽子〉、〈「哭聲如雷」〉等 26 篇文章。

驢老爺，你贏了
臺北：遠流出版公司
2000 年 9 月，25 開，304 頁
柏楊版通鑑紀事本末 22

本書記錄「北周猝亡」、「大分裂時代尾聲」、「隋王朝奪嫡惡鬥」、
「突厥汗國」、「侵略高句麗王國」、「楊廣精彩演出」共六項事件本
末。全書收錄〈亡國之君宇文贇〉、〈託孤給岳父〉、〈尉遲迥反
抗〉、〈楊堅迅速取得政權〉、〈陳帝國觸怒強鄰〉等 26 篇文章。

改朝換代大混戰
臺北：遠流出版公司
2000 年 9 月，25 開，272 頁
柏楊版通鑑紀事本末 23

本書記錄「唐王朝興起」、「七世紀全國大混戰」共二項事件本末。
全書收錄〈晉陽兵變〉、〈奪取霍邑〉、〈奪取首都長安〉、〈李淵稱
帝・陽侑喪命〉、〈楊玄感兵變〉等 23 篇文章。

唐王朝一再奪嫡

臺北：遠流出版公司
2000 年 9 月，25 開，232 頁
柏楊版通鑑紀事本末 24

本書記錄「唐王朝奪嫡惡鬥」、「東突厥凋零」、「鐵勒部落群」、「西突厥瓦解」、「中國重返西域」共五項事件本末。全書收錄〈第一次奪嫡〉、〈玄武門喋血〉、〈第二次奪嫡〉、〈兩敗俱傷〉、〈雁門關之圍〉等 21 篇文章。

貞觀對

臺北：遠流出版公司
2000 年 9 月，25 開，256 頁
柏楊版通鑑紀事本末 25

本書記錄「貞觀對話」、「東征高句麗王國」、「吐蕃王國崛起西方」、「突厥汗國的復興與破滅」共四項事件本末。全書收錄〈「不可事必躬親」〉、〈「維護法律尊嚴」〉、〈以楊廣為戒〉等 27 篇文章。

恐怖帝國

臺北：遠流出版公司
2000 年 9 月，25 開，288 頁
柏楊版通鑑紀事本末 26

本書記錄「東北邊疆各部落反抗」、「恐怖帝國」、「唐王朝重建」、「太平公主」共四項事件本末。全書收錄〈契丹部落起兵〉、〈奚部落起兵〉、〈大批公主下嫁〉、〈再被逼反〉、〈王皇后引狼入宮〉等 32 篇文章。

安史之亂

臺北：遠流出版公司
2001 年 3 月，25 開，240 頁
柏楊版通鑑紀事本末 27

本書記錄「李林甫的邪惡」、「財政稅務」、「楊家班主宰政府」、「安祿山之亂」共四項事件。全書收錄〈鬥垮張九齡〉、〈「羅鉗吉網」〉、〈不斷興起大獄〉、〈屍骨未寒・奪爵剖棺〉、〈宇文融〉等 25 篇文章。

第二次宦官時代

臺北：遠流出版公司
2001 年 3 月，25 開，264 頁
柏楊版通鑑紀事本末 28

本書記錄「史思明之亂」、「第二次宦官時代揭幕」、「吐蕃王國東
侵」、「唐政府賦稅」、「中吐百年戰爭」共五項事件。全書收錄〈降
後被逼復叛〉、〈安陽河之役〉、〈安慶緒末路〉、〈河陽會戰〉、〈史思
明被部下絞死〉等 29 篇文章。

大黑暗來臨

臺北：遠流出版公司
2001 年 3 月，25 開，304 頁
柏楊版通鑑紀事本末 29

本書記錄「大黑暗來臨」事件之始末。全書收錄〈安祿山引發二百
年全國大混戰〉、〈田承嗣叛・李靈曜叛〉、〈淮西兵變〉、〈李維岳
叛・振武兵變〉、〈田悅叛・李納叛・梁崇義叛〉等 28 篇文章。

兵變・兵變・再兵變

臺北：遠流出版公司
2001 年 3 月，25 開，272 頁
柏楊版通鑑紀事本末 30

本書記錄「曇花一現的政治改革」、「李純初展武力」、「討伐成德戰
區」、「討伐淮西戰區」、「討伐平盧戰區」、「北方各戰區再叛中
央」、「南詔王國」共七項事件本末。全書收錄〈貶貪官・除弊
政〉、〈觸怒軍閥〉、〈觸怒宦官〉、〈討伐西川戰區──斬劉闢〉、〈討
伐鎮海戰區──斬李錡〉等 33 篇文章。

牛李兩黨殊死鬥

臺北：遠流出版公司
2001 年 3 月，25 開，288 頁
柏楊版通鑑紀事本末 31

本書記錄「第二次宦官時代」、「牛李兩黨殊死鬥」、「討伐昭義戰
區」、「官逼民反」、「官逼官反」、「回鶻汗國盛極而衰」共六項事件
本末。全書收錄〈陳弘志弒李純〉、〈暴民蘇玄明夜襲青思殿〉、〈蘇
佐明弒李湛〉、〈「鄭注魅力」〉、〈大陰謀秘密進行〉等 39 篇文章。

黃巢終結狼虎谷

臺北：遠流出版公司
2001 年 3 月，25 開，256 頁
柏楊版通鑑紀事本末 32

本書記錄「吐蕃王國沒落」、「大禮帝國崛起」、「沙陀兵團形成」、「黃巢建齊帝國」、「唐王朝瓦解」共五項事件本末。全書收錄〈爆發內戰〉、〈河湟回歸中國〉、〈沙州回歸中國〉、〈擒斬論恐熱〉、〈南詔蛻變〉等 30 篇文章。

獨柳下，天才之辯

臺北：遠流出版公司
2001 年 3 月，25 開，264 頁
柏楊版通鑑紀事本末 33

本書記錄「楊行密建南吳王國」、「王建建前蜀帝國」、「九世紀全國大混戰」共三項事件本末。全書收錄〈呂用之迷惑高駢〉、〈畢師鐸起兵除奸〉、〈申及謀略〉等 29 篇文章。

大屠殺與小分裂

臺北：遠流出版公司
2001 年 3 月，25 開，224 頁
柏楊版通鑑紀事本末 34

本書記錄「第二次宦官時代終結」、「五代十一國開始」、「李茂貞建岐王國」、「錢鏐建吳越王國」共四項事件本末。全書收錄〈劉季述罷黜李曄〉、〈孫德昭發動反政變〉、〈崔胤乞靈外兵〉等 29 篇文章。

狗崽長大咬死人

臺北：遠流出版公司
2001 年 3 月，25 開，272 頁
柏楊版通鑑紀事本末 35

本書記錄「王潮建閩帝國」、「劉巖建南漢帝國」、「高季昌建南平王國」、「徐知誥建南唐帝國」、「馬殷建南楚王國」、「劉守光建桀燕帝國」共六項事件本末。全書收錄〈王潮衛母叛王緒〉、〈王審知稱王〉、〈王延鈞稱帝〉、〈宮廷兵變‧屠王延鈞〉等 42 篇文章。

英雄與流氓

臺北：遠流出版公司
2001 年 3 月，25 開，296 頁
柏楊版通鑑紀事本末 36

本書記錄「浴河血戰十八年」、「李存勗建後唐帝國」、「後唐滅前蜀」、「李存勗末路」、「安重誨苛刻專橫」共五項事件本末。全書收錄〈李克用救劉仁恭〉、〈潞州之圍〉、〈李存勗奇襲破夾寨〉、〈巧奪魏州失敗〉等 37 篇文章。

致命的橫挑強鄰

臺北：遠流出版公司
2001 年 3 月，25 開，288 頁
柏楊版通鑑紀事本末 37

本書記錄「宮廷喋血」、「契丹帝國南侵」、「孟知祥建後蜀帝國」、「石敬瑭篡後唐‧建後晉帝國」、「范楊二叛」、「後晉橫挑強鄰」共六項事件本末。全書收錄〈李從榮年少驕狠〉、〈暴力奪宮〉、〈一場流血悲劇〉、〈朱弘昭、馮贇挑撥生事〉等 45 篇文章。

陳橋兵變

臺北：遠流出版公司
2001 年 3 月，25 開，256 頁
柏楊版通鑑紀事本末 38

本書記錄「劉知遠建後漢帝國」、「軍閥盲動」、「郭威建後周帝國」、「後漢侷促一隅」、「後周攻擊南唐」、「趙匡胤篡後周建宋王朝」共六項事件本末。全書收錄〈遼軍肆虐‧民不聊生〉、〈劉知遠扭捏稱帝〉、〈遼軍團北撤〉、〈耶律德光病死殺胡林〉等 37 篇文章。

二十世紀臺灣民主大事寫真

臺北：財團法人人權教育基金會、遠流出版公司
2005 年 11 月，18 開，199 頁

本書由柏楊總策劃，整理自 1900 年 3 月至 1999 年 12 月綠島人權紀念碑落成，期間臺灣的民主化歷程，並附以插圖與照片說明。全書分「鎮壓與反抗（1900-1919）」、「反殖民的政治工農運動（1920-1944）」、「228 事件與白色恐怖（1945-1987）」、「解嚴之後（1988-1999）」四部分，正文前有〈特別感謝〉、臺灣民主基金會〈序〉，正文後有〈參考書目〉。

柏楊品三國

臺北：遠流出版公司
2007 年 3 月，25 開，258 頁
實用歷史・三國館

本書選錄《中國人史綱》、《柏楊曰》、《皇后之死》三書中，與三國時代相關之篇章。全書分「說三國」、「評三國」、「論三國」三部分，收錄〈赤壁戰役〉、〈三國時代〉、〈政制・九品・清談〉、〈晉王朝暫時的統一〉、〈第一個宦官時代〉等 75 篇文章。正文前有王榮文〈「實用歷史叢書」出版緣起〉、游奇惠〈編輯說明〉、作者〈自序：品三國〉。

柏楊品秦隋

臺北：遠流出版公司
2008 年 3 月，25 開，277 頁
實用歷史叢書

本書選錄《中國人史綱》、《柏楊曰》二書中，與秦、隋兩代相關之篇章。全書分「品秦」、「品隋」上下二篇，又各分「說秦」、「評秦」；「說隋」、「品隋」兩部分，共收錄〈東方各國互相纏鬥〉、〈嶄新的外交政策──遠交近攻〉、〈呂不韋・韓非〉、〈六國覆滅〉、〈輝煌的八〇年代〉等 76 篇文章。正文前有王榮文〈「實用歷史叢書」出版緣起〉、游奇惠〈編輯說明〉。

【詩】

四季出版公司　　學英文化公司

三聯書店　　躍昇文化公司

柏楊詩抄

臺北：四季出版公司
1982 年 1 月，32 開，165 頁
柏楊叢刊 1

臺北：學英文化公司
1984 年 8 月，32 開，171 頁

香港：三聯書店
1986 年 8 月，32 開，160 頁

臺北：躍昇文化公司
1992 年 10 月，25 開，153 頁
柏楊書

本書為作者入獄九年中的創作，內容描寫獄中生活，

出獄後結集出版。全書分上、下兩輯，上輯收錄〈冤氣歌〉、〈鄰室有女〉、〈幾番〉、〈家書〉等 40 首詩作，正文前有張香華〈我愛的人在火燒島上（代序）〉，正文後附梁上元〈二十世紀長恨歌〉、東方望〈柏楊出獄〉、東方望〈題歷史研究叢書〉三篇。下輯收錄〈鷓鴣天〉、〈少年遊〉、〈滿江紅〉等 12 首詞，正文後有作者〈後記〉、〈詩人的祈福──一九九二年於國際桂冠詩人會致詞〉。

遠流出版公司

遠流出版公司

柏楊詩

臺北：遠流出版公司
2001 年 7 月，25 開，160 頁

臺北：遠流出版公司
2003 年 10 月，25 開，184 頁
（改題《柏楊詩集》，今辻和典翻譯）

本書分爲上、下、後三輯，上、下輯爲原《柏楊詩抄》詩詞，後輯收錄作者出獄後作品，有〈悼江南〉、〈綠島呼喚〉、〈賀周碧瑟博士生日〉等 12 首詩。正文前有作者〈詩人的祈福〉、作者〈A Poet's Hope〉、張香華〈代序：我愛的人在火燒島上〉、作者〈序〉，正文後有周碧瑟〈附錄：柏楊訪柏楊〉。

【散文】

寶島長虹

臺北：大道半月刊社
1960 年 5 月，32 開，38 頁

記錄臺灣早年開拓中橫公路（自台中東勢，至花蓮天祥、太魯閣）的過程。「柏楊」筆名即源自於洛韶附近的白楊部落。

倚夢閒話系列（舊）

臺北：平原出版社
香港：文藝書屋

共 10 輯。爲作者 1961 年起於《自立晚報》「倚夢閒話」專欄發表作品之結集。每輯正文前有作者〈序〉。

平原出版社　　文藝書屋

玉雕集
臺北：平原出版社
1962 年 7 月，32 開，133 頁
倚夢閒話第一輯

香港：文藝書屋
1971 年 9 月，32 開，121 頁
倚夢閒話第一輯

本書爲作者 1961 年 12 月至 1962 年 2 月間發表作品之結集，內容以女人容貌身材爲主題，凸顯中西文化中不同的價值觀。全書收錄〈開場之白〉、〈纏腳與高跟〉、〈轟然先垮〉、〈俏伶伶抖著〉、〈七日之癢〉等 63 篇文章。正文前有作者〈自序〉、李白康〈序一：上柏楊先生書〉、何經〈序二：新樂府一首題柏楊先生玉雕集〉。

平原出版社　　文藝書屋

怪馬集
臺北：平原出版社
1962 年 11 月，32 開，189 頁
倚夢閒話第二輯

香港：文藝書屋
1971 年 1 月，32 開，189 頁
倚夢閒話第二輯

本書爲作者 1960 年 6 月至 1962 年 9 月間發表作品之結集，內容針對社會百態而發。全書收錄〈專供扣留〉、〈膝頭和乳頭〉、〈舊聞新讀〉、〈厚黑和薄白〉、〈厚黑經〉等 91 篇文章。

平原出版社　　文藝書屋

堡壘集
臺北：平原出版社
1963 年 1 月，32 開，284 頁
倚夢閒話第三輯

香港：文藝書屋
1976 年 4 月，32 開，284 頁
倚夢閒話第三輯

本書爲作者 1962 年間於發表作品之結集，透過故事的方式探討與婚姻相關的諸多問題。全書收錄〈邏輯問題〉、〈私奔下場〉、〈她才快樂〉、〈女人和錢〉、〈求偶藝術〉等 81 篇文章。正文後有〈附錄一：愛與恨的研究〉、〈附錄二：「曠野」和我〉。

平原出版社

聖人集

臺北：平原出版社
1963 年 4 月，32 開，132 頁
倚夢閒話第四輯

香港：文藝書屋
1976 年 9 月，32 開，132 頁
倚夢閒話第四輯

本書爲作者 1960 年至 1963 年間發表作品之結集，藉由中國人的人性思想與官場生態，表現當代社會真實的景況。全書原收錄〈十字詩〉、〈十八個角〉、〈嚴斥妖言〉、〈鬼裸夜哭〉等 45 篇文章，正文前有作者〈自序〉、黃越欽〈序一〉、龍梅〈序二〉，正文後有〈附錄：從鄧克保的「異域」論大悲慘大劫難時代之小說寫作〉。

平原出版社　　文藝書屋

鳳凰集

臺北：平原出版社
1965 年 10 月，32 開，158 頁
倚夢閒話第五輯

香港：文藝書屋
1976 年 9 月，32 開，158 頁
倚夢閒話第五輯

本書爲作者 1963 年間發表作品之結集，主要探討日本吉田石松和法國屈里弗斯兩大冤案及作者在《梁祝》上演之後的觀感。全書收錄〈年的變異〉、〈東洋冤獄〉、〈屈里弗斯〉、〈「文藝創作」〉等 44 篇文章。

平原出版社　　文藝書屋

紅袖集

臺北：平原出版社
1964 年 2 月，32 開，148 頁
倚夢閒話第六輯

香港：文藝書屋
1972 年 6 月，32 開，148 頁
倚夢閒話第六輯

本書爲作者 1963 年間發表作品之結集。內容爲作者對讀者來信之回應，包含愛情問題、婚姻雜症等。全書收錄〈分門別類〉、〈恆娘之譯〉、〈一盆漿糊〉、〈猛踢一腳〉等 49 篇文章。

平原出版社　　文藝書屋

立正集
臺北：平原出版社
1967 年 8 月，32 開，260 頁
倚夢閒話第七輯

香港：文藝書屋
1975 年 8 月，32 開，260 頁
倚夢閒話第七輯

本書為作者 1965 年間發表作品之結集，從時事出發，探討愛情、泛道德主義、親子倫理等各種主題。全書收錄〈新的觀念〉、〈哀號之聲〉、〈毒蛇猛獸〉、〈三條路〉等 100 篇文章，正文後有二號先生〈柏楊先生勿再倚夢閒話〉。

平原出版社　　文藝書屋

魚雁集
臺北：平原出版社
1966 年 7 月，32 開，172 頁
倚夢閒話第八輯

香港：文藝書屋
1976 年 4 月，32 開，172 頁
倚夢閒話第八輯

本書為作者 1965 年 7 月至 1967 年 12 月間發表作品之結集，主要針對傳統禮教做出全新的思考。全書收錄〈發表始末〉、〈令人神經〉、〈愛心太重〉、〈不動聲色〉、〈可怖的鏡頭〉等 70 篇文章。正文後有〈附錄一：孫觀漢先生致柏楊先生第一函〉、〈附錄二：孫觀漢先生致柏楊先生第二函〉、〈附錄三：張紹騫先生致柏楊先生函〉。

平原出版社

蛇腰集
臺北：平原出版社
1967 年 3 月，32 開，238 頁
倚夢閒話第九輯

本書為作者 1966 年間發表作品之結集，從時事出發，探討愛情、婚姻與中醫等各種主題。全書收錄〈雞鳴未已〉、〈「理想家庭」〉、〈躍躍欲動〉、〈稻草人〉、〈靠意志沒有用〉等多篇文章，正文後有〈附錄一癌症是人類的剋星‧趙峰樵是癌症的剋星〉、〈附錄二訪專家‧談「癌症」〉、〈附錄三治癌專家竟是社會之癌〉。

平原出版社

剝皮集

臺北：平原出版社
1967 年 6 月，32 開，200 頁
倚夢閒話第十輯

香港：文藝書屋
1976 年 4 月，32 開，200 頁
倚夢閒話第十輯

本書爲作者 1967 年 2 月至 1967 年 5 月間發表作品之結集。全書收錄〈夏威夷一封
信〉、〈擇惡固執〉、〈我們要看證據〉、〈把兄弟夫婦〉等 95 篇文章。

西窗隨筆系列（舊）

臺北：平原出版社
香港：文藝書屋

共 10 輯。爲作者 1963 年起於《公論報》「西窗隨筆」專欄發表作品之結集。每輯
正文前有作者〈序〉。

平原出版社　　　文藝書屋

高山滾鼓集

臺北：平原出版社
1963 年 9 月，32 開，163 頁
西窗隨筆第一輯

香港：文藝書屋
1971 年 11 月，32 開，163 頁
西窗隨筆第一輯

本書爲作者 1963 年間發表作品之結集，藉由探討生活雜事檢視其對社會之意義。
全書收錄〈視病如歸〉、〈洋人缺點〉、〈非常之妙〉、〈木法度也〉等 62 篇文章。

平原出版社　　　文藝書屋

道貌岸然集

臺北：平原出版社
1963 年 10 月，32 開，178 頁
西窗隨筆第二輯

香港：文藝書屋
1971 年 11 月，32 開，163 頁
西窗隨筆第二輯

本書爲作者 1960 年至 1963 年間於《公論報》、《自立晚報》、《人間世月刊》發表作
品之結集，內容從文化角度探討日常事物及當代的官場文化。全書收錄〈失竊世
家〉、〈特此聲明〉、〈倒打一把〉、〈賊星高照〉、〈捉將過去〉等 66 篇。

平原出版社　　文藝書屋

前仰後合集

臺北：平原出版社
1964 年 2 月，32 開，145 頁
西窗隨筆第三輯

香港：文藝書屋
1971 年 11 月，32 開，145 頁
西窗隨筆第三輯

本書爲作者 1963 年至 1964 年間發表作品之結集，內容從中國傳統觀點出發，探究文化意義與社會的關係。全書收錄〈社會問題〉、〈兩種原素〉、〈雜交俱樂部〉、〈亂倫大本營〉、〈下扒上蒸〉等 67 篇文章。

平原出版社　　文藝書屋

聞過則怒集

臺北：平原出版社
1964 年 6 月，32 開，166 頁
西窗隨筆第四輯

香港：文藝書屋
1971 年 11 月，32 開，166 頁
西窗隨筆第四輯

本書爲作者 1964 年間發表作品之結集，內容包含生活議題的探討及官崽學之分析。全書收錄〈重來記〉、〈走私案發〉、〈二抓牌〉、〈商場之癌〉、〈你明白哉〉等 71 篇文章。

平原出版社　　文藝書屋

神魂顛倒集

臺北：平原出版社
1964 年 12 月，32 開，168 頁
西窗隨筆第五輯

香港：文藝書屋
1971 年 11 月，32 開，168 頁
西窗隨筆第五輯

本書爲作者 1964 年間發表作品之結集，以婚姻爲主軸，探討女性特質與男女情感。全書收錄〈電視法庭〉、〈百萬封信〉、〈落選原稿〉、〈愛情第二〉、〈泛泛者流〉等 74 篇文章。

平原出版社　　文藝書屋

鬼話連篇集

臺北：平原出版社
1965 年 3 月，32 開，168 頁
西窗隨筆第六輯

香港：文藝書屋
1972 年 5 月，32 開，168 頁
西窗隨筆第六輯

本書為作者 1964 年間於《公論報》及《自立晚報》發表作品之結集，以「打破醬缸」為目的，批駁正史對於各朝代帝王神話化的行為。全書收錄〈異稟異樣〉、〈掌聲雷動〉、〈如何是好〉、〈撈他一票〉、〈雜毛老道〉等 67 篇文章。

平原出版社

大愚若智集

臺北：平原出版社
1965 年 4 月，32 開，215 頁
西窗隨筆第七輯

香港：文藝書屋
1972 年 5 月，32 開，215 頁
西窗隨筆第七輯

本書為作者 1964 年 1965 年間發表作品之結集，內容從作者親歷事件談起，提出「西崽情結」的看法。全書收錄〈變卦之本〉、〈西崽翻天印〉、〈死不逢地〉、〈一場騙局〉、〈老舊落伍〉等 78 篇文章，正文後有〈附錄一：東京世運總檢討〉、〈附錄二：失常反常匪夷所思楊傳廣東京外記〉。

平原出版社　　文藝書屋

越幫越忙集

臺北：平原出版社
1965 年 12 月，32 開，147 頁
西窗隨筆第八輯

香港：文藝書屋
1972 年 5 月，32 開，147 頁
西窗隨筆第八輯

本書為作者 1965 年間發表作品之結集，內容以「棋」為主，介紹棋的種類、起源與奇聞軼事等。全書收錄〈閒來看書〉、〈治療之法〉、〈太樂和太愁〉、〈唯一乾淨土〉、〈廁所分類〉等 57 篇文章。

平原出版社　　文藝書屋

心血來潮集

臺北：平原出版社
1966 年 4 月，32 開，198 頁
西窗隨筆第九輯

香港：文藝書屋
1972 年 5 月，32 開，198 頁
西窗隨筆第九輯

本書爲作者 1965 年至 1966 年間發表作品之結集，內容包括對社會現代化產生之問題、作者對自身寫作所感、電影觀後感等等。全書收錄〈萬惡之源〉、〈嫉妒——惡德〉、〈懷才其罪〉、〈糊塗之事〉、〈邪惡的眼睛〉等 88 篇文章。

平原出版社

死不認錯集

臺北：平原出版社
1967 年 9 月，32 開，223 頁
西窗隨筆第十輯

香港：文藝書屋
1972 年 5 月，32 開，223 頁
西窗隨筆第十輯

本書爲作者 1967 年間發表作品之結集，內容抨擊中國傳統文化的陋習，並進而提倡打破醬缸。全書收錄〈救救這一代〉、〈綠林豪傑〉、〈積德之事〉、〈俠義情操〉、〈「管閒事」〉等 104 篇文章。

挑燈雜記系列

臺北：平原出版社
香港：文藝書屋

共 2 輯。爲作者 1963 年起於各報刊發表作品之結集。每輯正文前有作者〈序〉。

平原出版社

牽腸掛肚集

臺北：平原出版社
1968 年 6 月，32 開，206 頁
挑燈雜記第一輯

本書爲作者 1967 年 9 月至 1968 年 1 月間發表作品之結集，談論男女關係、家法與閨律等兩性問題。全書收錄〈乃記實也〉、〈拳王、音樂家〉、〈千萬擔待〉、〈樓上打到樓下〉、〈越打越沒有〉等 91 篇文章，附錄〈閨律（芙蓉外史）〉。

平原出版社

鼻孔朝天集

臺北：平原出版社
1968 年 6 月，32 開
挑燈雜記第二輯

本書爲作者 1968 年間發表作品之結集，內容提及自殺的方法、交通問題以及贈款孤軍總報告等。全書收錄〈悠遠的啟示〉、〈並未起飛〉、〈全身檢查〉、〈心急、出汗〉等 45 篇文章。

柏楊選集系列
臺北：星光出版社

共 5 輯。據平原版《倚夢閒話》及《西窗隨筆》系列刪併及更改題名，並改稱《柏楊選集》系列。正文前有作者〈柏楊選集前言〉，正文後附錄作者〈原柏楊先生自讚〉。

1979　　1982

柏楊選集・第一輯

臺北：星光出版社
1979 年 6 月，32 開，190 頁

動心集

臺北：星光出版社
1982 年 4 月，32 開，190 頁
柏楊選集第一輯

本書爲平原版「倚夢閒話系列」《玉雕集》刪併而成。全書收錄〈天生尤物〉、〈俏伶伶抖著〉、〈西洋文明〉共 24 篇文章及。正文後附錄作者〈原柏楊先生自讚〉、李白康先生〈致柏楊先生書〉、何經先生〈新樂府〉。

1979　　1982

柏楊選集・第二輯

臺北：星光出版社
1979 年 7 月，32 開，437 頁

降福集

臺北：星光出版社
1982 年 4 月，32 開，437 頁
柏楊

本書爲平原版「倚夢閒話系列」《堡壘集》刪併而成。全書收錄〈愛屋不及烏〉、〈虛榮和榮譽〉、〈愛情如火〉、〈半瓶醋・火雞型〉、〈座右之鏡〉等 52 篇文章。正文後附錄作者〈愛與恨的研究〉、〈曠野和我〉。

柏楊選集・第三輯
臺北：星光出版社
1979 年 9 月，32 開，186 頁

紅顏集
臺北：星光出版社
1982 年 4 月，32 開，186 頁
柏楊選集第三輯

本書爲平原版「倚夢閒話系列」《紅袖集》刪併而成。全書收錄〈驢子問題〉、〈且看恒娘〉、〈被踢後的表情〉、〈隔離破壞愛情〉等 32 篇文章。

柏楊選集・第四輯
臺北：星光出版社
1979 年 12 月，32 開，198 頁

騾子集
臺北：星光出版社
1982 年 4 月，32 開，198 頁
柏楊選集第四輯

本書爲平原版「西窗隨筆系列」《高山滾鼓集》刪併而成。全書收錄〈病來如山倒〉、〈四大類〉、〈要命與受罪〉、〈專門學問〉等 38 篇文章。

柏楊選集・第五輯
臺北：星光出版社
1980 年 1 月，32 開，180 頁

吞車集
臺北：星光出版社
1982 年 4 月，32 開，180 頁
柏楊選集第五輯

本書爲平原版「西窗隨筆系列」《越幫越忙集》刪併而成。全書收錄〈狗打貓兒撐〉、〈腸子拉都出來〉、〈毛坑〉、〈合作新義〉等 32 篇文章。

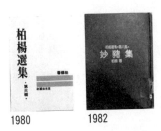

1980　　1982

柏楊選集・第六輯
臺北：星光出版社
1980 年 3 月，32 開，272 頁

妙豬集
臺北：星光出版社
1982 年 4 月，32 開，272 頁
柏楊選集第六輯

本書爲平原版「倚夢閒話系列」《怪馬集》刪併而成。全書收錄〈黨進先生〉、〈醜陋的美國人〉、〈身分證功能〉、〈爭執最多〉、〈艾瑪・甘吐雷〉等 57 篇文章。

1980　　1982

柏楊選集・第七輯
臺北：星光出版社
1980 年 3 月，32 開，198 頁

咬牙集
臺北：星光出版社
1982 年 4 月，32 開，198 頁
柏楊選集第七輯

本書爲平原版「倚夢閒話系列」《鳳凰集》刪併而成。全書收錄〈警政新猷〉、〈吉田石松五十年〉、〈世界最大冤獄之一〉、〈一錯到底〉等 35 篇文章。

1980　　1982

柏楊選集・第八輯
臺北：星光出版社
1980 年 5 月，32 開，191 頁

候罵集
臺北：星光出版社
1982 年 4 月，32 開，204 頁
柏楊選集第八輯

本書爲平原版「倚夢閒話系列」《聖人集》刪併而成。全書收錄〈脫鞋露腳〉、〈綠油套褲心理〉、〈大不敬〉、〈大張撻伐〉等 35 篇文章。正文後附錄黃越欽〈柏楊先生傳〉、龍梅〈歌功頌德〉。

1980　　　1982

柏楊選集・第九輯
臺北：星光出版社
1980 年 6 月，32 開，196 頁

馬翻集
臺北：星光出版社
1982 年 4 月，32 開，204 頁
柏楊選集第九輯

本書爲平原版「西窗隨筆系列」《道貌岸然集》刪併而成。全書收錄〈聽話學〉、〈月餅〉、〈一旦發財〉、〈公用電話〉等 34 篇文章。

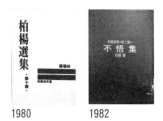

1980　　　1982

柏楊選集・第十輯
臺北：星光出版社
1980 年 7 月，32 開，190 頁

不悟集
臺北：星光出版社
1982 年 4 月，32 開，190 頁
柏楊選集第十輯

本書爲平原版「西窗隨筆系列」《前仰後合集》刪併而成。全書收錄〈報劉一丈書〉、〈土行孫先生之淹〉、〈感謝放水〉、〈又是老花樣〉等 37 篇文章。

柏楊隨筆系列
臺北：星光出版社

共 10 輯。據平原版《倚夢閒話》、《西窗隨筆》及《挑燈雜記》系列刪併及更改題名，並改稱《柏楊隨筆》系列。正文前有作者〈柏楊隨筆前言〉，正文後附錄作者〈原柏楊先生自讚〉。

眼如銅鈴集
臺北：星光出版社
1980 年 8 月，32 開，242 頁
柏楊隨筆第 1 輯

本書爲平原版「西窗隨筆系列」《神魂顛倒集》刪併而成。全書收錄〈徵答騙局〉、〈落選原稿〉、〈離婚官司〉、〈安全感〉等 40 篇文章。

亂做春夢集

臺北：星光出版社
1980 年 10 月，32 開，232 頁
柏楊隨筆第 2 輯

本書爲平原版「西窗隨筆系列」《鬼話連篇集》刪倂而成。全書收錄
〈玉皇大帝高坐雲端〉、〈爬蟲之子〉、〈「七十二」學問〉、〈好像失了
火〉等 38 篇文章。

不學有術集

臺北：星光出版社
1981 年 1 月，32 開，197 頁
柏楊隨筆第 3 輯

本書爲平原版「西窗隨筆系列」《聞過則怒集》刪倂而成。全書收錄
〈恢復原樣〉、〈南下避年〉、〈容易的很〉、〈離開尊窩〉等 32 篇文
章。正文後附錄胡秋原〈胡秋原先生函〉。

笨鳥先飛集

臺北：星光出版社
1981 年 2 月，32 開，259 頁
柏楊隨筆第 4 輯

本書爲平原版「西窗隨筆系列」《大愚若智集》刪倂而成。全書收錄
〈霸王硬上弓〉、〈嘴臉可觀〉、〈一對活寶〉、〈人分四等〉等 34 篇文
章。正文後附錄〈東京世運總檢討〉、〈楊傳廣東京外記〉。

跳井救人集

臺北：星光出版社
1981 年 3 月，32 開，349 頁
柏楊隨筆第 5 輯

本書爲平原版「倚夢閒話系列」《立正集》刪倂而成。全書收錄〈禮
義之邦〉、〈口供主義〉、〈第三者仲裁〉、〈咄咄逼人〉、〈口不言錢〉
等 51 篇文章。正文後附錄二號先生〈柏楊勿再倚夢閒話〉。

勃然大恕集

臺北：星光出版社
1981 年 4 月，32 開，261 頁
柏楊隨筆第 6 輯

本書爲平原版「西窗隨筆系列」《心血來潮集》刪併而成。全書收錄
〈萬惡之源〉、〈中外妒大王〉、〈邪惡的眼睛〉、〈努力猛哼〉等 43 篇
文章。

孤掌也鳴集

臺北：星光出版社
1981 年 5 月，32 開，287 頁
柏楊隨筆第 7 輯

本書爲平原版「倚夢閒話系列」《蛇腰集》刪併而成。全書收錄〈轉
載・轉抄〉、〈北海道休息問題〉、〈歲月不饒人〉、〈人老先從哪上
老〉等 43 篇文章。

水火相容集

臺北：星光出版社
1981 年 7 月，32 開，245 頁
柏楊隨筆第 8 輯

本書爲平原版「倚夢閒話系列」《剝皮集》刪併而成。全書收錄〈羊
年來啦〉、〈拜年之封〉、〈賭〉、〈惹禍性最大〉等 42 篇文章。

猛撞醬缸集

臺北：星光出版社
1981 年 10 月，32 開，312 頁
柏楊隨筆第 9 輯

本書爲平原版「西窗隨筆系列」《死不認錯集》刪併而成。全書收錄
〈親臨學〉、〈野柳救人〉、〈非人也〉、〈只鼓勵安份〉等 51 篇文章。

玉手伏虎集

臺北：星光出版社
1981 年 11 月，32 開，309 頁
柏楊隨筆第 10 輯

本書爲平原版「挑燈雜記系列」《牽腸掛肚集》刪併而成。全書收錄〈閒來看書〉、〈太樂和太愁〉、〈拉屎的自由〉、〈學問來源〉等 47 篇文章。正文後附錄〈閨律〉。

倚夢閒話系列（新）

臺北：躍昇文化公司
臺北：遠流出版公司

共 10 集。原星光版據平原版《倚夢閒話》、《西窗隨筆》及《挑燈雜記》系列刪併與更名爲《柏楊選集》及《柏楊隨筆》，躍昇版之後改回原題名，但內容依據星光版。躍昇版正文前有林蔚穎〈出版緣起〉、作者原序〈前言〉、作者〈序〉；遠流版正文前有作者〈序〉。

躍昇文化公司　　遠流出版公司

玉雕集

臺北：躍昇文化公司
1988 年 11 月，25 開，239 頁
柏楊書・倚夢閒話 1

臺北：遠流出版公司
2000 年 3 月，25 開，145 頁
倚夢閒話第 1 輯・柏楊精選集 1

本書內容同《柏楊選集第一輯》，由平原版「倚夢閒話系列」《玉雕集》刪併而成。。

躍昇文化公司　　遠流出版公司

怪馬集

臺北：躍昇文化公司
1989 年 1 月，25 開，317 頁
柏楊書・倚夢閒話 2

臺北：遠流出版公司
2000 年 3 月，25 開，214 頁
倚夢閒話第 2 輯・柏楊精選集 2

本書內容同《柏楊選集第六輯》，由平原版「倚夢閒話系列」《怪馬集》刪併而成。

躍昇文化公司　　遠流出版公司

堡壘集
臺北：躍昇文化公司
1989 年 7 月，25 開，345 頁
柏楊書・倚夢閒話 3

臺北：遠流出版公司
2000 年 3 月，25 開，305 頁
倚夢閒話第 3 輯・柏楊精選集 3

本書內容同《柏楊選集第二輯》，由平原版「倚夢閒話系列」《堡壘集》刪併而成。

躍昇文化公司　　遠流出版公司

聖人集
臺北：躍昇文化公司
1990 年 1 月，25 開，231 頁
柏楊書・倚夢閒話 4

臺北：遠流出版公司
2000 年 3 月，25 開，139 頁
倚夢閒話第 4 輯・柏楊精選集 4

本書內容同《柏楊選集第八輯》，由平原版「倚夢閒話系列」《聖人集》刪併而成。

躍昇文化公司　　遠流出版公司

鳳凰集
臺北：躍昇文化公司
1990 年 8 月，25 開，229 頁
柏楊書・倚夢閒話 5

臺北：遠流出版公司
2000 年 3 月，25 開，139 頁
倚夢閒話第 5 輯・柏楊精選集 5

本書內容同《柏楊選集第七輯》，由平原版「倚夢閒話系列」《鳳凰集》刪併而成。

躍昇文化公司　　遠流出版公司

紅袖集
臺北：躍昇文化公司
1991 年 1 月，25 開，225 頁
柏楊書・倚夢閒話 6

臺北：遠流出版公司
2000 年 3 月，25 開，145 頁
倚夢閒話第 6 輯・柏楊精選集 6

本書內容同《柏楊選集第三輯》，由平原版「倚夢閒話系列」《紅袖集》刪併而成。

躍昇文化公司　　遠流出版公司

立正集

臺北：躍昇文化公司
1991 年 2 月，25 開，253 頁
柏楊書・倚夢閒話 7

臺北：遠流出版公司
2000 年 3 月，25 開，225 頁
倚夢閒話第 7 輯・柏楊精選集 7

本書內容同《柏楊隨筆第 5 輯》，由平原版「倚夢閒話系列」《立正集》刪併而成。

躍昇文化公司　　遠流出版公司

牽腸集

臺北：躍昇文化公司
1991 年 5 月，25 開，235 頁
柏楊書・倚夢閒話第 8 輯

臺北：遠流出版公司
2000 年 3 月，25 開，219 頁
倚夢閒話第 8 輯・柏楊精選集 8

本書內容同《柏楊隨筆第 10 輯》。平原版倚夢閒話第 8 輯原爲《魚雁集》，躍昇版
之後以《牽腸集》（挑燈雜記第二輯《牽腸掛肚集》修改而成）取代。

躍昇文化公司　　遠流出版公司

蛇腰集

臺北：躍昇文化公司
1991 年 5 月，25 開，225 頁
柏楊書・倚夢閒話 9

臺北：遠流出版公司
2000 年 3 月，25 開，238 頁
倚夢閒話第 9 輯・柏楊精選集 9

本書內容同《柏楊隨筆第 7 輯》，由平原版「倚夢閒話系列」《蛇腰集》刪併而成。

躍昇文化公司　　遠流出版公司

剝皮集

臺北：躍昇文化公司
1991 年 6 月，25 開，227 頁
柏楊書・倚夢閒話 10

臺北：遠流出版公司
2000 年 3 月，25 開，173 頁
倚夢閒話第 10 輯・柏楊精選集 10

本書內容同《柏楊隨筆第 8 輯》，由平原版「倚夢閒話系列」《剝皮集》刪併而成。

西窗隨筆系列（新）
臺北：躍昇文化公司
臺北：遠流出版公司

共 10 集。原星光版據平原版《倚夢閒話》及《西窗隨筆》系列刪併並更名爲《柏楊選集》及《柏楊隨筆》；躍昇版改爲原題名，但內容依照星光版。躍昇版正文前有林蔚穎〈出版緣起〉、作者原序〈前言〉、作者〈序〉；遠流版正文前有作者〈序〉。

躍昇文化公司　　遠流出版公司

高山滾鼓集
臺北：躍昇文化公司
1988 年 12 月，25 開，274 頁
柏楊書・西窗隨筆 1

臺北：遠流出版公司
2000 年 7 月，25 開，164 頁
西窗隨筆第 1 輯・柏楊精選集 11

本書內容同《柏楊選集第四輯》，由平原版「西窗隨筆系列」《高山滾鼓集》刪併而成。

躍昇文化公司　　遠流出版公司

道貌岸然集
臺北：躍昇文化公司
1989 年 3 月，25 開，230 頁
柏楊書・西窗隨筆 2

臺北：遠流出版公司
2000 年 7 月，25 開，151 頁
西窗隨筆第 2 輯・柏楊精選集 12

本書內容同《柏楊選集第九輯》，由平原版「西窗隨筆系列」《道貌岸然集》刪併而成。

躍昇文化公司　　遠流出版公司

前仰後合集
臺北：躍昇文化公司
1989 年 8 月，25 開，231 頁
柏楊書・西窗隨筆 3

臺北：遠流出版公司
2000 年 7 月，25 開，147 頁
西窗隨筆第 3 輯・柏楊精選集 13

本書內容同《柏楊選集第十輯》，由平原版「西窗隨筆系列」《前仰後合集》刪併而成。

聞過則怒集

臺北：躍昇文化公司
1990 年 2 月，25 開，216 頁
柏楊書・西窗隨筆 4

臺北：遠流出版公司
2000 年 7 月，25 開，139 頁
西窗隨筆第 4 輯・柏楊精選集 14

躍昇文化公司　　遠流出版公司

本書內容同《柏楊隨筆第 3 輯》，由平原版「西窗隨筆系列」《聞過則怒集》刪併而
成。遠流版正文後無附錄〈胡秋原先生函〉。

神魂顛倒集

臺北：躍昇文化公司
1990 年 10 月，25 開，258 頁
柏楊書・西窗隨筆 5

臺北：遠流出版公司
2000 年 7 月，25 開，172 頁
西窗隨筆第 5 輯・柏楊精選集 15

躍昇文化公司　　遠流出版公司

本書內容同《柏楊隨筆第 1 輯》，由平原版「西窗隨筆系列」《神魂顛倒集》刪併而成。

鬼話連篇集

臺北：躍昇文化公司
1990 年 11 月，25 開，256 頁
柏楊書・西窗隨筆 6

臺北：遠流出版公司
2000 年 7 月，25 開，170 頁
西窗隨筆第 6 輯・柏楊精選集 16

躍昇文化公司　　遠流出版公司

本書內容同《柏楊隨筆第 2 輯》，由平原版「西窗隨筆系列」《鬼話連篇集》刪併而成。

大愚若智集

臺北：躍昇文化公司
1990 年 12 月，25 開，230 頁
柏楊書・西窗隨筆 7

臺北：遠流出版公司
2000 年 7 月，25 開，140 頁
西窗隨筆第 7 輯・柏楊精選集 17

躍昇文化公司　　遠流出版公司

本書內容同《柏楊隨筆第 4 輯》，由平原版「西窗隨筆系列」《大愚若智集》刪併而
成。遠流版正文後無附錄〈東京世運總檢討〉、〈楊傳廣東京外記〉。

躍昇文化公司　　遠流出版公司

越幫越忙集

臺北：躍昇文化公司
1991 年 1 月，25 開，226 頁
柏楊書・西窗隨筆 8

臺北：遠流出版公司
2000 年 7 月，25 開，124 頁
西窗隨筆第 8 輯・柏楊精選集 18

本書內容同《柏楊選集第五輯》，由平原版「西窗隨筆系列」《越幫越忙集》刪併而成，惟刪〈狗打貓兒撐〉、〈腸子拉都出來〉、〈毛坑〉、〈合作新義〉、〈賣掉腳踏車後〉、〈邊走邊讀〉六篇文章。

躍昇文化公司　　遠流出版公司

心血來潮集

臺北：躍昇文化公司
1991 年 2 月，25 開，225 頁
柏楊書・西窗隨筆 9

臺北：遠流出版公司
2000 年 7 月，25 開，182 頁
西窗隨筆第 9 輯・柏楊精選集 19

本書內容同《柏楊隨筆第 6 輯》，由平原版「西窗隨筆系列」《心血來潮集》刪併而成。

躍昇文化公司　　遠流出版公司

死不認錯集

臺北：躍昇文化公司
1991 年 3 月，25 開，223 頁
柏楊書・西窗隨筆 10

臺北：遠流出版公司
2000 年 7 月，25 開，215 頁
西窗隨筆第 10 輯・柏楊精選集 20

本書內容同《柏楊隨筆第 9 輯》，由平原版「西窗隨筆系列」《死不認錯集》刪併而成。

柏楊語錄／孫觀漢編

臺北：平原出版社
1967 年 8 月，202 頁

本書爲孫觀漢摘錄《倚夢閒話》、《西窗隨筆》以及《雲遊記》中之精華語句，並另訂標題。全書收錄〈談自我〉、〈談人生〉、〈談文

化〉等 27 項分類，每摘句末附注出處。正文前有孫觀漢〈柏楊的著作〉，正文後有
〈心語（後記）〉、〈寫在《柏楊語錄》校後印前〉。

柏楊反孔雜文選／姚立民選編

香港：七十年代月刊社
1974 年 6 月，40 開，131 頁

本書選錄《倚夢閒話》、《西窗隨筆》以及《挑燈雜記》中有關柏楊
反傳統、反孔孟的雜文，並另定篇名，文末附注出處。全書收錄
〈聖人與孔家店〉、〈孔子的教條〉、〈孔子誅少正卯〉、〈吃人的禮
教〉等 30 篇文章。正文前有余從哲〈前言〉、〈編選說明〉。

柏楊專欄系列

臺北：星光出版社
臺北：躍昇文化公司
臺北：遠流出版公司

共 5 輯。為作者 1977 年至 1982 年間於《中國時報》「柏楊專欄」發表作品之結
集。每輯正文前有作者〈序〉，躍昇版正文前另有林蔚穎〈出版緣起〉。

星光出版社

躍昇文化公司

遠流出版公司

活該他喝酪漿

臺北：星光出版社
1978 年 1 月，32 開，195 頁
柏楊專欄第一集

臺北：躍昇文化公司
1988 年 12 月，25 開，289 頁
柏楊書·柏楊專欄 1

臺北：遠流出版公司
2000 年 11 月，25 開，169 頁
柏楊專欄第 1 輯·柏楊精選集 21

本書為作者出獄後首本專欄結集，內容為對周邊生活瑣事之觀感。全書收錄〈牛仔
褲和長頭髮〉、〈老爹也在變〉、〈兩頭尖的利刃〉、〈嚴重的危機〉等 31 篇文章。星
光版及躍昇版〈我們需要沉思〉文後附錄馬上庚〈「我們需要沉思·但絕不需要破
壞」〉，正文後附錄〈十年孤窗三部書——柏楊歷史研究叢書總序〉。

按牌理出牌
臺北：星光出版社
1979 年 1 月，32 開，280 頁
柏楊專欄第二集

臺北：躍昇文化公司
1989 年 1 月，25 開，312 頁
柏楊書・柏楊專欄 2

臺北：遠流出版公司
2000 年 11 月，25 開，163 頁
柏楊專欄第 2 輯・柏楊精選集 22

星光出版社　　躍昇文化公司　　遠流出版公司

本書爲作者 1978 年間發表作品之結集，內容主題包含男女關係、體諒他人、歷史知識等。全書收錄〈女人的名字：強哉驕〉、〈三上吊與劉玉娘〉、〈弱者的名字：一灘泥〉、〈卜太太的煩惱〉等 30 篇文章。〈禍國之宦〉遠流版改題〈禍國之官〉。星光版及躍昇版〈兩項建議〉文後附錄〈「惡醫國」〉，正文後附錄韓韓〈我見到了柏楊〉、司馬文武〈一個充滿人道色彩的科學家〉、周宜文〈孫觀漢博士返國見柏楊〉、作者〈孫觀漢先生歸去來〉、李文〈十年心血・不忍再見〉、史銘〈中國原子科學之父〉、史紫忱〈我心目中的神〉、梁上元〈上元給觀漢〉、吳覺真〈送觀漢先生〉、張香華〈孫觀漢先生和我〉共 10 篇文章。

大男人沙文主義
臺北：星光出版社
1979 年 11 月，32 開，243 頁
柏楊專欄第三集

臺北：躍昇文化公司
1989 年 2 月，25 開，279 頁
柏楊書・柏楊專欄 3

臺北：遠流出版公司
2000 年 11 月，25 開，194 頁
柏楊專欄第 3 輯・柏楊精選集 23

星光出版社　　躍昇文化公司　　遠流出版公司

本書爲作者 1978 年至 1979 年間發表作品之結集，內容除延續男女議題外，尚包含對中醫的看法等。全書收錄〈人是會變的〉、〈愛情效用遞減律〉、〈從一部電影說起〉、〈大男人沙文主義〉等 34 篇文章。

星光出版社　　躍昇文化公司　　遠流出版公司

早起的蟲兒

臺北：星光出版社
1980 年 12 月，32 開，235 頁
柏楊專欄第四集

臺北：躍昇文化公司
1989 年 6 月，25 開，271 頁
柏楊書・柏楊專欄 4

臺北：遠流出版公司
2000 年 11 月，25 開，164 頁
柏楊專欄第 4 輯・柏楊精選集 24

本書爲作者 1979 年至 1980 年間發表作品之結集，內容包含科幻小說推薦及揭發詐財騙人的手段等。全書收錄〈從武俠小說說起〉、〈白頭蒼蠅〉、〈怪山巨人〉等 29 篇文章。星光版及躍昇版正文後附錄五篇書內討論之國術館於報紙刊登的回應。

星光出版社　　躍昇文化公司　　遠流出版公司

踩了他的尾巴

臺北：星光出版社
1982 年 7 月，32 開，252 頁
柏楊專欄第五集

臺北：躍昇文化公司
1989 年 9 月，25 開，275 頁
柏楊書・柏楊專欄 5

臺北：遠流出版公司
2000 年 11 月，25 開，209 頁
柏楊專欄第 5 輯・柏楊精選集 25

本書爲作者 1980 年至 1982 年間發表作品之結集，內容主要爲作者至新加坡、馬來西亞、香港等各地旅行訪問的感想。全書收錄〈甘露寺老軍〉、〈住手！〉、〈一代比一代好〉等 23 篇文章。正文前有作者〈序〉；星光版及躍昇版正文後附錄作者〈女權與人權〉、〈華文與華人〉、〈華人才是真正的經濟動物〉。

學英文化公司　　躍昇文化公司

柏楊談人生／應鳳凰、傅博合編

臺北：學英文化公司
1984 年 7 月，32 開，214 頁
柏楊妙語集第一輯

臺北：躍昇文化公司
1989 年 6 月，25 開，262 頁
文學誌 24
（改題《柏楊妙語〔人生篇〕》，應鳳凰選編）

本書爲《柏楊妙語》系列之一，共三輯。本書精選結集作者所著雜文中之妙語精句，並依性質重新分類排列。全書分「男人篇」、「親情篇」、「怨偶篇」、「人生篇」、「生活篇」、「娛樂篇」六部分，收錄〈曠男〉、〈臭男人〉、〈大男人沙文主義〉、〈唯夫史觀〉、〈怕老婆〉等 69 篇文章。正文前有應鳳凰〈編輯前言（代序）〉。

學英文化公司　　躍昇文化公司

柏楊談社會／應鳳凰、傅博合編
臺北：學英文化公司
1984 年 7 月，32 開，203 頁
柏楊妙語集第二輯

臺北：躍昇文化公司
1989 年 6 月，25 開，262 頁
文學誌 25
（改題《柏楊妙語〔社會篇〕》，應鳳凰選編）

本書爲《柏楊妙語》系列之一，共三輯。本書精選結集作者所著雜文中之妙語精句，並依性質重新分類排列。全書分「文化篇」、「教育篇」、「醫藥篇」、「政治篇」四部分，收錄〈文化大國〉、〈文化沙漠〉、〈文化殖民地〉、〈中國人〉、〈中國人的笑〉等 66 篇文章。正文前有應鳳凰〈編輯前言（代序）〉。

學英文化公司　　躍昇文化公司

柏楊談女人／應鳳凰、傅博合編
臺北：學英文化公司
1984 年 9 月，32 開，208 頁
柏楊妙語集第三輯

臺北：躍昇文化公司
1989 年 6 月，25 開，249 頁
文學誌 26
（改題《柏楊妙語〔女人篇〕》，應鳳凰選編）

本書爲《柏楊妙語》系列之一，共三輯。本書精選結集作者所著雜文中之妙語精句，並依性質重新分類排列。全書分「女人篇」、「容貌篇」、「求偶篇」、「夫妻篇」四部分，收錄〈女人〉、〈女人的本錢〉、〈強哉驕〉、〈一灘泥〉、〈修飾〉等 70 篇文章。正文前有應鳳凰〈編輯前言（代序）〉。

林白出版社　　光文社

星光出版社　　遠流出版公司

醜陋的中國人

臺北：林白出版社
1985 年 8 月，新 25 開，354 頁
島嶼文庫 12

東京都：光文社
1988 年 3 月，42 開，230 頁
（題名《醜い中國人：なぜ、アメリカ人・日本人に學
ばないのか》，張良澤、宗像隆幸譯）

臺北：星光出版社
1992 年 8 月，25 開，354 頁
銀河書系 23

臺北：遠流出版公司
2008 年 5 月，25 開，314 頁
柏楊精選集 37

本書匯集作者演講、訪談的言論，以及社論、短文
等結集而成。全書分上輯「沉痛出輯」、下輯「怒濤
拍岸」兩部分，上輯收錄〈醜陋的中國人〉、〈正視
自己的醜陋面〉、〈中國人與醬缸〉、〈人生文學與歷
史〉等 37 篇文章；下輯收錄聽眾與讀者的回應與評
論共 21 篇文章。
中文版正文前有作者〈醬缸國醫生和病人（代
序）〉，日文版正文後有あとがき〈訳者として〉。

The Ugly Chinaman and the crisis of Chinese culture

澳洲：Allen&Unwin
1992 年 5 月，21.5x14 公分，162 頁

本書為《醜陋的中國人》英文選錄本，全書分三部分：「Part I：Bo
Yang speaks」收錄〈The Ugly Chinaman〉、〈Confronting your own
ugliness〉等四篇文章；「Part II：Bo Yang writes」收錄〈Signs and
symptoms of Chinese cultural senility〉、〈Too cowed to crow〉、〈Self
preservation uber alles〉等 15 篇文章；「Part III：Waves breaking on
the shore：AnUgly Chinaman forum」收錄〈Are Chinaman so
ugly？〉、〈The soy paste vat：symbol of all that is wrong with Chinese
culture〉、〈How to correct the habit of being perfect〉等 13 篇文章。正
文前有作者〈Preface to the English translation〉、Don J. Cohn and Jing
Qing〈Translators' introduction〉、作者〈Original preface to The
Ugly Chinaman〉。

星光出版社

光文社

醬缸震盪——再論醜陋的中國人

臺北：星光出版社
1995 年 8 月，25 開，204 頁
銀河書系 27

新　醜い中国人——「21 世紀は中国人の時代」は大嘘だ（與黃文雄合著）

東京：光文社
1997 年 3 月，48 開，216 頁

《醜陋的中國人》日譯本出版後，在日本社會激起巨大反響，日本華裔作家黃文雄就《醜陋的中國人》涉及的一些問題，與柏楊展開近一步對話，遂有此書。本書同步出版中文版及日文版，正文前有作者〈中文版序〉及黃文雄〈日文版序まえがき〉。

醬缸震盪

北京：人民文學出版社
2008 年 4 月，152 頁

本書出自《醬缸震盪——再論醜陋的中國人》，正文刪去〈被認定是「六四」禍首〉、〈誠實的人有禍了〉、〈一定正在那裏發燒〉等篇，並新增「未竟的訪談」，收錄 1987 年前後方梓採訪作者未完之作品，包含〈中西文化怎麼不一樣〉、〈何謂醬缸文化〉、〈吃的文化為什麼一直沒有提升？〉、〈平等為萬念之母〉、〈只有人的道德，沒有事的道德〉五篇，文前有方梓〈未竟的訪談（代序）〉。

帶箭怒飛

臺北：林白出版社
1986 年 5 月，新 25 開，367 頁
島嶼文庫 24

本書匯集作者出版著作中的序或後記，結集成冊，除作者本身自序外，另收有著作中的他序。全書分「雜文」、「小說」、「歷史」、「報導文學」、「詩」、「文選」、「年鑑」、「被序」共八部分，前七部分收錄自序〈叱吒風雲〉、〈大開眼界〉、〈不可不看〉、〈小民通茅塞〉、〈不通‧不通〉等 55 篇文章，「被序」收錄他序 16 篇。正文前有楊文娟〈帶箭怒飛序〉。

柏楊雜文選／聶華苓編

香港：文藝風出版社
1987 年 7 月，32 開，212 頁
臺灣文叢

選錄《活該他喝酪漿》、《按牌理出牌》、《大男人沙文主義》及《踩了他的尾巴》中作品。全書收錄〈牛仔褲和長頭髮〉、〈老爹也在變〉、〈兩頭尖的利刃〉等 46 篇文章。正文前有聶華苓〈柏楊和他的作品（代序）〉，正文後有〈柏楊小傳〉、〈柏楊年表簡編〉。

中國人，你受了什麼詛咒！

臺北：林白出版社
1987 年 9 月，25 開，308 頁
島嶼文庫 52

臺北：星光出版社
1994 年 2 月，25 開，320 頁
銀河書系 24

本書為作者自編作品，收錄各界對《醜陋的中國人》所提評論及作者自身感想。全書分「上輯：欄杆拍遍」、「中輯：左右夾擊」、「下輯：風雨撲面」三部分，共計 34 篇文章，其中收錄作者〈塔什干屠城〉、〈中國，你為什麼還是老樣子？〉。

柏楊說文化／張香華主編

臺北：皇冠出版社
1988 年 9 月，25 開，250 頁
皇冠叢書第 1538 種・柏楊雜文選

本書精選結集作者所著雜文中之妙語精句。全書分上卷「醬缸系列」、中卷「八〇年代七大宏願」、下卷「歐洲印象・感想・思量」三部分，收錄〈二抓牌〉、〈說不準學〉、〈不講是非〉、〈兩副嘴臉〉等 38 篇文章。正文前有皇冠出版社編輯部〈前言〉，正文後有〈柏楊小傳〉及「柏楊年表簡編」。

柏楊談愛情／張香華主編

臺北：皇冠出版社
1988 年 9 月，25 開，340 頁
皇冠叢書第 1539 種・柏楊雜文選

本書精選結集作者所著與愛情主題相關雜文之妙語精句，共。全書

收錄〈愛屋不及烏〉、〈虛榮與榮譽〉、〈座右之鏡〉、〈庸俗是致命傷〉等 48 篇文章。正文前有皇冠出版社編輯部〈前言〉，正文後有〈柏楊小傳〉及「柏楊年表簡編」。

對話戰場

臺北：林白出版社
1990 年 3 月，新 25 開，216 頁
島嶼文庫 97

本書為 1984 年至 1989 年間作者與媒體的訪談記錄。全書收錄李寧〈歷史的鏡子〉、Alain Peyraube（梁其姿譯）〈褻瀆君王的柏楊〉、呂嘉行〈士大夫和中國人〉等 17 篇記錄。正文前有作者〈前言〉。

路，要你自己走

臺北：星光出版社
1993 年 12 月，25 開，251 頁
銀河書系 6

本書收錄作者 1991 年間發表於吉隆坡《中國報》專欄作品，該專欄以書信形式回應讀者的疑問。全書收錄〈失戀的心情是複雜的〉、〈兩星期的愛情〉、〈談不來就不是佳偶〉、〈一屋二妻，欺人太甚！〉、〈自勵充實，老而彌堅〉等 54 篇信件。正文前有作者〈前言〉。

奮飛

臺北：遠流出版公司
2001 年 1 月，25 開，208 頁
柏楊精選集 27

本書收錄作者 1950 年至 1997 年間作品。全書分「輯一‧驀然回首」、「輯二‧若有所思」兩部分，收錄〈方言〉、〈冷暖人間〉、〈棣清，我兒〉、〈黃河〉、〈穿山甲人〉等 50 篇文章，正文前有作者〈孤雁(代序)〉。

我們要活得有尊嚴

香港：明報月刊
2002 年 6 月，25 開，174 頁
（原題《中國人，活得好沒有尊嚴！》）

臺北：遠流出版公司
2002 年 12 月，25 開，174 頁
柏楊精選集 29

本書結集作者發表於《明報月刊》作品。全書收錄〈我終於又到了香港〉、〈歡樂的二十一世紀中國〉、〈籌建綠島垂淚碑〉等 26 篇文章，正文前有作者〈代前言：我們在改變世界〉、〈人生小語〉、〈閱讀不能取代〉，正文後有「替柏楊作品翻案」系列，包含潘耀明〈柏楊：歷史峽谷中的「渡客」精神〉、歐銀釧〈經過長夜痛哭的人〉、唐德剛〈三峽舟中的一齣悲喜鬧劇〉、黎活仁〈替柏楊小說翻案〉，以及作者〈喜遇良師益友〉。

新城對：柏楊訪談錄

臺北：遠流出版公司
2003 年 3 月，25 開，414 頁
柏楊精選集 33

本書為作者與媒體間的訪談記錄。全書分上、下兩輯，上輯內容取自林白出版社《對話戰場》（刪〈中國大陸的奧秘〉1 篇）共 16 篇；下輯為 1990 年代至 2000 年代之訪問，收錄作者〈女權與人權〉、曾光華、郭棋佳〈華文與華人〉、吳清泰〈華人才是真正的經濟動物〉等 19 篇記錄。正文前有作者〈序〉。

天真是一種動力

臺北：財團法人人權教育基金會、遠流出版公司
2004 年 11 月，25 開，287 頁
柏楊精選集 36

本書匯集作者自 2000 年以來公開發表之文章、演講與訪談言論，內容主要探討民主、人權等問題，表現作者的獨特政治思想。全書分「獨白」、「對話」、「聆聽」三部分，「獨白」收錄〈天真是一種動力〉、〈權力癡呆症〉、〈驢碑法則〉等 17 篇文章；「對話」收錄作者的訪談紀錄共 7 篇；「聆聽」收錄陳曉明〈世俗批判的現代性意義——試論柏楊雜文的思想品格〉、周裕耕〈柏楊：非貴族的知識分子〉共二篇評論文章。正文前有作者〈請再聽我說（序）〉。

【小說】

辨證的天花

臺北：中興文學出版社
1953 年 4 月，32 開，108 頁
中興小說叢書第二集

短篇小說集。全書收有〈新彼得〉、〈辨證的天花〉、〈紅燈籠〉、〈畢業記〉、〈人民〉共五篇。正文前有〈張道藩先生序〉，正文後有作者〈後記〉。

文藝創作社　　　星光出版社　　　躍昇文化公司

蝗蟲東南飛

臺北：文藝創作社
1953 年 9 月，32 開，125 頁

臺北：平原出版社
1967 年 1 月，32 開，220 頁
金邊文學叢書
（改題《天疆》）

臺北：星光出版社
1987 年 5 月，32 開，238 頁
郭衣洞小說全集第八輯

臺北：躍昇文化公司
1991 年 1 月，25 開，247 頁
柏楊書・小說系列 8

長篇小說。本書為作者第一部小說創作，內容以東北為背景，描寫一群蘇俄紅軍一路轉進東北的行軍旅程中呈現的種種暴行，以誇張的筆法表現紅軍的言行不一，間接的批判泯滅人性政權與憐憫中國的人民。正文前有作者〈關於「郭衣洞小說全集」〉。躍昇版正文前另有林蔚穎〈出版緣起〉。

紅藍出版社　　　遠流出版公司　　　林白出版社

魔鬼的網

臺北：紅藍出版社
1955 年 10 月，32 開，112 頁

臺北：遠流出版公司
1981 年 1 月，32 開，236 頁
柏楊小說全集 2
（改題《打翻鉛字架》）

臺北：林白出版社
1987 年 1 月，新 25 開，233 頁
島嶼文庫 37
（改題《打翻鉛字架》）

短篇小說集。全書分三部分，「上輯」收錄〈魔匪〉、〈被猛烈踢過的狗〉、〈上帝的
恩典〉、〈神經病〉共四篇；「中輯」收錄〈求婚記〉、〈魔諜〉、〈「無妻徒刑」〉、〈好
人難做〉、〈妻的奇遇〉、〈畫展世家〉、〈英雄宴〉、〈「有妻徒刑」〉共八篇；「下輯」
收錄〈幸運的石頭〉、〈魔鬼的網〉共二篇。正文前有作者〈鷓鴣天（代序）〉，正文
後有作者〈後記〉。林白版〈被猛烈踢過的狗〉改題〈李義守〉、〈魔鬼的網〉改題
〈打翻鉛字架〉，另刪〈幸運的石頭〉，增〈護花記〉、〈捉賊記〉、〈寒暑表〉、〈一條
腿〉四篇。

生死谷
臺北：復興書局
1957 年 11 月，32 開，166 頁

短篇小說集。全書收錄 14 篇短篇小說。

正中書局　　　星光出版社　　　躍昇文化公司

蒼穹下的兒女
臺北：正中書局
1958 年 12 月，25 開，331 頁

臺北：星光出版社
1981 年 5 月，32 開，317 頁
郭衣洞小說全集第七集
（改題《凶手》）

臺北，躍昇文化公司
1990 年 11 月，25 開，315 頁
柏楊書・小說系列 7
（改題《凶手》）

短篇小說集。本書收錄作者於 1950 年代初期之小說作品，內容主要探討悲劇愛情
的成因，描述各種愛恨交織的現象。全書收錄〈旅途〉、〈黑龍潭〉、〈魔戀〉、〈愛之
罪〉、〈人間〉、〈大青石〉、〈等待〉、〈西吉嶼〉、〈跟踪者〉、〈愛天樓的秘密〉、〈夜
掠〉、〈無題〉、〈白楊樹〉、〈約會〉共 14 篇。正中版正文前有作者〈自序〉。
星光版及躍昇版正文前有作者〈關於「郭衣洞小說全集」〉、作者〈前言〉；躍昇版
正文前另有林蔚穎〈出版緣起〉。

曠野

臺北：平原出版社
1961 年 12 月，32 開，361 頁

臺北：星光出版社
1977 年 8 月，32 開，371 頁
郭衣洞小說全集第三集‧雙子星叢書 51

臺北：躍昇文化公司
1989 年 6 月，25 開，475 頁
柏楊書‧小說系列 3

星光出版社　躍昇文化公司

長篇小說。本書以探討「愛情是什麼」為主旨，由多個可獨立的故事穿插而成，故事以李士淳為主線，並穿插其他角色的情愛悲劇，呈現出各種愛情觀。
星光版正文前有作者〈關於「郭衣洞小說全集」〉、作者〈序〉，正文後有作者〈我和《曠野》〉。
作家版僅有正文。
躍昇版正文前有林蔚穎〈出版緣起〉、作者〈關於「小說系列」〉、作者〈序〉，正文後有作者〈我和《曠野》〉。

莎羅冷

臺北：平原出版社
1962 年 8 月，32 開，147 頁

臺北：星光出版社
1977 年 8 月，32 開，165 頁
郭衣洞小說全集第二集‧雙子星叢書 50

臺北：躍昇文化公司
1989 年 1 月，25 開，234 頁

平原出版社　星光出版社　躍昇文化公司

長篇小說。本書描述一對年輕夫妻為了養病來到偏僻的漁村——龍水塘，揭露一樁四十年前的愛情謀殺舊事，作者以年輕的丈夫為第一人稱敘述，描寫因情愛糾葛而產生的兩件人間悲劇。正文前有作者〈關於「郭衣洞小說全集」〉、李爾康〈悲劇是什麼〉、作者〈序〉。

掙扎

臺北：平原出版社
1963 年 5 月，32 開，161 頁
短篇小說選集

臺北：星光出版社
1980 年 10 月，32 開，161 頁
郭衣洞小說全集第四集

平原出版社　星光出版社

三聯書店　　躍昇文化公司

香港：三聯書店
1988 年 3 月，大 32 開，156 頁
（題名 "A Farewell：a collection of short"，Robert Reynolds 譯）

臺北：躍昇文化公司
1989 年 3 月，25 開，243 頁

短篇小說集。本書爲作者面對 1960 年代前半，對臺灣社會的觀察而寫成，內容以社會底層卑微生存的一群人爲主角，描述這些人在面對現實生活的苦難所表現出的扭曲人性，藉此表達作者對當代社會所造成悲劇的批判。全書收錄〈兀鷹〉、〈相思樹〉、〈一葉〉、〈火車上〉、〈進酒〉、〈歸巢〉、〈辭行〉、〈窄路〉、〈路碑〉、〈平衡〉、〈客人〉、〈朋友〉共 12 篇。正文前有作者〈序〉。

星光版及躍昇版正文前有作者〈關於「郭衣洞小說全集」〉、作者〈前言〉；躍昇版正文前另有林蔚穎〈出版緣起〉。

平原出版社　　星光出版社　　躍昇文化公司

怒航
臺北：平原出版社
1964 年 7 月，32 開，231 頁
金邊文學叢書

臺北：星光出版社
1977 年 8 月，32 開，231 頁
郭衣洞小說全集第五集・雙子星叢書 53

臺北：躍昇文化公司
1989 年 8 月，25 開，285 頁

短篇小說集。本書透過人物心理行爲皆露社會的病態，表現作者對時代的關心與悲憫。全書收錄〈七星山〉、〈隆格〉、〈周琴〉、〈晚霞〉、〈鋼鞭〉、〈微笑〉、〈夜歸〉、〈時代〉、〈屈膝〉、〈閒步港〉、〈鬼屋〉、〈出獄〉共 12 篇，星光版及躍昇版將〈出獄〉改題〈重逢〉。
平原版正文前有作者〈序〉。
星光版正文前有作者〈關於「郭衣洞小說全集」〉、李爾康〈人性的發掘〉、作者〈序〉。
躍昇版正文前另有林蔚穎〈出版緣起〉、作者〈關於「小說系列」〉、李爾康〈人性的發掘〉、作者〈序〉。

平原出版社　　　星光出版社　　　三聯書店　　　躍昇文化公司

秘密

臺北：平原出版社
1965 年 9 月，32 開，217 頁
金編文學叢書

臺北：星光出版社
1977 年 8 月，32 開，217 頁
郭衣洞小說全集第一集・雙子星叢書 49

香港：三聯書店
1985 年 1 月，大 32 開，184 頁
（題名 "Secrets：A Collection of Short Stories"，David Deterding 譯）

臺北：躍昇文化公司
1988 年 12 月，25 開，303 頁
柏楊書・小說系列 1

短篇小說集。本書探討現實社會中，當愛情與金錢關係交纏時，人性所表現出的劣性與偉大。全書收錄〈峽谷〉、〈秘密〉、〈龍眼粥〉、〈強水街〉、〈沉船〉、〈窗前〉、〈結〉、〈蓮〉、〈拱橋〉、〈塑像〉共 10 篇。
平原版正文前有作者〈序〉。
星光版正文前有作者〈關於「郭衣洞小說全集」〉、黃守誠〈談郭衣洞和他的作品〉、作者〈序〉。
三聯版正文前有〈About the Author〉、〈Translator's Note〉、〈Preface〉、〈Foreword〉。
躍昇版正文前有林蔚穎〈出版緣起〉、作者〈關於「小說系列」〉、黃守誠〈談郭衣洞和他的作品〉、作者〈序〉，正文後有〈關於柏楊〉、〈柏楊書〉。

雲遊記①

臺北：平原出版社
1965 年 11 月，32 開，165 頁
金邊文學叢書

香港：文藝書屋
1972 年 9 月，32 開，189 頁

平原出版社　　　文藝書屋

長篇小說。本書為作者 1960 年代連載於「人間世雜誌社」作品，共二冊，以傳統章回小說之形式書寫，讓大眾熟悉的歷朝人物或傳奇人物齊聚書中，藉由荒誕的事件表現，諷刺和批判社會的病態現象。上冊收錄〈回國記〉、〈致訓記〉、〈復活記〉、〈報名記〉、〈出浴記〉、〈鐵帽記〉、〈下山記〉、〈出發記〉、〈紅包國〉、〈猛生國〉、〈開會國〉共 11 回。正文前有作者〈序〉。

平原出版社　　文藝書屋

雲遊記②
臺北：平原出版社
1967 年 5 月，32 開
金邊文學叢書

香港：文藝書屋
1972 年 9 月，32 開，189 頁

長篇小說。本書為作者 1960 年代連載於《人間世》雜誌與《陽明》雜誌的作品，共二冊，以傳統章回小說之形式書寫，讓大眾熟悉的歷朝人物或傳奇人物齊聚書中，藉由荒誕的事件表現，諷刺和批判社會的病態現象。下冊收錄〈詩人國〉、〈歪脖國〉、〈西崽國〉、〈惡醫國〉、〈飛帽國〉、〈官崽國〉共六回。正文前有作者〈序〉。

遠流出版公司　　林白出版社

古國怪遇記
臺北：遠流出版公司
1980 年 10 月，32 開，336 頁
柏楊小說全集 1・遠流叢刊 19

臺北：林白出版社
1987 年 1 月，25 開，344 頁
島嶼文庫 38

長篇小說。本書為《雲遊記》兩冊合訂本，易名及重新排版。全書共收錄 17 回。正文前有作者〈序〉。

文藝風出版社　　皇冠出版社

柏楊小說選
香港：文藝風出版社
1986 年 10 月，大 32 開，275 頁

柏楊小說選讀
臺北：皇冠出版社
1988 年 2 月，25 開，385 頁
皇冠叢書第 1469 種

本書精選作者於 1950～1960 年代創作之短篇小說。全書收錄〈夜掠〉、〈鴻溝〉、〈臥軌〉、〈峽谷〉、〈周琴〉、〈龍眼粥〉、〈兇手〉、〈晚霞〉、〈一束花〉、〈相思樹〉、〈歸巢〉、〈塑像〉、〈微笑〉、〈重逢〉、〈蓮〉、〈拱橋〉、〈等待〉、〈七星山〉、〈鬼屋〉、〈陷阱〉共 20 篇。正文前有李黎〈郭衣百洞亦無悔——序柏楊小說選讀〉，正文後有〈柏楊小傳〉、〈柏楊年表簡編〉。

【報導文學】

平原出版社　　星光出版社

躍昇文化公司　傑納斯

遠流出版公司

異域

臺北：平原出版社
1961 年 8 月，32 開，148 頁

臺北：星光出版社（重排初版）
1977 年 11 月，32 開，199 頁
雙子星叢書 2

臺北：躍昇文化公司
1988 年 11 月，25 開，274 頁
柏楊書・報導文學 1

倫敦：Janus Publishing Company（傑納斯）
1996 年 5 月，25 開，166 頁
（題名 "The Alien Realm"，于人瑞翻譯）

臺北：遠流出版公司
2000 年 12 月，25 開，191 頁
柏楊精選集 26

本書為作者根據泰北孤軍的訪問資料為基礎而撰寫，故事背景為 1949 年底，描述一支孤軍從雲南往緬甸撤退的奮戰過程與艱難處境，表現戰爭的殘酷與人民的無奈。全書收錄〈元江絕地大軍潰敗〉、〈四小時掩護下退向緬甸〉、〈中緬第一次大戰（平原版題「第一次中緬大戰」）〉、〈反攻雲南〉、〈中緬第二次大戰〉、〈勝利帶給我們撤退〉共六章。
各版正文前均有葉明勳〈序〉。
平原版正文後有〈附錄一：鄧克保致編者函一〉，躍昇版及遠流版移至〈反攻雲南〉後。
平原版、躍昇版、遠流版正文後有〈附錄二：鄧克保致編者函二〉。
星光版、躍昇版、遠流版正文後有〈鄧克保先生《異域》重印校稿後記〉。

平原版正文後有〈附圖一：大軍元江潰敗形勢圖〉、〈附圖二：孤軍反攻雲南圖〉。
星光版正文後有〈關於柏楊〉、〈柏楊書〉。
躍昇版正文前有林蔚穎〈出版緣起〉。
遠流版正文前有柏楊〈異域（代序）〉。
傑納斯版僅有正文六章。

時報文化公司

躍昇文化公司

金三角・邊區・荒城

臺北：時報文化公司
1982 年 5 月，32 開，220 頁
時報書系 390

香港：三聯書店
1987 年 8 月，25 開，204 頁
（書名 "Golden Triangle Frontier and Wilderness"，Clive Gulliver 譯）

臺北：躍昇文化公司
1988 年 11 月，25 開，280 頁
柏楊書・報導文學 2
（改題《金三角・荒城》）

本書爲 1982 年 2 月作者在《中國時報》的贊助下，實地深入泰緬地區探訪金三角，並以報導文學的方式連載於全球各地華文報後結集成書，內容包含發生於毒三角的晚清鴉片戰爭及金三角戰爭之描述、美斯樂異域孤軍的艱困處境等，配合地圖與攝影圖片將金三角的荒城情景完整的呈現。全書收錄〈出發〉、〈「毒三角」〉、〈毒品王朝〉、〈坤沙被捕與營救〉等 43 篇。
時報版正文後有作者〈後記〉、〈柏楊著作簡表〉。
三聯版正文前有〈About the Author〉、〈Translator's Preface〉。
躍昇版正文前有林蔚穎〈出版緣起〉，正文後有〈後記〉、〈關於柏楊〉、〈柏楊書〉。

林白出版社

光文社

布魯克瑪亞
大學出版社

家園

臺北：林白出版社
1989 年 5 月，新 25 開，285 頁
島嶼文庫 77

東京：光文社
1989 年 8 月，48 開，269 頁
（書名《絕望の中国人》，張良澤、宗像隆幸翻譯）

德國：布魯克瑪亞大學出版社
1991 年 1 月，25 開，311 頁
（書名 "Ruckkehr in die Heimat：Ein Schriftsteller aus Taiwan besucht die VR in China"，Jurgen Ritter 翻譯）

本書爲作者 1988 年回到大陸探親的經過，並對 1988 年的大陸情況有詳細的觀察與見解。全書收錄〈耶穌・孔子・藍儂〉、〈紫人國〉、〈都是爲你好〉、〈思想分配部長〉、〈訣別四十年〉等 61 篇文章。正文前有作者〈前言萬語，此情不盡——《家園》前言〉，正文後附錄應鳳凰〈上海的頭痛時間〉、茹志鵑〈我和柏楊的交往〉。德文版正文後另有應鳳凰〈In Japan freundliche Aufnahme des berühmten Bo Yang〉、〈Abstract〉。

【傳記】

柏楊回憶錄／柏楊口述，周碧瑟執筆
臺北：遠流出版公司
1996 年 7 月，25 開，409 頁
本土與世界叢書 26

本書爲作者於 1995 年透過訪談、口述的方式，描述自身七十五年的生平，並由周碧瑟執筆。全書收錄〈野生動物〉、〈家庭〉、〈繼母〉、〈上小學的日子〉等 47 篇文章。正文前有作者〈前言：重飛來時路〉、周碧瑟〈代序：陪柏楊重走七十五年〉，正文後附錄作者〈寫給劉展華的一封信〉。

這個人・這個島——柏楊人權感恩之旅
臺北：財團法人人權教育基金會、遠流出版公司
2005 年 11 月，18 開，247 頁

本書以圖像方式記錄作者生平，並敘臺灣民主的歷程。全書分爲〈捲起千堆雪〉、〈筆力萬鈞〉、〈鼓動飛翔的雙翼〉三部分，正文前有〈前言：這個人・這個島——柏楊人權感恩之旅〉，正文後有〈附錄：柏楊大事記&著作年表〉。

【書信】

柏楊在火燒島——寫給女兒的信
臺北：漢藝色研文化公司
1988 年 1 月，25 開，275 頁
詩文之美 13

本書爲作者自 1972 年至 1977 年之間，與女兒的書信往來內容。全書分爲「上卷（1972～1976 年）」及「下卷」（1976～1977 年）兩部分，上卷收錄書信 135 封，下卷收錄書信 71 封。正文前有漢藝色研編輯部〈編者的話〉，「下卷」正文前有漢藝色研編輯部〈編者的話〉，全書正文後有漢藝色研編輯部〈編輯後記〉。

【兒童文學】

復興書局　　**星光出版社**

躍昇文化公司

周彼得的故事
臺北：復興書局
1957 年 11 月，32 開，164 頁

臺北：星光出版社
1980 年 8 月，32 開，221 頁
郭衣洞小說全集第六集
（改題《天涯故事》）

臺北：躍昇文化公司
1990 年 2 月，25 開，258 頁
柏楊書・小說系列 6
（改題《天涯故事》）

短篇小說集。本書爲作者以希臘的民間故事爲基礎所寫成的童話，以周彼得爲主角，敘述其登上天帝寶座後，神與人類交流的情景，並抨擊上層神祇的荒唐行爲。全書收錄〈黃金時代〉、〈盜火案〉、〈方舟〉、〈白牛峽〉、〈悲哀的蜘蛛〉、〈銀弓之主〉、〈艾克斯山洞〉、〈金箭〉、〈尋妹記〉、〈波爾薩斯〉、〈金蘋果〉、〈金飛素〉、〈奇技恨〉、〈歷險記〉、〈黑帆〉共 15 篇。
星光版及躍昇版正文前有作者〈關於「郭衣洞小說全集」〉、作者〈前言〉，躍昇版正文前另有林蔚穎〈出版緣起〉。

紅蘋菓／章逸燄繪

香港：亞洲出版社
1959 年 5 月，17.5×20 公分，79 頁
亞洲兒童叢書・兒高 24

本書改寫自北歐童話，並藉由這些故事闡述自由的重要。全書收錄
〈加加普深谷〉、〈世界樹〉、〈群神〉、〈瓦爾基兒〉、〈魔鍋〉、〈苗尼
爾巨鎚〉、〈托爾遠征〉、〈金髮〉、〈紅蘋菓〉、〈佛萊爾求婚〉、〈巴爾
達之死〉、〈黃昏〉共 12 篇故事。正文前有作者〈致讀者〉。

柏楊說故事——寫給女兒的小棉花歷險記

臺北：漢藝色研文化公司
1988 年 1 月，25 開，133 頁
詩文之美 12

本書爲作者 1968 至 1969 年間，於獄中寫給女兒的一本未完成的童
話。故事描寫主角爸爸兔爲了尋找女兒小棉花遇到的種種經歷，故
事因故未有結尾，留予讀者想像的空間。全書收錄〈她的名字叫小
棉花〉、〈羨慕哥哥兔上學〉、〈小棉花哭鬧媽媽兔〉、〈頭上碰了一個
大包〉等 43 篇文章。正文前有編輯部〈編者的話〉，正文後有編輯
部〈給小朋友的一封限時信〉。

【合集】

柏楊全集／李瑞騰主編

臺北：遠流出版公司
2000 年 3 月～2003 年 10 月，25 開

共 28 冊；每冊正文前有王榮文〈《柏楊全集》出版意義〉、作者〈《柏楊全集》前
言〉、李瑞騰〈《柏楊全集》總序〉。

柏楊全集 1・散文卷／雜文類

臺北：遠流出版公司
2000 年 3 月，25 開，667 頁

收錄《玉雕集》、《怪馬集》、《堡壘集》。

柏楊全集 2・散文卷／雜文類
臺北：遠流出版公司
2000 年 3 月，25 開，667 頁

收錄《聖人集》、《鳳凰集》、《紅袖集》、《立正集》。

柏楊全集 3・散文卷／雜文類
臺北：遠流出版公司
2000 年 3 月，25 開，633 頁

收錄《牽腸集》、《蛇腰集》、《剝皮集》。

柏楊全集 4・散文卷／雜文類
臺北：遠流出版公司
2000 年 7 月，25 開，605 頁

收錄《高山滾股集》、《道貌岸然集》、《前仰後合集》、《聞過則怒集》。

柏楊全集 5・散文卷／雜文類
臺北：遠流出版公司
2000 年 7 月，25 開，484 頁

收錄《神魂顛倒集》、《鬼話連篇集》、《大愚若智集》。

柏楊全集 6・散文卷／雜文類
臺北：遠流出版公司
2000 年 7 月，25 開，523 頁

收錄《越幫越忙集》、《心血來潮集》、《死不認錯集》。

柏楊全集 7・散文卷／雜文類
臺北：遠流出版公司
2000 年 11 月，25 開，530 頁

收錄《活該他喝駱漿》、《按牌理出牌》、《大男人沙文主義》。

柏楊全集 8‧散文卷／雜文類
臺北：遠流出版公司
2000 年 11 月，25 開，584 頁

收錄《早起的蟲兒》、《踩了牠的尾巴》、《奮飛》。

柏楊全集 9‧散文卷／報導與傳記類
臺北：遠流出版公司
2000 年 11 月，25 開，388 頁

收錄《異域》、《金三角‧荒城》。

柏楊全集 10‧散文卷／報導與傳記類
臺北：遠流出版公司
2002 年 6 月，25 開，624 頁

收錄《家園》、《柏楊回憶錄》。

柏楊全集 11‧散文卷／書信類
臺北：遠流出版公司
2002 年 6 月，25 開，596 頁

收錄《柏楊說故事》、《柏楊在火燒島》、《路，要你自己走！》。

柏楊全集 12‧詩卷／小說卷
臺北：遠流出版公司
2002 年 6 月，25 開，489 頁

收錄《柏楊詩》、《秘密》、《莎羅冷》。

柏楊全集 13‧小說卷
臺北：遠流出版公司
2002 年 8 月，25 開，629 頁

收錄《曠野》、《掙扎》。

柏楊全集 14.小說卷
臺北：遠流出版公司
2002 年 8 月，25 開，637 頁

收錄《怒航》、《天涯故事》、《兇手》。

柏楊全集 15.小說卷
臺北：遠流出版公司
2002 年 8 月，25 開，707 頁

收錄《蝗蟲東南飛》、《古國怪預計》、《打翻鉛字架》。

柏楊全集 16.史學卷
臺北：遠流出版公司
2002 年 10 月，25 開，586 頁

收錄《中國人史綱（上）》。

柏楊全集 17.史學卷
臺北：遠流出版公司
2002 年 10 月，25 開，629 頁

收錄《中國人史綱（下）》。

柏楊全集第 18 冊.史學卷
臺北：遠流出版公司
2003 年 2 月，25 開，456 頁

本書收錄作者《中國帝王皇后親王公主世系錄（上）》。

柏楊全集第 19 冊.史學卷
臺北：遠流出版公司
2003 年 2 月，25 開，521 頁

本書收錄作者《中國帝王皇后親王公主世系錄（下）》。

柏楊全集第 20 冊‧史學卷

臺北：遠流出版公司
2003 年 2 月，25 開，701 頁

本書收錄作者《中國歷史年表（上）》。

柏楊全集第 21 冊‧史學卷

臺北：遠流出版公司
2003 年 2 月，25 開，713 頁

本書收錄作者《中國歷史年表（下）》。

柏楊全集 22‧史學卷

臺北：遠流出版公司
2003 年 9 月，25 開，407 頁

收錄《可怕的掘墓人》、《忘了他是誰》。

柏楊全集 23‧史學卷

臺北：遠流出版公司
2003 年 9 月，25 開，600 頁

收錄《姑蘇響鞋》、《溫柔鄉》、《長髮披面》。

柏楊全集 24‧史學卷

臺北：遠流出版公司
2003 年 9 月，25 開，612 頁

收錄《柏楊曰（一）》。

柏楊全集 25‧史學卷

臺北：遠流出版公司
2003 年 9 月，25 開，580 頁

收錄《柏楊曰（二）》。

柏楊全集 26．史學卷
臺北：遠流出版公司
2003 年 9 月，25 開，569 頁

收錄《柏楊曰（三）》。

柏楊全集 27．特別卷
臺北：遠流出版公司
2003 年 10 月，25 開，606 頁

收錄《醜陋的中國人》、《醬缸震盪》、《對話戰場》、《新城對》。

柏楊全集 28．特別卷
臺北：遠流出版公司
2003 年 10 月，25 開，416 頁

本書收錄《柏楊研究資料》一書。

文學年表

1920 年	本年	生於河南省開封縣，本名郭定生，因生母早逝，無法確定出生日期。父郭學忠，生母魏氏，繼母祁氏。
1931 年	本年	就讀河南省立第四小學二年級。
1932 年	本年	轉入河南省立第六小學就讀四年級。
1933 年	本年	隨堂叔郭學澐返回輝縣老家。入輝縣縣立小學就讀四年級。
1934 年	本年	以同等學歷考取輝縣百泉鎮私立百泉初中。
1936 年	本年	初中二年級，因頂撞校長梁錫山被開除學籍，前往開封投奔父親，改名為郭立邦，以同等學歷考取開封高中。
1937 年	本年	棄學從軍，進河南省軍事政治幹部訓練班，後加入國民黨。
1939 年	本年	與艾紹荷結婚。
	10 月	30 日，長女郭素萍出生。
1940 年	本年	父親郭學忠病逝於開封，享年 57 歲。
1942 年	本年	使用假證件報考西北區大專聯招，考取甘肅學院法律系，至蘭州。
1943 年	本年	被查出使用假證件，遭學校開除。
		與崔秀英結婚。
1944 年	本年	偽造學歷證件，改名郭衣洞，分發至三台東北大學政治系三年級。
1945 年	4 月	28 日，次女崔渝生出生。

1946 年	本年	東北大學畢業。
1947 年	夏	被查出使用假證件進入東北大學就讀，遭到教育部永遠開除學籍。
	本年	應聘擔任遼東文法學院政治系副教授，兼任北大營陸軍軍官學校第三軍官訓練班教官。
1948 年	11 月	1 日，南下北平。
	本年	與徐天祥、孫建章於瀋陽籌設《大東日報》。
1949 年	本年	轉至上海，其後來臺。
		擔任屏東農業職業學校人事員。
1950 年	本年	因竊聽共產黨廣播，處六個月有期徒刑，實際羈押七個多月，並遭屏東農業職業學校開除。
		擔任省立臺南工學院（今成功大學）附設工業職業學校歷史教員。
1951 年	本年	未獲臺南工學院附設工業職業學校續聘，至南投擔任草屯初中國文教師。
1952 年	11 月	開始以「郭衣洞」之名創作，長篇小說《蝗蟲東南飛》獲中華文藝獎金委員會大獎，連載於《文藝創作》第 19 期、第 20 期、第 22 期、第 24 期、第 25 期、第 26 期及第 28 期。
	本年	至臺北擔任國際青年歸主協會函授學校教師。
1953 年	1 月	5 日，離開國際青年歸主協會函授學校。
	4 月	短篇小說集《辨證的天花》由臺北中興文學出版社出版。
	9 月	長篇小說《蝗蟲東南飛》由臺北文藝創作社出版。
	本年	與齊永培結婚。
		擔任樹林中學教師。

1954 年　3 月　發表短篇小說〈妻的奇遇〉於《文壇》第 2 卷第 6 期。

發表短篇小說〈巴鄰旁之奔〉於《幼獅文藝》第 1 卷第 1 期。

4 月　發表短篇小說〈幸運的石頭〉於《自由中國》第 10 卷第 7 期。

5 月　發表短篇小說〈舌魂〉於《幼獅文藝》第 1 卷第 3 期。

6 月　發表短篇小說〈魔匪〉於《文壇》第 2 卷第 10 期。

21 日，發表〈英雄宴〉於《中國一周》第 217 期。

7 月　發表短篇小說〈有妻徒刑〉。

9 月　24 日，長子郭本城出生。

發表〈跨海散記〉於《幼獅文藝》第 1 卷第 6 期。

12 月　發表短篇小說〈被猛烈踢過的狗〉於《自由中國》第 11 卷第 11 期。

本年　轉至救國團任職。

1955 年　1 月　發表〈踏遍關山言語塞〉於《自由談》第 6 卷第 1 期。

2 月　發表短篇小說〈悲哀的蜘蛛〉於《幼獅文藝》第 2 卷第 2 期。

3 月　20 日，應邀參加於臺北市吉弟餐廳舉辦的「《自由談》創刊五週年小型紀念會」座談，發表演講：「生平最是歡樂時」。會議記錄刊載於《自由談》第 6 卷第 4 期。

發表〈評鄧綏寧的《徵婚》〉於《幼獅文藝》第 2 卷第 3 期。

9 月　發表短篇小說〈愛之罪〉於《自由談》第 6 卷第 9 期。

10 月　短篇小說集《魔鬼的網》由臺北紅藍出版社出版。

發表〈冒風沙・破巨浪・訪澎湖〉於《幼獅文藝》第 3 卷第

3 期。

1956 年	1 月	發表〈重擔〉於《自由談》第 7 卷第 1 期。
	3 月	發表〈攀峻嶺，入海隅〉於《幼獅文藝》第 4 卷第 2 期。
	5 月	14 日，發表〈返鄉〉於《中國一周》第 316 期。
	6 月	4 日，發表〈狼〉於《中國一周》第 319 期。
	10 月	發表短篇小說〈方舟〉於《幼獅文藝》第 5 卷第 3 期。
	11 月	發表短篇小說〈金蘋果〉於《幼獅文藝》第 5 卷第 4 期。
	本年	獲政治大學畢業證書。
1957 年	2 月	25 日，次子郭本垣出生。
		發表短篇小說〈盜火案〉於《文壇》特大號。
	5 月	發表兒童文學〈群神〉於《幼獅文藝》第 6 卷第 1 期。
	6 月	發表兒童文學〈金頭髮和紅蘋果〉於《幼獅文藝》第 6 卷第 2 期。
	10 月	7 日，發表〈菲島華僑的愛國詩人〉於《中國一周》第 389 期。
	11 月	發表兒童文學〈佛萊爾的求婚〉於《幼獅文藝》第 7 卷第 2 期。
		兒童文學《周彼得的故事》由臺北復興出版社出版。
		發表〈寒暑表〉於《文壇》第 1 期。
		短篇小說集《生死谷》由臺北復興書局出版。
	本年	應閻振興之邀，至成功大學教授「三民主義」課程。
1958 年	6 月	翻譯韓國趙炳華詩作〈石阿花〉，連載於《幼獅文藝》第 8 卷第 5 期～第 9 卷第 2、3 期。
	12 月	短篇小說集《蒼穹下的兒女》由臺北正中書局出版。

1959 年	4 月	翻譯詩集《石阿花》（趙炳華著）由北京中國文學出版社出版。
	5 月	兒童文學《紅蘋菓》由香港亞洲出版社出版。
	本年	與齊永培離婚，後與倪明華結婚。
		結束成功大學、救國團職務，轉至《自立晚報》任職，並兼任臺灣藝術專科學校教授，教授「文學概論」課程。
1960 年	2 月	29 日，發表〈愛梅屋〉於《中國一周》第 514 期。
	5 月	《寶島長虹》由行政院國軍退除役官兵輔導委員會（大道半月刊）出版。
		開始以筆名「柏楊」《自立晚報》撰寫「倚夢閒話」專欄。
	9 月	17 日，三女郭本明出生。
1961 年	8 月	《異域》由臺北平原出版社出版，爲〈血戰異域十一年〉結集後易名。
		發表〈冷靜，冷靜，冷靜！〉於《幼獅文藝》第 15 卷第 3 期。
	12 月	長篇小說《曠野》由臺北平原出版社出版。
		25 日，發表〈評介《軍人之子》〉於《中國一周》第 609 期。
	本年	以筆名「鄧克保」連載長篇小說〈血戰異域十一年〉於《自立晚報》。
		創立平原出版社。
1962 年	3 月	發表〈母親〉於《幼獅文藝》第 16 卷第 3 期。
	8 月	中篇小說《莎羅冷》由臺北平原出版社出版。
	本年	《倚夢閒話》第 1～2 輯由臺北平原出版社出版。

| 1963 年 | 5 月 | 27 日，開始於《公論報》撰寫「西窗隨筆」專欄。 |

短篇小說集《掙扎》由臺北平原出版社出版。

本年　《倚夢閒話》第 3～6 輯、《西窗隨筆》第 1～2 輯由臺北平原出版社出版。

| 1964 年 | 7 月 | 短篇小說集《怒航》由臺北平原出版社出版。 |

本年　《西窗隨筆》第 3～5 輯由臺北平原出版社出版。

| 1965 年 | 9 月 | 短篇小說集《祕密》由臺北平原出版社出版。 |

本年　《西窗隨筆》第 6～8 輯由臺北平原出版社出版。

《倚夢閒話》第 7 輯由臺北平原出版社出版。

長篇小說《雲遊記》第 1 集由臺北平原出版社出版。

| 1966 年 | 2 月 | 主編《1966 年中國文藝年鑑》由臺北平原出版社出版。 |

本年　長篇小說〈天疆〉（原名《蝗蟲東南飛》）於《自立晚報》連載。

《西窗隨筆》第 9 輯由臺北平原出版社出版。

《倚夢閒話》第 8 輯由臺北平原出版社出版。

1967 年	1 月	長篇小說《天疆》由臺北平原出版社出版。
	8 月	孫觀漢編《柏楊語錄》由臺北平原出版社出版。
	11 月	主編《1967 年中國文藝年鑑》由臺北平原出版社出版。
	夏	翻譯「大力水手」系列漫畫連載於《中華日報》家庭版。

本年　《倚夢閒話》第 9～10 輯由臺北平原出版社出版。

《西窗隨筆》第 10 輯由臺北平原出版社出版。

長篇小說《雲遊記》第 2 集由臺北平原出版社出版。

| 1968 年 | 3 月 | 2 日，發表〈蔣夫人的號召〉於《自立晚報》副刊。 |

　　　　　　　　7 日，被調查局以「共產黨間諜」及「打擊國家領導中心」
　　　　　　　　的罪名逮捕入獄。

　　　　7 月　　7 日，移送臺灣警備司令部軍法處。

　　　　本年　　《挑燈雜記》第 1～2 輯由臺北平原出版社出版。

1969 年　本年　　與倪明華離婚。

　　　　　　　　以叛亂罪被判有期徒刑 12 年，並開除國民黨黨籍。

1970 年　本年　　囚禁臺北縣景美鎮軍法處看守所。

1972 年　本年　　解送國防部綠島感訓監獄。

1974 年　6 月　　姚立民選編《柏楊反孔雜文選》由香港七十年代月刊社出
　　　　　　　　版。

1975 年　本年　　因蔣中正逝世，全國特赦，政治犯減刑三分之一，刑期減爲
　　　　　　　　八年。

1976 年　3 月　　7 日，入獄八年刑滿，被移送臺灣警備司令部綠島指揮部軟
　　　　　　　　禁。

　　　　本年　　因美國總統卡特推動人權外交，好友孫觀漢藉此請願，同時
　　　　　　　　國際特赦組織成員從各國寫信給中華民國政府，進行海外營
　　　　　　　　救。

1977 年　4 月　　1 日，因美國眾議院議長伍爾夫之關切，獲釋，飛抵臺北，
　　　　　　　　共被囚禁九年又 26 天。

　　　　7 月　　1 日，發表〈關於《郭衣洞小說全集》〉於《愛書人》第 43
　　　　　　　　期。

　　　　　　　　9 日，開始於《中國時報》撰寫「柏楊專欄」。

　　　　8 月　　長篇小說〈莎羅冷〉連載於《海洋生活》半月刊。

　　　　　　　　長篇小說〈曠野〉連載於《大道半月刊》。

　　　　11 月　　《異域》由臺北星光出版社出版。

12 月　《中國歷代帝王皇后親王公主世系錄》由臺北星光出版社出版。

《中國歷史年表》由臺北星光出版社出版。

本年　接獲中國大陸問題研究中心研究員之聘書。

《郭衣洞小說全集》第 1～5 冊由臺北星光出版社出版。

1978 年　2 月　4 日，與張香華結婚，遷居臺北新店花園新城。

3 月　21 日，發表〈異域續集〉（後未完成）於《中國時報》第 12 版。

本年　《柏楊專欄》第 1 集由臺北星光出版社出版。

1979 年　1 月　《中國人史綱》由臺北星光出版社出版。

3 月　梁上元編《柏楊和我》由臺北星光出版社出版。

4 月　發表〈柏楊年譜〉於《大學雜誌》第 124 期。

9 月　《史綱文選》由臺北星光出版社出版。

本年　於《臺灣時報》撰寫「湖濱讀史札記」專欄。

《柏楊專欄》第 2～3 集由臺北星光出版社出版。

《柏楊選集》第 1～4 輯由臺北星光出版社出版。

1980 年　11 月　發表〈喜悅・祝福・盼望〉於《現代文學》復刊第 12 期。

本年　《柏楊選集》第 5～10 輯由臺北星光出版社出版。

《柏楊隨筆》第 1～2 輯由臺北星光出版社出版。

《柏楊專欄》第 4 集由臺北星光出版社出版。

《郭衣洞小說全集》第 6 冊由臺北星光出版社出版。

《柏楊小說全集》第 1 集由臺北遠流出版公司出版。

《皇后之死》第 1 集由臺北星光出版社出版。

1981 年　1 月　獲外交部及警備司令部同意，得以接受新加坡《南洋商報》
　　　　　　　之邀請，出國訪問。後與倪匡等人訪問新加坡，並至馬來西
　　　　　　　亞、香港，返臺後撰寫一系列的〈新馬港之行〉。

　　　　　6 月　許嘯天原著，柏楊校訂《隋唐帝王外史》（全二冊）由臺北喜
　　　　　　　美出版社出版。

　　　　　　　應世界詩人大會之邀，至美國舊金山參加第五屆詩人大會。

　　　　　8 月　《中國歷史年表》（全二冊）由臺北星光出版社出版。

　　　　　本年　《柏楊隨筆》第 3～10 輯由臺北星光出版社出版。

　　　　　　　《柏楊小說全集》第 2 集由臺北遠流出版公司出版。

　　　　　　　《郭衣洞小說全集》第 7 冊由臺北星光出版社出版。

　　　　　　　《皇后之死》第 2 集由臺北星光出版社出版。

1982 年　1 月　詩集《柏楊詩抄》由臺北四季出版公司出版。

　　　　　4 月　7 日，應馬來西亞馬華公會之邀，前往吉隆坡演講。

　　　　　5 月　《金三角・邊區・荒城》由臺北時報文化出版公司出版。

　　　　　6 月　主編《新加坡共和國華文文學選集》（共 5 冊），由臺北時報
　　　　　　　文化出版公司出版。

　　　　　7 月　12～13 日，〈穿山甲人──張四妹〉連載於《中國時報》人
　　　　　　　間副刊。

　　　　　　　應邀參加於馬德里舉辦的世界詩人大會，並訪問西班牙、德
　　　　　　　國、法國、義大利、梵蒂岡、聖馬利諾等地。

　　　　11 月　主編《1980 年中華民國文學年鑑》由臺北時報文化出版公司
　　　　　　　出版。

　　　　　本年　《皇后之死》第 3 集由臺北星光出版社出版。

　　　　　　　《柏楊專欄》第 5 集由臺北星光出版社出版。

以《金三角・邊區・荒城》獲時報文學獎推薦獎。

1983 年　2 月　孫觀漢編《錄柏楊語》由臺北四季出版社出版。

　　　　本年　《帝王之死》第 1 集由臺北四季出版公司出版。

　　　　　　　《帝王之死》第 2 集由臺北學英文化公司出版。

　　　　　　　應邀至臺中東海大學發表演講：「醜陋的中國人」。

　　　　　　　《柏楊版資治通鑑》獲選 1983 年度「最具影響力的書」，並入選該年度「出版界十二大新聞」。

1984 年　8 月　至美國愛荷華參加為期三個月的國際作家寫作計畫。

　　　　9 月　應鳳凰、傅博合編《柏楊談女人》由臺北學英文化公司出版。

　　　　　　　24 日，應邀至美國愛荷華大學發表演講：「醜陋的中國人」。

　　　　本年　《柏楊版資治通鑑》第 5～15 冊由臺北遠流出版公司出版。

　　　　　　　應鳳凰、傅博合編《柏楊妙語集》第 1～3 集由臺北學英文化公司出版。

1985 年　1 月　短篇小說集《祕密》英譯本由香港 Cheng&Tsui 出版。

　　　　8 月　《醜陋的中國人》由臺北林白出版社出版。

　　　　本年　《柏楊版資治通鑑》第 16～27 冊由臺北遠流出版公司出版。

1986 年　5 月　《帶箭怒飛》由臺北林白出版社出版。

　　　　8 月　詩集《柏楊詩抄》英譯本由香港 Cheng&Tusi 出版。

　　　　9 月　主編《1985 年臺灣現實批判：臺灣是誰的家》由臺北敦理出版社出版。

　　　　10 月　聶華苓編《柏楊小說選》由香港文藝風出版社出版。

1987 年　3 月　主編《1986 年臺灣現實批判：誰在說真話》由臺北敦理出版社出版。

香港電臺舉辦青年閱讀獎勵計劃「開卷有益」，應邀至香港領獎。

7月　聶華苓編《柏楊雜文選》由香港文藝風出版社出版。

8月　《金三角・邊區・荒城》英譯本由香港 Joint CO.出版。

9月　發表〈塔什干屠城——就在這裡，中國人受到詛咒〉於《南方雜誌》第 11 期。

編著《中國人，你受了什麼詛咒！》由臺北林白出版社出版。

本年　《柏楊版資治通鑑》第 36～43 冊由臺北遠流出版公司出版。

《郭衣洞小說全集》第 8 冊由臺北星光出版社出版。

1988 年　1月　《柏楊說故事》、《柏楊在火燒島》由臺北漢藝色研文化公司出版。

2月　《柏楊小說選讀》由臺北皇冠出版社出版。

3月　《醜陋的中國人》日譯本由東京光文社出版。

《掙扎》英譯本由香港三聯書店出版。

主編《是龍還是蟲：1987 年臺灣現實批判》由臺北敦理出版社出版。

6月　短篇小說集《掙扎》英譯本由香港三聯書店出版。

7月　應邀至日本演講。

8月　《醜陋的中國人》韓譯本由漢城文潮社出版。

《柏楊的冤獄》由臺北敦理出版社出版。

9月　張香華編《柏楊說文化》、《柏楊談愛情》由臺北皇冠出版社出版。

本年　主編《中國大陸作家文學大系》第 1~10 冊由臺北林白出版社

出版。

《柏楊版資治通鑑》第 44～49 冊由臺北遠流出版公司出版。

《柏楊書‧倚夢閒話》第 1 輯由臺北躍昇文化公司出版。

《柏楊書‧西窗隨筆》第 1 輯由臺北躍昇文化公司出版。

1989 年　5 月　《家園》由臺北林白出版社出版。

　　　　　　　《醜陋的中國人》韓譯本由漢城文學思想社出版。

　　　　8 月　《家園》日譯本由東京光文社出版。

　　　　本年　《柏楊版資治通鑑》第 50～54 冊由臺北遠流出版公司出版。

　　　　　　　《柏楊書‧倚夢閒話》第 2～3 輯由臺北躍昇文化公司出版。

　　　　　　　《柏楊書‧西窗隨筆》第 2～3 輯由臺北躍昇文化公司出版。

1990 年　1 月　參與國際特赦組織。

　　　　3 月　主編《對話戰場》由臺北林白出版社出版。

　　　　6 月　柏楊夫婦至舊金山參加國際作家會議，後至西雅圖出席美東
　　　　　　　華人專業年會，分別發表一場演講。

　　　　　　　《異域》改編為同名電影。

　　　　　　　應邀至加州浩然基金會講習會發表演講。

　　　　　　　應邀至香港參加電影《異域》酒會及記者會。

　　　　　　　應邀參加新加坡「儒家文化的特質」會議。

　　　　本年　《柏楊書‧倚夢閒話》第 4～5 輯由臺北躍昇文化公司出版。

　　　　　　　《柏楊版資治通鑑》第 55～59 冊由臺北遠流出版公司出版。

　　　　　　　《柏楊書‧西窗隨筆》第 4～7 輯由臺北躍昇文化公司出版。

1991 年　1 月　《家園》德譯本由德國布魯克瑪亞大學出版社出版。

　　　　6 月　應邀至馬來西亞吉隆坡、馬六甲演講，並探望穿山甲人張四

妹。

本年　獲美國舊金山國際詩人協會 1991 年「國際桂冠詩人獎」。

《柏楊版資治通鑑》第 60～65 冊由臺北遠流出版公司出版。

《柏楊書・倚夢閒話》第 6～10 輯由臺北躍昇文化公司出版。

《柏楊書・西窗隨筆》第 8～10 輯由臺北躍昇文化公司出版。

1992 年　3 月　主編《就是他》由臺北星光出版社出版。

5 月　《醜陋的中國人》英譯選錄本由澳洲 Allen&Unwine 公司出版。

9 月　發表〈詩人的祈福〉於《文訊》第 83 期。

本年　由張香華代表前往美國鳳凰城出席國際桂冠詩人獎織年會，為 1992 年國際桂冠詩人獎得主。

《柏楊版資治通鑑》第 66～69 冊由臺北遠流出版公司出版。

1993 年　3 月　7 日，遠流出版公司定本日為「柏楊日」，為柏楊慶生，並慶祝《柏楊版資治通鑑》全系列問世。

9 月　應邀至北京參加《現代語文版資治通鑑》（原《柏楊版資治通鑑》）在北京工人文化宮舉辦的「首發式」。

12 月　《路，要你自己走》由臺北星光出版社出版。

本年　《柏楊版資治通鑑》第 70～72 冊由臺北遠流出版公司出版。

1994 年　2 月　在陳宏正、王榮文、周碧瑟、陳正煒、楊啓航等人協助下，成立「財團法人人權教育基金會」，擔任首任董事長。

3 月　3～11 日，應舊金山民主協會之邀，至美國發表演講：「政治婆媳文化」。

13 日，應電視「臺灣風雲」節目之邀，隨製作小組至綠島。

	10月	獲 1994 年臺灣「十大男人金像獎」。
	本年	國際特赦組織中華民國總會成立，擔任創會會長。
1995 年	4月	26 日，獲中國民主教育基金會「1994 年度促進中國民主傑出人士獎」，赴美領獎，並在大會致詞。
	6月	10 日，應邀至陽明大學畢業典禮發表演講：「專業與人文」。
	8月	《醬缸震盪——再論醜陋的中國人》由臺北星光出版社出版。
	11月	25 日，因健康問題，辭去國際特赦組織中華民國總會首任會長一職。
1996 年	2月	15 日，〈柏楊回憶錄〉連載於《中國時報》「人間副刊」，至 1996 年 4 月 19 日止。
	5月	《異域》英譯本由倫敦傑納斯出版公司出版。
	7月	16 日，隨公共電視臺「柏楊傳」拍攝小組前往綠島。
		柏楊口述；周碧瑟執筆《柏楊回憶錄》由臺北遠流出版公司出版。
	本年	應聘擔臺灣師範大學駐校作家，演講四次。
		應邀至臺中靜宜大學發表演講：「綠島垂淚碑」。
1997 年	3月	「柏楊回憶錄紀念光碟」由臺北遠流出版公司發行，收錄訪談影片。
		《醬缸震盪》日譯本由東京光文社出版。
	本年	被《臺灣文學年鑑》列爲「十位文學人」之一，《柏楊回憶錄》爲「十本文學書之一」。
		〈人權版結婚證書〉由臺北遠流出版公司出版。
1998 年	7月	主編《名家談人權教育》由臺北遠流出版公司出版。

本年 被《天下》雜誌評為四百年來影響台灣最大的兩百人之一，列有專章。

《柏楊曰——讀通鑑・論歷史》（共六冊），由臺北遠流出版公司出版。

1999 年　6 月　10～11 日，應邀至香港參加香港大學亞洲研究中心主辦之「柏楊思想與文學國際學術研討會」。

8 月　發表〈喜遇良師益友——「柏楊思想與文學國際學術研討會」閉幕禮致詞〉於《明報月刊》第 34 卷第 8 期。

9 月　發表〈我終於又到了香港〉於香港《明報月刊》第 34 卷第 9 期。

下旬，開始於《明報月刊》撰寫「柏楊論古說今」專欄。

12 月　5 日，發表〈沒有終結不了的暴政〉於《中國時報》人間副刊。

本年　上海書城雜誌票選《醜陋的中國人》為二十世紀最後二十年影響中國最大的二十本書之一。

吉隆坡《星洲日報》票選為馬來西亞聯邦讀者最喜歡的十位外國作家之一。

香港《亞洲週刊》票選「二十世紀中文小說一百強」，《異域》排名第三十五。

獲臺美基金會「人才成就獎」。

《柏楊版通鑑紀事本末》第 1～14 冊由臺北遠流出版公司出版。

2000 年　3 月　4 日，遠流出版公司和財團法人人權教育基金會設宴，歡度八十大壽，正式宣佈出版《柏楊全集》。

12 月　10 日，人權教育基金會舉辦人權婚禮，由柏楊撰寫「人權版結婚證書」。

本年　《柏楊精選集》第 1～26 冊由臺北遠流出版公司出版。

　　　《柏楊版通鑑紀事本末》第 15～26 冊由臺北遠流出版公司出版。

　　　與許素朱合編《孫觀漢全集》第 1～12 冊由臺北九歌出版社出版。

　　　李瑞騰主編《柏楊全集》第 1～9 冊由臺北遠流出版公司出版。

2001 年　1 月　《奮飛》由臺北遠流出版公司出版。

　　　5 月　《綠島人權紀念碑》由財團法人人權教育基金會出版。

　　　7 月　《柏楊詩》由臺北遠流出版公司出版。

　　　本年　獲第九屆「全球中華文化藝術薪傳獎」。

　　　　　　《柏楊版通鑑紀事本末》第 27～38 冊由臺北遠流出版公司出版。

　　　　　　與許素朱合編《孫觀漢全集》第 13 冊由臺北九歌出版社出版。

2002 年　5 月　發表〈方便的才是好工具〉於香港《明報月刊》「柏楊論古說今」專欄第 37 卷第 5 期。

　　　6 月　《中國人，活得好沒有尊嚴！》由香港明報月刊出版。

　　　7 月　19～22 日，應邀至香港參加《中國人，活得好沒有尊嚴！》的新書發表會與簽名會。

　　　　　　20 日，發表〈從結婚做起，從孩子改變〉，收錄於香港《明報月刊》第 37 卷第 9 期。

　　　8 月　發表〈解仇〉於香港《明報月刊》「柏楊論古說今」專欄第 37 卷第 8 期。

　　　12 月　26 日，獲「行政院文化獎」。

　　　　　　　　　《我們要活得有尊嚴》由臺北遠流出版公司出版。

　　　　本年　李瑞騰主編《柏楊全集》第 10～17 冊由臺北遠流出版公司出版。

2003 年　　2 月　發表〈重建新跑道〉於香港《明報月刊》第 38 卷第 2 期。

　　　　　3 月　6 日，遠流出版公司舉辦《我們要活得有尊嚴》、《新城對：柏楊訪談錄》之新書發表會。

　　　　　　　　發表〈跟著理性走〉於香港《明報月刊》第 38 卷第 3 期。

　　　　　　　　《新城對：柏楊訪談錄》由臺北遠流出版公司出版。

　　　　　4 月　發表〈暴力與說謊〉於香港《明報月刊》第 38 卷第 4 期。

　　　　　5 月　發表〈跳蚤、蝨子化成人類〉於香港《明報月刊》第 38 卷第 5 期。

　　　　　8 月　發表〈讓「小人民」建立新的理性文化——答記者問〉於香港《明報月刊》第 38 卷第 8 期。

　　　　10 月　13 日，李行工作室根據〈蓮〉、〈臥軌〉、〈火車上〉三篇小說改編而成的 90 分鐘電視單元劇「柏楊劇場」於臺北舉辦首映會。

　　　　　　　　17 日，遠流出版公司舉辦《柏楊全集》完工慶祝茶會，並定此月為「柏楊月」。

　　　　　　　　18～19 日，應邀參加由行政院文化建設委員會、中央大學中國文學系共同舉辦的「柏楊文學史學思想國際學術研討會」。

　　　　　　　　詩集《柏楊詩集》日譯本（原題《柏楊詩》）由臺北遠流出版公司出版。

　　　　11 月　8 日，應邀參加由國家臺灣文學館舉辦的「柏楊與應鳳凰教授週末文學對談」。

　　　　　　　　發表〈驢碑法則〉於《新臺灣新聞週刊》第 399 期。

本年　李瑞騰主編《柏楊全集》第 18～28 冊由臺北遠流出版公司出版。

2004 年　1 月　17 日，政府正式頒給每位政治犯回復名譽證書，並由柏楊代表致詞。

29 日，監察院公佈一本《郭衣洞叛亂案調查報告》，明指柏楊十二年刑期係未審先判，羅織罪名。

7 月　導演李行策劃，將小說〈龍眼粥〉（取自《祕密》）改編成電影。

10 月　15 日，與鍾肇政、葉石濤、琦君、齊邦媛等人獲陳水扁總統頒授二等卿雲勳章。

由張香華代表參加西安陝西師範大學舉辦的「柏楊與中國文化研討會」，並分別在陝西師大與西北大學發表演講。

發表〈槍聲三響撼金山——江南先生逝世二十週年〉於《傳記文學》第 85 卷第 4 期。

11 月　《天真是一種動力》由臺北人權教育基金會及遠流出版公司出版。

2005 年　5 月　張香華代為出席於西安舉行的「結婚人盟誓」研討會。

7 月　8 日，電影《龍眼粥》殺青，並於行政院內舉行首映會。

11 月　《這個人‧這個島——柏楊人權感恩之旅》、《二十世紀臺灣民主大事寫真》由臺北人權教育基金會及遠流出版公司出版。

本年　《醜陋的中國人》與《中國人史綱》韓譯本於韓國首爾出版。

2006 年　9 月　因為年齡和健康的理由，在接受完《南方周末》最後一次採訪後，宣布封筆。

11 月　發表〈親情驚奇〉於《講義》第 40 卷第 2 期。

12 月　12 日，獲臺南大學校長黃政傑授予「名譽教育學博士學位」。

15 日，於臺北新店寓所，會見北京中國現代文學館的代表，舉行捐贈儀式，捐出部分手稿、書信、照片等共計 11745 件文獻、文物，並由代表周明頒贈入藏證書。

2007 年　2 月　6 日，張香華代表出席於北京中國現代文學館舉行的「柏楊捐贈文獻文物入藏新聞發布會」，11745 件文獻文物正式移交。中國現代文學館正式成立「柏楊研究中心」籌備小組。

3 月　柏楊策畫，汪詠黛執筆《重返異域》由臺北時報文化出版公司出版。

6 日，臺南大學、遠流出版公司共同舉辦「柏楊八十八歲米壽慶祝會」，遠流出版公司與時報文化出版公司以《柏楊品三國》、《重返異域》二書之出版作為慶壽賀禮。

21 日，由張香華代表，將部分文物捐贈給臺南大學，包含手稿、獎項勳章、日記、照片、生活用品等，舉行「柏楊先生文物捐贈及典藏儀式」及「柏楊文物館網站」啟用儀式。

《柏楊品三國》由臺北遠流出版公司出版。

6 月　27 日，臺南大學正式啟用「柏楊文物館」，由張香華代理參加揭牌儀式，並舉辦柏楊文物展覽。

11 月　10～11 日，臺南大學人文與社會學院舉辦「柏楊與監獄文學國際學術研討會」。

2008 年　3 月　《柏楊品秦隋》由臺北遠流出版公司出版。

29 日，因肺炎併發呼吸衰竭，病逝於臺北縣新店市耕莘醫院，享年 88 歲。

5 月　14 日，於基督教長老教會濟南教會舉行追思禮拜。

17 日，家屬依其生前遺願海葬，將骨灰撒入綠島海域，另留部分骨灰帶回故鄉安葬；於綠島綠洲山莊舉辦「奮飛人生，奮鬥人權——柏楊先生紀念展」，至 9 月 30 日止。

2009 年　4 月　29 日，人權教育基金會於華山文化創意園區舉辦「懷念‧傳承——柏楊辭世周年紀念會」，將「柏楊學」融入文化創意產業。

《醜陋的中國人》漫畫版，由臺北遠流出版公司出版。

2010 年　4 月　《柏楊全集》簡體版（全 25 冊）由北京人民文學出版社出版。

29 日，張香華應邀參與由北京人民文學出版社於北京舉行「柏楊全集」發行儀式，並將《醜陋的中國人》之版稅捐給青海玉樹地震災區。

9 月　12 日，經張香華努力爭取，將柏楊剩下的骨灰葬於故鄉河南省新鄭的福壽園陵園。

2011 年　12 月　10～11 日，臺南大學人文與社會學院舉辦「2011 年柏楊學術國際研討會」。

參考資料：

‧『國立臺南大學柏楊文物館』，〈柏楊簡歷——大事紀〉
（ http://boyang.nutn.edu.tw/archive/boyang/about.html ）。

‧張懿文，〈柏楊著作目錄〉，《全國新書資訊月刊》，第 113 期，2008 年 5 月，頁 26～37。

‧遠流實用歷史館，《這個人，這個島：柏楊人權感恩之旅》，臺北：人權教育基金會，2005 年 11 月，頁 203～243。

輯三◎
研究綜述

柏楊研究資料彙編綜述

◎林淇瀁[*]

一、柏楊文學概述

　　柏楊（1920～2008）的一生驚濤駭浪，奇突詭譎，1920 年出生的他，
在《柏楊回憶錄》中，以「野生動物」形容自己的出身，連生年 1920 年也
是「據說」，出生之後不久，他的母親就過世，身世飄零，使他無法肯定
自己生於何年；而生日，也更改了兩次：先是 1949 年來臺時登記戶口，他
以東北瀋陽陷共日 11 月 1 日為生日；1968 年 3 月 7 日，他遭政府以「共
產黨間諜」以及「打擊國家領導中心」罪名逮捕，後被判有期徒刑 12 年，
於是改以 3 月 7 日為生日。生年生月生日的不確定，喻示了柏楊出生之後
曲折險巇的人生路途。

　　儘管如此，柏楊仍帶箭怒飛，在戰火、流離、牢獄、家變的重重打擊
之下，打開了一片天空。他以書寫扭轉命運，在不斷書寫中展現豐繁的羽
翅，並且為他自己的苦難人生，以及他所走過的動盪年代，留下多樣、豐
富而具有感染力的著作，感動讀者，也影響社會，成為 20 世紀具有廣大影
響力的作家。

　　柏楊的著述繁多，且跨越不同領域，是一個無法被單一歸類的作家。
他在《柏楊回憶錄》中，曾粗略地劃分自己 1949 年來臺之後的寫作生涯，
為「十年小說、十年雜文、十年牢獄。十年牢獄之後，是五年專欄，五年
專欄之後，是十年通鑑。」這是舉其大者，小說、雜文之外，他另有以筆

---
*臺北教育大學臺灣文化研究所副教授。

名「鄧克保」撰寫的《異域》屬於報導文學，在愛荷華大學的演講文集
《醜陋的中國人》，古典詩《柏楊詩鈔》，以及口述回憶錄……等。2003
年遠流出版、李瑞騰主編的《柏楊全集》28 冊出版，分散文卷、詩卷、小
說卷、史學卷、特別卷等 5 卷。散文卷下另分雜文類、報導與傳記類、書
信類 3 類。全集約收 800 萬字，足見柏楊一生書寫之勤、著述之豐。

柏楊文學上的最主要成就在雜文，我在〈猛撞醬缸的虫兒：試論柏楊
雜文的文化批判意涵〉一文中，曾分析他的雜文書寫，並指出他的雜文是
文化批判，其中形成的「醬缸」概念，則是這個文化批判的核心，他針對
中國文化（而特別又是封建的威權的政治文化）作「猛撞醬缸」、「死不
認錯」的全面性批判，在臺灣文學史上是前所未見的，他活用中文，批判
間雜嬉笑，建立了「柏楊式幽默」，這是他稍異於魯迅的散文風格。雜文
使得柏楊廣受矚目，也使他觸怒當局，因此下獄。

柏楊的小說書寫，先於雜文。小說是他來臺之後，進入文壇的先聲，
他以「郭衣洞」爲筆名創作的小說，他的《祕密》、《莎羅冷》、《曠
野》、《掙扎》、《怒航》、《天涯故事》、《凶手》、《蝗蟲東南飛》
等作品，都反映了 1949 年之後，隨國民政府來臺的知識份子的困窘與無
奈，他的小說人物多半貧窮、走投無路，爲老百姓訴苦、吶喊，其中蘊藏
的是知識份子悲天憫人的愛，卻又無可如何的無奈，一如聶華苓所說，
「郭衣洞小說和柏楊雜文有一個共同特點：在冷嘲熱諷之中，蘊藏著深厚
的『愛』和『情』。」

柏楊的報導文學書寫，同樣出以「愛」與「情」。他的這部分著作不
多，入獄之前寫的《異域》是最爲人所熟知的一部，這部著作以滇緬邊區
孤軍反共的故事爲主軸，以虛構的「鄧克保」爲第一人稱敘事，寫活了異
域孤軍的忠誠與悲憤，成爲暢銷書。寫作手法虛實相襯，類似美國新新聞
寫作手法，因此有評者視爲小說，但實際上又於事實有所本，因此學界多
列入報導文學類。以今天的角度看，這是戰後臺灣報導文學創作的一個里
程碑。柏楊文筆的動人，和塡補新聞事件未能呈現的人性縫隙的能力，都

非當年其他報導所能比擬。柏楊出獄之後，曾重返金三角，以紀實報導筆法出版《金三角・荒城》，後又回返故鄉，寫出《家園》，同樣採紀實手法，後兩部的感染力已不若《異域》之強，但在報導文學領域，同樣是不可忽視之作。

柏楊也寫舊詩，他在坐牢期間寫的舊詩詞也相當動人，出獄之後，輯爲《柏楊詩抄》出版，收詩 40 首，詞 12 首，均令人過目難忘。柏楊的舊詩詞，不羈平仄、韻律，不爲古典格律所限，但每能直指吟詠人事物的核心，而敘其悲憤，情感率真自然，餘韻無窮。李瑞騰編全集時，另增補了柏楊入獄前具有雜文諷風的詩，形成入獄前後期的鮮明對照。這些與傳統古典詩詞書寫格律並不相諧的詩作，或可視爲古典詩的雜體、變體，作爲現代文人詩的另一種新的開創。

1983 年，柏楊開始《柏楊版資治通鑑》的寫作，直到 1993 年 3 月，全書完成，共 72 冊。司馬光編修的《資治通鑑》作爲官修編年史，記載西元前 403 年至 959 年的中國歷史，以歷代君臣事蹟、朝代興衰爲主軸，是一部記載中國政治與權力遊戲的鉅著。柏楊以他的文學基底重加改寫，形成具有柏楊特色的《資治通鑑》，一般不將之視爲文學。但如就其中獨具特色的「柏楊曰」來看，他透過現代民主觀點，析論中國封建歷史，而出以柏楊式幽默的雜文書寫風格，則具有一定的文學價值。《柏楊全集》將這部分抽出輯爲《柏楊曰：讀通鑑，論歷史》6 冊，共收 862 則，就能彰顯柏楊文學的特色。這是眉批體的雜文，也是語錄體的小品，是柏楊文學研究另一個可供開發的領域。

柏楊的演講，與他的雜文同樣具有迷人的魅力。1984 年柏楊應美國愛荷華大學國際寫作計畫之邀赴美，曾作了一場演講，後來講稿出爲《醜陋的中國人》，引起全球華人社會的熱烈討論；其後以「再論醜陋的中國人」爲副題的《醬缸震盪》，以及兩本訪問對話集：《對話戰場》、《新城對》，都屬講稿。這些講稿多爲他人筆記、記錄，不全然能表現柏楊文風；不過，其中顯現的柏楊思想、流露的柏楊語鋒，則多能保留。其中尤

以《醜陋的中國人》最能延續並凸顯柏楊雜文十年的精髓，即對醬缸文化的強烈批判和省思。

柏楊晚年關心人權，他自 1990 年開始參與國際特赦組織，1994 年擔任國際特赦組織中華民國總會創會會長。1999 年 12 月 10 日，他發起建立的綠島人權紀念碑落成，以他所擬的碑文「在那個時代，有多少母親，為她們囚禁在這個島上的孩子，長夜哭泣。」見證了威權統治下人權的悲歌。可惜的是，這個階段的柏楊已經甚少寫作，未能留下更多作品來見證、照亮臺灣的人權文學。

總的來看，柏楊的文學旅程，除了十年小說、十年雜文時期是完整的，其他的著述多顯得斷續而碎裂。他出道時是小說家郭衣洞，卻以雜文家柏楊名揚文壇與社會，並因此觸動政治敏感神經而中輟了他的文學生涯；入獄前他是《自立晚報》副刊主編，卻以記者的身分、小說家的筆調撰寫報導文學《異域》而成為 1960～1970 年代的暢銷作家；他不是史家，卻因為入獄，以及對中國封建皇權文化的感慨，獄中完成《中國人史綱》，出獄後從《資治通鑑》切入，而成為中國歷史與文化的詮釋者、批判者；他也無意成為詩人，甚至嘲諷現代詩人「打翻了鉛字架」，但獄中書寫的紀實古典詩，則為他贏得國際桂冠詩人的榮銜——把柏楊放到臺灣文學史中定位，他是臺灣作家中的「雜家」，他的雜文在臺灣文學中獨樹一幟，應被肯定；他跨越的書寫領域雜多，也遠非其他作家所能及。

二、柏楊文學研究概述

關於柏楊文學的研究資料，約可分為三大類：

第一類是研究柏楊的專書專著，截至 2010 年止共得 42 筆，其中最早的是孫觀漢先生為營救獄中的柏楊所編的《柏楊和他的冤獄》（香港：文藝書屋，1976 年）；1977 年柏楊出獄之後，有梁上元編《柏楊和我》（臺北：星光，1979 年），標誌柏楊的朋友對他展開新生命的情誼。其後應鳳凰編《另一個角度看柏楊》（臺北：廣城，1981 年）、陳麗真編《柏楊‧

美國‧醬缸》（臺北：四季，1982 年），大略如此。

　　較特殊的是藍玉鋼編《七〇年代論戰柏楊》（臺北：四季，1982年）。此書收錄 1973 年～1974 年間香港《七十年代雜誌》系列討論柏楊的文論以及論者間的筆戰文章 13 篇，可說是柏楊文學與柏楊事件最早的評論集。

　　有關柏楊的傳記，除了柏楊口述、周碧瑟執筆的《柏楊回憶錄》之外，截至目前為止，共有 5 部柏楊傳出版，依出版序，分別是雷銳《柏楊評傳》（北京：中國友誼，1996 年）、覃賢茂《柏楊傳奇》（成都：四川人民，1998 年）、古繼堂《柏楊傳》（北京：作家，1999 年）、李世家《走近柏楊》（貴陽：貴州人民，2001 年）與韓斌《柏楊傳》（廣州：花城，2002 年）等，都是中國學者、作家所著。

　　較為完整的學術研究論集，是周裕耕（Jürgen Ritter）著，墨勤譯《醬缸》（臺北：林白，1989 年）。該書為作者 Jürgen Ritter 於 1987 年畢業論文中譯版。以柏楊雜文為重心，除了介紹柏楊生平之外，著墨於柏楊「醬缸論」的文化批評體系，是研究柏楊雜文的重要論述。此外，陳麗真《柏楊幽默散文賞析》（廣西：漓江，1992 年）、雷銳與劉開明《論柏楊式幽默》（臺北：星光，1994 年）則屬雜文賞析，選錄柏楊雜文並賞析特色。

　　柏楊《醜陋的中國人》出版後，曾引起廣泛討論，這類專書甚多，如孫國棟《評柏楊》（香港：明報，1989 年）、LinZi－yao 編《一個作家觸怒兩個中國》（臺北：星光，1989 年）、柏楊編《對話戰場》（臺北：林白，1990 年）、北京中國華僑出版公司編《都是醜陋中國人惹的禍》（臺北：林白，1990 年）……等，都屬報章雜誌對於《醜陋的中國人》的評文剪輯。

　　柏楊小說評論，最早的是李瑞騰《情愛掙扎——柏楊小說論析》（臺北：漢光文化，1994 年），以柏楊長短篇小說論述柏楊小說的多層面手法；小說兼及詩作評論的，是黃守誠《國家不幸詩家幸》（臺北：遠流，2003 年）。

在學術研討會及其專論的出版部分，1999 年香港大學首辦「柏楊思想與文學國際學術研討會」，多角度論述了柏楊的思想、雜文、史著、報導文學、詩及小說等議題，其後由黎活仁編為《柏楊的思想與文學：「柏楊思想與文學國際學術研討會」論文集》（臺北：遠流，2000 年）。

其次是李瑞騰主編《柏楊文學史學思想國際學術研討會論文集》（臺北：行政院文建會，2003 年），該書收研討會論文，議題觸及柏楊小說、雜文、詩、柏楊文學在文學史上的地位、柏楊史觀及其歷史解釋等，共收 15 篇論文。是繼香港研討會之後又一次柏楊文學的重要研討會。

2007 年，臺南大學辦了第三場柏楊研討會，後集為張清榮主編《柏楊與監獄文學》（臺南：臺南大學，2008 年），全書集中於柏楊與監獄文學的探討，兼及柏楊史論、柏楊事件、柏楊小說、柏楊論「儒家」、獄中家書、柏楊人權觀等議題。

這三場研討會及其論文專書的出版，對於柏楊文學研究的學術化，對於柏楊文學及其思想的探討，都提供來後來的研究者相當深入而具有參考價值的討論基礎。

學位論文方面，計有 7 部。楊舒媄《柏楊雜文析論——以不同版本的考察為主》（逢甲大學中國文學系碩士論文，2004 年），主要集中於柏楊雜文的版本比較；尚靜宏《永不停息的「五四」脈動——魯迅、柏楊小說比較研究》（廣西師範大學中國文學所碩士論文，2004 年），比較魯迅與柏楊小說之異同；尹利萍《幽默的力量——柏楊雜文幽默特色的比較研究》（東北師範大學中國文學所碩士論文，2005 年），文分析魯迅與柏楊雜文幽默性的異同；沈超群《柏楊與柏楊案——從新聞評議到白色恐怖的探討》（東吳大學歷史系碩士論文，2006 年），以「柏楊案」為中心，析論該案對柏楊文學的影響；古卯林《百年雜文視野下的魯迅、李敖、柏楊、王小波雜文藝術的對比分析》（暨南大學中國文學碩士論文，2008 年），分析柏楊與兩岸三地其他雜文家的特色並予以比較；黃蕙如《柏楊《皇后之死》研究》（臺南大學國文系碩士論文，2010 年），以女性主義論點討論

柏楊《皇后之死》呈現的史觀；吳國銘《柏楊小說研究》（屏教大中文系碩士論文，2010 年），探討柏楊小說主題與特色。7 部碩論，多屬初執論筆之論。

第二類是有關柏楊的生平資料篇目。其下可分為「自述」、「他述」、「訪談與對談」與「年表」四類。

柏楊自述部分多達 214 篇（因版本不同而多有重覆），大多為出版著作之序文、後記，部分則為中國時報「柏楊專欄」之作品，或應刊物約稿所寫短文。其中較具自述性質的有〈我是一個最幸運的人——八十歲生日感言〉（《文訊》雜誌，第 174 期，2000 年 4 月，頁 10～11）、〈報導文學與我〉（《奮飛》，臺北：遠流，2001 年，頁 121～129）、〈四十年家國——我為什麼編《中國大陸作家文學大系》〉（《奮飛》，臺北：遠流，2001 年，頁 143～144）等。

他述部分，也多達 380 筆（版本不同也多有重覆）。其中多見於前述孫觀漢、梁上元、應鳳凰、陳麗真所編專書之中，較特別的是作家對柏楊的回憶，如林海音在〈說不盡（之四）談柏楊部分（《聯合報》副刊，1983 年 12 月 30 日）、彭歌〈歷劫幾遭情多深——柏楊當年〉《文訊》雜誌第 257 期 2007 年 3 月，頁 59—61）、聶華苓〈郭衣洞和柏楊〉（聯合報副刊，2007 年 6 月 4 日）等——由這些同年代作家的他述中，可以看到 1950 年代臺灣文壇的縮影。

最特別的是詩人張香華，也就是柏楊夫人所寫的〈我愛的人在火燒島上——《柏楊詩抄》序〉（《帶箭怒飛》，臺北：林白，1986 年，頁 269～273），其中洋溢著柏楊後半生最親密的愛人所述最動人的柏楊身影。

文壇後輩部分，有李瑞騰〈近距離感受他的神采與魅力〉（《有風就要停》，臺北：九歌，2003 年，頁 153～155）、履彊〈追懷柏楊‧閱讀柏楊〉（《印刻文學生活誌》第 58 期，2008 年 6 月，頁 139～141）以及向陽〈孤鴻展翅迎箭飛——追懷柏楊〉（《聯合文學》第 284 期，2008 年 6 月，頁 38～43）等。

　　訪談與對談部分，由於柏楊是新聞矚目的人物，而其一生跨越多重領域，著述繁多，且每每成爲社會議題，因此篇目眾多。僅就與文學相關者來看，重要的有陸白〈鄧克保爲什麼要寫《異域》續集——柏楊訪問記〉（《大學雜誌》第 124 期，1979 年 4 月，頁 58～64）、聶華苓〈寒夜‧爐火‧風鈴：柏楊和他的作品〉（《新書月刊》第 22 期，1985 年 7 月，頁 26～34）、譚嘉，聶華苓〈臺灣海峽兩岸的對話〉（《對話戰場》，臺北：林白，1990 年，頁 61～73）、鄭瑜雯〈情愛掙扎——柏楊談小說（上、下）〉（《自由時報》副刊，1994 年 7 月 20～21 日）、應鳳凰、柏楊講；蕭安凱記〈文學、歷史與人生〉（《印刻文學生活誌》第 13 期，2004 年 9 月，頁 190～203）等。這些訪談或對談，呈現了不同階段柏楊的文學創作和觀點，均具參考價值。

　　年表部分，1979 年 4 月《大學雜誌》第 124 期刊登〈柏楊（郭衣洞）年譜〉，是柏楊年表最早的版本，其後周裕耕（JürgenRitter）在其論文中有〈柏楊年表簡編〉（《醬缸》，臺北：林白，1989 年，頁 209～221），較爲詳近；古繼堂撰寫《柏楊傳》附〈柏楊年表簡編〉（北京：作家出版社，1999 年，頁 445～453）也相當詳盡。最翔確完整的則是柏楊親校的〈柏楊大事記＆著作年表〉（《這個人‧這個島：柏楊人權感恩之旅》，臺北：遠流，2005 年，頁 204～243）。

　　第三類是柏楊作品的評論篇目。這些評論可分爲「綜論」、「分論」、「多部作品」、「單篇作品」、「多篇作品」、「作品評論目錄、索引」及「其他」等 7 類，合共 562 筆，雖同樣有不同版本重覆收錄狀態，但仍可看出相關柏楊評論的繁多。其性質則可細分爲介紹、評析、論述和目錄等四種，從一般性的生平介紹、思想探討、作品評析到學術研究，具體說明了柏楊研究的多種取徑，其中柏楊雜文、小說與議題性著作顯然是評論大宗。這裡就不一一細述了。

三、關於柏楊研究資料彙編

　　柏楊相關研究資料繁多，研究或論述領域橫跨柏楊文學、思想、史論和文化、政治、社會批判議題，這一方面顯證了柏楊在 20 世紀後葉的影響力和重要性，另方面也足以看出柏楊人生路途的多重困頓、轉變與奮飛。十年牢獄之災事柏楊書寫與人生路途的重要轉捩點，這場來自威權統治的政治迫害，史柏楊由文學書寫轉而朝向歷史論述，其中一以貫之的是延續著十年雜文階段的文化批判路線，柏楊總其思想核心於「醬缸論」之上，因而造就出了他對傳統封建、現代極權對於人權的傷害的批判和反省。這使得柏楊的相關資料繁多而不易理清，後來者研究柏楊也就相對艱困。

　　本彙編根據現有已蒐羅的 1492 筆資料，從中選取柏楊文學生涯與作品評論共 16 篇。選取的原則，在文學生涯部分，有作家自述，以及口述訪談，除了柏楊自述文章 2 篇之外，另選柏楊夫人、詩人張香華，同年代作家聶華苓，後輩應鳳凰三人他述 3 篇，合共 5 篇，希望能勾畫出柏楊的人生、書寫與人格；在作品評論部分，除李瑞騰所撰〈《柏楊全集》的補充說明一文〉係以《柏楊全集》編及人身分論述柏楊整體作品的精神，鄭瑜雯〈情愛掙扎——柏楊談小說〉係訪談之外，餘皆為研究論文，各篇論者切入向度、視角各有不同，希望能在學術對話的同時，凸顯柏楊文學書寫的文學史定位。選文如下：

1. 柏楊〈我是一個最幸運的人——八十歲生日感言〉（作家自述，2000年）。
2. 柏楊〈報導文學與我〉（作家自述，2001 年）。
3. 張香華〈柏楊和我——他的風貌一直在變，我不斷的發現他無數個另一面〉（他述，1979 年）
4. 聶華苓〈寒夜‧爐火‧風鈴——柏楊和他的作品〉（他述，1986 年）
5. 應鳳凰〈猛撞醬缸，帶箭怒飛——回顧柏楊一生的寫作歷程〉（他

述，2008 年）

6.李瑞騰〈《柏楊全集》的補充說明——謹以此文悼念柏楊先生〉（綜
論，2008）

7.許菁娟〈對柏楊事件的考察〉（綜論，2008 年）

8.鄭瑜雯〈情愛掙扎——柏楊談小說〉（訪談，1994 年）

9.葛浩文〈小說柏楊〉（綜論，2003 年）

10.應鳳凰〈柏楊五十年代小說與戰後臺灣文學史〉（綜論，2000 年）

11.林淇瀁〈猛撞醬缸的虫兒：試論柏楊雜文的文化批判意涵〉（綜
論，2000 年）

12.張堂錡〈走過暗夜的戰士——論柏楊和他筆下的異域孤軍〉（綜
論，2008 年）

13.黃守誠〈國家不幸詩家幸——柏楊舊詩的藝術成就〉（綜論，2000
年）

14.王建國〈不安於室——論柏楊囚室之寫作場域及獄中詩詞作品之時
空觀〉（綜論，2003 年）

15.龔鵬程〈現代化思潮下的史論——《柏陽曰》的精神與處境〉（綜
論，2000 年）

16.李瑞騰〈柏楊與南洋〉（綜論，2003 年）

作為本彙編的第一篇選文，柏楊自撰的〈我是一個最幸運的人——八
十歲生日感言〉是一篇相當感性的小品，也可能是柏楊所有文章中少見的
溫馨之作。這是柏楊 2000 年 3 月歡度 80 歲生日的講詞。柏楊以極感性的
用語表達他對自己傳奇而多災難的人生的感懷，以及對伸出援手的朋友、
對夫人張香華和子女的感謝、深情殷殷，相當動人。在柏楊過世之後，以
本文置於彙編首頁篇，也有傳達柏楊生前對所有以文字與他對話的朋友致
意的意義。

柏楊於 1984 年參加美國愛荷華大學國記寫作計畫時，曾就報導文學發

表了一場演講，其後由夫人張香華整理，以〈報導文學與我〉為名發表。在這一篇講詞中，他敘述了兩部報導文學作品(《異域》、《金三角‧荒城》)、一篇報導文學小品〈穿山甲人〉的寫作歷程和感想。是柏楊談報導文學的少見之作。

詩人張香華與柏楊初識於柏楊出獄後不久，其後兩人相知相惜，結為連裡，成為柏楊後半輩依賴的得力伴侶。在〈柏楊和我──他的風貌一直在變，我不斷的發現他無數個另一面〉這篇感性的文章中，她追述兩人相識到婚後生活的種種，透過近身觀察和生活中的故事，深刻地刻劃了柏楊的人格，也寫出了柏楊出獄後進行《資治通鑑》白話譯本、以及寫作的細節。文筆細膩，含帶深情，讀來令人動容。

與柏楊同年代的作家聶華苓，在 1950 年代主編《自由中國》文藝版時，柏楊以「郭衣洞」筆名投寄小說〈幸運的石頭〉，獲得刊登，這是柏楊初識聶華苓的開始。聶華苓在〈寒夜‧爐火‧風鈴──柏楊和他的作品〉一文之中，以感性的筆調追溯了兩人從初識到熟識的過往。她提到 1950 年代文壇交往的狀況，其中對於「春臺小集」文友之間的來往有生動的描述；但直到 1984 年聶華苓邀請柏楊到愛荷華大學參加國際寫作計畫，方才了解柏楊悲慘的身世與童年。在本文中，聶華苓也對柏楊的小說和雜文提出了他的評價，指出「郭衣洞小說和柏楊雜文不僅在形式上不同，所提出的問題也不同」，她認為小說反映的是「五〇年代在臺灣的中國人，因為戰亂和貧窮而演出的悲劇」，雜文則是批評中國「醬缸文化」所造成的人性弱點，「有較強的歷史感和普遍性」。而兩者的共同點則是在冷嘲熱諷中都蘊藏著深厚的「愛」與「情」。本文第二部分是柏楊、張香華夫婦與聶華苓在愛荷華聶宅的爐邊漫談，是一篇精采的對談，有助於我們深刻了解柏楊的寫作生涯和創作觀。

而在後輩作家、學者的眼中，柏楊則是一個仁慈、寬厚的前行代作家。書評家應鳳凰與柏楊相知甚早，也協助過柏楊編文學年鑑，她的〈猛撞醬缸，帶箭怒飛──回顧柏楊一生的寫作歷程〉完整寫出了柏楊的寫作

生涯，兼及柏楊創辦平原出版社的經緯。全文寫出了柏楊「不爲帝王唱讚歌，只爲蒼生說人話」的著述核心價值。這篇文章，有助於讀者了解柏楊的書寫及其背景。

學者李瑞騰則看到了柏楊的另一個人格特質。2003 年，《柏楊全集記》出齊，共 28 冊，主編李瑞騰早自 1980 年代就曾協助柏楊主編文學年鑑、《新加坡共和國華文文學選集》，他與柏楊關係深厚，對於柏楊著作瞭若指掌，〈《柏楊全集》的補充說明——謹以此文悼念柏楊先生〉發表於柏楊逝世之後。在本文中，李瑞騰回憶他主編《柏楊全集》階段，兩人對於《異域》是否列爲「報導文學」、《柏楊詩抄》是否要增補柏楊早期嬉笑怒罵的打油詩、《柏楊版資治通鑑》是否納入全集、《醜陋的中國人》等議題與書籍是否納入等，均有不太一致的意見，但最後柏楊均寬容接受。本文提供給我們了柏楊對於其著作的重視、對於後進學者的涵容，也標誌了《柏楊全集》編輯過程之嚴謹與不易。

1968 年，柏楊遭逮捕入獄，被稱爲「柏楊事件」，引起社會震撼，也備受國際社會關心與矚目。學者許菁娟所撰〈對柏楊事件的考察〉，詳細地分析了柏楊事件的起因與背景；此外，也對柏楊出獄之後以其著作掀起風潮，並成爲人權鬥士有相當深刻的分析。文末指出「柏楊的著作與臺灣社會之間存在著一種相輔相成的關係」，認爲柏楊復出對於臺灣民主文化的孕育有貢獻，而臺灣社會也因民主化的渴望而肯定柏楊。這是有創見的論點。

從作家的角度看，柏楊的文學創作以小說和雜文爲大宗，小說是他進入文壇時的主要創作，其後轉向雜文，最後以雜文享譽文壇。他又如何看待自己的小說呢？鄭瑜雯專訪柏楊的〈情愛掙扎——柏楊談小說〉提供了解答。在這篇訪談中，柏楊對於他的小說仍自珍愛，但也清楚他的雜文寫得比小說成功；柏楊的小說面對 1950 年代基層百姓的貧窮，爲弱勢者說話，在這個部分受到魯迅的影響甚深。

葛浩文的〈小說柏楊〉處理了柏楊和魯迅的文藝道路爲和雷同的問

題。但兩人又有差異，在葛浩文看來，魯迅提起文學的筆桿有其說教目
的，他所寫的二十幾篇小說，比他十幾本雜文壽命長得多；「柏楊的情況恰
恰相反，雜文比小說長命」。在這篇文章中，他分析柏楊的小說文本，指出
柏楊以郭衣洞筆名寫的小說中，以友情和愛情最為突出，「反映了當時知識
份子普遍的心態，窮人的困苦，社會的不平等，及人性的軟弱」。這是對柏
楊小說相當公允的評價。

　　柏楊的小說在臺灣文學史的位置如何？也是一個值得探討的課題。應
鳳凰〈柏楊五十年代小說與戰後臺灣文學史〉試圖回答這個問題。在這篇
論述中，應鳳凰除了探究柏楊小說的命題與特徵，也試圖將他的小說放在
戰後初期的社會背景，以及 1950 年代臺灣文壇的主導文化之中進行評價。
她認為，「總看柏楊小說風格，較為突出的，還是其中所蘊藏的批判性，可
以說，六十年代的雜文書寫，正是這種批判精神的延長」；而此一批判精神
是和當時的主導文化格格不入的，不能一概以「反共文學」加以概括。應
鳳凰也指出，柏楊寫於 1950 年代的寫實小說（如《掙扎》等作品），「明
顯被忽略」，其中表現出的大陸知識份子的心境和處境，「是戰後初期臺灣
這個殖民社會一幅生動的寫照」，應為文學史家所重視。

　　批判，作為柏楊小說的主軸，更是其雜文的精髓。林淇瀁的〈猛撞醬
缸的虫兒：試論柏楊雜文的文化批判意涵〉指出，柏楊的雜文重心在「通
過對社會與政治現象的嘲諷，對於當時的整體主義國家背後的意識型態提
出文化批判」，而其主要符徵即是「醬缸」。論文最後總結，肯定柏楊雜文
對 1960 年代臺灣民主文化的貢獻，在於柏楊接下雷震與《自由中國》的自
由主義者未竟的抗鬥，「以雜文的尖銳迂迴，取代雷震們政論的直率，繼
續政治改革與人權思想的傳播工程」；並因此將威權統治的真面目，傳布進
入臺灣人民的心靈之門，啟發並且鼓舞苦悶的臺灣社會。

　　柏楊以「鄧克保」筆名發表的《異域》，出版後立即受到廣大讀者的喜
愛，暢銷並且在柏楊出獄後被拍成電影。這部著作的文類學者一直有不同
看法，或視為報導文學、或稱為小說。學者張堂錡的論文〈走過暗夜的戰

士──論柏楊和他筆下的異域孤軍〉對此有一番討論，最後認為《異域》
是近於西方「新新聞」的「非虛構小說」，而以「新聞小說」稱之。當然，
文類的爭辯，無損於柏楊的書寫。文章最後指出，「大愛，使柏楊的作品不
論舊詩、雜文、小說或報導文學，都自然散發出一股至真至性的熱力，是
這股熱力讓柏楊的作品充滿魅力」，此一見解，確能直指柏楊文學的本質；
其次，張堂錡也敏銳地看到，柏楊的小說、報導文學都有著鮮明的「政論
色彩」，可以稱之為「魯迅風」，也屬精到之論。

　　柏楊的文學，小說、雜文、報導文學之外，另一個卓有成就但作品較
少的，是他的舊詩。《柏楊詩抄》出版後，曾獲「國際桂冠詩人」榮銜，足
見柏楊詩作也具有相當感染力和影響力。《柏楊詩抄》分上、下兩輯，收詩
40 首，詞 12 首，都為十年牢獄之作。黃守誠（歸人）所撰論文〈國家不
幸詩家幸──柏楊舊詩的藝術成就〉針對 40 首舊詩，依敘事、抒情、及言
志等予以探索，除分析其用典及遣詞技巧之外，也剖析柏楊獄中詩藝與風
骨，推崇其卓絕精神。

　　青年學者王建國的〈不安於室──論柏楊囚室之寫作場域及獄中詩詞
作品之時空觀〉，同樣也論述柏楊的獄中詩抄，但轉而以柏楊獄中書寫場域
的特質切入，分析探究柏楊獄中詩作與詞作，並就其用典、意象及敘事等
方面深入論述，揭示柏楊獄中詩詞特異於傳統古典詩詞的所在，是一篇具
有參考價值的論文。

　　柏楊出獄後已十年光陰撰寫《柏楊版資治通鑑》，其中引人注目的是他
戲仿司馬光「臣光曰」所寫的「柏楊曰」。學者龔鵬程的論述〈現代化思潮
下的史論──《柏楊曰》的精神與處境〉一文，直探「柏揚曰」的寫作旨
趣，指其目的在揭發中國政治黑幕，帶領讀者走向民主法治及人權的新領
域，進而推動現代化。此外，本文在分析柏楊史論的侷限與腹背受敵處境
部分，格局開闊，是一篇宏觀之論。

　　作為最後一篇選文，李瑞騰的〈柏楊與南洋〉一文，將關注眼光放到
柏楊後半生（出獄之後）與南洋（指亞洲東南、大洋洲西北的島嶼群，即

習稱的「南洋群島」）的關係之上。在這篇論文中，李瑞騰詳述了近半個世
紀間柏楊與南洋發展出的深厚文化因緣；同時指出柏楊的南洋論述核心：
「以平之心對待異民族；並且必須走出『移民文學』的說法，以『本土
化』建構獨特的華文主體性。」本文足以提供給我們對於柏楊，在臺灣與
中國之外，另一個面向的認識。

四、結語

　　作爲 1960 年代威權統治下的異議者，柏楊以其雜文對統治者的嘲諷，
比起 1960 年代雷震與《自由中國》諸君子的率直言論（反蔣三連任、軍隊
國家化、組織反對黨），都相對委婉而屈筆，但是他遭受的牢獄之災則與雷
震不相上下。原因何在？雷震進行的是政治權力的爭奪，透過言論與行動
來展現；而柏楊從事的的則是意識形態與文化領導權的爭奪，透過文學與
作品來傳播。對威權統治者而言，前者站在明處，要求的是民主自由與人
權，可以政治解決；但後者則是思想的浸透，難以圍堵，所以儘管是幽默
諷刺之文，也如芒刺，必欲去之。柏楊以雜文名家，也以雜文繫獄，原因
在此。

　　作爲一個文學家，柏楊從 1950 年代以小說出發，寫作十年，但不爲文
壇重視，這一方面因爲他是小說界的新人，技巧有待琢磨；另方面更因爲
他的小說寫的多是來台知識份子眼中悲苦的窮困階級，在「反共文學」的
時潮中並不符合主導文化之需。進入 1960 年代之後，他改寫雜文，一篇篇
針砭時政、社會的短文，猶如匕首，每能觸及社會議題癥結，因而備受讀
者歡迎，形成一股要求進步的力量，威脅到執政者的統治。柏楊的雜文，
具備文化批判性，能反映 1960 年代臺灣社會的集體感覺結構，因而立到無
窮，開創了臺灣文學雜文書寫的里程碑。

　　入獄十年，迫使柏楊的人生和書寫道路有了相當大的轉折。這個轉
折，從文學上來看，是雜文家柏楊的消失，卻也是詩人柏楊、史論家柏楊
的出現。他在獄中寫的傳統詩詞，寫盡獄中所見之哀歌、也寫出身繫囹圄

的悲憤，其情悲而其詞切，因而能獨樹一格於今人所寫傳統古詩之外，別開生面。他的論史之著，也不同於典型史家，不從史著詮釋入，而以史論批判出，表現在《柏楊版資治通鑑》之翻寫上尤其顯著。但即使如此，他的《柏揚曰》仍展現了雜文批判力道，以簡要、詼諧、反諷之筆，表現了文采之美──這是文學柏楊的餘緒，有待來者深入研究。

　　柏楊著作多而博，相關評論更以千筆計，本彙編選出 16 篇，只能得見柏楊部分面相，讀者若能根據選文及本書所附〈柏楊評論目錄〉尋波探源，必能更加清楚文學柏楊的全貌。

輯四◎
重要評論文章選刊

我是一個最幸運的人

80 歲生日感言

◎柏楊

今天，是我有生以來，最最榮耀的日子。承蒙各位好友，在忙碌的生活中，特別抽出時間，前來喝一盃酒，我萬分感謝。我沒有資格承受各位這麼厚重的寵愛，但也使我感受到最珍貴的溫暖和興奮，我恨不得大聲喊叫：「我是世界上最有福氣，和最幸福的人。」

同時，我也接受「80 歲」這個事實。80 這個數字，簡直不可思議，我從沒有想過能活到 80 歲，和受到這麼多的祝福。

我當初呱呱墜地，來到的世界，是一個危機四伏、冰涼和寒冷的世界。從小就有人想謀害我，等到我稍稍長大，剛懂人事，而挫折和苦難不過剛剛開始。我在十幾歲，小學五年級時，曾想到跳井。大學畢業後在上海，我曾想到投江。50 歲後在監獄，更想到絕食而死。然而，感謝上蒼，每當我在沮喪、絕望，要採取最後行動時，總有朋友伸出溫柔援手。很多使人驚喜、使人動容、使人羨慕，甚至使人忌妒的友情，就在現實世界上產生，編織成幾乎無脈絡可尋的傳奇故事。

友情是我生命的泉源活水，上蒼賜給我這麼多朋友，這麼多恩情，我不能一一致謝，但我最近會寫出來。孫觀漢先生說：「對人的感恩和敬重，要在人還在世的時間說！」所以，我不會僅埋心頭。

我還要感謝香華，我們除了是夫妻，也是朋友，結婚 22 年來，她把我帶到我完全陌生的世界──美感世界，她對我的指引，使我不斷成長。

也感謝很少受到我照顧的孩子們，和我的義女，這個女孩子，曾為我

的生平遭遇流淚，決心當我的母親，好好照料我；當她發現，她實在無法當我的母親時，她只好當我的乾女兒。這些孩子們對於我自己的過失，而造成他們「童年喪父」的痛苦，都能包容、原諒，甚至寬恕，分別從大陸、澳洲、美國和臺灣，回到家裡，齊聚一堂，這在我們家庭是一項空前的團聚。

　　最後，感謝邀請我們赴宴的主人，王榮文先生和曾志朗先生，沒有主人的慷慨，我怎麼有機會面對面，對各位朋友，說出我的感謝！

——選自《文訊》，第 174 期，2000 年 4 月

報導文學與我
在美國愛荷華大學「國際寫作計劃」所作報告

◎柏楊

　　當ＩＷＰ（愛荷華大學「國際寫作計劃」）指定我，就「報導文學」這個題目，將我個人的創作經驗，提出心得和報告時，我感覺到有點驚愕。因為，在我從事專業寫作長長的 40 年中，我的寫作內容和寫作體裁，有過很多及很大的劇烈變化，而我的「報導文學」作品，就量來說，是我所有不同體裁作品中，最單薄的一種。

　　我走上寫作之路，是從小說開始的，接著大部分時間改寫雜文；後來，這些雜文，觸怒了我國政府，而自 1968 年起，使我在獄中度過九年又26 天的監禁生活，在牢獄中，我寫詩和寫歷史。七年前的 1977 年出獄後，我恢復寫雜文，一年前的 1983 年，我一面從事中國古典歷史翻譯成現代語文的工作，一面發表我的歷史評論，而「報導文學」實在是我整個創作過程中，偶一為之之作——只出過兩個集子。

　　不過，繼而一想，我很快就覺得非常興奮，因為，儘管在量上說，「報導文學」比不上我其他著作，但是，當我回顧這兩本集子出版後，在我的國家和社會，所引起來的波瀾和迴響，曾經使我有過意想不到的震驚。我想，ＩＷＰ的指定，仍是有根據的，尤其，當我收到ＩＷＰ討論綱要，看到「報導文學」被列為討論要目之一，而又在被邀各國作家名單中，看到許多別國的優秀報導文學作家，我覺得有機會和他們交換意見和請益，實在是一個很難得的機會。所以，我極願意先把我從事「報導文學」工作的一點點經驗報告出來，希望能夠拋磚引玉。

　　我寫過的兩部報導文學作品,是在不同時間,但卻在同一空間下產生,這個同一的空間,就是不斷引起爭端,令世人矚目的神祕之鄉——金三角。不過,在開始報告之前,我準備先將我的國家和金三角的地緣關係,及歷史意義,介紹一下。

一、報導流亡孤軍生活的《異域》

　　回溯到 1949 年,對中國而言,那是劃時代的一年。共產政府統治中國大陸,而原來統治中國大陸的國民政府,向海外撤退。其中向東方撤退的是主力部隊,擁有將近五、六十萬陸海空軍,最後到達的仍是中國國土,那就是遠懸在太平洋西岸的臺灣島,以及周圍其他澎湖、金門、馬祖這幾個小島。另外兩支不成比例的孤軍,一支向南,退入當時法國統治下的越南;法國把他們解除武裝後,囚禁富國島,最後全部轉送臺灣。另一支孤軍則從中國西南邊陲,退入當時剛剛獨立的緬甸共和國東部;這支孤軍,立刻引起緬甸政府軍的攻擊,既而更向聯合國控告。

　　於是在緬軍的驅逐,和聯合國的壓力下,一部分孤軍被轉運到臺灣,另一部分則輾轉流亡到金三角。而我的報導工作,就從這塊土地開始。

　　1964 年(25 年前),我在臺北《自立晚報》,一連三個月,為這一支流亡孤軍,報導他們的生存與搏鬥的血淚遭遇,並於連載完畢後出書,定名為《異域》。也就是這本書,帶給我第一個從事報導文學作家的頭銜。這本書不久變成一本轟動的暢銷書,我於 1968 年入獄,到了 1977 年出獄時,它的銷售數量,已經超過 100 萬冊以上,而同年(1977 年),我國大學聯合招生的作文題目是「一本令人難忘的書」,《異域》與當時極受智識界推崇、談論西方文化對近代中國衝擊的名著《西潮》,同時並列。這個事實說明了「報導文學」第一次對我國廣大人群造成的震撼。附帶一個小說明:100 萬冊在某些國家,可能是個小數目,但在臺灣,這個一度被稱為文化沙漠,而且,只有 1800 萬人口的島上,不能不說是一個奇蹟。

　　在這本《異域》出現之前,我的國家文壇上甚至沒有「報導文學」這

個名詞，自從《異域》問世，「報導文學」才埋下第一顆種籽。不過雖然如此，種籽的萌芽和茁壯，卻要等待另一個機緣，事實上這個機緣的到來，在 10 年之後。

1970 年代中期，報導文學突然蓬勃，不久竟形成一個使人注目的主流，由於兩個原因：一是得到報紙的鼓舞，一是得到編輯的支持。在臺北發行的《中國時報》，是我國銷售量最大的報紙，高達 120 萬份。而詩人高信疆（他今天也被ＩＷＰ邀請在座），則主編該報副刊。副刊，是中文報紙特有的產物，專門刊載文學作品的版面。高信疆是一個被稱譽為「紙上風雲第一人」的傑出編輯人才，他不但開拓了讀者的閱讀領域，更帶引讀者的心靈走向知識性與關懷並重的層面，由於他的大力提倡，大批優秀的新生代作家，開始對社會問題作全面性的探索，然後紛紛投入報導文學行列；而《中國時報》每年頒發文學獎中，增設報導文學獎一項，更成為作家們爭相獲得的殊榮。

其次，臺灣南部第一大報，位於高雄的《臺灣時報》，它的銷售量在 20 萬份以上，一位優秀的副刊主編周浩正，也呼應報導文學，帶動很多作家向本土的現實問題發掘，給報導文學加入了一支堅強的生力軍，於是，就像文壇上一對豐滿了的羽翼一樣，鼓風飛翔在整個臺灣文學的天空。

在現代社會，一個作家不容易獨力帶動某一種文學風潮，需要有傳播媒體的相對提倡，更要有傑出編輯家的苦心經營，才能創造機運。報導文學在臺灣獲得如此成績，除了上述原因之外，還有社會因素，那就是工商業突然使社會的節奏加速（20 年來，臺灣經濟一直在快速成長），因為一個新興的社會正急遽發展，在臺灣，中國人所面臨的問題，是物質豐盛，社會繁榮，一時帶來許多精神上的超載，反映在現實上，諸如：農村及勞動階層結構的變動所留下的後遺症；生活享受提高，資源開發與運用過度，造成自然生態的失調；集體大量生產下，優勝劣敗，強者生存，因而原來遲緩弱勢人事的式微等，這許多發展出來的事項，使讀者已經大異於 1950 年代的讀者，心情也不再有 1950 年代的悲愁，他們迫不及待的要求

立刻參與現實行動。這種刻不容緩的心情，使他們無暇在純文學的創作天地裡，慢慢的吸收啓示，接受薰陶，消化作者寄託的意蘊，他們需要立刻化觀念爲事實，抓住眼前問題的核心，立即尋求問題解決之道。臺灣的報導文學就在這樣的需求下，迅速的擴展，社會人心動向，也一呼百應，作了強有力的支持。我不知道其他國家是不是也同樣有這種現象，以及這種現象的價值如何？但，在我們的國家，的確是如此。舉例來說，我的第二本「報導文學」作品，就是一個顯著的說明。

二、再赴金三角報導孤軍後裔生活

我於 1970 年代後期出獄，不久，有機會跟《中國時報》和高信疆合作，那就是，在上述的《異域》一書中，一部分拒絕撤退的人，仍留守在泰國北部山區，事隔 20 年，他們或已逝世，或已衰老，有的互相婚配，或與當地人民結合，繁衍子孫，而他們的後裔都已成長，我們關心這些後裔，《中國時報》認爲我是這項報導的最適當人選。

那是一次危險的實地訪問，我和我妻張香華——這次我們一塊兒來愛荷華，在 1981 年一月出發的前兩天，金三角正值鴉片戰爭爆發，我們在當地唯一可得到訪問線索的對象，已中流彈身亡。但我們仍毅然前往。這次涉險，回到臺北後，我寫出《金三角·荒城》，在《中國時報》連載，這是繼《異域》之後，造成轟動的另一部報導文學，孤軍苗裔的貧苦，絕望，使在臺灣的中國人無限悲痛，讀者含著眼淚，把捐款送到報館（而我的文章中沒有一句話要求捐助），三個月後，收到六萬美金之譜。

然而，捐款不過是讀者反應的一部分，一個盛大的雪中送炭——「把愛心送到泰國北部」的運動，如火如荼展開，這是一項極有恆心和毅力的救難活動。同時，電視報導也推波助瀾，加上電視影像的介紹；從此，大家悲愴的知道，孤軍後裔在先天自然條件惡劣的蠻荒叢林中，不但生活沒有開拓的可能性，政治壓力更使他們的處境進退兩難，尤有甚者，在 1981年的金三角鴉片戰爭中，被別有用心的野心家，故意的把他們跟販毒集團

拉上關係，使人產生一種混淆的印象，認為金三角的華人，都是富可敵國的毒梟，或者，如不是種植鴉片的煙農，就是販賣鴉片的毒販。這些野心家，為了眼前一點利益，把不依附自己的一些人，說成是毒梟、毒販，結果，使金三角這塊原已十分神祕的地方，便增加幾分詭譎的恐怖色彩。

事實上，大多數悲苦華人的命運，才是我們此行關心的重點所在，這塊被毒梟、毒販、野心家醜化和污染的金三角土地，埋葬過多少戰士的英魂，他們是我的國家長久內戰之下，被遺棄的孤兒，是苦難時代的犧牲品，而他們的後裔卻仍受困於無法解開的悲苦的命運連環，命定在世人心目中，和毒梟、毒販攪和在一起。我寫《金三角‧荒城》，就是想使他們的身份還原。

然而，我這種以人為本位的報導方式，卻引發一場政治性爭論和干涉。首先，右派人物不滿我沒有大力頌揚他們的堅貞、神聖、英勇的反共立場；接著左派人物卻指責我的報導，有意掩飾國民黨殘餘武力利用鴉片毒害，遂行軍事野心。同時，我們同胞的激烈熱情，使泰國政府不滿，終於在今年（1984 年）六月，正式下令，不准許任何來自臺灣的愛心活動，進入泰國北部，並收繳難民手中殘餘的槍枝，封鎖難民村，阻止難民的中文教育。

以上這些，就是我從事報導文學，先後得到的經歷。如果說，我的報導有一點正面意義和作用，那麼，如今面對著金三角大多數華人的際遇，及我的報導給他們帶來今後勢將更難預卜的困阨，我實在是衷心難過和無限愧咎。在無情的軍事，和猙獰的政治強大力量下，地可以動，山可以搖，人民的血淚無辜的流著，我覺得我的筆，力量太脆弱，任何報導都吉凶難明。

三、〈穿山甲人〉反應熱烈

除了以上這兩本書，是以一個地區的一群人，作為我的寫作素材之外，另外，我又有一個以個人為報導對象的寫作經驗，那是我自泰國回來

不久，曾把一個異國華人女孩的悲慘情況，向我的國人報導出來。因爲，我在一次應邀赴馬來西亞首府吉隆坡作演講時，發現了一個名叫「張四妹」的女孩，她從出生下來就罹患怪病，全身長滿鱗片，痛苦不堪，除了過著與世隔絕的隱閉生活外，30 年來，由於家境貧苦，從沒有機會接受治療，或改變命運的希望。我把她的情況寫下來，於 1982 年七月在臺北《中國時報》和香港《百姓》半月刊上發表出來，用她一向被人稱爲的「穿山甲人」爲題。

這篇短短不到六千字的報導，反應迅速而具體。臺北設備最完善之一的長庚醫院，立即承諾爲張四妹免費醫治，《中國時報》則表示，願意負擔張四妹從吉隆坡至臺北之間的來回機票旅費，而吉隆坡的《新生活報》，則表示願意派出專人護送和迎接張四妹往返。張四妹終於在臺北接受治療。在臺灣，中國人民則爲這位異國女孩，捐出了美金三萬元，在香港亦捐造了港幣三萬多元。三個月後，這位女孩在病情大有進步下，帶著我們舉國人民的祝福和愛心，返回馬來西亞。

我舉出我實際從事「報導文學」工作的一點成績，也提出我遭遇的困難，算是一個「報導文學」工作者的工作報導。最後，我準備介紹我的國家，截至目前，在「報導文學」工作上，不同方向和比較突出的幾位作家。他們的名字和作品，各位看來當然十分遙遠和生疏，但，在今天這個人類息息相關的世界上，彼此存在的問題，往往是相通的，而這些作者中，我相信有不少將是明日，甚至已是今日之星。

文化資產保護方面，傑出的有邱坤良對臺灣民間戲曲活動的報導，李利國對紅毛城的報導。

在生態環境保護方面，較有成績的是馬以工、韓韓、心岱、劉克襄。他們致力於大自然的維護，諸如對樹林、鳥類。國家公園。海岸等，提出強有力的呼籲，提醒人們重視生態問題，愛護自然環境。

社會陰暗面的發掘與探討方面，古蒙仁、林清玄、陳銘磻，他們對臺灣山地民族的關懷，喚起了平地人良心的覺醒。此外，翁台生對麻瘋病院

的報導，也曾聳動社會。

　　以上是我所經歷及觀察到，「報導文學」在我的國家文壇上的一些現象，我不能說「報導文學」這種文學體裁，在我的國家，已發展成一個圓滿的極致，但我相信它的發展還有許多餘裕，可以充份發揮它特有的社會功能，同時也在文學的領域上，繼續開出繁茂的花，結出豐碩的果。（張香華整理）

——選自香港《百姓》半月刊，1984 年 10 月

柏楊和我

他的風貌一直在變，我不斷的發現他無數個另一面

◎張香華*

　　在陌生的場合中，每當有人發現我就是柏楊的妻子時，總會驚愕的打量我。甚至，有人更直率的問我說：「柏楊的人是不是跟他的筆一樣的鋒利？」這類的話我被問過太多遍了，每一次我的心中都會興起一種複雜而微妙的感覺。這種感覺分析出來有幾分有趣，也有幾分好笑。因為，我想起了遇見柏楊前後，他給我的種種印象。

　　前些時，一位從前我教過的學生從遠地寫信來告訴我，當年我在課堂上講到潑辣文章時，曾向她們介紹過柏楊。回想起來，當時，從未謀面的柏楊給我的印象是：文筆恣縱，外表嬉笑怒罵，而內心憤世嫉俗，想像中他是一個怒目金剛型的人物。那段時候，我生活的天地很小，教書生涯，除了課本之外，就是學生，其餘一點點空閒時間，我徜徉在詩歌音樂的雲天霧地裡，和生冷僵硬的現實社會，有一段遠遠的距離。我從沒有料到，有一天，自己和這位手持矛槊，出入人間的人物，會有任何關聯。

　　第一次見到柏楊，令我相當驚奇。我固然從不相信他本人就如筆下所描寫的，是一個年邁蒼蒼的糟老頭。但，他的氣質沉靜，舉止溫文，仍十分出乎我意料之外。儘管他手中一根接連一根的紙煙，隱隱的透露出他內心的焦灼不寧，然而，大致說來，他給我一種文質彬彬的印象。

　　把我們倆人的結合姻緣，說成是一個「痴」字，我以為並無不當。傳統上中國人喜歡用「緣」來解釋男女的結合，我覺得這說法也很圓滿而渾

*詩人。

成。有一則笑話說，有人問一位結了婚的女子：

「妳當初怎麼會愛上妳丈夫的？」

「他戴了一條我所喜歡的顏色的領帶。」女子答。

聽到的人笑起來，認為這個答覆不是真正的理由。那麼真正的理由是什麼？——真正的理由很難用一句話來表達。總之，當愛情叩對了門，有千百個理由支持你開門。

一個暮冬的黃昏，柏楊和我對坐在座落臺北公館一家咖啡室裡，他望著我，用一種蒼涼而低沉的語調，婉轉說出他和我都需要有一個歸宿時，那一刻，我真是緊張極了，我的心在顫動，因為，我不知道我們相愛是不是夠深？我在沉思。這時，窗外暮冬的街景，有點寂寥，日影欹斜黯淡。

沒有人能給這個問題答覆，包括柏楊和我自己。在我寫給柏楊一首題名「單程票」的詩中，有過這樣的詩句：「曾經，我們都是行路難道上，苦絕的畸零人」。經過了憂患劫難，我們太需要彼此互相依靠了。我們倆人的命運都像被腰斬過似的，面對著一切要重新開始的未來，我們的相遇，使彼此的勇氣倍增。

深入的了解一個人並非易事。柏楊給我的印象，隨著頻繁的接觸而逐漸改變。初識時候的風度翩翩，已經慢慢褪去，代之而起的是堅定、硬朗而意志昂揚。之後，他的風貌一直在變，我不斷的發現他無數個另一面。

我曾經給柏楊一句評語：「你這個人，既複雜而又統一。」複雜的是他對社會眾生百態的洞悉，和歷經險巇的曲折人生。統一的是他仍然是那麼真摯，那麼奔放，那麼倔強——即或被有些人詬病為「任性」，而始終保持著他活潑生動的感情。他直著脊樑述說他長坐冰塊和右膝傷殘的慘痛遭遇；他用頑皮而淘氣的口吻，敘述他趁隙撿取一小截煙屁股，再經濟的捲成細細的老鼠尾巴來吸食的故事。在那個故事中，一小片碎玻璃，就是代用的火柴，被他瑰寶般的珍藏著……這些獄中禁錮生活的一二，聽得我入神，聽得我心疼如絞，滴下淚來。而有誰知道，這個倔強、堅韌的靈魂，竟有處世天真像孩子的一面，及一顆感情澎湃像海潮般熱烈的心！

他辦事效率之高，寫作量之大，讓我驚詫。許多次相聚歸來，捧著他十年前所著的一疊疊厚重的書籍，每次，我都有種豐收的喜悅。我向他說：「大學四年我都沒讀那麼多書，這些書，夠我讀完另一個大學了。」認識了他，使我有種目不暇給的充實感，我不再感到孤絕。

我一直不忘我們第一次晤面後的情形，深夜回到寓所，興奮而疲倦，幾乎倒頭就睡，還來不及整理他給我的印象。翌晨，我到學校去，一進辦公室，就赫然發現他的一封信，信封上沒有貼郵票，顯然是派人送來的。信上短短的幾句話，很令我感動。我撥了一個電話給他，這個電話撥開了我們共同生活的序幕。後來，我們每一次會面，他總是隨身攜帶著稿件，利用等候的片刻，不停的修改校訂。那時，他正在校對他在獄中完成的歷史叢書。看到他勤奮的一面，我領悟到，這個人是不能錯過的。他的速度太快，效率太高，他不會在妳面前再三徘徊。

這段時候，柏楊寄住在羅祖光先生改裝過的，別緻而小巧的汽車間裡。現在，朋友們就稱它作「柏楊故居」，我們很紀念這個名稱。初次到那「故居」去，那種凌亂中的秩序很吸引我。改裝過的汽車間，牆上有壁紙，地上鋪著地毯。寫字間和客廳合併，他可以一面忙著接電話，一面振筆疾書，一面招呼我，和我交談，嘴上叼著一根香煙繚繞的紙煙。進到裡面，是一間小臥室，用一排高大的書架充當牆壁，隔出一條甬道。我一眼看到一長列整齊的二十五史，立刻想起了，它們曾陪伴他渡過九年多的艱苦歲月。我忍不住用手去撫觸它們，彷彿是撫觸到柏楊滴下的斑斑汗漬和眼淚。書架上，有疊疊的剪報資料，分門別類的收集在一個個活頁夾裡，我隨意瀏覽了一下，名目繁多而且非常有趣，舉例說，有「瘟官」、「錢」、「債」之類，也有「理髮」、「煙酒」，還有一類叫「屁」，我覺得新鮮而好奇。這時，柏楊匆匆忙忙進來，抱起一堆換下來還沒有洗濯的衣服，衝到浴室去，我聽到他開動洗衣機的聲音，我走進去，把他手中的衣服接過來。看到柏楊過著孤寂的獨居生活，一切瑣事都要親自整理，我禁不住感到悽愴。

　　我逐漸愈來愈喜歡這個「汽車間」，我喜歡逗留在房裡為他整理資料，喜歡幫他消除書桌上的煙灰碟，喜歡為他清洗衣物。一面在房裡工作，一面傾聽他在客廳和朋友交談傳來的音浪，我想像的「家」，就是這種感覺，有男主人的聲音，令我覺得溫暖、安全。從此，我一有閒暇，就到那兒。那一帶因為是住宅區，夜晚特別安靜，遠處有一條鐵路，不時傳來火車通過時，發出規律而節奏的軌音，伴著一兩聲汽笛的長鳴。從低窄的汽車間後窗望出去，越過黑黝黝的原野，一節連一節明亮的車廂，在寒冷的靜夜裡倏忽而過，瞬間又復歸黑暗、寂靜，此時默默坐在柏楊身旁，我的感觸良多。

　　和柏楊在一起，讓我覺得篤定而可靠。雖然和這樣一位「是非邊緣」的人物結婚，有人覺得我大膽冒險。有一位同學，以往和我過從很密，聽到我們要結婚的消息後，曾四處打聽，最後仍害怕得不敢前來參加我們的婚禮。其實柏楊本人絲毫沒有使我恐懼不安的理由，他是我所見到的少數極溫暖而熱情的人，加上天性豪放，率性起來顧不了輕重，一義憤就忘了得失利害，諸如此類罷了。至於外在環境加諸他的危險，原需要很冷靜而很深城府的人，才能脫身得了的。柏楊是一個不設防的城市，他感情太濃，用情太深，又不擅長運用心機。難道，一個人不趨迎時尚，又不詭變巧詐，就該被目為危險人物嗎？我不能了解。

　　柏楊住在汽車間的期間，生活所需品，幾乎無一物無來歷。羅祖光夫婦供應的家具器皿，梁上元贈的洗衣機，寒爵送來電扇，林紫耀為他裝電話，陳麗真、談開元選購的衣物，20 年前在臺南成功大學任教時的老同事戴瑞生，寄來了巨款，一個穿草鞋時代的同學范功勤，帶了一包饅頭來讓他果腹，創造梅花綉的楊秀治女士和讀友吳覺真女士，常常調製一些精美的食品點心，送來給他。而孫觀漢先生——柏楊的恩人，跟大家一齊送他電冰箱、電視機、冷氣機；案頭有東方望的贈詩，牆上有史紫忱的墨寶，每一樣東西，都充滿一份深摯的情意。此外，汽車間裡還有一兩件深含歷史紀念意義的物品，那是一床舊毯子，和幾套顏色不相搭配，補了又補，

破得不能再破的衫褲──柏楊在綠島時所穿的囚衣，我在幫柏楊整理床褥時發現了它們，毯子和衣物上，赫然用墨筆寫著一個號碼：297。啊，那段名字被抹去的日子啊，我撫觸到它們留下來的痕跡，感覺到親人受苦灼傷般的傷痛。我想像得出，穿著這些襤褸不堪囚衣的柏楊，清癯消瘦，滿頭銀絲，踞坐在綠島陰暗囚室的一角，而我一點也不覺得他狼狽，我覺得他傲岸崢嶸。

更深人靜的夜晚，柏楊常和我談起他在綠島時的生活：無盡的潮音，寂寞的拍打崖岸的絕響。夏天太陽毒熱，炙曬著燠熱的囚室。一日三餐，囚房的鐵門定時打開一個小洞，飯菜從外邊地上推送進來，十幾個囚徒默默的吃完簡單的囚糧。每天晨起，在荷槍實彈兵士的監視下，作規定 40 分鐘，實則長短不一的戶外散步，不准彎腰，不准坐下，動輒遭到吆喝……夜晚，室友們圍繞著唱一首滄涼的老歌──「老黑爵」。這首歌給我很深的感觸，我曾經垂著淚，寫過下面一首詩，紀念那段可哀可泣的日子。

有一個島嶼

有一首歌

有一個我愛的人

過去，他曾經出現在我的夢中

那時，我在海上掙扎

救生艇的木槳折斷了

我隨處飄泊

找不到島嶼

聽不見歌

遇不著我愛的人

我愛的人在火燒島上

沒有美麗的青山、溪流

沒有碧水漣漪

只有惡濤巨浪

烈日風沙

青草枯黃

菜蔬焦死

飛鳥斂跡

窗欄外的白雲，凝結成硬塊

那時，我愛的人

繞室唱一首老黑爵

他蒼涼的歌聲

掩沒了我的身影

他衰退的視力

不能辨識我的容貌

他不能知道我疲憊的心

因為他比我更疲憊，疲憊於無望

如今，我愛的人

來到我身旁

伸手給我，救我出災難

使飄泊成為過去

疲憊已如拍落的塵土

他教會我對抗風浪，修補斷槳

他教會我觀察天候星象

我們用臂彎圍成一個避風港

我們用溫暖的眼色，點燃火苗的希望

我們將合唱壯麗的詩章

不能忘記那些沒有星月的黑夜

只有海潮的哨音，日晒的烙痕

如今，我們紀念那個島嶼

我們懷念那首歌

——〈我愛的人在火燒島上〉

　　理智說來，打算跟一個剛剛脫離長期監禁的人生活一輩子，應該是有所顧慮的。例如，他的健康如何？他的心理是不是正常？姚安莉就曾警告我：「關了十年的人，妳會遇到一個神經病！」其他的朋友也都這樣為我憂慮。但是，在一次大家聚會中，她們和柏楊竟一見如故，我看得出來，她們不但接受他，而且很喜歡他。分別的時候，她們只留下一句話給我：「他可以好好的照顧妳，妳也要好好的待他。」但，那段時候，柏楊常常無端覺得心悸，經常要吃鎮定劑，白天也不例外。

　　婚後，我陪柏楊到醫院去做了一次全身體檢。我告訴自己，不要奢望他全部通過。一星期後，結果出來了，他的心悸查不出生理上的原因，血壓、心臟也都正常。但繼續有一段相當漫長的時間，夜晚睡眠中，我常常聽到他在夢裡發出驚叫和長長的歎息，彷彿一個人被推下峭壁懸崖，發出來的絕望聲音。也有些時候，他像受了委屈的孩子，在夢中無端的哭泣。

　　隨著他服用鎮定劑的數量慢慢減輕，睡夢中也比較恬靜，我開始愈來愈放心。覺得他是一座山，那麼沉雄峻偉，有風景，又有寶藏。我快樂得不得了。可是，就在這時，另一個困擾人的問題出現了：他不斷的抱怨他的眼鏡沒配好，換了一副又一副。每當戴上一副新眼鏡時，他連聲說好，一兩天之後，問題又來了，他開始懷疑驗光驗得不準確，頭痛和眼球脹痛困擾著他，這樣持續了一段日子，我再陪他到醫院去檢查，終於真相大白，發現是眼球內微血管破裂，淤血沉澱淤積的結果，造成視覺的障礙。

　　九年多來，在囚室內只有一支高高懸到天花板上的 40 燭光的日光燈，柏楊不停的著作，完成了三部歷史研究叢書，它們是《中國人史綱》、《中

國帝王皇后親王公主世系錄》和《中國歷史年表》，以及一堆可與腰齊的尚未完成的稿件。光線微弱，過度辛勞和營養不良的結果，柏楊損壞了他的眼睛。醫生宣布說，這種症狀分為四級，第四級是全盲，而柏楊已到了第二級。而且，藥物治療的效果很有限，唯一的辦法便是，節制看書，減少寫作。

這項宣判對柏楊的打擊太大了，不僅立刻妨害了他的工作，更威脅到他的心情。並且，如果一旦惡化，就太悲慘了。失去了光明，將是怎樣一種無情的懲罰啊，而柏楊何辜？為什麼冤酷總是尾隨他不捨？在體檢一切正常之後，偏偏出現了眼疾。上天有叫世人罹患疾病的權杖，卻敲在足脛挫斷的人身上。

遠在德國的虞和芳得到了消息，立刻來信，要柏楊到她輾轉打聽出來的名眼科中醫師張齊賢處求診。至此，柏楊的眼疾才算見到了一線曙光。那些每日早晚服用的，奇奇怪怪的藥丸藥散，和熬成的湯藥，減輕了他不少針刺般的痛苦。另外，又從一位熟諳醫道的朋友處，學到了按摩法。這樣一日數回，不間斷的輔助治療，似乎給了他一些信心和鼓舞。

一年的時間在焦灼中過去，服用中藥一直未斷，經秦重華大夫介紹給他的一位朋友檢查，知道淤血已經漸漸消散；但，眼球內部的細胞一部分已壞死，新的病名叫「黃斑部變性」，所以，視線並未恢復，看東西看不完全，也不夠穩定，時隱時顯，而仍不斷脹澀。

平日柏楊和我談話中，很少談到眼疾這個話題，因為，顯然這不是言論可以解決的事，而在我們的心底，隱憂的陰影不免攪住我們，好像春天三月裡，外頭花事爛漫，我們卻在屋內毛玻璃前欣賞風景一般，我們的心，有一面總不能完全晴朗起來。

而柏楊案上永遠堆積著做不完的工作，單是歷史研究叢書的校對，就已經足夠使他的眼疾加重。我雖然也曾建議由我來代勞，可是他說：「校對和生孩子一樣，都是沒有辦法請人替代的。」無可奈何之餘，我想到上天給過柏楊的種種考驗，我不相信他有通不過的難關。

　　有人把創作比作生產。每當柏楊新書出版，我無不懷著一則以喜，一則以憂的心情。我應該最清楚，這每一本書的誕生，背後付出多麼艱辛的代價，而柏楊是個多產的母親。一個朋友要柏楊列出他全部著作的名單，柏楊說：「我全部著作大概有 40 本吧，或許 50 本，我自己都記不清楚。」柏楊的確像母親哺育一個接連一個誕生的孩子般，勞瘁不已，而這許多著作，也同樣報償了他母親一般的喜悅。在我們生活的天地裡，有一個地方柏楊最樂於廝磨其中，那就是書房。他常對我說：「書桌是我最喜歡的地方，每次一坐在書桌前，我的心就特別的寧靜。」因此，我們的生活缺乏休閒活動。遊山玩水的雅興，很難打得起來。看電影、聽音樂之類的享受，更屬奢侈。我們的娛樂和工作分不開，那兒還有時間去消遣？

　　有些人以為，寫作的靈感是件很奧祕的東西，需要用異數來培養。我在柏楊的寫作過程中，找不到這份特殊的情調。他總是坐下來執筆就寫，寫倦了，從書房踱出來，自我排解的說：「我真不想寫了，我想出去玩玩，悠悠閒閒，多好。」話才說完，只見他又踱回書房，繼續埋首伏案。就這樣日復一日，月復一月，年復一年，週而復始，成了我們生活的日程表。柏楊的生活沒有一般人想像的絢麗色彩，沒有波瀾起伏的情緒變化，甚至沒有騷人墨客的閒逸雅興，跟他作品變化多端的風格，似乎很不相稱。柏楊常常自嘲的說：「我覺得我不像個文化人。」可是，他豐富的作品告訴我們，他是個道道地地出色的文化人。不過，從我們生活的角度來看，柏楊和我的生活，卻是單調、刻板的。

　　「我是個梁山泊好漢型的性格」，柏楊常自我嘲弄他自己。事實上他也確實是梁山上的人物。看到別人遭遇困難，喜歡自告奮勇的表示：「我幫你想個辦法。」他喜歡拔刀相助的問人家：「和你為難的是誰？我去找他幹。」他天性樂於助人，而這種爽直、勇於承擔的行為，常常把一些鄉愿型，老於世故的人嚇住。

　　也有人把他的豪情俠義，當作偏激。舉一個例子，臺灣盜印之風一向十分猖獗，曾經有一位出道不久的女作家，因為書籍被盜印，由她的父親

出面向一家出版商求助。那天，正巧柏楊和我也在場，聽到了那位父親的敘述，柏楊登時氣得跳起來，他叫道：「我去找他算帳。」女作家父親的反應，卻顧左右而言他。事後，我們聽到這對父女對柏楊的批評是：「這個人太衝動。」柏楊的行徑與他的年齡和遭遇，都太不相稱了。

樂於助人並不是一件輕鬆容易的事，不久前，冒著寒流來襲的隆冬，柏楊為了替一對剛成家的年輕朋友謀職，四出奔走。那天，他忘了戴他平日少不了的護膝——柏楊右膝傷殘，一塊突出的骨頭，無情而刺眼。回到家來，酸痛難當，一面呻吟，一面像完成一樁大事似的興沖沖的說：「大概沒問題了，我已經找到人，親自拜託過。今天爬了六樓，那裡的電梯壞了。」我趕緊拿出薛俊枝遠自美國寄來的電氈，替他裹在膝上，這時，我忍不住又流下淚來。

可是當柏楊把好不容易奔走得來的結果，興奮的告訴謀職無著的朋友，要他明天去見主管時，對方卻淡淡的說：「明天嗎？明天呀！明天我很忙，改天行不行。」這位年輕人顯然已經忘記他焦灼求職的事，此刻，他只悠悠的說：「其實，我做什麼事都差不多，我看我就不去了。」連一句道謝的話都沒有，在一旁又惱又傷心的我，幾乎不能相信這件事的轉變。啊，我彷彿親眼見到這一幕——柏楊爬著一層層的樓梯，不時用手按住他的右膝，迎面寒風砭人肌骨。而這時，我真懷疑，在森森冷面高牆矗立的大樓前，這個滿身鱗傷，精疲力盡的獨行俠，是不是和身後的畫面太不調和了？還是這種典型的人物已經落在這個時代的布幕之後？

小時候，我曾被書中的一句話深深的感動過：「但願我心如水，處處齊平。」我一直嚮往那樣一個境界，以為大地被春水湊灌過，處處都是潤澤，開滿了芳菲的花朵，天空沒有鷹鷲盤旋，地上蛇蠍斂跡。這一切反映在人間世上，就是愛心洋溢，沒有憤懣，沒有嫉恨和忿爭，到處都是親愛、和諧。可是，經過現實人生的一再衝擊，告訴掙扎的我，「齊平」這兩個字的真正意義，我不再存有往日的夢幻想法。我現在服膺的人生態度是：「愛其所當愛，惡其所當惡」。面對著層面不同的柏楊，他突兀崢嶸的

言論，和俠義行為的背後，有一顆充滿了良知的愛心，我快樂的接受他的每一面。

多天早晨醒來，柏楊告訴我，他嚴寒的北方家鄉，他的童年故事：繼母冷酷無情，把他這個十歲不到的孩子，孤伶伶的丟在和全家人隔離，座落後院一間獨立的空房裡。每年多天，他一雙手生滿了凍瘡，痛癢難當，抓得潰爛，出血流膿，一直爛到次年春天才結痂復元。每個寒冬清晨起床，凍得直打哆嗦，一心只盼望，在那件破棉襖內，能有一套弟妹們都有的棉布衫褲。可是，寒風從四壁鑽進來，他仍舊套上那件油漬污垢，已經穿了多年的「空殼榔」棉襖，瑟縮的爬起來，面對一個冷酷無情的新來的一天。可憐的孩子啊，柏楊。

「沒娘的孩子像根草」，以他家庭小康的經濟狀況，荷包蛋酒釀之類的點心，卻永遠輪不到他，只有看著繼母所生的弟妹們吃，而他呆立在一旁垂涎。父親長年在外地工作，很難得回家來瞭解這個前妻留下來的孩子的生活狀況。那時，柏楊多麼盼望家中有個人愛他、關心他。有一回，他忘情的奔向繼母的面前，想討好她，卻換來一頓叱責和冷嘲。從此，他只有把一份很深、很濃的愛，寄託給遙遠而不常回家的父親。而父親回家的日子總是那麼渺茫。即令在家的時候，也像絕大多數中國上一代傳統的家長，在子女面前，除了「庭訓」之外，很少言語，更談不上感情的交流，和思想的溝通。但，就在這肅靜的氣氛中，只要有父親在家，還是個稚子的柏楊，已經享受到最大的天倫之樂。他快樂的跳蹦著，他恢復了童稚的天真和自由，他活潑的唱著歌，恣意的向父親撒嬌，向父親討買糖果錢來解饞……這一切，任何一個幸福的孩子所能擁有的一切，都不曾發生在他真實的生活裡，只默默的出現在他的心中，在沒有任何一個人知道的，他寂寞的小小的心田中。如今，許多個夜晚，當他寫稿寫累了，停下來休息，我常常給他端上一碗酒釀，再加一個荷包蛋。看他吃得香甜，我在想，那個狠心的繼母，該有一副怎樣的心腸？

從他的一生，我肯定他倔強的個性，成型在他 17 歲那一年。他跳起來

用拳頭反抗繼母對他的毆打和辱罵。之前，這種待遇原是家常便飯，他總是逆來順受，可是，這一次不同了。他已經忍無可忍，他在地上畫了一條線，凌厲的警告他的繼母，不准越過。繼母瘋狂的撲過來，他迎頭給了她一頓痛擊，然後立刻逃走。柏楊終於離開了這個缺乏溫暖的家，他艱難的跨出了他的第一步。回憶往事，他常常告訴我，如果當時他的父親講一句挽留他的話，他就不走了，然而，父親只是叫了一聲他的小名——小獅兒，然後，歎息了一聲。於是，小獅兒成了今天的柏楊。柏楊說：「有能力報復而不肯報復，和根本沒有能力報復，而空言不報復是兩回事。」他，絕不偽善。

　　柏楊喜歡下圍棋，可惜我不通棋藝，在家中他沒有對手，只聽他談起過圍棋的基本原理。他說下圍棋必須先建立兩個據點，才能立於不敗之地。我覺得在人生的棋局上，幾仆幾起，愈挫愈堅的柏楊，也有他的兩個據點，那就是敢愛和敢恨。除了對人充滿了濃烈的感情，所放射出來的陽光一般和煦的愛心之外，他從不諱言他的嫉惡。嫉惡醬缸——憎恨人們因私害公，憂心社會的腐敗落後。他想打破閉塞、固陋和僵化。他想消除兇殘專橫黑暗的惡勢力，指責非理性死不認錯的心理。他不能諒解那些不為別人著想的人，和嫉妒別人長進的人。他認為那都是進步的最大障礙，是反淘汰之所以形成。他為這一切奮鬥，付出了幾乎把他摧折的代價。我曾經向他說：「我敬重你的奮鬥，我認為你是個不屈不撓的英雄典型。」他告訴我：「一個人的英雄氣概，和奮鬥的意志是一陣一陣的，不是一成不變的，需要鼓舞和支持。」我凝視著他，把這話牢記心頭。

　　曾經有人告訴我，在柏楊入獄之前，他的交際很廣，真所謂門庭若市。如果真是如此，這意味著多麼嚴重的虛妄。現在，我們交往的朋友，雖也形形色色，或清或濁，但總有二個必備的條件，那就是「真交情」和「真性情」。由於他筆下涉及的範圍廣，接觸到的人物中，有純正、充滿理想的青年學生，有富正義感的各界人士，有視他為洪水猛獸的道學先生和官場人物，也有讚揚他、仰慕他的柏迷。有的讀者頻頻寫信來要和他見

面，或索簽名照片等等，有的稱兄道弟，有的尊他為老翁。有的呼冤、求救，要求代為伸張正義，也有的和他論辯爭執，更有的破口大罵，指他離經叛道。每回打開信箱，收到一封封讀者來函，我就計算著他要花多少時間來寫回信。不論這些來信立場如何，他從不肯讓任何一個讀者希望落空，總是親自執筆回覆，並且把這些信件收藏起來。因為每一封信的往返，都是一個問題的探討，一份感情的交流，沒有一封信是交際應酬。我也因此結識了不少良友。

我們的生活中，酬酢不多，但，終不能全免。不論我參與或否，他總是教我分析各種聚會的意義，什麼是交際宴會，什麼是敬酬知己，水太清則無魚，要用什麼樣的心情去承受不同的友誼，我從他那兒學習到許多處世和人情。而他一再告訴我說：「我是個過感情生活的人。」每當我們旅行到一處，他一定不忘弔古訪友。在嘈雜的街頭，他會傾聽一個賣口香糖孩子講述自己的家庭狀況。當他被囚在綠島時，從報端知道了貧苦患病者的消息，他仍輾轉寄他能力所及，為數很小的錢去給人家。當然，他會冷面對待一些見利忘義，勢利涼薄的熟人，然後，開一句國罵：「他媽的！」

一般人喜歡用婚前婚後判若兩人，來作夫妻間調侃的話題。我想，這並不切合柏楊和我。我們在愛情的光環之中，可能把對方估量得和實際有一點小小的出入。但，我們不斷的滋長，不斷的培養，不斷的追求，我們永遠有更多、更多的不斷，從往日綿延過來，向未來不停的探索，在一首「春訊」的詩中，我寫道：

　…………

　當歲月磨我們成繭
　當苦難縛我們以千絲萬縷的纏綿
　是什麼使我們破蛹而出？
　是什麼使一再結硬殼的生命
　再度溫熱、柔軟

而重新吸納日耀月華？

…………

我們倆人都在努力，不讓對方失望。

有人稱讚柏楊精明能幹，我承認。有人說他糊塗，我也承認。柏楊在人生舞臺上，扮演過許多不同的角色，如同他的文筆一樣，是個多重性格的演員。他除了成為一個作家之外，還經過商，在東北時，賣過礦場用的坑木。來臺灣之後，一面鬻文維生，一面做出版生意，在文化事業還不及今天一半蓬勃的當時，他的出版社幹得有聲有色。他還奉過公職，當過報館編輯，幹過小學中學教員，當過大學教授，他入獄之前，還正在一所大學裡任教，講授「文學概論」。當然，他還失過業，流過浪，一心只想吃個饅頭。抗戰時，他最大的願望是有一枚金戒指和一頂鋼盔。

生活經驗這麼豐富的人，竟會糊塗，頭腦不清，真是令人不可思議。事實上，他經常一面用電子計算機加減簡單的數字，一面電話到中央研究院去，找研究昆蟲的安莉為他驗算答案。他時時坐上公車，心不在焉，不是發現坐過了站，就是搭錯了路線。有一天，我回家來，走到二樓時，發現他手上拿著鑰匙，正在開別人家的門，我問他怎麼回事，他才發覺自己的家在三樓，他氣呼呼的說：「怪不得，怎麼也打不開。」這種事他會重複再三，有時是跑到四樓去。於是，找鑰匙、找眼鏡、找圖章、找剪刀之類，在我們家中一日數起，鬧得滿頭大汗，氣得快要發瘋。去年（1978年），孫觀漢先生先後兩次到臺灣來看我們，而兩次柏楊都深更半夜打電話問觀漢先生，他的皮夾子是不是在他那裡。觀漢先生說：「我看你這個皮夾子遲早要丟掉的。」

至於說到我，我畢竟也不如柏楊當初以為的那樣齊全和美好，我會把開水燒乾、水壺燒焦，做事老是粗心大意又沒條理，我的字跡也沒有別人傳說的工整秀麗。不過，柏楊的字跡更是有名的拙劣，一家刊物上曾有人為文，稱他的字是「還原體」──跟小孩子寫的一樣，他的字和他縱橫的

文筆，終不能相配，使他遺憾不已。另一件使他遺憾的事是，由於他比我年長 20 歲，以致當我的朋友和他相處時，常把他當長輩看待，他老大不願意。他還會跑老遠去買東西，結果付了帳，卻空手回到家來。柏楊自己對飲食和穿著都很隨便，從不考究；我既非巧婦，也不強自裝作，。認識對方，也認識自己的短處，彼此都不多挑剔，就可以安靜過日子吧！有人說，恩愛夫妻在當時都是不自覺的，而我們倆人的生命歷程，教給了我們如何感恩和珍惜。

我曾經問過柏楊，從綠島回到臺北，要花多少時間，才能重新適應這個相隔九年又 26 天的世界。他給我的答覆是，當他步下飛機的剎那，只花了一秒鐘，就適應這個世界了。他是這麼有彈性，他關心這個社會，他面對得起種種問題，沒有時間讓他徬徨、猶豫。而我是親眼看到他一一重新振起的人。

微風細雨的夜晚，雨滴落在雨遮上，滴嗒有聲。在沒有庭院的公寓房子裡，可以模擬幾分雨打芭蕉的情趣。柏楊在寫字桌前，抬起頭來傾聽屋外的風雨聲，他告訴我，這是他最感到寧靜的一刻。我相信這一刻是我們生活中最婉約的一面。其餘的時候，我們總是緊張、忙碌的時候多，像一齣熱烈的戲，鑼鼓喧天，鐃鈸齊鳴。

柏楊視線的障礙，使他常常在寫稿時，停下來輟筆長歎，他閉緊了雙眼，用雙手摀著臉，一語不發的靠在椅背上養神。我突然發現他像一個身經百戰歸來的老兵，臉上刻著風霜的痕跡，和光榮的標誌，啊！我心胸中有太多的話想說，卻哽在喉頭，我走過去，靠著他，輕聲的告訴他：「我在你的身旁，我就是你的眼睛。」

——選自梁上元編《柏楊和我》

臺北：星光出版社，1979 年 6 月

寒夜・爐火・風鈴
柏楊和他的作品

◎聶華苓*

一、郭衣洞和柏楊

　　一直到現在，30 年了吧，我還是叫他郭衣洞，叫不出柏楊。

　　1950 年代初期，正是我在臺灣主編《自由中國》文藝版的時候，一位署名郭衣洞的作者，投來一篇小說：〈幸運的石頭〉。我們立刻就登出來了。《自由中國》的文藝版常出現冷門作家。我們看重的，是主題、語言，形式的創造性——縱令是不成熟的藝術創造，也比「名家」陳腔濫調的八股好。郭衣洞那時大概開始寫小說不久吧，也可說是「冷門」作家。但他的小說已具有柏楊雜文的特殊風格，喜怒笑罵之中，隱含深厚的悲天憫人情操。

　　臺灣 1950 年代的「文化沙漠」的確寂寞。爲《自由中國》文藝版寫稿的一小撮作家，常常聚在一起，喝杯咖啡，聊聊天。後來由周棄子先生發起，乾脆每月聚會一次，稱爲「春臺小集」。

　　「春臺小集」這名稱和我與彭歌有點兒關係。我們的生日都在正月，好像也是同年。我們 30 歲那年，周先生預先邀了十幾位文友，在臺北中山北路美而廉，爲我與彭歌來了一個意外的慶生會。從此，我們就每月「春臺小集」一次，或在最便宜的小餐館，或在某位文友家裡，琦君散文寫得好，也做得一手好菜。她的杭州「蝴蝶魚」——教人想起就口饞。輪到她

---
*發表文章時爲北京廣播學院榮譽教授，現爲美國愛荷華大學「國際寫作計劃」榮譽退休教授。

召集「春臺小集」，我們就到她在杭州南路溫暖的小屋中去「鬧」一陣子，大吃一頓她精緻的菜餚。「春臺小集」也幾經滄桑。最初參加的人除了周棄子、彭歌、琦君與我之外，還有郭衣洞、林海音、郭嗣汾、司馬桑敦、王敬羲、公孫嬿、歸人。後來郭衣洞突然放棄我們了；司馬桑敦去了日本；王敬羲回了香港。夏濟安、劉守宜、吳魯芹創辦了《文學雜誌》，「春臺小集」就由劉守宜「包」了，每個月到他家聚會一次。我們也就成了《文學雜誌》的撰稿人，記得彭歌的〈落月〉是在《自由中國》連載的；夏濟安對〈落月〉的評論是在《文學雜誌》發表的。後來夏道平也參加了「春臺小集」。1960 年，《自由中國》被封，雷震先生被捕，「春臺小集」就風消雲散了。

郭衣洞在「春臺小集」的時候，我們可真年輕呀！那時我們從大陸到臺灣不久，各人在生活上有各人的問題，在創作中都在各自摸索；有的人甚至在情感生活中也在摸索，郭衣洞就是，但那時我並不知道。他是中國青年反共救國團的重要人物，我這個和《自由中國》關係密切的人，對他自然有幾分「畏懼」。但他那個人常常靈光閃閃，喜笑怒罵之中，一針見血，逗人大笑，卻又叫人悲哀。我是站在遠遠地欣賞他。30 年後在愛荷華，我才在柏楊身上認識了郭衣洞。他離開「春臺小集」，原來是因爲他離了婚，離開了救國團，以爲我們會對他有意見。「衣洞，我不會！」我說。「你是爲了愛情！」我看到他身旁微笑不語的詩人妻子張香華，才想起他以前那次爲愛情而「身敗名裂」的婚姻，早已因他坐牢而破裂了，但他終於碰上了香華──衣洞晚來的幸福。

「衣洞，我真爲你高興，你有了香華！」

「我也爲妳高興，妳有了安格爾！我們的晚運都很好。」

「衣洞，我以前沒想到你會如此偉大！」

我們大笑。兩人都有了斑斑點點的白髮。

也是在 30 年後，在愛荷華，我知道了衣洞的身世。他 1920 年出生在河南開封一個中等家庭，乳名小獅兒，一歲多母親就去世，受繼母虐待。

他還以爲她是親生母親呢。兄弟姊妹每天早上總吃個荷包蛋，他可沒蛋吃，站在一旁，心裡很難過，不懂爲什麼只有他一個人沒有荷包蛋吃。到了十幾歲，他才知道自己母親早死了。母親是什麼樣子，他不知道，甚至不知道自己正確的生日是哪一天。北方的多天，小獅兒的手凍裂凍爛了，也沒人管。父親在外地工作，回家發現他滿身被繼母打的傷痕，把他帶到祖居河南輝縣。他在當地一個學校讀書，老師很兇，時常體罰學生。他算術本來不錯。結果他的一點算術頭腦，就給老師打壞了。

小獅兒考取輝縣私立百泉中學，學校規定學生星期天也留在學校，不能外出。小獅兒偏在星期天溜回家。有一個星期天，老師發現了。小獅兒和老師爭辯；老師動手打他，把他拉到校長室去。他抗議老師打人，校長威脅著要叫警察。他拔腳飛跑。這一跑就再不回去了──被開除了。

小獅兒回到開封。父親罵了他一頓，他考上當地最好的一間高中，唸高二時，抗戰爆發了，他停學從軍。後來進了在四川三台的東北大學，1946 年畢業──抗戰已勝利，他已到了東北。

衣洞 1949 年從大陸到臺灣；1968 年因文字惹禍，被囚於火燒島；1977 年釋放，他把生日訂爲三月七日──他入獄的日子。

柏楊已出版小說、雜文、詩、報導文學、歷史著作等五十幾本書。柏楊在臺灣，十年小說，十年雜文，十年鐵窗。就是在獄中，他也寫作，完成《中國人史綱》、《中國帝王皇后親王公主世系錄》和《中國歷史年表》。出獄之後，他繼續寫作，主要是將《資治通鑑》譯成現代語文，並加評語，成爲《柏楊版資治通鑑》。

柏楊以 1960 年代的雜文而名滿天下。他開始寫雜文的時候，正是我一生中最黯淡的時期，絕於文友以及他們的文章。1964 年我到愛荷華後，才在臺灣報刊上看到柏楊雜文，潑辣尖銳，揮灑自如，縱而有時略欠嚴肅，但主題總離不了人權和人道──20 世紀兩大問題。柏楊是誰呢？柏楊雜文，似曾相識，雜文中的「悲」和「憤」，早已在郭衣洞 1950 年代的小說中萌芽。原來柏楊就是郭衣洞！我十分後悔在臺灣時沒有多認識他，但十

分高興衣洞「化」成了柏楊。

柏楊說:「選擇雜文這一文學形式,是因為現代時空觀念,對速度的要求很高,而在文學領域中,雜文最能符合這個要求的。它距離近,面對面,接觸快,直截了當的提出問題,解決問題。不像小說、詩歌,必須經濟縝密的藝術加工,把要反映的事象加以濃縮,它的價值和影響力,需要頗長的時間才能肯定。」

郭衣洞小說和柏楊雜文不僅在形式上不同,所提出的問題也不同。小說所反映的是 1950 年代在臺灣的中國人,因為戰亂和貧窮而演出的悲劇;雜文所批評的是中國幾千年的「醬缸文化」所造成的人性弱點,有較強的歷史感和普遍性。柏楊終於寫歷史、譯歷史——這一發展是必然的。郭衣洞小說和柏楊雜文有一個共同點:在冷嘲熱諷之中,蘊藏著深厚的「愛」和「情」。他大半輩子,就是個「情」字——親情、友情、愛情、人情、愛國之情;他就為那個「情」字痛苦,快樂,憤怒,悲哀,絕望,希望……甚至在獄中,柏楊也充滿了悲天憫人之「情」;他在獄中寫給女兒佳佳的信就洋溢著那份情:

> 「佳佳……吾兒,妳要馬上去買一份(或數份)十月四日的青年戰士報,在第七版登有屏東縣林月華小妹,一個六歲的小女孩患血管瘤的消息和照片,她在照片中露出可怕的病腿在哭,爸爸看了也忍不住哭。吾兒,妳要幫助她,使她早日治癒,她不過為了父母貧窮,便眼睜睜看著自己死亡而呼天不應……這小女孩就是我心中的小女兒。我能看到她得救,死也瞑目。爸爸。」
>
> ——民國 74 年 10 月 13 日

> 「佳兒……放寒假後,請買數尺竹布(比斜紋布次一級的薄布),藍色灰色均可,爸爸衣褲多破,當要縫補……爸爸。」
>
> ——民國 75 年 1 月 12 日

「佳兒：有一件事囑兒，報載竹東鎮大同路七一〇巷七號十二歲的徐佳銀小妹，右腿紅腫得跟腰一樣的粗，家產已經用盡。看後落淚，爸爸不便寄錢，希吾兒速給徐小妹五百元（爸爸還妳）作為捐款，此錢固杯水車薪，但是表示人情溫暖和對她的關心，盼能提高她的求生意志。十二歲的孩子，命運如此殘酷……爸爸。」

——民國 76 年 11 月 16 日

二、爐邊漫談（關於柏楊的作品）

時間：1984 年 11 月 27 日

地點：愛荷華聶華苓家

人物：柏楊、張香華、聶華苓。

（寒夜‧爐火‧風鈴‧一壺臺灣烏龍茶。）

聶：衣洞，談談你的小說吧！你的小說都是在 1950 年代寫的嗎？

柏：都是 1950 年代寫的。

聶：那時候我正在臺灣。你小說裡所寫的那個時代，我看起來很親切。那時候，我們生活真苦啊！

柏：我比妳還要苦！那時候，就是彭歌，他在新生報當副刊編輯，他也相當苦的。

聶：我在《自由中國》發表你的小說是……

柏：〈幸運的石頭〉。

聶：不止那一篇吧？

柏：還有好幾篇。

聶：你的小說在那時候就很突出，因為有很強烈的諷刺性。

柏（不服氣地指著詩人妻子張香華）：她們一直說我小說寫得不好！

聶、張大笑。

張：並不是說諷刺性的小說就不好……

柏：除了諷刺性以外，我覺得我的雜文比魯迅……比魯迅……

聶：寫得好！對嗎？

柏（點點頭）：我覺得。

聶：這個我承認。前幾天我對你講過這句話。記不記得？

柏：記得。

聶（忍不住笑了一聲）：恭維你的話，你一定記得。你的雜文比魯迅的雜文好。為什麼呢？我講講，看你覺得怎麼樣？魯迅的雜文是知識分子的雜文……

柏：而且還是高級知識分子的雜文……

聶：你的雜文是三教九流，什麼人都可看的雜文，但你觸及的問題是很尖銳的，意義是深刻的，你嘻嘻哈哈開玩笑，其實眼淚往肚子裡流，心裡在吶喊。魯迅的雜文，火藥氣很大。你覺得呢？

柏：我的小說倒是學魯迅的……

聶：小說學魯迅？

柏：我認為。人家都說不是……

張、聶大笑。

柏（毫無笑意）：人家認為那是對魯迅不敬。

張：那是我說過的，你那樣講，對魯迅是誣衊……

聶：你是不是受了魯迅的影響呢？

柏：我的小說是真的受了魯迅的影響。我的雜文沒有，因為過去在大陸很少看到魯迅的雜文，看了幾篇而已。他的小說，我看了不少，《吶喊》，《徬徨》，我都看過……

聶：其實，魯迅的小說也不多……

柏：就是那幾篇小說，就使我有個感覺：自從白話運動以來，魯迅的小說還是最好的。

聶：魯迅有篇小說《肥皂》。

柏：啊？

聶：非常好，非常好！

柏：我看過魯迅的《阿Ｑ正傳》，《酒樓》，《故鄉》……

聶：這都是在大陸時候看的嗎？

柏：是。

聶：魯迅小說，我是在臺灣偷著看的……

柏：魯迅小說，你看過之後，給你神經壓力，你要思考，不會得愉快。有人問我，爲什麼你的小說都有這麼悲慘的結局？我說，你應該想呀。現在因爲時代不同，所以我的小說更不吃香……

聶：你的小說在臺灣銷得怎麼樣？

柏：有些人還是看。我現在小說的銷路，除了三毛……還有誰呀……

聶：瓊瑤！

柏：對，瓊瑤。除了她們之外，我的小說銷得最多。人家說，沾柏楊的光！

聶：誰沾你的光？

張：人家說：他自己的小說沾柏楊的光！

柏：人家說，因爲是柏楊的小說，人才買！

張、柏、聶一起大笑。

張（望著丈夫，微笑）：我可不可以講我的意見？

柏（聲音低了一個音階）：講嘛。（彈彈煙灰。）

張：我覺得他是個使命感很強的人。他對魯迅的小說之所以那麼喜歡，因爲他和魯迅一樣，出發點是對社會、對人的關懷；對中國人的可憐、可憫、厭惡──恨鐵不成鋼。那種心情，我相信他們兩人很相像。他1950年代小說所寫的主題，當然和我們這個時代是有點區別的。但是他有一顆這麼灼熱的心，除了反映當時的時代之外，還能把人性的黑暗面挖掘出來。所以，如果他的小說只是局限在1950年代的話，那就沒有永恆性了。正因爲他太灼熱，太關懷，所以，儘管他的小說技巧

還沒發展到最圓熟，但是，因爲他的愛心，他的期望，使他在作品裡面保存了一些永恆的東西……

柏（勁兒上來了）：現在我的小說有這麼大的銷路，證明有讀者……

張：笨蛋！（笑個不停）

柏楞楞望著妻子。

張（仍然笑著）：銷路！銷路有什麼值得提……

柏（興奮起來了，嗓門提高了）：銷路！就是有人看呀！不是強迫市場，是自由市場呀！現在，（聲音低了，委屈似的。）人一提就提我雜文、歷史，從來沒人提我小說……

張：現在我發現，真正欣賞他小說的人，是從生活裡面熬煉出來的人。譬如說，有一個雕塑家，最近在臺崛起，也是高信疆極力用大眾傳播把他介紹出來的。叫侯金水。《柏楊 65》那本書封面上的塑像，就是侯金水設計送給柏楊的，他們本來完全不認得。侯金水就是他小說的讀者。爲什麼侯金水這麼受他感動呢？說起來非常的傳奇。在他還沒成名以前，他一直是柏楊的讀者，也想寫信給他，但是不得其門而入。後來，他的雕塑被人肯定了，他才問高信疆，可不可以把他介紹給柏楊。高信疆說，那有什麼問題？很熟的朋友嘛！然後他們才見到了。侯金水是個鄉土氣息很重的人。他在那種場合，就默默坐在那裡；然後他講了一個故事。這個故事呀，一聽很熟。我好像似曾相識，可是我說不出來，是哪兒來的故事呢！用他的語調來講，非常動人！簡單地說，就是一個捕蛇的人，他很窮，他必須冒生命的危險去捕蛇，結果被毒蛇咬了；臨死的時候，有一個陌生人來搭救他。這個陌生人失了業。捕蛇的人臨死之前叫那人把遺物送回家去給他妻子，但是，不要告訴她丈夫到底是什麼下場。那個不相干的陌生人處理了捕蛇人的後事。他也是窮得要死，他把自己僅有一點點借來的錢，給了捕蛇人的遺孀，編了一個謊，說她丈夫出海了……這一類的話。他回到自己家，妻子問他：「工作有沒有著落呀？」他說：「有，有，有！明天有

工作！」他第二天就是要去捕蛇。雕塑家講這個故事的時候，我就說，這個故事我在哪兒看過的？原來就是他（指柏楊）的作品！我拿這個個案來講，就是說……

聶：這篇小說是什麼題目？

張：啊，我一下說不出來。妳看，我都不是他的忠實讀者。真糟糕！（望著柏楊不住地笑）

柏：她根本不看！

張：我看了啦！可是我沒有那麼深刻的印象。這是一個例子：真正從生活折磨裡熬煉過來的人，對柏楊的小說才有很深的共鳴。現在臺灣的社會，一下子變得太快了，一般人的生活沒有困難。這對柏楊這樣的主題，就有相當的隔閡。他的小說很多是建立在生存的困難上，還不是那種現代的：內心的掙扎啦，面對科技啦，西方文明啦，污染啦。他那個年代，最嚴重的壓迫，是生存的問題。

聶：這個我很了解：1950 年代，許多人都爲生存而掙扎。

柏：我在自立晚報工作，在長安東路口；我家住在通化街。那時候公共汽車票一塊錢。我就沒有那一塊錢！走兩個小時走回去。我站在公共汽車站，等呀等，希望等到一個熟人來，借我一塊錢買一張票。

聶：那是在你離開救國團以後吧？

柏：嗯。我受過的苦太多了。

聶：你以前在大陸也吃了很多苦。

柏：在大陸挨餓……

聶：怎麼挨餓呢？你家裡還有人在大陸嗎？

柏：有姊姊、弟弟。我從小沒有母親。我繼母曾經把我栓在床腿上來打，我父親在外地做事……

聶：你家在開封。是嗎？

柏：在開封。我父親一回來，就是我的春天。父親回來幾個月，繼母待我好——好得不得了！她是個旗人，能說善道。父親剛剛一出門，她立

刻就翻臉！我從小就受這種虐待。我現在手上還有疤，幾歲時候，一到冬天，我的手全凍爛了。我從小就受苦，一直到大學畢業，跑到東北去……

聶：我記得你是東北大學的……

柏：是呀！我在四川三台唸書。那時候窮學生哪有錢？幸虧有個學生公社，妳記不記得？

聶：哪有公社？

柏：妳那時還小……

聶：哪裡小？我也是抗戰流亡學生呀！我比你只小幾歲。人家偏偏要叫你柏老、柏老。

柏（笑笑）：學生公社是基督教辦的。冬天每個人可以借一件棉大衣；學生有貸金。貸金不夠吃……

聶：我們都是這樣。

柏：花生米也吃不起呀！抽煙，幾天買一支（他珍惜地看看手指間的香煙，猛抽一口，在煙盤裡捻熄。）

聶：你那時候就抽煙啦？

柏（歡然笑笑）：那時候就抽煙了。

聶（笑著）：受罪！活該！

柏：連碗豬肝麵也吃不起，根本不可能！

聶：那時候吃碗牛肉麵，就是打牙祭！

柏：牛肉麵！那還得了？那是富豪之家呀！

聶（笑）：四川牛肉麵，很辣很辣，現在在愛荷華也吃不到！

柏：勝利以後，我在東北大學已經畢業了。同學們說，到瀋陽去玩玩吧！我冒險精神也滿大的，到瀋陽去吧！我在瀋陽辦《東北青年日報》，在遼東學院教書。後來瀋陽完了，我就跑到北平。

聶：1948 年嗎？

柏：1948 年。餓得發昏——北平路旁有茶糖攤子。我和一個朋友在街上

走，餓得口水都流出來了，沒有錢吃一碗茶糖；我特別喜歡吃的。我一面走一面罵：「什麼東西？挨餓！活該！你沒有本領！」朋友問我：「你罵誰？」我說：「我罵我。」我沒有能力，我吃不起茶糖，我就應該罵自己，誰也不能怪！

聶：你什麼時候離開北平？

柏：1949 年。

聶：我和你同時在北平！

柏：解放軍二月進城，我四月離開的。

聶：我跟你同時離開！

柏：我到青島……

聶：經過濰縣，對不對？

柏：對！

聶：我們走的一條路線！

柏：我們五六個人走到青島，住在一個學校裡，窮得乾淨俐落！我到菜市場，身上只有一條褲子。一塊錢？人家說，好！要！我就當場脫下褲子給他。那時候也 28 歲了，大學畢業，在遼東學院當副教授，居然餓得當場脫褲子，後來到上海，住在臨時搭的難民收容所；從上海就到了臺灣，上海還在打仗……

聶：那怎麼能說共產黨把你俘虜過去了？

柏：我從來沒有被俘過，但調查局說我被俘虜三天！思想是累積成熟的，三天就變了嗎？但三天卻是「加入叛亂團體」——就掛上了鉤！排上了鉤就是死刑。我到了臺灣簡直沒有辦法呀！我的脾氣又不好，老犯上。我是老國民黨呀！我 18 歲，抗戰剛開始，1938 年，我在武漢左旗受訓，加入三民主義青年團……

聶：你的這些生活經歷對你寫作都有影響。

柏：是。我對「苦」很敏感。現在有人覺得我花錢花得太厲害……

聶：是報復心情。

柏：不是報復心情。我說，第一，我受過這麼多的苦，我知道錢的重要，但是，我不吝嗇……

張：這和他的性格有關，大來大去。我們約會時候，他窮得要死，上街要坐計程車！我說，算了吧，別坐計程車了。他偏要坐計程車！（苦笑。）

柏（喝喝，望著妻子笑。轉向聶）：但是，我本身沒有享受，我吃個炸醬麵就滿足了。我也不講究穿。我唯一的消耗就是抽煙。我幫助人，我的方式是通過工作來幫助，譬如編個文學年鑑，我花錢；假若我沒有錢，我可以做嗎？我寫《異域》，寫到苦的時候，寫到小孩的時候，那時候，我的小女兒才兩歲，書桌就擺在床前，孩子睡在床上，聽她呼吸，看她小臉蛋，我就忍不住會哭。我寫過一篇母親生產的小說。那時候，我女兒就要出生了。暴風雨，我身上帶的錢不夠。心裡真難過，恐怕要難產；如果難產輸血，馬上就要繳錢！我想，萬一要輸血的話，往哪裡去借錢？我一個人在廊上走來走去。萬一有問題的話，真是只有死路一條！後來我就寫了一篇那樣的小說。恐懼，貧窮，困難，走投無路。人在困難的時候，「惡」的一面會發揮出來，同時，「美」的一面也會發揮出來。可惜的是，人到了絕境的時候，他發揮善的這一面時，別人已經看不到了。

張：為什麼看不到呢？

柏：人臨死的時候，講的話，做的事，誰看得到？

聶：或者是你正在倒楣的時候，誰理你呀！

柏：是呀。我寫的主要是社會的不公平。我只希望讀者讀了以後想：為什麼主角這麼受苦？可能我表達的方式不對。人家說看了我的小說覺得很難過——得了這個結論，我覺得怪悲傷的。

聶：看了難過，你就會想：人為什麼會這樣？你就要思索。

柏：但是，人不喜歡思索！我寫了一篇關於離婚的小說。（轉向妻子）妳看了，妳不贊成。

張：我不贊成，不是情節問題，是你處理的技巧。

聶（笑。抓住機會）：處理的技巧，是什麼問題呢？妳不贊成。

張望著丈夫笑笑，沒作聲。

柏：我還寫了一篇小說。一個小職員，商人行賄時，他拒不接受。他禱告
　　上帝：「我的孩子病了，發高燒，我沒有錢，怎麼辦？」商人拿來錢，
　　他接受不接受？商人告訴他：「我送你錢，是可憐你，是同情你。我要
　　幫助你，拿錢給你，救你的孩子。我不需要你簽字，我不需要你負任
　　何責任，而且，我告訴你，我可以告訴你長官，可以撤你的職，說你
　　貪污！你不要以為我整不了你！」小職員就禱告：「上帝啊，我現在應
　　該怎麼辦？」

為什麼孩子有病？為什麼沒錢看病？父母最可憐的是：孩子有病，沒錢看
　　病，孩子不知道呀，抱在懷裡。

還有一篇小說，一個女的，到一個人家裡去，換了一套很漂亮的衣服，到
　　街上去勾搭男人。一個男人來了，問：「妳要多少錢？」她說：「60
　　塊。」男人說：「我給妳一百二。」他們在一起。她再一看，原來是大
　　學時候的一個男同學，追她追不到手的一個男同學。「啊！」她一驚，
　　後來心一橫，說：「當初你追我追不到手。現在你隨便好了。我現在這
　　個時間是你的。」

聶：她不要錢嗎？

柏：嗯。男人說：「我沒有這個意思。我只有這個辦法可以見到妳。妳把衣
　　服穿起來。我告訴妳，我知道妳現在很窮。我沒有辦法見到妳。一些
　　朋友想出這個主意，把妳引到這裡來。他們恨妳！我永遠不會再找
　　妳，妳放心。我現在所有的錢都給妳。」他走了。她回家，輕輕打開
　　門。丈夫問她：「借錢借回來沒有？」她說：「借到了。」丈夫不知道
　　她賣淫，孩子睡了。她走過去看孩子。

聶：你怎麼想到寫這樣一篇小說？這樣的情節？

柏：人有善良的一面。我想，我若追不上這位小姐，她落魄了，我決不會

報復。一個人被迫去賣淫，而且是受過高等教育的良家婦女，她為什麼走這條路？這是社會的責任。她沒有其他的路！

我還寫了一篇小說。有一個人很窮，找工作也找不到，看見一個小孩子丟了五毛錢在地上，他馬上用腳踩在上面。小孩子嚷著找五毛錢。他說：「我沒看見。」孩子哭：「回家媽要打我！」孩子哭著回家了。他撿起五毛錢，買了一包花生米；一回到家，打開門，孩子問：「爸爸，你買了吃的沒有？」他說：「爸爸給你買了一包花生米。」孩子說：「爸爸，你先吃。」他說：「爸爸已經吃飽了。」孩子吃了，說：「爸爸，我還餓！」這篇小說，大家都不滿意。我可能沒寫好。

張：他的小說很多是寫的生存的困境。這是他小說裡面很重要的一個主題。

聶：妳剛才說到他技巧的問題，是什麼技巧問題？

張：技巧的問題……

柏：我覺得，中國小說上的技巧，妳們習慣的，我都用了……

張：我覺得我不能同意。（手向丈夫一招，笑著。）別吵了……

柏：為什麼我喜歡魯迅的小說呢？簡潔。我不喜歡日本作品。我喜歡美國作品。日本作品拖泥帶水……

聶：這個我同意。

柏：美國是商業社會。從這個地方到那個地方，兩小時，讀完一本小說，所以必須簡潔。

聶：對！

柏：而且，第一句話就必須把你抓住！因為他沒時間看。我的小說就是用簡潔的手法。

張：他小說的結構，和他懸宕的氣氛，我認為他掌握得滿好的。在技巧上，這一點是不錯的。他的故事，都有奇峰突出，沒想到是這樣的一個結局！我認為這是他技巧上的一個優點。（頓了一下，挑釁似地望著丈夫笑）可不可以講缺點？

柏（聲音委屈地）：當然可以講。不講也不行，到處寫。

張、聶大笑。

張：我哪有到處寫？（頓了一下）。我覺得他這個人，使命感強，控訴性
　　強，很濃烈的情感反映出來的力量，這都是正面的，不必說了。但
　　是，他這個人，缺乏一種細膩；他對於某種觀察不深入。譬如說，他
　　描寫一個女性的時候，他不能掌握到最能夠表現她性格的那種特色。
　　他形容她的外形，他常常犯了一個毛病，用大家都用的語言，譬如
　　說：柳腰呀，修長的腿呀……還有，我現在不記得了。我覺得這種形
　　容，是沒有性格的……

聶：我了解。

張：也許是他不屑於在這上面花時間。但是，我覺得，藝術的成功，就是
　　要透過感性去感染人家，而不是全部集中在使命感的發揮上。我認為
　　這個很重要。

聶：妳覺得他的人物是比較粗線條的，是不是？

張：嗯……粗線條，是不是？（沉思狀）可以說是筋骨分明；可能在肌理
　　的組織上，我覺得……

柏（沉沉地）：我覺得不錯……

張、聶大笑。

聶：你的雜文和小說，你自己比較喜歡哪一種？

張（微笑著對丈夫輕聲地）：說實話。

柏：我覺得我小說也滿好。

聶（一直在笑）：你總會有個比較吧！

柏：因為兩種性質完全不同。

張（微笑著逼問丈夫）：哪個寫得成熟一點？

柏：我覺得都很成熟。

張（向丈夫手一招）：你這人真護短呀！真沒法子。

張、聶又笑了一陣。柏楊抽煙，無可奈何陪著笑。

聶（對張）：妳呢？妳覺得呢？

張：當然我喜歡他的雜文！無論是形式，是語言。寫雜文，一定要對社會
　　關懷，有使命感。這種形式，我覺得，可以說是他獨創的體裁，而且
　　他運用得真是——真是沒話可講，運用得那麼樣熟練，那麼樣的揮灑
　　自如……

聶：對，對，對！揮灑自如！

張：就是要學他的喜笑怒罵，也沒人可以超過他。很多讀者讀了他的雜
　　文，學他的口氣來寫。我一看呀，唉！沒有一個學得像。只有一個女
　　孩子學他學得像，就是梁上元。但是學得像，也不過是學得像而已。
　　文學就是創造嘛！他的性格，在寫雜文的時候，形式和內容，是個很
　　好的結合……

聶：對，對！妳說得很對！

張（望著丈夫笑）：有一天，他要是和一個如花似玉的女人，出點什麼花樣
　　的時候，他的理由並不是我的太太不了解我，而是我的太太太了解我
　　了。

（張、聶又大笑。柏微笑抽煙。）

聶：你承不承認呀？衣洞！承不承認呀？香華真是了解你！

柏：她對小說的欣賞水準不夠。

張、聶笑得更厲害了。聶笑出了眼淚。張笑得一頭烏黑的頭髮甩來甩去。
　　陽臺上的風鈴也「笑」起來了。

聶（終於停住了笑聲）：香華是詩人，感性很強的人，為什麼對小說的欣賞
　　水準不夠？

（柏不語，笑笑，抽煙。）

聶：香華，妳覺得他的小說是不是有點像歐・亨利的小說？情節重於人物
　　的刻劃……

張：對，我認為這樣……

柏：我還重親情……

張：他的感情之濃啊！譬如，他對孩子的心，在他作品裡也有很大的份量。疼孩子的心，跟現實生活的困難結合在一起……

聶：只是疼孩子的心嗎？是他對「人」的愛心……

張：對，對。孩子也是他愛的對象。對社會來說，就變成控訴了。對貧窮人的愛，變成憐憫；對智識分子的愛，就變成一種無奈——你讀了那麼多書，有什麼用嘛！你除了堅守你那些死的信仰，你對人、對己，都不能發揮出一點點光和熱。結果，你自己整個萎縮，整個消滅。有什麼意義呢？他就感覺痛惜，感覺到一種無奈。還有，他對愛情的觀念，我覺得是滿不健康的……

聶：怎麼不健康？

張：他的小說常常是因為貧窮，就把愛情破壞了——這也是他一個很強烈的主題。因為貧窮、災難，結果愛情就毀了。我覺得他有一種幻滅感。我自己倒是喜歡他寫的一對夫妻，很窮，太太生孩子失血，丈夫到處借錢，怎麼也借不到，最後太太死了。丈夫正在路上，狂風暴雨，被雷打死了。家裡還有兩個嗷嗷待哺的孩子，等待父母回來。最後的結筆是——他們的靈魂，在閃電雷擊的那一刻，會不會在天上相遇？我覺得這是他所有愛情幻滅小說裡面，寫愛情最悲慘、但也是正面肯定的。

聶：妳覺得他幻滅嗎？我覺得他幻滅不了的。

張：在現實人生不是；在小說裡，他對愛情是幻滅的……

聶：那是因為他的小說是 1950 年代寫的；那個時期他也許是對愛情幻滅的。我覺得他現在不是那種心情了。對不對？

張（偏著頭沉吟）：現在呀……

聶：我覺得他的愛心非常重。他吃過很多苦。這一點，他和安格爾有些像。安格爾小時候也吃過很多苦，他家裡窮得不用上稅。他所愛的人：妻子、女兒、孫子……他有各種不同的愛法，但是他對物質的反應特別快。譬如，你看見什麼東西說好，他立刻反應：去買！去買給

　　你！

張：非常像！非常像！

聶：剛才那條好看的披肩，妳喜歡，他就說，妳去買！毫不猶豫。這是他
　　愛心的一種反應。

張：對，對！那年我到歐洲旅行。他還不能出國，留在臺灣。我在意大利
　　好想他，打電話回家，妳猜他第一句話說什麼？

聶搖頭笑笑。

張：「妳要錢嗎？」（半嗔半笑）氣死我了！好像我打電話給他，就是爲了
　　要錢！

柏：我對她講：不要捨不得錢，愛買什麼，就買什麼⋯⋯

張（笑指丈夫）：他沒有其他的話，就是錢！我們在新加坡，有人問他：
　　「婚姻最重要的先決條件是什麼？」妳猜猜他說什麼？就只說了一個
　　字：「錢！」我也是氣昏了！

柏：本來就是嘛！我沒說錯！貧賤夫妻百事哀。

聶：你還寫不寫小說？

柏：沒有時間寫了。

聶：你的歷史感、社會使命感都很強烈。你在牢裡看了很多歷史方面的
　　書，也寫了很多歷史方面的書。你一向就有很重的歷史感，是不是？

柏：我想每個人都會有歷史感。所謂歷史，就是故事嘛！

聶：你還寫雜文嗎？去年還看到你雜文。

張：自從他譯《資治通鑑》之後，就沒時間寫了。

聶：你怎麼想到譯《資治通鑑》的？

柏：我坐牢的時候就想到的。坐牢時候看《資治通鑑》，看不懂，真是看不
　　懂。出來之後，一直想譯成現代語文，但是件很困難的事。誰肯拿一
　　筆錢出來，給你五年來譯《資治通鑑》？所以拖了好幾年。結果，暢
　　銷！

聶：你以前寫雜文，經常要和社會接觸，挖掘問題，而且每天寫。那種壓

力很大啊！

柏：是呀！沒有壓力，沒有刺激，你就沒反應了。

聶：你怎麼找材料呢？

柏：社會上各種現象，沒有一種不是材料，每天一千字。其實，很簡單，有時候，我女兒佳佳趴在我頭上，騎在我脖子上，我仍然能一面寫。馬克吐溫說：「人除了在講臺上以外，任何時間都在用腦筋。」我是：除了寫雜文期間，隨時都在用腦筋。

聶：每天都有材料可寫嗎？

柏：有時候，一個問題，可以連續寫，寫一個月。有時需要資料，請記者去跑嘛。譬如，談到節育的問題，他們主張要生孩子；我批評他們。正好一個記者跑回來說：「給你個好消息！」他說在大同中學有個工人生了十幾個孩子，送給人幾個，孩子還是養不起，家裡很窮困。我說，好，再去訪問，把整個資料給我！你說反對節育！在這種情況下，生了 13 個孩子，工人一個月多少錢？幾個孩子賣掉了，幾個孩子生病，女人得了腸病，住醫院沒錢！請問，這種情況之下，生兩個好，還是生 13 個好？有人在報紙上罵我，說「跟共匪隔海唱和」。其實，那時候，「共匪」還沒有推行節育。他們說：「我們反共需要人，你現在要節育。阻礙反共大業！反對國策！」

聶：簡直就是超現實！

（談話在笑聲中結束。）

——寫於 1985 年 4 月，愛荷華

——選自聶華苓《黑色‧黑色‧最美麗的顏色》
臺北：林白出版社，1986 年 9 月

猛撞醬缸，帶箭怒飛

回顧柏楊一生的寫作歷程

◎應鳳凰*

> 柏楊是一個對相信的事，會一往直前身體力行的人。柏楊封筆之前有自
> 敘詩一首：「不為帝王唱讚歌，只為蒼生說人話」，道盡他一生寫作的核
> 心信仰與價值。

1920 年出生的柏楊，從河南到臺灣，從「異域」到「家園」，走完他崎嶇的，驚濤駭浪也高潮迭起的人生路。今年 4 月 29 日病逝，享年 89 歲，隔日電視報紙皆大篇幅報導。臺灣媒體一貫熱中政治炒作，純文學作家去世很少見到類似待遇。回顧臺灣文壇，著作等身的作家從來不少，逝世消息能像他這樣「轟動兩岸」的作者的確不多。身後舉行的追思禮拜，公祭場面能冠蓋雲集到前後兩任總統同場出席的文人，更是絕無僅有。到底柏楊是怎樣一位作家？做為一個執筆的寫作人，他本質上是文學的，歷史的，思想的，還是政治的？

要回答這些問題，最好從他出版的作品內容著手。但他寫的書籍非常之多，合計超過 150 部。不算 72 冊白話翻譯《資治通鑑》，38 冊《通鑑紀事本末》，2000 年柏楊 80 歲生日前夕，遠流公司為他整理出版《柏楊全集》時，就有 60 餘種合成 28 鉅冊，總字數以千萬計。加上他主編的，被訪問的，柏楊一生總計有多少種書，每一部作品又印過多少種版本？很少人說得清楚，恐怕連他自己也茫茫然沒辦法回答。若要編一張「當代作家

*發表文章時為臺北教育大學語文與創作學系副教授，現為臺北教育大學臺灣文化研究所副教授。

出版排行榜」，以量排行，柏楊一定名列前茅。很少文人寫過這麼多不同類別的書，更少人有本領「不斷生產暢銷書」，同一部書還能遊走多家出版社，數十年來未曾斷版。

他出的書，有小說、有詩歌、有雜文、有報導，也有翻譯、歷史，文類繁多。他是正在雜文大暢銷，「柏楊」名氣爆紅的 1968 年突然被抓進監牢的，國民黨同時查禁他全部作品。意想不到的是，1970 年代他人在牢房裡，給查禁的各書，正版盜版在鐵窗外聯手狂銷，尤其《異域》，也許是因爲「筆名鄧克保」混淆了視聽，避開了官廳耳目，賣到百萬冊打破臺灣出版紀錄。曾有研究柏楊者，將他生平以「十年」切塊——小說、雜文、牢獄、歷史、人權，每一段十年，正好囊括他後半生 50 年歲月，不失爲認識柏楊一生志業的好辦法。然而這五段中的「牢獄」、「人權」兩項，只是他的活動而不是出版，若單論整理歸納柏楊卷帙浩繁的作品，個人認爲，以「牢獄」作爲分界點，用「入獄前」與「入獄後」兩段式畫分，是更好的方法。前段寫的是「小說及雜文」兩大類，另加一本《異域》；後段是「歷史和翻譯」，包括他獄中完成的《中國人史綱》，演講結集的《醜陋的中國人》，以及白話翻譯《資治通鑑》等。柏楊一生著作不只「等身」，是比身高還高的產量，我們單要把書目弄清楚，已經頗費功夫，而他超過一千萬字的作品，可不是電腦，是用筆一個字一個字伏案寫出來的，整整寫了 50年。

一、郭衣洞時期 10 年小說

身世坎坷的他從小受繼母虐待，晚年的回憶錄裡還聲稱自己是「野生動物」。不幸的童年對作家有什麼影響？有的，並且很大。照唐德剛的說法，「慘烈底幼年錘鍊」成就他「雖千萬人吾往矣的倔強個性」。童年創傷的心理背景，成長以後往往具有強烈的愛憎之心。歷史家對歷史家的論斷，果然千秋之筆。

從上海搭船到基隆上岸那年，他 29 歲，身上一文不明。

　　一日在報上看到國民黨「中華文藝獎金委員會」徵稿啓事，提心吊膽地寫了一篇寄去，沒想到錄取了。這是他生平第一部長篇：《蝗蟲東南飛》誕生的經過。他驚異地發現：原來自己可以寫作，如果繼續寫下去，藉著文字還可以「和廣大人群內心的積鬱共鳴」。轉念之際，竟決定了他一生的道路，自此漫長一生與「寫作」結下不解之緣——他因寫作而成名，而戀愛再婚，也因寫作而入獄，而妻離子散。他得到豐厚的財富地位，他成爲階下囚，無不與寫作相關。

　　《蝗蟲東南飛》於 1952 年 11 月出版的第 19 期《文藝創作》開始刊登，到 1953 年 8 月第 28 期結束。這是國民黨一份稿費頂高的雜誌，以「新人」姿態出現的他，像平地升起一顆明星般備受文壇注目，等於在主流文壇取得一張「作家執照」。自此開啓他來臺第一階段的「10 年小說時期」。這時他用本名「郭衣洞」寫小說，也進入蔣經國主持的「中國青年反共救國團」總團部當副組長，身兼「中國青年寫作協會」總幹事。不只聯繫會務，主辦《幼獅文藝》而活躍於文藝圈，還負責救國團每年的暑期青年文藝營。論今天南北各地無數文藝營的繽紛熱鬧，柏楊還是臺灣這項活動的祖師爺爺。

　　1950 年代出版的小說，於九年牢獄一番歷劫之後，煙消雲散已全部絕版無蹤。全靠他 1977 年出獄後自己重編了一套「郭衣洞小說全集」八冊，才大略拼湊起來。這套書先由「星光出版社」初版，名爲全集，卻只是他的「大部分小說」，而非全部。《郭衣洞小說全集》後來還有躍昇版，遠流版，市面上都不難買到。此處以柏楊最早編訂的星光版爲準，列出序號、書名及出版時間，以便於瀏覽全集面貌，也利於和 1950 年代初版本相對照：

(1)祕密（短篇小說），1977 年 8 月

(2)莎羅冷（長篇小說），1981 年 1 月

(3)曠野（長篇小說），1977 年 8 月

(4)掙扎（短篇小說），1977 年 6 月

(5)怒航（短篇小說），1977 年 8 月

(6)天涯故事（童話小說），1980 年 8 月

(7)凶手（短篇小說），1981 年 5 月

(8)蝗蟲東南飛（長篇小說），1987 年 5 月

　　郭衣洞「小說版本」之所以特別複雜，自然與他的入獄及查禁經歷有關。編全集的時候，因「手邊沒有一本自己的著作」（自序），所以是土法煉鋼的辦法，先搜集到什麼資料就先送出去發排。其次，為避開版權與查禁法令，好些書名還做了更改。如此一來，《全集》與 1950 年代原始版本相較，已經「面目」全非，從研究柏楊的角度看，要認識他 1950 年代的文學歷程，有必要還原其最早的寫作與出版時間。

　　叫《小說全集》而根本不「全」的原因，其一是他無心地遺失了一些資料，其二是他「有意地不收」另外一些資料。除此而外，前述八冊只不過是「正宗郭衣洞小說」，還有變體的諷刺性的「雜文小說」，作者自編為「柏楊小說」的《打翻鉛字架》與《古國怪遇記》。這兩書也是後來才「穿新衣」換了新名字。前者 1950 年代初版原名《魔鬼的網》，後者原名《雲遊記》。把這幾類總合在一起，才算是郭衣洞「10 年小說」的全貌。

　　因為起步得早又勇於嘗試，小說形式也特別多樣。就結構言，有長篇有短篇；就內容風格言，既有如前述的「反共小說」，借古諷今的「諷刺小說」，又有成人讀的「童話小說」，如全集第六冊的《天涯故事》，原名《周彼得的故事》，首版於 1957 年。他還寫過兩部「長篇文藝愛情小說」，一是入選為廣播小說的《曠野》（1961 年），另一部是以海洋燈塔為背景的長篇小說《莎羅冷》（1962 年）。此外，描寫大陸文人來臺後失鄉流離困頓，可列為批判寫實小說，如短篇小說集《掙扎》與《祕密》。這些原始初版本，歷經天災人禍，歷劫重生，連柏楊自己都收不齊全。新世紀以來，偶有一冊郭衣洞初期小說在舊書店「現身」，就如傳說中的武林祕笈重現江湖，書

迷們趨之若鶩。以下是郭衣洞 1950 年代初版小說書名及初版日期，變動情形加在最後作為參照。

(1)辨證的天花（短篇小說），中興文學出版社，1953 年 4 月（共五篇，全集未收）

(2)蝗蟲東南飛（長篇小說），文藝創作出版社，1953 年 9 月（1967 年文字大修後改名《天疆》重新發表與出版）

(3)魔鬼的網（短篇小說），紅藍出版社，1955 年 10 月（改名《打翻鉛字架》，篇數略有更動）

(4)周彼得的故事（長篇小說），復興書局，1957 年（全集改名《天涯故事》）

(5)紅蘋果（神話），香港亞洲出版社，1957 年（全集未收）

(6)生死谷（短篇小說），復興書局，1957 年 11 月（共 14 篇，全集部分未收）

(7)蒼穹下的兒女（短篇小說），正中書局，1958 年 12 月（全集改名《凶手》，篇數略有更動）

(8)曠野（長篇小說），平原出版社，1962 年 6 月（於《大道》半月刊連載三年）

(9)莎羅冷（長篇小說），平原出版社，1962 年 11 月（原刊《海洋生活》月刊）

(10)掙扎（短篇小說），平原出版社，1963 年 5 月

(11)怒航（短篇小說），平原出版社，1964 年 7 月

(12)祕密（短篇小說），平原出版社，1965 年 9 月

(13)雲遊記（雜文式章回小說），平原出版社，1965 年 11 月（第 1 到第 11 回）

(14)雲遊記（第二集），平原出版社，1967 年 5 月（第 12～17 回，兩集合成新版時更名《古國怪遇記》）

除去諷刺性高，柏楊自稱爲「雜文小說」的兩種，被作者歸入「郭衣洞全集」的八種小說，有一個共同的主題：「愛情」。在長篇《莎羅冷》的序言裡，有這樣的夫子自道：「沒有愛情的人生是一種浪費，太多愛情的人生是一種災難，愛心越重，痛苦也越深。」

黃守誠（筆名歸人）對其小說有句總結性評語相當傳神，認爲他的小說風格和他的爲人沒有兩樣：「在冷寂中，蘊有無比的熱情。在笑談中，有灼人的感歎」。柏楊小說最常闡釋的主題雖是愛情，筆端卻帶一種悲憤的，不與世俗苟同的氣息，悲劇過多歡樂極少，相信這也是一般讀者感覺他的小說「並不好看」的原因。

二、柏楊 10 年雜文

「小說時期」隨著郭衣洞離開救國團而結束。

1958 年冬天，在風景明媚的日月潭，他一手主辦的大專學生冬令營上，他竟「暈船」而瘋狂愛上正在靜宜英專讀書的倪明華。這樁戀愛，從女方家長到同事長官人人極力反對。但他卻以「40 歲成熟之年」一意孤行，固執地跟整個社會作對，扮演起自己小說筆下的悲劇男主角——爲他所愛的人放棄一切，包括事業，妻子和兩個孩子。換句話說，小說的主題與主張，是他真正的信仰，並非寫寫而已。他身體力行，把愛情放第一位，事業前途置於第二位。

1959 年他光著雙手與愛人從零開始新的生活，進入《自立晚報》，1960 年開始了「倚夢閒話」專欄，1962 年在《公論報》寫「西窗隨筆」，這才有了 1960 年代家喻戶曉的「雜文作家柏楊」問世：以辛辣的方塊短文諷刺社會百態，發明「醬缸」一詞，具體而傳神地，「醜化中國傳統文化」。雜文是天天在報紙出現的，讀者越來越多，影響力深入各個角落。一個「倚老賣老膽大潑皮」的柏老一夕暴紅，書籍跟著大賣。

1961 年柏楊成立「平原出版社」行銷自己的雜文集，速度快時兩個月就出一本。從專談女人的《玉雕集》，諷刺官老爺，介紹厚黑學的《怪馬

集》，大談愛情的《堡壘集》，三字的書名「閒話」共出十集，供不應求。
繼而推出「五字書名」的隨筆集：《鬼話連篇集》、《心血來潮集》、《前仰後
合集》，第二批十種同樣潮水般流進市場。在《柏楊回憶錄》裡，雜文時期
是他生活頂美滿的十年：書好賣令他物質生活安定，出有車。妻子為他生
了小女兒佳佳，讓他因離婚而拋棄親子的遺憾得到補償，對女兒百般寵
愛。書籍暢銷流通海外，更令他的讀者遍天下。也就在此時收到許多海外
讀者來信，其中之一便是他畢生至交的孫觀漢先生。

　　以下是「平原出版社」各集初版日期及書名，從輯號看得出各集原始
命名及出書時間：

　　《玉雕集》，1962 年 7 月（倚夢閒話第一輯）

　　《怪馬集》，1962 年 11 月（倚夢閒話第二輯）

　　《堡壘集》，1963 年 1 月（倚夢閒話第三輯）

　　《聖人集》，1963 年 4 月（倚夢閒話第四輯）

　　《鳳凰集》，1963 年 8 月（倚夢閒話第五輯）

　　《高山滾鼓集》，1963 年 9 月（西窗隨筆 1）

　　《道貌岸然集》，1963 年 10 月（西窗隨筆 2）

　　《紅袖集》，1963 年 12 月（倚夢閒話第六輯）

　　《前仰後合集》，1964 年 2 月（西窗隨筆 3）

　　《聞過則怒集》，1964 年 6 月（西窗隨筆 4）

　　《神魂顛倒集》，1964 年 10 月（西窗隨筆 5）

　　《鬼話連篇集》，1965 年 1 月（西窗隨筆 6）

　　《大愚若智集》，1965 年 3 月（西窗隨筆 7）

　　《立正集》，1965 年 8 月（倚夢閒話第七輯）

　　《越幫越忙集》，1965 年 12 月（西窗隨筆 8）

　　《心血來潮集》，1966 年 4 月（西窗隨筆 9）

　　《魚雁集》，1966 年 7 月（倚夢閒話第八輯）

《蛇腰集》，1967 年 3 月（倚夢閒話第九輯）

《剝皮集》，1967 年 6 月（倚夢閒話第十輯）

《死不認錯集》，1967 年 9 月（西窗隨筆 10）

《牽腸掛肚集》，1968 年 1 月（挑燈雜記 1）

《鼻孔朝天集》，1968 年 6 月（挑燈雜記 2）

最早的《玉雕集》兩年出了 10 版，《怪馬集》三年出 11 版，就臺灣書籍市場而言，單一作家的發行數量，這是破天荒的紀錄。而整個 1960 年代前後六年間，也不是光出版這 22 本雜文集，同一作家（只是不同筆名）還夾著出版了兩本小說集：《怒航》（1964 年）、《祕密》（1965 年），兩本長篇：《天疆》（1967 年）、《雲遊記》第二集（1967 年）。同一年平原還出了一本很特別的書：孫觀漢編的《柏楊語錄》。

孫觀漢教授從美國主動寫信給他心儀的作家，是標準的柏楊迷。在他看來，柏楊雜文是：「無論什麼事，……被他輕描淡寫，一寫即生神。一方面是寓意、諷刺、打罵、和教訓，另方面是輕鬆、恰當、愜意、和可愛。」

按照柏楊自己的話，這 22 本雜文集的目的，也就在「通通奴性、戳戳醬缸、挖挖臭狗屎」而已。效果如何尚未分曉，可以確定的是，臺灣出現了一枝「崢嶸突兀，駭世震俗」的筆。看這段書緣廣告：「……幽默磅礡，淋漓盡致。喜笑怒罵，均闡至理。中國文字在其手中如繞指柔絲，運用自如，為我國一枝奇筆。」

平原版書緣介紹，有可能出自柏老手筆。但無論假人之手或自己執筆，兩段話結合起來，精簡綜合了柏楊雜文的風格與精神。

世間事福禍相倚。沒想到 1968 年年初，刊在《中華日報》的大力水手漫畫，柏楊把一句對白：Fellows，翻譯成「全國軍民同胞們」，會像炸彈一樣，瞬間毀滅了他眼前的一切。這一句之譯，對警總調查局而言，是等了許久天上終於掉下來的一條導火線。從柏楊的審訊過程看得出，翻譯事件

根本不是重點。重點是要郭衣洞承認，他在東北時期曾經加入共產黨。

　　柏楊專欄批判警察、官僚，好比用一把匕首，刺進膨脹虛胖的專制威權政體；批評社會各種文化病徵，豈非存心對抗政府推行的「復興中華文化」。雜文作家柏楊的辛辣敢言，令多少官僚警察不快，名利雙收的出版事業，召來多少同行的忌妒。面對戒嚴時期黨政軍合一的政府，比喻地看，柏楊名副其實成了一隻「猛撞醬缸的蟲兒」。這隻暴露在情治單位鷹眼底下，手無寸鐵的小蟲，猛撞醬缸的姿勢無異自取滅亡，自然一頭撞進國民黨黑牢。他踏入牢獄時 1968 年 3 月 4 日，出獄 1977 年 4 月 1 日，整整九年零 26 天。柏楊寫作人生遭逢的最大諷刺，莫過於一位寫作反共小說的作家，在嚴刑拷問下，畫押承認自己是共產黨同路人。一枝筆使他名揚海內外，也讓他「出生入死」。他出獄時曾深深感歎人生，能有幾個九年零 26 天？

三、《異域》熱銷與平原出版社

　　醞釀柏楊入獄的緣由，除了前面提到的招搖與招忌，還有《異域》暢銷，也觸動國民黨將領的敏感神經。《異域》的刊登與熱賣同樣出人意料。它的題材和寫作經過都很特別：柏楊在《自立晚報》寫專欄不久，報社透過地方記者每天訪問一兩位從泰北撤退到臺灣的孤軍，文稿到柏楊手中，讀來平鋪直敘，無法刊登。柏楊只好根據訪問資料從頭改寫，署名鄧克保。1961 年在《自立晚報》連載時，原題：〈血戰異域十一年〉，以第一人稱的口吻，新聞報導的寫法，敘述一支流落邊區的孤軍，在後有追兵下，扶老攜幼來到充滿瘴氣與毒蛇猛獸的蠻荒「異域」，並在那裡建立起游擊基地，於生死邊緣掙扎的血淚經歷。

　　這支孤軍寡不敵眾，最後都逃不過悲劇的命運；不是死於戰場，便死於毒蚊瘧疾，整篇故事，既是戰爭文學的佳構，又像真人實事的經歷，字字血淚。平原出版成書時更名《異域》，書一上市即洛陽紙貴。作為一部暢銷書，奇怪的是它極少被推薦，從未得獎，更少進入學術研究的範疇。但

它奇蹟似地在政治氣氛嚴峻的年代，衝破層層障礙，地上地下廣爲流傳，各種版本連盜印一起算，總銷量在 1970 年代便已超過百萬冊，打破戰後臺灣出版史文學書的印刷紀錄。1990 年代導演朱延平改編電影，票房一度大賣又帶動新一波書市熱潮。

這是一部賺人熱淚的作品。孤軍自雲南撤退後，一半死於瘴癘，一半死於緬軍或共軍的追擊。文中時而出現「數萬大軍面對著滾滾江水，哭聲震動山野」的畫面；孤軍走投無路時高喊：「啊，祖國，你在哪裡！」

《異域》的熱銷，代表它傳達了一群被國家所棄的孤軍、孤兒的心聲，也洗滌、排遣了廣大離鄉者的悲懷。來到臺灣的百萬移民，誰不是流離失所的逃難者，被祖國拋棄的孤兒？淚眼讀《異域》，一種移情作用令大家不自禁隨柏楊的筆與孤軍同聲哀哭。

爲了剛連載完的「異域」，也爲了專欄文章得以成書出版，1961 年柏楊憑著一股毅力一手創辦了「平原出版社」。不想《異域》與雜文集都大大暢銷，營收一年年增加，業務也越做越大。六年之間快速成長：從柏楊設計的幾條出版路線，說明「平原」已隱隱然是一家有特色，豎立了品牌與個性的文學出版社。「金邊文學叢書」20 餘種，以小說爲主。封面以白色打底，不加圖案乾淨大方，只上下鑲著兩道金邊，簡潔的外形鶴立在花花綠綠書店裡，反而端莊顯眼。一系列柏楊雜文：「倚夢閒話」和「西窗隨筆」各十輯都同樣的裝幀。

不只出柏楊雜文，平原的「方塊文章叢書」系列，還包括黛郎、白丁、屠申虹、文知平、寒爵的專欄結集，以及丹扉的《婦人之見》，薇薇夫人的《自以爲是集》、《不了了之集》等，堪稱是當時文壇雜文專欄的總匯，研究 1960 年代方塊雜文，不能遺漏這些書系的作者。平原做爲文學出版社，更值得大書特書的，是還出了兩部十分冷門，卻對臺灣文壇非常有意義的《中國文藝年鑑》；1966 年及 1967 年各出了精裝一大冊，厚達四、五百頁。這是戰後第一手臺灣文學史料的總集，第一冊不單是一年的資料，還向前延伸涵蓋整個 1950 年代。平原這兩書打破了臺灣文壇從未出版

《文藝年鑑》的歷史紀錄，而一家純民營出版社編撰與發行年鑑，在文學出版史上也是空前絕後的。可惜發行人在 1968 年入獄，讓平原的業務匆匆結束，前後只經營了短短七年。

四、一生執筆為蒼生說話

柏楊作品有文學的一面，也有歷史的一面。綠島九年牢獄，他坐在地上編完《中國歷史年表》，寫成《中國人史綱》。這部書上下兩大冊九百多頁，在出獄不久的 1979 年出版。作者拋棄傳統「成則帝王，敗者盜寇」的史觀，以「人權至上」的觀點敘述歷史。也因為統一的西元紀元，各朝各代眉目清楚，適於一般大眾閱讀而廣受歡迎。

臺北遠流公司接著在 1983 年推出白話翻譯「柏楊版資治通鑑」，開創每月推出一冊的新模式，以每月萬餘冊的銷量橫掃書籍市場。行銷高手詹宏志用「中國權力遊戲的教科書」打廣告，更以「整體規畫，分期印行」的創新觀念，吸引大批小企業老闆長期訂購。作者的毅力尤其驚人：60 歲的年紀和體力，每個月要寫 20 餘萬字定時交稿。這是像出版雜誌一般不眠不休，中間不能間斷的大工程。原計畫三年翻譯完 36 冊，結果越譯越長，每冊還加有譯文之外的「柏楊曰」；最後成果是四百萬字，費了十年心血，出齊 72 冊才大功告成。柏楊自稱翻譯《資治通鑑》是他另一場「監獄生涯」，書房成了囚房，艱苦可知。

一般而言，柏楊的歷史著作，很少得到史學界的青睞，認為他的觀點不脫一般常識性的歷史教訓。但他從一個知識分子「說真話」的角度，讓史學通俗化，歷史知識普及化，從而推動、鼓吹人權觀念，可說已將一個寫作者的社會功能發揮到淋漓盡致。

埋頭譯寫通鑑期間，先是 1984 年應美國愛荷華大學聶華苓邀請，有一趟美國行。回臺後的成果，是一冊由演講稿集合而成的《醜陋的中國人》，1985 年由林白出版社初版。

其次是 1988 年 10 月，柏楊返鄉探親，從上海、北京、鄭州、西安、

歷時一個月後回臺。大陸一趟旅行經歷，返家後不能遏止心頭澎湃，於是埋頭通鑑之餘，每天兩千字的專欄，開始在《中國時報》連載。1989 年六十餘篇集合爲《家園》一書出版。此書名的由來：「大陸可戀，臺灣可愛；有自由的地方就是家園。」有意將大陸與臺灣做一番評比。此行路經香港，一家報紙標題寫著：「醜陋的中國人返鄉」。香港記者問他：海峽兩岸，哪邊比較醜陋些？柏楊的回答是：大陸「醬缸」的程度，比臺灣嚴重得多。

《醜陋的中國人》先在臺灣狂銷，兩年間賣了近 20 萬本，1988 年由張良澤等翻譯成日文，日文版才剛上市，一週即突破三版，銷掉五萬五千冊。此書也跨海進入大陸，中共官方曾查禁，結果盜印的地下版流通起來更加猖狂，千萬中國知識青年深受衝擊，查禁之下議論紛紛，影響力更大。

柏楊是一個對相信的事，會一往直前身體力行的人。75 高齡仍積極成立「人權教育基金會」，幾年內更推動在綠島蓋起「人權紀念碑」。但無論書賣得多好，在兩岸文學史裡，在歷史學術殿堂裡，都少見柏楊的名字。給他掌聲的，是那些分布在市井角落的平民百姓——他們買柏楊的書，等於投柏楊的票。柏楊封筆之前有自敘詩一首：「不爲帝王唱讚歌，只爲蒼生說人話」，道盡他一生寫作的核心信仰與價值。

——選自《文訊》雜誌第 272 期，2008 年 6 月

《柏楊全集》的補充說明

謹以此文悼念柏楊先生

◎李瑞騰*

本文作者是 2000 年出版的《柏楊全集》的主編。1980 年代曾協助柏楊主編《1980 年中華民國文學年鑑》、《新加坡共和國華文文學選集》，1990 年代出版《情愛掙扎——柏楊小說論析》。作者熟諳柏楊著述，在編書過程中，深感柏老為人寬容溫藹。

一、柏老於我之寬容

上世紀末，我接受柏楊和遠流出版公司的委託，主編《柏楊全集》。1999 年 6 月，在香港大學亞洲研究中心主辦的「柏楊思想與文學國際學術研討會」上，我首度公開說明編輯構想，略謂依文類編次且尊重柏老之意的原則。

但事實上，我和柏老對於某些文類的看法並不盡相同。記得 1980 年代初，我參與他所主編的《1980 年中華民國文學年鑑》（臺北：時報文化公司，1982 年），奉命負責「文學評論」和「散文／雜文」綜述的撰寫。關於前者，我把古典文學的評論也一併納入，他顯然不很同意，略刪節後保存了我的基本架構；至於後者，顯然也經過妥協。柏老以「雜文」聞名於世，會突出雜文可以理解，但對我來說，雜文最多只能是散文的次文類。那時我將滿而立之齡，年輕氣盛，抱著一點由書本上得來的文學知識，執

---

*發表文章時爲中央大學中國文學系教授兼文學院院長，現爲國立台灣文學館館長。

一隅以窺萬端之變，但柏老顯然包容我的淺薄，最終以二名並存的方式尊重我的任性。

編全集的時候，由於面對的是柏老的著作，不只舊有的雜文類別問題再度浮現，又多了報導文學問題，關鍵在《異域》（臺北：平原出版社，1961 年）。我一度也認定它是報導文學，後來我修正了看法，主要是 1960年代初以「鄧克保」筆名寫《血戰異域十一年》（連載時篇名）的時候，柏老並沒有異域現場經驗，和他後來寫《金三角‧邊區‧荒城》（臺北：時報出版公司，1982 年）有很大的不同；用大陸文類術語來說，或可稱之「紀實小說」，後來我和張大春在他主持的讀書電視節目上對話時，選擇用「戰爭文學」來討論它，解決了不少因文類產生的糾紛。

二、雜文如匕首

為了處理這些問題，我把柏老著作先分成文學和歷史兩大部分，前者再以通行的文類觀念分成散文、詩和小說三類，直接以類為卷名，其中散文卷分成雜文、報導與傳記、書信三類。於是雜文確成了散文次文類，稱「散文卷‧雜文類」；而《異域》歸屬不易，仍放入「報導與傳記」，不再爭論。

雜文類主要是「倚夢閒話」十冊、「西窗隨筆」十冊以及復出後的「柏楊專欄」五冊。這裡面特別值得注意的是，原「倚夢閒話」第八冊《魚雁集》（1966 年）在星光出版社重印時已消失，躍昇出版社重印時，代以「挑燈雜記」第一輯之《牽腸掛肚集》（1968 年），易名《牽腸集》，全集從之，但我迄今仍不解《魚雁集》廢版的原因，後悔當時沒向柏老問個清楚，幸好我手上存有一冊，仔細求索，或可找出一些蛛絲馬跡。至於「挑燈雜記」第二輯《鼻孔朝天集》（1968 年 6 月），出版於柏楊入獄之後，柏老亦棄之如敝屣，顯然有內情，亦有待稽考。

柏老私淑魯迅，認為「雜文像匕首，可以插入罪惡的心臟」。1993 年 9月，柏老在鄭州書攤發現雷銳和劉開明合著《柏楊幽默散文賞析》（桂林：

灕江出版社，1992 年），他贈我一本，題簽中有這樣一段話：「本要告他侵權，詳讀以後，深佩作者研究之認真，還打算介紹在臺灣出版。」此即臺北星光出版社之《論柏楊式幽默》（1994 年 8 月），而原書《代序‧論柏楊散文的幽默特色》，改成《柏楊雜文的特色》。這當然是柏老的意思，其中有他的堅持，然而對於我的堅持，他竟如此縱容！思之汗顏。

　　另有一事也和雜文有關，那是散文卷編完後在處理詩卷時發生的。如所周知，柏老曾於 1991 年以《柏楊詩抄》獲頒國際桂冠詩人，這詩抄僅一冊，出版於 1982 年（臺北：四季出版社），我覺得略為單薄，於是從 1960 年代我的老師史紫忱教授主編的《陽明雜誌》中錄出「柏楊先生詩抄」26 首，擬編入全集詩卷，我以為這些以「吟」為名，前有序後有箋的詩抄，嘻笑怒罵，極盡諷刺之能事，應屬於打油詩一類，可與小說之《打翻鉛字架》、《古國怪遇記》（原名《雲遊記》，有一、二集，臺北：平原出版社，1966 年、1967 年）媲美，皆所謂雜文筆法。詩抄逐期發表時，編在「雜文」欄目之中。我的意見沒被柏老接受，他僅補入出獄後新稿 12 首，書名去一「抄」字，算是定版。我想這是柏老對於詩這個文類的尊重。

　　至於歷史部分，以「史學卷」為名，獄中史學三書沒有問題，「帝王之死」（三本：《可怕的掘墓人》、《忘了他是誰》、《姑蘇響鞋》）和「皇后之死」（二本：《溫柔鄉》、《長髮披面》）等五書，原是出獄後於報上寫的專欄，由星光出版，文類上屬散文，可稱為「歷史散文」，置之散文卷當亦無不可，放在史學卷應更能彰顯柏老的史學成就，唯我並未提出這個問題；討論比較多的是《資治通鑑》部分，柏老原也提過把平裝 72 冊的《柏楊版資治通鑑》納入全集的想法，出版社似不贊同，我則以為不宜，最後我提出「通鑑學」概念，納入六冊《柏楊曰》，柏老也就接受了。

三、「特別卷」的考慮

　　比較麻煩的是，柏老不願放棄《醜陋的中國人》和《醬缸震盪》，前者是一場演講的記錄外加相關雜文及回響所組成的；後者是回答來自日本的

作家黃文雄所擬的 80 個問題所構成的，書的副題是《再論醜陋的中國人》，真正的執筆人是黃先生。我們當然知道，論流傳之廣及影響力之大，此二書遠超過柏老其他雜文類的單行本，一般所說一位作家觸怒兩個政權，主因還在於此，柏老的堅持自有其緣由，我因之提出「特別卷」，來容納此二書及與《醬缸震盪》相近的《我們要活得有尊嚴》、《新城對》，柏老接受了我的提議。

　　所謂「相近」，這裡有必要略作說明。《新城對》收 35 篇媒體記者、編輯或獨立撰稿人訪問柏老的紀錄，「新城」特指柏老所在的臺北縣新店市之花園新城，以「對」名書，當然就是對話，單行本《新城對》的副書名是《柏楊訪談錄》，在內封和柏序之間有獨立一頁，標記柏老所說的三行字：「經過思考的談話，就是表達出來的思想，講和寫都是一樣。」柏老在定稿之前，細校了他自己說過的話，有一些增刪，說明他重視自己的言論，也珍惜和訪問者對話的緣分。本書分上下二輯，上輯收的是 1980 年代的訪問（曾結集成《對話戰場》，臺北：林白出版社，1990 年），下輯收 1990 年到 2000 年間的訪問。我在該書提要上說：「柏楊時而高亢，時而低沉，隨記者筆尖所流瀉出來的是民族大願與人間大愛，把讀者帶回到對話的現場，聆聽著一個有知識和智慧的老人，對於惡政的怒吼，對於人性尊嚴與人權的呼喚。」而《我們要疇有尊嚴》，是《明報月刊》的專欄結集成《中國人，活得好沒有尊嚴！》（香港：明報月刊、明報出版社，2002 年）更名而來。那段時期柏老健康狀況已大不如前，但思慮仍然清晰，面對時代變革，每有憂懷及洞見，經口述記錄，再經核校改正而成，此即柏老在當年香港國際書展新書發表會致辭時說的：「現在寫作已用不著執筆，只要有一張嘴巴，有一部電腦，有一位能幹的助理小姐就可以了。」本書原亦可編入散文卷，但全集採用分批出版方式，在此之前散文卷已經問世。

四、期待更年輕的朋友

　　《柏楊全集》28 冊於 2003 年 10 月出齊，17 日熱熱鬧鬧舉辦慶祝茶

會；其後兩天，行政院文化建設委員會委託我策劃主持的「柏楊文學史學思想國際學術研討會」假臺北隆重召開。此即遠流出版公司所稱之光輝十月「柏楊月」。

　　我原有計劃接著編《柏楊研究資料》，最後卻半途而廢，在柏老辭世之際，特感不安與愧疚！我也想到柏老的書之出版過程頗為複雜，且他有改舊作的習慣，所以各種版本實有必要比對；因年代久遠，或有一些作品先前未能發現，所以輯佚的工作也該進行。然而，會有更年輕的朋友有志於此嗎？思前想後，我仍有這樣殷切的期待。

──選自《明報月刊》第 510 期，2008 年 6 月

對柏楊事件的考察

◎許菁娟[*]

一、前言

　　1968 年，臺灣著名的「反共」作家柏楊因「親共」的罪嫌遭中華民國政府（以下簡稱國府）逮捕入獄。1976 年 3 月，柏楊的刑期屆滿，卻未獲釋，當即被軟禁在綠島。然而，到了隔年 4 月，國府不僅釋放柏楊，並聘其為「中國大陸問題研究中心」的研究員。而本文的目的即在於考察此一柏楊事件的始末。

　　首先，在陳述本文的問題意識之前，我們必須先了解一個問題，也就是身為「反共」作家的柏楊，在當初為何會因「親共」的罪嫌被捕入獄。一般咸信，國府對柏楊的彈壓與當時中國大陸所發生的文化大革命有密切的關係。

　　簡言之，當時國府為了對抗文化大革命而發起中華文化復興運動，並企圖在復興中華文化的名目下，利用儒家思想以強化蔣介石和國民黨的統治權。但就在此時，柏楊卻寫了一系列措詞激烈的雜文，不僅大肆批判中華傳統文化所內含的君權思想，同時也對深受此思想影響的臺灣的政治社會形態多所嘲諷。柏楊的這種舉動不僅被國府視為是挑釁行為，連他對中華傳統文化的批判也被指為是在破壞中華傳統文化，同時有呼應彼岸文化大革命，「為匪推行文化統戰」之嫌。故柏楊雖然身為著名的「反共」作

---

[*]發表文章時為大仁科技大學應用外語系助理教授，現為政治大學日本語文學系副教授。

家，卻被扣上「親共」的罪名，並因此鋃鐺入獄。[1]

　　然而，到了 1977 年，國府對柏楊的這種嚴厲的態度卻有了明顯的改變。因為國府不僅突如其來似地釋放柏楊，更聘其為「中國大陸問題研究中心」的研究員。因「親共」罪嫌被捕入獄的柏楊在出獄之際，卻被特意延攬至反共性格鮮明的政府機構，國府的這種舉動無異於再次承認了柏楊的「反共」立場。此外，當初柏楊被捕時，他的著作也遭國府以「為匪推行文化統戰」為由，受到永久查禁的處分。但是在柏楊出獄後不久，這些曾被拿來當做是柏楊「親共」之證據的書籍又陸續再版，而國府也睜一隻眼閉一眼地默許這些「親共」書籍在市面上流通。

　　凡此種種，皆可看出國府對柏楊的態度在 1977 年有了極大的改變，不僅與當初大相逕庭，甚至於和國府以往所持的反共邏輯根本就是自相矛盾的。那麼，為什麼國府會在此時做出這種前後矛盾不一的處置？其目的究竟是什麼？

　　關於這個問題，曾有論者指出國府之所以釋放柏楊乃是礙於「國際壓力」[2]，也就是當時美國卡特總統所提倡的「人權外交」的壓力。對此，柏楊本人曾在《回憶錄》中表示了相同的看法。據柏楊所說，1977 年美國眾議院議長吳爾夫來臺訪問時，曾向國府官員質問他的下落，並表示要親自到綠島去探視他，這使負責的官員「開始驚慌」，而「蔣經國的態度也立刻轉變」，於是不久後他便被放出來了。[3]

　　從上述的這種說法中，我們很難不得到一種印象，也就是國府是因為屈於美國「人權外交」的壓力才不得不釋放柏楊。然而，筆者對這種看法卻感到疑問。因為，假如國府真是礙於美方的壓力才不得不釋放柏楊的

---

[1] 有關柏楊對中華傳統文化之批判及其入獄原因之分析，詳見向陽，〈猛撞醬缸的虫兒：試論柏楊雜文的文化批判意涵〉；黎活仁等編《柏楊的思想與文學——「柏楊思想與文學國際學術研討會」論文集》（臺北：遠流出版公司，2000 年 3 月），頁 33～55，以及小山三郎〈柏楊投獄事件に関する考察〉，《杏林大學外國語學部紀要》（東京：杏林大學外國語學部，2006 年 3 月），第 18 號。
[2] 藍玉鋼，〈七〇年代論戰柏楊：前言〉，《七十年代論戰柏楊》（臺北：四季出版公司，1985 年 8 月），頁 1。
[3] 柏楊口述；周碧瑟執筆，《柏楊回憶錄》（臺北：遠流出版公司，1996 年 7 月），頁 336～337。

話，大可只是放了柏楊便好，為什麼又多此一舉似地特意將他延攬到「中國大陸問題研究中心」，再次承認了他的反共立場呢？更重要的是，假使我們觀察當時的情況的話，便可以發現國府對美國的「人權外交」毋寧是表現出至為歡迎的態度，並沒有任何屈服之感。因此，假如國府不是因為屈於美國「人權外交」的壓力才釋放柏楊的話，則我們必須追問國府的意圖究竟是什麼。

其次，筆者所關注的另一個問題是，柏楊的獲釋與國府對同年 8 月所發生的鄉土文學論戰的處理方式是否有所關聯？鄉土文學論戰發生之初，國府原將某些提倡鄉土文學的作家視為是「工農兵文學的提倡者」，並有意逮捕這些作家。但弔詭的是，國府最後不僅沒有彈壓這些作家，反倒給予他們「愛國者」的評價。換言之，國府對這些作家的處置方式與其對出獄時的柏楊的處置方式十分相似，都有違國府偶往所持的反共邏輯。由此觀之，國府的反共政策在這個時期或許有所改變。假使真是這樣的話，我們自有必要探討此一改變的成因。

如上所述，本文將試著探討被扣上「親共」罪名的柏楊在日後為何又得以重返「反共」作家之列，以及在柏楊獲釋後不久所發生的鄉土文學論戰中，那些曾為國府所忌的「工農兵文學的提倡者」最後為何又會被容忍的原因，並試著釐清是什麼原因促使國府改變它以往的反共邏輯，進而產生了這些「奇特」的文學現象。

二、「反共」作家柏楊

接著，在考察柏楊事件之前，我們有必要了解柏楊究竟是什麼樣的一位作家。

柏楊，本名郭立邦（後改為郭衣洞），1920 年出生於中國河南省，在臺灣是所謂的外省人作家。1937 年，當時就讀高二的柏楊因眼看中日戰爭爆發，再加上對蔣介石的崇敬，便決心投筆從戎去報考「河南省軍事政治幹部訓練班」。待該訓練班結業後，柏楊先是被保送到設於武昌的「軍事

委員會戰時工作幹部訓練團」，後又被送至蔣經國所主持的「三民主義青年團幹部訓練班」（以下簡稱青幹班）接受訓練，並於 1938 年加入國民黨。青幹班結訓後，柏楊被分派到河南省各地從事三民主義青年團支部的成立及營運事務。但自 1942 年起，隨著戰況的惡化以及往後國共內戰的爆發，柏楊只得流亡中國各地以避戰禍，最後並在 1949 年避居臺灣。[4]

　　如此背景出身的柏楊開始提筆創作是在來臺以後的事。1951 年，柏楊因看到「中華文藝獎金委員會」——國府為提倡反共文學於 1950 年所設置的文藝機關，以下簡稱文獎會——的徵文啟事，乃寫就處女作〈人民〉向該會投稿[5]。〈人民〉為一短篇小說，內容描寫東北共黨清算鬥爭善良人民的情形，既反映出柏楊自身強烈的反共立場，同時也因符合文獎會的宗旨而受到該會的青睞。

　　〈人民〉的成功為柏楊打開了寫作之路。此後，柏楊以大陸時期所目睹或聽聞的中共、蘇聯的暴行的題材，陸陸續續寫就了一些反共作品。其中，又以長篇小說〈蝗蟲東南飛〉最受矚目。該作描寫中日戰爭結束後進駐東北地區的蘇聯軍隊對中國人民的殘暴行為，獲得文獎會的高度讚賞，不僅曾於 1952 年 11 月到翌年 8 月於該會的機關刊物《文藝創作》上連載，其後更由該會直接出版。同時，柏楊也因這部小說的成功從默默無聞的「新人」作家搖身一變為知名的「反共」作家，確立了他作為「反共」作家的地位。[6]

　　除了寫作之外，柏楊於 1954 年接受以往青幹班同學的邀請，到蔣經國所率領的「中國青年反共救國團」（以下簡稱救國團）擔任文教組副組長。隔年，柏楊又出任由救國團所支持成立的「中國青年寫作協會」的總幹事一職。因為這些職位，柏楊開始被歸類為「蔣經國的人」或是「太子門

[4]以上經歷參見《柏楊回憶錄》，（頁 75～194）。

[5]柏楊，〈給臺灣省警備司令部軍事法庭的答辯書〉；孫觀漢編，《柏楊的冤獄》（高雄：敦理出版社，1988 年 8 月），頁 129～130。

[6]應鳳凰，〈「文學柏楊」與五、六〇年代臺灣主導文化〉；李瑞騰編，《柏楊文學史學思想國際學術研討會論文集》（臺北：行政院文化建設委員會，2003 年 12 月），頁 150～151。

下」的一員[7]，而其在文壇的地位也跟著水漲船高。有時，甚至只因為他是救國團的的「高級職員」，便被請去大學講授三民主義。[8]

對此，曾在論者指出，柏楊既曾在救國團任職，與「小蔣有了一段淵源」，更遑論「他一度很得小蔣的賞識」，要不是柏楊在日後克制不了「憂國憂民之心」而寫出了一系列富於批判性的雜文的話，「他一定可以爬上蔣家小王朝文學侍從的首席寶座」[9]。只是自從柏楊於 1959 年因私事被迫離開救國團[10]，開始在《自立晚報》、《公論報》寫「倚夢閒話」、「西窗隨筆」等專欄之後，這種可能性便逐漸消失。

那麼，那些改變了柏楊的命運的雜文，究竟都在寫些什麼？初時，柏楊雜文談論的範圍極廣，涉及文學、人生、教育、家庭、愛情、婚姻乃至於一般社會現象等等，並沒有特定的一個主題。然而，隨著柏楊委身於報社，不時從記者那裡聽來一些權力機構，如警察局對小市民的種種惡行之後[11]，他便開始在雜文中批判起那些所謂的「政治權力者」。舉凡國大代表，立法委員、「官崽（官僚）」、「三作牌（警察）」、特務以及「二抓牌（指抓錢又抓權的特權階級）」等等，都曾是柏楊筆下嘲諷的對象。而且，當柏楊開始去檢視並告發這些臺灣政治社會中的黑暗面時，他也逐漸領悟到「政治上改革之所以困難，全由於文化上的惡質發酵」。[12]於是，柏楊在針砭時事的同時，也開始將批判的矛頭對隼中華傳統文化。

在檢視中華傳統文化的優失時，柏楊最看不過去、且抨擊最烈的是

---

[7]柏楊，《柏楊回憶錄》，頁 216。

[8]同前註，頁 221。

[9]姚立民，〈評介向傳統挑戰的柏楊——兼論臺北當局製造的柏楊冤獄〉；孫觀漢編，《柏楊的冤獄》，頁 262～263。

[10]據柏楊表示，他之所以離開一團，是因為他與倪明華的一段戀情。1958 年，柏楊在救國團舉辦的冬令營中認識了彼時尚是大學生的倪明華，並與其墜入情網。但他們的戀情卻遭到倪父的反對，倪父並向蔣經國控訴柏楊利用職權勾引他的女兒，要求蔣應嚴懲柏楊。對此，蔣經國並未立刻將柏楊撤職，只是曾數次派人告誡柏楊應以前途為重，放棄與倪明華的交往。然而，因為柏楊並未理會蔣經國的警告，最後被迫提出辭呈。參見柏楊，《柏楊回憶錄》，頁 277～229。

[11]柏楊，《柏楊回憶錄》，頁 233～235。

[12]同前註，頁 238。

「儒家那種對權勢絕對馴服的明哲保身哲學」[13]。因為柏楊認為儒家鼓勵人們崇拜權勢，也鼓勵人們對權勢的代表人物，也就是「君」與「父」，做無條件的服從，而在此思想的強烈影響下，「不要說反抗，只要有一點點獨立思想，有一點點困惑，就是不乖」，因此才會培養出一些「對下是『凶官兒』，對上一定是『乖奴才』」的官僚[14]。再者，柏楊也痛批儒家的「勢利眼主義」只鼓勵人們安分守己，向權勢屈膝[15]，其結果便造成知識份子為了避免禍事上身，只好對「政治的腐敗」或「小民的疾苦」視而不見[16]。

　　值得注意的是，柏楊對儒家思想的這種批判並非憑空而發，字字句句皆是他在觀察當時臺灣的政治社會之後所得出的體認。同時，這當中也隱含了柏楊對臺灣社會的憂慮。在比較歐美民主社會與臺灣社會的差異後，柏楊指出「人類最高的情操，是對反對意見的容忍」，而「民主政治最重要的，是允許反對意見的存在」，但在「弱者明哲保身，強者定於一」的臺灣社會中，是很難讓這種精神植根[17]。而柏楊的憂慮愈深，他的言辭也愈發犀利，到最後，柏楊索性將深受這種儒家思想所影響的臺灣社會名之為「醬缸」，也就是一個「侵蝕力極強的渾沌而封建的社會」[18]，並將「醬缸文化」，也就是中華傳統文化，視為應打倒的對象。[19]

---

[13] 柏楊，《猛撞醬缸集》（臺北：星光出版社，1982 年 4 月），頁 133。
[14] 同前註，頁 59。
[15] 柏楊，《猛撞醬缸集》，頁 20。
[16] 柏楊，《猛撞醬缸集》，頁 78～79。
[17] 柏楊，《猛撞醬缸集》，頁 174。
[18] 柏楊，《猛撞醬缸集》，頁 37。
[19] 據柏楊表示，他之所以開始針砭時事並批判起中華傳統文化，乃是受到以雷震為首之《自由中國》同人的啟發。雷震等《自由中國》同人是 1919 年隨國府來臺的自由主義知識分子，帶有強烈的「擁蔣反共」色彩。來臺之初，他們原與蔣介石保持良好的關係，並在蔣的支持下創辦《自由中國》，一面觀察中國大陸的動向，一面批判中國共產黨的獨裁體質。儘管如此，對雷震等人而言，所謂的「反共」乃是「反對獨裁政治」，且和「追求民主憲政」是一體之兩面，密不可分。日後，隨著蔣介石開始在臺建構獨裁體制，他們的這種主張遂使雙方逐漸產生摩擦。而且，當他們不再把批判的矛頭只對準中共，反過來也開始檢視國府的施政時，他們逐漸體認到國府與中共其實同為獨裁政權，並認為中華傳統文化所內含的「君權思想」正是滋生獨裁政權的溫床。最後，他們為了糾正國府一黨專制的弊病以及實現民主憲政，遂有了創設在野黨的想法。1960 年，當他們將這種想法付諸行動時，卻招來國府的彈壓，雷震被捕入獄，《自由中國》也遭到停刊的想法。

　　像這樣，柏楊的雜文既批判中華傳統文化所內含的「君權思想」，同時也批判深受此思想之影響的臺灣政治社會的形態。正因爲敢言，在「那些聰明的明哲保身之士總是和政府站在一邊」的當時的社會氛圍下，柏楊的雜文博得眾多讀者的喝彩[20]。再加上柏楊的雜文總能站在小民的立場，替敢怒不敢言的小民們說出他們心裡的話，因此引起一般讀者的強烈共鳴，甚至被封爲「小市民們的代言人」[21]。然而，隨著雜文的暢銷，柏楊的論調也愈趨激烈，使得柏楊的友人，乃至於連有些讀者都開始爲他的安危而憂心不已[22]，而他們的憂慮在日後竟化爲現實。

三、柏楊爲何會因「親共」的罪嫌被捕入獄？

　　柏楊事件的導火線是柏楊所翻譯的一則大力水手漫畫。該則漫畫刊於 1968 年 1 月 3 日的《中華日報》家庭版，內容是說卜派父子來到一座無人小島，並爲了該由誰來當總統而搶著發表競選演說。由於情感敏感，再加上柏楊的譯文並未忠於原文，多了「六百萬（被指爲是在影射當時的臺灣人口）」、「告全國同胞書（被指爲是在影射蔣介石於例年元旦所發表的「告全國軍民同胞書」）」等字眼，以及讓卜派父子互稱「父王」、「皇太子」，凡此種種都被有關當局視爲「顯有影射、污衊總統及蔣部長之嫌」[23]。

　　同年 2 月 26 日，經有關單位決議，由國民黨中央委員會第六組、司法行政部調查局、臺灣警備總司令部以及臺北市警察局組成專案小組，偵辦

1960 年，當他們將這種想法付諸行動時，卻招來國府的彈壓，雷震被捕入獄，《自由中國》也遭到停刊的處分。綜上所述，我們可以發現雷震等《自由中國》同人的反共立場與國府並不盡相同，而當他們開始將這種歧異表露出來時，他們與國府之間的關係也隨著改變。值得注意的是，這種現象並不僅止於《自由中國》同人，亦見於柏楊身上。參見柏楊，《柏楊回憶錄》，頁 236～237。此外，有關《自由中國》同人的考察，請參見小山三郎，〈《自由中國》知識份子的政治與文學——關於他們的批判性文學精神〉，《臺灣師大歷史學報》，第 31 期，2003 年 6 月。
[20]寒松，〈又一個政治犯——柏楊事件〉；孫觀漢編，《柏楊的冤獄》，頁 210。
[21]同前註，頁 205。
[22]孫觀漢編，《柏楊的冤獄》，頁 212。亦請參見羅祖光，〈柏楊與我——相交十七年〉；梁上元編著，《柏楊和我》（臺北：星光出版社，1979 年 3 月，頁 75。
[23]趙昌平、林時機調查，《郭衣洞叛亂案調查報告》（臺北：監察院，2004 年 5 月），頁 44～46。

此案。3 月 1 日及 4 日，司法行政部調查局兩次傳訊柏楊，並於第二次傳訊結束時，當場逮捕柏楊，後交由臺灣警備總司令部軍事法庭起訴。隔年7 月，警總做出有罪判決，柏楊被處以 12 年徒刑，後減刑為 8 年。值得一提的是，有關當局從逮捕、起訴到判決的這一連串的動作都是暗中進行，從未公開，而當時臺灣的媒體也未做任何報導。

至於柏楊，他在被捕之初曾強烈否認那些譯文有諷刺蔣介石父子的意圖，堅決主張自己的清白。然而，後來在長達數月的偵訊期間中，調查人員一再遊說柏楊應認罪以換取「政治解決」——也就是不起訴處分，並向柏楊保證絕對會釋放他。於是，柏楊相信了調查人員的說詞，同意「自誣」，並依他們的誘導訊問編造起自己的「犯罪事實」[24]。

值得注意的是，按理來說，柏楊被捕是因為他所翻譯的漫畫涉嫌侮蔑蔣介石父子，所以調查人員偵訊的重點也應該在此；但事實上，調查人員並不追究漫畫一案，反倒是一直在追查柏楊與「共匪」之間的關係。於是，柏楊只得自承他因為自年少即喜讀魯迅、巴金等左翼作家之作品，思想因而左傾，後來與「共匪」產生接觸，並在其指示上，來臺推行文化統戰工作[25]。

換言之，調查人員要柏楊編造的「犯罪事實」都是一些用以證明他與「共匪」有所勾結的情事，至於當初被視為「情節重大」的漫畫一案，起訴書中則無一字提及。再者，其實在柏楊同意「自誣」之前，相關當局便已有讓他編造「犯罪事實」的打算，甚至連大致的杜撰方向和情節，早在柏楊被捕當日調查局函報國家安全局的公文中已有所指示。[26]

如此這般，一份專為有關當局的需求量身打造的「自白」書便於焉產生。接著，檢調單位再依據這份「自白」書起草起訴書，而法庭也根據柏楊的「自供」，也就是根據他是為了推行統戰工作才來臺的這個結論，回

---

[24] 其間詳情，請參見柏楊，〈給臺灣省警備司令部軍事法庭的答辯書〉；孫觀漢，《柏楊的冤獄》，頁 69〜172。

[25] 趙昌平、林時機調查，《郭衣洞叛亂案調查報告》，頁 7〜10。

[26] 同前註，頁 47〜48。

頭去找柏楊的「犯罪事實」，結果果真發現他的雜文「運用文字技巧，影射政府腐化無能，離間人民對政府之情感，侮蔑我國傳統文化」，確實是在「為匪推行文化統戰工作」[27]。

從檢調單位這一連串的動作來看，我們可以發現有關當局真正介意的是柏楊的雜文，而那些「犯罪事實」也是為了要給柏楊的雜文定罪才編造出來的。然而，就如同柏楊當時在獄中所做的答辯一樣，他的雜文集「遠者已發行七、八年，近者也發行一、二年，並沒有一本書被查禁，足可反證內容並無問題」。[28] 如此說來，柏楊之所以會被逮捕，原因或許是在於情勢之變化。因為就如同柏楊所指出的一樣，他的雜文在過去曾得到國府的容認，但是到了 1968 年，國府的態度卻有了 180 度的轉變，認定他寫雜文是在「為匪推行文化統戰工作」。那麼，究竟是什麼因素使國府改變了態度呢？

如前所述，這是因為柏楊對中華傳統文化的批判抵觸到國府當時的反共政策，而且背後還牽涉到國府欲強化政權的問題。茲說明如下。

1966 年 11 月 12 日，在為紀念孫中山誕辰 101 週年而興建的陽明山中山樓的落成典禮上，蔣介石一面嚴詞批判中共的文化大革命嚴重破壞中華傳統文化，一面以「中華文化的保衛者」自居，呼籲各界發起中華文化復興運動。為響應蔣介石的提倡，同年 12 月所舉行的中國國民黨第九屆四中全會通過了「中華文化復興運動推行綱要」，並於隔年 7 月成立「中華文化復興運動推行委員會」。此後，在政府的主導下，各教育機關、文化組織以及海外的華僑組織紛紛被動員，舉辦各式各樣彰顯中華傳統文化的活動。

對此，曾有論者指出，中華文化復興運動的發起，一方面固然是「針對同年中華人民共和國掀起的『無產階級文化大革命』的政治作戰回應，

---

[27] 趙昌平、林時機調查，《郭衣洞叛亂案調查報告》，頁 17。亦請參見李金銓，〈柏楊，柏楊的筆，臺灣的新聞自由與人權運動〉，《柏楊文學史學思想國際學術研討會論文集》，頁 203。

[28] 柏楊，〈給臺灣省警備司令部軍事法庭的答辯書〉；孫觀漢編，《柏楊的冤獄》，頁 84。

但是對內卻也有鞏固蔣介石政權的政治考量」[29]。換言之，蔣介石試圖藉這個運動來絕對化中國傳統的家父長制度，並利用儒家思想強化他自身及國民黨的統治權，以抵抗西歐自由民主理念所帶來的影響。[30]

此外，也有論者指出，對維持動員戡亂體制卻又遲遲未能反攻大陸的國府而言，「文化大革命」的發生是一個再好也不過的契機，讓國府得以藉此發起中華文化復興運動，進行新的精神動員，而這對國府的獨裁統治以及戰時體制的維持有極大的助益。[31]同時，此一精神動員的目的是要將蔣介石與「堯、舜、禹、湯、文、武、周公、孔子、國父孫中山」的「道統」相承接，以鼓吹人們擁護「民族文化的傳人」蔣介石，使其地位無法被撼動。[32]

值得注意的是，帶有如此「政治性質」的中華文化復興運動被發起的1967 年，恰恰也是柏楊在雜文裡將中華傳統文化取名為「醬缸文化」，並針對儒家思想中的「君權思想」與「權勢崇拜」展開更具系統性之批判的時期。換言之，相同的批判在過往或許能得到國府的容忍，但此時國府正「利用傳統文化的符號作為正當性的基礎，自然不能忍受柏楊對傳統文化的攻擊」。[33]更何況柏楊對儒家思想的批判與當時中國文革「批孔」的論調十分類似[34]，而這種類似性恰好構成國府斷罪的根據，適足以給柏楊扣上「為匪推行文化統戰」的罪名。

而且，這項罪名並不僅只適用於柏楊的雜文，也適用於柏楊其他的反共著作，甚至連他以往曾受到文獎會高度肯定的作品也被打為「為匪工

---

[29]向陽，〈猛撞醬缸的虫兒〉，《柏楊的思想與文學》，頁 45～46。

[30]Warren Tozer, "Taiwan's Cultural Renaissance: A Preliminary View", *The China Quarterly,* No.43, July ～September 1970, pp.81～99.

[31]林果顯，《「中華文化復興運動推行委員會」之研究（1966～1975）──統治正當性的建立與轉變》（臺北：稻鄉出版社，2005 年 4 月），頁 223～224。

[32]同前註，頁 224～225。

[33]李金銓，〈柏楊，柏楊的筆，臺灣的新聞自由與人權的運動〉，《柏楊文學史學思想國際學術研討會論文集》，頁 202。

[34]向陽，〈猛撞醬缸的虫兒〉，頁 46。

作」的「毒草」[35]。換言之，有關當局全面否定了柏楊著作的反共性，甚至以那些作品「雖以片斷反共文字作為掩護」，但實際上是在「為匪宣傳」為理由，反倒將作品拿來當成是柏楊「親共」的證據。[36]由國府對「逆我者」柏楊的這種毫不留情的處置來看，我們可以得知此一時期國府對反共與否的解釋是和其政權的威嚴緊密結合在一起，帶有一種「皇權不可侵」[37]的絕對性。

事實上，早在 1960 年代初期，國府內部便已有些單位對柏楊的雜文很有意見[38]。但當時國府即便將柏楊視為問題人物，卻未對他採取徹底的行動，就這麼睜一隻眼閉一隻眼地容認了他的雜文。如此想來，日後國府對柏楊的彈壓可以說是國府在為了對抗文化大革命而發起中華文化復興運動，並因此增強其威權主義體質時所引起的一個連鎖式的事件。換言之，文化大革命雖發生在中國，卻弔詭地在臺引發了柏楊彈壓事件。

四、柏楊為何又得以重返「反共」作家之列？

那麼，被扣上「親共」罪名的柏楊為什麼到了 1977 年，又搖身一變成為了「反共」作家呢？

在探討這個問題之前，我們必須先談談柏楊被捕之後海外人士所發起的營救活動。如前所述，1968 年柏楊被捕時，臺灣國內並未有任何的報導，但之後因為美國學者孫觀漢的大力奔走，使柏楊被捕的消息得以在海

---

[35]參見柏楊，〈給臺灣省警備司令部軍事法庭的答辯書〉；孫觀漢，《柏楊的冤獄》，頁 92、130～131）與孫觀漢〈柏楊入獄前後〉，《柏楊的冤獄》，頁 32、41。

[36]《郭衣洞叛亂案調查報告》，頁 21。

[37]孫觀漢，〈孫觀漢復黃思騁〉，《柏楊的冤獄》，頁 230。

[38]據柏楊表示，自 1961 年他開始在雜文中批判臺灣的政治社會後，每一次蔣經國召開宣傳會報時，許多單位都對他提出嚴厲的攻擊，但蔣經國卻從不講一句話。由此可知，當時蔣經國對逮捕柏楊一事，態度並不積極。此外，根據監察院的調查報告，1964 年 5 月司法行政部調查局曾以柏楊的雜文中「多含有侮蔑我領袖及攻擊我政府之詞意」為由，懷疑他是否「為匪做思想統戰」，並將此事列為「中心案件」，暗中展開調查。但調查的結果，調查局雖認為柏楊言論偏激，但因「其有無為匪工作之事證，尚難進一步查明」，而將此案下修為「一般線索」。參見《柏楊回憶錄》（頁 246）以及《郭衣洞叛亂案調查報告》（頁 85～86）。

外流傳開來。[39]與此同時，柏楊被捕的事實也讓他在香港、美國等地的讀者、海外的華人知識分子以及留學生們產生了很大的疑問。因為在他們的認知中，柏楊是一位徹頭徹尾的反共作家，不僅「在反共的精神、思想戰上有過不可磨滅的貢獻」[40]，而且，「依他過去許多反獨裁反共產的刻骨著作來猜度，這個牢獄應在北平，但出人意料的，這牢獄卻在臺北」[41]。

於是，不解的他們便回過頭去檢視柏楊的著作是否真如國府所指控一般在「為匪推行文化統戰工作」。然而，他們所獲得的結論卻與國府大相逕庭。他們一致認為洋溢在柏楊文章中的是「滿腔救國救民的熱血」和「正義感」，並將國府對柏楊的彈壓視為是臺灣「軍事法庭檢察官不顧民意、人權的武斷和專制」的證明[42]。此外，也有人認為柏楊的著作，不論是專事反共的作品也好，或是批評政府的文字也好，其執筆的動機都是「要建立一個民主開放的社會，盡量掃除現實的黑暗面」，因此，「柏楊這樣的言論能不能得到容忍，就證明我們有沒有資格在臺省建立一個民主的櫥窗」[43]。同時，他們也指出，如果在臺的國府能落實民主制度、民主精神的話，則不僅僅是「對大陸共黨的極權統治的一種最有力的抗議」，並能「形成一種精神基礎，以打開未來復國的機運」[44]。而且，這些意見最後並化成了種種的諫言，或是呼籲國府應早一秒釋放柏楊，「不應該失去目前改造歷史的機會」[45]，或是呼籲以「自由中國政府」自居的國府不

[39]孫觀漢是美國著名的原子物理學家，也是柏楊未曾謀面的筆友兼讀者。他在得知柏楊被捕的消息後，曾數次去函蔣經國，請求他釋放柏楊。然而，因為蔣經國始終沒有任何回應，故孫觀漢在1972年憤而將他之前所取得的警總對柏楊的起訴書以及柏楊的答辯書發表於香港的《人物與思想》雜誌上。這些資料的公開立即引起海外華人社會的注目，不僅讓柏楊被捕的消息流傳開來，並吸引很多人投入營救柏楊的活動。其間的詳細情形以及海外人士對柏楊事件的反應，請參見柏楊65編委會編，《柏楊和我》、《七十年代論戰柏楊》、《柏楊的冤獄》和《柏楊65》（臺北：星光出版社、時報出版公司、學英文化公司、歐語出版社、遠流出版公司聯合出版，1984年3月）等書。此外，關於孫觀漢是如何取得警總的起訴書以及柏楊的答辯書一事，請參見李敖，《醜陋的中國人研究》（臺北：李敖出版社，1989年，頁85～87）。
[40]吳新一，〈給旅美朋友們的信〉；孫觀漢編，《柏楊的冤獄》，頁218。
[41]孫觀漢，〈一位人物（柏楊）的遭遇〉，《柏楊的冤獄》，頁46。
[42]〈美國東部同學的呼聲〉，《柏楊的冤獄》，頁221。
[43]劉述先，〈關於柏楊案的感想〉；孫觀漢，《柏楊的冤獄》，頁202。
[44]同前註，頁199。
[45]孫觀漢，〈從筆和劍談到柏楊〉，《柏楊的冤獄》，頁239。

應該再自毀「民主、自由」的金字招牌，而應盡早使臺灣「島內的政治納入現代民主法治政治之正軌」[46]。換言之，到後來，他們所欲營救的已不單單只是柏楊一個人，同時也是要拯救「自由中國政府所提倡的自由和民權」[47]。

　　然而，這些「誠懇的諫言」[48]並未被國府所接受。1976 年 3 月，柏楊的刑期屆滿，卻未獲釋，立即又被軟禁在綠島。那麼，對柏楊如此嚴峻而又態度強硬的國府，究竟是不是因爲屈於美國「人權外交」的壓力，才會在 1977 年 4 月突如其來似地釋放了柏楊呢？從結論來說，筆者認爲國府之所以會在此時釋放柏楊，乃是一個經過盤算的政治行動，其目的是爲了要對抗文革結束後中國大陸上的政治動向以及朝「中美關係正常化」急速傾斜的國際政治潮流。換言之，筆者認爲國府非但沒有屈於美國「人權外交」的壓力，毋寧是反過來利用美國的「人權外交」以推行自己的反共政策[49]。茲說明如下。

　　首先，我們都知道當時最讓國府頭痛的，便是美國有意與中國建交的問題，以及隨此而來之自政權的存續問題。但事實上，此一「中美關係正常化」的政治潮流，並非始於 1977 年。早在 1972 年尼克森訪問中國並簽訂「上海公報」時，中、美雙方便已有意願就此事進行交涉。只是之後，中國方面因爲文革的擴大使其內政陷入混亂的局面，而美國方面則是尼克森因水門案下臺，因此雙方建交的協議也就被延宕下來。然而，1976 年 10 月文革結束，同年 11 月，卡特在美國總統大選中勝出，確定當選下任美國總統。如此這般，中、美雙方在政局及人事上的不確定因素大爲減少，使雙方得以就建交的問題再次展開交涉。這一情勢自然使得國府備感緊張，

---

[46]吳新一，〈柏楊事件的啓示〉，《柏楊65》，頁 32～34。
[47]〈美國東部同學的呼聲〉，《柏楊的冤獄》，頁 221～222。
[48]孫觀漢，〈李敖談柏楊的冤獄〉，《柏楊的冤獄》，頁 251。
[49]有關國府對文革後中共的政治動向、中共與美建交的問題以及美國「人權外交」的看法，可以參看此一時期的《中央月刊》、或是國防部情報局所發行的《匪情研究》，以及政治大學國際關係研究中心所發行的《問題與研究》與《匪情月報》，內有多數的相關評論。

特別是當華國鋒上臺後表示有意與美國改善關係，並加強與美國的文化交流活動，且利用在美的親共團體發起所謂的「促進中美關係正常化運動」時，更是牽動國府敏感的神經[50]。

除了中共的政治動向之外，卡特身為美國下任總統，他的外交方針以及他對和中國建交的態度左右著國府的命運，自然是國府另一個觀察的重點所在。1977 年 1 月 20 日，卡特在美國總統就職演說中產生「美國人民已有高度的自由，決不應忽視其他地方自由的命運」，又說「我們維護人權的承諾必須是絕對的」，明確表示人權將是他外交政策的一個重心[51]。隔月，卡特總統不僅譴責捷克政府侵害捷克公民的人權，同時也去信聲援蘇聯國內著名的人權鬥士沙卡洛夫。

卡特總統這種極為關注共產國家裡之人權問題的外交方針立即引起國府的注意，國府並表現出大力支持的態度。例如，當時擔任國府的智庫「政治大學國際關係研究中心」[52]主任的蔡維屏的發言，便是一例。蔡維屏讚揚卡特政權的此一外交方針和美國先賢林肯總統的名言「我相信我們的政府不能永遠容忍一半奴役，一半自由」，有著同樣偉大的信念，並說卡特總統維護人權的諾言不只是「自由世界的佳音」，同時「更將為鐵幕

---

[50]有關國府對此一時期中共對臺統戰活動的分析，請參見唐敏，〈共匪對外鬥爭策略與人事機構的演變〉，《匪情月報》，第 19 卷，第 9 期（1977 年 3 月）、馭志，〈毛澤東死後共匪的外交工作〉，《匪情研究》，第 20 卷，第 3 期（1977 年 3 月）、姚孟軒，〈中共對美政策的研究〉，《問題與研究》，第 16 卷，第 7 期（1977 年 4 月）、邵光耀〈共匪對外文化活動之近況探討〉，《匪情研究》第 20 卷，第 7 期（1977 年 7 月）等資料。

[51]值得注意的是，當時國府的相關外交人員在分析卡特總統的就職演說時屢屢引用這些地方，顯見國府亦研判人權問題將會是卡特在外交政策上的一個重點。參見蔡維屏〈對卡特總統外交政策的幾點看法〉，《問題與研究》，第 16 卷，第 6 期（1977 年 3 月），頁 2、畢英賢，〈人權運動與美蘇關係〉，《問題與研究》，第 16 卷，第 7 期（1977 年 4 月），頁 26 及邢國強〈中共違反人權問題之研析〉，《匪情月報》，第 19 卷，第 10 期（1977 年 4 月），頁 42 等資料。

[52]「政治大學國際關係研究中心」的前身為邵毓麟、馬星野等人於 1953 年所設立的「國際關係研究會」，名義上雖為人民團體，但實際上不僅負責為國府收集各國情資，同時也針對國際以及中國大陸的重大動向擬定參考策略，以供國府決策。該會於 1961 年改為「中華民國國際關係研究所」，後又於 1975 年改制為「國際關係研究中心」，隸屬國立政治大學。值得注意的是，國關中心（含前身時期）自成立以來，不僅在國府的對外決策上一直扮演著重要的角色，而且，該機構的人員也大多是政府官員或是外交人員出身。例如，本文中所提及的蔡維屏在調派國關中心之前，不僅曾歷任外交部美洲司司長、外交部次長，並在國府與美斷交之後出任「北美事務協調委員會駐美辦事處」的代表，也就是實質上的駐美大使。

內被奴役的人們，帶來新的希望」[53]。

　　從上述蔡維屏的發言來看，我們可以得知國府顯然是有意將卡特總統的「人權外交」解釋成是對「在共產統治下受壓迫的人民」的鼓勵[54]。而國府之所以作此解釋，用意是希望美國除了將批判的矛頭對準蘇聯或是東歐共產諸國之外，更不能忽略了「亞洲最大的危害人權的集團」[55]，也就是中共統治下的大陸人民既「沒有言論自由」，也「沒有職業選擇的自由」、「工會組織活動的目的」、「國內旅行和出入國境的自由」，更「沒有提出反對政治意見的自由」[56]。換言之，國府之所以會對卡特總統的「人權外交」故做歡迎姿態，目的是希望中共的人權問題會成為中共與美國在建交上的障礙。而國府的這種意圖可以從此一時期國府頻頻向國際社會告發中共迫害大陸人民的舉動中觀察出來。

　　好比說在 1977 年 3 月 28 日所舉行的「第五屆中、日『中國大陸問題』研討會」上，時任國民黨祕書長的張寶樹便呼籲自由世界應認清中共的真面貌。在會議的一開始，張寶樹便指出「今日國際上的一切鬥爭仍然是自由與奴役，民主與極權的鬥爭」，並指責中共正是造成世界動亂的原因之所在[57]。接著，張寶樹又向與會的外國學者告發中共不惜以大陸人民的鮮血為代價在大陸推行了種種的「惡性的實驗」。張寶樹所謂的「惡性的實驗」是指中共自竊據大陸後便強行推行「土地改革」、「三大改造」等政策，藉此強奪大陸人民的財產，並將「個體農業」、「個體手工業」等等的自由經濟活動消滅殆盡。再者，張寶樹也指責中共透過「三反五反」、「思想改造」、「反革命鎮壓」等暴政來迫害一般人民以及知識青

---

[53]蔡維屏，〈對卡特總統外交政策的幾點看法〉，頁 7～8。
[54]畢英賢，〈人權運動與美蘇關係〉，頁 26。
[55]邢國強，〈中共違反人權問題之研析〉，頁 42。
[56]蔡維屏，〈第五屆中、日「中國大陸問題」研討會重要文件選輯開幕詞〉，《問題與研究》，第 16 卷，第 8 期（1977 年 5 月），頁 2。
[57]張寶樹，〈第五屆中、日「中國大陸問題」研討會重要文件選輯開幕致詞〉，《問題與研究》，第 16 卷，第 8 期（1977 年 5 月），頁 5。

年[58]。而且，張寶樹強調這些暴政正反映出「中共政權反人民、反人權、反人性的本質」，並說目前中共的新當權派雖將這些暴政的責任推給四人幫，但「實際上，毛澤東、江青的共產暴政與周恩來、華國鋒、鄧小平的共產暴政，在反人民、反人權、反人性的本質上是沒有什麼差別的」。最後，張寶樹並呼籲與會的外國專家學者們應認清中共的本質，因爲唯有如此，才能「協助自由世界各個國家避免重蹈作爲共產主義實驗的災禍」[59]。

　　此外，在同大會上，政治大學國際關係研究中心研究員陳裕清也提出同樣的見解。陳裕清在論及「中美關係正常化」的問題時，呼籲美國除了不應忽略臺灣戰略地位的重要性之外，更不能忽略臺灣是「中國大陸和海外將近九億中國人民的明燈」的事實，並說「美國是自由世界的領袖，美國與中華民國具有共同防禦條約的關係，實不能也不應自毀國際的信用，自喪其維護自由的立場」[60]。同時，陳裕清也指出中華民國政府絕不同於「逼害人權，實行暴虐統治」的中共，並向美強調中華民國政府二十餘年來始終忠實而徹底的履行著「中美共同防禦條約」，不僅承擔共同防禦的任務，更謹守條約的規定，「『加強其自由制度，……發展其經濟進步與社會福利』，並竭盡所能，保障人權，增進人民的一般福利，建立一個富裕康樂的社會」[61]。最後，陳裕清提醒美國應正視一個事實，也就是「大陸人民久受清算鬥爭之苦，食不飽，衣不暖，對中共政權恨之入骨，反共抗暴的鬥爭，在天安門事件以後，愈演愈烈，……在此情勢下，美國若與中共過分親近，豈不增長中共的威勢，重增大陸人民的痛苦，妨礙中國大陸自由與民主的恢復」。因此，陳裕清呼籲美國在談論「中美關係正常化」

---

[58]同前註，頁 5～6。
[59]張寶樹，〈第五屆中、日「中國大陸問題」研討會重要文件選輯開幕致詞〉，頁 6～7。
[60]陳裕清，〈現階段中共與美國關係之演變及其可能之發展〉，《問題與研究》，第 16 卷，第 8 期（1977 年 5 月），頁 18～19。
[61]同前註，頁 21～22。

的問題之前，應先去支援中國人民所發起的「反共產爭自由」的鬥爭[62]。

　　值得注意的是，國府之所以屢屢向國際社會告發中共侵犯人權的問題，除了是為因應美國的「人權外交」而做出的對策之外，同時也有衝著華國鋒政權而來的意味在內。因為華國鋒在上臺後表示將貫徹「百花齊放・百家爭鳴」的方針，並誓言推行「文藝大解放」政策。接著，華國鋒除了替一些在文革中被四人幫清算的作家進行翻案，恢復他們的名譽之外，也替一些被四人幫打為「毒草」的作品進行解禁，欲以實際行動證明他的「雙百方針」不假。而當時華國鋒政權的這些政策傾向海外親中共人士的好評，認為中共已對文革做出確切的反省。

　　對此，國府自然不會坐視以待。國府內的中共觀察家不斷為文指出，華國鋒政權對作家、作品的「解放」，只是一種從「政治措施」而來的「政治解凍」，並非真正的「文藝解凍」[63]，而且，華國鋒「解放」作家或作品的標準端看那些作家或作品是不是符合他的「政治需要」與「政治利益」[64]。換言之，這些中共觀察家所欲向世人指出的是，華國鋒之所以要推行「文藝大解放」政策乃是基於「打倒四人幫」的政治目的，因為他試圖將中共對文藝工作者的迫害以及大陸文藝荒蕪的現象，完全歸罪於四人幫所實行的「文藝法西斯專政」以及他們對毛澤東文藝路線的破壞[65]。而且，這些中共觀察家並異口同聲地指出，華國鋒雖想將文化大革命的責任全推給四人幫，但「『四人幫』的文藝霸權完全出自毛的授予」，而且，中共治下「文藝暴政的出現與文藝萎縮的形成，其根源皆在毛澤東文藝路線和政策的實踐」，因此，只要華國鋒政權一日不從「毛澤東思想」的框框跳脫出來，大陸上也決不可能會出現文藝的春天[66]。

---

[62]陳裕清，〈現階段中共與美國關係之演變及其可能之發展〉，頁22～23。

[63]玄默，〈「四人幫垮臺後共匪文藝政策的探討〉，《匪情研究》，第20卷，第4期（1977年4月），頁75。

[64]鍾淵，〈華國鋒將在文藝戰線上搞些什麼〉，《中央月刊》，第9卷，第7期（1977年5月），頁134。

[65]玄默，〈「四人幫」垮臺後共匪文藝政策的探討〉，頁65。

[66]同前註，頁67～76。

　　值得注意的是，這些中共觀察家們所達成的這種結論也直接牽涉到了對「文藝自由」的探討。因為他們在批判中共迫害文藝的同時，也指出：「文藝的春天必得在有創作自由的環境中，才有可能實現。但毛澤東所講的政治第一、藝術第二，以及文藝的黨性、階級性和文藝為工農兵服務的方針，全是功利主義、教條主義和機械主義，不僅否定了文藝的娛樂性、知識性以及人們對美的需要、興趣和愛好，同時也抹殺了文藝創作的才能、靈感乃至於情感。」而且，他們也指出：「只要毛的偶像還被供放在神壇上，那麼，歷經二十餘年殘酷鬥爭的文藝工作者們便無法把象徵著暴力和恐怖的毛路線所留在他們內心深處的陰影給抹去，如此，自然也就無法實現真正的文藝自由。」[67]

　　綜觀上述國府相關人士的發言，我們可以發現此一時期的國府為了和「中美關係正常化」的國際政治潮流相對抗，便一面批判中共侵害人權的問題，一面向國際社會強調其「自由、民主」的反共立場。而如果從當時的這種中、美、臺的關係來推論的話，我們可以大膽地說柏楊的獲釋其實也是國府此一反共政策中的一環。事實上，在上述「第五屆中、日『中國大陸問題』研討會」上對中共侵犯人權的問題大加撻伐的陳裕清與張寶樹這兩人，一個是曾參與逮捕柏楊行動的人物[68]，另一個則是下令釋放柏楊的人物[69]。換言之，他們既是國府上述反共政策的推動者，也是柏楊事件的相關當事人，則國府釋放柏楊之意圖，不言可喻。

　　綜上所述，國府之所以釋放柏楊，顯然並非像外界所說一般是因為屈服於美國「人權外交」的壓力。相反的，國府毋寧是想透過此舉傳達其對

[67]翰健，〈はるかに遠い文芸の春——「四人組」事件後の中共文芸の展望〉，《問題と研究》（日文版），第6卷，第7期（1977年4月），頁44～47。
[68]陳裕清當時為國民黨中央委員會第四組的主任，因認為柏楊翻譯的漫畫涉嫌污蔑國家元首，且情節重大，而函請臺灣警備總司部迅速偵辦該案。參見《郭衣洞叛亂案調查報告》，頁5～6、44～46、298～299。
[69]根據監察院的調查報告，1977年3月中旬，亦即是上述大會舉行的十天，時任國民黨秘書長的張寶樹與國家安全局商定立即釋放柏楊，並將他安置在中國大陸問題研究中心。參見《郭衣洞叛亂案調查報告》，頁197、304。

美國「人權外交」的歡迎與支持，並藉此要求美國應正視中共對人權的摧殘，試圖以中共的人權問題為材料來牽制中共與美國建交的動向。正也因此，國府在釋放柏楊之後，便不斷呼籲卡特總統對中共決不應持有雙重標準，而應立即將人權運動推展到中國大陸去。[70]

有趣的是，當時國府所主打的這種反共邏輯，其實和以往海外知識分子在籲請國府釋放柏楊時所曾提出過的「誠懇的諫言」，也就是「自由、民主才是對抗中共最有力的武器」的這種論調有異曲同工之妙。然而，這並不意味著國府是因為接納了他們的諫言，才「幡然改圖」[71]。因為國府之所以釋放柏楊，原因其實和當時國府所批判的華國鋒政權的「文藝大解放」政策一樣，都是出於自身的「政治需要」。而且，或許是有意，也或許是巧合，國府釋放柏楊的方式與中共「解放」作家恢復的做法如出一轍，不單單只是放了他，還特意將他延攬到反共性格鮮明的政府機關，等於是再次承認了柏楊是「反共」作家。

雖然國府從未解釋過在這個祕而不宣的「平反」舉動的背後，究竟隱含著什麼樣的政治意圖，但國府應是著眼於長久以來柏楊所訴求的「自由、民主」的反共主張在海外備受肯定的事實，並認為這一點有很大的利用價值。因為，國府可以藉由承認柏楊的反共立場，來向外界傳達自己之所以堅持反共的立場，理由和柏楊一樣，都是出於對自由、民主的追求。而這應該也是國府在釋放柏楊之後，為何又默許他以往的著作再度流通於市面上的原因。此外，日後當中共讓在文革中被肅清的作家再度復出，並將他們派到海外參加文化交流活動時，國府也允許、並積極敦促柏楊出訪海外。[72]

---

[70] 谷正綱，〈將人權運動推進到中國大陸〉，《中央月刊》，第 9 卷，第 8 期（1977 年 6 月），頁 21～26。

[71] 劉述先，〈關於柏楊案的感想〉，《柏楊的冤獄》，頁 204。

[72] 國府於 1981 年首度允許柏楊到海外訪問，而前一年，中共曾派遣巴金、冰心出訪日本，錢鍾書、曹禺等人訪美。1981 年 2 月，柏楊受邀前往新加坡、馬來西亞以及香港與當地的文藝團體進行交流，同年 7 月又受世界詩人大會之邀到美訪問。有趣的是，據柏楊，每當他出訪海外時，警備總司令部的官員總是會叮囑他說：「國事維艱，請多體諒。」參見《柏楊回憶錄》，頁 366～

換言之，柏楊之所以得以重返「反共」作家之列，是因為他的存在恰恰符合了國府當時的「政治需要」。然而，反諷的是，國府所主打的這種訴求「自由、民主」的反共邏輯，之後卻也使自己陷入了進退維谷的處境中。關於這一點，我們可以從國府對鄉土文學論戰的處置上觀察出來。

五、柏楊獲釋之問題與鄉土文學論戰的關聯

1977 年 8 月，也就是柏楊獲釋後不久，臺灣文壇發生了一場有關「鄉土文學」的論戰[73]。此一論戰的爆發是肇因於某些提倡鄉土文學的作家被一部分與國府立場相近的作家指為是「左翼文學的提倡者」，因而引發雙方的爭辯。此處所說的「某些提倡鄉土文學的作家」，主要是指王拓、尉天驄與陳映真等人。這些作家共通的特徵是他們都具有強烈的社會改革意識，並十分關注社會底層民眾的貧苦現實。而且，他們從 1970 年代初期起，便開始主張文學應負起改造社會的使命。而他們的這種文學主張與臺灣社會在 1970 年代所經歷的巨大變動不無關係。

1970 年代初期的臺灣在外交上面臨了一連串的危機，先是有釣魚臺列島的歸屬問題，後又有季辛吉於 1971 年 7 月訪問中國，1971 年 10 月國府退出聯合國，1972 年 2 月尼克森訪中並簽訂「上海公報」，1972 年 9 月因日本宣佈將與中國建交而與日本斷交，整個社會因為這些外交危機而呈現出風雨飄搖的氣氛。除了外交問題之外，在內政上，諸如對外資的過度依存、貧富差距的擴大、農村的凋落以及勞動者缺乏完善的社會福利保障等等問題也浮出檯面，尚待解決。

值此內憂外患交加之際，王拓等人開始主張作家不應只窩在自己的書齋中，而應走入人群，與民眾共進退，並以文學推動社會的改革。同時，他們也逐漸形成自己的一套經濟觀與社會觀，將進入臺灣的外資及外來文

369。
[73] 有關鄉土文學論戰之分析，請參見拙文〈台湾における郷土文学論争（一九七七～七八年）に関する考察〉，《一橋論叢》，第 135 卷，第 3 期（東京：一橋大學一橋學會，2006 年 3 月）。

化對臺灣社會的影響視爲是「帝國主義的經濟侵略與文化侵略」。再者，他們認爲農民、勞動者是臺灣社會在追求經濟發展的過程中被犧牲掉的一群弱勢者，因此他們不僅對農民、勞動者的際遇投以強烈的關懷，並主張應給予這些低收入階層的人們更多的同情以及支援。因此，對抱持著這種想法他們而言，理想的文學應以批判外來經濟、外來文化對臺灣社會所帶來的支配性影響，並勇於揭發下層民眾所遭受的不合理的際遇，負起爲他們代辯之職責。

　　1977 年，當他們依據自身的文學理念，試著將 1970 年代所興起的鄉土文學定義爲「反映社會內部矛盾的現實主義文學」時，立即引起某些與國府立場相近的作家的強烈反彈，直斥王拓等人的鄉土文學論與毛澤東的「文藝講話」相差無幾，並將他們視爲是「工農兵文學的提倡者」。鄉土文學論戰便是由此而生，而且，像「工農兵文學的提倡者」這樣的指控也引起國府對王拓等人的疑忌，論戰期間並一度傳出國府將逮捕他們的風聲。若依此情勢推演下去，鄉土文學論論應以王拓等人被捕的結局做爲收場。但實際上，國府並未彈壓王拓等人。而且，弔詭的是，國府爲了使這坦論戰能早日平息下來，反倒給予王拓等人「愛國者」的評價。那麼，國府當初既將王拓等人視爲危險人物，且一度曾有意逮捕他們，爲什麼到了最後卻又一改初衷反過來評價這些「工農兵文學的提倡者」呢？

　　筆者認爲國府對鄉土文學論戰的這種處置方式和柏楊獲釋的問題其實是互有關連的。換言之，國府最後之所以選擇不彈壓王拓等人和它之所以釋放柏楊，其實都是基於相同的政治考量。如前所述，國府之所以釋放柏楊，是因爲國府想向外界強調其「自由、民主」的反共立場，並試圖以中共的人權問題爲材料來牽制中美建交的動向。而國府所採取的這種策略，在釋放柏楊之後，也未改變。事實上，在鄉土文學論戰發生前夕的 1977 年 7 月，當美國國務卿范錫表示將於近日內前往中國拜訪，並表明美方希望能早日完成中美關係之「全面正常化」的意願時，蔣經國曾兩度發表演說，對美提出忠告。如同上述國府相關人士所持的論調一樣，蔣經國也呼

籲美國應認清一項事實，亦即「中華民國的社會制度、政治制度及思想型態各方面，與美國基本上相同，都是一樣的愛好和平、崇尚自由、堅守道義、尊重誠信」。接著，蔣經國並指出，如果美國堅持與「共匪」進行「關係正常化」的話，便無異是「鼓勵這個極權暴政繼續統治中國大陸，其結果更將延長中國大陸人民的痛苦及與自由世界的隔離」[74]。綜觀蔣經國的這種論調，我們可以發現國府依舊是想藉著主打「自由、民主」的立場，來向美強調其與中共的差異。然而，國府所主打的這種「自由、民主」的反共立場同時卻也構成了一種自我限制。因為假使國府在此時彈壓王拓等人的話，則無異是自打嘴巴，而這一點應該就是國府沒有逮捕王拓等人的原因之一。

此外，我們還必須注意的一點是，如前所述，這個時期國府內的中共觀察家正高談「文藝所應有的自由」，並以此觀點來批判中共的「文藝暴政」，而他們的這種批判如果要成立的話，前提是臺灣國內的創作自由必須得到保障才行。而且，更重要的是，論戰情勢最為緊張的 1977 年 9 月、10 月，同時也是中共安排文革中曾消失蹤影的周揚、夏衍等人再度現身公開場合，利用他們對外宣傳其「文藝大解放」政策的時期。像這樣，當的中共正如火如荼地推行其「文藝大解放」政策時，自然也使得國府難以對臺灣國內的作家進行彈壓。

凡此種種，我們可以說國府之所以雖將王拓等人視為危險分子，最後卻又決定不彈壓他們，一個很重要的原因是因為國府畏懼對他們的彈壓將會對自己所主打的「自由、民主」的反共策略帶來不利的影響。而這一點可以從當時擔任國民黨中央委員會文化工作會主任的楚崧秋的發言中得到確認。

1978 年 1 月，楚崧秋出席國軍文藝大會，並向外界表達官方對鄉土文學論戰的態度。首先，楚崧秋雖表示決不容許有人提倡「工農兵文學」，

---

[74]〈蔣院長再忠告美國慎勿墮入陷阱，勉勵國人自立自強迎接挑戰，中華民國六十六年七月二十八日在行政院院會講話〉，《中央月刊》，第 9 卷，第 10 期（1977 年 8 月），頁 8。

但同時卻也指出「民主開放社會之可貴，在於對真理的追求，可以從不同角度出發，大家質疑辯難，共趨正鵠。這正是今日我海內海外自由中國人所享有的最大權利。因此保有此權利而不為敵所乘所破壞，乃是所有愛國反共者的共同責任。」接著，楚崧秋又說「只要這基本立場站穩，共同目標相同，我們為求大同自不免存小異」，並要大家「化戾氣為祥和」，共同為發揚中華民族文藝而努力。[75]

綜觀上述楚崧秋的發言，我們可以發現國府為顧及其「自由中國」的招牌，因此不得不有條件式地容忍了王拓等人的「歧見」。換言之，雖然國府從未放下對王拓等人的疑忌，但在自己所倡言的重自由、崇民主的反共立場下，卻不得不容許這些「左傾作家」的存在。同時，國府甚至還承認他們是「愛國家、愛民族、反帝國主義、反殖民經濟的愛國分子和民族戰士」[76]，試圖以「愛國者」的評價來籠絡並規範這些「左傾作家」，以防他們被中共的統戰活動所利用。

像這樣，如果我們將柏楊獲釋的問題和鄉土文學論戰這兩個現象互相對照觀察的話，不僅可以發現兩者其實互有關聯，而且也可以發現此一時期的國府為因應文革後的中、美、臺關係，不得不將其對「反共」的定義側重在「自由、民主」的訴求上，而這種調整也使得國府與臺灣現代作家之間的關係有所改變。再者，透過這樣的觀察，我們也可以發展臺灣文學領域其實深受國府與中共之間的政策對抗以及「中美關係正常化」等國際政治問題的影響。而假設這種來自外部世界的影響是左右國民黨政權下的政治與文學之關係的一個重要因素的話，則我們不應該只是將眼光停留在臺灣內部的政治動向、文學動向上，而忽略掉這種外來的影響。

六、結語

---

[75] 楚崧秋，〈當前文藝建設的方向和理想〉，《中央月刊》，第 10 卷，第 4 期（1978 年 2 月），頁 43。
[76] 王昇，〈提筆上陣迎接戰鬥〉；謝淳琬等編，《女兒家》（臺北：皇冠雜誌社，1978 年 8 月），頁 44～45。

如上所述，本文探討了被扣上「親共」罪名的柏楊為何又得以重返「反共」作家之列，以及柏楊之獲釋與鄉土文學論戰之間的關聯。從上述考察，我們應可得出如下的結論。

柏楊就如同他自己在獄中所曾指出的一樣，是因為受到國府為提倡反共文學而設置的文獎會的「鼓勵和引導」，才開始了他的寫作生涯[77]。換言之，柏楊可說是由國府所一手培養出來的「反共」作家。然而，對柏楊而言，所謂的「反共」是指「反對獨裁政治」，其定義與國府所說的「反共」並不盡相同。

自 1960 年代初期起，隨著柏楊開始在雜文中批判中華傳統文化所內含的「君權思想」以及深受此思想之影響的臺灣政治社會的型態時，柏楊與國府之間的歧異也逐漸顯露出來。同時，柏楊的批判也使當權者感到不快。不快逐漸累積，日後當國府為因應文化大革命而發起中華文化復興運動，並趁此強化其統治權與政權權威時，柏楊的批判變成了一種故意的挑釁，已然超出了國府所能忍受的範圍。其結果是，柏楊被扣上「親共」的罪名，銀鐺入獄。

然而，到了 1977 年，國府對柏楊的態度卻有了 180 度的大轉變。因為國府為因應文革結束後中國大陸上的政治動向以及朝「中美關係正常化」急速前進的國際政治潮流，不得不將其對「反共」的定義側重在「自由、民主」的訴求上。在此政治背景下，柏楊因對國府產生利用價值，又得以重返「反共」作家之列。作家之命運如何因政治情勢之變化而受播弄，由柏楊之入獄與出獄盡美無遺。

然而，被撥弄的未必只是作家的命運。因為國府所採取的這種對策其後卻也使自己陷入進退兩難的處境。在柏楊出獄後不久所發生的鄉土文學論戰中，國府雖將臺灣國內所出現的「左側作家」視為危險分子，一度有意逮捕他們，但在其強調「自由民主」的反共立場下，卻不得不容許這些

---

[77]柏楊，〈給臺灣省警備司令部軍事法庭的答辯書〉，《柏楊的冤獄》，頁 129～130。

「左傾作家」的存在。而這意味著這一個時代的臺灣文學領域中，雖然依舊存在著種種的政治與文學的衝突，特別是這些衝突的起因往往與過去大陸時期國共鬥爭的歷史脫不了關係，然而隨著時勢的變化，政治已未必能壓倒文學。

　　最後，筆者想簡略談論一下柏楊復出之後所掀起的風潮以及臺灣社會對他的評價。如前所述，柏楊於出獄之後不僅恢復寫作活動，並陸續再版他繫獄之前的著作。而柏楊的著作每每能引起臺灣社會的注目，並從中產生了許多的暢銷書，例如，柏楊於 1960 年代所寫小說《異域》於再版後，總銷行量達百萬餘冊，震撼了當時的出版界。[78]此外，據說柏楊出獄後的第一本雜文集在出版後一年內所創下的銷數，也遠遠超過他入獄前所出版的雜文集的總和。[79]

　　隨著柏楊的著作掀起熱潮，社會上也開始出現一些讀者從不同的角度來解讀他的作品。例如，柏楊在獄中執筆寫成的《中國人史綱》所獲得的評價便是一例。有讀者肯定柏楊的史書不採皇帝年號而改採公元記事，是打破了中國過往以皇帝為中心的歷史記載方式。再者，他們既感佩於柏楊勇於指出在古代帝王的專制極限的治術下，中國的人權是如何地受到蹂躪，同時也稱許柏楊的「這種歷史的眼睛讓我們看到許多以前我們視而不見的問題」，並說在被喻為「人權甦醒的大時代」的今日，其著作更值得讀者深思。[80]除此之外，也有讀者肯定柏楊史著的特徵在於其「對政治上昏暗殘暴，一律嚴厲的譴責，強烈的人道意識，活躍在敘述的字裡行間」[81]。

　　像這樣，柏楊針砭史實的勇氣以及作品中所流露的人道意識得到了臺灣社會的正面評價。同時，隨著柏楊的寫作精神受到肯定，他也開始被譽

---

[78]翁玲瑟，〈醜陋的中國人——始料未及〉；柏楊日編委會編，《歷史走廊》（臺北：太川出版社，1993 年 3 月），頁 13。
[79]齊以正，〈人權與柏楊〉，《柏楊和我》，頁 260。
[80]潘立夫，〈歷史的眼睛〉，《柏楊和我》，頁 409～412。
[81]司馬文武，〈一部用中國人立場寫成的史籍——「中國人史綱」〉，《柏楊和我》，頁 358。

爲「人權鬥士」。而且，據說柏楊的著作不只引起一般讀者的共鳴，似乎也曾啓發過許多在 1980 年代從事改革運動的人們。[82] 對於自己的評論所具的影響力，柏楊在 1982 年接受臺灣國內的訪問時，曾表示他不認爲自己的言論會對國民黨構成影響力，但卻相信他的看法已引起共鳴[83]。而柏楊之所以會有此體認，相信應與他在出獄後所感受到的臺灣社會的種種變貌有關。

那麼，柏楊所感受到的臺灣社會的變貌究竟是什麼呢？據柏楊表示，1968 年他被捕時，臺灣與輿論毫無反應，與之相較，「現在被逮捕多好！外邊有朋友照顧妻小，還可以在報章雜誌上發發議論」。[84] 又比如說，「六〇年代寫文章的人少，具有叛逆性格的人也不多」，因此柏楊便成爲「站在第一線」的人，但「現在寫文章比我潑辣厲害的，所在皆是」，相形之下，柏楊覺得自己已經「退居到第三、四線上」[85]。此外，柏楊也指出「自從中產階級興起，在自由經濟的社會體制下，心智成熟的人越來越多，國民黨要控制群眾就越來越難」[86]。而且，柏楊不僅深切地感受到最近十年來「大家的見解、理想、盼望，都跟過去不同了」，同時也將人們在思想上的這種變化視爲是臺灣社會的「突破」，並說即便是國民黨也不得不調整步伐，以跟上臺灣社會的變化。[87]

以上是柏楊在出獄之後所感受到的臺灣社會的變貌。假使我們將柏楊的這種感受和上述臺灣社會對他的評價相互對照觀察的話，應該可以發現一個很重要現象，亦即是柏楊在著作中所展開的對「自由、民主、人權」的提倡帶給這一時期的臺灣社會極大的影響，而另一方面，這些價值同時也是當時的臺灣社會所追求的目標。換言之，柏楊的著作與臺灣社會之間

---

[82]Margaret Scott 著，謝秩祿譯，〈醬缸內的文化〉，《歷史走廊》，頁 143。
[83]李寧，〈與柏楊談敏感問題〉，《柏楊 65》，頁 176。
[84]李寧，〈與柏楊談敏感問題〉，《柏楊 65》，頁 171。
[85]李寧，〈與柏楊談敏感問題〉，《柏楊 65》，頁 176。
[86]李寧，〈與柏楊談敏感問題〉，《柏楊 65》，頁 172。
[87]李寧，〈與柏楊談敏感問題〉，《柏楊 65》，頁 172～173。

存在著一種相輔相成的關係，柏楊的復出對孕育臺灣民主化的文化土壤有所貢獻，而臺灣社會渴望民主化的這一股時代潮流也回過頭來重新肯定了柏楊。這種發展不僅與國府在釋放柏楊時所打的政治算盤大不相同，應當也是國府所始料未及的現象。而如果柏楊及其著作的復活真的曾衍生出一股無形的力量，從而逐漸改變了國府的政治的話，則我們說柏楊的復出在臺灣文學史上具有重要的地位，應不爲過。

備註：

　本文之內容曾以〈柏楊投獄事件に関する一考察〉爲題，發表於日本學術期刊《法学政治學論究》，第 70 期（東京：慶應義塾大學法學研究科「法學政治學論究」刊行會，2006 年 9 月），今改寫爲中文，略有刪節，謹此註記。

——選自張清榮主編《柏楊與監獄文學》

臺南：臺南大學，2008 年 8 月

情愛掙扎
柏楊談小說

◎鄭瑜雯*

問：您是在什麼樣的情況下寫起小說？

答：我是 1949 年移民臺灣的，在大陸時親眼見到那些鬥爭和社會的悲苦，造成我心裡很大的衝擊。共產黨還沒有當權的時候，有強烈的吸引力，和強大的感情裹脅力，多少人為它流血、多少人崇拜它，想想那種著迷、那種狂熱！而到後來，一切都必須經過鬥爭，有很多人看到流血，卻不知道為什麼要流血，或說它殘暴，那不只是殘暴，那是摧毀，只有這樣才能製造人與人之間的階級仇恨。對於這些感觸，我都想從小說中探討。

問：在您寫小說的那個時代，您個人的現實生活大體是什麼情況？

答：每個人生活都很苦！那是個悲苦的時代，1950 年左右，眷村裡人們就在水溝裡撈菜吃，窮得連老鼠都哭泣著逃走，鄉下更苦，一個月吃不到一頓肉。在這種情況下，文化事業當然受到影響，誰還有錢買書！

問：當時臺灣小說界的情況如何？

答：那是一個所謂文化沙漠的時代，沒有什麼讀者，一本書能夠銷掉一千本就算了不起了，文壇當然非常的寂寞，跟我同時代的作家現在還在文壇上的幾乎是沒有了。

問：當時有沒有人討論或是評論您的小說？

---

*筆名宇文正。發表文章時為漢光出版社編輯部主任，現為《聯合報》副刊組主任。

答：當然有，不過都是捧場的！在那個時代，誰會去批評誰的小說不好？
　　小說寫了十年，結果就沒有一個人真的說我小說寫得好，尤其是我的
　　老伴香華，說我小說寫得天下第一糟！她說我沒有耐心去經營，心理
　　描寫的過程不夠。有一次在車上，我開車，她跟她另外兩個朋友講我
　　的小說不好，講得眉飛色舞，我說你們下車，找小說寫得好的去搭他
　　便車吧！

問：您自己覺得呢？似乎較少人談您的小說，絕大多數都注意您的雜文。

答：不錯，大家都只注意我的雜文，只是雜文它有時空的條件，如果這時
　　空的條件不存在的話，雜文就變成只有考古的價值了。而小說，是可
　　以超越時空的。我自己覺得我的小說寫得不錯，當然人人都覺得自己
　　的好，賣瓜的總說自己的瓜甜嘛。

問：寫小說和雜文，對您來說哪一種比較得心應手？

答：對我來說，寫雜文比較簡單。寫雜文可以不受任何限制，你甚至可以
　　把它寫成小說、寫成詩，我有很多詩就是雜文詩。你也可以把它寫成
　　散文，天地非常的廣，同時我的性格也可能比較接近於雜文。寫小說
　　就很難，要構想、要布局，尤其是你的企圖心很強的話，你希望在一
　　個完整的故事裡表達完整的理念，就得非常用心去思考。

問：您的寫作，表現您對社會、人生的看法有很強烈的企圖心，這一點對
　　您而言，小說和雜文兩種文體是不是有互補的功能？

答：那當然。

問：您自己覺得哪一種比較成功？

答：雜文比較成功吧！因為雜文寫出來就被抓去關起來啦！可見這一拳下
　　去擊中了要害，比較重。寫那麼多小說政府也沒反應，寫幾篇雜文它
　　就承受不了了。假如你寫了很多東西而「它」根本就不在乎，表示你
　　的東西沒有力量，而雜文就像匕首一樣，立刻見效。

問：您的小說都完成在入獄前，出獄之後重新整理出版，您有沒有改變過
　　去的看法？

答：這不只是有沒有入獄、出獄的問題，我開始寫小說時差不多是三十歲，然後知識慢慢的累積，年齡慢慢的老，對兒女情長、對國家的情操、對政府的認識，在不同階段裡都不一樣。不過看法雖然會變，有些基本的東西是不變的。

譬如愛情是非常美的，我的看法始終不變，但可不是每個作家內心都真正相信他筆下的美，或筆下的醜，而我會。有些人很聰明，他不會為愛情付出代價，男女都一樣，包括寫小說的人也是一樣，雖然一直在小說裡歌頌愛情，為了愛情願意犧牲一切，但是他自己辦不到，我認為這就是假感情。我比較頭腦短路，我覺得愛情非常美，也真的可以為愛犧牲一切，為它身敗名裂都在所不惜。只要有愛情就好，為愛情可以死的！年輕人為什麼不曉得愛呢？當然你不要今天遇到一個愛得要死，明天遇到一個又愛得要死，愛情是要刻骨銘心的。所以小說裡，我表達真正的愛，不只愛情、親情、甚至友情，人要活得有情有義，這樣的人生才充實！

問：說到愛情，您的小說觸及太多女性，譬如〈莎羅冷〉中的第一人稱「我」，就曾不斷地發表這方面的意見，那是否就代表您自己的觀點？

答：也可能，不過當然也不全是，每個人都知道，第一人稱「我」不一定就是我，不然可把作者累死了，用第一人稱跟第三人稱各有各的方便。至於說以小說表達我對女性及愛情的觀點，我有一篇小說，全篇沒有一句對話，描寫一個苦悶的女人去尋找野男人（按：〈夜掠〉），我不曉得你們什麼感覺，但我碰到很多女士跟我講，你寫這個簡直狗屁嘛，你根本就不了解女人！唉！「女人」這兩個字，人類的一半耶！不要說我不了解女人，誰了解女人？我是男人我都不了解男人！不過講那個話的都是學院派，不食人間煙火，人生多態，有些女人想男人卻不敢有行動，但我想有的女人會有行動的，我讚揚突破、讚揚勇敢、讚揚發抒人性的任何掙扎！

問：另外，您的小說中經常以女性來表達人性的虛榮、嫌貧愛富——

答：這我很抱歉，我給人一種誤會，以為我對女人很恨，其實不是，當然
　　這是我表達得不夠好才會給人這種錯覺，但我的本意不是這樣，我的
　　原意是要提出一個社會問題——貧困，男人不能用離婚解脫，而女人
　　能。

問：所以您對女性其實沒有什麼偏見？

答：沒有，我要表達的只是貧窮，我不曉得現在你們對貧窮的感覺如何？
　　在我們那個時代貧窮是一件非常可怕的事情，貧窮給人的影響，第一
　　就是飢餓，到一個飯鋪，在巷口就要把錢拿出來數一數，看看付不付
　　得起；第二是愛情的變化，只因為以前大部分是由男人負擔家計，所
　　以女孩子就不能夠忍受一個男人無能到連妻子都養不活。
　　貧窮的意義，就是你根本沒有地方可以借錢，第一，大家都窮；第
　　二，沒有人相信你能還錢，因為真的太窮了，而且你不是一天窮，你
　　已經窮了很久了，大家都曉得錢借給你是不會回頭的。你說他狠心，
　　他也沒錢哦！他借給你，他餓死嗎？種種的貧窮、困苦糾纏著。那個
　　時代，窮又往往表現在女人身上，因為她弱，她要孩子，她不是單獨
　　一個人而已，男人外面還有活動、還有天地，而女人沒有，這是普遍
　　的社會問題。
　　我自己是基督教徒，我就常說，上帝啊，人不是你造的嗎？你造這些
　　人來幹什麼？替你丟人現眼嗎？你創造人是要人榮耀你，結果人們來
　　受這樣的苦，孩子餓成那個樣子，這能榮耀你嗎？
　　政府更要負責任，為什麼把人民弄成這個樣子？你有沒有看過一部義
　　大利電影「皮肉生涯」？其中描寫義大利二次大戰後美軍登陸的那一
　　段，所有女人夾道歡迎，告訴他們一次五塊錢，連十幾歲的小孩也
　　被帶過來，褲子脫掉，把屁股露出來，喊著五塊錢、五塊錢……唉！
　　墨索里尼真是罪過！把人民糟蹋成這個樣子，你能說他是英勇的領袖
　　嗎？而她們為什麼？她們飢餓！有一個美國參議員的夫人講，你們為
　　什麼這樣？義大利人悲愴地說，我們義大利人願意這樣嗎？我們窮，

沒有飯吃！

有人讀我的小說覺得太悲慘了，看不下去，卻沒有想過為什麼會這樣悲慘，而我一直是要反映我們那個苦難的時代。

問：您往後還可不可能再寫小說？

答：啊！不大可能了。不過假定將來再寫作的話，我會選擇寫小說，這一生遇到很多感人的事，人生真的有很多的故事，比小說還好，加以組織就是非常好的小說。

問：您的小說以《郭衣洞小說全集》以及《柏楊小說全集》兩種方式出版，而二者風格迥異，是否可以談談這兩者的差異？

答：「郭衣洞小說」是屬於傳統小說，而「柏楊小說」是雜文小說。我想，雜文式的小說，即令不是我首創的，也是我把它發揚光大。它是可以把時空打碎、雜文體的小說，目的在表達某一種理念、觀點，或是某一種感情。

中國的京戲有臉譜，讓觀眾不必思考就能了解角色的特質，角色一上場，只要說他的名字、哪裡人、做什麼官，看他的臉譜就能分辨是個奸臣還是忠臣。而西方傳統的戲劇、小說，主角是幹什麼的，可能要看了半本書才知道，甚至於還不知道。就這一點而言，雜文小說是中國傳統式的，一下子叫你可以了解人物的定位，就像張飛一定是勇敢鹵莽的、潘金蓮一定是淫蕩的，可以很直接的表達出很多訊息。

問：您覺得您的小說是否受到他人的影響？

答：受魯迅的影響，魯迅的小說有一定特質，看了之後不舒服，小說情節可能很簡單，但是它給你帶來問題，假定你稍微有使命感的話，會覺得壓力很大，因為這些問題你沒辦法解決。我覺得我有使命感，我的每篇小說都提出問題。

問：魯迅是不是您最喜歡的作家？

答：是，他的小說像很平靜的水平面，而讀過之後覺得思潮澎湃。

問：此外您還欣賞哪些作家？

答：張恨水，他的章回式小說很難寫，光是那些回目就沒有幾個作家寫得出來，其他像沈從文、巴金等等的小說，不是太貧乏就是太生硬，在那個時代我就看不下去，現在就更看不下去了。

問：您的小說是否也受西方小說的影響？

答：那當然，我最主要就是受西方的影響，而中國小說家之中我只有受魯迅一個人的影響。

問：能不能談談您喜歡的西方小說？

答：好比說《基督山恩仇記》、《咆哮山莊》、《簡愛》，像《咆哮山莊》裡的那種氣氛，中國小說中沒有，中國過去真正成為小說的只有《紅樓夢》，其它的都不能算是小說。而且我非常不喜歡中國傳統小說、或者日本小說的拖泥帶水，我覺得我的小說跟中國的傳統小說都不同，所以一個朋友說我的小說翻譯成英文特別容易。

問：您希望讀者怎麼樣面對您的小說？

答：覺得好看就看，不好看就不要看嘛。有人講，你的小說那麼多是悲慘的結局，我們看小說是為了高興，可是我覺得作家個人不同，有些人願意提出一些問題，那就提出來，別人不想看，不能說他「反人民」「反黨」「反革命」「反民主」！

問：您對現階段年輕一代的小說有沒有什麼看法？

答：我看的比較少，不敢批評。不過基本上，現代作家好幹多了，識字、不識字的都可以成為作家，這是個商業文化、輕文化的時代，每個國家都一樣，我希望輕文化之外能產生重文化，這應該也是作家的責任。

問：一向很少人評論您的小說，最近有李瑞騰先生的柏楊小說評論集《情愛掙扎》將要出版，您個人認為他的這些評論寫得如何？

答：真的很好。當天下人都說我的小說寫得不好之際，李瑞騰先生挺身而出，誠空谷足音，使人有一種幸遇知己之感。李瑞騰先生從我的小說中看到那個時代，並且從小說中看出我內心的掙扎、人格的掙扎、對

貧窮的掙扎、甚至整個生命的掙扎！那麼多悲憤意識，很少人讀出來、看出來，而李瑞騰先生讀得很細、看得很深。他是個很好的學者和文學理論家，他的評論確實觸及並分析我如何試圖描寫那個苦難的時代以及我心中的悲憤，我覺得深得我心。當然除了感謝之外，他的批評的部分我也接受，並且如果我還有機會再寫小說的話，我會以此勉勵自己寫得更好。人生中最大幸運的事，莫過於聽到真心的讚揚和中肯的批評，我都得到了，所以，我充滿感謝。

——選自李瑞騰《情愛掙扎：柏楊小說論析》

臺北：漢光出版社，1994 年 7 月

小說柏楊

◎葛浩文（Howard · Goldblatt）*

一、前言

　　作家，詩人，社會評論家，翻譯家，歷史學者，人權鬥士柏楊很可能是臺灣目前唯一真正的文化國際名人；當然還有如白先勇、林懷民、廖修平、黃春明和林昭亮等在某些圈子裡確實具有名氣的人，但不一定爲世界人所知悉。只有柏楊在不同的領域都享有盛名。柏楊的作品已譯成許多語言；他的若干個人遭遇在亞、歐、美洲各國報刊上也有所報導；他是臺灣白色恐怖的典型受害者之一；而他的《醜陋的中國人》，雖然不是每個讀者都能欣賞或認同，但無疑是一部影響深廣，具有相當爭論性的文化批評書。光是臺灣，中國大陸解嚴後／文革後時代不知道柏楊這個名字的人並不多。

　　而郭衣洞這個名字則恐怕只有少數人見過。此人的作品亦被譯成外文，但海內外讀者絕不可能太多；我所參考過的臺灣或中國現代文學史，未曾發現過。連中文的臺灣文學史也很少提到他。

　　那麼，郭衣洞到底是誰呢？當然就是所謂的「小說」柏楊，一個相當多產的作家。他的著作包括一個長篇（《曠野》1961 年），一個中篇（《莎羅冷》1962 年），以及四本短篇小說集（《凶手》1958 年、《掙扎》1959 年、《怒航》1964 年和《祕密》1965 年），都是 1950、1960 年代發表的書（除此而外，還有五本本人尙未看過，即《夜劫》、《宙斯》、《紅蘋果》、

*發表文章時爲美國聖母大學講座教授，現已退休。

《燈火》及《童年》)。這些小說集,有的一共出了好幾版,但基本上到1970 年代末、1980 年代初為止就沒太多人看了。

就如五四前後的著名作家,社會批評家,翻譯家魯迅一樣,柏楊的文藝道路由小說起源,而後換成另一種更為尖銳的文學類型,也就是魯迅所擅長的雜文。這不但使得換名為柏楊的郭衣洞真正成名,也是導致他後來得罪官方,結果被抓、軍法審判、死刑起訴、被判有期徒刑 12 年、開除國民黨籍(他曾是中國青年反共救國團的重要人物之一),一共在國民黨的監獄(多半在綠島),坐了九年,1977 年四月一日才出獄。

柏楊的文藝道路與魯迅雷同。而魯迅的「文藝道路」到底是什麼?不妨先看看魯迅從事文學的動機原因:

> 我便覺得醫學並非一件要緊事,凡是愚弱的國民,即使體格如何健全,如何茁壯,也只能做毫無意義的示眾的材料和看客,病死多少是不必以為不幸的。所以我們的第一要著,是在改變他們的精神,而善於改變精神的是,我那時以為當然要推文藝,於是想提倡文藝運動了。
>
> ——《吶喊・自序》

可見魯迅之所以提起文學的筆桿是有其說教的目的。因此他於 1909 年從日本返國後,便開始寫小說。他所寫僅僅有限的二十幾篇小說,比他的十幾本雜文壽命長得多了;這或許是因為中間時間隔得太久,中國情況變化太多的緣故。而柏楊的情況恰恰相反,雜文比小說長命,而他之所以提起小說的筆桿的動機更踏實,更實際:

> 我寫小說是十分偶然的,我來臺灣後一直教書。大概是一九五一年,有一天,在報上看到中華文藝獎金委員會徵稿啟事,就提心吊膽的寫了一篇寄去,結果錄取了……我開始編織美夢,認為我如果繼續不斷地寫下去,我可能藉著文字,吐露我內心的積鬱共鳴。那是一項不自量力的抱

怨，卻沒有想到我會因此一念之間，竟被寫作所主宰。

——郭衣洞〈關於《郭衣洞小說全集》〉

　　郭衣洞之後也像魯迅一樣改寫社會與文化評論，但本文主要談他的小說，在此略過雜文。

　　郭衣洞開始寫小說的時代背景非常獨特，非常重要，非常複雜，因為當時的文藝活動既混亂又單薄。在 1977 年，《郭衣洞小說全集》初版時，他曾寫過：

> 五十年代和六十年代，十六七間，文藝市場狹窄。一則是臺灣剛剛脫離日本的統治，人們閱讀中國語文的能力很低，更不能普遍。二則是承受著大亂之後，經濟蕭條，人們沒有多餘的錢購買書刊。一本小說如果能賣一千本，就轟轟烈烈，使人妒火中燒了。因此，當時的臺灣，曾被海內外形容為文化沙漠。
> ——〈關於《郭衣洞小說全集》〉，《愛書人》雜誌，1977 年 7 月 1 日

　　國民黨政府於 1949 年敗退至臺灣後，也就是臺灣 1947 年「二二八事件」發生後不久，而其所引致的白色恐怖就要開始的那時候，最普遍的口號是「反攻大陸，收復失土」文學著作大多數是大陸來的難民所寫。這些作品幾乎離不開「反共的題材」。陳紀瀅的長篇《荻村傳》和姜貴的兩個長篇《旋風》及《重陽》，以及「軍旅作家」朱西甯、司馬中原、段彩華等人的作品，便受到與官方有來往的臺灣報刊編輯、書商和廣泛的外省讀者所歡迎。

　　上面已經說過，這篇論文所研討的範圍限於郭衣洞早期的短篇小說，即《凶手》及《掙扎》，兩部最早出版之集子裡所收的幾個短篇。這兩個集子不但是作者到臺灣後的第一個十年內寫的，而且共同的焦點幾乎也不外是窮苦對人生所發生之巨大影響、道義與生存的衝突、及愛情的悲劇。另

外，與其他當時自大陸逃到臺灣的作家不同之處——除了像鍾理和的《笠山農場》（1955 年）以外——1950、1960 年代大多數的小說故事背景都設於中國大陸，一個已失去的故鄉。與懷舊作家的作品不同的是，郭衣洞小說的背景反而是臺灣本地，不過地方本身並不扮演什麼重要角色。這一點與魯迅也不一樣。魯鎮便是魯迅以浙江紹興的老家為範本，他對當地的風俗習慣、歷史、居民的描述等極為深刻。而臺灣這地方對郭衣洞要算是陌生之地；因此，人與地之關係引不起讀者的觀注。儘管如此，兩位作家的使命感是相當接近的。看看張香華的評論：

> 他（柏楊）對魯迅的小說之所以那麼喜歡，因為他和魯迅一樣，出發點是對社會，對人的關懷；對中國人的可憐，可憫，厭惡——恨鐵不成鋼。那種心情，我相信他們兩人很相像。反映當時的時代之外，還能把人性的黑暗面挖掘出來。
>
> ——聶華苓編，《柏楊小說選》

郭衣洞小說裡的人物基本上包括三種人：退伍軍人、小公務員、及知識份子，特別是在大陸讀過大學，來到臺灣後在小學或中學教書的人，基本上也都是走投無路，非常窮困的人。同樣苦命的臺灣本地人在這些小說裡很少出現。他的人物都是日子過得不順的小市民；經濟上，精神上，甚至於愛情上，無一是愉快的，且災難連連。作者對於小說裡的人物，除了憐憫外亦往往帶著譴責的口味。在這一點詩人張香華的結論值得參考：

> 對貧窮人的愛，變成憐憫；對知識份子的愛，就變成一種無奈——你讀了那麼多書，有什麼用嘛！你除了堅守你那些死的信仰，你對人對己，都不能發揮出一點點光和熱。結果你自己整個萎縮，整個消滅。有什麼意義呢？他就感覺痛惜，感覺到一種無奈。
>
> ——聶華苓編，《柏楊小說選》

郭衣洞曾經說過：「我是藉故事提出我的困惑——『如何是好』的困惑。」我們現在看看郭氏幾篇有代表性的小說，看他怎麼表現這「如何是好」的困惑吧。

二、小說

小說集《掙扎》裡的第一個故事，〈兀鷹〉是作者早期作品中相當有代表性，也是特別值得注意的一篇。上面已經說過，郭衣洞 1950、1960 年代的著作跟同時最風行的反共小說不一樣，沒甚麼顯明的政治意味。也就是說，他的小說雖然揭露一些嚴重的社會問題，如知識分子之不受重視，貧窮對愛情的不良影響，生存與道義的矛盾，移民突然失去熟悉的情感支柱等等，但是既不顯示反共親國的意味，更看不出任何對於當前的政治情況之不滿。而〈兀鷹〉或許是一個例外。該小說的背景是「一所萬山叢中……距最近高山族的村子也有三華里。」主人翁是個在此偏僻地方已經過了有十年單獨日子的鄉下國民學校的老師（他被「流放」到這麼偏遠的地方的原因不十分清楚），而敘述者是這十年中的第一個來看他的客人。主人翁除了講述一次失戀的「悲劇」，讓他感到「真正的戀愛往往是痛苦的」以外，小說主要講的是一些有關山上的一群兀鷹突然來打破他麻木不仁的生活秩序的怪事。它們這些可怕，有著「沒有羽毛的赤裸著的長頸，跟血肉糊模的大火中的屍體一樣」的大鳥發出「像冤鬼慘厲的哀號……跟用鐵片刮鐵鍋時發出的噪音一樣」來嚇唬兩位朋友。

中文有一句寓言：「苛政惡於猛虎」。我們要是想從該篇小說中得到什麼「啓示」的話，這句話或許是恰到好處的。故事裡的兀鷹之凶猛是無可否認的：「一個巨大的像黑越越的怪物一樣的東西……俯衝著撲向屋後的草地，再飛箭般的沖天升起，我看見牠巨爪中抓著一只雛雞。」這固然是一件普通的事情，但在一篇名為〈兀鷹〉而沒有其它事情發生的小說，其象徵性恐怕無法忽略。而且，格外奇怪的是，兩只凶猛兀鷹抓走了雛雞後，居然又把兩只雛雞（一死一活）帶回來放在早已死去的母雞屍體旁邊！這

絕非是正常的兀鷹之舉動，而似乎是一種殺雞儆猴的比喻。若是的話，那麼〈兀鷹〉便爲當時絕對少見的對臺灣而非大陸政情的間接批評。小說的主人翁自己也承認：「凡是有權可以傷害人類尊嚴的人，都正在努力的去傷害，我們逃不脫。」這「有權」的人是誰呢？讀者大概可想而知吧。更有意思的是這句話對郭衣洞本人也具有相當預言的色彩。因爲約有十年以後，臺灣的兀鷹也向著他而飛來，他的確逃不脫，像只可憐的小雞被抓，帶回綠島的巢裡去，九年後才把他送回來。

　　懷鄉病是 1950 年代末、1960 年代小說很重要的題材。只要看過白先勇的〈遊園驚夢〉就知道小說的背景絕不是臺灣，而是人物腦海中，已失去的，或真實或想像的大陸故鄉。這一點在郭衣洞的作品裡很少看到。他的人物太踏實，生活太困苦，能在新地方過日子已經不容易，哪裡還有餘力去懷念失去的家鄉？這一點以〈辭行〉爲例。該篇主要展示道義與生存在窮人的生活裡的致命矛盾。人物也是從大陸逃到臺灣的知識分子；兩個朋友一起來到另一個朋友的墳墓，一邊回憶年前朋友死去的情況，一邊與他告別，說他們必須到他處找工作。爲了表示這些人與大陸的老家沒有完全脫離關係起見，一個朋友對死者刻文說：「你臨終時曾經說出你的願望，想教（兒子）小文長大後把你的遺骸運回大陸原籍，葬入族塋。」（《掙扎》86 頁）但是連這個願望也無法實現，因爲死者的寡婦已經改嫁，「小文」亦已改姓。不過作者所關心的不是已經死去的人，而是仍然得繼續在世上掙扎過日子，並同時思考生存意義的人：

> 「人如果沒有靈魂，人生真是一聲可憐的歎息。留下了些什麼？又帶走了些什麼？活著又爲的是什麼？……我真不明白像我們這樣的人爲什麼要到這個世界上走這一趟？」……
>
> 「那是爲了當別人的墊腳石」
>
> ——《掙扎》，85 頁

　　這種絕望該是當時相當普遍的心態；本省人感到被外來的政府所克服，而外省人無法適應新環境，加上戰後的臺灣剛開始重建不久，社會尚未徹底安定下來，老百姓一般都很窮，日子實在不好過。因此創造一種遭難心理，使得文學作品往往呈現過於感傷的情調。短篇〈朋友〉是個好的例子。一個「11 年前離開北平」的計程車司機講述了一個稍微有點懸疑的故事：某個晚上一位帶著「濕淋淋的血跡的行李袋」的顧客要坐到一塊墳地去。司機的幻想是顧客很可能是個凶手，但到最後讀者發現那個人不過是想把養了 20 年而被車撞死的狗安葬。這時住臺灣已經二十多年應該是本省人吧。但這一點在故事裡並沒有任何重要性。〈朋友〉的「咒語」和郭衣洞其它早期作品一樣：「只有為生活而奮鬥的人才知道這種『老怕被老闆解雇』痛苦，對一個窮人來說，他是不能選擇的。」（《掙扎》，53 頁）

　　而為了傳達這個意思，小說常用所謂的「肥皂劇」的寫法，使得讀者難免邊讀邊流淚。有時候一篇之內一連串的悲劇多得令人難以接受，讀者精神上的負擔太沉重。〈路碑〉恐怕就是這麼一篇。主人翁的太太在醫院裡正要生產。因為有難產的可能性，所以得去買藥。藥因為太貴（同時另外有個人也得買藥，相比認為真便宜！）他只好在外頭跑，想辦法借點錢。但無論向誰借，都碰釘子，而三輪車費便吃掉他僅有的一點錢。最後他跑回家，把家裡小女兒身上穿的衣服脫掉要去典當換藥費。破衣服也是沒人要，主人翁逼得自尋短見：「向那路碑凶猛的撞上去，頭蓋骨和路碑接觸的那一剎那，他感到一陣身子都要化為灰燼的劇痛，接著他分明的感覺出他的腦漿在他那破裂的天靈蓋骨縫中濺出來了。」差不多在同一時候，他住院的妻子因無藥可用，也斷了氣。到了小說的末段，作者把他們寫成現代版，但更可憐的梁山伯與祝英台：

　　　天上響起巨雷，正是永平向路碑撞去時響的那個巨雷。沒有人知道他們
　　二人的靈魂是不是已在空中相會，如果相會的話，他們回顧大地，會發
　　現他們留下的兩個女兒──大女兒正蜷臥在床頭，睜著恐懼的眼睛，盼

望著爸爸媽媽歸來。二小女兒呢，她正雜在嬰兒群中，無知無識的甜睡。

　　　　　　　　　　　　　　　　　　　　　　——《掙扎》，124 頁

　　窮人極為卑賤的生活一直都是郭衣洞早期小說的重要題材。在《掙扎》集子裡的〈窄路〉一篇中，一位馬來西亞華僑回到臺灣找兩位以前在大陸認識的朋友。其中一位，據老朋友的看法，看了太多書，因此太講正義，不懂得妥協，結果死得很慘，留下了一家幾口子窮到幾乎沒飯吃的地步。到最後他們只能靠二十來歲，不得不當妓女的女兒過日子。這位遠來的華僑被老朋友的女兒目前的職業嚇了一跳，嚇得似乎「從天上打下來打到我腳前的霹雷都不能使我這麼顫慄」。他對朋友的寡婦說，「隆青在地下會蒙羞的，你的兩個兒子也會蒙羞的。」而做母親的回答清清楚楚地替作者表示自己當時的人生觀：

我不知道馬來西亞的情形如何，但我知道我們活著的這個社會，沒有錢才是羞辱，而為娼卻是高尚的，至少和別的職業一樣高尚。隆青在他的標準上活著，他除了窮困外沒有給我們什麼。

　　　　　　　　　　　　　　　　　　　　　　——《掙扎》，110 頁

　　在 1984 年於愛荷華的一次談話中，聶華苓曾經問過張香華：「你覺得他（柏楊）的小說是不是有點像歐·亨利的小說？情節重於人物的刻畫……」張氏完全同意這個說法（聶華苓編《柏楊小說選》，香港，1986年）。筆者也認為這是相當中肯的分析。在郭衣洞筆下的人物幾乎都能代表一種類型，一種人格，或社會裡的經濟階層。但有時也會像歐·亨利一樣，情節往往有令人意想不到的轉折。〈凶手〉，雖然也離不開「窮」，但就是這樣的一篇，亦是作者早期作品在構造方面較為成功的小說。
　　一個失過戀，「已不再有人的心肝」的人給敘述者講一個與他有直接關

係的故事。他住院時的同屋的病人，一個中學教員，老跟他說他的未婚妻多麼美麗，多麼賢淑，要他看她給他的來信，看她的玉照，因爲，「我只是想請你和我共同快樂，你太苦悶了。」而不耐煩的敘述者居然感到，「一個毒惡的念頭從我那裂開著的心房裡產生，」即模擬未婚妻的筆跡，下一次女的來信時，他就僞造一封說要與中學教員分手的信來代替它。敘述者此時的心態使他成爲郭衣洞小說裡很獨特的人物：

> 我記得我作這件事時的心情，你如果寬大的話，可以說我僅只在惡作劇。不過，實際上，我的原意並不這麼簡單，我是惡毒的，和任何心懷瘋狂嫉妒的人一樣，我這樣做並不是爲了對自己有什麼好處，而只是憎恨他比我幸運，希望看到他的幸運化爲一場空話。
>
> ——《凶手》，232 頁

結果，原來很幸運的人，因爲相信他所愛的人不要他了，就跳樓，死在醫院的水泥地上。後來，講悲慘故事的人把原來的那封信遞給小說的敘述者看。原來那封信裡女的確實說她不得不跟中學教員分手；愛是愛他，但說她不配作他的終身伴侶云云。按理講，這個演變應該減少「惡毒」人的罪惡感。而他則不那麼想：「『我是凶手，』他淡淡的說。『使他提早死了兩天。』」（《凶手》，241 頁）該篇也反映了作者當時對於愛情的「哲學」：

> 愛情支配人生，可能附麗於權勢，可能屈服於金錢，但也可能挺身正面出現。然而沒有一椿愛情不是一椿悲劇……因爲最後還有一個「死亡」。再多的歡樂日子終結歸於一把眼淚，何況有歡樂的愛情並不多。
>
> ——〈自序〉，《郭衣洞小說全集》

「凶手」裡的兩個人由於「愛情的悲劇」，一個死，一個成了凶手。這篇小說，雖然在某些地方顯得有點太感傷化，但是爲郭衣洞早期作品中比

較重視人的內心世界的描述的，具有讓人深思的道德問題。「伯牙因我而早死兩天」是否表示那個人有罪？由這個問題我們可以了解文學很重要的一面，即：文學作品主要不應該解決問題，而是要提出問題。這一點也成為郭衣洞小說特色之一。

三、結論

在 1984 年愛荷華的談話中，聶華苓曾問過柏楊其對自己小說的評價。他說：「我覺得我小說蠻好。」他同時也承認魯迅能算是他的文學導師。他說：「自從白話運動以來，魯迅的小說還是最好的……我的小說倒是學魯迅的……我小說是真的受了魯迅的影響。」（聶華苓，《柏楊小說選》，6 頁）那麼，受哪一方面呢？據他自己說，他喜歡魯迅小說的簡潔。但我們免不了要問，只這樣嗎？魯迅其他技巧上的優點，他替窮困，無知的老百姓訴苦，吶喊，描述知識分子的苦惱，甚至於抗議整個社會之不公平，郭衣洞沒提。不過這些應該算是魯迅小說給郭衣洞早期作品開路吧。

君不知魯迅的小說發表將近一個世紀後，還有許多讀者來證明其藝術上和內容上的永恆性。而郭衣洞的小說呢？是否這半個世紀後還有人看？作者本人在 1984 年是這麼說：「現在因時代不同，所以我的小說更不吃香。」但不是每個人都這麼想：

> 如果他的小說只是侷限在五十年代的話，那就沒有永恆性了。正因為他太灼熱，太關懷，所以儘管他的小說技巧還沒有發展到最圓熟，但是，因為他的愛心，他的期望，使他在作品裡面保存了一些永恆的東西。
>
> ——聶華苓編，《柏楊小說選》

至於「技巧還沒有發展到最圓熟」此說法，郭衣洞本人似乎也曾經同意過：

（五十年代初）我還不知道什麼是小說。回憶起來，也著實佩服自己的
勇氣。一直等到出版了三四部單行本之後，才初步了解如何布局，如何
組織。所以我對這些初期的作品，實在不忍重睹。我十分崇拜那些第一
次就寫出非常成熟作品的作家……我深恨我沒有這種才能。

　　　　　　　　　　　　　　　　　　　　——〈關於《郭衣洞小說集》〉

　　據說，魯迅認爲他的第二本小說集《徬徨》雖然在技巧上比《吶喊》
成熟，圓滿，但他還是更喜歡《吶喊》其缺乏修飾的感情。郭衣洞對自己
早期作品的看法也很類似。在《凶手》一書的「前言」裡，他這麼說：

本書各篇，都寫於 1950 年代初期，是我寫作生涯中最早的創作。文字功
力和文學能力，當然尚未成熟，但感情是成熟的，感情萬古不變，各種
愛恨交織的故事，在人世發生已很久了。

　　在本論文前言裡筆者曾簡單地比較過郭衣洞與魯迅的文學特點，其相
同（如從事文學的動機）和相異（如地方色彩）之處。但還有一點值得注
意。郭衣洞的人物基本上是一些缺乏獨特個性的典型，起碼早期作品是如
此。若干篇裡頭，找不到一個阿 Q，一個孔乙己，一個祥林嫂，一個閏
土，甚至於一個呂緯甫或一個四銘也沒有。這些虛構的「人」在若干讀者
心裡是活生生的，明確地代表一個現象、一個情況、或者一種人物。不過
有一點兩位作家很相似。魯迅的阿 Q 基本上是個反面人物。孔乙己亦如
此；祥林嫂基本上是個正面人物，等等。可是作者不願意這麼黑白分明，
一點含糊或一點微差都沒有地創造他的人物，所以他把他們寫成有血有肉
的代表。郭衣洞的人物雖然沒有魯迅那麼複雜，但他也不願意把人物描述
得過於單面。可憐、正直的人往往有他們固執，無法妥協的一面。有些女
人，因爲男人不肯替她們著想而毅然決然地離開。這樣的人確實具有她們
的道理，可以理解的地方。也就是說，兩位作家的政治、社會、道德立場

雖然很清楚，但是不會因爲如此而寫出過分教條的作品。

聶華苓說得對：「郭衣洞小說和柏楊雜文有一個共同點：在冷嘲熱諷之中，蘊藏著深厚的『愛』和『情』。他大半輩子，就是個『情』字——親情、友情、愛情、人情、愛國之情；他就是那個『情』字痛苦，快樂，憤怒，悲哀，絕望，希望……」。（聶華苓編，《柏楊小說選》）。在 1950 年代末 1960 年代初寫的小說中，友情和愛情最爲突出，而作者本人的「情」往往是痛苦、悲哀、絕望的。這的確反映了當時知識份子普遍的心態，窮人的困苦，社會的不平等，及人性的軟弱。

讀完了郭衣洞早期的小說，心裡的感覺總是相當沉重的，有些篇甚至讓讀者感到窒息，想要向天空抱怨這世界的殘忍，不公平。雖然眼前的臺灣社會完全改變了，作者本人也變了，但是這個世界仍然有其殘忍，不公平的一面。郭衣洞的小說因此不但具有歷史價值，並且到現在爲止仍然能讓我們對人性、人情、人道得到極爲深刻的了解。

——選自李瑞騰主編《柏楊文學史學思想國際學術研討會論文集》
桃園：中央大學中國文學系，2003 年 12 月

柏楊 1950 年代小說與戰後臺灣文學史

◎應鳳凰

一、前言

　　柏楊（郭立邦，1920～）的小說寫作，只是他一生漫長寫作生涯的一部分。就數量來看，不及他寫的雜文多。事實上，「柏楊」兩字在一般臺灣讀者印象裡，是位專欄作家，以寫嬉笑怒罵的方塊文章知名，足見他的雜文比起來不但數量大，流通更廣。

　　但他寫小說的時間，卻開始得比雜文更早，持續時間也更長。出獄後的 1977 年起，雖然他很有規模的整理了一套《郭衣洞小說全集》八冊，交臺北星光出版社陸續印行，然而這批小說無不是「舊書新出」，真正的寫作時間要早上二十多年：他從 1951 年試以短篇小說向張道藩（1897～1968）主持的《文藝創作》月刊投稿，又在同一刊物上連載第一個長篇《蝗蟲東南飛》（1953 年）算起，實際上整個「小說時期」集中在 1950 年代以及 1960 年代前半，接下來才是柏楊的「雜文時期」，等到他的「倚夢閒話」專欄陸續成書出版，已是 1960 年代的事了。

　　柏楊小說創作，除了起步得早，呈現的形式也很豐富：結構上有長篇，有短篇；小說類別上，既有如前述寫得最早的「反共小說」，也有借古諷今的「諷刺小說」如《古國怪遇記》（原名《雲遊記》，1965 年）；更有想像力如天馬行空的「童話小說」，如借取希臘神話的《天涯故事》（原名《周彼得的故事》，1957 年）。他還寫過兩部「長篇文藝愛情小說」，一是

1960 年代初成爲廣播小說的《曠野》（1961 年），另一部則懸疑有如《簡愛》，卻是以海洋燈塔爲背景的長篇推理《莎羅冷》（1962 年）。這些之外，還有無數主題相異的短篇小說，例如與本文更爲相關的，以戰後初期臺灣社會作背景，以大陸知識分子流離困頓爲主題，深具批判性的「寫實小說」。

儘管他這些小說與 1950 年代同時期作家作品相比較，質與量都不遜色，引人注意的是，目前已出版的幾本臺灣文學史或小說史，在描述 1950 年代文壇及文學特色時，幾乎都未曾留意到柏楊小說的存在，更別說留一點篇幅討論其小說的時代關聯性或歷史位置。

本文即以目前文學史書寫，只有「雜文作家柏楊」而沒有「小說家柏楊」的現況爲切入點，除了探究柏楊小說本身的命題與特徵，更試圖將其作品放在戰後初期的社會背景，以及臺灣 1950 年代文壇的主導文化一起考量——「1950 年代」是國民黨剛剛撤退到臺灣的第一個十年，論者無不強調：這是一個黨機器操控文化場域，「反共」聲浪高漲，政治明顯掛帥的年代——從大陸人戰後抵臺「接收」的角度來看，臺灣剛結束 50 年的日本殖民統治（1895～1945），是典型「殖民後」的年代，統治者正盡全力清除日本殖民者留在臺灣的「遺毒」，例如國民政府遷臺不久，即刻禁止日文，全面推行「國語」（北京話），並透過各種法令規章，消除日本文化在臺灣的影響與遺留。如此特殊之社會背景，無不與同時代的文藝創作發生密切關係。

還可以有另一種「殖民」觀點。如果從臺灣本土評論家的眼睛看，尤其 1980 年代末「本土化」運動興起之後，懷抱臺灣意識的學者致力追尋本地文化歷史，在他們眼裡，1950 年代國民黨是一個新的「外來政權」，戰後初期，又稱白色恐怖時代，正是「另一次殖民」的開始。明顯例子之一，即上述強制性轉換臺灣人長期習用的語言：政府全面禁止日語，使得日據以來優秀的臺灣本土作家在進入 1950 年代後，即刻面臨被「消音」的命運，大批本土作家頓時喪失表達思想，發表意見的語文工具。

　　評論家陳芳明（1947～）在爲「臺灣文學史」分期的時候，便是將戰後整個的國民黨時代稱之爲「再殖民時期」，直到解除戒嚴以後（1987～），才是文學史的「後殖民時期」。依照他的說法，『在反共假面掩護下的戒嚴體制，毫無疑問是殖民體制的另一種變貌』，因此，國民黨「反共政策」和日本的「皇民政策」一樣，『全然是爲了鞏固一個外來的、強勢的殖民政權而設計的』[1]。總之，國民黨政權在 1950 年代，黨機器全面操控臺灣文化場域，扮演的角色，從本地人的角度看，正是繼日本人之後的另一個殖民政府。

　　柏楊大部分小說完成於戰後初期，正是不早不晚，剛好在這一段「日帝」殖民「之後」，又在「美帝」殖民「之前」的 1950 年代——到了 1960 年代，臺灣文壇盛行來自英美的「現代主義」，一般認爲那是一段「西化」思潮淹沒文壇的文學時期。而夾在「兩帝」中間的這段「1950 年代」，既被本土派評論家認爲是國民黨蔣家政權「殖民臺灣」的時代，若比照前述「稱呼」，也許該叫做「中帝」時期。本文的討論，因此除了集中在 1950 年代的柏楊小說，也將借用一部分西方後殖民理論，以「後殖民」特性，探討戰後臺灣小說傳統，也以之分析柏楊小說與這個傳統的歷史關係。

二、小說全集與最早版本

　　進入柏楊 1950 年代小說的內容主題之前，即使單從小說的外緣研究，亦即這些小說的出版過程與版本的複雜性，已經明顯呈現上述特殊的時代背景及戰後臺灣社會的「殖民」特性。1950 年代迄今不過 40 年，並不是四百年，但柏楊小說的早期版本及其流變，若要認真作「考證」，已足夠研究者寫成一篇論文。「柏著」版本之所以特別複雜，自然與他的入獄、出獄、書被查禁等曲折的生平經歷有關。

　　柏楊本人開始編《郭衣洞小說全集》時，是剛出獄的 1977 年，當時因

---

[1] 陳芳明，〈臺灣文學史分期的一個檢討〉，《臺灣文學發展現象：五十年來臺灣文學研討會論文集》（臺北：行政院文建會，1996 年），頁 19。

「手邊沒有一本自己的著作」（自序），所以他的編法是，先蒐集到什麼資料就先送去發排。其次，爲避開查禁單位的耳目，自己更改了新版書名。如此一來，《全集》與 1950 年代原始版本相比較，已經「面目」全非，從研究的角度看，已不宜作爲討論及引用的材料。

但目前爲止的柏楊研究，都根據這個版本。《郭衣洞小說全集》陸續出了八集，有臺北星光版，躍昇版，市面上方便買到，也是目前臺灣一般通行的版本。大陸版的柏楊小說全集，手邊收集不齊全，至少有北京作家出版社、北京社科院以及蘭州出版社等不同版本，它們只能從柏楊 1977 年編過的新版加以重編。爲方便對照，以下是臺版全集的序號及星光版初版日期：

1. 《祕密》（短篇小說）1977 年 8 月
2. 《莎羅冷》（長篇小說）1981 年 1 月
3. 《曠野》（長篇小說）1977 年 8 月
4. 《掙扎》（短篇小說）1977 年 8 月
5. 《怒航》（短篇小說）1977 年 8 月
6. 《天涯故事》（童話小說）1980 年 8 月
7. 《凶手》（短篇小說）1981 年 5 月
8. 《蝗蟲東南飛》（長篇小說）1987 年 5 月

前面已提到，《全集》排序與作品原始發表時間毫不相關，舉例來說，全集第八本的《蝗蟲東南飛》，原是作者最早發表，也是柏楊生平出版的第一部長篇（1953 年），表面上看，似乎是全集中少數新版舊版書名一致的。但實際情況還要複雜些。若對照此書 1953 年最早的《文藝創作》版，與目前通行的星光版，會發現小說不但從頭至尾已全盤修改，而且動了很大「手術」。原來，這兩版中間，同樣情節內容還出現過一個「平原版」，書名《天疆》（1967 年）。曾向作者打聽個中緣故，原來是戰後社會，文人生活艱難，爲了「多賺稿費」──柏楊 1960 年代初開始在「自立晚報」上

班，薪水很低，為了應付生活，增加稿費收入，就一邊修改舊稿，一邊以新題目《天疆》，在「自立晚報」重新又連載一次（1966 年），因此隔年交自己的「平原出版社」再版時（1967 年），就用了《天疆》的書名。如今，第一與第二版當然都絕版了。

同樣的情況，例如第七集《凶手》，最早版本是 1958 年由「正中書局」印行的，原名《蒼穹下的兒女》；《天涯故事》也是新名字，原名《周彼得的故事》，1957 年由臺北復興書局出版。

這一切造成了 1980 年代以後柏楊研究者的不便，想來決非作者本意。海外研究者，例如德國周裕耕（Ritter Jurgen， 1959～ ）寫的碩士論文《柏楊評傳》（中文版書名《醬缸：柏楊文化批評》，臺北林白出版社 1989 年出版），書中有柏楊年表及柏楊著作一覽表；中國友誼出版公司 1996 年出版的《柏楊評傳》，作者雷銳在書中對柏楊小說也有詳細的評論及介紹，然而兩書都只能根據《郭衣洞小說全集》所提供的書名及資料。換句話說，1980 年代前後推出的小說全集凡有遺漏，後來的研究者也就失去了論據的憑證，有可能導致錯誤的論斷。

舉一個有意思的例子。第七集的《凶手》（1981 年）中，除了各集都有的一篇新版總序，還有一篇專為本書用的「前言」。前言的篇尾，標明著寫文日期：「1958.11.8 於臺南成功大學」，讀者一看就清楚，這篇應當是 1958 年版的書序（雷銳的評傳也曾予引用）。但對照 1958 年正中書局版，才知道原版書序另有其文，真正原版「自序」，長短雖與新版差不多，內容則完全兩回事。原版序文最後也標明同一個日期，唯一不同是西元變成民國：「郭衣洞四十七年十一月八日於成功大學」。可見新版的「前言」實在是 1981 年重寫的，也可見「當代文學」同樣存在版本考據的問題。

全集的不能齊全，首先是一部分資料連他自己都找不到了——1968 年他匆匆被捕入獄，警方的搜索查扣，加上接著的妻子離異，許多舊作及資料收藏，自不可能完整如初。其次，一些早期作品，他自認不夠理想的，不願收入。作者在全集書序中明白表示，希望「它們永遠消失，好像我從

沒有寫過一樣」[2]。

　　當然，柏楊自己是對「文本」保存非常認真的人，爲了不讓零散發表過的作品埋沒，他在 1950 年代末創辦「平原出版社」，自己所有的專欄雜文以及 1960 年代以後寫的小說，幾乎都是由「平原」印行首版。不幸的是，因他的入獄，平原版的書也跟著被查禁，這是造成他的小說版本特別複雜的另一個原因——爲了逃避官方或查禁單位的耳目，他只好在重新編輯小說全集時，自己更改了好些書名。這也是爲什麼平原版《天疆》沒有再用作書名，以及其他 1950 年代小說全改了書名的原因。

　　總之，全集所以不「全」，其一是他無意地遺失了一些資料，其二是他有意地不收另外一些資料。除此而外，我們還要把另一套小說算進來——有兩本風格傾向諷刺性的小說，1980 年代他另外編在「柏楊小說」類目之下——《打翻鉛字架》與《古國怪遇記》，這兩書也都換過新名字，前者原名《魔鬼的網》，後者原名《雲遊記》。以下把前面三類總合在一起，回復 1950 年代小說最早的版本與書名，並將新版書名列於附註，以便對照。本文後面的討論，亦將採用這些原始版本及頁碼：

1. 《辯證的天花》〔短篇小說〕中興文學出版社
　　1953 年〔共五篇，全集未收〕
2. 《蝗蟲東南飛》〔長篇小說〕文藝創作出版社
　　1953 年〔型版時曾改名《天畫》〕
3. 《魔鬼的網》〔短篇小說〕紅藍出版社
　　1955 年〔改名《打翻鉛字架》〕
4. 《周彼得的故事》〔童話〕復興書局
　　1957 年〔全集改名《天涯故事》〕
5. 《紅蘋果》〔童話〕（香港）亞洲出版社

[2]郭衣洞，〈關於「郭衣洞小說全集」〉，《郭衣洞小說全集》，臺北：星光出版社，1977 年，第 8 集，頁7。

　　　　1957 年〔全集未收〕

　　6.《生死谷》〔短篇小說〕復興書局

　　　　1957 年〔共 14 篇，有序，全集未收〕

　　7.《蒼穹下的兒女》〔短篇小說〕正中書局

　　　　1958 年〔全集改名《凶手》，篇數及內容略有更動〕

　　8.《掙扎》〔短篇小說〕平原出版社

　　　　1959 年

三、文學史書寫與柏楊小說

　　有了這張按最早發表順序排列的書單，對柏楊在 1950 年代小說寫作及其類型轉變，才容易描出一個簡單的輪廓。例如 1953 年最早的兩部書，一短一長都被歸類為「反共小說」。柏楊 1940 年代末曾在瀋陽辦報[3]（1946～1948），因為熟悉東北的環境背景，早期這些小說即以他在東北的所見所聞為基礎，例如《蝗蟲東南飛》，描寫蘇聯紅軍在中國東北種種暴行。作為書名的那篇〈辯證的天花〉[4]〈紅燈籠〉[5]等，也採用相同的背景。

　　第三本《魔鬼的網》就把批判諷刺的筆尖，從大陸北方轉向當時的臺灣社會，如書中的〈打翻鉛字架〉，就是專為奚落臺灣那群寫「現代」詩人的名篇。相較之下，柏楊寫童話故事的時間並不長，但連續出的兩本，卻很能顯現他早年批判風格之外的另一面浪漫情懷。雷銳評這些故事：「包含著人類對後代的善良呵護⋯⋯，以及無私的奉獻、溫馨的祝福」[6]，給了柏楊童話很高的評價。

　　1950 年代最後的三本短篇集，就越來越靠近成熟的寫實風格。首本

---

[3] 柏楊，〈獄中答辯書：我流亡到臺灣的經過〉，《柏楊的冤獄》（高雄：敦理出版社，1988 年），頁 97～99。

[4] 郭衣洞，〈紅燈籠〉，《辯證的天花》，臺北：中興文學出版社，1953 年，頁 23～41。

[5] 郭衣洞，〈紅燈籠〉，《辯證的天花》，臺北：中興文學出版社，1953 年，頁 42～59。

[6] 雷銳，《柏楊評傳》（北京：中國友誼出版公司，1996 年），頁 65。

《生死谷》，還有一部分以大陸社會爲背景，小說技巧仍較爲生澀，到了
《蒼穹下的兒女》（全集改名《凶手》），不只人物與故事發生在臺灣，不只
「言情」，作者更欲透過起伏的情節，表達對人間情愛的困惑與思考。最
後，完成於 1950 年代末的《掙扎》，終於走向他個人寫實的高峰，除了描
寫周遭物質社會的艱難，同時記述大陸知識分子個別流落臺灣的疏離困
頓；這部小說呈現臺灣 1950 年代政經社會陰霾的一面，既爲大陸文人漂泊
臺灣之初期，譜寫了一首「流浪者之歌」，也記錄了那個時代來臺人士的精
神愴痛，是柏楊全部小說中，也是臺灣戰後文學史裡，一部有意義的代表
作。

　　回頭看柏楊 1950 年代小說書寫的幾個轉折──從反共，諷刺小說，到
童話故事，而後言情，最後寫實，主題與類型是再三改變的。但總體看柏
楊小說風格，較爲突出的，還是其中所蘊藏的批判性，可以說，1960 年代
的雜文書寫，正是這種精神的延長，只不過 1950 年代以「小說」，1960 年
代換了一個更直接的「方塊」表達形式。若從西方「接受美學」的角度來
觀察，柏楊雜文後來大受歡迎，可說是爲自己找到了更好的表達形式。

　　像《魔鬼的網》之類的諷刺小說，其中尖刻的批判性自然不用說了，
但柏楊是連「言情」小說，也傾向於思考的、控訴的風格，這類小說之不
合一般文藝讀者口味，是很容易理解的，柏楊自己都提到它們「市場上的
失敗」，「公子才女不喜歡我的小說」（全集總序[7]），難怪 1965 年出了《雲
遊記》之後，他幾乎就不再寫小說了。

　　柏楊本人倒是十分「偏愛」自己早期的小說寫作，同序中就提到重出
這套書的動機之一，是「希望遇到知音」[8]。然而知音還真是「難遇」，不
但 1950 年代初版時沒能遇到（所以要重編再版），1977 年編過全集之後，
似乎也沒「遇到」太多，至少，1980 年代末海峽兩岸競相出版了好幾種臺

---

[7]郭衣洞，〈關於「郭衣洞小說全集」〉，《郭衣洞小說全集》，臺北：星光出版社，1977 年，第 8
　集，頁 5。
[8]郭衣洞，〈關於「郭衣洞小說全集」〉，《郭衣洞小說全集》，臺北：星光出版社，1977 年，第 8
　集，頁 6。

灣文學史，這些文學史作者，似乎也都像那些「公子才女」一樣，不是那麼「喜歡」柏楊的小說。

這裡必須回到文學史本身的問題。首先，文學史作為一種歷史書寫，囿於寫作者個人的史觀及取材的角度，先天上不可能面面俱到。例如寫《中國新文學史初稿》的劉綬松就在該書緒論中說得很明白：『在任何時代被寫下來的歷史書籍都是階級鬥爭的產物，都是為某一階級的經濟利益和政治利益服務的』[9]。

何況臺灣戰後 1950 年代，正如本文開頭提到的，是國民黨威權統治的時代，這時期的文學史書寫，到了 1980 年代末，不只成為海峽兩邊文學史家意識形態鬥爭的戰場，更是臺灣本土論者在追尋自身歷史時，作為洗刷身上「殖民」色彩的武器。但也就在兩岸史家紛紛搶奪歷史詮釋權而各說各話的當口，戰後 1950 年代文學作品的某些特性，反因這些煙硝戰火給加了一層迷霧，而模糊了一部分不該忽略的特殊面貌。

最明顯的例子，就是這些名目不一的《臺灣文學史》幾乎千篇一律，把 1950 年代文學都歸納在「反共文學」與「懷鄉文學」的類目之下，此其一。其二是，兩岸各書意識形態儘管不同，相同的是，都給予「反共文學」負面的評價，例如，福建出版的《臺灣新文學概觀》，批評 1950 年代文學：「純是充當國民黨當局「反共復國」的宣傳工具，完全失去藝術價值」[10]。臺灣的評論家葉石濤（1925～）也在他的《臺灣文學史綱》裡，認為此時整個文壇由大陸來臺文人霸占，他們的文學「壓根兒不認識這塊土地的歷史和人民，……缺乏雄厚的人道主義關懷」[11]，文學成果是「白色而荒涼的」。

檢視目前出版的各種文學史書，海峽兩邊分開來看，脈絡較為清楚。臺灣一邊，以葉石濤《臺灣文學史綱》（1987），彭瑞金（1947-）《臺灣新

---

[9]劉綬松，《中國新文學史初稿》（北京：作家出版社，1956 年），頁 28。
[10]黃重添等編著，《臺灣新文學概觀》（廈門：鷺江出版社，1986 年，上冊），頁 65。
[11]葉石濤，《臺灣文學史綱》（高雄：文學界雜誌社，1987 年），頁 88。

文學運動 40 年》（1991）兩書爲代表，他們身兼民間學者與作家，尤熱心於「臺灣意識」「臺灣文學自主論」的提倡，原是鄉土文學論戰以後發展起來的，本土論述的一環。1980 年代以來，一直在國民黨文藝政策夾縫中，企圖建構自身歷史。追求本土文化認同，是他們寫文學史的最大動因。

　　另一邊，則是中國大陸粉碎四人幫之後，逐漸興起的臺灣文學研究熱潮，作者大半是高校或研究單位的「專業人員」，資料蒐集雖較爲困難，研究隊伍卻日益龐大。這批書包括王晉民《臺灣當代文學》（1986 年），黃重添等的《臺灣新文學概觀》（1986 年），以及白少帆等《現代臺灣文學史》（1987 年），古繼堂《臺灣小說發展史》（1989 年）等等。如果注意它們的出版日期，會發現這兩邊除了對 1950 年代反共文學的評價相似，連寫作時間也差不多一致，雖然彼此在當時不見得互相往來。

　　兩邊對「反共文學」異口同聲加以撻伐是不難解釋的。對大陸學者來說，你既然「反我的共」，豈有好話可說，自然指責反共文學是「顛倒歷史是非」。從懷抱臺灣意識者的角度，反共文學只一味熱衷過去的大陸經驗，不肯看一眼腳下這塊土地，因此沒有資格「立足」於臺灣文學史。

　　另外，反共文學之所以一直被譏爲「反共八股」，是因爲小說千篇一律，只要把「共產黨」的形象，描寫得醜陋不堪，就算成功。柏楊早期的《蝗蟲東南飛》，在雷銳的《評傳》裡，即受到同樣的批評。楊照（1963～）則提出另一個標準：「用最高亢的調子向外重複念愈多次反共的理由以及反共必勝的預言，就是愈好的文學。」[12]於是反共文學成爲政治宣傳的產物，很少像歐威爾（George Orwell, 1903～1950）《百獸圖》（*Animal Farm*, 1945 年）一類，對共產制度有深刻的批判性思考。學者如張誦聖，便一直不承認臺灣的反共文學作品，是「文學史上可認定的文學類型」[13]。

---

[12]楊照，〈文學的神話，神話的文學鄉鄉論五十、六十年代的臺灣文學〉，《文學、社會與歷史想像》（臺北：聯合文學出版社，1995 年），頁 118。
[13]張誦聖，〈臺灣女作家與當代主導文化〉，《中國女性書寫國際研討會論文集》（臺北：淡江大學中文系，1999 年），頁 322。

四、結語

　　就上述文學史「現狀」為起點，若加入柏楊 1950 年代小說一起觀察，至少有兩個問題值得思考與進一步探討：

　　1.國民黨的積極提倡，而使戰後初期反共文學的數量大增，1950 年代遂被稱作「反共文學」的年代。我們反過來看，寫反共小說的作家，如柏楊，與當時主導文化的關係是什麼？換句話說，我們能不能用這類寫作，來說明他與 1950 年代主導文化的關係？

　　2.臺灣戰後一整個十年的文學歷史，作品流變，能不能以反共文學或懷鄉文學簡單加以概括？龔鵬程曾批評這樣的籠統概括，是一種「簡化歷史的描述語」[14]。但我們要問，若果不能如此簡化，哪些作品哪些文類正是構成 1950 年代文學重要的一環，卻被文學史家所忽略了？

　　關於第一項，首先須釐清「主導文化」的概念。張誦聖在分析 1950 年代文化生產場域的時候，把這個概念說得最簡明扼要：「臺灣 1949 年以後初期的政治統御很大程度上是透過建構一種正面的、保守的、尊崇傳統道德的教化性『主導文化』（dominant culture）。換句話說，「主導文化」是臺灣戰後一種由國民黨政治主導的文化結構，影響當時一般作家讀者的文學品味，審美標準，甚至意識形態。

　　我們這時便看得出柏楊作品，尤其他小說中一貫的批判精神，是與 1950 年代主導文化格格不入的。因此，不能表面的認為，寫反共小說的柏楊，便有著與國民黨相同的官方意識形態。1950 年代的主導文化，在政府文藝政策之下，崇尚傳統保守之文化價值，提倡軟性文學與抒情品味，這

---

[14]龔鵬程，〈四十年來臺灣文學之回顧〉，《國家科學委員會研究彙刊》，第 4 卷第 2 期，1994 年 7 月，頁 113。

樣的文化網絡與柏楊作品風格，方向是相反的。

關於第二項，我們認為 1950 年代的寫實小說，如柏楊的《掙扎》等作品，是明顯被忽略的一類。這部收入 12 個短篇的小說集子，雖然寫著不同的故事，每篇也出現不同的情節與主角，然而各篇角色實在可以疊合成同一個人物——那是一個貧窮、蒼白，在戰後初期流落到海島，故鄉既回不去，又被臺灣社會遺棄，長期失業、飢餓的大陸知識分子。

他為免於挨餓，不是被迫在漫無人煙的荒山中教書（〈兀鷹〉），就是到處找工作，因欠缺旅費長期步行，只能白水饅頭果腹（〈相思樹〉）。這些隨國民黨來臺的知識分子，因為工作沒有著落，貧窮到必須把嬰兒偷偷丟棄給老實人家收養（〈歸巢〉），或答應老婆追求更好生活而自願離異（〈平衡〉）。這還不是最慘的，還有街頭跑了半天，因借不到幾十塊錢給在醫院等待止血的難產妻子，最後顧不得嗷嗷待哺的妻女，逼得在大雨中撞路碑自盡（〈路碑〉）。

這群在生活上處於絕境的失業者，掙扎在飢餓或死亡邊緣的異鄉人，他們的形象，實在是戰後初期臺灣這個殖民社會一幅生動的寫照。柏楊所描寫的對象，與其他戰後作家比較，其實是不同的一群人。如果我們說白先勇（1937～）的《臺北人》[15]裡，記錄了一群流落臺北的沒落貴族，一群在臺北豪門宅第中日夜懷舊的失意政客，那麼《掙扎》裡，就是另外一批飢餓邊緣的無產階級。他們無舊可懷，即便以往讀過大學，如今不是在街頭賣豆漿，就是深夜沿街叫賣花生，甚至為一家人生活而淪為娼妓。柏楊也不同於 1950 年代的小說家如朱西甯（朱青海，1927～1998）或者司馬中原（吳延玫，1933～），他們喜歡把小說背景放在遙遠的大陸；柏楊小說背景則在臺灣，作品裡擠滿那些生活在他四周的可憐人物。

這些大陸人被迫離開自己的土地而流離失所，所謂「錯置」（displacement），正是來到陌生土地之後的種種不適應，被社會遺棄，與

---

[15]白先勇，《臺北人》（臺北：晨鐘出版社，1971 年；爾雅出版社，1983 年新版）。

社會疏離，都是西方殖民理論所強調的，後殖民文學的一個重要主題[16]。
回到臺灣文學傳統來說，1990 年代以降，不少學者也將臺灣文學放在殖民
歷史的脈絡考察，例如陳芳明認為，「放逐與流亡，一直是臺灣文學作品裡
的一個永恆的主題」，他認定這種消極的流亡精神，是臺灣文學傳統的抵抗
文化之一，而另一種積極的抵抗方式，是「採取寫實主義的美學，或是左
翼運動的立場，對統治者的體制揮舞批判之鞭」[17]。

　　他指出這兩種抵抗精神，也舉了許多實例，包括舉出鍾理和（1915〜
1960）的作品「反映了戰後知識分子的深沉挫折感」[18]。鍾理和也是 1950
年代作家，但若說要以小說作品，作為呈現這兩種抵抗精神的實例，反映
戰後知識分子的挫折感，前述的柏楊小說，比別的同期作品更合乎這種作
為殖民地歷史脈絡的小說傳統。《掙扎》裡那些流浪、自殺、囚禁與貧病的
題材，那群蒼白知識分子孤絕的身影，我們也可以在賴和（賴河，1894〜
1943）、楊逵（楊貴，1905〜1985）、楊守愚（楊松茂，1905〜1959）、呂赫
若（呂石堆，1914〜1951）等日據時代小說裡找到。在具有長期殖民經驗
的臺灣小說傳統裡，我們對活在社會陰暗角落的這群人，一點也不陌生。

　　就因為臺灣本土文學史家，錯把 1950 年代文學以「反共懷鄉文學」來
概括，所以彭瑞金說 1950 年代文藝，「全是一廂情願不與人與土地溝通接
觸的文學」[19]；葉石濤（1925〜）也批評，1950 年代作品是與「本地民眾
現實上的困苦生活脫節」[20]的文學，都明顯遺漏了柏楊這一脈小說的寫實
與批判風格。

　　前面提到葉彭兩部文學史，原是為提倡臺灣意識，為追求臺灣本土文
化認同而作。兩書皆出版在 1980 年代末國民黨的「解嚴」之「後」，很明
顯，他們的臺灣文學史建構，具有文化的「去殖民」的作用——從後殖民

[16]Ashcroft, Bill, et, *The Empire Writes Back: Theory and Practice in Post-colonial Literatures* (London: Routledge, 1989) pp.8-9.
[17]陳芳明，〈臺灣文學與臺灣風格〉，《危樓夜讀》（臺北：聯合文學出版社，1996 年），頁 119。
[18]同前註，頁 121。
[19]彭瑞金，《臺灣新文學運動 40 年》，（臺北：自立晚報出版社，1991 年），頁 100。
[20]葉石濤，《臺灣文學史綱》（高雄：文學界雜誌社，1987 年），頁 89。

的角度來說，就是要去除殖民者（統治者），在被殖民者身上的文化遺留。也因爲以這樣的動機從事文學史書寫，臺灣文學作品中的抵抗或批判精神，一直是他們在書中不斷推崇的寫實風格。1950 年代作爲一段文學時期，既處在日帝殖民之後，美帝殖民之前，又是國民黨「中帝」威權的主導文化下所生產的文學。這樣一個政治氣息濃厚的時代，文學作品怎樣呈現知識分子的精神面貌？1950 年代因爲主導文化的強勢，使臺灣文壇有著相當特殊的文學生態，反共文學是無法概括這樣一個時代特色的。在更多資料出土的 1990 年代，例如柏楊 1950 年代小說的重編與出版，在在值得有心的文學史家重新閱讀與評估。

參考文獻目錄

BAI

白先勇：《臺北人》，臺北：晨鐘出版社，初版，1970 年，臺北：爾雅出版社，新版，1983 年。

BO

柏楊：〈獄中答辯書：我流亡到臺灣的經過〉，收錄於孫觀漢編：《柏楊的冤獄》，高雄：敦理出版社，1988 年，頁 97～99。

CHEN

陳芳明：〈臺灣文學史分期的一個檢討〉，《臺灣文學發展現象：五十年來臺灣文學研討會論文集》，臺北：行政院文建會，1996 年，頁 13～34。

陳芳明：〈臺灣文學與臺灣風格〉，《危樓夜讀》，臺北：聯合文學出版社，1996 年，頁 110～127。

龔鵬程：〈四十年來臺灣文學之回顧〉，《國家科學委員會研究彙刊》，第 4 卷第 2 期，1994 年 7 月，頁 113～128。

GUO

郭衣洞：〈紅燈籠〉，《辨證的天花》，臺北：中興文學出版社，1953 年，頁 42～59。

郭衣洞：〈關於「郭衣洞小說全集」〉，《郭衣洞小說全集》，臺北：星光出版社，1977

年，第 8 集，頁 1～7。

郭衣洞：《生死谷》，臺北：復興書局，1957 年。

郭衣洞〈自序〉，《蒼穹下的兒女》，臺北：正中書局，1958 年，頁 2～3。

HUANG

黃重添等編著：《臺灣新文學概觀》，廈門：鷺江出版社，1986 年，上冊。

LEI

雷銳：《柏楊評傳》，北京：中國友誼出版公司，1996 年。

LIU

劉綬松：《中國新文學史初稿》，北京：作家出版社，1956 年。

PENG

彭瑞金：《臺灣新文學運動 40 年》，臺北：自立晚報出版社，1991 年。

YANG

楊照：《文學、社會與歷史想像》，臺北：聯合文學出版社，1995 年。

YE

葉石濤：《臺灣文學史綱》，高雄：文學界雜誌社，1987 年。

ZHANG

張誦聖：〈臺灣女作家與當代主導文化〉，《中國女性書寫國際研討會論文集》，臺北：淡
　　江大學中文系，1999 年，頁 321～342。

ZHOU

周裕耕：《醬缸──柏楊文化批評》，墨勤譯，臺北：林白出版社，1989 年。

Ashcroft, Bill, ed. The Empire Writes Back: Theory and Practice in Post-colonial Literatures.
　　London: Routledge, 1989.

────選自黎活仁等編《柏楊的思想與文學：「柏楊思想與文學國際學術研討會」論文集》
　　臺北：遠流出版公司，2000 年 3 月

猛撞醬缸的虫兒

試論柏楊雜文的文化批判意涵

◎林淇瀁（向陽）*

> 沒有人告你，是你自己告你自己……
>
> ——一九六八年偵訊柏楊的臺灣調查局幹員如是說[1]

一、緒言：利劍之下的咽喉

　　1968 年 3 月 1 日，臺灣著名的小說家、雜文家、報紙副刊主編柏楊（郭立邦，1920～）遭到調查局偵訊，在 27 小時的偵訊過程中，偵訊機關以柏楊於同年 1 月 2 日刊登在《中華日報》家庭版的「大力水手」漫畫內容「侮辱元首」為口實，調查柏楊的「罪狀」後釋放；但不旋踵又於 3 月 4 日，再度押走柏楊，在調查局幹員的日夜疲勞訊問與威嚇脅迫下[2]，要求柏楊「假事自誣」，承認他「思想左傾」，「為匪作文化統戰工作」，而於同年 6 月 27 日遭臺灣警備司令部軍事檢察官以「有明顯意圖以非法之方法顛覆政府」加以起訴；最後，柏楊以他當時寫的收在《倚夢閒話》中的雜文「揭發社會黑暗面，挑撥人民和政府之間的感情」的罪名被判刑 12 年[3]。

---

*發表文章時為靜宜大學中國文學系講師，現為臺北教育大學臺灣文化研究所副教授。

[1]這句「名言」引自柏楊在 1968 年遭國民黨逮捕起訴後所撰的〈答辯書〉第一封，當時負責偵訊的調查局組長李尊賢這樣告訴柏楊：「沒有人告你，是你自己告自己，你寫了這麼多書，當然要查查你。」參柏楊撰、孫觀漢編，〈柏楊的答辯書〉，《柏楊和他的冤獄》（香港：文藝書屋，1974 年），頁 73。

[2]參柏楊口述、周碧瑟執筆，《柏楊回憶錄》（臺北：遠流出版公司，1996 年），頁 262～272。

[3]關於此一漫畫內容及柏楊被捕偵訊，參姚立民撰、藍玉鋼編，〈評介向傳統挑戰的柏楊〉，《七十年代論戰柏楊》（臺北：四季出版公司，1982 年），頁 1～55。

從此開始了他被羈長達九年又 26 天的黑獄生涯。

　　以大力水手漫畫始，而以柏楊雜文結的這項政治審判，說明了柏楊的雜文於 1960 年代臺灣統治當局猶如芒刺在背，非得去之而後快的事實，柏楊也知之甚詳，柏楊〈答辯書〉把情治單位對他「故意的曲解和堅決的誤會」解釋爲「文字獄」[4]，目的當然是要封住統治者討厭的異議者和批評者的嘴，對柏楊，則是他那支諷喻時政、辛辣痛快的筆。這在柏楊後來的回憶中，就清楚點出。柏楊自述他的「十年雜文」[5]生涯：

> 表面上看起來沉靜得像一個沒有漣漪的湖面，其實湖面下，惡浪滾滾，漩渦翻騰，我有相當數量的讀者，也有讀者帶給我的物質生活的水準，和精神層面的鼓舞，每一篇文章在《自立晚報》刊登時，對無所不在的國民黨特務而言，幾乎都是一記強力震撼。[6]

　　這些「震撼」，包括了柏楊的雜文對於國民黨蔣家統治下的社會黑暗面的抨擊，對於武力國家機器之一的警察的嘲諷（如給警察取「三作牌」綽號[7]），對於中國傳統文化的批判，乃至於同時期他以「鄧克保」筆名在《自立晚報》發表的報導文學作品《異域》觸怒軍方[8]等，都是導致柏楊下獄的原因。換句話說，柏楊的文字（而主要是雜文）撼動了統治者的統治基礎，這不僅震撼了特務，也使得統治當局不悅。柏楊下獄的原因，就是

---

[4] 見柏楊撰、孫觀漢編，〈柏楊的答辯書〉，《柏楊和他的冤獄》（香港：文藝書屋，1974 年），頁 95。在〈答辯書〉之二中，柏楊認爲他的案情純粹就是中國皇帝專制時代的文字獄——鼎盛時期是清朝，特點就是「故意的曲解和堅決的誤會」。

[5] 根據《柏楊回憶錄》，實則柏楊開始雜文專欄寫作，始於 1960 年 5 月，在《自立晚報》副刊開「倚夢閒話」專欄，迄 1968 年 3 月被捕止，計七年十個月。

[6] 柏楊口述、周碧瑟執筆，《柏楊回憶錄》（臺北：遠流出版社，1996 年），頁 244。

[7] 所謂「三作牌」，乃是諷刺當時的警察局牆上都高懸「作之師，作之君，作之親」的標語，這使警察在柏楊雜文中占了非常突出的地位，也使柏楊得罪了「維護治安」的警政單位。參柏楊，《柏楊回憶錄》，頁 233～234。

[8] 《異域》的報導引起國防部對《自立晚報》的強大壓力，也使柏楊遭到當時憲兵司令部政戰主任蕭政之的警告：「我們不能明目張膽的查封報紙，但可以查封你。」參柏楊，《柏楊回憶錄》，頁 246～247。

這麼簡單：雜文十年，讓他嶄露頭角，成為威權年代高壓統治社會中小民的代言人；也讓他衝撞動搖統治機器及其意識形態的合法性，而成為白色恐怖政策下的犧牲者之一。

　　柏楊的雜文，比起同一年代《自由中國》諸君子的政論，並不特別帶有威脅政權的挑戰性，但彷彿是功能互補似地，從 1950 年代開始的《自由中國》，自由主義的政治性格鮮明，也企圖挑戰當時國民黨的整體主義國家（totalitarian state）性格[9]；而柏楊的雜文，則是通過對社會與政治現象的嘲諷，對於當時的整體主義國家背後的意識形態（中國傳統文化的深層結構）提出批判。《自由中國》最後以雷震（1897～1979）於 1960 年 9 月 4 日被捕，刊物廢刊結束；而柏楊則接下這種使命，直到 1968 年入獄止。根據柏楊自述：

> 《自由中國》這道牆崩塌之後，我的咽喉完全暴露在情治單位的利劍之下……我不但沒有變乖，反而從內心激發出一種使命感，覺得應該接下《自由中國》交出來的棒子。這種信念，在我的雜文中，不斷出現。在氣氛一天比一天肅殺的那段日子裡，讀者把它十分看重。[10]

　　柏楊雜文中出現的這種使命感，基本上類似於英國文化研究學者賀爾（Stuart Hall, 1932～ ）在論及意識形態的運作時提出的「表意的政治學」（"the politics of signification"）概念。賀爾強調，這種表意方式「是真實且強勢的社會力，它介入爭議性與衝突性的社會議題，並影響其結果」，而在特定鬥爭的行徑中，「意識形態也變成了鬥爭的場域」，其結果端視在特殊的歷史時勢之下各種勢力的抗衡而定[11]。以柏楊雜文所集中的議題來

---

[9] 錢永祥，〈自由主義與政治秩序：對「自由中國」驗的反省〉，《臺灣社會研究季刊》，第 1 卷，第 4 期，1988 年 12 月，頁 58。
[10] 柏楊，《柏楊回憶錄》，頁 236。
[11] Stuart Hall, The Rediscover of "Ideology":Return of the Repressed in Media Studies, In *Culture, Society and the Media*, ed. G. Michael, et al. (London: Methuen, 1982), pp. 70.

看，這種與統治機器進行的意識形態鬥爭的確存在，用柏楊的譬喻來說，他所對立的意識形態，就是「醬缸」文化的深層結構。這個醬缸的腐蝕力，使得柏楊明知不可爲卻又不能或不甘不爲，最後終於發現，「我這份盼望社會進步的沉重心態，正是把我自己綁赴刑場的鐵鍊」[12]。這句沉痛的話，不巧呼應了 1968 年代表國家機器偵訊他的情治工具所說的「沒有告你，是你自己告你自己」的殘酷的事實。

本文因此將以柏楊 1960 年代撰寫的雜文爲分析場域，聚焦於柏楊雜文的核心概念「醬缸」之上，縷析其中與意識形態國家機器[13]相互悖違的表意，來浮現柏楊雜文對 1960 年代臺灣統治機器的文化批判意涵，以及因此衍生而出的對於中國傳統文化與政治糾結不斷的總體批判的異議／意義所在。

二、醬缸：柏楊雜文的核心概念

柏楊開始他的雜文寫作，是從 1960 年 5 月在服務的《自立晚報》副刊開闢「倚夢閒話」專欄起。當他開始這個「只爲了免於飢寒，並沒有什麼崇高的理念」、「最初只談一些女人、婚姻之類的話題」[14]的專欄書寫之際，雷震和《自由中國》的自由主義者正在向蔣介石（1887～1975）索討「一個強有力的反對黨」[15]（5 月 16 日），雷震與臺灣本土政治精英同時也已開始「地方選舉改進座談會」的組織行動（5 月 18 日），新黨籌組，呼之欲出。到了同年 9 月 1 日「地方選舉改進座談會」宣布將於同月底成立

---

[12]柏楊，《柏楊回憶錄》，頁 238。
[13]意識形態國家機器（Ideological state apparatuses）是阿圖塞（L. Althusser, 1918～ ）的概念，指與武力國家機器之外，國家機器控制社會的系統，諸如媒體、教會、學校、家庭等。參 Louis Althusser, Ideology and Ideological State Apparatuses, In *Lenin and Philosophy, and other Essays* (London: New Left Books, 1971).
[14]柏楊，《柏楊回憶錄》，頁 233。
[15]雷震當時在《自由中國》，第 22 卷，第 10 期（1960 年 5 月）發表〈我們爲什麼迫切需要一個強有力的反對黨〉，要求國民黨須退出軍隊、警察、學校與司法機關，國民黨黨費不由國庫開支，變相的國民黨機構應一取消。參雷震，〈我們爲什麼迫切需要一個強有力的反對黨〉，《自由中國選集 4・反對黨問題》（臺北：八十年代出版社，1979 年），頁 207～222。

「中國民主黨」，導致雷震隨即於三天後被捕，《自由中國》停刊之後，柏楊才開始產生接下《自由中國》交的棒子的信念：

> 走出了最初以女人和婚姻等風花雪月的題材，走進眼睛看得到的社會和政治的底部，最後，再走進傳統文化的深層結構。所看到的和感覺到的，使我震撼，我把它譬作「醬缸」，但一開始並沒有想到，這個醬缸竟有那麼大的腐蝕力。

因為雷震的被捕、《自由中國》的停刊以及臺灣民主政治的挫敗，導致柏楊雜文議題表意的深化，也使得柏楊「終於發現政治上改革之所以困難，全由於文化上的惡質發酵」，從此他開始在雜文中「不斷呼喊」，企圖使醬缸稀釋，才能解除中國人心靈上滯塞的困頓之情」[16]。這樣的覺悟，發展到最高峰時期，就是柏楊對「醬缸」文化的全面批判，而此時距他繼雷震之後被捕，「不及半年，雷霆橫報來到」[17]。

柏楊形成「醬缸」這個概念，從而是在他「十年雜文」的最後階段，完整的釋義，見於 1967 年平原版「西窗隨筆」《死不認錯集》〈醬缸特產〉[18]一文：

> 夫醬缸者，腐蝕力和凝固力極強的渾沌社會也。也就是一種被奴才政治、畸形道德、個體人生觀和勢力眼主義長期斲喪，使人類特有的靈性僵化和泯滅的渾沌社會也。[19]

[16]柏楊，《柏楊回憶錄》，頁 237。
[17]柏楊，《柏楊回憶錄》，頁 238。
[18]柏楊，《死不認錯集》（臺北：躍昇文化出版公司，1991 年），頁 9。
[19]平原版之後，其間有 1981 年星光版，1991 年躍昇文化版。新版有部分更動，即將首句「渾沌社會」改為「渾沌而封建的社會」，改末句「使人類特有的靈性僵化和泯滅的渾沌社會也」為「使中國人的靈性僵化，和國民品質墮落的社會」。參柏楊，《死不認錯集》，頁 41。

　　由這個定義延伸，柏楊認爲「構成醬缸的主要成分」自然就是奴才政治、畸形道德、個體人生觀和勢力主義；因爲這些成分，自然會產生出醬缸文化的產品：

> 曰「權勢崇拜狂」，曰「牢不可破的自私」，曰「文字魔術和詐欺」，曰「殭屍迷戀」，曰「窩裡鬥，和稀泥」，曰「淡漠冷酷忌猜殘忍」，曰「虛驕恍惚」……。這只不過是臨時心血來潮，順手拈出來幾條，如果仔細而又努力的想上一想，可能想出一兩百條，那就更不好意思。[20]

　　而這七大產品之中，在柏楊看來，又以「權勢崇拜狂」占最主要的地位。細翻整本《死不認錯集》，可以發現，這本柏楊入獄前的最後一部雜文集幾乎是針對中國文化（而特別又是封建的威權的政治文化）作「猛撞醬缸」、「死不認錯」[21]的全面性批判，也可說是了解柏楊雜文特質的最主要的一本著作[22]。而柏楊的用心，「只是希望撞個窟窿，使流進一點新鮮空氣，和灌進一點涼爽清水」[23]。他難道不知道，這樣卑微的想法，對 1960 年代風雨飄搖的國民黨統治機器，會是千鈞重擊，不可承受的挑釁嗎？

　　柏楊當然知道，他是老國民黨員，國共鬥爭期間「全心全意崇拜蔣中正」的「愛國」青年，七七事變後投筆從戎，參加過三民主義青年團工作人員訓練班（青幹班），曾下定決心「願爲領袖活，願爲領袖死」；來臺後，在走投無路時，因緣際會進入中國青年反共救國團，被「歸類爲蔣經國的人」，成爲救國團高幹，並擔任蔣經國文藝部隊「中國青年寫作協會」總幹事[24]。這樣的政治經歷，要說柏楊不了解當時國民黨統治機器的本

---

[20]柏楊，《死不認錯集》，頁 42。
[21]「猛撞醬缸」，「死不認錯」均見〈序〉文，並先後成爲該書新舊版書名。
[22]以這個理由，本文在篇幅有限下，因而以此書爲樣本，作爲檢點柏楊雜文及其文化批判的主要依據。
[23]柏楊，《死不認錯集》，頁 42。
[24]以上的經歷，整理自《柏楊回憶錄》。

質，幾無可能。然則，何以柏楊寧肯冒「雷霆橫報」之險惡，猛撞醬缸，而仍冒險奮戰，終致入獄，這就值得探究了。

雷震及其《自由中國》事件的爆發，一如前述，導致柏楊從文化的深層結構去思考政治改革挫敗的病灶，是原因之一。柏楊自述，他到救國團後不久，就跟《自由中國》的成員「來往密切」，對《自由中國》的言論「從頭到尾，由衷認同」[25]，當救國團發動四面八方圍剿《自由中國》時，他「沒有寫一個批評的字」[26]。這種認同，使柏楊甚至因此被迫離開權力中心的救國團[27]，雷震的遭遇及《自由中國》反對人治，為建立民主政治得到的下場，對於柏楊應該是相當震撼的啟發，柏楊對於「權勢崇拜狂」等醬缸文化的澈悟，一部分原因來自於此。

另一個原因，則來自柏楊身為知識分子的本色。《自由中國》思想主腦的殷海光（1919～1969）在一篇論述知識分子的責任的文論中，界定知識分子的兩個條件是「必須有獨立精神和原創能力」、「必須是他所在的社會之批評者，也是現有價值的反對者」。並且強調：

> 一個真正的知識分子必須「只問是非，不管一切」。他只對他的思想和見
> 解負責。他本不考慮一個時候流行的意見，當然更不考慮時尚的口頭
> 禪；不考慮別人對他的思想言論的好感情緒反映；必要時也不考慮他的
> 思想言論所引起的結果是否對他有利。[28]

這種「只問是非，不管一切」的知識分子本色，充分地表現在柏楊雜

---

[25] 柏楊，《柏楊回憶錄》，頁 217。

[26] 柏楊，《柏楊回憶錄》，頁 225。

[27] 根據《柏楊回憶錄》，由於他在《自由中國》發表的短篇小說〈幸運的石頭〉，導致有人打他小報告，說他在東北陷入解放軍之手時，曾被俘虜，受訓。此後這項流言成為他中年以後的巫蠱，使他在救國高層中失掉信任，最後則因與倪明華的戀愛，成為流言四射的箭靶，離開救國團。參柏楊：《柏楊回憶錄》，頁 225～229。

[28] 殷海光撰、周陽山編，〈知識分子的責任〉，《知識分子與中國》（臺北：時報文化出版公司，1980年），頁 121～123。

文對醬缸文化的批判之中，而特別是中國儒家思想，及其被政治體系扭曲使用之後的意識形態控制之上。

　　換言之，柏楊雜文所標舉的「醬缸文化」，以及他對此一文化的批判，就是一個當代知識分子與封建的中國文化意識形態的對立／對話的論域。柏楊基本上把醬缸文化視爲「聖人」「爲當權派發明的畸形哲學」，認爲中國 5000 年文化乃是「以權勢崇拜爲基石」，結果是「在強大的權勢崇拜狂之下，化淫棍爲聖賢，化罪惡爲純潔，化大嫖客爲天子英明，化下三濫爲蓋世英雄」，而「使人與人之間，只有『起敬起畏』的感情，而很少『愛』的感情。」這都是「聖人」「跟有權的大傢伙同是共犯所致[29]。由此發展下來，儒家思想於是成爲，至少在柏楊筆下，整個醬缸文化的禍源。因此，醬缸文化所形容的就是「以儒家學說爲基礎，受儒家思想支配的文化及社會體制」；此外，則是「大部分受此影響的中國人的性格或『民族特質』[30]。

　　柏楊對儒家思想及其影響的批評，根據德國學者周裕耕（Jurgen Ritter, 1959-）的歸納，集中在三項基本特性上——1.接受，支持一個尊卑制架構的社會及與之相聯的權勢崇拜。2.「個體主義」或「個體人生觀」。3.「殭屍迷戀」[31]。這個部分，將在下節通過柏楊的文本進行析解。這裡值得注意的是，這樣一個行之 2000 年的儒家文化體系，也同樣貫串了整個中國的歷史，及主要以皇朝建構出來的政治體系。儒家思想與政治意識形態的構聯，始於漢武帝黜百家而崇儒術，此後孔子思想定於一尊，「儒家以道德誘導政治，使政治推行教化的理想，一變而爲政治利用道德的尊嚴，使政治威權更具獨占性，更伸展到社會生活的各方面去」，於是產生「扼殺道德的生機」、「阻礙民主法治」與「主觀的思想習慣」的現象；而這又產生出「封建意識」（家族的樊籠、族長崇拜、消磨志氣）和「士大夫意識」（幫

[29]柏楊，《柏楊回憶錄》，頁 49～52。
[30]周裕耕（Jurgen Ritter）著、墨勒譯，《醬缸：柏楊文化批評》（臺北：林白出版社，1989 年），頁 121。
[31]周裕耕，《醬缸：柏楊文化批評》，頁 121～122。

閡意識、面子問題），兩者兼且「在中國傳統中互相糾結，充瀰於社會生活的各種形態中，成為合理化與現代化的嚴重阻力」[32]。學者的這個分析，比對柏楊的「醬缸文化」批判論，幾乎不謀而合。

因此，本文擬重新彙整柏楊的「醬缸文化」論述，並將其置於道德與政治雙重威權結合、封建意識與士大夫意識混雜糾結的兩條主線，通過柏楊雜文的具體舉證，釐清柏楊對中國傳統文化（及其型塑的民族性）的文化批判及其意涵所在。

三、道統與民性：醬缸神話的符指

柏楊雜文，總是對準著意識形態國家機器的運作而發，在 1960 年代的臺灣，統治者藉由政治威權控制所有的國家機器，又藉著這種控制力推動道德與文化的威權性，以利於對被統治者的宰制與領導。1966 年 11 月 12 日，剛剛四度連任總統不久的蔣介石開始推動「中華文化復興運動」，基本上，這是針對同年中華人民共和國掀起的「無產階級文化大革命」是政治作戰回應，但是對內卻也有鞏固蔣介石政權的政治考量[33]。蔣介石企圖以儒家思想強化他的統治威權，所謂「道統」（意識形態領導權的中國符號），於焉形成。

柏楊所抨擊的「醬缸文化」，在這個部分相當清楚。前引〈醬缸特產〉一文，所指出的「構成醬缸的主要成分」（奴才政治、畸形道德、個體人生觀和勢力主義），及其產品（權勢崇拜狂、牢不可破的自私、文字魔術和詐欺、殭屍迷戀、窩裡鬥、和稀泥、淡漠冷酷忌猜殘忍、虛驕恍惚），都可以看成柏楊對蔣介石標榜的「中華文化」的嘲諷與批判，以及對蔣的意圖的揭穿[34]。

---

[32]宋定式，〈傳統社會新知識分子〉，《仙人掌》，第 2 卷，第 5 號（1978 年 2 月），頁 76～83。
[33]陶策，〈臺灣的「文化復興」的探討〉，《中國季刊》，第 43 號，1970 年 7～8 月，頁 81～99。陶認為這個運動帶有政治性質：意在藉著儒家思想和中國傳統以強化蔣介石和國民黨的統治權。
[34]這些收集在《死不認錯集》的雜文寫作時間，正是「中華文化復興運動」在臺灣開始雷厲風行的 1967 年，對應中國文革的如火如荼，柏楊的「不識時務」、「死不認錯」，更顯得突兀，而有衝著

　　柏楊批判的「醬缸」，本質上就是道德與政治雙重威權結合的這種政治意識形態的符號象徵。他列舉的奴才政治、畸形道德、個體人生觀和勢力主義等主要成分，無一不與統治者陰謀威權政治與威權道德於一體有關。試舉其例[35]：

> 儒家學派似乎是一種勢力眼主義，只鼓勵安分守己，只鼓勵向權勢屈膝，只鼓勵自利自私，而從不鼓勵俠義，和其他任何一種屬靈的情操。連對人的衡量都是用「官」來作標準的。
>
> ——只鼓勵安分

> 對權勢的絕對崇拜，一定產生奴才政治和畸形道德，沒有是非標準，而只有和是非根本風馬牛不及的功利標準。
>
> ——乖

> 全部的儒家的治術，是建立在皇帝老爺「施仁政」上的，這個大前提未免冒險過甚。儒家對「暴政」的另一個對策是「進諫」，皇帝老爺對仁政沒興趣，對暴政卻心嚮往之，溜又不肯溜，或不敢溜，那麼也只有「進諫」這一條路。而這一條路卻危機四伏，險惡叢生……。
>
> ——謀利有啥不對

> 中國的「正史」就是在這種標準下寫成的，「真」的史料一椿椿一件件的被隱瞞曲解，只剩下了「美」的詞藻，和當權派要求的被染過或被漂過而變了形的事蹟。
>
> ——「諱」的神聖性

　蔣介石而來的意涵。
[35] 參柏楊《死不認錯集》。柏楊對於儒家思想（當時的「中華文化復興」主流）基本上採取全面批判的態度，這種類似於當時中國文革「批孔」的筆調，應該也使他觸怒了當道。

> 孔丘先生是驅使祖先崇拜跟政治結合的第一人，那就是有名的「託古改制」，「古」跟「祖先」化合為一，這是降臨到中華民族頭上最早最先的災禍。
>
> ——祖先崇拜

而在結束這一系列的專欄的最後一篇〈不拆兒子的信〉一文結語，柏楊更是語帶玄機地以專欄的結束暗諷從不下臺的最高當局：

> 有上臺就有下臺，總不能寫（當）個天長地久無盡期吧，恭祝政躬康泰，國運興隆。[36]

道德與政治雙重威權結合的政治意識形態，實則只是踐踏道德文化，強化政治野心與權力慾望的本質，在這篇柏楊入獄前的最後一篇專欄中淋漓盡致地表現出來。柏楊以他的雜文向威權統治及其意識形態運作挑釁的結果，就只剩郎噹下獄一途了。

其次，是柏楊對封建意識與士大夫意識混雜糾結的這種中國人民族性格的批判。在柏楊的批判體系中，這部分屬於「醬缸文化」的產品。用葛蘭西（Antonio Gramsci, 1891～1937）的說，就是「霸權」（hegemony），「霸權暗示的是，部分形構的主宰性並非介由意識形態的強制，而是依靠文化領導權所致」，而這種領導權則來自「贏取被宰制階級的積極認可」[37]。換句話說，這種文化領導權不是由上而下的強制，而是一種被統治者浸潤其中，最後習焉不察的意識形態的表現，也可說是歷史累積下來的產物，用柏楊的話來說，包括權勢崇拜狂、牢不可破的自私、文字魔術和詐欺、殭屍迷戀、窩裡鬥、和稀泥、淡漠冷酷忌猜殘忍、虛驕恍惚等等中國人的民族性格與文化習氣，都具現了這種「醬缸」霸權「封建意識與士大

---

[36]柏楊，《死不認錯集》，頁 223。
[37]Hall, *Culture, Society and the Media*, p.85.

夫意識混雜糾結的中國人民族性格」的發展與擴張。同樣舉例以證[38]：

中國五千年傳統文化中，最大特徵是不徹底，不精確。誰要是求徹底，求精確，誰就是不近人情，存心挑剔。

——親臨學

中國五千年來鑄成的大醬缸，把俠義情操和同情心都醬死啦，醬成了冷漠、忌猜、殘忍無情，嗟夫。

——非人也

在醬缸文化中，只有富貴功名才是「正路」，凡是不能獵取富貴功名的行為，全是「不肯正幹」，全是「不走正路」。於是乎人間靈性，消失盡矣，是非的標準力顛之倒之矣，人與獸的區別，微乎其為矣。唯一直貫天日的，只剩下勢力眼。

——可怕的人類渣汁

如果有一天中國人的老祖宗盤古老爺大發脾氣，要徹查是誰把中華民族糟蹋踐喪成今天這個樣子，知識分子的屁股恐怕得先打個稀爛。蓋權力是一種汽油，知識分子不但不設法防止它燃燒，反而搶著點火，怎不一發難收乎哉？

——沒有倫理觀念

該閣下所以笑容可掬的蹶屁股鞠躬，不是故意要那樣，而是習慣成自然……我也同樣有這種特技，並不是我故意要巴結誰，乃權勢崇拜狂的傳統文化把我閣下醬得成了自然反應，一遇到大傢伙，屁股自然就會往

---

[38] 參柏楊，《死不認錯集》。柏楊對於中國傳統文化〈醬缸〉的影響中國民族性素有深刻觀察，這些醬缸產物，與其說是來自統治者，不如說是封建意識和士大夫意識糾結下，自然醬出來的民性。

外猛蹶。

——漿糊罐

　　柏楊雜文中，類似的批判可謂「罄竹難書」，直到 1984 年他赴美國愛荷華大學發表「醜陋的中國人」演講時，更是著力於此。1985 年，《醜陋的中國人》成書，引起海峽兩岸震撼，以及東瀛日本的注目[39]，正在於柏楊的「醬缸文化」批判指出了中國人民族性的深層結構，不僅來自統治者的宰制，也來自被統治的人民的這些權勢崇拜狂、牢不可破的自私、文字魔術和詐欺、殭屍迷戀、窩裡鬥、和稀泥、淡漠冷酷忌猜殘忍、虛驕恍惚等等文化習性的難以革除。

　　由此，我們可以發現，柏楊提出「醬缸」這個概念符號之下，它的符徵（signifier）指的是具體的醬缸這樣的形象（醬汁的容易保藏，經久不壞，及其發酵生黴醬味），符指（signified）[40]則指涉了兩個心理概念：一是指涉「儒家道統」（道德與政治雙重威權結合的政治意識形態符號），二是指涉「民族性格」（封建意識與士大夫意識混雜糾結的中國人性格）。道統由上而下，是強制性的意識形態國家機器運轉的結果；民性則由下而上，是中國人在儒家文化霸權的歷史發展過程中生活出來的結果。這兩者，且又弔詭地互為影響，一方面，儒家道統在 2000 年的政治控制下，一脈相傳，宰制了中國人民族性格的形成積累；一方面，2000 年生活出來的民族性格，也相濡相習，成為常識，回過頭去持續強化並支撐儒家道統的宰制。「醬缸」於是成為柏楊所要表意（signification）的中國統治神話學的

---

[39] 根據媒體報導：在臺灣，《醜》書上市一個月即售出一萬五千餘本，其後不斷再版；在中國，該書於 1986 年開始發行，1987 年 3 月北京《光明日報》以社論點名批判；在日本，1988 年推出日文版，上市十天即突破三版，賣出五萬五千本，進入暢銷排行榜。參柏楊日編委會，《歷史走廊：十年柏楊（1983～1993）》（臺北：太川出版社，1993 年）。

[40] 這裡符徵（signifer，或譯能指）和符指（signifred，或譯所指），援自語言學家索緒爾（Ferdinand de Saussure, 1857～1913）的符號學。索緒爾認為，符號是一個具有意義的實體（a physical object with a meaning），由符徵和符指所組成。符徵，是符號的形象（image），可以由感官感知；符指則是符號所指涉的心理上的概念。參 F. Saussure, *Course in General Linguistics* (London: Fontana, 1974).

代名詞，牢不可破，並不斷發酵生黴，使中國人的社會終於成爲「腐蝕力和凝固力極強的渾沌社會」。

柏楊最後也被這個他所要打破的醬缸所吞噬，更精確地說，在柏楊使用「醬缸」這樣的「表意的政治學」對抗蔣介石父子統治的意識形態國家機器時，他已經以自身的論述（在暴政下進諫的必然結局）真理決定了自己下獄的命運，他與統治當局及其背後的儒家道統的意識形態鬥爭，終歸還是失敗的。如同他在 1977 年出獄、1979 年復出在《中國時報》副刊開闢「柏楊專欄」的結集的序言所說：

> 西洋諺語曰：「早起的鳥兒有虫吃。」老傢伙常用以鼓勵年輕朋友勤勉奮發，聞雞起舞。問題是，早起的鳥兒有虫吃，那麼，早起的虫兒哩，牠有啥吃？不但沒啥吃，恐怕反而要被早起的鳥兒一啄下肚。同樣早起，同樣努力，何有幸有不幸哉。[41]

做爲一隻早起的虫兒，柏楊猛撞醬缸的結果，是被醬缸吞噬。但是，即使他沒有撞破醬缸，卻也至少凸顯，或者掀開了醬缸的臭不可聞及其腐蝕性，將中國文化中的儒家道統假面、中國人的民族性格殘缺，一股子暴露開來，讓聞者反省，思考，讓權者警惕自制（最少不讓權者爽快），都盡到了一個知識分子應盡的責任。在這個層面上，這隻早起的虫兒，最少不愧不咎於他對醬缸文化的批判。

四：結語：孤鴻展翅迎箭飛

中國雜文大家魯迅（周樟壽，1881～1936）1930 年代曾經以〈小品文的危機〉爲題，以「小擺設」諷刺當時小品文的趨勢「特別提倡那和舊文章相合之點，雍容，漂亮，繽密，就是要它成爲小擺設，供雅人的摹挲」

---

[41]柏楊，《早起的虫兒》，（臺北：星光出版社，2 版，1986 年），頁 1。

而走到了危機。魯迅認為，小品文應該是「生存的小品文」：

> 生存的小品文，必須是匕首，是投槍，能和讀者一同殺出一條生存的血
> 路的東西；但自然，它也能給人愉快和休息，然而這並不是「小擺設」，
> 更不是撫慰和麻痺，它給人的愉快是休息是休養，是勞作和戰鬥之前的
> 準備。[42]

用魯迅的這個理念來看，柏楊的雜文，在 1960 年代處於白色恐怖時期
的臺灣，不啻就是對統治者擲出的匕首，投槍。當時的柏楊有著一樣的認
知：

> 雜文富於社會批判功能，像一把匕首或一條鞭子，它雖不是魯迅先生所
> 創的文體，但卻是由他發揚光大，它更是對抗暴政的利器，因為它每一
> 次出擊，都直接擊中要害。在那個威權至上而肅殺之氣很重的年
> 代，……國民黨蔣家王朝……對具有自由、民主思想的文化人，只要把
> 共產黨帽子往他頭上一扣，就可以名正言順的立即剷除。這套手法我並
> 不是不了解，可是我控制不住自己，一遇到不公義的事，就像聽到號角
> 的戰馬，忍不住奮蹄長嘶。[43]

將雜文當成戰鬥的武器，對著暴政的心臟擲去，這在柏楊的雜文中因
而也承續著魯迅「橫眉冷對千夫指」的強哉矯特質。它來自柏楊面對暴政
的勇氣和正義感，當然也來自魯迅發揚光大的這種批判文體的新傳統。柏
楊的雜文，不管作為對抗暴政的利器，或者作為批判中國儒家道統文化的
鞭子，都在臺灣文學史上留下了鮮明的印記。

這個印記同時又表現在臺灣的政治發展過程之中，柏楊接下雷震與

---

[42]魯迅，〈小品文的危機〉，《中國現代散文理論》，（臺北：蘭亭出版社，1986 年），頁 94～97。
[43]柏楊，《柏楊回憶錄》，頁 235。

《自由中國》的自由主義者未竟的抗鬥，以雜文的尖銳迂迴，取代雷震對政論的直率，繼續政治改革與人權思想的傳播工程。通過柏楊 1960 年代的雜文，當時臺灣威權國家機器及強人的真面目，更直接地由大眾媒體的傳播直抵臺灣人民的心靈之門，啓發並且鼓舞在《自由中國》停刊之後苦悶的臺灣社會，繼續雷震未完成的政治改革之路。柏楊的雜文，在這裡也有著政治鬥爭的意涵。但與魯迅和他的左翼陣線相互奧援的年代不同的是，面對著以「儒家道統」作爲掩飾的國民黨機器，當時的柏楊與另一位一樣正面衝撞國民黨文化霸權的雜文家李敖（1935～），則形如孤軍奮鬥[44]。

　　柏楊雜文的核心表意，即「醬缸文化」的論述，並不因他的入獄成爲明日黃花，通過「醬缸」這個符號，柏楊所深刻掌握到的中國文化「儒家道統」與中國人「民族性格」的歷史病灶，迄今仍根深柢固地抓攫住中國人所在之地，未嘗真正拔除，而與魯迅描述中國人民族性格的「阿Q」典模繼續並存。有阿Q，才有打不破的醬缸；有醬缸，就有去不掉的阿Q。這是魯迅和柏楊可以驕傲之處，他們正確地把到了中國文化／政治深層結構中的病脈；但這也是魯迅和柏楊都必須慚愧的所在，他們終歸無法爲阿Q開藥方，將醬缸打破，畢竟，作爲匕首，他們的雜文刺破的還只是中國人民族性格中的「面子」；作爲鞭子，他們的雜文最多也只傷到中國儒家道統的「表膚」而已。

　　但即使如此，柏楊的雜文在文化批判的意義上，也與魯迅一樣，顯示了猶如劉綏松所說的：

> 在浩如煙海的詞彙中，選擇了那最能表情達意的語詞來準確、鮮明而又生動地表現他的戰鬥的思想內容，這一方面可以看出他的一絲不苟的創作態度，但更重要的是，顯示了他對社會生活的無比敏銳的洞察能力，

---

[44] 李敖及《文星》與柏楊同時而不並肩作戰。李敖稍後於柏楊，在 1972 年遭國民黨以「叛亂」罪下獄。

對於生活真理的堅持和保衛的戰鬥者的高貴品質[45]。

　　此一高貴品質，是知識分子格調最具體的表徵，它通過雜文（意識形態的論述形式之一）顯現了知識分子面對權者與統治者毫不屈服的身姿：孤鴻不知冰霜至，仍將展翅迎箭飛[46]。

參考文獻目錄

BO

・柏楊：〈柏楊的答辯書〉，《柏楊和他的冤獄》，孫觀漢編，香港：文藝書屋，1974年。

・柏楊：《醜陋的中國人》，臺北：林白出版社，1985年。

・柏楊：《死不認錯集》，臺北：躍昇文化出版公司，1991年。

・柏楊口述，周碧瑟執筆：《柏楊回憶錄》，臺北：遠流出版社，1996年。

・柏楊日編委會：《歷史走廊：十年柏楊（1983～1993）》，臺北：太川出版社，1993年。

LEI

・雷震：〈我們為什麼迫切需要一個強有力的反對黨〉，《自由中國選集 4・反對黨問題》，臺北：八十年代出版社，1979年，頁207～222。

LIU

・劉綬松：《中國新文學史初稿》，北京：人民文學出版社，1979年。

LU

・魯迅：〈小品文的危機〉，《中國現代散文理論》，現代散文研究小組編，臺北：蘭亭出版社，1986年，頁94～97。

---

[45]劉綬松，《中國文學史初稿》（北京：人民文學出版社，1979年），頁101。

[46]這是《柏楊回憶錄》〈尾聲〉的詩句，用這句詩來結束這篇論文，也相當妥貼。參柏楊，《柏楊回憶錄》，頁398。

QIAN

‧錢永祥：〈自由主義與政治秩序：對「自由中國」經驗的反省〉，《台灣社會研究季刊》，第1卷第4期，1988年12月，頁57～99。

SONG

‧宋定式：〈傳統社會與新知識分子〉，《仙人掌》，第2卷第5號，1978年2月，頁71～100。

TAO

‧陶策：〈臺灣的「文化復興」的探討〉，《中國季刊》，第43號，1970年7～8月，頁81～99。

YAO

‧姚立民：〈評介向傳統挑戰的柏楊〉，藍玉鋼編，《七十年代論戰柏楊》，臺北：四季出版社，1982年，頁1~55。

YIN

‧殷海光：〈知識分子的責任〉，《知識分子與中國》，周陽山編，臺北：時報文化出版企業有限公司，1980年，頁121～160。

ZHOU

‧周裕耕（Ritter, Jurgen）著、墨勒譯：《醬缸：柏楊文化批評》，臺北：林白出版社，1989年。

‧Althusser, Louis, Ideology and Ideological State Appratuses, In *Lenin and Philosophu, and other Essay*. London: New Left Books, 1971.

‧Gramsci, Antonio, *Selections from the Prison Notebooks*. London: Lawrence & Wishart, 1971.

──選自黎活仁等編《柏楊的思想與文學：「柏楊思想與文學國際學術研討會」論文集》

臺北：遠流出版公司，2000年3月

走過暗夜的戰士
論柏楊和他筆下的異域孤軍

◎張堂錡*

一、前言：親愛的孩子你為何哭泣？

也許有人還記得，1990 年 8 月底在臺灣的四十多家戲院同時上演了一部由朱延平導演的電影「異域」，一時引起轟動與討論，該片的主題曲「亞細亞的孤兒」，由羅大佑詞曲，也因此讓人印象深刻。這首歌的歌詞非常符合電影的劇情與劇中人物的處境，至今聽來仍讓人有泫然欲泣之感，它的歌詞是：「亞細亞的孤兒在風中哭泣，黃色的臉孔有紅色的污泥，黑色的眼珠有白色的恐懼，西風在東方唱著悲傷的歌曲。／亞細亞的孤兒在風中哭泣，沒有人要和你玩平等的遊戲，每個人都想要你心愛的玩具，親愛的孩子你為何哭泣。／多少人在追尋那解不開的問題，多少人在深夜裡無奈地歎息，多少人的眼淚在無言中抹去，親愛的母親這是什麼道理？」孤兒的絕望心情，環境的惡劣與險詐，人性的欺騙與爭奪，無奈的吶喊與控訴，在這首歌裡充分的、悲愴的、揮之不去的流露出來。從這首歌中我們可以感性地認識這部電影真實而強烈的主題意識。這部電影是由同名的作品《異域》一書改拍而成，而《異域》這本書的作者「鄧克保」正是柏楊。

《異域》一書的內容大意是敘述 1949 年從雲南流離到緬甸、泰北的一批國軍，克服了邊遠山區的種種障礙，自力更生，最後組建成一支軍事力量強大的「滇緬軍」，守著有臺灣面積三倍大的中緬游擊邊區，其中最著名

*發表文章時為政治大學中國文學系助理教授，現為政治大學中國文學系副教授。

的據點就是位於泰北的「美斯樂」，在 11 年間曾一次反攻大陸，兩次大敗緬軍，以致緬甸政府不得不向聯合國一再控告這批孤軍「侵略」其主權領土，最後導致孤軍兩次撤退到臺灣，第一次是 1953 年前後，第二次是 1961 年。這之間有太多可歌可泣的故事，令人肝腸寸斷的悲壯事蹟，《異域》正是這群中南半島上「西南軍魂」悲壯事蹟的生動呈現。對現在的年輕人來說，這樣的故事似乎已經有些遙遠，甚至已經完全遺忘。即使是這批孤軍的第二代，對上一代的奮鬥血淚也不一定能完全清楚掌握。2004 年 8 月《民生報》有一則報導，談到這批孤軍的現況及成立史料館的必要，該報導指出，1961 年撤退時李彌將軍帶領三百多位孤軍來臺，並在政府安排下於清境山區設籍落戶，從事開墾，逐漸形成「壽亭」、「定遠」、「博望」三個聚落。時隔四十多年，第一代已老成凋零，以博望村爲例，當年落腳的孤軍有 31 人，現在只剩 6 人，且年紀都在 70 歲以上，爲避免其歷史、文化因此而湮沒，孤軍第二代在該村活動中心成立了史料館，希望透過舊照片圖像的整理，重現滇緬軍曾經輝煌的史頁[1]。

　　《異域》的故事曾經感動過許多人，也得到過文壇高度的重視與肯定，1999 年 6 月的《亞洲週刊》曾舉辦過一次「20 世紀中文小說 100 強」的評選活動，第 35 名就是《異域》，也是柏楊唯一入選的作品。有趣的是，名單中寫的是「鄧克保，即柏楊」。《異域》一書先是於 1961 年以「鄧克保」化名在《自立晚報》的「社會版」連載（而非文學性的「副刊」），接著又由平原出版社以化名出版，這使讀者一開始就誤以爲作者「鄧克保」真的是孤軍之一，而且「還要回到游擊區」去，換言之，它與柏楊無涉，而是以另有真人真事的面貌進入讀者的閱讀視閾。1968 年柏楊入獄，包括小說、雜文在內所有「柏楊」作品都被查禁，唯獨這本以化名出版的書逃過查禁的命運。一直要到 1977 年柏楊出獄後，《異域》一書的真相才逐漸清晰，人們才知道原來鄧克保是虛構的人名，這本書的作者其實就是

---

[1] 施豐坤，〈當年異域情，今留博望村〉，《民生報》「城鄉采微」版，2004 年 8 月 10 日。

柏楊。

　　雖然《異域》的銷售量驚人[2]，也得到《亞洲週刊》的肯定，然而，從1961 年發表至今，它在學界所受到的注意，和柏楊及這本書的高知名度實不成比例，對柏楊作品長期關注的應鳳凰就指出：「作為單本圖書，總銷售量雖創下臺灣出版市場從未有的高紀錄，但作為戰後臺灣文學領域裡的一部『作品』，它卻極少被推薦、討論或研究。除了讀者用購買給予實質肯定，它從未得過什麼獎，很少書評，各種文學史書更少談及，此一奇特現象與柏楊在戰後文壇的高知名度，形成鮮明對比。」[3]經查臺灣「全國博碩士論文資訊網」，以柏楊及其作品為研究對象的，只有一本 2004 年由楊舒媄撰寫的逢甲大學中文研究所碩士論文《柏楊雜文析論：以不同版本的考察為主》，全篇以雜文為主，並不涉及《異域》；李瑞騰的專書《情愛掙扎——柏楊小說論析》（臺北：漢光文化公司，1994 年 7 月），以小說作品研究為主，也不涉及此書；李瑞騰主編的《柏楊文學史學思想國際學術研討會文集》（臺北：行政院文化建設委員會，2003 年 12 月），收錄 14 篇論文，但未見專文討論此書；只有黎活仁主編的《柏楊的思想與文學：柏楊思想與文學國際學術研討會論文集》（臺北：遠流出版公司，2000 年 3月），收錄 19 篇論文，其中有大陸學者雷銳所撰〈為時代的悲劇小人物撰史立傳：論柏楊的報導文學〉，以及筆者所撰〈從《異域》到《金三角・荒城》：柏楊兩部異域題材作品的觀察〉兩篇論文，對《異域》的文體屬性、寫作筆法和藝術成就進行了探討。本文正是在該文的基礎上再加申論，希望對柏楊其人和《異域》一書作較為全面的分析與評價。此外，應鳳凰也

---

[2]在 1988 年由躍昇文化公司印行的新版《異域》中，有署名「鄧克保」寫於 1977 年的〈《異域》重印校稿後記〉，文中提到，已經銷售達 60 萬冊；另外，根據應鳳凰的說法，這本書「不論正版或地下版，或後來隨《柏楊全集》而更換的各種新版，總銷售量在 1970 年代便已超過百萬冊。1990 年代初，導演朱延平將之改編成同名電影上映，票房大賣座之外，再次帶動圖書新一波熱賣。」參見其〈紀實與虛構，冷遇與熱銷——柏楊《異域》從出版到流通〉，《中華日報》副刊，2006 年 7 月 17 日。

[3]應鳳凰，〈紀實與虛構，冷遇與熱銷——柏楊《異域》從出版到流通〉，《中華日報》副刊，2006年 7 月 17 日。

有兩篇關於《異域》的專文發表，分別是〈柏楊《異域》的戰爭想像與歷史再現〉、〈紀實與虛構，冷遇與熱銷——柏楊《異域》從出版到流通〉，對文本解讀與史料掌握都很用心，是少數長期對柏楊文學關注的學者之一[4]。

二、經過長夜痛哭的傳奇作家

詩人拜倫（George Gordon Byron, 1788～1824）說：「未哭過長夜的人，不足以語人生。」柏楊這一生歷經磨難，坎坷起伏，多次長夜痛哭，但又挺了過來，在當代作家中堪稱傳奇。柏楊，本名郭定生，1920 年生，河南開封人。1936 年報名參加高中考試時，父親為他改名郭立邦；1943 年假造證書，冒充日本佔領區南京「中央大學」的學生，因流亡由教育部戰區學生招致委員會重新分配入學進國立東北大學插班政治系三年級就讀，在那張證書上，他自己根據原證書所有人名字「郭大同」偏旁稍作修改而改為「郭衣洞」，後來他就以這個名字從事小說創作。不過，就在畢業後的第二年，被教育部查出偽造證件，下令開除學籍，並且通令全國，所有大學永遠不得收留。教育部的嚴厲處分，讓柏楊耿耿於懷至今[5]。1949 年來臺，曾任中國青年寫作協會總幹事、成功大學副教授、臺灣藝術專科學校教授等職。

他在臺五十多年，一般論者將其人生歷程分成「十年小說、十年雜文、十年牢獄、十年通鑑、十年人權」五個階段。這樣的分期只是便於突顯其不同階段的主要活動特色，自然不免有些粗略，例如雜文期間，他也同時出版小說《曠野》和《異域》等書；牢獄期間，他仍然進行歷史的研

---

[4] 〈柏楊《異域》的戰爭想像與歷史再現〉一文，發表於 2005 年 8 月 24 日至 26 日由北京中國社會科學院文學研究所主辦的「東亞現代文學中的戰爭與歷史記憶國際研討會」；此外，她還曾發表〈柏楊五〇年代小說與戰後臺灣文學史〉（1999 年）、〈「文學柏楊」與五、六〇年代臺灣主導文化〉（2003 年）等與柏楊相關的論文。

[5] 柏楊說：「這件事使我五十年後仍在思索，……教育部撤銷我的畢業證書，我認為懲罰已經夠了，不應該對一個只為了升學而偽造學歷證明的年輕人，趕盡殺絕，剝奪他一輩子求學上進之路。那些官員可能有法規的依據，但他缺少人性中最寶貴的寬恕和愛心。」見柏楊，〈喜遇良師益友——「柏楊思想與文學國際學術研討會」閉幕禮致詞〉，香港《明報月刊》1999 年 8 月號，頁 22。

究，完成《中國歷史年表》等書。

　　來臺初期，因當時政府提倡反共文學，他以郭衣洞之名寫了許多反共小說，如《蝗蟲東南飛》等。但他很快就從這種教條式思維中走出來，寫了一些較具藝術價值的小說，如《打翻鉛字架》、《兇手》、《掙扎》等。他以悲憤的心情，透過小說形式生動表達了 1950 年代的苦難。這是一般所稱的「十年小說」。至於「十年雜文」，是指 1960 年 5 月開始，他正式以「柏楊」爲筆名，在《自立晚報》寫雜文專欄《倚夢閒話》，十年雜文寫作下來，柏楊雜文家形象獨特而鮮明，尤其是 1962 年，他的雜文集接二連三出版：先是由《倚夢閒話》結集的《堡壘集》、《聖人集》、《鳳凰集》、《紅袖集》；接著是《西窗隨筆》專欄的結集《高山滾鼓集》、《道貌岸然集》，「一年之中，六本集子出版，不僅對柏楊來說是大大的豐收年，也引起文壇的震動，柏楊作爲雜文家的地位由此正式奠定。」[6]集中心力創作雜文的同時，精力旺盛的他，還陸續完成兩部長篇小說《曠野》和《莎羅冷》，引起矚目的《異域》也是寫於這個階段，他同時自己開辦平原出版社，印行一系列暢銷文學作品。1968 至 1977 年，則是柏楊「十年牢獄」的黯淡歲月。作爲一個叛亂政治犯，他在獄中羈押了九年又 26 天，期間遭逢種種心理與身體上的折磨，尤其被迫與妻倪明華離婚，更令他痛澈心扉，但他憑著與女兒佳佳通信的慰藉，以及對文學創作、歷史研究的寄託，艱苦地撐了過來。至於獄外的朋友多方奔走、想方設法地要求釋放柏楊的種種努力，更是人性溫暖而可敬的見證，尤其是因文章結識的美國科學家孫觀漢教授幾次寫信給蔣經國總統，「跪求」釋放柏楊，耗盡心血，十年不懈，這種精神實在令人動容。

　　柏楊的政治獄，肇因於文字獄。柏楊在《倚夢閒話》和《西窗隨筆》兩個專欄中長期批判傳統「醬缸」文化[7]和臺灣社會現實，早已引起當道不

---

[6]見雷銳，《柏楊評傳》（北京：中國友誼出版公司，1996 年），頁 118。
[7]「醬缸」一詞，在柏楊的雜文集中常見，他爲「醬缸」下的定義是：「夫醬缸者，侵蝕力極強的是混沌而封建的社會也。也就是一種奴才政治、畸形道德、個體人生觀和勢力眼主義，長斯斲喪，使中國人的靈性僵化和國民品質墮落的社會。……醬缸文化也有它的產品，曰『權勢崇拜狂』，

滿，至於入獄的導火線則是一組「大力水手」漫畫的翻譯[8]。不過幾次審訊下來，柏楊逐漸清楚真正的原因是他的雜文中許多不爲當道所喜的言論所惹的禍。從調查局到景美監獄，再被送到綠島監獄，柏楊的政治犯鐵窗生涯讓他經歷了一次人性最殘酷無情的考驗，他在《柏楊回憶錄》中說道：「政治犯監獄，是出懦夫的地方，也是出勇士的地方；是出呆子的地方，也是出智者的地方；是出瘋人的地方，也是出英雄的地方；是出廢鐵的地方，也是出金鋼的地方。一個人的內在品質和基本教養，坐牢的時候，會毫無遮攔的呈現出來。」[9]他在獄中除了發憤寫史，也留下了一冊《柏楊詩抄》[10]，雖僅收舊體詩 40 首、詞 12 首，但詩中斑斑血淚的控訴，對親人相思入骨的愛，誠爲「獄中文學」之佳作。例如〈囚房〉一詩寫道：

> 重鎖密封日夜長，朦朧四季對燈光。天低降火類爐灶，板浮積水似蒸湯。起居坐臥皆委地，呻吟宛轉都骨殭。臭溢馬桶堆屎尿，擁擠並肩揮汗漿。身如殘屍爬黃蟻，人同蛆肉聚蟑螂，群蚊叮後掌染血，巨鼠嚙罷指留傷。暮聽狂徒肆苦叫，晨驚囚號曲廊。欲求一剎展眉際，相與扶持背倚牆。

囚室環境之穢亂不堪，等待判決的如坐針氈，在詩中都有深刻的描

曰『牢不可破的自私』，曰『文字魔術和詐欺』，曰『殭屍迷戀』，曰『窩裡鬥』、『和稀泥』，曰『淡漠冷酷忌猜殘忍』，曰『虛驕恍惚』……」，見《死不認錯集·醬缸特產》（臺北：遠流出版公司，2000 年），頁 35～36。柏楊以「醬缸」指涉中國人的劣根性與醜陋面，見解新穎犀利，學者雷銳甚至認爲：「它在思想上的豐實深刻，見解卓特，自成體系，直追現代雜文的宗師魯迅。」見雷銳，《柏楊評傳》，頁 168。

[8]從 1967 年夏天起，柏楊的妻子倪明華主編《中華日報》家庭版，爲提高讀者興趣，刊登了美國的連環漫畫「大力水手」，其中的人物對話有專人翻譯，柏楊有時則對譯文加以潤飾，使之更爲輕鬆幽默。不料 1968 年 1 月 2 日刊出的一組漫畫，卻使柏楊觸怒當道，惹上大禍。該漫畫內容是波派和他的兒子流浪到一個小島上，兩人要競選總統，波派開場演說時稱：「Fellows……」，柏楊將 fellows 譯成蔣介石總統演說的常用語：「全國軍民同胞們」，因此被「以影射方式，攻訐政府，侮辱元首，動搖國本」的罪名，判刑 12 年。

[9]柏楊口述，周碧瑟執筆，《柏楊回憶錄》（臺北：遠充出版公司，1996 年），頁 295。

[10]柏楊的《柏楊詩抄》最早於 1982 年由四季出版社出版，後有學英文化公司、躍昇文化重新出版，2001 年更名《柏楊詩》由遠流出版公司出版，並收入《柏楊全集》中。

繪，而〈家書〉中的「人逢苦刑際，方知一死難」；〈幾番〉中的「天上千年如一日，獄中一日似千年」；〈有感〉的「閉眸便見嬌兒女，展眉仍自對鐵門」等心境與體驗，實非身歷其境者不能言也。然而，他沒有因此喪志或絕望，在獄中完成了史學研究《中國帝王皇后親王公主世系錄》、《中國歷史年表》、《中國人史綱》等書，印證了他「戰馬仍嘶人未老，待碎殘月迎曉星」（〈謝虞和芳〉）、「不負滿頭蒼白髮，尚存一夕仍吟詩」（〈渺茫〉）的堅持與不屈服的鬥志。

　　1977 年重獲自由後的柏楊，筆耕不輟，意志力與爆發力均十分驚人，雜文集《活該他喝酪漿》、《大男人沙文主義》、《按牌理出牌》、《早起的蟲兒》、《踩了他的尾巴》，報導文學集《金三角‧邊區‧荒城》等一部部問世，且都引起了一定的轟動效應。1983 年起，柏楊為自己開闢了另一個戰場——全面白話翻譯《資治通鑑》，計劃每月譯 15 萬字，月出一冊，三年完成。這個龐大的寫作及出版計劃，得到遠流出版公司的協助，1983 年 9 月，《柏楊版資治通鑑》第一冊《戰國時代》出版，到 12 月共出了 4 本，不僅成為「1983 年度出版界十二大新聞」之一，而且連續四個月蟬連「暢銷書排行榜」之首，可以說，這套書的出版計劃是該年度最受矚目的文學大事。為了翻譯《通鑑》，柏楊整整花了十年，沒有假期，除了開會、演講、訪問，每天早上八點坐在書桌前，直到午夜二點才就寢，每天寫四千至六千字，十年如一日，柏楊戲稱書房是「勞改營」，自己是勞改犯[11]。譯文近一千萬字，直到 1993 年 2 月，最後一冊《分裂尾聲》出版，十年近乎自虐的勞改式寫作生活才終於畫下完美的句點。這套為兩岸文化界帶來極大影響的書，再次展現出柏楊過人的毅力和堅強的意志。

　　「十年通鑑」之後，74 歲的柏楊又開始了另一個新的有意義的工作，那就是推廣人權理念與教育。他在 1993 年 9 月被推舉為臺灣「國際特赦組織」總召集人，籌備總會的成立工作，第二年正式成立後當選為首任會

---

[11]見《柏楊版資治通鑑》第 72 冊（即最後一冊）《分裂尾聲》的〈後記〉。

長；1994 年又成立「人權教育基金會」，致力於人權教育的宣揚工作。到
2004 年爲止，「十年人權」的工作仍在進行中。柏楊因其卓越的文化貢獻
曾獲 2002 年行政院文化獎，公共電視製作的「文化大師‧薪火相傳」紀錄
片也拍攝了柏楊等 12 位文化獎得主的專輯。值得一提的，由於他的積極奔
走，促成綠島人權紀念碑的成立。對於「火燒島」這塊傷心地，柏楊的心
情是萬分複雜的。1994 年，他曾應電視臺「臺灣風雲」節目之邀，隨製作
小組赴綠島，拍攝當年的牢獄生活。重新踏進當年的牢房，鐵窗糞池尚
在，心潮澎湃的他，想不到當年能活著出去，也想不到近二十年後會再舊
地重遊，世事難料，唯有無語淚下。

　　既曾爲火燒島中的階下囚，又曾爲總統府中執手笑談的座上賓，這就
是柏楊的傳奇性。獨力翻譯《通鑑》長達十年有成，數十本雜文集蔚然可
觀，十幾本小說集深刻紀錄人性與社會，這也是柏楊的傳奇性。愛情、婚
姻路上幾次的坎坷際遇，晚年的幸福美滿，同樣充滿著許多不可知的傳奇
色彩[12]。一個長夜痛哭過的苦難心靈，在走過暗夜之後，歷史與社會終於
還給了他一個公道。

三、異域孤軍的悲壯史詩

　　1961 年春，任職於《自立晚報》的柏楊，在臺北偶然地認識了幾位從
緬甸撤退來臺的孤軍，他們悲壯的傳奇經歷使柏楊深受感動，決定爲他們
寫一本書，將孤軍的血淚歷史公諸於世。根據《柏楊回憶錄》的記載，《異
域》的寫作過程是「根據駐板橋記者馬俊良先生每天訪問一兩位從泰國北
部撤退到臺灣的孤軍，他把資料交給我，由我撰寫。」[13]也就是說，他既

---

[12]他有五任妻子：艾紹荷、崔秀英在大陸所娶；1953 年年輕人介紹與同爲大陸來臺的齊永培結婚，
後因個性不合而離婚；1957 年與第四任妻子倪明華結婚，後因柏楊入獄而仳離；1977 年出獄
後，柏楊結識了現任妻子張香華，年近 60 的柏楊在一次宴會上認識張香華，立刻展開追求，兩
人很快就結婚，至今恩愛不渝。張香華也是位出色的詩人，柏楊晚年因她而過著幸福平穩的生
活，他之所以能心無旁騖地翻譯《資治通鑑》，並多方爲人權教育奔走，多賴張香華的扶持與照
顧。一個經過長夜痛哭的人，老來能有此際遇，相信柏楊自己也始料不及吧！
[13]柏楊，《柏楊回憶錄》，頁 246。

沒有親歷其境，也沒有親自採訪孤軍，而是透過記者提供的採訪資料，加以想像、組織、改寫而成。他以《血戰異域十一年》為題，以「鄧克保」為名，在《自立晚報》發表，連載了兩個月後由他和幾位朋友合辦的平原出版社出版，並改名為《異域》。柏楊在〈《異域》重印校稿後記〉中曾提到改名的原因有二：「一是原書名太像一個電影院所演出的片名，一是事實上全書只寫了前六年，後五年還沒有提及，與書名並不相符。」不管什麼原因，柏楊對《異域》的書名卻深表滿意，因為這兩個字傳達出「戰爭、奮鬥、掙扎，和流不盡的眼淚，都在非自己的鄉土上。」[14]非常符合書中人物的處境與心境。

　　柏楊虛構了「鄧克保」這一人物，以他的「親身經歷」為線索，採第一人稱敘述方式描繪了這批孤軍從雲南邊境撤退到緬甸的艱辛過程，以及生聚教訓、企圖反攻大陸的戰鬥意志，但更多的是孤立無援、生離死別的哀歌，被拋棄、被出賣、被遺忘、被犧牲的悲劇。鄧克保的兒子安國因為盼望父親歸來，爬上椰子樹遠望，不料緬軍轟炸，樹被炸斷而摔死；女兒安岱生下即是白痴，後來被毒蛇咬死；妻子政芬才三十多歲即已狀如老嫗，滿臉滄桑絕望；至於鄧克保自己，除了飽嚐妻離子散之苦，多次在槍林彈雨中出生入死，即使可以到泰國曼谷遠離戰爭與困苦，也可以隨軍撤退到臺北，過安逸的日子，卻仍堅持回到蠻荒之地，和游擊隊的弟兄在一起，「我將留在這裡，即令沒有一個夥伴，我也要在這裡等待那些冒險來歸的青年，即令沒有一個冒險來歸的青年，我也要把青天白日旗插在山頭，無論是共軍和緬軍，在打死我之前，都不能宣傳他們把游擊隊消滅。」（頁269）對祖國的效忠，對反共復國的信仰，對長官意志的服從，對弟兄夥伴的扶持，在時空的錯置、政治的操弄、人性的虛假下，竟遭致「不合時宜」的無情嘲弄。欲哭而無淚，欲振而乏力，欲歸而無路，欲死而無所，鄧克保個人的悲劇，一家的悲劇，和一國的悲劇、時代的悲劇都戲劇性地

---

[14]見鄧克保（即柏楊），〈《異域》重印校稿後記〉，《異域》（臺北：躍昇文化公司，1994年），頁271。以下引《異域》書中的文句悉依此書，除非必要，僅在文末標明頁碼，不另加註。

交纏在一起，他成了「孤軍」悲劇形象的化身與縮影，他的吶喊與呼號：
「我也常常哭，毫無羞恥之感的哭，在我們活在非人類所能活下去的中緬
邊區那裡，只有眼淚才能灌溉出我們的力量，你要知道，我們是一群沒有
人關心的棄兒，除了用自己的眼淚洗滌自己的創傷外，用自己的舌頭舔癒
自己的創傷外，誰肯多看我們一眼？」（頁 16）讓人不禁潛然淚下，爲之
扼腕，爲之長歎。

　　就是這股濃厚的悲劇意識，以及對應臺灣 1950、1960 年代特殊的政治
時空環境下「難言的隱痛」，使《異域》一出版就受到讀者歡迎，且產生深
遠的影響力，王德威對此有精到的觀察：

> 鄧克保的《異域》敘述大陸淪陷後，自黔滇撤退至緬北的一批孤軍，如
> 何在窮山惡水的異域裡，繼續抗爭求存的經過。退此一步，即無死所，
> 此書所展現的孤絕情境，扣人心弦；而部分角色知其不可爲而爲之的悲
> 劇意識，比起彼時一片鼓吹反攻必勝的作品，誠屬異數。在反共文學式
> 微之後，此書仍能暢銷不輟，除了得力於討好的戰爭場面及異鄉風情
> 外，恐怕也正因其觸動了老一輩讀者難言的隱痛吧？[15]

　　《異域》因其書中有不少愛國、反共的描述，輕易地被貼上「反共小
說」的標籤，但它又不同於當時教條八股的反共文學，反而道出了許多人
不敢／欲言的真相，這些真相卻可能觸犯當道，但柏楊透過孤軍的悲慘遭
遇，都赤裸裸地呈現出來，這種與當時政治處境、軍事態勢、人事鬥爭糾
結在一起的「難言的隱痛」，是《異域》一書成功的真正原因，而它最大的
藝術感染力正來自於對這些孤軍血淚、悲劇的出色刻劃。

　　孤軍的隱痛與悲劇，首先表現在揮之不去的孤兒／棄兒意識。這種對
「祖國」、「母親」的愛怨交織，深深觸動了讀者對當時臺灣所扮演的無力

---

[15] 王德威，〈五十年代反共小說新論〉；張寶琴等編，《四十年來中國文學》（臺北：聯合文學出版
社，1997 年），頁 74。

角色的失望與不平。孤軍們吶喊著：「我們真正是一個沒有親生父親的孤兒，在最需要扶持的時候，每一次都遭到悲慘的遺棄。」（頁 212）「難道國家就只剩下我們這一千多人嗎？我們反攻，我們死，是義不容辭的，但我們覺得我們的擔子是太重了，不是我們挑得動的。」（頁 135）「我不是說過我們是孤兒嗎？是的，民國 38 年我們便開始嚐到孤兒的味道了。」（頁 27）這種渴望與絕望交織的呼號，特別在生死交關之際會不自禁地表現出來：「世界上再也沒有比我們更需要祖國了，然而，祖國在哪裡？」（頁 11）強烈的被棄意識，使孤軍們對人物的評價自然會以「板蕩識忠臣，疾風知勁草」爲最高的準則，某些長官的志節不堅，他們毫不留情地加以抨擊、唾棄，某些可以棄他們而去、享受榮華富貴卻自願留下與孤軍一起受苦的將領，就成爲他們心目中的英雄。強調堅貞氣節的「忠臣意識」，使孤軍對自己的選擇有種歷史大義的悲壯感，也是支撐自己奮鬥下去的動力，「任何人都可以在重要關頭遺棄我們，我們自己卻不能遺棄我們自己。」（頁 220）對帶領孤軍打出一片天地的李國輝將軍，壯烈成仁的石建中將軍，不願到泰國享受的譚忠團長，中緬大戰時英勇的張復生副團長，以肉搏戰擊敗緬軍的劉占副營長等人，柏楊以充滿熱情與敬意的筆調加以謳歌；對元江大潰敗後拋棄部下到臺灣去的師長、副師長、團長們，柏楊也不留情地予以譴責。只不過，孤臣孽子的身影，在巨大的政治遊戲場域裡，顯得如此卑微渺小，一度的輝煌換來的是無止盡的蒼涼，以及遺忘。在「反共復國」的年代，這批決心要「反共」，而且一度打進雲南要「復國」的孤軍，反而成了國際政治角力下的燙手山芋，這種椎心之痛，難言之隱，正是《異域》之所以暢銷的原因之一。當然，忠言逆耳，孤軍的「孤」、「敗」、「退」、「悲」，都迥異於當時「反共必勝，建國必成」的政治氛圍，對「激勵民心士氣」更無助益，於是，這部「反共小說」，最後竟難逃成爲「禁書」的命運。

　　孤軍悲壯史詩般的經歷，透過柏楊生動文筆的描繪，打動了無數讀者的心，在沒有一位作家寫過評介，也從未在報刊上過廣告的情形下，「它在

只有一千八百萬人口的臺灣，15 年間，銷出一百餘萬冊。」[16]1977 年大專聯考的作文題目是「一本書的啓示」，《異域》竟名列前茅，最受青年學生的重視；出版後的十餘年間，經常還「有人寫信來問如何可以去滇緬加入反共游擊隊的行列」[17]。甚至於坊間出現了至少七種與《異域》有關的書籍，如馬克騰的《異域下集》、卓元相的《異域烽火》、于蘅的《滇緬邊區游擊隊》等。正是這股巨大的社會影響力，促成了柏楊於 1982 年在《中國時報》的提議、資助下，親赴《異域》現場，完成《金三角‧邊城》一書。

四、蠻荒血淚的邊區荒城

說柏楊「親赴」《異域》現場，而非「再度親赴」，是因爲柏楊在寫《異域》這部書時根本未曾去過滇緬邊區。前面提到，《異域》是柏楊透過他人採訪及新聞資料收集，再運用自己的想像、虛構所完成的一部作品。這涉及到《異域》的文體定位問題，即到底是小說還是報導文學。1988 年躍昇文化公司重編出版《柏楊書》系列時，將《異域》與《金三角‧荒城》列爲「報導文學」；李瑞騰教授在一篇論報導文學的文章中也認爲《異域》是報導文學作品，他說：「毫無疑問，那是一本報導文學的佳作。雖然《異域》流傳甚廣、甚久，可惜的是文學評論家卻未曾對它加以討論，一般讀者在感動之餘也未曾更進一步思考它的文類歸屬。不過，《異域》的出現，充分顯示出成功的報導文學作品必然具有強大的社會功能。」[18]應鳳凰在 2003 年整理柏楊寫作簡表時，也逕稱「報導文學《異域》」[19]；甚至

---

[16]林蔚穎，〈出版緣起〉；柏楊著，《金三角‧荒城》（臺北：躍昇文化公司，1988 年），頁 2。此書原名《金三角‧邊區‧荒城》，於 1982 年 5 月出版，後由躍昇文化公司以「柏楊書」系列重新出版，書名改爲《金三角‧荒城》。以下引自此書者以躍昇版爲主，不另加註，僅標明頁碼。

[17]見李利國策劃整理、馬以工訪問，〈訪「孤軍的精神領袖」丁作韶夫婦〉；李利國編著，《從異域到臺灣》（臺北：長河出版社，1978 年），頁 236。

[18]李瑞騰，〈從愛出發──近十年來臺灣的報導文學〉，《臺灣文學風貌》（臺北：三民書局，1991 年），頁 98。

[19]應鳳凰，〈「文學柏楊」與五、六〇年代臺灣主導文化〉；李瑞騰主編，《柏楊文學史學思想國際學術研討會論文集》（臺北：行政院文建會，2003 年），頁 154。

大陸研究柏楊的學者雷銳也認為這是一部報導文學。看來，有不少人主張《異域》屬於報導文學。但是，葉石濤在《臺灣文學史綱》中卻提到柏楊「小說有《異域》較著名」[20]，足見此書的文類屬性有待釐清。

對此，筆者傾向於葉石濤的看法，雖然他指的「小說」仍是一較寬泛的概念，但《異域》一書實不宜輕率地稱之為「報導文學」，較明確的定位應該是「新聞小說」。報導文學的文體要求，一般認為至少應具備文學性、真實性、新聞性（時效性）、批判性、親歷性等條件，否則就與敘事散文或紀實小說無異。《異域》在新聞時效性與表現手法的文學性方面是具備的，而且極為出色，但它終究不能算是報導文學，主要的理由是許多虛構的情節與人物，使它不符合真實性的原則，加上作者未曾親赴現場採訪，也不曾親自採訪當事者，缺乏必要的親歷性。對此筆者在〈從《異域》到《金三角・邊城》──柏楊兩部異域題材作品的觀察〉一文中有過析論，指出柏楊沒有親歷現場採訪，「採用的是史料彙整、資料剪輯的方式，在表現上當然無法有訪問者的身分，而必須虛構人物來進行敘述。在缺乏對報導客體、現場的親自採訪條件下，我們對《異域》一書的定性，也只能說它較接近於『新新聞學』的寫作方式，是一種『非虛構小說』，而難以逕稱其為『報導文學』作品。」[21]原本認為《異域》是報導文學的李瑞騰，幾年後在一次接受電視訪談《異域》一書時，已經改變看法，最根本的理由即在於柏楊並未到現場採訪。應鳳凰後來在 2006 年發表的論文中對《異域》一書的文類屬性也有所修正，她說，《異域》的形式表現「是用真的姓名與年

---

[20]葉石濤，《臺灣文學史綱》（高雄：文學界雜誌社，1987 年），頁 102。

[21]張堂錡，〈從《異域》到《金三角・荒城》──柏楊兩部異域題材作品的觀察〉，《跨越邊界：現代中文文學研究論叢》（臺北：文史哲出版社，2002 年），頁 94。此文曾發表於「柏楊思想與文學國際學術研討會」（香港大學亞洲研究中心主辦，1999 年 6 月）。所謂「新新聞學」，是指新聞寫作方式在歷經了客觀報導、綜合報導、解釋報導、深度報導、調查報導等階段，於 60 年代中期出現了「新新聞學」的寫作新方式，強調可以容納一切可能的形式：時空跳接的手法，第三人稱的敘述，對話體，細部描寫，心理刻劃，個人感覺……都是可能的。「新新聞學」的興起，和美國《前鋒論壇報・星期增刊》的編輯湯姆・伍爾夫（Tom Wolfe）所編選、於 1996 年出版的《新新聞學》（The New JourNaLism），以及楚曼・卡波提（Truman Capote）於 1966 年出版的「非虛構小說」──《冷血》（Cold Blood）有關。相關的說明可參見高信疆，〈永恆與博大──報導文學的歷史線索〉；陳銘磻編，《現實探索》（臺北：東大圖書公司，1980 年），頁 43～47。

代，來營造感人肺腑的悲劇『故事』，筆者很願意將之列爲臺灣五、六〇年代一本被讀者與市場充分接受的戰爭小說。」[22]在報導文學與小說之間擺盪，《異域》的文體定位之所以引起這些爭議，也可能和初期對「報導文學」定義較寬鬆，後來隨著研究的深入而漸趨嚴密有關。

「鄧克保」——這位身兼作者與主人公雙重角色的虛構人物，據柏楊在 1999 年 6 月於香港召開的「柏楊思想與文學國際學術研討會」上公開表示，鄧克保確有其人，不是孤軍，而是他小學的同班女同學，後因病早夭，讓他深印腦海，因此在虛構《異域》主角時用了這個名字。由此可知，鄧克保及其一家悲慘的遭遇，是柏楊文學虛構筆法的塑造，並非真有其人其事。正因爲不是柏楊的親身經歷，使得這部作品在一些真實細節的描寫上略顯不足，雷銳就指出：

> 作者畢竟沒有親歷那種地獄般的戰鬥生活，也沒有稍多一點的軍事知識來幫助他渲染戰鬥，他只是靠採訪得來的資料，充分展開自己的想像去補充。於是，我們便看到作品裡，凡虛構的情節如鄧克保一家的九死一生，凡帶有異國傳奇色彩的情節如少數民族用人頭祭穀之類，作者就寫得略爲生澀，而寫到戰鬥、行軍，則缺乏細節。作者流暢地敘述著孤軍的歷程，他們的大致歷史已清清楚楚勾勒出，只是作爲報導文學而言，這部作品文學色彩還不夠濃。[23]

《異域》作爲一部「新聞小說」，而非報導文學，在與柏楊另一部作品《金三角·荒城》對比之後就更明顯了。1982 年初，《中國時報》副總編輯兼《人間》副刊主編高信疆詢問柏楊親赴泰緬邊區採訪孤軍苗裔的意

---

[22]見應鳳凰，〈紀實與虛構，冷遇與熱銷——柏楊《異域》從出版到流通〉。在該文中，她還提到：「與朱西甯 1970 年代發表的長篇《八二三注》比較，朱著也是戰役故意設計成『報導』的形式，每一章節都用一段軍中的公文作開頭，卻從沒有人懷疑他是在寫小說。」她認爲：「與其說是單純『報導』，不如說是敘述一段『血淚故事』。」
[23]雷銳，《柏楊詩評傳》（北京：中國友誼出版公司，1996 年），頁 108。

願，63 歲高齡的柏楊幾乎是不加考慮就一口答應，然後就在《中國時報》的支持下，親臨當年孤軍出生入死的現場，到難民村和金三角做第一手的採訪報導，以《金三角‧邊區‧荒城》為題，先在《人間》副刊上連載一個半月後，再由時報文化出版公司於該年 5 月出版[24]。和《異域》最大的不同是，這是柏楊的親身經歷與觀察，有自己的看法與觀點，讓讀者透過一篇篇的報導，認識孤軍所處的險惡環境，了解邊區複雜的政治軍事鬥爭與悲涼的處境，進而走入金三角神祕的世界裡，這種真實感、臨場感和《異域》虛構小說人物的敘事策略是不同的，可以說，《金三角‧荒城》是不折不扣的報導文學作品。真實性、時效性、文學性、批判性、親歷性等報導文學的文體特徵，在《金三角‧荒城》中有生動而精采的演示。且看以下一段：

孤軍可以說一直在「撤退」「再撤退」中掙扎求生，戰敗固然死亡，無聲無息的死亡，全世界沒有人紀念他們。就在我伏案為文的時候，新聞報導，美國「越戰紀念堂」已在華盛頓破土開工，越南戰場上殉職者五萬餘人的姓名，都將刻在上面。美國在越南打的是一場不榮譽的戰爭，一場為善不終的戰爭，為美國人自己所唾棄。然而，他們還是紀念他們戰死的袍澤。而孤軍又如何？戰死與草木同朽，而戰勝時，戰勝只有招來更大的打擊。打一次勝仗，打擊的重量加強一次。

——〈解除武裝〉，頁 171

伏案為文時的新聞報導，說明了此文的時效性，而將越戰士兵與孤軍的懸殊待遇對比，柏楊心中的不平之鳴強烈地表達了他的批判性。至於文學手法的運用在書中也經常可見，例如描寫泰緬邊界的荒城「美斯樂」生

---

[24] 此書原名《金三角‧邊區‧荒城》，附有 33 張照片，後由躍昇文化公司以《柏楊書》系列重印時，改名為《金三角‧荒城》，並刪去這些照片。本文以躍昇版為主，故書名統一為《金三角‧荒城》。

活貧苦的一段，就極富藝術感染力：

> 我們不能接受血戰異域三十年的孤軍，最後會是這樣下場。他們戰勝
> 過，榮耀過，現在卻被遺棄在蠻荒，在生死線上掙扎。同是中國人，卻
> 因地緣不同，遭遇相差天壤，那是用血淚填不平的天壤。老妻（按：指
> 張香華女士）生在香港，在臺灣長大，她對美斯樂的反應就是長時間的
> 悵然無語，那裡的破落和貧苦，像黑暗中的巨爪一樣抓住她。……直到
> 幾天後，老妻的震撼稍微平息，她長長的歎息：
> 「我從沒有見過，人們這麼貧苦！」
> ——她不久就慚愧她的膚淺和無知，當稍後他知道美斯樂竟然是泰北所
> 有難民聚落群中，最富有的村庄時，她的眼淚奪眶而出。
>
> ——〈美斯樂〉，頁 162

　　先將美斯樂與臺灣、香港相比，再將其他難民村與美斯樂相比，層遞
的技巧使難民村的艱困貧苦不言而喻，效果突出而生動。孤軍的絕望與茫
然，將領落寞的身影，教育資源的缺乏，基礎設備的落後，柏楊時而用充
滿憐憫的口氣娓娓述說，時而以金剛怒目式的筆觸加以抨擊，時而以關懷
的心情沉痛呼籲，更多的是用感同身受的大愛將邊區荒城的血與淚既不掩
飾又不誇飾地真實呈現，我們從這些具有真情道義的文字背後，可以充分
地感受到敘述主體強烈的愛，《金三角·荒城》最動人的景致正在於此。例
如〈救救下一代〉中對邊區荒城師資、圖書、經費的嚴重短絀，柏楊大聲
疾呼募款捐書，他在文中對一個失學孩子的描寫真是感人落淚：

> 我在美斯樂看到一個十歲左右，面目清秀的孩子，問他為什麼不上學，
> 他低頭不語，一再地問下去，他忽然流下眼淚，低聲說：「我們沒有
> 錢！」我牽著他骯髒而冰冷的小手，送他回家，所謂家，只是一座草
> 屋，在泥土上擺著一張光光的竹床，牆角擺著一個冰涼的火爐，如此而

已，我像遺棄自己親生兒子似的，把孩子留在那裡，踉蹌而出。臺灣的
孩子們正大批逃學，而孤軍窮苦的第三代苗裔，卻用悽愴的童心，渴望
走進校園。

——頁 253

如果說，《異域》的鄧克保對這些邊區荒城的描寫多建立在一種被動
的、勇士傳奇、冒險式的想像上，那麼《金三角‧荒城》則是柏楊自覺
的、使命的、挖掘真相的紀實，以及當年對孤軍諸多想像的落實。《異域》
中驚心動魄的遭遇是孤軍的悲劇，柏楊只是一個激動的敘述者，而《金三
角‧荒城》中許多冒險的情節則是圍繞著柏楊發生，他冒著生命的危險走
進金三角，走進難民村，走進殘破殘酷的現實，也走進不堪回首的歷史煙
塵裡。他既是敘述者、導遊者，又是參與者、見證者。邊區荒城的蠻荒血
淚，在他的筆下有了真實的紀錄。

五、結語：柏楊及其作品的熱力與魅力

作為出色的報導文學之作，《金三角‧荒城》出版後的影響力與受歡迎
的程度，仍然不及以情節虛構渲染見長的小說《異域》，但其實二書「血脈
相連」，不論是《異域》中「難言的隱痛」，還是《金三角‧荒城》中「無
言的悲涼」，柏楊都投入極大的心力與情感。在《金三角‧荒城》的〈後
記〉中他說：「再長的文章，總有終筆，然而文已盡而情不盡。讀者先生放
下書本時，金三角、荒城，仍寂寞的矗立在萬里外的泰北群山。而孤軍苗
裔，也依舊如昔，在那裡茫然的凝望著祖國。我知道，讀者先生會永記不
忘，因為他們跟我們十指連心。」[25] 就是這種「文已盡而情不盡」的大
愛，使柏楊的作品不論舊詩、雜文、小說或報導文學，都自然散發出一股
至真至性的熱力，是這股熱力讓柏楊的作品充滿魅力。也許是性格使然

---

[25] 柏楊，〈金三角‧荒城——後記〉，《金三角‧荒城》（臺北：躍昇文化公司，1988 年），頁 280。

（不論是作者性格或文學性格），柏楊的小說、報導文學都有著鮮明的政論色彩，以柏楊自己的話來說是「雜文筆法」，而筆者認爲可以稱之爲「魯迅風」。柏楊多次表達自己對魯迅的推崇與受影響，魯迅的悲憤意識、戰鬥精神、對傳統黑洞的抨擊、人性醜惡的揭露，生命的掙扎與吶喊，在柏楊筆下有著相近的藝術特質與創作表現。他說過：「我的小說倒是學魯迅的」，「我的小說是真的受了魯迅的影響」，「自從白話運動以來，魯迅的小說還是最好的。」[26]張香華有一段訪談對此有深入的剖析：

> 我覺得他是一個使命感很強的人。他對魯迅的小說之所以那麼喜歡，因爲他和魯迅一樣，出發點是對社會、對人的關懷；對中國人的可憐、可憫、厭惡——恨鐵不成鋼。那種心情，我相信他們兩人很相像。……他有一顆這麼灼熱的心，除了反映當時的時代之外，還能把人性的黑暗面挖掘出來。……正因爲他太灼熱，太關懷，所以，儘管他的小說技巧還沒發展到最圓熟，但是，因爲他的愛心，他的期望，使他在作品裡面保存了一些永恆的東西……[27]

　　魯迅一生透過小說與大量的雜文，針對落後愚昧的國民性、封建傳統的壓迫性及知識分子的虛僞性展開了深刻而無情的批判，柏楊小說反映戰亂與貧窮下的人生悲劇，雜文則批評中國幾千年的「醬缸文化」所造成的人性弱點，可以說，柏楊的魯迅性格和作品中的「魯迅風」都是鮮明的，他自己就承認過：「我的性格也可能比較接近於雜文」[28]，而這也造成了柏楊不論是小說或報導文學都時有談史論政的雜文筆法。以《金三角・荒城》來說，當他力圖形象地描寫人物或敘述事件時，總不忘引史論今，提

[26]見聶華苓，〈柏楊和他的作品（代序）〉；柏楊著，聶華苓選，《柏楊小說選》（香港：文藝風出版社，1986年），頁6。
[27]同前註，頁7。
[28]見鄭雯雯的採訪紀錄稿〈情愛掙扎——柏楊談小說〉，收於李瑞騰，《情愛掙扎——柏楊小說論析》（臺北：漢光文化公司，1994年），頁146。

出自己的分析和評論，談金三角之前，他先談毒品王朝建立的歷史，介紹
羅星漢和坤沙如何與泰緬當局周旋，又把鴉片如何自西方引進的歷史淵源
詳盡道出，痛斥「追根溯源，今日橫眉怒目，努力肅毒的國家，正是往昔
販毒的罪魁禍首。」（頁 65）類似的筆法在《異域》中也多有表現。柏楊
幾乎是以寫史的心情在寫作，這使他能跳脫個人一己狹隘的視閾，不在小
我的悲喜中打轉，將關懷的眼光投向更長遠的未來和更寬廣的世界。尖銳
犀利背後是感時憂國，嬉笑怒罵深處是一顆溫暖的心，冷嘲熱諷中蘊含的
則是深厚的愛與情，這和魯迅相似的人格與風格，使他的作品充滿了動人
的力量。聶華苓說得好：「他大半輩子，就是個『情』字——親情，友情，
愛情，人情，愛國之情；他就為那個「情」字痛苦，快樂，憤怒，悲哀，
絕望，希望……甚至在獄中，柏楊也充滿了悲天憫人之『情』。」[29]

　　因為情，他曾經付出了巨大的代價，但也因為情，他在逆境中沒有倒
下，在獄中沒有絕望，對手中的一枝筆始終不肯放下。在綠島人權紀念碑
文中他寫道：「在那個時代，有多少母親，為她們被囚禁在這個島的孩子，
長夜哭泣！」[30]若非身歷其痛者絕無法寫出這樣深情的文字。這位走過暗
夜的戰士，和他筆下的異域孤軍一樣，都經過長夜痛哭的打擊，孤立無援
的絕境，但卻能在困境中掙扎、抗爭，從而打出自己的一條血路來。孤軍
的血淚故事或許已經逐漸被淡忘，但柏楊並沒有被遺忘。2003 年 10 月，
遠流出版公司經過三年的努力，將柏楊作品整理成全集 28 冊出版，煌煌兩
千萬字巨著，見證了他一生勤奮筆耕的成果；1997 年、2003 年分別在香
港、臺北舉辦的兩次關於柏楊文學史學思想國際學術研討會，宣示了「柏
楊學」研究的方興未艾。

　　「九天翱翔闖重雷，獨立高崗對落暉。孤鴻不知冰霜至，仍將展翅迎
箭飛。」[31]孤鴻也好，孤軍也罷，柏楊從愛出發、鬥志昂揚的人格及其作

---

[29]同註 26，頁 4。
[30]見綠島人權紀念碑編輯委員會編，《綠島人權紀念碑》（臺北：財團法人人權教育基金會，2001
　年）。
[31]柏楊，〈《回憶錄》尾聲〉，《柏楊詩》（臺北：遠流出版公司，2001 年），頁 147。

品中感時憂國、勇於批判的風格，已經贏得臺灣社會的尊重與肯定，也已
在臺灣文學史上寫下不可抹滅的一章。這不只是柏楊一個人的幸運，更是
臺灣文學、臺灣社會的幸運。

——本文原發表於 2006 年 12 月《中國現代文學半年刊》第 10 期

——選自張堂錡《追想彼岸：現代中文文學研究論叢 2》
臺北：文史哲出版社，2008 年

國家不幸詩家幸
柏楊舊詩的藝術成就

◎黃守誠*

一、獄中詩與敘事詩

自民國八年「五四運動」以來，相對於白話詩的舊詩，早已式微，近世更近乎絕跡。但柏楊（郭立邦，1920～）竟逆流而上，創作舊詩《柏楊詩抄》一冊。出版 10 年後，且因之而獲「國際桂冠詩人」的榮銜，堪稱中國文壇上的盛事之一。

《詩抄》分為上、下兩輯，除〈附錄〉為友人所作之外，包括詩 40 首，詞 12 首。全部成於其 10 年牢獄生活之中。故又可名之〈獄中詩集〉。略言之，則有敘事、抒情及言志（詠懷）三類，而以〈冤氣歌〉開其端。非常顯然，文天祥的〈正氣歌〉是其成詩的背景。他用反諷的技巧，對於千古冤獄，作了深而有力的攻擊。詩凡 72 句，較〈正氣歌〉尚多 12 句。至於遣詞造句的形式，也大率仿信國公所用之結構。尤其在緊要關頭，或全句，或半句使用〈正氣歌〉的句型，極自然的達到「相反相成」的效果。為他的冤獄，作了最嚴正的宣言。不僅說明了柏楊的劫難真相，抑且為《柏楊詩抄》作了概略了解的注解。詩中如「在下為石板，在上為石頂」，「時窮節乃現，一一服上刑」，更有四兩撥千斤之妙。而且，一如〈正氣歌〉之使用典故，柏楊也引用了八、九處之多。遺憾的是，竟以「在魯少正卯，五罪畢其命」為其首。

---

*筆名歸人。國立花蓮師範學院語文系副教授，現已退休。

　　孔子（孔丘，前 551～479）誅少正卯乃一疑案，是非未有定論[1]．敘事引史旨在喚起共鳴。孔子爲中國歷史上的至聖先師，在文化思想界，幾乎全然肯定。在沒有肯定的共識之前，似乎不宜驟加以嚴厲的惡名。否則，造成相反的效果，便難以避免了。

　　但〈冤氣歌〉之傑出成就，不會因而褪色。若與〈正氣歌〉相較，卻另有千秋在。柏楊在詩中雜以幽默、靈活的口語文句，使他和讀者之間，無形中化爲一體。而現代政治（情治）上的卑惡一面，若不出之以當代詞彙，則難以令人有身歷其境的痛切感。詩中「初云政治決，繼云恕道行；三云洗個澡，四云待人誠。好話都說盡，臨了變猙獰」數句，在尖刻中有悲憤；在輕蔑中有控訴。簡言之，一代有一代的語言，匪此難以狀其風貌。最後六句，更顯示出柏楊的卓絕精神：

　　　　蒼天曷有極　　　　悠悠我自清
　　　　冤魂日已遠　　　　生魂憐典型
　　　　囚室空對壁　　　　相看兩無聲[2]

柏楊的果決不屈，更有〈聞判十二年〉可證，詩云：

　　　　刀筆如削氣如虹　　　群官肅然坐公庭
　　　　昔日曾驚鹿爲馬　　　至今忽地白變紅
　　　　兀賴有權製冤獄　　　書生無力挽強弓

---

[1] 誅少正卯事乃司馬遷（前 135～？）《史記‧孔子世家》所誤引，初見於《荀子》；而《荀子‧宥坐》所指少正卯的罪狀爲：「心達而險，行僻而堅，信僞而辨，記醜而博，順非而澤。」這一類型人物，於戰國時代乃社會卑棄之人；且有清之崔述（1740～1816）便懷疑其不可信，有云：「春秋之時誅一大夫非易事，況以大夫而誅大夫乎？孔子得君不及子產遠甚。子產猶不能誅公孫黑，況孔子耶？」言之有理。而近代史家錢穆（1895～1990），也頗疑誅少正卯一事，認爲可能係馹歜殺鄧析之誤。參〈孔子行攝相事，誅魯大夫亂政者少正卯辨〉，載《先秦諸子繫年》（香港：香港大學出版社，增訂初版，1956 年），頁 25。
[2] 柏楊，《柏楊詩抄》（臺北：躍昇文化出版公司，1992 年），頁 18。

可憐一紙十二年　　　迎窗冷冷笑薰風[3]

　　而在詩題之後並注有「判決書：姑念情節輕微，免死，處有期徒刑 12 年」等字。全詩八句中，我們體味到他以全然卑視的控訴，對掌權者表示諷刺和嘲笑。「一紙十二年」，竟以「冷冷笑薰風」對之，是何等氣魄！

　　《許彥周詩話》云：「詩壯語易，苦語難。深思自知。不可以口舌辯。」[4]在極其絕望悲苦的情境之中，柏楊表現了知識分子的堅苦氣節。他有無盡的悲涼和辛酸，但終於忍受下來。複雜而不幸的遭遇下，依然不屈不撓。他技巧的運用中國語文的藝術特質；詩中「削」、「虹」、「蕭然」等，原是正面的讚詞，而在此處則衍化為最大的斥責與嘲弄。三、四兩句，其一為引史，其次為證今，都作到含蓄而鋒利的極致。而五、六、七、八等四句，則採用了對此的形式，加強了震撼和擴張的影響。

　　而在上述的詩句中，我們發現一個陌生的文字：「猻」查閱中文字典及辭書，均不得其蹤跡；後據柏楊透露，原係他「創造」的「新字」，蓋恨當道者之「如豬似狼」也。說到造字，在西方幾乎是司空見慣。蓋社會日新月異，需要共同認知的符號，方便相互間的溝通故也。

　　但出現於文學作品，尤其在詩中，似欠妥適。五千年間演變而來的中國文字，表情達意上已不需要再創造的了。黃山谷（黃庭堅，1045～1105）謂：「老杜作詩，退之作文，無一字無來處。蓋後人讀書少，故謂韓、杜自作此語耳。古人能為文章，真能陶冶萬物。雖取古人陳言入翰墨，如靈丹一粒，點鐵成金也。」[5]此一原則我是相當信服的。

　　而《蔡寬夫詩話》云：

　　天下事有意為之，輒不能盡妙，而文章尤然。文章之間，詩尤然。詩乃

---

[3]柏楊，《柏楊詩抄》，頁 40。
[4]宋・許顗，《許彥周詩話》，《叢書集成新編》78 冊（臺北：新文豐出版公司，1984 年），頁 1。
[5]胡仔（1147～1167），《苕溪漁隱叢話》（臺北：世界書局，1996 年，上冊），頁 55。

有日鍛月鍊之說，此所以用功者雖多，而名家者終少也。[6]

最重要者，自行所「造」之字，缺乏認同的基礎。既無「認同」，則基本上此一新字已無生命與情感可言，似此，則何貴其「創造」哉？

況且，直接的斥罵，何如訴諸史實？何如訴諸文學？造字乃眾人之事。詩人要營造的只是藝術與真理。且陸機（261～303）〈文賦〉云：「詩之用，片言可以明百義。」傑出的詩文大家，一如天才橫溢的大導演，雖是平凡的角色，他仍可使之作生命的特殊發揮。

不過，自另一方面言之，卻也可以說明柏楊的執著。李唐詩家劉禹錫（772～842）題〈九日〉詩，欲用「糕」字，因《六經》中無「糕」字，遂不敢用。有明·江盈科（1553～1605）便責以缺乏「詩膽」。有云：

夫詩人者，有詩才，亦有詩膽，膽有大有小，每於詩中見之。[7]

又云：

《六經》原無「椀」字，而盧玉川連用七個「椀」字，遂為名言。是其詩膽大也。[8]

故柏楊對字之「創造」，或亦為「詩膽」之大者乎？而自詩評言，我們還是期期以為不可的。

而書中〈囚房〉、〈小院〉及〈重逢〉等敘事詩，則充分描述了監獄的黑暗及人命的微賤，有些句子讀來，使人觸目驚心，「天低降火類爐灶，板浮積水似蒸湯；起居坐臥皆委地，呻吟宛轉都骨殭。」〈囚房〉，只有身歷

---

[6]胡仔，《苕溪漁隱叢話》，頁49。
[7]江盈科，《江盈科集》（長沙：岳麓書社，1997年），頁808。
[8]江盈科，《江盈科集》，頁808。

之人，方能寫出，方知心酸。至於「身如殘屍爬黃蟻，人同蛆肉聚蟑螂；群蚊叮後掌染血，巨鼠嚙罷指留傷。」（同前），更超過了文天祥（1236～1282）〈正氣歌〉所述的慘痛。這些情景，用「不忍卒睹」都不足以形容了，豈止柏楊一人之不幸哉？

　　然而，縱然如此黑暗的環境，如此恐怖的歲月：「暮聽狂徒肆苦叫，晨驚死囚號曲廊。」（同前）柏楊卻發現人類的善良和不屈精神：「欲求一剎展眉際，相與扶持背倚牆。」（同前），把諸多不幸的慘劇，用最經濟的手法濃縮起來，使讀者自然震驚不已。最後兩句更顯示出全詩的境界，一般詩家更難以望其項背了。

　　柏楊在敘事詩中，顯然有老杜的痕跡。老杜〈哀江頭〉詩有云：

> 明眸皓齒今何在，血污遊魂歸不得。清渭東流劍閣深，去住彼此無消息。人生有情淚沾臆，江草江花豈終極，黃昏胡騎塵滿城，欲往城南望城北。[9]

　　杜甫將陷賊期間的亂象，以「取樣」的方式，凸現給萬千讀者。《詳注》引王嗣奭（1566～1648）之言云：「〈曲江頭〉乃帝與貴妃平日遊幸之所，故有宮殿。公追溯亂根，自貴妃始，故此詩直述其寵幸宴遊，而終以血污遊魂，深刺之以爲後鑒也。」柏楊本人身陷牢獄之中，比杜甫不幸十倍。以〈小院〉中所見眼前的悲慘事實，向人間作沉痛的呼號，有云：

> 小院黃昏密密燈　正是人間兩死生
> 男子剝衣坐冰塊　女兒裸體跨麻繩
> 棉巾塞口索懸臂　不辨叱聲與號聲

---

[9]杜甫（712～770）著、仇兆鰲（1638～1717）注，《杜少陵集注》（臺北：佩文書社，1973 年，卷4），頁37。

暫罷稍休候再訊　只餘血淚淹孤燈[10]

　　八句全為寫實，萬千讀者豈能不為之憤慨、而一掬同情之淚？「不辨
叱聲與號聲」、「只餘血淚淹孤燈」，何等婉轉，又何等慘痛！

　　而敘事詩中，以〈重逢〉最有光芒。第一是詩題的選擇，便見匠心；
其次深得「提要」之道。全詩 16 句，使我們感受到囚犯面臨的變化莫測之
悲慘世界。「重逢」原應是興奮、愉悅的。何況我們一向把「他鄉遇故知」
列為人間樂事之一呢？但作為牢獄之中的人則不然。「相見不如不見」才是
他們的心願。因為他們的〈重逢〉是這樣的：

君自泰源來　我自景美至
昔日同鐵窗　今日再逢此
承君頻詢問　告君別後事
某人尚未判　某人鐐壓趾
某人定無期　某人已伏死
某人妻絕裾　某人母歿世
某人女淪落　某人子乞食
都在縲絏中　相勸莫淚濕[11]

　　此詩全以「平淡」出之，故加強了事實的寥落氣氛、和撼人的力量。
「平淡」的境界於敘事詩，尤其重要。連用八個「某人」，正如八幅圖畫，
一幅比一幅淒涼又悲慘；又如身臨戰陣，八個「某人」，直如連續不斷的砲
火引發，使人喘不過氣來。最後兩句，則如黃昏撫琴，嘎然中斷；頗似
「人去樓空」的場景，令人空自憑弔了。當萬種不幸臨身，祇能「相勸莫
淚濕」時，這是何等淒涼的世界啊！就藝術功力言，說有千鈞之重，也不

---

[10]柏楊，《柏楊詩抄》，頁 31。
[11]柏楊，《柏楊詩抄》，頁 64。

爲過。

〈我離綠島〉則代表了敘事詩的終結，也表現出他重回自由之身的感念。末句云：

　　獨念獄中友，生死永不忘[12]

　　其豪放誠厚的襟胸，難友當不會忘記。讀其《詩抄》者，更不能忘記。

二、〈鄰室有女〉的寫作藝術

　　在敘事詩中，〈鄰室有女〉一篇，尤可爲代表作。前述諸詩，多以簡單速寫的技巧，在一詩中描述數人的生命，有如傑出的畫家畢卡索（Pablo R. Picasso, 1881～1973）、齊白石（1861～1957）等大師，落落三、兩筆，或至四、五筆，便可創造出意味超群的畫境。但〈鄰〉詩迥異前舉諸篇；柏楊以未曾謀面，未曾交語的身分，完成一首超脫而悲痛感人的鉅製。主角僅有一人。這是艱難的藝術，故必須用專章來評析。全詩不宜摘錄，今先轉抄如下：

　　憶君初來時　屋角正斜陽
　　忽聽鶯聲囀　驀地起徬徨
　　翌日尚聞語　云購廣柑嘗
　　之後便寂然　唯有門鎖響
　　初響是提訊　細步過走廊
　　再響是歸來　泣聲動心房
　　君似患喉疾　咳嗽日夜揚

---
[12] 柏楊，《柏楊詩抄》，頁96。

日咳還可忍　　夜咳最淒涼
暗室幽魂靜　　一嗽一斷腸
我本不識君　　今後亦不望
唯曾睹君背　　亦曾繫君裳
同病應相憐　　人海兩渺茫
我來因弄筆　　君來緣何殃
君或未曾嫁　　眼淚遺爺娘
君或已成婚　　兒女哭母床
今日君黑髮　　來日恐變蒼
欲寄祝福意　　咫尺似高牆
君應多保重　　第一是安康
願君出獄日　　依然舊容光[13]

　　我特別保留了詩句原來排列形式，即因為好的著作，豈祇文字、標點不能更易；即便是文字的排列，若是變更，也將減弱其震撼了。三讀、四讀之餘，則更有戚戚焉之感。僅僅這首〈鄰室有女〉，即已足膺「國際桂冠詩人」的殊榮了。

　　第一是詩題〈鄰室有女〉便典雅大方，預留了多少發揮的空間；論意則又含蓄深遠，饒富人間的至情。柏楊雖與女主角未謀一面，未交一語，卻將她的淒涼遭遇，如泣如訴的呈現於世人之前。詩前有段文字：「調查局監獄，位於臺北三張犁。各房間密密相連，卻互相隔離，不通音訊。稍後頻聞女子語聲，有感。」而在〈後記〉中，對於此詩，更有令人震撼的記敘：

　　我只會欣賞詩，不會作詩。直到身陷絕境，第一首〈氣歌〉，及第三首

---

[13]柏楊，《柏楊詩抄》，頁 25～26。

〈鄰室有女〉，是在調查局監獄，無紙無筆，用手指刻在剝蝕了的石灰牆上，甲盡血出，和灰成字。[14]

　　由是觀之，這兩首真是名、實相副、用「血」完成的詩篇。僅就其寫作動機之單純與幽憤，便可獨步千古了。清‧薛雪有云：

　　作詩必先有詩之基，胸襟是也。有胸襟然後能載其性情智慧，隨遇發生，隨生即盛。千古詩人推杜浣花，其詩隨所遇之人、之境、之事、之物，無處不發其思君王、憂禍亂、悲時日、念朋友、弔古人、懷遠道。凡歡愉、憂愁、離合、今昔之感，一一觸類而起；因遇得題，因題達情，因情敷句，皆由有胸襟以為基……。[15]

　　職是之故，雖在最悲愴的牢獄生活下，鄰女之出現，仍引起柏楊沉痛的關注。全詩以古典、悲情的氣氛，使讀者走進一個蒼涼、心酸的世界。一開始採取了象徵沒落的回憶方式：

　　憶尹初來時，屋角正斜陽。[16]

　　物是人非。出現於面前的是「屋角」和「斜陽」。你當然知道屋角下發生過的人與事。尤其是「斜陽」，極容易引起哀戚的聯想。李商隱（813～858）〈柳〉詩云：

　　曾逐東風拂舞筵，樂遊春苑斷腸天。如何肯到清秋日，已帶斜陽又帶蟬。[17]

---

[14] 柏楊，《柏楊詩抄》，頁146～147。
[15] 清‧薛雪，《一瓢詩話》：丁福保編，《清詩話》（臺北：明倫出版社，1971年），頁678。
[16] 柏楊，《柏楊詩抄》，頁25。
[17] 李商隱著、馮浩箋注，《玉谿生詩集箋注》（臺北：里仁書局，6版，1981年，卷2），頁454。

清・馮浩（1719～1801）注云：「斜陽喻遲暮……」而全詩則評為「不堪積愁，又不堪追往，腸斷一物矣。」而杜牧（803～853）有〈憶游朱坡四韻〉云：

秋草樊川路，斜陽覆盎門，獵逢韓嫣騎，種識館陶園，帶雨輕荷沼，盤煙下竹村，如今歸不得，自載望天盆。[18]

詩中「斜陽覆盎門」，係指《漢書・劉屈氂傳》所載「太子軍敗，南奔覆盎城門」事。至於宋之名臣范仲淹（898～1053）也有〈蘇暮遲〉之懷舊詞，傳誦更為廣遠：

碧雲天，黃葉也。秋色連波，波上寒煙翠。山映斜陽天接水，芳草無情，更在斜陽外。黯鄉魂，追旅思。夜夜除非，好夢留人睡。明月樓高休獨倚，酒入愁腸，化作相思淚。[19]

我所以舉證唐、宋大家的名句，旨在說明柏楊的〈鄰室有女〉之開端，便有功力，為全詩留下足資揮灑的場景。

全詩共 38 句，敘述了這個女子的悲慘故事。柏楊全憑聽覺，加上偶而的視覺，竟將一個悽惋之極的鄰室女子的不幸遭遇，熔鑄出來，由「忽聽鶯聲囀，驀地起徬徨」兩句，正式揭開序幕。

我們必須注意開頭兩句的關鍵性，否則，就失之交臂了。何則？它正是「不寫之寫」的含蓄技巧之運用。「忽聽鶯聲囀」暗示了這所牢房長久的空寂。心理學家言，一個人若長時住在全無聲息的環境中，實際上比竟日處於噪音裡，更為可怖，且難以承受。而今，忽然間有女子聲由隔壁傳來，自然是件「大事」。他之「驀地起徬徨」，乃是理所當然的心理反應。

---

[18]馮集梧注，《樊川詩集》（臺北：新興書局，1960 年，卷 2），頁 29。
[19]范仲淹，〈蘇暮遲〉，《全宋詩》（臺北：世界書局，1984 年），頁 11。

克蘭教授（Ronald S. Crane, 1886～1967）謂：「真正的詩永遠是個人情感的直接傾瀉……」又謂：「它的藝術要領不在陳述，而在暗示。」[20]也就是有「意在言外」的豐富意義。在僅僅四句詩裡，柏楊將場景、時間、女囚及他自己，已作了非常深沈的描述。

其後四句「翌日尙聞語，云購廣柑嘗；之後便寂然，唯有門鎖響。」使女囚的風貌更加具體，我們稍加體察，即知她孤苦自憐的個性和對前途的絕望心情。除了門鎖響聲，一切歸於可怕的靜默。它無異告訴世人，這位弱女子，於短短一天的時光中，已經進入一個悲慘的地窖中了。

這位女子是柏楊未曾謀面的新難友。通常在劫難中，人們是自顧不暇的。柏楊卻對之關心備至，「初審是提訊，細步過走廊，再響是歸來，泣聲動心房。」四句，使悲痛轉入另一階段。本已沉靜的琴弦，此時漸轉凄切。柏楊用小說的手法，隱示出女主角的斯文性格。既然「細步」，其文雅嫻靜，當可以慨見。但是「提訊」歸來，女子哭聲悲切，想是結果不太樂觀。「四句」一組的悲劇，也就進入另一高潮了。

第7至12等句，寫女子昨夜的咳嗽病狀。這一常人偶患的風寒病症，原少題材發揮；但作爲鄰居的柏楊，則另有細緻的感受；分爲「日嗽」和「夜嗽」兩面，最後是「暗室幽魂靜。一嗽一斷腸」。而斷腸之同情無法表述，又奈之何呢！「我本不識君，今後亦不望。」只好把滿腹悲哀，咽進肚裡。他們都是絕頂不幸的人，漫漫長夜，豈敢存有相見、相識的期盼？「人海兩渺茫」，即便是「同病應相憐」的一點心願，都難以表達。

柏楊在執筆之際，必然充滿了莊嚴的心緒，比之包括 24 句的老杜之〈石壕吏〉，就意境言、絕不遜色。在〈石〉詩之中，老杜經由聽覺，得知一個強捉人民參軍的故事，發生於隔鄰；於是撰就千古不朽的詩篇。詩云：「暮投石壕村，有吏夜捉人」「聽婦前致詞，三男鄴城戍。」故我們可知，杜甫相當容易的取得寫作材料。況且古來皂隸捉人，如狼似虎，無不

[20]《文學欣賞與批評》（A Handbook of Critical approaches to Literature）（徐進夫譯，臺北：幼獅文化事業公司，1991 年），頁8。

驚動四鄰；自易耳聞或目睹。杜甫在別去之際，「天明登前途，獨與老翁別」便表示取得第一手的資料了。較之柏楊，僅靠來自隔壁聲息，自然方便許多。[21]

　　柏楊與詩中的女主角，惟一的接觸，乃是「唯曾睹君背，亦曾繫君裳」。且所謂「繫君裳」者乃是「調查局獄囚禁後期，每天有十分鐘散步。某日散步時，曬衣架上一件女衣被風吹落地面，柏楊代為揀起，重繫繩端」而已。但就在如此簡易單純的接觸中，柏楊卻以細膩的思維和聯想，組合出一篇感人泣下的牢獄悲劇詩。若說柏楊此詩，無遜於老杜的〈石壕吏〉，應非誇大之詞了。杜甫告訴我們的是人民為征戰所苦、及參軍的惡政；而柏楊用一個囚於隔壁的弱女子，指控出文字、言論的冤獄；以及一位詩人的愛心與關懷。下引八句，尤其曲折、寬厚，頗具大詩人的懷抱：

> 君或未曾嫁　眼淚遺爺娘
> 君或已成婚　兒女哭母床
> 今日君黑髮　來日恐變蒼
> 欲寄祝福意　咫尺似高牆[22]

最後又私下盼望：

> 願君出獄日　依然舊容光[23]

其情致之深遠、細膩，何遜於任何偉大的詩家？

　　我們由 38 句中，更發現其間的起伏和宛轉。雖不似司馬遷的《項羽本紀》，但安排了數次的轉折，隱含了「劇情」的推陳出新。於此，我們可以

---

[21]仇兆鰲注，《杜少陵集詩注》，卷 7，頁 4。
[22]柏楊，《柏楊詩抄》，頁 26。
[23]柏楊，《柏楊詩抄》，頁 26。

參證清人賀貽孫之《詩筏》所云：

> 古詩之妙，在首尾一意而轉折處多，前後一氣而變換處多。或意轉而句
> 不轉，或句轉而意不轉；或氣換而句不換，或句換而氣不換。不轉而
> 轉，故意轉而意愈不窮。不接而換，故愈換而氣愈不竭。善作詩者，能
> 留不轉之意，蓄不竭之氣，則幾於化。[24]

　　這是古詩的優越處，它雖因時代所趨而式微，但其固有的質性之長，白話文（包括新詩）還是難以取代。在表達情意方面，傳統詩自有其優越所在；典雅之外抑且具有音樂的特色、記誦上的快感，以及想像的空間。〈鄰〉詩的藝術成就與生命的深沉發揮，即在其中了。

三、抒情詩的境界

　　張潮（1650～？）云：「古今至文，皆血淚所成。」此類文字世間不多，有之，在生死邊緣上的獄中詩也。[25]

　　前已言之，獄中詩不易爲，抒情的獄中詩則更難。在生命旦夕之際，非有堅忍不拔的美善意志，自難完成。否則，徒見其脆弱與殘破之雜碎而已。柏楊的獄中抒情詩未有年月之記。但依其內容及題材，似可依稀尋之。〈幾番〉一詩大概成於入獄之初。

> 幾番鍛鍊過門前　幾番哀號震鐵欄
> 腸縈兒女悲離別　魂驚鞭後咽寒蟬
> 天上千年如一日　獄中一日似千年
> 到此人生分歲月　聽風聽雨兩茫然[26]

---

[24]郭紹虞（1893～）編，《詩筏》，《清詩話續編》（臺北：木鐸出版社，1983年，上冊），頁138。
[25]清・張潮著；章衣萍校，《幽夢影》（臺北：漢風出版社，1996年），頁111。
[26]柏楊，《柏楊詩抄》，頁28。

寓悲涼於言外。「聽風聽雨兩茫然」之「茫然」，頗有千鈞之力，蓋日暮窮途，不知適從也。

不過，雖然「茫然」，柏楊並不氣餒。人窮呼天，他像許多善良的人們，相信冥冥之中尚有「公道」在。其「家書」一詩中，如此盼想：

伏地修家書　　字字報平安
字是平安字　　執筆重如山
人逢苦刑際　　方知一死難
凝目不思量　　且信天地寬[27]

自字面上觀之，這詩不見峰巒，字句平淡。

但我們細加探究，即可發現其峰迴路轉，內心的起伏，道盡了獄中的悲苦，及付之命運的矛盾與掙扎。他使用了隱約的對比，如「伏地修家書」；而「字是平安字，執筆重如山。」便用了明顯的比喻。第五、六句突然言及「人逢苦刑際，方知一死難」因而，我們可明白寫一、二句時的絞心之痛苦和悲嘆。到了七、八句，則係在左思右想之餘，「凝目」不去思量了，姑且相信天命會憐惜自己吧。

絕望人多談「夢」，多寫「夢」，獄中人尤然，至於身遭「家變」者更然。柏楊之〈夢回〉，最可代表：

夜半無聲月色遲　　睡中依舊到華池
仍攜妻子稚兒女　　驚醒枕畔夢如絲
倚牆欲寫相思字　　提筆徬徨意已癡
可奈此情無處寄　　今時不是往年時[28]

---

[27]柏楊，《柏楊詩抄》，頁30。
[28]柏楊，《柏楊詩抄》，頁33。

此詩溫厚中有其孤獨，渴念中有其徬徨。先說首句「夜半」和「無聲」便暗示出作者淒清的牢獄生活。只有在「睡中」還似往日一般到「華池」遊樂，妻子和稚女陪在身邊。此情此景，不是依稀如昨麼？但是恍惚間發現這些舊日生活，卻已經消失了。「夢如絲」取譬最傳神。「夢」和「絲」聯在一起，也加強了悲痛和淒清的氣氛、雖然已經「夢醒」了，但情癡的他，猶不忍立即告別夢中的感覺：一步一步的變化，也一步一步的走向悲慘的深淵。設身處地，當有「情何以堪」之悲。從來，「月」是感性的代表，首句中「無聲」一詞的淒涼心理，與李後主「相見歡」中的「無言」，可說同一匠心；不能作第二想。同時，也顯示了他用字的含蓄與溫厚。至於「徬徨」及「癡」兩詞，不僅深沉，而且纏綿。為詩固難，即解詩亦不易。末句「今時不是往年時」，彷彿如泣如訴的情絃，終於嘎然中斷！

但在情感的表現上，柏楊有驚人的反應，試看〈出獄前夕寄前妻倪明華〉所云：

感君還護覆巢女　魂繞故居涕棘荊
我今歸去長安道　相將一拜報君情[29]

以此詩解我們的詩教「溫柔敦厚」，可謂凜然。清・趙翼（1727～1814）〈題元遺山詩〉云：「國家不幸詩家幸，賦到滄桑詩便工。」[30]誠哉，斯言也。論柏楊之舊詩，抒情詩勝過敘事詩者亦在此。

四、〈囑女〉中的父愛風貌

〈囑女〉是一篇 68 行的長詩，寫於 1976 年 6 月至 1977 年 3 月之間。大約是獄方法外施仁吧！「恩准」了他們父女在綠島監獄之會。此詩遂於

---

[29]柏楊，《柏楊詩抄》，頁 80。
[30]趙翼，《甌北詩鈔》（上海：上海商務印書館，1936 年），頁 332。

焉產生。

先說〈囑女〉這一詩題,便寓有萬千感慨意。從這個詞彙上聯想,本應出現一幅天倫樂事的畫面;或者想像一位慈愛的父親,坐在柔和的燈影中,溫語教女的場景。然而出乎萬千人的意料,這位父親竟然正置身於牢籠之中。

最重要的是,父、女九年之久不曾見面了!所以當萬千父女相見狂擁、欣然呼喚時,柏楊父女則是:

> 茫茫兩不識　遲遲相視久[31]

在平凡的兩句、十個字中,我們將用多少言語方可形容出其間的「重逢」心緒呢?有四句道出:

> 父驚兒長大　兒驚父白首
> 相抱放聲哭　一哭一內疚[32]

四句詩包含了萬千血淚,人間悲劇,而在四句中的一個「疚」字,更凸顯出柏楊的無私和深愛。將長達九年的牢獄辛酸,置之度外,而首先念及的竟是對愛女的歉疚。這不是平凡父親的愛,唯有極高至愛之胸懷者能之。這個字是多少「愛」字,也難以述說的深情。

他何以具有如此的至情和至愛呢?要回答此一問題,並不容易;幸而並不絕望,我們從《另一角度看柏楊》一書中偶然得之。

在「九一八事變」那天,柏楊正在河南家鄉唸小學二年級。老師上課時把同學都說得嚎啕大哭,帶著淚痕回到家裡,繼母正哄親生的弟妹們吃牛奶、雞蛋、酒釀。柏楊也嚷著要吃,那晚娘的臉一繃之下耳光就來了。

---

[31]柏楊,《柏楊詩抄》,頁91。
[32]柏楊,《柏楊詩抄》,頁91。

「我就是在委曲、冷漠、飢餓中長大的。」他說。正由於此一悲慘的經歷，形成了柏楊的反動。他把少小的不幸歲月，轉化成堅強的愛心及同情，付與親人，交給社會和國家。[33]

　　好詩常予人以「畫圖」的印象，顯明的形象藝術，予人的感染及衝撞，乃更具震撼性。《囑女》中若干句子，便可作如是觀。在「內疚」之下，有句：

　　父舌舐兒額　兒淚染父袖[34]

　　相別約三千多個日子，一旦父女相逢，當然是根觸萬千的，將此中情懷流至筆端，自非易事。但悲痛之餘，卻也有輕鬆欣喜的調子：

　　環島踏勝跡　汗濕裳衣透
　　兒或挽父臂　父或牽兒手
　　溫泉洗雙掌　絕壁聽海吼⋯⋯
　　纏父打乒乓　父女大交鬥
　　笑聲徹屋宇　又如舊日友[35]

　　作者若無此一似乎喜樂的描述，將是平庸的「重逢」，將是平庸的父女。九年未見，豈可將如此寶貴的機會，用眼淚打發？於此，我們極易想起庚辰本《紅樓夢》第 17 回至 18 回中的「元妃省親」一幕：

　　（賈妃）一手攬賈回，一手攬王夫人。三個人滿心裡皆有許多話——只是說不出，只管嗚咽對泣。邢夫人、李紈、王熙鳳、迎、探、惜三姊妹等，俱在旁圍繞，垂淚無言。半日，賈妃方忍強笑，安慰賈母、王夫人

---

[33]《明報》1981 年 2 月 24～27 日。
[34]柏楊，《柏楊詩抄》，頁 91。
[35]柏楊，《柏楊詩抄》，頁 91～92。

道：「當日送我到那不得見人的去處，好容易今日回家，娘家兒們一會，不說說笑笑，反倒哭起來。一會子我去了，又不知多早晚才來。」[36]

　　同樣是女兒探望父、母，雖然柏楊與女兒佳佳相晤，論人物及形式與「元妃省親」全然有別，但實質上有何不同呢？皇宮也是多少人的牢獄呢！故脂批於此，有云：

　　　　《石頭記》得力擅長，全是此等地方。[37]

而庚辰眉批，則云：

　　　　非經歷過，如何寫得出。[38]

但「舊詩」一辭，似未能概括。諸多時候，柏楊常有「新辭」呈現。有云：

　　　　乘車懼顛簸　囑兒緊抓綏
　　　　飯桌用飲食　囑兒垂雙肘
　　　　坐時兒弓背　囑兒挺胸鈕
　　　　食罷不刷牙　囑兒勤加漱
　　　　隱鏡疑傷目　囑兒另選購[39]

　　在字句上，和「詩賦欲麗」（曹丕[187～226]《典論》）的鐵律，似近牴牾。其實，五次囑女，正是最大父愛的流露，正是最爲富麗的情思發揮。

---

[36]見第 17 至 18 回。曹雪芹（171～1763），《庚辰本・紅樓夢》（臺北：文淵出版社，1959 年），頁 354。
[37]曹雪芹，頁 354。
[38]曹雪芹，頁 354。
[39]柏楊，《柏楊詩抄》，頁 93。

我相信不少爲父母者，將有自愧不如之感。若要深知來由，則宜一讀清‧冒春榮的這段詩論：

> 詩腸須曲，詩思須癡，詩趣須靈。意本如此而說反如彼，或從題之左右前後曲折以取之，此之謂曲腸。狂欲上天，怨思填海，極世間癡絕之事，不妨形之於言，此之謂癡思。以無爲有，以虛爲實，以假爲真，靈心妙舌，每出人意想之外，此之爲靈趣。[40]

若柏楊之詩，殆曲者與癡者歟！故云：

瑣瑣復碎碎　葱兒嫌父巧[41]

以及

自愛更自重　莫貽他人口[42]

清‧冒春榮又云：

> 詩以自然爲上，工巧次之。工巧之至，始入自然。自然之妙，無須工巧。[43]

這種出於天性而完全自然的愛，實我中華倫理文化之光。至於〈囑女〉字、詞的工拙，又何須詳計乎？

---

[40]郭紹虞編，《甌原說詩》，《清詩話續編》（臺北：木鐸出版社，1983年），頁1581。
[41]柏楊，《柏楊詩抄》，頁93。
[42]柏楊，《柏楊詩抄》，頁94。
[43]冒春榮，頁1548。

五、詠懷詩中的風骨

以撰述《後漢書》名世的劉宋——代史家范曄（398～445），因事觸怒當道，元嘉 22 年（445 年），為人告發；誣指范曄密謀，與孔熙先企圖擁立劉義康，遂為下獄處死。在獄中，范曄特寫信致其甥、姪們，後人題為《獄中與諸甥姪書》，盛道其為文治史的態度，有云：

> 詳觀古今著述及評論，殆少可意者。班氏最有高名，既任情無例，不可甲乙辨。後贊於理近無所得，唯志可推耳。……吾雜傳論，皆有精意深旨，既有裁味，故約其詞句。至於〈循吏〉以下及〈六夷〉諸序論，筆勢縱放，實天下之奇作。其中合者，往往不減〈過秦篇〉……自古體大而思精，未有此也。……[44]

言下之意，充滿豪情壯志，連賈誼都不放在眼下，以其大作《後漢書》之成就自傲。函中絕無一絲哀戚及憂懼之色，不知者那能想像這封洋洋灑灑、評論文事的長函，竟出於行將被誅的囚犯之手呢？

自劉宋之後，文人學者而身陷囹圄，追隨於范氏之後者，則有駱賓王（？～684）、李白（701～762）、劉長卿（725？～789？）、蘇東坡（蘇軾，1037～1101）之輩。至於蔡邕（133～192），王允惟恐其著史，先序處死；孔融（153～208）以言辭竣切，為曹操（155～220）所殺，尚不計在內。[45]不意在一千五百年之後，更有柏楊繼其後。其〈渺茫〉詩云：

生固渺茫無以料　死更倉皇未可知
油盡燈枯餘煙裊　輕風波動化相思
千古艱難唯有此　丈夫冷眼對崦嵫

---

[44]范曄，《新校後漢書注》（臺北：世界書局，1983 年），卷末。
[45]分別見於《駱臨海集》、《李太白集》及劉長卿、蘇東坡有關史料及《後漢書》蔡邕列傳等。

不負滿頭蒼白髮　尚存一息仍吟詩[46]

　　這是詠懷的代表作品之一。他對生、死之間的大關，並無所懼。倒是對文學的生命，甚爲珍惜：「尚存一息仍吟詩。」自基本意識而言，柏楊與范曄對於文學、史學及人間愛的執著，實無二致。我們之所以舉引范曄，即是因爲在歷史的道路上，凡卓絕的人物並不寂寞。詩聖杜甫論詩，有「語不驚人死不休」的誓言。以之與「尚存一息仍吟詩」的精神相比，應無軒輊之分。再看題爲〈煉〉的詩句：

陰風習習火熊熊　髮焦膚裂見性靈
塵沙一入成灰爐　斷金千錘色益紅
也有精鋼雙鐵屑　更多鐵屑化鋼城
是非真假難預說　丹心百煉才分明[47]

　　在他的方寸之中，一直堅信自己的人格是光明的；所走的道路，是可以置諸天地的。
　　而在〈斜倚〉這首詩中，更見激烈與壯懷。

夢回斜倚對西窗　一燈慘淡正昏黃
急雨不停催陣冷　怒潮徹夜打空牆
潛龍萬丈吟深海　巨珠千尺初生光
孤島渾沌將破曉　旭日冉冉看八方[48]

　　於此，我們想及阮籍（210～263）的 82 首詠懷詩，其七九〈林中有奇

[46]柏楊，《柏楊詩抄》，頁 76。
[47]柏楊，《柏楊詩抄》，頁 74。
[48]柏楊，《柏楊詩抄》，頁 73。

鳥〉云：

> 高鳴徹九州　延頸望八荒
> 適逢商風起　羽翼自摧藏[49]

　　在意境上和柏楊詩屬一物之兩面，且「九州」、「八荒」和「萬丈」、「千尺」名詞的交互運用，似乎也非偶然而致，應有其在意識上的契合之機。同以龍、鳳取譬，更是最好的證明。在傳統文化裡，龍、鳳本就是至尊至美的象徵，頗可說明柏楊對中國文化雖有其不滿的一面，卻亦有其深愛的情結在。

　　最能表現他豪放不羈孤傲精神者，當以〈自詠〉為最：

> 紛紛大雪阻春風　春風劇地生青草
> 茫茫黑夜困金烏　金烏破海掀天曉
> 辛苦艱難雪夜時　一寸光陰一寸老
> 斷腕男兒不自憐　偏對無涯雪夜笑[50]

　　詩中「紛紛大雪」等句，何其壯麗；而「掀天曉」更具強大的動感。至於「斷腕男兒」的風貌，「雪夜笑」的背景，就令人為之沸騰、鼓舞了。

　　但要理解柏楊的方寸世界，方能領略此等詩篇。於此，我們不易言之，惟參閱美國愛默森（Ralph W. Emerson, 1803〜1882）的話，當可尋其端倪：

> 自信是英雄氣質的基本要素。英雄氣質是靈魂處戰鬥之中；它的終極目
> 標是對錯誤和愚蠢的最後反抗以及能夠忍受惡可能加予他的一切苦痛的

---

[49]晉·阮籍著、黃節注，《阮步丘詠懷詩注》（臺北：藝文印書館，1971年），頁134。
[50]柏楊，《柏楊詩抄》，頁63。

力量。它敢於說出真理，所以它是正面的，它是慷慨的，仁慈的，溫和的，瞧不起微不足道的斤斤計較。對遭受別人之藐視也毫不重視。[51]

　　昔人嘗謂：「詩無達詁」之說已逝。時至今日，解詩者應就歷史、政治、社會、文化、家庭、教育、性格及遭遇諸方面探索。七十餘年前，胡適之於病中讀完《越縵堂日記》後，曾題：

　　五十一本日記寫出先生性情；還替那個時代，留下片面寫生。[52]

　　《柏楊詩抄》的每一首詩，也足以當之！

——選自李瑞騰主編《柏楊文學史學思想國際學術研討會論文集》
桃園：中央大學中國文學系，2003 年 12 月

---

[51]何欣鐸，〈論英雄氣質〉，《愛默森散文選》（臺北：勵志工業振興會，1957 年），頁 159。
[52]1922 年 7 月 21 日記。《胡適的日記》（臺北：漢京文化事業公司，1987 年），頁 406。

不安於室

論柏楊囚室之寫作場域及獄中詩詞作品之時空觀

◎王建國[*]

一、前言

　　倘若對柏楊一生寫作歷程粗略區分：1950 年代小說、1960 年代於《自立晚報》及《公論報》分別開闢「倚夢閒話」及「西窗隨筆」專欄，1978年到 1983 年於《中國時報》開闢「柏楊專欄」、1983 年以後《柏楊版資治通鑑》，可謂迭有佳績。然而，令人疑惑的是其 1960 年代因撰寫雜文而聲名大噪之際，何以自 1968 年後將近十年其人匿跡其作不傳？此即：柏楊彼時因翻譯一紙〈大力水手〉連環漫畫，得罪當道而換來九年有餘的牢獄歲月。雖然如此，其寫作卻未留白，變更寫作場域與改換書寫文類後，其仍於獄中完成三部歷史著作及個人抒懷遣興之獄中詩詞；而後者正是吾人將欲論及者。

　　歷來緣於柏楊雜文及小說上之成績，論者亦多就此立論，而罕及其獄中作品之論列，目前針對柏楊獄中作品加以討論者，僅有黃守誠〈國家不幸詩家幸——柏楊舊詩的藝術成就〉一文，該文乃就柏楊之獄中五、七言詩作 40 首依敘事、抒情、及言志等三方面加以探索；本來，黃文將柏楊獄中詩作定位為「舊詩」，係屬常理亦無甚扞，只是，如此一來，較為忽略其獄中書寫場域之特質及對獄中詞的一併論列[1]。職是，筆者擬從作者之繫獄

---

[*]發表文章時為成功大學中國文學系博士研究生，現為臺南大學國語文學系助理教授。
[1]最明顯者莫過於黃氏批評柏楊因恨當道者而造「如豬似狼」之「者良」字（筆者按：其詩共出現四例「兀」，如：「兀」有權製冤獄。（〈聞判十二年〉，頁 48）；「兀仍圖留春住」（〈椰子樹下〉，頁

經過及其囚室寫作場域爲一進路，分析探究包含柏楊所有獄中詩作與詞作之《柏楊詩》[2]，並就其用典、意象及敘事等方面加以論述，再佐以《柏楊回憶錄》爲說明，進而揭示其獄中作品之所以獨特而異於其他傳統古典詩、詞而獨具之時空觀。

《柏楊詩》除少數幾首自其詩題或題下之註解文字可稍窺其寫作年代外，其餘全無繫年，然大抵可由其排列順序見出先後，或由其內容風格之相似推定其寫作時間之相近；其明顯由條陳歷史牢獄冤情之詠史，逐漸走向個人式之抒懷——詞作是其極致；再者：作者之時空意識並不因詩詞文類之別而異，遑論其詩與詞在排除格律形式之別後（下詳），更將成爲內容上之統一，因而，除一些特殊情況外，筆者毋寧將詩與詞視爲一整體而進行論述。附帶一提：本文囿於篇幅，僅能暫就柏楊個人獄中詩詞加以論述，將之與整個臺灣獄中文學——特別是臺灣古典獄中文學形成一系統比較論述，恐將待諸來日。

二、柏楊繫獄經過及其囚室場域書寫

柏楊一生因政治因素曾兩度入獄。

第一次發生在 1949 年來臺後，彼時柏楊任職屏東農業職業學校人事員，隨著「一個人因身上插著紅花在新公園被捕，一個士官因不小心掉了帽徽被捕，但很多人都是因爲『偷竊共匪廣播』的逮捕聲中，被送到青島東路的臺灣保安司令部軍法處看守所，被軍事法庭以「竊聽共匪廣播，處

62）；「虎旗橫掃兀穴」（〈感奮〉，頁 63）；「英雄枉被兀誤」（〈謝虞和芳〉，頁 97），乃係缺乏認同之基礎而無生命與情感可言云云。見黃守誠，〈國家不幸詩家幸——柏楊舊詩的藝術成就〉，原發表於香港大學亞洲研究中心所主辦之「柏楊思想與文學國際學術討論會」，收於《柏楊思想與文學國際學術研討會》論文集，（臺北：遠流出版社，2000 年 3 月初版一刷），頁 355。其實正忽略柏楊乃於獄中此一特殊時空場域寫就之特性——此毋寧柏楊爲抒一己之憤懣且得以免於二次文字獄之權宜計也。

[2] 柏楊之《柏楊詩抄》自 1982 年由四季出版社出版以來，已有多種版本問世。直至 2001 年《柏楊詩抄》更名《柏楊詩》，重新出版並收入《柏楊全集》中。本文即據：柏楊，《柏楊詩・序》（臺北：遠流出版社，初版一刷），頁 16。又，以下引文，將不再標出版項次，僅以括弧標明書名、詩題或詞牌名及頁次。

有期徒刑六個月」，實際上則羈押七個多月[3]。

　　第二次入獄則起因於 1960 年代長期在《自立晚報》「倚夢閒話」專欄及《公論報》「西窗隨筆」專欄，撰文批判「醬缸」傳統文化及臺灣現實社會，引起當道不滿；而實際導火線則係 1967 年底爲《中華日報》（時柏楊妻倪明華任《中華日報》婦女版主編）翻譯一幅美國金氏社發行之〈大力水手〉連環漫畫，該期漫畫內容係波派和他的兒子，流浪到一個小島上，父子競選總統，波派開場演說時，稱說「Fellows……」，柏楊將fellows譯爲蔣中正總統常用語：「全國軍民同胞們」，刊於1968 年 1 月 2 日之《中華日報‧家庭版》[4]。3 月 4 日，被調查局調查員從家中帶往三張犁調查局招待所，迭經四個月刑求逼供羈押審訊後，於 7 月 7 日被移送到景美臺灣警備司令部軍看守所收押，並依「懲治叛亂條例第二條第一款」唯一死刑起訴；期間，曾因離婚而絕食 21 天，後以「我要活下去，好記下我的遭遇」爲理由，恢復進食。最後，審判結果：「以影射方式，攻訐政府，侮辱元首，動搖國本」，判刑 12 年，仍暫羈押軍法處看守所。1970 年代，綠島政治監獄完竣。柏楊亦在移監之列：

　　我們被帶出押房，兩人一雙的走上警備司令部的鎮暴車，車隊浩浩蕩蕩在黑暗中向北奔馳，天亮的時候，抵達基隆碼頭，被趕鴨子似的趕到登陸艇的甲板上。登陸艇重新裝備過，新的鐵欄干，新的鍊條。荷槍實彈

[3]對於身處白色恐怖，卻能夠在羈押七個多月後被釋回，柏楊以爲與當時國際情勢有關，即因彼時韓戰爆發，原發表白皮書欲放棄國民黨及蔣中正之美國，派第七艦隊協防臺灣海峽，國民政府無暇——處置政治犯，故而將無足輕重之案件作一清理釋放。柏楊亦因此得倖免。見柏楊口述、周碧瑟執筆，《柏楊回憶錄》（臺北：遠流出版公司，初版一刷，1996 年 7 月 1 日），頁 199。以下引文，將不再標出版項次，僅以括弧標明書名及頁次。

[4]其實，早在柏楊任職救國團期間，亦曾身歷層峰一件類以之政治敏感事件，即蔣經國在救國團團務會報上，詢問大家看過蘇菲亞羅蘭和馬龍白蘭度飾演關於男主角拿破崙退到一個小島上，蘇菲亞羅蘭給他送換洗衣服一齣電影的觀後意見，在無人表示意見的情況下，蔣經國自己發言：「這明明是諷刺我們，諷刺我們退到一個小島上，孤立無援。只剩一個女人給我們送來破舊的衣服。」（事實上這部片子早在國民政府來臺之前已拍攝）結果，第二天，場場爆滿的電影就突然下片。見《柏楊回憶錄》，219～220）；加以，彼時人人心中都存有一個警總；職是，筆者以爲此非如柏楊之遙稱翻譯：「心中並沒有絲毫惡意，只是信手拈來而已」（《柏楊回憶錄》，頁 252）而或有柏楊個人攖鋒逆鱗當道之意亦未可定。

的憲兵在四周戒備，我們被重重包圍，坐在甲板上，什麼都看不見，只看見藍天。……天上有飛機巡邏，海上有驅逐艇護航。

——《柏楊回憶錄》，頁 290

坐獄期間，因蔣總統過世，全國大赦，刑期減爲 8 年（政治犯減刑三分之一），原應於 1976 年 3 月 7 日獲釋，卻被實施「隔壁手段」[5]繼續軟禁於警備司令部所屬綠島指揮部之新生大隊第六隊，進行思想改造……最後終於在美國總統卡特推動人權外交、「國際特赦組織」（Amnesty International，簡稱：「AI」）從世界各國發動信件攻勢、孫觀漢在美國發動請願行動、美國眾議院議長伍爾夫先生來臺訪問施壓等諸多因素之奧援下，而於 1977 年 4 月 1 日獲釋出獄，計遭有判決書之囚禁 8 年，無判決書之軟禁一年 26 天，共計九年 26 天。無獨有偶，柏楊兩次入獄獲釋皆與美國有關。

柏楊於判刑確定後仍暫時羈押軍法處看守所期間，因在看守所圖書室充當外役，暫自狹仄囚房脫出，並借助圖書室《資治通鑑》藏書，得以著手其獄中第一部著作——《中國歷史年表》。此後，亦將整個監獄歲月投入寫作。每天席地倚牆，將紙板——以早上吃剩的稀飯塗在報紙上，一張一張黏成一個堅硬的寫字紙板——置於雙膝寫作的方式，陸續完成《中國帝王皇后親王公主世系錄》、《中國人史綱》（其出版順序恰與寫作順序相反）等歷史著作[6]。另外，則是獄中抒懷遣興之《柏楊詩》。

然而，不論是其三部歷史著作抑或其詩詞，除皆歷經獄中寫作之熬煉

---

[5]柏楊曾言及綠島指揮部新生大隊之編制：「就是黑社會重量級流氓集中營，凡是其他流氓管理所（正式稱「職業訓練所」）管訓的流氓，不服從管訓，或毆打長官，或屢次逃亡，被列爲惡性重大的，都送到火燒島新生大隊，接受更嚴厲的折磨。大隊直轄四個隊，其中三個隊管訓流氓，一個隊（第六隊）則是管訓從『隔壁』（政治監獄）刑期雖然已經屆滿，但有關單位認爲他的思想仍未改造，或者找不到保人的政治犯；就在出獄當天走出大門時，重新逮捕，囚入第六隊，管訓期限是三年，可以一次又一次的延長。」（《柏楊回憶錄》，頁 319）。

[6]另有第四部《中國歷代管制》未完成。柏楊云：「1975 年春，官員要我們『快快樂樂過一個端午節』，把所有的參考書都搜去保管，規定每人不准持有三本以上的書，所以只寫了一半。」見柏楊，《中國人史綱‧柏楊歷史研究叢書總序》（臺北：星光出版社，1979 年 1 月，初版），頁 3。

外，在作品之出獄面世過程中，亦饒經波折。歷史著作於出獄時全被送往警備司令部政戰部審查；其中之《中國人史綱》更是自寫作之初即託人抄寫兩份，出獄一個月後再央獄中友人冒家破人亡與加重刑期等危險輾轉自獄中攜出。《柏楊詩》自寫作時即經歷物質困乏之窘境：

> 第一首〈冤氣歌〉及第二首〈鄰室有女〉，是在調查局獄，無紙無筆，用指甲刻在剝蝕了的石灰牆上，甲盡血出，和灰成字。
>
> ——〈序〉，頁 16

俟及「完成」，則又面臨挾帶上的考驗：

> 詩抄（按，指《柏楊詩》）並不是整本帶出來，那樣的內容，根本走不出政治監獄大門。我早就料到它的命運，因而分別抄在《辭海》和《領袖訓詞》之類書中字裡行間，使它和正文相混，果然如願帶到獄外。
>
> ——《柏楊回憶錄》，頁 349

　　雖然暗渡成功，但其後來交給三重市一家打字行打字，卻遭警察局查獲沒收；三年後立委費希平曾就此事向行政院提出質詢，未果。是以，10 首左右寫在紙屑碎片上的詩作永遠石沈大海，後膽寫倖存字裡行間之詩稿，共得：五、七言詩作 40 首，詞作 12 首，共計 52 首作品。
　　緣於柏楊素非對古典詩詞有所鑽研，此詩詞不過是其身繫牢獄期間偶一為之之作[7]，因而在其形式與內容之表現上，皆有其美學之侷限。就前者而言，其云：

---

[7] 據柏楊夫子自道，其所以選擇古典詩（詞）而非新詩為其獄中創作之文類，係因其自幼以來讀《唐詩三百首》時日遠遠超過後者，因而是其最熟悉之文學形式，加以古典詩（詞）之韻腳亦方便記誦，故之。此係柏楊於「柏楊文學史學思想國際學術研討會」中之發言，2003 年 10 月 19 日。

> 俗云:「痛呼父母,窮極呼天。」前者是兒時感情的餘緒,後者是成年後
> 逢到絕境時的心聲。」當哀呼時,只是一種哀呼,忘我的哀呼,沒有人
> 還管那哀呼合不合韻律。發之於詩,也是如此(中略)我只會欣賞詩,
> 不會作詩。

——《柏楊詩・序》

因此其詩詞格律亦多只是假古人之調,非有謹嚴恪守唐宋典律;就後者而言,其道:

> 我也寫了些詩。監獄實在不是創作抒情文學的地方,人在坐牢三五年之
> 後,因為生活簡單,不但談話內容會越來越簡單,連夢也會越來越簡
> 單,到了後來,索性連一個夢也沒有了。(中略)長期坐牢的政治犯心
> 靈,好像壓乾了的果實,失去原有的潤澤和滋味。

——《柏楊回憶錄》,頁313

雖然如此,其中一些關鍵字之不斷重複,亦是其精神之所繫。因此,吾人將捨棄詩詞形式諸問題,而就《柏楊詩》中一再「哀呼」重複之內容以審視其特有之時空觀。

三、《柏楊詩》分析

(一)永劫回歸之時間觀

倘若借用「永劫回歸」(eternal recurrence)[8]的觀念來審視柏楊這樁政治冤獄,將發現此不過是一歷史之必然而已。柏楊曾回憶道:

> 《自由中國》這道牆崩塌之後,我的咽喉完全暴露在情治單位的利箭之

---

[8]此係尼采學說,或譯「永恆重現」,見陳鼓應,《尼采新論》,(臺北:唐山出版社,1989年,初版),頁131～140。

下，當時我聽到的第一個訊息，就是出自同事口中的警告：「警備司令部
的人說，柏楊以後該乖了吧！」

——《柏楊回憶錄》，頁236

　　顯然，在彼風聲鶴唳到處充斥恐怖緝捕的年代裡，柏楊並非一個首例
或特例；而且，在柏楊被捕之前，雷震案殷鑑不遠，其個人早已有所警
覺——遑論就柏楊個人而言，其早已有第一次被捕之經驗。即使如此，警
告在彼時顯然不能使當事人產生任何趨吉避凶的作用，蓋緝捕的網羅早已
佈下，何時收網只是主事者的時間問題。因而不論就整個歷史普遍循環抑
或當時之臺灣現實政治環境而言，冤獄之「在劫難逃」只是時間——倒數
計時的問題，尤其，從柏楊自知闖下文字之禍的一刻起，其時間觀即可謂
從歷史時間之倒數，進入屬於其個人刑期之倒數系列：從死亡開始倒數
（寫下「遺囑」）、從獲判有期徒刑12年開始倒數、減刑為8年後之倒數、
刑期將盡卻被軟禁之無從倒數……完全置身一永恆倒數計時之時間觀中，
而此間每一倒數卻又吾道不孤地屢屢回歸中國歷代歷朝的冤獄之上——尤
以被捕與遭判後為然，或是尋求慰藉或是獲得力量，可謂在其個人生命上
復現所有普遍人類的歷史與命運——直到柏楊「歷劫歸來」……
　　論及《柏楊詩》時間觀之前，或可參考戰後兩位亦皆有同樣囹圄遭遇
者對時間的體會。首先是陳列：

我在書頁裡所面對的是過去的自己，所關懷的是未來。只是沒有現在。[9]

其次是施明德：

囚人沒有現在，未來也常呈飄渺，如果再沒有「過去」，就更可悲了。[10]

[9]見陳列，《地上歲月》，聯合文學出版社，1994年初版，頁11。
[10]見施明德，《囚室之春：施明德散文集》，前衛出版社，1992年初版，頁69。

　　兩人雖或對「未來」的看法稍有出入，然其卻不約而同地對囚人的「現在」與「過去」看法相同。正因爲囚人徹底地喪失現在，「過去」才顯得至爲重要。就柏楊個人而言，一再面對不可知的未來（被捕、待判、軟禁），其非沒有努力爭取現在，然亦不免經常反芻「過去」，形成現在與過去不斷糾葛拉扯的過程，而因爲導致現在獄中的過去陰霾實在太大，因此往往使其現在烙上過去的影子——現在不斷成爲名存實亡的過去，過去往往並未成爲拉扯辯證後新意義的現在；因而，爲了救贖過去，不得不回到更遙遠的過去，即中國歷史之中。因此就《柏楊詩》而言，所謂「過去」明顯指向兩方面：其一爲歷史的傳統脈絡，屬於歷史體驗的部分（三部歷史研究著作亦屬之）；其一爲個人的過去回憶，屬於個人抒情的部分（童話故事《小棉花歷險記》亦屬之）。

　　《柏楊詩》以〈冤氣歌〉爲嚆矢，首先明顯連接到中國歷史的傳統脈絡上，此雖仿擬文天祥〈正氣歌〉，然其內心之不平早已在詩題及首句所云：「天地有冤氣」表露無遺，而與文天祥捨我其誰從容入獄之沛然傲岸形成強烈對比。現在獄中境遇，必然與過去有關。故而在幾筆勾勒當下之囚室及所歷經之拷問後，一下子即以兩句一事共八事，時間脈絡接到過去——先鋪陳中國歷史上八件沉冤；再拖出自己過去並無任何不法，來爲自己係遭羅織入罪辯駁。臨末，則點出「冤魂日已遠，生魂憐典型」，除了突顯現下與過去一番對話之完結外，也透露出幾許對歷史不過是一不斷上演冤獄之一番對話之完結外，也透露出幾許對歷史不過是一不斷上演冤獄之舞臺的無奈與感嘆。相對於偵訊期間寫作〈冤氣歌〉；在判刑抵定後亦有〈讀史〉之作。內中痛陳「有記四千載，冤獄染血腥」，以每句一事，共 28 事的方式，歷數中國冤獄，其密度顯然更甚〈冤氣歌〉。如此，屢屢回到過去昭昭青史尋覓忠肝義膽者，無非以讀史正所以讀自己（過去）之方式，定位自身生存之時空座標及意義，只是此間歷史人物無乃最後都坐沉冤獄而乏善終——正是當下柏楊處身之氛圍。之後，雖亦有〈讀史懷古〉，然其已明顯偏向抒情成分。上述所列舉之冤獄顯係中國歷史之邊緣底層，具有小

傳統之積極性意義，然而此間小傳統卻與柏楊個人過去之經歷呈現一斷層性空白之存在，而全不著近當代人事（姑不論日治時期），無疑乃有其顧忌之處。

相較於上述作者耽於歷史的小傳統，在另一方面，亦不乏柏楊個人耽於其過往之回憶者：除了〈冤氣歌〉曾招認陳述個人 20 年前之相關案情外；在其他詩作中亦屢屢提及「今昔之比」，例如：

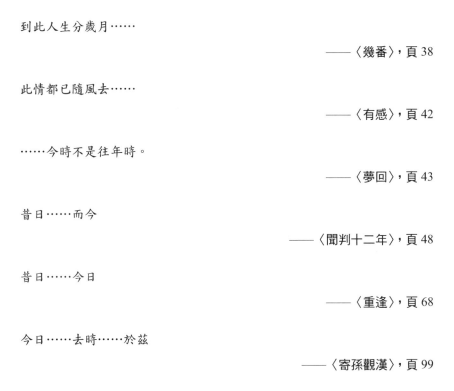

到此人生分歲月……

——〈幾番〉，頁 38

此情都已隨風去……

——〈有感〉，頁 42

……今時不是往年時。

——〈夢回〉，頁 43

昔日……而今

——〈聞判十二年〉，頁 48

昔日……今日

——〈重逢〉，頁 68

今日……去時……於茲

——〈寄孫觀漢〉，頁 99

其今昔之對可謂皆發生於遭逢入獄、移監及出獄等「變動」之際。倘若暫不論內容言及他者之〈重逢〉與出獄感傷之〈寄孫觀漢〉，亦將發現其今昔相對皆發生於聞判前之繫獄初期，此乃彼時入獄時所強烈感受人我兩隔所致。且各詩之相較於昔之「此」或「今」之內容理應有所差異，然此

間卻幾完全化約爲同一時刻，即其入監之際明顯切割了永恆的現在與過去，此時間刻痕或許是人逢災難變故時之一普遍存在特徵，即其時間自入監之後就不再流動，過去亦同時被定格，而此無疑正是其對自我時間之囚禁；倘若再行對照〈重逢〉一詩，因涉及同獄其他人事遞嬗及其獄外該親屬之人事變化而得以稍見時間變動，愈見他者雖可勉爲客觀觀察之對象，然自身卻陷落在其所框限之過去時間泥淖之中而不能自拔。甚者，在其詞中，單單藉由「今」之如何云云，屢屢表現爲對過去之無限感嘆與追悔：

> 今已矣，事都休。
>
> ——〈鷓鴣天〉，頁 125

> 縱真正好夢，也願自今醒。
>
> ——〈八聲甘州〉，頁 129

> 千載女媧煉青石，今日也難重補。
>
> ——〈金縷曲〉，頁 131

　　過去之陰霾傷痕如此龐大而亙長，遠非此時此刻之渺小轉瞬者所能力挽或彌補者；不僅如此，過去種種記憶更接連不斷湧向每一當下之現今。

　　面對減刑出獄在即，回憶的騷動才再一次傾洩而出[11]。三首出獄前之詩作皆如詩題所示之「出獄前夕」之「今」而展開對過去之追憶——「今」在其詩一如在其詞中而似一坳堂轉折，而後幾被「過去」所全然漫衍覆沒。除卻第一首〈出獄前夕寄前妻〉因與前妻既已分離不願舊事重提，故多只是表達出對前妻養護覆巢女之感念而鮮於往事之著墨外，其他

---

[11] 柏楊對自己出在即，曾有一段記錄：「1976 年——我入獄已整整 8 年，從元旦那天開始，就在牆上畫下倒數日曆，直到 3 月 7 日。每天早上劃去一格，還剩 66 天，第二天早上再畫去一格，還剩 65 天，以後除了早上畫去一格，減少一天外，到了晚上，也把明天的畫去。原以爲鐵窗外的事絕不會去想。這些年來一直嚴守這項鐵則，可是，現在變得萬念俱發。這不是急躁，而是動心。8 年監牢，似乎最後這兩個月最長，也最難度過（下略）見《柏楊回憶錄》，頁 317）。

兩首可謂往事歷歷：如〈出獄前夕寄佳佳〉開頭即自：「吾兒初生時，秋雨正淅瀝。」以降，細數其幼年之成長，以迄記憶斷限「當父離家日，兒已二年級」之際，父女舐犢溫情無不躍然紙面，而與詩末「而今父將歸，兒業亭亭立……兒已不識父，憐兒淚如雨。」相應。〈出獄前夕寄陳麗真〉亦以「我昔登車時，君送樓梯右。」為始，娓娓道出對陳麗真一直以來不畏生命危險義重情深掖助之感懷。

　　以上，不論今昔對此之今，或只今之云云之今，乃或者出獄前夕之今，其對於繫獄期間所有「當今」之體會，皆明顯受到過去之重壓而趨孤立單薄。凡此，皆不難見出自囚禁之一刻伊始，正是身繫囹圄者與周遭人際一段集體記憶被迫徹底留白之始，而刑期正決定集體記憶留白之長短——當然，「出獄前夕」云云對柏楊而言，終究不過虛晃一招，其不得不被永無止盡地延長即將接上集體記憶的時限，而接受另一次軟禁。

　　除了一再沉緬過去，仍須真實面對獄中歲月之永劫循環——當然，在這個意義上，活下去就是一種抵抗永劫的方式。初入陌生牢獄，容易對終極時間有所體驗：

　　天上千年如一日，獄中一日似千年。

——〈幾番〉，頁 38

　　此地已非天上所對之人間，乃是再等而下之獄中；加以猶處待判之期，更是焦躁難耐，其相去天上又何啻千萬倍；面對用刑，則又是另一番體嚐：

　　人逢苦刑際，方知一死難。

——〈家書〉，頁 40

　　經驗刑求對肉體劇烈地撞擊撕扯，顯然更能具體意識時間之兩極——

幾經在肉體極限與生死臨界上掙扎周旋，雖企想尋求肉體的消亡以徹底擺
脫時間對肉體的挾制與拘禁，然刑求者卻又狡黠恰份地在肉體極限之內，
繼續讓時間流經其身體。雖然如此，其在繫獄不久之除夕，卻終究曾以近
乎形上之觀點看待自己此番牢獄之災：

> 人生千古終須死，留取片心映日光。
>
> ——〈除夕〉，頁 44

此或不排除作者之真實體驗，然就其成因文天祥：「人生自古誰無死，
留取丹心照汗青。」之詩句，推測其尚乏個人深切體驗之理念先行，或僅
是初入牢獄的自勉之辭。然其在除夕此一象徵時序末了及新生之際寫出如
此詩句，卻也已經超越既存時空而別具一番境地。

對獄中漫漫長日之深刻體驗，仍須待諸往後日復一日之考驗：

> 寂寥日復日，日日對砦牆。
>
> ——〈我在綠島〉，頁 71

只能報以無奈；對於刑期遙遙：

> 生固渺茫無以料，死更倉皇未可知。
>
> ——〈渺茫〉，頁 78

亦油然生出不確定之感；甚或以做夢解夢聊以度日：

> 飛舞夢魂都在此，一日一番教人猜。
>
> ——〈何年何月〉，頁 85

乃至於藉由自然現象而察得更長時間之消逝偏移：

年餘河谷幽，月殘冉冉斜。

──〈但願〉，頁81

即使一開始面對眼前一日的大好時光：「東風閃閃日光新」（〈有感〉首句），最末卻也只能聽任「依牆寂寞待黃昏」（〈有感〉末句）；乃或者午夜夢醒時分：「夢回斜倚對西窗」（〈斜倚〉首句）；最終也只能待諸「旭日冉冉看八方」（〈斜倚〉末句）。彼時毋乃如該詩首末形式所示竟只能無奈坐視逝者如斯。然而，卻在如此綿綿流洩的時日中，相異於繫獄早期的詩篇如〈除夕〉、〈秋雨〉、〈中秋〉、〈黃昏〉、〈暮晴〉等對詩題的肯認；在坐獄晚期的詩題上，其乃逕標〈春王正月〉或〈何年何月〉，乃至如後者首句所稱：「何年何月桃花開」，甚而如〈但願〉所云：「但願從此始」等，皆頗有抽刀斷流抵制抑扼時間之意味──凡此，無非思欲自此伊始乃得以斷開漫漫刑期，而重奉正朔重新開始。當然，此在其精神意識上亦無非欲擺脫先前時序所呈顯之蕭瑟秋殺云云而希冀欣欣春生。

身繫囹圄，柏楊僅一度實際脫開刑期之桎梏，此即柏楊透過友人輾轉將其幼女佳佳攜來綠島探視尚在綠島兵營軟禁中的自己：

二日匆匆過，留計苦無有……重見尚無期，念兒平安否？

──〈囑女〉頁93

此二日之「匆匆」，珍視異常，顯然不同於以往或「對」或「待」之時間觀；只是，如此時日一過，囿於軟禁之遙遙無期，相見更不知待諸何時。當其回眸一生之遭遇，漫漫牢獄歲月卻又直若幻夢之蹈空：

人生飄泊半如夢，乍驚我夢偏沉淪。

──〈有感〉，頁 42

　　十年如一夢，此夢仍未央。

──〈我離綠島〉，頁 96

　　誠如所論，自入獄後其所有之當下體驗皆不脫繫獄經驗所給予之特殊
感受──不僅以之往前看待其一生；即使結束服刑離開綠島，其仍自知此
繫獄並未隨之終結而將如影隨形伴其出獄，而預表自身「後監獄時期」之
來臨。

　　在時序之體驗上，《柏楊詩》顯然體現了中國古典詩偏好「春」「秋」
之時間意識[12]，尤其明顯以「秋」為主之時間意識：以詩題而言即有〈秋
雨〉與〈中秋〉兩詩；倘就內容涉及秋者而言，亦有：

　　一番秋雨一番涼，……

──〈秋雨〉，頁 46

　　……迎窗冷冷聽秋風。

──聞判十二年，頁 48

---

[12] 日本學者松浦友久曾從五點現象及生理及感覺層次上的快與不快，考察中國古典詩「有關春秋的
詩眾多，而有關夏冬的詩貧乏這一明顯事實」，並以時間意識探究其形成之原因，認為中國自然
風土中，春秋短夏冬長，在季節上前者係富變化、推移的季節力需夏冬則是更為持續、凝固的季
節，因此在抒情上，自然以對時不再來之時間意識為主之春，秋為其表現季節，而形成「季節
感──時間意識──抒情感覺」的形式；再者，「春秋」二字亦正表現「歷史」本身的關鍵
語。見松浦友久，《中國詩歌原理・第一篇：詩與時間〈中國古典詩〉中的「春秋」與「夏
冬」──關於詩歌中時間意識的基本描述（上）》（臺北：洪葉出版社，1993 年 5 月），頁 3～
20。而其在〈中國古典詩中的「春」與「秋」──關於詩歌中時間意識的基本描述（下）〉，更進
一步從多方面考察探究，「秋」比「春」在中國古典詩之時間意識上更具優先地位，而在「四季
與人生的關係相似又相反」上，自覺到時間的流逝不返，進而又形成「惜春──悲秋」的時間意
識。同上，頁 21～41。然而，殊為可惜的是：松浦氏僅考察一年四季，並未一併考察與一年
春、夏、秋、冬近乎平行之一日之晨、午、昏夜兩者之關係；筆者以為二者頗具同源性結構，以
下論柏楊詩時將再論及，此處不擬贅述。

……殘日會逢晚晚秋。

——〈懷孫觀漢〉，頁 70

艱難又是重陽到，……

——〈何年何月〉，頁 85

或之風雨蕭索孤冷，或是懷人之仃伶孤獨，乃或逕指重陽暮華；一以秋爲時間主軸而展開其抒情詠懷；此中，〈懷孫觀漢〉已見「殘日」與「晚秋」兩相對舉，顯見二者頗具相似之同源性結構。「黃昏」意象亦屢成爲書寫之對象，以詩題爲例，即有〈黃昏〉與〈暮晴〉兩首。而在實際內容方面則迭有：

憶君初來時，屋角正斜陽。

——〈鄰室有女〉，頁 35

小院黃昏密密燈，……

——〈小院〉，頁 41

……依牆寂寞待黃昏。

——〈有感〉，頁 42

黃昏最是相思際，……

——〈黃昏〉，頁 64

暮天雷雨止，斜陽照曲池。

——〈暮晴〉，頁 74

……燈帷又報黃昏。

——〈木蘭花慢〉，頁 133

究竟係何種因素使其不絕如縷著墨黃昏？推測其可能原因，不外以下幾個可能：其一乃因獄方放封多在傍晚，故得以目睹落日西沉之景；再者，即囚室除一單門外，僅有一與其相對透光裨益監視之鐵窗，而此鐵窗如〈斜倚〉及〈鷓鴣天〉所曾提及乃「西窗」，故得以時常藉由此一西窗，目睹黃昏景象；並且，此一窗口亦是體會時間進入夜晚（或月夜，或星夜，或雨夜）與魂夢境地前之唯一管道。然而不論何者，「夕陽無限好，只是近黃昏。」黃昏轉瞬總是一如秋季之短暫而深具變化與推移，日日時光之消逝斂跡亦得由此體會。當然，如此繾綣於黃昏落日之書寫，絕非僅只於意象之攝取而已，黃昏意象之一再疊複，實在某種程度上暗喻了囿於刑期的渺邈延宕，故不得不日復一日任時光流逝以堆疊其自身之凋零殘年，即如〈自詠〉：「一寸光陰一寸老」，頗有遲暮之感。

最明顯可以證諸暮年在即者，莫過於象徵減損之頂上白髮之出現。柏楊早在繫獄之初寄語陌生女囚時，已有所自覺：

今日君黑髮，來日恐變蒼。（中略）願君出獄日，依然舊容光。

——〈鄰室有女〉，頁 37

不論漫漫刑期之煎熬，或是內心憂憤之難平，實皆足致髮蒼容改。其寄語正是自寄。再如：

天生我輩人間世，一點赤心證白頭。

——〈懷孫觀漢〉，頁 70

不負滿頭蒼白髮，尚存一夕仍吟詩。

——〈渺茫〉，頁 78

父驚兒長大，兒驚父白首。

——〈囑女〉，頁 92

可憐無計留黑髮，一番對鏡一番驚。

——〈鷓鴣天〉，頁 121

看縐紋滿面鬢毛霜，對鏡久無聲。

——〈八聲甘州〉，頁 129

　　面對時間流逝無情，雖然幾番在主觀精神層面上誇下豪語，欲化消極坐獄為積極體證，而轉以白首（時間）證諸丹心衷腸；甚或自負擬以白髮吟詩臻達不朽而超脫生死無常；然而，在父女青絲白首相對相驚之際，乃或獨自攬鏡驚見歲月對皺紋霜鬢蝕刻之際，終仍不得不在外表生理之變貌上，承認年華不再之客觀事實。

（二）囹圄洞天之空間觀

　　囚人身繫囹圄，即表示與素所熟悉之人事物全然相隔，從某一角度而言，即被整個社會邊緣化而陷於孤立狀態。如此在空間上被劃分兩隔的客觀事實，亦儼然成為囚者人我兩分之主觀心理結構。茲觀其以下之詩，「兩」幾成詩眼：

囚室空對壁，相看兩無聲。

——〈冤氣歌〉，頁 30

同病應相憐，人海兩渺茫。

——〈鄰室有女〉，頁 37

到此人生分歲月，聽風聽雨兩茫然。

——〈幾番〉，頁 38

小院黃昏密密燈，正是人間兩死生。

——〈小院〉，頁 41

永和陡絕雲天隔……

　　　　　　　　　　　　　　——〈出獄前夕寄前妻〉，頁82

流水落花兩有恨，凡癡情總被無情誤。

　　　　　　　　　　　　　　　　　——〈金縷曲〉，頁131

　　除〈出獄前夕寄前妻〉與〈金縷曲〉乃憶及當初被捕時與妻子生別及入獄之後與妻子離婚之憾恨皆有實指外，其餘皆是其身在牢獄之整體體驗。雖然云兩，然其兩云之內容皆有所不同：或是連番鳴冤，終及無聲；或是深感茫茫人海，同囚益應互助；或是經歷獄中歲月切割，體及風雨無情；或是面臨刑求直逼生死畛域；或是出獄在即，回首入獄之相隔；或是以流水落花為擬，言其擦身交錯之遺憾……如此之兩而茫然，一再延及其女佳佳前來探訪之際：

茫茫兩不識，遲遲相識久。

　　　　　　　　　　　　　　　　　　——〈囑女〉，頁92

　　柏楊意識與空間上之兩隔，一度因佳佳前來探訪而稍合——兩人方得以在時間上重回入獄之前一時刻而重新開始「集體記憶」；在空間上也主動開啟原先關鎖的綠島風景大門；雖然兩隔之合終只是瞬現而已。尤有甚者，乃延及其出獄：

今日踉蹌回臺北，人物都非兩渺茫。

　　　　　　　　　　　　　　　　　——〈寄孫觀漢〉，頁99

　　今昔相對，就空間層面而言，其渺茫疏離實不下於曩昔初入陌生牢獄。此乃客觀反映整個1970、1980年代適值臺灣面臨政經重大轉變，人事

亦屢有更迭變化之事實；就主觀心理層面而言，其仍擺脫不了彼時整個臺灣社會患有嚴重的集體監獄心態。對此，柏楊曾對「交保候傳」制度加以批判時論及：

> 一個政治犯，從被捕的那一天開始，親戚朋友早就惶恐逃散，政府又故意使他和社會隔絕，這個人就像被地獄吞沒了一樣，無影無蹤，十年、二十年後，整個世界都有了改變。親戚在哪裡？朋友在哪裡？同鄉在哪裡？同學在哪裡？妻子在哪裡？丈夫在哪裡？兒女又在哪裡？不知道求誰保證？又不知道把保證書寄給誰？有的靠著舊的記憶，勉強把信發出，不是石沈大海，就是被原封退回，上面郵局批著查無此人。
>
> ——《柏楊回憶錄》，頁 350～51

可謂非切身經歷不能言之深刻體認。而除了兩而茫然者，亦有多處言及徬徨茫然者，如：

> ……驀地起徬徨。
>
> ——〈鄰室有女〉，頁 35

> ……提筆徬徨意已癡。
>
> ——〈夢回〉，頁 43

> 回頭更覺意徬徨……未沉其境皆清醒，既沉其境都迷茫。
>
> ——〈除夕〉，頁 44

> 茫然無所依，賴君為奔走。
>
> ——〈出獄前夕寄陳麗真〉，頁 89

> 仰頭望蒼穹，天人皆迷惘。
>
> ——〈我離綠島〉，頁 96

絕域斗室自徬徨。

——〈憶王孫〉，頁 132

北國悽迷……

——〈揚州慢〉，頁 135

倘若前述之兩而茫茫或茫茫而兩之感發，多因意識空間上之相隔而有。此處之徬徨茫然顯然更接近本質上之直指自身牢獄處境，即對身處迷離惝恍陌生異境之質問，其自我疏離成分顯然較前為濃；甚者：

暗室幽魂靜，……

——〈鄰室有女〉，頁 35

……魂驚鞭後咽寒蟬。

——〈幾番〉，頁 38

……無語對景銷魂。

——〈木蘭花慢〉，頁 133

皆近乎體無完膚地被鞭出元神——魂不附體；幽冥無助，噤聲無語，不僅與先前溯古窮今之鳴冤喧嘩形成反差；益見其失魂後之空茫。而對自己處身如此境遇，往往亦只能一「笑」置之。

……一笑夢醒百迴腸

——〈秋雨〉，頁 46

歷盡三晝夜，仍見笑開口。

——〈我來綠島〉，頁 66

斷腕男兒且自憐，俯聽無涯雪夜笑。

——〈自詠〉，頁 67

雲際傳笑語，人孤心不孤。

——〈窗下〉，頁 72

笑聲徹屋宇，又如舊日友。

——〈囑女〉，頁 92

國仇家恨難揮淚，且把心情作笑聲。

——〈鷓鴣天〉，頁 121

想那人正相笑語。

——〈金縷曲〉，頁 131

偶聽幾家笑語，……

——〈木蘭花慢〉，頁 133

　　除了〈秋雨〉係非自主性夢中之笑、〈窗下〉乃因讀書沛然感契雲際笑語及〈囑女〉乃父女二人骨肉親情相接流露之笑，皆屬於渾然忘我之笑外，其餘所謂之笑多面對千鈞之沉重態勢卻故作輕鬆之狀，痕跡鑿鑿。尤其，最末兩例更是以（想像）對方言談說笑，反襯自己當下之乏友孤寂。當然，若一味言其兩隔之心理結構，亦不甚客觀公允。雖然空間之隔的確讓柏楊感觸良深，然亦不乏其他方面之精神補償，如佳佳在骨肉親情之慰藉，孫觀漢、梁上元、陳麗貞[13]及虞和芳等以道德勇氣超越血緣之相知相惜，在在皆破除人與人間之隔閡；除此之外，兩而云云者，亦有：

[13] 由柏楊對其獄中所完成三部歷史研究叢書之處理態度：「我虔敬的把第一部《中國人史綱》，獻給孫觀漢先生。第二部《中國帝王皇后親王公主世系錄》，贈給梁上元女士。把第三部《中國歷史年表》，贈給陳麗真女士，用以表達我無窮的謝意。」見柏楊，《中國人史綱‧柏楊歷史研究叢書總序》，（臺北：星光出版社，1979 年 1 月，初版），頁 10。可見三人與柏楊間之患難情誼。

> 乾坤洗盡舊顏色，天際人間兩太平。

——〈感奮〉，頁 63

> 兩相許，清風明月，度此平生。

——〈八聲甘州〉，頁 129

　　無獨有偶，一詩一詞皆在末了以「兩」爲句收束——此與前述〈春王正月〉、〈何年何月〉及〈但願〉等時間觀，意境正類。此可視爲其飽經兩隔茫然而內心企望渾然合一之心境表現。然而，此間開闊襟懷相較於其情緒耽溺者，究係少數。

　　囚人雖因刑期服刑，然其入獄服刑期間，除了深感繫獄時日之漫長外，卻也時常感受囚室空間對其肉體及精神上之摧折「刑塑」——其實，從訊問所展開之刑求，遠早於對刑期時間及囚室空間之體驗；當然，刑求逼供即已暗示某種意義之度日如年，並且也預示稍後所將展開一連串待審與服刑等真正忍受時間煎熬之體驗。茲觀其繫獄初期對刑求之回憶：

> 男子剝衣坐冰塊，女兒裸體跨麻繩。棉巾塞口索懸臂，不辨叱聲與號聲。

——〈小院〉，頁 41

> 人道人權一筆勾，斗室恰如刀俎場。毒言詈語能挫骨，坐冰壓趾兩相忘。……何患無辭肉餵虎，欲加之罪狼食羊。

——〈除夕〉，頁 44

　　前者，用刑無分男女，赤身露體忍受坐冰，跨繩與懸臂等對體能極限之考驗與人身之羞辱；後者，詩題雖爲〈除夕〉，然所寫之內容係使其耿懷之審訊刑求：在失去人道人權的屏障之後，仿若跌落一原始野蠻的人間煉獄，全然任人宰割，除了肉體摧殘，更有深及於骨之語言暴力。而其真正

囚房生活之體驗，則可以〈囚房〉爲例：

> 重鎖密封日夜長，矇矓四季對燈光。天低降火類爐灶，板浮積水似蒸
> 湯。起居坐臥皆委地，呻吟宛轉都骨殭。臭溢馬桶堆屎尿，擁擠並肩揮
> 汗漿。身如殘屍爬黃蟻，人同俎肉聚蟑螂，群蚊叮後掌染血，巨鼠噬罷
> 指留傷。暮聽狂徒肆苦叫，晨驚死囚號曲廊。欲求一剎展眉際，相與扶
> 持背倚牆。
>
> ——〈囚房〉，頁47

　　身居囚房雖得暫時遠離刑求威嚇，然踵至囚房環境之蒸熱難耐與穢亂
不堪，則又似乎更甚於前。相較於〈除夕〉係人化身虎狼禽獸之弱肉強
食，〈囚房〉則實際飽受黃蟻、蟑螂、群蚊及巨鼠等蠶食之苦——其巨大身
軀遭虺蟲唁噬亦猶如寫就於獄中之《格列佛遊記》主角入到小人國，而遭
小人國之人捆綁束縛。雖然如此，相較於詩末第三句「晨驚死囚號曲廊」，
此對當時仍如坐針氈等待判決之柏楊而言係屬可承受之輕；當然，此句所
云無疑也是徹底解消囚徒肉身之苦的唯一途徑。

　　值得一提的是：此間動物之橫行來去，正是映襯其身之動彈不得。尤
有甚者，其〈感奮〉一連龍（蟠）、虎（踞）、獅（醒）、雞（啼）、鯨
（動）、鷹（揚）等，由陸、海而空無所不包，更是迭宕翻騰，此無非囚禁
之反動；乃至於〈黃昏〉：「我今且喜聽啼鳥，凝眸空自望雲天。」及〈自
詠〉：「茫茫黑夜困金烏，金烏破海掀天曉。」咸以鳥爲意象，或欽羨其自
在啼叫自由飛翔，或奮力掙脫黑夜飛向破曉，皆是有所象徵。

　　柏楊在移監綠島之後，對囚房可謂完全有另一番之體驗與書寫，此或
與綠島當地特有天候地理景致有關，即該地風雨特多。茲觀其以「綠島」
爲名之前二詩：

陣雨衣盡濕，陣風百骨抖。

——〈我來綠島〉，頁 66

鹹風刺肌骨，海雨透鐵窗。

——〈我在綠島〉，頁 71

踏上綠島一刻，迎接柏楊的除了武裝憲警外，就是綠島的風雨；如此
風雨不僅刺骨消人，甚且侵漫各處，即使置身牢房亦無能倖免。而面對綠
島風雨交加，詩人除了在生理上：

少衣只盼晴。

——〈巫山一段雲〉，頁 139

更在心理上：

唯盼天晴日，同拂洛陽柳。

——〈出獄前夕寄陳麗真〉，頁 89

已曉無晴還悵望，一抹長空堆積。滾滾濃雲，沉沉黑霧，萬里龍涎滴。
傷心窗外，潺潺苦雨又急。

——〈百字令〉，頁 140

皆曾深盼雨過天晴。前一首詩，出獄在即，逐雀躍天晴可盼，然最終
竟是落得軟禁而空歡一場；後一闋詞，無論意象遣詞或心境描摹皆可謂與
〈軟禁〉神似，頗可視之為同一時期之作。乍聞軟禁，冀晴覆滅，天昏地
暗，氣候終不以人之意志為轉移，一如只能聽任其積聚濃雲，並由雲而
雨。其體會亦由前此「鹹」風之感官而深及此際苦「雨」之心理，體會愈
是深入。直到離開綠島，風雨才完全止息：

我離綠島時，厚雲掩朝陽。

——〈我離綠島〉，頁 96

　　亙常風雨在其最後離開綠島之際似乎方告停歇，即使如此，卻仍不見陽光拂照。回首綠島坐牢歲月，或正印證：「歸去，也無風雨也無晴。」

　　再者，壓仄迫逼之意象除「詔獄壓壓積烏雲」（〈有感〉，頁 42）係待決期間以烏雲形容自己所受沉冤外，其餘有關迫仄壓頂之意象，亦多出現於綠島時期，如適解送綠島之際，飛機壓境：

……飛機壓頂吼。

——〈我來綠島〉，頁 66

或繫獄之時：

濃雲壓壓壓殘臺……萬籟無聲待雨來。

——〈軟禁〉，頁 91

數縷炊煙散罷，任苦風淒雨壓孤村。

——〈木蘭花慢〉，頁 133

一勾殘月壓三星。

——〈定風波〉，頁 137

黑雲萬里總無情，壓壓欲天傾。

——〈巫山一段雲〉，頁 139

　　對所見遙遠之天象，不僅不能興發距離的美感，反而愈感壓逼直撲而來：聽聞軟禁，一連三個壓字自天直貫而下，使孤囚全然無力招架，由首

到末，充滿無奈，卻只能聽任風雨之來；人間炊煙冉冉不達天聽，風雨卻又再一次無情自上貫壓而下──鹹風苦雨終又翻入苦風淒雨，益見悲涼；客觀存在之殘月與星子亦不乏染上詩人主觀壓制之想像；黑雲更是無情翻天重壓。凡此，可見綠島監獄外之風景在詩人實際體會上，不僅一風雨交加、不見天日之囚島，並且佈滿壓制，幾令窒悶。反觀監獄之內亦形同一煉爐，期間或曾感受逼迫至極而一度在坐監上有更積極性之體驗；茲觀：

> 陰風習習火熊熊，髮焦膚裂見性靈。塵沙一入成灰爐，斷金千錘色益紅。也有精鋼變鐵屑，更多鐵屑化鋼城。是非真假難預說，丹心百煉才分明。

──〈煉〉，頁 76

> 此心與國共休戚，千難萬劫不成灰。

──〈寄梁上元〉，頁 95

火燒島在地理氣候上之燠熱難耐一如其名。此二詩明顯皆由原先描繪身處囚房生活之現象，調適上遂並藉由囚房酷熱而將之抽象形上化──如其中之一詩題〈煉〉所示，此無疑緣於作者已然擺脫囚室對其羈禁之意義而得以將之深化爲修養身性煉化丹心之所，且完全轉化囚室所在被命名爲「八卦樓」所可能有之鎮懾冥頑涵義而加以反命名爲丹爐之意──詩境亦得由之提升。職是，柏楊乃云：

> 政治犯監獄，是出懦夫的地方，也是出勇士的地方；是出呆子的地方，也是出智者的地方；是出瘋人的地方，也是出英雄的地方；是出廢鐵的地方，也是出金鋼的地方。一個人的內在品質和基本教養，坐牢的時候，會毫無遮攔的呈現出來。

──《柏楊回憶錄》，頁 295

　　經此番瞭解後，吾人方知柏楊離開綠島時何以一方面在生理上飽受摧殘，滿身是傷時：

　　抬臂覺肘痛，著襪撫膝傷。試步雙足軟，合唇齒半殤。

——〈我離綠島〉，頁 96

　　一方面卻又在寄給友人的詩中，表現出老冀伏櫪充滿積極昂揚鬥志之精神：

　　戰馬仍嘶人未老，待碎殘月迎曉星。

——〈謝虞和芳〉，頁 97

　　念我身老童心在，仍將丹忱酬熱腸。

——〈寄孫觀漢〉，頁 99

　　外表或顯年邁傷殘，心志卻早已鍛鍊成鋼，較諸先前誤以為出獄在即之〈出獄前夕〉三作，顯然益加奮勇。

　　在囚室封閉的空間中，天地被鐵窗切割成一斷裂而不連續的空間，易言之，鐵窗亦成為勾連天（外）地（內）的一個重要管道，於是天、窗（牆）、地成為囚室重要場所；姑不論天成為渺茫（日；詳上）抑或慰藉（夜；詳下）之存在，其幽囚於獄中之活動與姿勢多只能依窗（牆）與席地而有：

　　伏地修家書，字字報平安。

——〈家書〉，頁 40

　　……依牆寂寞待黃昏。

——〈有感〉，頁 42

倚牆欲寫相思字，……

——〈夢回〉，頁 43

……席地舉盃共進觴。

——〈除夕〉，頁 44

倚枕迷茫畏入夢，攀窗惆悵羨高山。

——〈黃昏〉，頁 64

夢回斜倚對西窗，一燈慘淡正昏黃。

——〈斜倚〉，頁 75

無語倚窗臺。

——〈少年遊〉，頁 123

收回四海縱橫志，閒對西窗學集郵。

——〈鷓鴣天〉，頁 125

待晴日奇書看罷，臥小窗午睡聽黃鶯。

——〈八聲甘州〉，頁 129

　　身體一方面瑟縮於地與窗（牆）所構設之斗室中，一方面卻又要在如此狹仄空間裡脫出既有空間之限制以爭取「空間最大化」——或藉由筆墨書寫呈與獄友相互舉杯聯絡情感，增加無形心理空間；或經由遠望他方忘卻處身空間之桎梏，增加有形的物理空間；甚而，乾脆稍睡片刻，進入另一個空間——而不斷被形塑成（在刑塑之後）「伏」，「依」，「倚」，「席」，「攀」，「臥」等各樣姿勢；並且窗亦從一對象或對象之手段而逐與風景融爲一體。值得注意的是「倚」向來在古典詩詞中，尤以詞爲最多，多作「倚欄」用，皆係遠眺之舉，頗有壯闊之感，然此處之「倚」，多只能倚牆

（窗），格局明顯降爲屈縮無奈之態；然其作品亦非不曾出現「倚欄」：

獨倚欄杆一眼開

——〈軟禁〉，頁 91

緊倚欄竿北望月

——〈金縷曲〉，頁 131

　　此處出現之「欄杆」，與向來處身獄中所用意象皆不類。獄中無欄，何得而倚？是以極可能是出得牢房而到綠島指揮部後才得享有之自由活動（或可因此判定此二作皆爲同一時期之作品亦未可定）。只是，回首向來，豈料獄中所朝夕渴想之窗外竟是軟禁後之風景，倚窗換作倚欄，不禁令之再度望月茫然。

　　對柏楊個人而言，入獄之可怕，並非受到監獄空間之監禁，包括對肉體的踐躪用刑與語言的罵罵凌辱——這些在不至於精神顛瘋的明哲保身前提下（倘若宣判死刑則又是另一回事），無疑都可以靠委蛇相應與意志力的配合而安然度過。然而，令其最難以接受的乃是精神空間的傾覆，即巢覆家破。入獄前之生活無疑是其個人家庭與事業由顛沛轉爲順遂之際，然而也正是此悠悠生活爲今日埋下繫獄之導火線，其所有回憶亦因入獄而停格於此，因而，此段破碎精神空間之追憶格外令其心傷，尤其，家庭破碎的命運，在其入獄一刻起，已成爲再如何也挽回不了的客觀事實：

或爲柏楊文，家破人飄零。

——〈冤氣歌〉，頁 29

渾忘家何在，輕風送翠姑。

——〈窗下〉，頁 72

遙問家何在，低飛過北枝。

——〈暮晴〉，頁 74

巨弓驚散同林鳥⋯⋯感君還護覆巢女，⋯⋯

——〈出獄前夕寄前妻〉，頁 82

大樹倒時聲屬屬，猢孫散日氣啾啾。

——〈讀史懷古〉，頁 84

我家驟然破，我命懸刀口⋯⋯我幸留殘年，已成喪家狗。

——〈出獄前夕寄陳麗真〉，頁 89

去時家園如完甌，於茲覆巢鳴寒蟄。

——〈寄孫觀漢〉，頁 99

　　自入獄耽吟伊始即對破亡身世念茲在茲，出獄前夕寄前妻則自比落難之同林鳥，寄陳麗真則等而愈下自狀爲喪家之犬，讀史亦不免懷古傷今，以迄出獄寄給友人孫觀漢之詩仍皆感嘆今昔覆巢完甌之比。即使將近二十年後回憶被調查局人員帶離家的一刻仍然深刻在目：

　　這是重要一刻，此次一去，就是十年。等我出獄後，房子已經不歸我有，妻子已是別人的妻子，女兒雖然仍是我女兒，但已變成另外一位少女。

——《柏楊回憶錄》，頁 257

　　顯見家庭覆滅對其個人精神影響至巨——妻女更是其心之所繫。柏楊遭二條一「唯一死刑」起訴期間，其與妻子間所有之誓盟備受考驗：

　　看守所接見日是星期三，最初，明華每星期三都來探望（中略）長期羈

押下來，漸漸的，和明華見面時，幾乎已經無話可談（中略）後來，接見的時間由一週一次，減到每兩週一次，再減到每一個月一次，更變成兩三個月一次。我每次接見，都有心理準備，認為一定會發生，卻一直沒發生的事，終於發生了。最後一次接見，隔著玻璃，明華毫無表情的在電話的那一端說：「我們的離婚手續，應該要辦一辦了！」

——《柏楊回憶錄》，頁277～278

　　晴天終於霹靂，容或鶼鰈如何情深，終經不起時間之試煉與監獄圍牆之阻隔而告仳離，未判之前，先遭昔日枕邊愛人予以恩斷義絕之峻判，其打擊之大實不下於後來法庭之判決，無怪乎經此丕變，柏楊曾於看守所絕食二十一天。刻骨銘心亦皆化作字字血淚：

多少恨，誓言蜜語，都成噎咽。

——〈滿江紅〉，頁127

恩與愛，都塵土。

——〈金縷曲〉，頁131

託濃雲銷誓，記濱海散盟。

——〈揚州慢〉，頁135

　　此間沉痛，在其述及同為政治犯之施明德時，亦不得不特別提及其婚姻之遭遇，此即施明德向其先行特赦出獄最好的朋友亦是最親密的戰友莊寬裕託妻付女，結果：

施太太竟然拋棄了已經為他付出十四年的犧牲，再等半年就要被她營救出來的丈夫，而愛上了丈夫最要好的朋友。等到施明德出獄，所預期的妻子奔向丈夫相擁而泣，幼女抱著父母大腿也痛哭失聲的感人場面，沒

　　有發生，迎接施明德的卻是令人錯愕的消息，這是一個嚴峻的考驗，脆
　　弱的人真可能剎那間精神錯亂。

──《柏楊回憶錄》，頁 301～302

　　悲憫之情溢於言表。其寫施明德正是柏楊之自我書寫──雖然最終同
樣逃脫不了離婚的悲劇，然施妻至少為施奔波 14 年，而吾妻又如何？其間
或不乏柏楊個人之感嘆。

　　誓盟婚約雖無法阻止結褵髮妻簽字離去，女兒卻是血濃於水的骨肉至
親，不僅是覆巢之下唯一完卵，亦是其生命唯一之延續與精神所繫，尤其
佳佳乃柏楊在飽經顛沛流離的人生中，得來不易之女兒；《柏楊詩》即有
〈出獄前夕寄女佳佳〉與〈囑女〉等兩首長詩皆係思女之作，前者之「夢
中仍呼兒……何堪吾家破，孤雛幸存息……」與後者之「五囑」，更是令人
深感父親對女兒無微不至之呵寵；此外，再如：

　　腸縈兒女悲離別，……

──〈幾番〉，頁 38

　　閉眸便見嬌兒女，展眉仍自對鐵門。

──〈有感〉，頁 42

　　遙憐貪玩小兒女，不知己未加衣裳。

──〈秋雨〉，頁 46

　　對女兒的縈牽掛念總是不由自主地越過鐵門獄牆；甚且，念及女兒尚
幼，自繫獄之初之 1968 年至 1969 年 7 月間每週皆固定為其女寫作童話故
事《小棉花歷險記》，直到監獄官勒令不准再寫，故事於焉終斷，皆顯見父

女情深[14]。尤有甚者，綠島所有風景皆被囚禁在鐵窗之外而與獄囚（柏
楊）無關，即使走出獄牆自由活動之軟禁期間，卻仍不見歌詠島上風景，
此或其尚未打開心內門窗所致──非得佳佳前來，骨肉同遊，綠島的風景
才真正從原來閉鎖的囚室與柏楊個人塵封的心靈中被打開瀏覽閱讀：

> 環島踏勝跡，汗濕裳衣透。……溫泉洗雙掌，絕壁聽海吼。高崖攀燈
> 塔，佛洞卜神佑。
>
> ──〈囑女〉，頁92

名勝畢現，節奏明快，是《柏楊詩》中少見者，此無非皆因其與之唯
一精神寄託之相遇。

總體而言光天化日下，囚人之感官無非殘穢蒸熬與抑壓折挫，而意識
所及亦無非迷茫失所；此非得時間自然地由日而夜推移出另一個空間，就
某種意義而言，白日是監禁的共謀，只有夜晚才能在自然光線消失的意義
上徹底擺脫監視，並得以使疲憊的心靈安然停憩及重新自我定位，茲觀：

> 舉目雲天望北斗
>
> ──〈椰子樹下〉，頁62

> 東西分別認巨星
>
> ──〈感奮〉，頁63

---

[14] 就柏楊於獄中與女兒魚雁往返之文字而結集成書者有：《柏楊說故事──合女兒的小棉花歷險記》及《柏楊在火燒島──寫給女兒的信》，其中，後者又分上下兩卷：上卷係1972年3月至1976年，柏楊被囚於臺北市景美看守所，及移監島期間與佳佳「來往信件不得超過二百字」之通信；下卷則自1976至1977年，柏楊被軟禁於臺灣警備司令部綠島指揮部1年26天，寫信可以不受「來往信件不得超過二百字的限制」，父女通信得以深入溝通。見柏楊，《柏楊說故事》（臺北：漢藝色研出版社，1988年1月，初版）。此亦是戰後所有坐政治牢獄之父親不約而同之函授教育方式，即以書信說故事教育其尚稱年幼之子女，如李敖，《坐牢爸爸寫給女兒的八十封信》（臺北：文星書店，1987年12月1日，初版）；王拓，《咕咕精與小老頭》，（臺北：人本教育基金會，1998年，初版）；王拓，《小豆子歷險記》，（臺北：人本教育基金會，1988年，初版）。

入夜還看星外星。

——〈無風〉，頁 80

指天詢北斗

——〈囑女〉，頁 92

重認辰星

——〈揚州慢〉，頁 135

　　白日迷茫失所，藉由夜晚尋覓天象星斗，方得以貞定方向；並且，舉目向夜，望星甚於望月——甚至以爲「一勾殘月壓三星」，此或不乏「物換星移」之成分，然其對方位空間之體會顯然較之其對時間的變化爲濃。

　　此外，夜夢亦是一自我安頓之空間。夢的意象（在詞中多與魂連用）都一再出現，除卻用來指涉時間之〈有感〉與〈我離綠島〉兩例外，其餘多與空間有關。此相對於閉鎖的囚房而言，直是另一番天地；不僅得以暫時擺脫囚獄牢房之束縛，無疑也反映了其潛意識之神往自由國度。更重要的是，夢有時也幾乎成了柏楊家破後除女兒佳佳外，唯一精神慰藉：「只剩餘夢慰飄零」（〈定風波〉，137）。夢之意象在其詩詞表現上略有不同。先論其詩：

仍攜妻子稚兒女，驚醒枕畔夢如絲。

——〈夢回〉，頁 43

鼻息均勻人已睡，離魂何曾入夢鄉。

——〈除夕〉，頁 44

屢念蛛絲千折線，一笑夢醒百迴腸。

——〈秋雨〉，頁 46

倚枕迷茫畏入夢，……

——〈黃昏〉，頁 64

偶然無夢到，飄泊入誰家？

——〈但願〉，頁 81

筋骸無病夢初回，新春遙遠祝凱盃。

——〈寄梁上元〉，頁 95

　　所舉各例，除了〈除夕〉極可能係繫獄第一個除夕，且因斷續聽聞獄外鞭炮聲響導致心緒備受攪擾而無法入夢、及〈黃昏〉之畏夢係因此際一旦入夢夜裡反而難眠外，其餘各例：或補償其現實上之缺憾；或忘情而笑；或從感嘆無夢以迄夢之來歸，皆可見其心嚮夢境。

　　在詞方面，則更多是魂夢意象同時出現：

今已矣，事都休。斷魂殘夢復何求。

——〈鷓鴣天〉，頁 125

午夜驚魂，推孤枕燈花百裂……算場場惡夢，何時能歇。

——〈滿江紅〉，頁 127

嘆孤魂拖影，天涯踏遍，都是仃伶……縱真正好夢，也願自今醒。

——〈八聲甘州〉，頁 129

問夢迷何處，恁孤魂繞遍斗室，欲飛無路。一霎數驚不成寐，舉目更添淒楚。

——〈金縷曲〉，頁 131

　　前三闋詞，其魂夢云云正係由今之回眸過去現實，期間即使不乏美好歲月，也在入獄之際，已然頃刻覆滅化為泡影，因而企盼能及早自此夢魘

醒來;尤其〈滿江紅〉於午夜夢迴,反而歷陳過去現實之四海猛志不斷遭挫,由今看來反而是連番惡夢,頗有大夢初醒之意味。最末之〈金縷曲〉,所指涉者不僅與前三闋詞有所不同,而且其夢境亦顯然與詩中素來所期待之夢迥異——此噩夢正夢見彼如一孤魂繞室無路之窘迫而數度驚醒,而此正是其當下身繫囹圄困頓無路之寫照,不論夢與不夢,終不得物化逍遙。此四闋詞皆著染獄中此時此刻之現實性甚濃,以其屢云之「孤」而言,一方面是其目前獄中之寫照,一方面亦由之審視入獄前之一段生活,而使其皆著獄中此刻之陰霾,即使夢寐亦皆不能免於「孤魂」云云;其實,早在〈冤氣歌〉伊始以迄〈讀史〉所列之冤獄者,其在歷史長河亦無不形單影隻而孤立乏援;柏楊處身相似境遇,感受尤為深切,諸如:「孤蓬」(〈冤氣歌〉,頁 29)、「孤鳥」(〈懷孫觀漢〉,頁 70)、「人孤」(〈窗下〉,頁 72)、「孤雛」(〈出獄前夕寄女佳佳〉,頁 88)、「孤島」(〈斜倚〉,頁 75)、(〈謝虞和芳〉,頁 97)、「孤燈」(「鷓鴣天」),頁 121)、「孤枕」(〈滿江紅〉,頁 127)、「孤村」(〈木蘭慢〉,頁 133)、「孤窗」(〈揚州慢〉,頁 135)等,無不由其自身處境而向周遭人事物作自我投射。

　　夜夢不僅可以暫時解消囚人白日身屬囚房,亦可以現今夜夜新夢刷洗過去之記憶或對過去現實幻滅不全之補償,而得以使自己從過去超拔而出。至少,在夢裡他不再被監視,乃屬於自己空間的主人。柏楊期盼置身於當下之夢,反以過去為幻夢,如此之以虛為實及以實為虛,乃或者以過去的白日與現今的夜夢成為一種對立的顛倒,皆暗指柏楊個人極度否定過去一切現實生活,且不甘被拘於此,故而極力扭轉時空——此明顯已從早期不平則鳴地如〈冤氣歌〉及〈讀史〉等藉由回到歷史傳統反省、對話並找尋自我定位的方式,轉化為屬於個人過去回憶並以夢為中介而虛實倒轉深化其時空觀。然而,夜夢雖絕對個人化、私密化,任誰也不能加以剝奪之空間,並得以脫出現在既有框架之束縛,但自另一方角度思之,此無非是遭囚後之自我孤立,較諸被(隔)孤立愈形孤立,即其夜夢係乏集體記憶化之產物,觀諸:

這個事實就是在夢中我們不可能重溫我們的過去（中略）睡夢中綿延不
絕的一系列意象，就像一堆未經細琢的材料疊放在一起，層層疊疊，只
是出於偶然，才達到一種均衡狀態，而一組記憶就像是一座大廈的牆
壁，這座大廈被整體框架支撐著，並受到相鄰大廈的支持和鞏固。兩者
之間的差別就在於此。夢建立在自身的基礎之上，而我們的記憶依靠的
是我們的同伴，是社會記憶的宏大框架。[15]

　　夢成為集體記憶之倒數而極具破壞作用，其雖是純粹個體心理之一靜
土空間，然在失去社會表徵系統而連番織夢之際，無疑也在牢獄之內，同
時為自己塑造了一自囚的空間——此正足以解釋魂夢之孤。夜夢終究是柏
楊一借來的空間。

四、結論

　　柏楊本不擅長傳統詩、詞之文學表現，卻在獄中坐牢期間寫下《柏楊
詩》，揆諸其內容不外詠史或抒情，此或在其心有鬱結不得不發之情況下，
故勉強選擇在彼場域中頗具保護色彩之古典文學為其表現形式——當然，
更不可忽略是其抄寫及挾帶上之方便性。

　　緣於冤獄之悲劇，因此，《柏楊詩》屢屢在時間上，回到中國歷史小傳
統及個人過去的回憶之中，前者或許是其尋求慰藉及獲得力量之來源；後
者則是其失去集體記憶後而有之時間停格。此外，其可謂繼承中國詩歌傳
統上以「秋」為主之時間意識，而擴及具有同源性結構之「黃昏」意象的
書寫，如此一再地書寫無疑也象徵柏楊個人之遲暮。在空間觀上，緣於獄
中被隔離的客觀事實，亦導致柏楊物我兩分之心理結構，因此，其作品一
再表現「兩」而云云，即使出獄之後，仍不乏經歷其個人「後監獄癥候
群」及社會之疏離。獄中對肉體及精神上的刑求折磨，乃至於囚房的污穢

---

[15]（法）莫里斯・哈布瓦赫著，畢然、郭金華譯，《論集體記憶》（上海：上海人民出版社，2002 年
　10 月，第一版），頁 73-5。

燥熱或逼仄壓迫，在在皆予柏楊以極大之試煉，其曾一度將囚房監禁調適上遂為修身煉性之所而具積極意義；此無形亦遙契自日治時期以來，臺灣古典獄中文學以「夏」之苦熱為主之書寫系統。

　　總體而言，《柏楊詩》之書寫及其出版本身，其實已然呈現其咽喉雖被利刃抵住卻仍選擇持續發聲之積極性——這也是所有獄中文學書寫的普遍原型。而在內容上，其由條陳過去歷史沉冤之小傳統，以至於以夢為中介而倒轉現實之時空，也甚具意義。然而，在其遭囚的過程中——或在入監後抑制時間繼續向前流動，或在其極度個人之精神空間上不斷織夢，卻也不免因繫獄徹底失去集體記憶而有自囚之成分。

——選自李瑞騰主編《柏楊文學史學思想國際學術研討會論文集》

桃園：中央大學中國文學系，2003 年 12 月

現代化思潮下的史論

《柏楊曰》的精神與處境

一、入室操戈的戰士

　　柏楊（郭立邦，1920～）先生將《柏楊版資治通鑑》所附的評論，相對於司馬光（1019～1086）原書的「臣光曰」，單獨輯爲《柏楊曰》。此書當然比卷帙浩繁的《柏楊版資治通鑑》更能有系統地體現他的史觀與史論，但分量仍然不小，讀來頗費目力。幸而開卷有益，獲得了不少知識與啓示。

　　在翻譯《通鑑》之前，柏楊早在 1978 年即出版過《中國人史綱》。該書另有兩部相互配合之書：《中國歷史年表》與《中國帝王皇后親王公主世系錄》。其後他又寫了《帝王之死》兩集、《皇后之死》三集。

　　這些書都可視爲柏楊著手翻譯《通鑑》之前的準備工作。《通鑑》譯本及其中所包含的「柏楊曰」，整個觀念，事實上亦沿續自上述各書，其觀念可說是長期一貫的。

　　但長期看柏楊史述史論的讀者，對柏楊翻譯《通鑑》之目的與性質，卻仍不免時有誤解。例如蘇墱基（1945～）說柏楊之所以「獨鍾情於《通鑑》，唯一的理由是：《通鑑》敘述的歷史，涵蓋面最廣、時間最長、文辭最優美、內容最豐富、最有助於國人對歷史的認識」¹。實則柏楊對古文

---

*發表文章時爲佛光大學南華管理學院院長，現爲　　　　。
¹蘇墱基，〈文壇和文學界驚起巨雷〉，《柏楊 65：一個早起的虫兒》（柏楊 65 編委會編，臺北：星光出版社，1984 年），頁 458。

是不認同也不欣賞的，對司馬光的文筆更不欣賞。甚至，他還從司馬光的文筆，推斷司馬光根本頭腦有問題：「古史書的最大特徵之一：說不清楚。……這是思考方式問題、運用文字功力問題。把史書弄成一盆漿糊似的，不限於文言文和方塊字，如果頭腦沒有條理，白話文和拼音文化也是漿」(145 條)[2]。

其次，柏楊或許也認為《通鑑》「最有助於國人對歷史的認識」，但這種認識可能與司馬光所希望給予讀者之認識不同，也與蘇先生認為國人可於其中獲得之認識不同。因為柏楊認為《通鑑》是一部「最足以了解中國政治運作、中國式權力遊戲的鉅作」，可以讓人明白中國人在歷史上活得多麼沒有尊嚴。這是一個非常特殊的角度。

正因如此，故高平說：「史才、史德，司馬光先生都是一等一的。對史料的鑑別辨認、分析綜合，對史事的忠實，都是無與倫比的」「所謂史德，就是對史實的絕對忠實，疑則闕疑、信則傳信，有一分證據，說一分話」，恐怕都不符合柏楊對司馬光的評價。[3]

柏楊不斷指出司馬光記事的失漏及錯誤，而且認為他謀殺了歷史真相，例如 222 條云：王莽（前 45〜後 23）登極後，改正朔，恢復秦制，以 12 月 1 日為元旦，但《通鑑》仍以漢曆記年，稱「春，正月，朔」，故柏楊批評他：「政治掛帥下的史家謀殺歷史真相，連眼都不眨。元旦的位置都可以隨自己的意識型態亂搬，證明信史難求」。238 條又說劉秀（前 6〜後 57）部下吳漢的軍隊非常殘暴，但「他們對人民的暴行，所有史書，包括《資治通鑑》都輕輕一筆帶過」。諸如此類，無不說明柏楊並不欣賞司馬光的史才與史德。

---

[2] 柏楊對文言文之態度並不穩定。此處說文言文本身並沒什麼不好，而是寫作者頭腦太差。但有時他又直接質疑文言文，例如 246 條說《通鑑》載：「盜殺陰貴人母鄧氏及弟訢」，不知訢是鄧女士之弟、抑陰女士之弟？而當慘案發生時，也不知現場何處？鄧女士可能仍留在原籍新野，也可能早已隨女兒到了首都洛陽，共享富貴，《通鑑》都沒說清楚。我們對文言文之感困惑，原因在此」。

[3] 高平，〈重擔：柏楊版資治通鑑〉，《柏楊 65：一個早起的虫兒》，頁 475。

　　讀者們誤解了柏楊，以為柏楊是因喜愛或尊敬《通鑑》，所以才戮力從事翻譯，乃是仍以一般的古籍譯白者去看待柏楊，故以司馬光之「功臣」視之；而且也對柏楊一貫的史觀尚不熟悉所致。

　　柏楊對中國史總體的看法是：「在幾千年的歷史時光隧道中，我們看到的全是統治階層永無休止的權力惡鬥，口口聲聲仁義道德、詩書禮樂，卻根本不顧人民的生死。絕大多數的中國人活得像虫豸、像罪犯、像奴隸一般」。對司馬光的總體看法是：「前代研究歷史的人如司馬光，本來就是皇家的史官或代言人，維護帝王的立場，是他的本分。……哀哀無告、受苦受難、展轉呻吟的小民疾苦，全被隔絕在他們的認知之外」（均見《柏楊曰》序）。

　　這其實也就是《中國人史綱》的觀點。倪匡（1935～）曾說柏楊《亂作春夢集》等書全在揭露所謂「正史」之荒謬：「撰史者對權貴的拍馬，已至於極點。」又說《中國人史綱》是：「站在民主、自由、人權的立場上，分析權力使人腐蝕，分析古往今來的帝王幾乎沒有一個可以通過權力的關口。……在柏楊筆下，我們了解到中國人的命運是多麼可憐」。[4]這個特點沿續至《白話資治通鑑》。

　　《中國人史綱》不採傳統帝王紀年，改用西元；不稱帝王名號，而直呼其名；對史書地名官名，多用現代名稱予以說明，《白話資治通鑑》基本上也都沿用了。

　　但《中國人史綱》等書是柏楊自己對中國史的敘述，《白話資治通鑑》則是藉司馬光之酒杯，澆自己之塊壘，打著紅旗反紅旗的。

二、批判傳統的史著

　　中國早期史著，自《史記》《漢書》以降，一直是夾敘夾議的。作者一方面要客觀地敘述史事，一方面又要自己站出來對史事進行評議，提供後

---

[4]分別見倪匡，〈論柏楊的幾本書〉〈中國人史綱：好書〉，均收入《柏楊 65：一個早起的虫兒》，頁 409～411。

設觀點，導引讀者體會史事所代表的意義。

　　但這種寫法，在司馬遷班固（前 32～後 92）那兒，發揮議論仍是非常有節制的，不僅篇幅不大，而且大抵僅見諸紀傳的末尾。司馬光則充分利用這種寫法的特點，發揮「史學資治」之作用，隨處就史事中值得舉出來勸誡帝王的地方，敷衍其議論。如此，不僅與他所宗法的《左傳》編年體不甚相符，也並非客觀呈現「國家盛衰，繫生民休戚，善可爲法、惡可爲戒者以爲是書」，如胡三省（1230～1302）所說。在近代強調客觀實證的史學風氣底下，此舉亦可能被視爲一種缺點。然而，柏楊善於利用這個特殊的體例，巧妙地將《資治通鑑》的性質，從「向帝王勸誡」轉向「爲人民申冤」。

　　故他的書，在史事層面上，固然基本上是原著的翻譯，但因論議不同，遂與司馬光所著成爲截然不同的兩部書。託古而改制宛如孢子進入毛蟲的體內，而變成了冬虫夏草，可以有益於人體健康。

　　所以柏楊此書乃是入室操戈的，用《通鑑》之敘事而反《通鑑》。對司馬光的史論及史識深不以爲然。

　　只要細細看過《柏楊曰》，大概都會對柏楊之譏評司馬光印象深刻。但《通鑑》原本在史學界就是有爭議之書。瞿兌園（1892～？）《通鑑選注》說其缺點在於「保守意識非常強烈，所以在《通鑑》的編纂中，一貫設法表現所謂王道政治的主張。任何急進的改革、進步的措施、積極的事業，總是不以爲然，……這一點在胡三省的自序中也曾經提到」[5]，張須（1895～1968）《通鑑學》則說其缺點爲：「政治之方向在愚民、在柔服士類、在保全士大夫利益、在辨定等級以絕小民覬覦之心」「學術思想在尊孔、在宿命論、在不言功利、在一治一亂相爲終始」[6]。自宋迄清，許多人也都曾針對其中矛盾、錯漏之處，提出糾正或訂補，如劉羲仲、洪邁（1123～1202）、王應麟（1223～1296）、嚴衍（1574～1645）等人都

[5] 瞿兌園，〈前言〉，《通鑑選注》（臺北：華聯出版社重印本，1975 年），頁 13。
[6] 張須，《通鑑學》（臺北：開明書店，1958 年），頁 89。

是。柏楊對司馬光記事方面之疏失與錯漏的補正，其實與王應麟嚴衍類似，而他對司馬光政治與思想上的批判，事實上也大抵未超越瞿張等人之見解太多。

不過，由於另外一些原因，柏楊的攻擊顯得更辛辣、更有力道。例如他會把司馬光視為「儒家系統」的代表，或「傳統史家」的代表，所以只要揭露司馬光的錯誤或不足，立刻就等於說明了傳統史學或儒家系統是荒謬的。

其次，早期那些學者不論如何指陳《通鑑》的缺失；其基本心態仍是尊重甚或尊敬的。指出錯誤，是為了訂補；說明其局限，是要讓處身現代社會中的人具有歷史的同情。柏楊則不然。他痛恨中國這一段歷史，迻史之目的，其實是要摧毀那經司馬光等人建構起來的歷史，讓人看見其中的總總荒謬，以揚棄此等帝制與奴性，走向民主法治之新途。由於立場和目的不同，他對《通鑑》的批評，聽起來，當然比從前的那些爭議更像是戰鼓聲。

再者，《通鑑》記事方法是編年，這是前人甚為稱道的體例。而且司馬光以編年體例為由，不採「正統」說，被近代史家認為是極重要的貢獻。[7] 但柏楊卻釜底抽薪，根本從「編年」這一點上瓦解了《通鑑》的價值。因為《通鑑》之編年係以帝王年表為之，柏楊則說儒家學派有「四大無聊」：帝王諡號、帝王年號、避諱、宗法制。故其編年採用耶穌紀年，完全不認同司馬光的做法。放棄了司馬光所據以編年的體系之後，司馬光因編年而不論正閏的特識，遂根本不算什麼了。

還有，司馬光的論議，與他的為人一樣持重。「柏楊曰」卻是激越的聲調。一看見歷史上有冤獄、有血腥屠殺、有政治惡鬥、有斲傷人權的事，柏楊就怒氣上衝，不但痛陳遭受沉冤者的毒苦，更會嗤諷司馬光等儒家系統助紂為虐、久奴成性、明哲保身、為虎作倀。司馬光愷切樸厚的言

---

[7]參見王緇塵，《資治通鑑讀法》（臺灣：明倫書局重印本），頁 6，及張須，〈帝王與紀年〉，《通鑑學》，頁110。

論，乃完全成爲負面的一團漿糊。

更值得注意的，是柏楊又發展了《通鑑》的某些觀點，而成爲對傳統社會嚴厲的批判。例如司馬光原本就不喜歡文人，所以《通鑑》中對文人的記載很少，連屈原（約前 343～約前 277）杜甫（712～770）都不談。《史》《漢》等書收存文學作品的慣例也不再遵守。所以顧炎武（1613～1682）《日知錄》替它辯護，說《通鑑》本來就是「資治」的，何暇及錄文人？柏楊擴大了這一點，對於文人在統治集團中不但無正價值，反而具有煽風點火、逢迎拍馬、混淆視聽、讒佞無恥之作用，大力揭發，諡之爲「文妖」。不斷以實例進行批評，並暴露傳統史家對文妖之害未能燭照之弊。使得他對傳統史學的攻擊益發地鮮明了。

三、獨具眼目的史觀

要由柏楊對司馬光的不滿、對傳統史學的批評，才能對比出柏楊史學觀念的特殊之處。

以柏楊逕採西元紀年，放棄用帝王年號的辦法來說。柏楊將此視爲「突破桎梏」之舉，又痛罵這種桎梏具有「僵硬性和殺傷威力」（見 342 條）。說帝王年號乃儒家學派製造的「四大無聊」之一（見 202 條）。讀他書的人乃亦因此而大爲喝采，說改得好、改得妙，古人擺的迷魂陣、鬼玄虛、怪魔障，都被他「掃到茅廁裡去了」。似乎正當性不容置疑，而且是正義的[8]。

但是，一、從作者角度說，司馬光不知有耶穌紀年，如何採用這種新紀年法？古人紀年之辦法，要不就是用干支、用太歲，要不就用當時之年號。今人稱民國 88 年己卯，仍是如此。古書紀年，自然只能用干支或朝代之年。何能要求古人用耶穌紀年？又怎麼說用帝王年號或干支就是僵硬的桎梏，就是故布迷魂陣？二、從讀者角度看，帝王紀年與干支紀年，乃古

---

[8] 高平，〈重擔：柏楊版資治通鑑〉，頁 475。

人之習慣，讀者必然不會讀來加入迷魂陣。用耶穌紀年，今人或以爲淸楚明瞭，卻也未必。例如我自己就很不習慣，每次看到西元幾年，都還要去找對照表推算一下，才知道是什麼朝代的那一年。因此，不同的紀年法，其實各有優點。講中國史，以什麼朝代、什麼帝王的什麼年來說，自有其便利之處，完全抹煞，絕不公道。三、從歷史寫作的性質說：史記當時事。不論我們後人對其事之評價如何，歷史不正是要把那個時代的事況記錄下來以供我們了解嗎？當時帝王各有年號、視改元爲大事，史即以此記之，又有何可議？四、計數與計量之詞，都不是中性的，它具有強烈的文化意涵。所以一個人、一位先生、一席立法委員、一尾魚、一隻貓、一條狗、一頭牛、一坨屎、一泡尿、一扇門、一匹馬、一戶人家、一塊地、一方手絹……，計量詞都不一樣。爲什麼不全統一起來，稱爲一塊人，一塊門、一塊狗、一塊手帕呢？在「全世界」都用公尺、公斤、平方公尺時，我們仍在用臺尺、臺斤、坪；英國體系國家仍在用英吋、磅。同理，孔子紀年、佛陀紀年、耶穌紀年、或各代帝王記年也是各具不同涵義的。使用者使用那一種方式紀年則體現了他對那些涵義的認同。柏楊願採用哪一種紀年方式，乃其自由。猶如古代史家亦各有其不同之紀年法。但絕不能說採用耶穌紀年就一定取好，更不能假裝不知道紀數詞不是中性的工具。日本至今仍用「昭和」「平成」等年號，似乎也未阻礙社會之進步，不是嗎？

　　年號的問題是如此，諡號、避諱等被他痛責之「無聊」之舉，其實也都是如此。柏楊，又名郭衣洞、人稱柏老、化名鄧克保，今人名號尙且如此之多，卻堅持史書記古帝王只能一人一名，不如此即爲一大罪過；又認爲直書帝王之姓名，不稱其帝號廟號是一大進步等等，可說都是持論甚偏的。

　　此處我只說他持論「偏」而不逕說他是「錯」的，原因在於我能體會到柏楊這樣做的理由。歷史，在柏楊看來，似乎是一面鏡子，它要能讓我們由其中看見我們自己的種種不堪，而痛下決心改過。因此，歷史的價值與意義，都是指向現在的。如果歷史寫作使我們現在的人看不懂、或看錯

了，那當然是歷史寫作者的罪過；若歷史本身一直未能呈現現代所需要之價值與精神，那自然也就是歷史的缺憾了。

歷史寫作讓我們看不懂，主要是文言文以及人名、地名、官名、年號、避諱等等。史書會讓我們看錯，乃是由於其中有假、有錯、有虛飾、有扭曲、有為親者諱為尊者諱等等。歷史本身未呈現我們現今所認可且需要之精神與價值，則指民主、自由、人權、法治等。他以此標準去衡量古書，所以才會對古人與古書有那樣的批評。

這是史學上的「適今論」。站在這個立場上，柏楊對「崇古論」格外反感。崇古論，是適今論的反面，歷史的價值與意義指向古代，書寫歷史是為了服務過去那個時代，保存、呈現過去的時光以供今人緬念、追懷、效法。依柏楊看，司馬光即是崇古的，而柏楊完全無法容忍這種論調，只要司馬光談到「三代」，他必然大發脾氣。像 154 條，司馬光說天下總是有人才的，關鍵是看帝王如何。漢武帝（劉徹，前 156～前 87）喜歡打仗時，自然有武將供他驅使；他要興農業時，一樣可以找到趙過等人來協助他。帝王興趣轉移了，人才也跟著轉移。故帝王自己要特別注意這一點。武若能悟此，兼具三代王者之度量，即不難達致太平。柏楊就根本沒注意到這一段話的重點，而只因他帶到一句「三代」，就花了 360 字痛批「儒家崇古若狂」。

但史觀不是只有崇古與適今兩極的。例如，從「釋古論」的立場看，歷史所記皆古人之言行事蹟，均為已過往不可實驗不可複現之物，處在異時空條件中的我們，不能要求古人依我們現在的想法做事情、過日子，只能利用「設身處地」的方法，去「同情地理解」古人古事。這種歷史解釋學的方法，並不必在價值判斷上崇古，卻仍然可以開展出與柏楊不同的視域。柏楊未考慮採用類似這樣的方法與立場，或許乃其學養使然，或許更是救世之熱情激揚了他，使他熱切地想藉這些史事來宣揚他所認為足以濟世的「道」。

他所指出的道，就是民主、自由、人權與法治。

四、推動現代化工作

這樣的史觀以及他「述史以言道」的型態，是與整個現代化思潮有密切關聯的。

在現代化思潮下，歷史對人的意義確實與從前頗不相同。從前歷史是人意義與價值的來源。人的行為與判斷，往往仰賴先例及傳統；現在，歷史卻成為供我們評判之物。我們自己以及我們身處這個時代，才是意義與價值的來源，我們以這個為判準，來衡量古人古事，一一估定其價值與地位。

所以，倘若一種思想不符合現在的想法，我們通常就覺得它沒有價值。符合今日、可適用於現代者，稱為精華，可予吸收。不符合現代需求者，則為糟粕，應予揚棄。

而歷史，因它本來就在不同的時空條件中開展，時移事異，本為其常態，古今基本上是不會相同的。而也正因為如此，故歷史幾乎全為糟粕、俱可揚棄，僅少數勉強可予吸收保留而已。

這就是現代化思潮底下常發生「清除史蹟」之現象的原因。清除史蹟有兩種型式，一是對歷史的遺忘，因歷史已非人意義與價值之來源，所以現代人常不重視歷史，也遺忘了歷史。[9]二是異常重視歷史，但是藉著講述歷史來說明歷史全為糟粕，遂曲折地達成了述史以揚棄歷史的作用。

我以為五四運動以降，中國之現代化轉型過程中，即有不少人是如此述史以揚棄歷史的。柏楊著名的「醬缸文化論」，可上溯於魯迅（周樟壽，1881～1936）《兩地書》中謂中國為染缸的形容，而魯迅治史便有此傾向。或許我們也不必追溯那麼遠，與柏楊同時代的殷海光，寫《中國文化

---

[9]現代人對歷史的淡漠、歷史知識之無知，已成常態。在我寫這篇文章時，一日，因電視臺為紀念五四80周年邀我參加座談會。會中逢林載爵，他告訴我該日早晨亦有一電臺訪問他，事後該電臺一編輯向他電話請教：「你談到的那個『魯迅』，我們要做記錄，請問那兩個字怎麼寫法？」當場，電視臺也播出了在街頭對民眾的採訪，詢問對五四的印象，結果大多一問三不知。又5月14日《聯合報》載，嘉義一高職，歷史科考試全班均不及格且均只十幾分。外界以為係遭黑道恐嚇，經調查，才知道本來程度就如此之差。凡此等等，例證可謂俯拾即是。

的展望》，藉著講述近代史事，以說明中國非走向民主不可，不就是述史以揚棄歷史嗎？李敖（1935～）的歷史考證，在其獨白下的傳統，不也是要揚棄的嗎？柏楊的作為，同樣體現了這種態度。[10]這種態度，面對傳統時誠然是充滿了批判精神，但批古而不批今，批判精神只指向古代。即使是批判今人今事時，也是說它之所以應批，是因古之因素尚未滌除盡淨所致。對於古人常有那種「執古之道以御今之所有」的做法，更是大力抨擊，不遺餘力。

執古之道不能御今之所有，是因為現代的歷史觀是直線進步式的。人類由野蠻逐漸進步為文明，由獨裁逐漸進步為自由，由專制逐漸進步為民主，「黃金時代」不在遙遠之往古，而在現代。歷史的規律，則是進化的，違反了進化的原則，民族就會墮落。柏楊曾批評崇古論說：

> 儒家學者們唯一可以做的事是：效法孔丘的「述而不作」。用聖人的經典，解釋聖人的經典，用古人的話，證明古人的話。……中華人已被命中注定，一代不如一代。精華在「古」，越現代越功力不濟。這種發展違反進化原則。……一直在「師承」中旋轉折騰，不過是終於要沉澱在醬缸缸底的虫蛆而已。[11]

柏楊自己的歷史觀正是這種崇古論的反面。精神在今，越古越不濟事，認為歷史應以直線進化為原則。這不就是典型的現代化思想嗎？在這種史觀底下，儒家遂成為現代化過程中必須清除的障礙，所以柏楊說：「儒家是祖先崇拜，厚古薄今的。遂造成中國的停滯，並產生一種奇特的現象，凡是促使中國進步的任何改革措施，儒家系統幾乎全部反對。使中國人因為被斲傷過度的緣故，對任何改革都畏縮不前，使現代化的工作，進展至為遲緩」（117條）。

---

[10]前面曾引述瞿兌園、張須的見解，可以看出：柏楊對司馬光的看法，是與那一輩人很類似的。
[11]第280條。柏楊，《柏楊曰》（臺北：遠流出版公司，1998年），頁578。

　　柏楊這段話，表明了他應該是把他自己述史之事視為整體現代化工作之一環的。

　　但依這種觀點，中國人活在儒家佔優勢的文化環境中，儒家又崇古卑今、反對進步改革，中國當然不可能發展出超越傳統的思維來。故而：一、中國本身無法進步、無力現代化，中國之歷史，只是一部文明停滯史；二、中國要進步，要現代化，只能轉而學習西方。

　　由第一點說，中國的歷史即非進化史，本身也不能直線進化到現代。此雖與柏楊所認定之歷史原則相矛盾，但柏楊正是要藉此說明中國歷史之荒謬、儒家之罪過。當然，由此也才能說明中國不如西方：

> 政治運轉的軌跡，常被政治文化所決定。中國每次革命，都停留在原地盤旋，不但不能起飛，反而更向地獄下陷。……西方則都在節節躍進，人性尊嚴也日益提高。[12]

　　所謂原地盤旋，主要是指中國仍停留在「專制封建」的體系中，一直無法突破。因此，中國人長期存活在宛如地獄般的社會中被屠殺、被劫掠、被奴役、被羞辱，只能期待聖君賢相、期待太平盛世，而毫無辦法。一直沒有找到制衡權力怪獸、發達人民權利的制度，以致悲慘的命運糾纏著我們，哀號展轉了幾千年：

> 中國人，你的名字是苦難！[13]
> 除了少數一二人……簡直一窩土狼，看他們反覆無常、寡廉鮮恥、翻滾吞食的醜惡形狀，教人連發出斥責，都羞於下筆。只能質問上帝：為什麼如此不仁，把中國人糟蹋成虫豸？[14]

---

[12]第 800 條。柏楊，《柏楊曰》，頁 1486。
[13]第 804 條。柏楊，《柏楊曰》，頁 1495。
[14]第 807 條。柏楊，《柏楊曰》，頁 1497。

中國人，你的名字是苦難！[15]

中國人，你的名字是苦難！[16]

中國人，你的名字是苦難！[17]

　　中國人要什麼時候、要怎麼樣才能脫離苦海呢？柏楊開出的藥方是：
「只有一個方法可以防止邪惡，那就是民主制度和法治精神，用選舉和法
律來控制他的邪惡程度，同時也用選擇和法律激發他高貴的品德」（3 條）
「中國人的道德，因之日益墮落，唯一的拯救，只有先行消除專制封建，
別無他法」（432 條）。

　　民主、自由、法治，就是柏楊所提出來的濟世之道。這事實上即是他
向西方取來的經，也是現代化思潮所提倡的制度與價值觀。

　　依這套價值觀，柏楊痛批傳統專制封建之罪惡、指摘儒家的崇古德治
觀貽誤了中國，而對歷史上推行法治者或改革者給予高度的同情或稱揚。

　　對於變法者的同情，可見諸他對王莽、王安石（1021～1086）之評
價。他對王莽評價並不高，認為王莽之失敗有五項原因，但其失敗「使人
惋惜」（232 條）。相較於傳統史評，這已經是非常同情的講法了。他對王
安石之同情，則在他批評司馬光時更是隨處可見。至於法治，他極不同意
傳統上對商鞅（？—前 338）「作法自斃」的批評[18]，又推崇苻堅（338～
385）任用王猛實施法治，說前秦帝國，是「中國人一直追求的理想世界，
顯現出法治的奇蹟」（441 條）[19]。這些，都迥異於傳統史學的評價。

---

[15]第 809 條。柏楊，《柏楊曰》，頁 1499。

[16]第 815 條。柏楊，《柏楊曰》，頁 1515。

[17]第 819 條。柏楊，《柏楊曰》，頁 1521。

[18]見 433、474 條。他認為王猛治國之方法與商鞅幾乎一樣。可是柏楊雖極力推崇法家，對法家之
所謂法治，與現代法治觀之不同，卻毫無分流。反倒是古代儒者對法家法治之批評，比較能說明
法家之所謂法治大抵為「以法為治」，並非「依法為治」。這兩種區分，另詳參龔鵬程，〈法治社會
的反省〉，〈明治文化國際學術研討會論文集〉（臺北：南華管理學院，1999），頁 1～15。

[19]柏楊對前秦與東晉的評價最為特殊，他推崇苻堅而瞧不起王導謝安（320～85），認為淝水之戰東
晉勝得毫無道理。他甚至用命運來解釋這一點，說：「使人嘆息，即令是國家巨變，或者在致千萬
人於死的戰爭中，都受命運的影響。至少，晉帝國靠命運女神的青睞，得以不亡」（449 條）「苻
堅以蓋世英雄落如此結局，我認為是惡運抓住了他」（452 條）。雖然柏楊說四千年來，純靠命運

　　與傳統不同的柏楊，還想提倡一種人權史觀。他認為中國歷史史書上顯示的，只是一群君王官僚軍閥在爭權奪利的狀況，這些人爭權奪利是以老百姓為芻狗的，人民不被當成人看。現在，我們則應建立一個尊重人的社會：「必須建立人格的獨立，人，生而平等，生而有尊嚴」（792 條）「生命重要，人權更崇高到無以取代」（586 條）「太多的千古奇冤，人權受到長期摧殘，對社會的影響，既深遠又凶惡，使中華人患上神經質恐懼症」（606 條）。

　　而人權正是民主的基石。近代啟蒙運動，即以「天賦人權」打破了君主集權的世界，人生而自由平等之天然權利，被視為不證自明之真理。同時，個人主權還可再延伸出「主權在民」的民主思想。離開了個人的自由與自主，民主也是不可思議的。柏楊主張建立民主制度，當然就同時要強調人權。

五、腹背受敵的境遇

　　柏楊對現代化思潮的服膺、對民主法治自由人權之信念，都是明晰可鑒的。以此批判傳統，也顯得異常犀利。而且，大部分的現代化論者固然也採用同樣的觀點在批判傳統，指出中國應該走向現代，但大多只是陳述一種意見、表達一套觀點，對傳統的批評則僅為泛說，或僅是摘選一二事例以為談證而已。不像柏楊這樣，用龐大的篇幅、完整的史述，深入到史蹟與文獻之中去，一一拆卸虛飾與偽裝，一一指陳其中的殘酷與荒謬。因此，他可以說是現代化戰士對傳統最全面，也是最後一次的攻擊。二十世紀，只有他花了這麼多精力，這麼徹底地去清算史跡。廿一世紀，既不會有人再做這樣的工作、也沒有必要再做。從這一點來看，《柏楊版資治通

而建立功業的大事，僅此一樁（450 條），但如此解釋歷史，實與柏楊一貫之態度不符；歷史若以命運來解釋，成敗原因之分析也將成為無用之物。因此，苻堅或許確有取敗檄，東晉之勝亦未必全無道理。只是，這些道理或許因不符合柏楊對前秦和東晉的評價，所以未被柏楊認真考慮罷了。另見陳啟明，〈望文生義，錯譯連篇：柏楊版資治通鑑選評〉；李敖編著，《醜陋的中國人研究》（臺北：李敖出版社，1989 年），下編，頁 307～316。

鑑》《柏楊曰》確實具有歷史性意義，無人可以替代，也無人可以抹煞。

　　但是，柏楊的處境也是不利的。他批判傳統，那與他不同的史觀，以及傳統本身（史實、史料、史著等），必然會與他形成針鋒相對的緊張關係，彼此檢證、競爭、攻擊。柏楊的批判，也會遭到反批判的。其次，柏楊畢竟不再是魯迅那個時代的人了，現代化思潮氣勢如虹、如日中天的盛況已過，民主法治，已不再只是期待建立的體系，其理想雖然尚未實現，終究已有不少實踐之成果，足資檢討反省。因此，廿世紀末，乃是個現代化思潮正遭檢討、批評，意圖超越或克服現代化的時代。對民主、法治、自由、人權諸概念以及它們實際運作的狀況，比從前有著更多的討論與質疑。柏楊既然堅持現代「現代性」，自然也就不免同樣遭到質疑。這種腹背受敵的情況，當非柏楊始料所能及。

　　柏楊對傳統的批判會遭到反批判，並不難體會。自《柏楊版資治通鑑》問世以來，史學界對此書基本上視若無睹，偶有評議，亦無好評。迄今為止，似乎還沒有任何一位史學科系教授出面稱許此書，反倒是具有批評者頗不乏人。批評主要集中在兩個地方：一是翻譯有錯誤，二是不了解原著。[20]

　　這些反批評，我大抵都能同意。但古文「譯」為白話，不錯是不可能的。[21]至於說柏楊不了解原著，那更是柏楊此書的精神。柏楊這套書不是要向現代人介紹司馬光的思想以及傳統帝王資治之觀點，而日司馬光、反對帝王資治，提倡民主民治的。故以此為其瑕疵，殊不足以駁倒柏楊。

　　但在這些反批判中，提到柏楊的議論中有「歪曲史實，誤導讀者」之處，卻不能不注意。史論、史觀是依附於史事上的，與史事有共生之關

---

[20]參李明德，〈行走在地雷上：評柏楊版資治通鑑：譯宋神宗序的謬誤〉，《醜陋的中國人研究》，頁273～282，及陳啟明，〈望文生義，錯譯連篇：柏楊版資治通鑑評〉。

[21]「古文譯為白話」？翻譯，是進行兩種語文系統間的溝通工作。中國的「文言文」與「白話文」卻是同一套語文系統，其中只是字辭及語用上略有區分，辭彙與語法基本上是一樣。所以所謂譯為白話，只是訓詁式的以今言釋古語，或者屬於改寫。既是改寫，等於重新構句，新造了一個語言脈絡，當然會與原文不同。

係。因此，柏楊要批評司馬光之史論史觀時，若指出其中有歪曲史實之處，司馬光史論史觀中之缺陷就暴露出來了。同理，若柏楊的史論有悖於史實之處，其史論也一樣會站不住腳。這也就是說柏楊的史論是會受到傳統本身的檢證的。

例如孫國棟舉出論漢文帝（劉恒，前 202～前 157）「令天下大酺」一條，柏楊據以發揮「中國人吃肉飲酒都要政府下令特准，不禁爲中國人垂淚」，有違史實；又舉出漢文帝詔令不得濫捕濫徵人民，而柏楊藉機痛斥中國人「即使生在太平盛世，也是萬把鋼刀懸在頭頂」，與諸史記載文景之治刑措不用之狀況不符。都屬於這類情形。又，柏楊說漢代律法甚多，漢武帝「不知用什麼理由，選擇用腐刑」對付司馬遷，唯一的解釋是他喜歡這個調調，所以他可稱爲割屌皇帝。李敖也舉出漢代贖刑之例，來說明柏楊這種議論並不恰當[22]。此類事例，在柏楊書中，當然不只此數例而已，而這些例子也足以顯示史家以一個史觀來統攝照覽史料史事時，史事史料對其史觀之反抗。

由這種反抗，還可進一步看些問題。如李敖所指出：柏楊只對漢武帝一人以腐刑刑人做出批評，卻忽略了秦始皇（嬴政，前 259～前 210）調動「隱宮徒刑者七十餘萬人」去興木土建阿房宮，不免輕重不分。循此脈絡以觀，我們便會發現柏楊對漢武帝和秦始皇的態度殊不相同。

秦始皇是儒家所批評的，漢武帝是獨尊儒術的，柏楊由於反對儒家，所以評價就倒了過來。例如他說：「儒家系統昧盡天良，誣陷栽贓，一口咬定嬴政和他的部屬蒙恬，共同興建萬里長城」（65 條），又說秦廢封建、設立郡縣，引起崇古的儒家學派學者之恐慌，因爲「這簡直是敲了他們的飯碗」（63 條）。在這些地方，他都不批評秦始皇而批評儒家。又在117 條評論獨尊儒術時，諷刺儒家此舉與秦始皇「焚書坑儒」無異，只不過採取的是慢性謀殺策略。然而，獨尊儒術若應批評，焚書坑儒豈非更值

---

[22]李敖，〈柏楊割錯了屌〉，《醜陋的中國人研究》，頁 191。

得批評？對此虐政，無一語抨擊，而獨責漢武，豈非偏宕？人權論者，看見其他人被坑焚，便怒髮衝冠，看見儒生被坑，爲何竟毫無感喟？儒生之反秦，則又豈僅是擔心砸了飯碗？秦立博士、控制言論、規定以吏爲師，儒生若只是統治者之幫凶打手、飯碗只會更牢固，何至於因批評時政而遭坑焚？再說，廢封建改郡縣，涉及國家組織體制及行政運作之問題，並不純爲崇古不崇古之爭論，所以後代政治學中也一直在反覆討論這個問題。被柏楊痛斥的王夫之，就是贊成郡縣而反對封建制的。顧炎武則有〈郡縣論〉九篇，主張「寓封建之意於郡縣之中」，以救郡縣之敝。柏楊將它簡化爲崇古與否，豈非太過簡化且有悖於實況？不唯如此，「儒家系統」是極爲複雜的，儒家絕對不僅是崇古復古，像呂思勉（1884～1957）就認爲中國古代有兩大社會改革思潮，一是儒家主張「三世說」，要從亂世進小康而進大同，主張恢復井田，平均地權。一是法家主張節制資本，大工商業官營。[23]把儒家和法家同樣看成是社會改革者。這類看法很多，柏楊未必同意彼等所說，但完全把儒家視爲愚笨的崇古論，更有可能只是紮了個稻草人以便於攻擊罷了。

又如柏楊討厭儒家，讚揚俠客，推崇俠義精神，說：「俠義之士有高貴的胸襟」「俠是社會黑暗面的產物，以補救政治法律的不足」（123條）。可是，這種俠，只是他理想世界中的人物。司馬遷記入〈遊俠列傳〉中的郭解，他認爲「沒有資格稱俠」；司馬遷、班固明明說平原君（趙勝，？～前 251）、信陵君（魏無忌，？～前 243）、春申君（黃歇，？～前243）、孟嘗君（田文，？～？）、灌夫（？～前 131）、劇孟等人「競爲遊俠」，柏楊也不稱他們爲俠。這樣論史，不也同樣有「以意識形態謀殺歷史真相」之嫌嗎[24]？

柏楊行文又喜用全稱，無限擴大其打擊面，也不免會遭到反噬。例如

[23]呂思勉，《中國通史》（上海：開明書店，1940 年），頁 96。
[24]俠的起源以及俠義觀的轉變，參拙著，《大俠》（臺北：錦冠出版社，1987 年）。我認爲柏楊的俠義觀深受是晚清以來普遍的俠客崇拜所影響，而古代之俠，事實上並不同於他們所崇拜景仰之人物典型。

他說中國文化的缺點是在三教「影響下，逐漸的一點一滴鑄成：儒家培養出中國人的封建和崇古意識、道家培養出中國人的消極無爲、佛家培養出中國人逆來順受的卑屈心靈」（261 條）。讀者看見這樣的論述，除非已先認同了柏楊對國史的總體論斷，或也擁有現代化之想法，否則一定會問：一、爲什麼中國文化的缺點即是由三教影響而來？其他政治經濟社會條件都不存在、或都不如三教重要、或也都是由三教所形成？二、儒、道、釋三教對中國真的沒有一點好處嗎？爲什麼儒家仁、恕、時中、剛健、自強不息等精神，道家儉、樸、自由、逍遙等思想，佛教慈悲精進之態度，都只能是缺點呢？同樣地，柏楊總是把儒家整體地否斥，但就連他自己的評論也常會發現有不能不肯定儒家的地方，所以一下說：「儒家學派跟權勢結合，追求的是安定不變」（123 條）；一下又說：「儒家學派高級知識分子，因爲來自民間，深刻了解人民的痛苦，所以要求自由經濟、要求不要再發動戰爭、要求制止刑罰的殘酷跟氾濫」（158 條），形成矛盾。其他讀者在閱讀其評議時，自然就更容易想起一些反證，而覺得他的史評史論不盡可信了。

　　這是他的評論跟史料對勘時所出現的情況。另一種狀況則表現在他的現代觀上。

　　柏楊的批判精神只直向古代，對於現代崇信的價值觀，諸如自由、民主、法治、人權等卻是毫無批判地接受著。而這與當前思想界的狀態是頗有落差的。近幾十年來，對啓蒙運動以降各種信念，有複雜深邃的反省，可是這些思省並未反映在柏楊書中，以致柏楊對民主、法治都仍只擁有極簡單極樂觀的信仰。

　　例如他會說：「人生有墮落的一面。……所以中國歷史上的酷吏永不絕跡。要想絕跡，只有剷除它的源頭：擁有無限權力的統治者，和允許暴行存在的社會制度」（144 條）。想消除酷吏如此，若想消除暴君也只能如此，將專制封建制度改造成民主制度，「人民代表在議會上，對著掌握權柄的人，公開而坦率的批評他們的錯誤。如果他們不能改正錯誤，選票就

是……軍隊，強行罷黜。這是使社會祥和、政治進步、國家萬世太平的唯一方法」（162條）。

可是我們活在一個已實施民主制度的社會中幾十年了，不但有人民代表，也有民選的總統，我們覺得怎樣？已開萬世之太平乎？人民代表怎麼選出來的？他們與掌握權柄的人，通常就是同一批人。人民能公開而坦率地批評權柄者之錯誤嗎？誰才能登上議壇、占上媒體？而就算是媒體，又能如何坦率批評呢？偶有報導不爲當軸者所喜，不是立刻有「大報變小報」之危險嗎？縱或有權柄者任你批評，他充耳不聞、一意孤行，人民又能如何？用選票「強行罷黜」嗎？我們什麼時候看見這種理想實現了？

這都是實踐所得。假如我們也同意「實踐是對真理最好的檢證」，即必須正視這實踐所獲得的寶貴經驗，不能仍先驗地假設或信仰民主制度一旦實施即可政治進步、社會祥和。更不能推諉說這都是尙未實施「真正之民主」所致。

其次，柏楊相信人性有其墮落面，所以才需要用制度來節制。這是早期民主制最基本的觀念，所謂絕對的權力造成絕對的腐化。但近來的研究發現：民主制度之運作，其實是建立在對人具有理性的信仰上。換言之，非人性會墮落，故須建立民主制以爲制衡；乃人具理性，能投身政治並積極行動，以發揮影響力，所以才能建立民主制。正因爲如此，在一個欠缺「理性－主動性」公民文化的地區，形式化的民主制，根本毫無作用與意義。公民文化的培養與提升，遂因此才是治本之道。[25]若從這個角度說，儒家所強調的德治、教化，便不是與民主政治不相干或不相容的。

再從政治的性質看，無論是古代君權神授或得自上天的想法，或講究血統、辨明種族、姓別世襲，以及依階級、地域，或如近代人依民意的代表性等等，來論斷治權的正當性，其實都是同類的思路。都是把治權正當

---

[25]參阿爾蒙德（Gabriel A. Almond, 1911～）、維伯（Sidney Verba）著、徐湘林等譯，《公民文化》（The Civic Culture: Political Attitudes and Democracy，臺北：華夏出版社，1989年）。本書比較了美國、英國、德國、義大利、墨西哥五種政治文化，討論公民文化和民主制之穩定性間的關聯。

性寄掛在統治者人身的屬性上，以此判斷統治政府的好與壞、合不合法、能不能好受。在本質上，它們沒什麼不同，所以法人魯吉埃（Louis Rougier）《民主的玄虛：其起源及其虛幻》說民主事實上只是「以人民的神權取代了國的神權」。人民不會因為政府改由某一階級、某一地域、某一姓、某一族人掌權統治，也不會因一人一票普選出某人來統治，就感到滿足。人民最終還是會希望這個政府是個能辦事、肯負責的。也就是說政府統治的正當性終究不在統治者之人身屬性上，而在其治績上，這才是真正的人民觀點。《論語》載魯哀公問：「何為則民服？」孔子（孔丘，前551～前 479）回答：「舉直錯諸枉則民服，舉枉錯諸直則不服」，就是這個道理。任何講求人身屬性或代表性的制度和學說，都不能不談這個責任政治的條件，單獨地僅就其屬性來判定它是好是壞，否則就是離事而言理的空論。[26]

　　在法治方面，法治也沒有柏楊所認為的那樣神奇。當代法理學對法治社會多所反省。柏楊所看不起的王夫之（1619～1692），許多批判反省法治社會的言論，適與當代法學研究若合符契，恐怕也是柏楊料想不到的。[27]

　　而且，縱使柏楊說的都對，當代史學也不會滿意於這樣的著史論。為什麼呢？《資治通鑑》本是寫給帝王看的史籍，故重點在於政治史，柏楊所關心的民主、法治、人權等等，談的也是政治。因此這仍然是政治史的格局，而且所談集中於統治階層人事及權力運作的部分，對於歷史中的「架構性思辯」畢竟不足。歷史除了人事與權力之外，尚有其制度架構的部分，對這些架構的討論，如田賦、錢幣、戶口、職役、征榷、國用、學校、選舉、職官、兵、刑等等，傳統史學中是非常重視的，《柏楊版資治通鑑》因附麗於《資治通鑑》編年之體例，卻未能照顧到，原本應在「柏楊曰」中加強此類討論而亦忽略了。這就與當代史學強調社會史、經濟

---

[26]許雅棠，《民治與民主之間：試論 Sartori，鄒文海，孫中山思考 democracy 的困境》（臺北：唐山出版社，1992 年），頁 99。
[27]參拙著，〈法治社會的反省〉。

史、民眾生活史之傾向頗有了距離。

這種腹背受敵的處境，對柏楊當然甚爲不利。但歷史本來就是如此，沒有誰可以壟斷一切、沒有哪個史觀可以籠罩全局。每個歷史情境中的人，都有他的歷史命題，也各有其答案。這其中並無科學般的絕對是非，只有價值的抉擇與追求。司馬遷著史，欲通古今之變、究天人之際；司馬光著史，欲定禮分之綱紀、資人君之治道；黑格爾（Georg W. F. Hegel, 1770～1831）述史，擬明理性之進程、狀「上帝之藍圖」；柏楊則不說時變（在他看來，中國歷史本無進步可言，中國社會乃超穩定結構）、不究天人（他原即討厭「封建迷信」），更欲破除禮教名分之說，棄去君主帝王之治。著史之旨，端在示進化之階、陳專制之惡，而這，就是他的價值抉擇與追求。知彼罪彼，彼或將無所縈懷也。

參考文獻目錄

A

• 阿爾蒙德、維伯（Almond, Gabriel A.）：《公民文化》（*The Civic Culture: Political Attitudes and Democracy*），徐湘林等譯，北京：華夏出版社，1989 年。

BO

• 柏楊：《柏楊曰》，臺北：遠流出版公司，1998 年。

GAO

• 高平：〈重擔：柏楊版資治通鑑〉，《柏楊 65：一個早起的虫兒》，柏楊 65 編委會編，臺北：星光出版社，1984 年，頁 475～481。

GONG

• 龔鵬程：《大俠》，臺北：錦冠出版社，1987 年。

• 龔鵬程：〈法治社會的反省〉，《明清文化國際學術研討會論文集》，臺北：南華管理學院，1999 年，頁 1～15。

LI

- 李敖：《醜陋的中國人研究》，臺北：李敖出版社，1989 年。

NI

- 倪匡：〈論柏楊的幾本書〉，《柏楊 65：一個早起的虫兒》，臺北：星光出版社，1984 年，頁 409～411。

- 倪匡：〈中國人史綱：好書〉，《柏楊 65：一個早起的虫兒》，臺北：星光出版社，1984 年，頁 425～427。

QU

- 瞿兌園：《通鑑選注》，臺北，華聯出版社重印本，1975 年。

SU

- 蘇墱基：〈文壇和文學界驚起巨雷〉，《柏楊 65：一個早起的虫兒》，柏楊 65 編委會編，星光出版社，1984 年，頁 458。

WANG

- 王緇塵：《資治通鑑讀法》，臺灣：明倫書局重印本，年份缺。

XU

- 許雅堂：《民治與民主之間：試論 Sartori，鄒文海，孫中山思考 democracy 的困境》，臺北：唐山出版社，1992 年。

ZHANG

- 張須：《通鑑學》，臺北：開明書店，1958 年。

——選自黎活仁等編《柏楊的思想與文學：「柏楊思想與文學國際學術研討會」論文集》
臺北：遠流出版公司，2000 年 3 月

柏楊與南洋

◎李瑞騰

一、

　　出生河南輝縣的柏楊（郭衣洞，1920～），1948 年來臺之後，一直要到 1981 年才有機會出訪新加坡和馬來西亞[1]，柏楊與南洋的關係蓋始於此也。然而，在此之前，二者之間也並非毫無關係，本文擬順時重尋柏楊的南洋蹤跡，並試探其意義。

　　必須要說明的是，本文的「南洋」是一般的用法，指的是亞洲東南、大洋洲西北的無數島嶼，即我們習稱的「南洋群島」，簡稱為「南洋」，不過，它的學名應該是「馬來群島」，大部分是馬來西亞、菲律賓、印尼的領土。

　　在南洋群島諸國中，柏楊結緣較深的是新加坡、馬來西亞，菲律賓只去過一次，但夫人張香華與菲華詩壇的關係卻極密切[2]。至於印尼，他去過峇里島，只是一般性的旅遊，比較沒什麼好說的。

二、

　　1966 年，由「郭衣洞」擔任編委會主委且由柏楊自己所經營的平原出版社印行的《中國文藝年鑑》，有「特別篇」——〈馬來西亞聯合邦及新加

---

[1]1956 年，柏楊難中國青年寫作協會總幹事任內曾率團出訪韓國、日本，此為柏楊來臺後首度出國，然後就是出獄後於 1981 年的南洋之行了。

[2]張香華於 1985 年首次訪問馬尼拉。她曾應邀加入菲華千島詩社，協助評審王國棟基金會的文學獎，主編《玫瑰與坦克——菲華詩卷》（臺北：林白，1986 年）、《茉莉花串——菲華女作家卷》（臺北：遠流，1988 年）。

坡共和國華文文藝概況〉，次年的《年鑑》除此之外更加了第二篇的「特別篇」——〈菲律賓共和國華文文藝概況〉。收編新、馬、菲的「華文文藝」，卻又以「特別篇」標示之，大體大可以解釋為既尊其主體性，又重其相關性，當然也有可能被反面解釋。但不管如何，這得放入 20 世紀的 1960 年代去看待，稱其國名且以「華文」（非「華僑」）界定其文藝，在當時應是極先進的做法，和今日在「世界華文文學」的大架構下看待三國的華文文學，已相當一致。

從現有資料無法判斷這種超前思考是否來自柏楊個人，但他是出版人兼主編，又是《年鑑》最先的構想者，如果《年鑑》特設此「特別篇」是一項貢獻，榮耀歸之於他也是理所當然的。

如果我們進一步追蹤，把他 1982 年出版《新加坡共和國華文文學選集》的事聯結起來看，可以確信這是他一以貫之的想法。

這是一套頗具規模的選集，分史料、雜文、小說、散文、詩歌五冊，每一冊有六、七百頁，前有柏楊〈總序〉及各冊〈導言〉[3]，後有張道昉撰的〈後記〉，作品則依時代先後編次。

柏楊是文學及歷史學家，國名的全稱說明他的敬謹之心。在〈總序〉中他以美國之於英國來比新加坡共和國之於中國，而「兩國人民，一母同胞，如足如手」，特別是在「華語」及「華文文學」的關係上，他有精采的論述，指出二戰之後新加坡繼馬來西亞聯邦之後建立了共和國：

> 政治上的獨立，中華人由僑居而定居力由移民而成為新興國度的原始居民，文學上也跟著進入一個嶄新天地，開始跌出移民時代中國文學的羈絆，在新土壤、新國土上生根、發芽、成長。這跟美國獨立後，文學的發展軌跡，幾乎並無二致。（頁 2）

---

[3] 〈導言〉皆無署名，柏楊在〈總序〉中說：「感謝李瑞騰、周安托二位先生，他們在拜讀各稿後，為各冊寫下導言。」實際上周安托是《小說篇》的執行編輯，負責撰寫〈導言〉，其餘四冊由李瑞騰處理，〈導言〉皆其手筆。

　　柏楊把新加坡華文文學的前期稱之爲「移民文學」，認爲它是「任何一個新開發地區，必然經過的過程。」而二戰之後的國家獨立，也讓華文文學走向自主，以致才有他日的成長與茁壯，而這是一種很高的「文化成就」。

　　柏楊現地觀察的時點是 1981 年，他發現臺灣和新加坡兩地的文化交流還停留在「單行道」的狀況：「中國作品和作家，在新加坡共和國，幾乎家喻戶曉。而對新加坡共和國的作品和作家，中國讀者卻十分茫然。這是不公平的，他們接納我們太多的心血結晶，卻吝於恩賜給我們一星點成果，責任不在他們，而在我們的無知，以致對他們特有的豐富寶藏，不能分享。」（同上）這個發現促使他出面組成編輯委員會來從事編務，幸有他的熱情與任事之積極，在加上充沛的人脈，只一年多的時間，一套洋洋巨著便呈現在我們面前了。

　　此書以史料爲先，次之以雜文，然後是小說、散文、詩歌。柏楊之重現史料，可說是數十年如一日，前述年鑑之創發只是一例，然《史料篇》所收頗多文學評論文章，有些其實都已是文學史論，柏楊全歸之於史料，是否恰當，可再斟酌，不過我們從中可解讀出一種面對歷史的謙卑。至於文類的區分，我們發現柏楊將散文和雜文分開成冊，《散文篇》〈導言〉中說：「由於說理性的雜感散文，在今日已成就其特殊的面貌，本選集因此而別出『雜文』部分。」（頁 3）柏楊是當代雜文大家，特重雜文可以理解，但從文類上看，雜文應是散文的次文類。

三、

　　《新加坡共和國華文文學選集》是 1981 年二月柏楊新馬之行的成果之一。這一趟旅行訪問是柏楊離開綠島，重返臺北之後的首度出國。在尙未解嚴的年代，以柏楊的身分要出國，其難度之高可以想像，但他畢竟還是成行了，有人說：「今天臺灣當局肯讓他訪問新馬，不知是否受到大陸作家（如巴金、曹禺、錢鍾書、艾青、沈從文）頻頻出國訪問，反應熱烈的影

響呢？」[4]不管怎樣，柏楊的出訪在當時是政治氣氛的一種指標，在美麗島大審判（1980 年）之後，臺灣並沒有走回更肅殺的老路。

邀訪柏楊的單位是《南洋商報》及新加坡作家協會，時間是 2 月 10 日到 15 日，其除了必要的拜訪、餐會，主要是一場〈新臺文藝交流初探〉的演講座談及一場和記者、年輕寫作人的聚談。新加坡之後到馬來西亞，馬來西亞《通報》安排一切，15 日抵達，20 日離吉隆坡飛香港。在馬期間，除了在雪峨蘭中華獨中及吉隆坡中華大會堂發表演說，並北至檳城，在韓江中學講了一場。

柏楊受歡迎的盛況，兩地媒體的報導頗多，大部份收入應鳳凰所編《另一個角度看柏楊》[5]中，其中最重要的一個訊息是柏楊在新加坡表示他想編一套「新馬華文文學大系」，在馬來西亞表示他計畫編纂「馬華文學作品選集」。而前者竟引來多篇文章表示質疑，爭議點大約有二：第一是「選集」與「大系」之辨，意思是說可以編「選集」，編「大系」則不可；第二是這樣的書可不可以由「外人」來編？

文人藉機發發牢騷，表示贊成或是反對等等，都意味著對此事的關注，炒熱這個話題，多少對柏楊會造成壓力，最後是出了一套大部頭的「選集」，而且只編成新加坡部分，「馬華文學作品選集」這張支票一直沒有兌現[6]。

編書的願望著眼於文學交流，甚至想以臺灣為橋樑，把新馬華文文學推廣至其他國家去。這是一種「轉運中心」的構想，機制是選集之編印，可惜從理念的提出到實踐，都只停留在柏楊個人身上，此事應該能形成政

---

[4]齊以正，〈柏楊新馬行〉，原載香港《南北極》雜誌，1981 年 4 月，收入應鳳凰編《另一個角度看柏楊》（臺北：廣城，1981 年 7 月），頁 267。

[5]應鳳凰前揭書收一輯「新馬華文文學大系或選集」，收言成、柏節、孔大山、管閒士、周粲等人的文章。

[6]柏楊原希望兩國華文文學選集能同時出版，結果事與願違，柏楊以為在馬時間匆促，沒有立即找當地有關人士會商，是一個主要原因；歸後的聯繫未獲回應，使他取消原計畫，他說：「等新加坡部分出版後，用著手馬來西亞部分。」詳柏楊〈新馬港之行〉之九〈新加坡華文文學選集〉，《柏楊專欄五：踩了他的尾巴》（臺北：躍昇，1989 年 9 月），頁 119。不過馬來西亞部分迄今未出，依我看，馬華文壇內部的因素可能比較大。

策，有方案，持續去推動，才能產生實際的效用。

　　人們對於柏楊的落難經驗非常好奇，對於柏楊及魯迅的關係極感興趣，此外，對於柏楊與同行的夫人張香華女士的愛情與生活亦極關心，與這些有關的言談都被當作史料留存下來了[7]。

　　而柏楊自己則在歸來之後連寫十篇的〈新馬港之行，我見我聞我思我寫〉[8]之一〈逾淮而橘〉寫新加坡之秩序「井然有條」，馬來西亞之駕駛及側座乘客皆繫安全帶；之二〈中國人・中華〉論二者之異，蓋前者是「法律的」，後者是「血緣的」；之三〈屋頂上的提琴手〉續舉種族上的「猶太人」和國別上的「以色列人」爲喻，強調唯華文華語才能使中華人結合在一起，「猶太人最後的堡壘是宗教種族，中華人最後的堡壘是華文華語」；之四〈踩了他的尾巴〉專談華文華語及新加坡的簡體方塊字；之五〈言語濃於血〉，續在「方言」上著墨，認爲中華人必須「從多如牛毛中的方言解脫出來」；之六「骨肉情深・相依爲命」以美國和英國的關係爲喻，盼新、馬與中國的關係亦如是；之七〈自斷命脈〉批的是書刊的交流與盜版；之八〈安樂死〉從在吉隆坡參加「安樂死座談會」談起，堅信「安樂死」是合乎「人道」的；之九〈新加坡華文文學選集〉從文化交流的「單行道」現象談起，談編此選集之用意，也回應了新華朋友的疑慮，而對於馬華文學方面的進行不順利，也有說明；之十〈感謝・誤會・致歉・祝福〉是總的感覺，也是此一系列文章的總結，柏楊特以此澄清一些誤會，包括大系或選集編輯及所謂「柏楊在馬被綁架」之事。

　　說是「新馬港」，但「港」只在最後附筆帶過，等於全部與新馬有關，柏楊不是純報導，敘之議之的是聞見之間的大事要事，其南洋經驗如此，在回望與前瞻之間，有脈絡可尋焉。

---

[7]皆詳應鳳凰前揭書。
[8]收入《柏楊專欄五：踩了他的尾巴》。

四

次年四月，柏楊再有吉隆坡之行，這次是接受馬華公會的邀請而去的、演講、座談、接受訪問等，當然也忙得不可開交，但比較起聞見「穿山甲人」張四妹的震撼，那些文化性的活動都顯得不怎麼重要了。

柏楊從《新生活報》社長周賓源、總編輯吳仲達處知道了張四妹悲慘的故事，也見到了她的照片，七月間他撰寫的〈穿山甲人〉同時刊在臺北的《中國時報》及香港的《百姓》半月刊，使得張四妹獲得大批捐款，並促成長庚醫院爲張四妹進行義診，請看以下的年表：

1948 年　張四妹生於馬來西亞聯邦森美蘭州淡邊村，全身鱗片。

1958 年　張四妹喪父。

1982 年　3 月張四妹被發現；

　　　　　4 月柏楊在吉隆坡見張四妹照片，聽有關他的悲慘故事。

　　　　　7 月，〈穿山甲人〉分別在港臺媒體發表，張四妹來臺就醫

　　　　　（7 月 27 日～10 月 28 日）。

1991 年　4 月張四妹喪父，6 月柏楊從麻六甲回吉隆坡途中赴淡邊村見張
　　　　　四妹。

1996 年　　張四妹在《時報週刊》安排下來臺訪友一週。

1997 年　　柏楊赴吉隆坡，張四妹來會。

柏楊爲張四妹寫了三篇文章，除〈穿山甲人〉以外，有〈送別與叮嚀〉寫於張四妹來臺就醫返馬之際、〈淡邊村見四妹〉寫於是次見面之後[9]。除了近況報導以外，柏楊誠懇地表達了他的驚惶與關切。那樣的文章，牽繫著閱讀者的心情，讓張四妹痛苦的處境及她的聲音容貌，清晰而生動

---

[9]三篇文章都收入《柏楊精選集：奮飛》（臺北：遠流，2001 年）。猶記更早之前，柏楊曾於四季出版社出版《穿山甲人》，本文撰寫之際未見此書。

地浮現在讀者面前；讓我們看到從馬來西亞皮膚科專家陳勝堯醫師到臺北長庚醫院張昭雄院長，從馬來西亞的《新生活日報》、《中國報》、香港《百姓》月刊，以及臺北的《中國時報》通力合作的聯動效果。

從臺北新店近郊的花園新城到馬來西亞森美蘭州淡邊村，是什麼樣的一種距離？又是一種什麼樣的聯結？柏楊說這是中華人「血濃於水的無涯親情」，是一種「身不由己的認同、骨肉連心」[10]，和對於新馬華文文學危機處境的關心一樣，他的行動是讓自己成為中介，而飽滿的愛存乎其中。

五、

1990 年 12 月，柏楊重訪新加坡，邀請單位是新加坡報業控股有限公司，參加的活動是「新加坡報業推廣亞洲文化與價值觀所扮演的角色」研討會，柏楊的題目是「儒家需要馬丁路德」。

柏楊說，「儒家就像人的生命一樣，需要新陳代謝，不斷修正」，他痛批儒家的「反知傾向」，二分義、利，導致人們不敢公開表示對利的嚮往，權利義務的觀念也就根本無法確立。「正如馬丁路德對他的宗教提出了改革，而不是辯護，儒家也需要一個馬丁路德來重整，使它成為奉新的重生力量。」[11]

柏楊反儒，反的是儒家因崇古和尊君所發展出來對自由意志的宰制，對人性尊嚴的踐踏，亦即他抨擊多時的「醬缸文化」。在一向崇儒的新加坡，柏楊找到一個論述的角度，認為儒家可以經過重整而重生，但如何重整？柏楊所期待的「馬丁路德」，應指凡認同民主制度，具有民主素養，且勇於參與追求美好社會的現代人，而非一個英雄。

次年六月，雪隆留臺婦女組請來柏楊在吉隆坡星洲日報八打靈再也總社主講〈華人與傳統文化〉，馬六甲留臺同學會請他在馬六甲華美大酒店主

---

[10] 見〈淡邊村見四妹！〉，《奮飛》，頁 94。
[11] 此處引文見有關報導，收入《歷史走廊──十年柏楊（1983～1993）》，（臺北：太川，1993 年 3 月）。

講〈醜陋的中國人〉。在後一場演講中，他說：「西方文化能成爲強勢文化，是因爲西方文化一直在飛躍上升。中華文化卻一直在就地盤旋，重複又重複，終於逐漸衰老萎縮。」他指出，他之所以不斷談中國人醜陋，講中華文化的缺點，不是因爲中華文化沒有優點，而是因爲這些優點不會造成滅亡，只有缺點，才有危險性，必須加以糾正。

　　至於缺點何在？柏楊在這演講中指出：「在中華文化裡，沒有溝通文化」；「在中華文化裡，缺少平等的觀念」。他進一步把二者結合起來，「一定要先有平等，才能講到溝通的問題，才能爲對方著想」，民主講究溝通，沒有平等，民主制度無由建立，柏楊特舉「十年媳婦熬成婆」的「婆母思想」，正是中國人醜陋的表徵，應該「給予糾正」。

　　在回答聽眾的提問時，柏楊也觸及了種族的問題，他認爲「理直氣壯」不能解決，必須用「智慧」，而且一定要「理性」，他舉新加坡以非常慎重的態度面對種族問題爲例指出，即便是在電視節目中，華人家庭中的女傭或僕人不能是馬來人，「爲的是顧及馬來民族的感受」。在另一個答問中，他提及「華人要受他族尊重，一定要使自己足以令人尊重」，特別是國家認同，「這華人一定要以馬來西亞人的心來愛這個國家」[12]。

　　柏楊在臺灣大聲疾呼要改，到美國、到新馬，甚至是到儒家本土的中國大陸都不斷在講。他進入歷史的縱深，關切的是今天的現實。

六、

　　1991 年的吉隆坡之行，除了演講，對柏楊來說，親訪張四妹是一件大事，已略見前述，另一件值得一記的事情是：一直協助張四妹的《中國報》發行人周寶源向柏楊提出一個在報上「開信箱」的構想，在「我沒有辦法推辭，我欠他太多」的情況下，他答應了，進行的方式是：由報社把讀者信件傳到臺北，柏楊再把回信傳回吉隆坡。如此寫了大約半年，得文

---

[12]同前註。

54 篇，1993 年 12 月以「路，要你自己走」爲名在臺北出版。

　　不同於《對話戰場》，《新城對》[13]是接受採訪的紀錄稿，《路，要你自己走》是一般讀者提問而柏楊以筆談的方式回答，答問有其針對性，卻是完整的篇章，柏楊以其對人一貫的愛與關懷出發，行文不時閃現他的幽默筆法，充滿智慧且妙趣橫生。

　　問題五花八門，有宗教信仰、國族認同、工作與事業、愛情與婚姻、親子關係、文學與文化等，對象雖是馬來西亞華文報刊的讀者，但很多都有其普世性價值，可歸結到人生的困惑的大課題上。

　　有些問題顯然和《醜陋的中國人》有關，如中國情勢，中華文化的現代化，乃至於在大馬與華人文化有關的討論等，都是讀者所關心的。最值得注意的是〈中華文化正在墮落〉和〈暴發戶只有錢文化，沒有明文〉二篇，特具現實性，前者與馬華公會提出興建「華人文化城」計畫，引發華巫領袖的一場唇槍舌戰有關，指出中華文化已非強勢文化，缺乏生存力，令人憂心，他期待相異文化要互相尊重，一定要「時常跟對方掉換位置，小心翼翼地不去觸犯對方的禁忌」。而後者針對馬來西亞的「臺灣太太」之「厲害」而發，柏楊也將之歸之於「社會文化的差異」。

　　在該書收入《柏楊全集》（11 冊）的提要中有這麼一段話：

　　　柏楊可以說是一個善答問者，他的人生經驗足以讓他面對這些問題，而且思考精細、敏捷，很快掌握要點，回答時也不迂迴，態度則積極誠懇，能體諒人，有時雖有點訓人的味道，但他說：「事，要你自己判斷！路，要你自己走，誰都無法代替。」（序）解人之惑的同時，柏楊表達了他積極、充滿愛與智慧的人生哲學。[14]

---

[13] 《對話戰場》是柏楊訪談錄，收 17 篇，1990 年臺北林白出版，刪去一篇後，合併其後的訪談錄（19 篇）而成《新城對》，列入遠流出版社「柏楊精選集」，編號 33，2003 年 3 月出版。

[14] 《柏楊全集》所收各書皆有「提要」，爲主編李瑞騰所撰。

謹錄於此以供參考。

七、

柏楊最近一次的南洋之行,是 1997 年 11 月,馬來西亞留臺校友會聯合總會在吉隆坡舉辦「馬華國際學術研討會」,從臺北請來柏楊於開幕典禮中擔任主題演講,講題是〈馬華文學的獨立性〉。

從當地各報的報導,可以看出其重點:

〈冀大馬企業家／助發展馬華文學〉(中國報)
〈柏楊:創文學特性／擺脫鄉愁吧!〉(同上)
〈柏楊:走出移民情懷／馬華文學須本土化〉(光明日報)
〈柏楊:作品應有世界觀／馬華文學要本土化〉(南洋商報)
〈柏楊促走出移民文學／馬華文學須本土化〉(星洲日報)[15]

「擺脫鄉愁」、「走出移民情懷」、「走出移民文學」的意思差不多,柏楊以其一貫的主張強調落地生根及國家認同的重要,「要愛金片土地及國家」、不要「整天懷念故鄉」。而所謂「馬華文學的獨立性」,便是「本土化」以後形成的特性,「可採用當地多元種族社會背景為創作靈感」,這即是一種「本土化」,並有助於「種族的融合」,為此,柏楊特別強調華文文學與馬文文學互譯的重要性。

此外,柏楊特別向大馬企業家喊話,呼籲他們資助文學創作,他說:

馬華文學有很強的軟體,如創作力和印刷業,而作家本身也是有很強的世界觀和本土化的使命感,但卻缺乏資金。

他表示,作家需要企業家的資助,就有如一艘大船需要海水般,因此

---

[15] 研討會的論文集《馬華文學的新解讀》收有柏楊此次演講紀錄,改題〈走出移民文學〉,係以《星洲日報》所刊為本。主辦單位馬來西亞留臺校友會聯合總會於會後曾將所有報導之簡報裝訂成冊寄給與會者,此處所列皆在其中。

他希望二者能攜手合作，共同促進馬華文學的繁榮。

八、

　　從 1950 年代投稿馬來西亞的《蕉風》[16]，到 2003 年在臺北舉辦的「柏楊文學史學思想國際學術研討會」有來自菲律賓的王勇發表論文，有來自新加坡的王潤華擔任葛浩文的對談人，近半個世紀間，柏楊與南洋發展出極深厚的文化因緣，一方面柏楊在南洋有眾多的讀者，他每一次南行皆在當地造成轟動，除了演講會場人潮洶湧以外，經由機智、幽默的言說，他的思想不斷向當地傳播；另一方面，他更有具體的作為，在南洋與臺灣之間形成中介，譬如為文介紹新馬，為南洋讀者公開解惑，以及編華文文學選集等，影響極為深遠。

　　更值得注意的是他的南洋論述，他一而再再而三的闡釋中國人與中華人的異同，強調以平等之心對待異民族；主張必須改正中華文化的缺點，使之具有競爭力，呼籲華人重視華語與華文；盼望新馬與臺灣的文化文流要擺脫「單行道」而發展成「雙向道」；對於當地華文文學，他提出走出「移民文學」的說法，認為要以「本土化」建構獨特的華文主體性。

　　柏楊以極具感染力的話語表達他的南洋新思維，南洋華人以高度的熱情回報柏楊的關懷，柏楊與南洋完成一種圓滿的因緣，在柏楊生命史上必然是璀璨的一章。

　　　　　　　　　　——選自李瑞騰主編《柏楊文學史學思想國際學術研討會論文集》
　　　　　　　　　　桃園：中央大學中國文學系，2003 年 12 月

---

[16] 見〈新馬港之行〉之九〈新加坡華文文學選集〉。

輯五◎
研究評論資料目錄

作家生平、作品評論專書與學位論文

專書

1. 孫觀漢編　　柏楊和他的冤獄　香港　文藝書屋　1976 年 1 月　432 頁

本書為柏楊冤獄的側記。全書共 10 章：1.入獄時的大概；2.臺灣的起訴書；3.柏楊的答辯書（1—10）；4.營救的無效；5.各方的輿論、反應和懷念；6.簡介柏楊的生平和著作；7.各方的來信和來款；8.好心的讀者；9.寫在「柏楊和他的冤獄面後」；10.補遺。

2. 梁上元編　　柏楊和我　臺北　星光出版社　1979 年 6 月　412 頁

本書為柏楊文友為紀念他艱苦坎坷的六十年生命歷程，和他們之間深厚的友情所編撰的文集。全書共 4 部分：「第一篇・柏楊和我」收有孫觀漢〈柏楊和我〉、梁上元〈柏楊和我〉、梁黎劍虹〈柏楊和我〉、虞和芳〈柏楊和我〉、羅祖光〈柏楊和我〉、史紫忱〈柏楊和我〉、吳覺真〈柏楊和我〉、筑音〈柏楊和我〉、姚安莉〈柏楊和我〉、張香華〈柏楊和我〉10 篇文章；「第二篇・書信」收有寒霧〈十分迷惘〉、寒霧〈下定決心〉、孫觀漢〈致柏楊最初的兩封信〉、張紹騫〈致柏楊先生函〉4 篇文章；「第三篇・訪問・報導」收有沙翁〈欣聞歸來〉、沙翁〈柏楊專欄〉、韓韓〈我見到了柏楊〉、張玉銘〈柏楊和女詩人〉、齊以正〈人權與柏楊〉、元璣〈訪柏楊・談愛情〉6 篇文章；「第四篇・著作的評估」收有孫觀漢〈柏楊的著作〉、孫觀漢〈再談柏楊的著作〉、孫觀漢〈環境與地氣〉、吳新一〈黑洞與醬缸〉、彭世灼〈柏楊的婚姻戀愛觀〉、渡邊英雄〈柏楊學〉、李震洲〈評《活該他喝酪漿》〉、司馬文武〈一部用中國人立場寫成的史籍〉、沙翁〈論《中國人史綱》〉、高平〈十年辛苦不尋常〉、東方望〈萬分 Charming 是柏楊〉、彭品光〈《中國歷史年表》評價〉、潘立夫〈歷史的眼睛〉13 篇文章。

3. 應鳳凰編　　另一個角度看柏楊　臺北　廣城出版社　1981 年 7 月　312 頁

本書係轉錄柏楊先生於 1981 年 2 月 10—26 日遊訪新加坡、馬來西亞及香港等地區時，當地報章所刊載之相關報導及當地學者作家回應文章及評論，分為香港、馬來西亞、新加坡三部分收錄。全書共 51 篇：新加坡《南洋商報》〈臺灣名作家柏楊，倪匡陪同下抵新〉、〈柏楊這個人和他的作品〉（座談會紀錄）、〈柏楊與黃孟文楊松年看法一致，新臺文藝必須交流〉、迕茗〈柏楊文章一二〉、潘正鏞〈在火難中上升的鳳凰——側寫臺灣作家柏楊〉、吳啓基〈出軌的機緣——雜寫為柏楊而設的自由餐會〉、陳永埠〈傳統的挑戰者——談魯迅柏楊〉、新加坡《英文海峽時報》〈The living Conscience of Chinese〉、潘正鏞，杜南發整理〈愛和力量的再生——

一與柏楊一席談〉、青青草〈外柔內剛的張香華──訪香華‧談柏楊〉、吉隆坡
《馬來亞通報》〈臺灣雜文史學家柏楊‧香港武俠科幻小說家倪匡，聯袂蒞馬觀
光〉、〈柏楊計劃編纂馬華文學作品〉、南集〈一枝奇筆──柏楊〉、〈和柏楊握
手〉、東協〈柏楊和他的作品〉、橡棕〈柏楊信念彌堅〉、馬來西亞《新明日報》
〈柏楊計劃編纂馬華文學選集，促進馬臺文學交流〉、馬來西亞《南洋商報》〈臺
灣著名作家柏楊，希望馬臺文學作品能夠互相交流〉、一夢〈在苦難中折磨中茁壯
──柏楊主持文學講座摘記〉、楊帆〈柏楊談華人的民族特性〉、李素棒〈柏楊談
坐牢‧寫作‧愛情〉、艾萱〈柏楊張香華共渡人生之旅〉、全晴〈楊振寧與柏
楊〉、包亞管〈柏楊應該去學唱歌〉、馬來西亞檳城《光華日報》〈柏楊今早在韓
中禮堂，出席「文學座談會」〉、謝春蘭〈詩人張香華──柏楊的另一半〉、陳禮
和〈訪張香華，談柏楊〉、小兵〈名作家柏楊訪問記〉、馬來西亞檳城《華商報》
〈柏楊在馬被綁架〉、陳非〈柏楊專訪〉、孔昭〈趙雅芝心驚膽顫會柏楊〉、白雲
天〈超級明星作家柏楊〉、〈臺灣作家明星柏楊〉、癡王〈柏楊遊港〉、〈舌戰孫
淡寧〉、項莊〈與柏楊論秦始皇〉、〈秦始皇之「功」〉、沙翁〈柏楊〉、張微
〈柏楊‧香港〉、石靈〈與柏楊先生一夕談〉、陳非〈柏楊說抽烟〉、于靜〈柏老
訪星〉、西門異〈柏楊來港後的聯想〉、齊以正〈柏楊星馬行〉、蔣芸〈柏楊的三
個十年〉、言成〈誰編新華文學大系？〉、柏節〈我對文學大系由外人圈選的管
見〉、新加坡《民報》〈大系與選集〉、孔大山〈文學史〉、管閑士〈柏楊編書起
風波〉、周粲〈我對新加坡文藝研究會的期望〉。正文前有倪匡〈隨從雜記〉，正
文後附有〈柏楊著作簡表（1950─1981年）〉。

4. 陳麗真編　　柏楊‧美國‧醬缸　臺北　四季出版公司　1982年4月　374頁

本書收錄1980年代國內外報章雜誌關於柏楊的報導。全書分2部分，「上篇‧詩人
大會」收有舊金山遠東時報〈五屆大會在舊金山舉行〉、舊金山遠東時報〈代表團
秘書阻攔朗誦〉、舊金山遠東時報〈「詩」「歌」之爭〉、柏楊〈致大會主席備忘
錄〉、臺北亞洲人雜誌〈文藝團體應打開門戶〉、臺北民生報〈記者會上舊事重
提〉、臺北民生報〈詩人代表團不是第一遭〉、高雄臺灣時報〈令人遺憾的詩人代
表團〉、高雄臺灣時報〈鍾鼎文來函照登〉、臺北縱橫雜誌〈關於國際詩人大會〉
10篇文章；「下篇‧訪問及講演」收有洛杉磯南華時報〈柏楊將訪羅省〉、洛杉磯
南華時報〈從柏楊的作品談起〉、紐約世界日報〈認為這兒是禮義之邦〉、洛杉磯
南華時報〈文化座談「文學與人生」〉、洛杉磯南華時報〈且聽糟老頭娓娓道
來〉、洛杉磯南華時報〈論柏楊的雜文與小說〉、洛杉磯南華時報〈海內外文學界
論柏楊〉、洛杉磯南華時報〈他鄉遇故知〉、紐約世界日報〈告訴三百名座談會聽
眾〉、洛杉磯南華時報〈「文學座談會」聽眾踴躍〉、洛杉磯南華時報〈南加州第

一次文學座談會〉、洛杉磯南華時報〈座談會結語〉、洛杉磯南華時報〈強項的批評者〉、洛杉磯南華時報〈我以身為中國人而驕傲〉、洛杉磯亞洲商報〈莊嚴與醜陋〉、洛杉磯越華報〈難看的官臉孔〉、洛杉磯越華報〈柏楊就是柏楊〉、華盛頓華府新聞〈夜訪柏楊夫婦〉、紐約華語快報〈柏楊來紐約〉、紐約星島日報〈會紐約文化界探討中國文化〉、紐約世界日報〈柏楊講演並答問〉、紐約華語快報〈柏楊光臨思想複雜的美東〉、紐約華語快報〈應使批評分子留在獄外〉、紐約華語快報〈中國為什麼不強大〉、紐約華語快報〈喪失了承認錯誤的能力〉、紐約華語快報〈希望中國人能夠多些思考〉、紐約華語快報〈我們文化的毛病在哪裡〉、紐約華語快報〈中國沒有人權民主〉、紐約華語快報〈如何糾正死不認錯之病〉、紐約華語快報〈推理能力發生故障〉、紐約北美日報〈能不驚弓〉、紐約北美日報〈柏楊過境一夕談〉、紐約華僑日報〈冤獄時獲支持柏楊謝海外華人〉、紐約北美日報〈柏楊週六講中國人與醬缸〉、紐約華僑日報〈「醬缸」就是一潭死水〉、紐約華僑日報〈「中國人與醬缸」〉、紐約北美日報〈柏楊華埠講演禮堂座無虛席〉、紐約北美日報〈中國人與醬缸〉、紐約北美日報〈從醬缸跳出來〉、臺北中國時報〈柏楊紐約講演側記〉、紐約華僑日報〈要隱惡揚善‧勿作賤自己〉、香港星島日報〈柏楊美國行〉、紐約自由人雜誌〈柏楊紐約來去〉、紐約北美日報〈「醬缸文化」〉、舊金山遠東時報〈史丹佛大學講演〉、洛杉磯加州論壇報〈人生文學與歷史〉46 篇文章。正文前有陳麗真〈前言〉，正文後附有陳麗真〈柏楊和我〉、〈柏楊著作簡表〉。

5. 藍玉鋼編　　七〇年代論戰柏楊　臺北　四季出版公司　1982 年 8 月　203 頁

本書收錄 1973—1974 年間《七十年代》雜誌一系列討論柏楊的相關論文，以及論述者間的筆戰文章共 13 篇：姚立民〈評介向傳統挑戰的柏楊〉、則師〈我對柏楊的不同看法——「評介向傳統挑戰的柏楊」讀後感〉、姚立民〈再論柏楊——兼答則師先生〉、陶冰〈癡人說夢話柏楊〉、焓拓〈也談柏楊〉、林啓邦〈柏楊案件並非文學問題〉、周昌華〈從文學的角度看柏楊〉、達江〈聽司馬中原談柏楊〉、草地人〈也論柏楊問題〉、則師〈答林姚二君關於柏楊問題之討論〉、林啓邦〈再談柏楊的評價問題〉、姚立民〈關於評介柏楊的幾點澄清〉、路正遙〈且話則師談柏楊〉。

6. 柏楊 65 編委會　　柏楊 65：一個早起的蟲兒　臺北　星光出版社，時報出版公司，學英文化公司，歐語出版社，遠流出版公司　1984 年 3 月　481 頁

本書為慶賀柏楊 65 歲生日所編。全書分 5 輯：1.「新聞紀實」：收錄各報刊登柏楊

出入獄的訊息，共 9 篇；2.「江河行地」：柏楊入獄後，海內外各地人士的反應和營救文章，包括吳新一〈柏楊事件的啓示〉、阮大仁〈柏楊、柏楊、君在何處？〉、〈爲柏楊請命〉、雲匡〈人性的光輝〉、項莊〈柏楊這個人〉、孫淡寧〈不要哭！柏楊〉、星辰〈柏楊談片〉、武光東〈唯愛爲大〉、胡菊人〈柏楊與偉大〉、倪匡〈倪匡論柏楊〉、丘秀芷〈柏楊這個人〉、吳崇蘭〈華府春秋〉、廖仁義〈1982 年冬天的柏楊〉、Edel Lancashire〈柏楊的卜派案〉共 14 篇；3.「言爲心聲」：柏楊受訪的實錄、包括雲匡〈柏楊答問〉、李寧〈與柏楊談敏感問題〉、胡倚風〈「柏楊是曠世的天才」〉、向陽、張雪映、陳煌專訪、明秋心紀錄〈別讓鉛字架再被打翻〉、韓瀅〈我從獄中來〉共 5 篇；4.「冰炭滿懷」：收錄所有攻擊柏楊先生的文字、包括姜穆〈由「役」談起〉、〈大家都去做研究員〉、〈敬致中國的唐·吉訶德先生〉、鍾虹〈平議柏楊事件〉、〈敬致姜穆先生的降書〉、蕭武〈且談「平議柏楊事件」〉、井種步〈柏楊坐牢是冤枉嗎？〉、朝陽〈讀〈柏楊與我〉談國家體制〉、陳志專〈讀〈柏楊與我〉氣憤難平〉、〈談國內偏激份子的怪腔怪調〉、掃蕩週刊〈瞧瞧柏楊的國際主義心態〉、諸葛更亮〈與柏楊論中華、猶太文化之不同〉、王怡〈文人無行乎？〉、何法〈欷柏楊的「金三角訪問記」〉、水逆蕃〈西風東漸話柏楊〉共 15 篇；5.「空谷迴響」：評論柏楊先生作品的文章、包括流溪〈如是我云詩〉、談開元〈我讀〈拱橋〉、辛白〈掙扎〉、歸人〈在《怒航》中來去〉、出版界雜誌〈評介 1996 年《中國文藝年鑑》〉、潘榮禮〈弦外有音·音調蒼涼〉、吳新一〈《柏楊和他的冤獄》讀後感〉、哲正〈讀郭衣洞的小說〉、倪匡〈傑出〉、〈先生〉、〈論柏楊的幾本書〉、〈《中國人史綱》——好書〉、〈推崇〉、〈皇后〉、梁上元〈郭衣洞的秘密〉、李瑞騰〈郭衣洞《掙扎》中的悲劇意識〉、趙世洵〈《中國人史綱》這部鉅著〉、趙雅博〈突破中國的歷史〉、林雙不〈《皇后之死》第一集〉、〈談《異域》、微雲〈平原出版社〉、項莊〈讀《柏楊詩抄》〉、張大春〈泰北滄桑的歷史見證〉、楊小雲〈無奈和淒涼〉、吳鴉〈短評《文學年鑑》〉、蘇塄基〈文壇和文學界驚起巨雷〉、章維新〈一個進步的起點〉、朱桂〈從《史綱》到《通鑑》〉、高平〈重擔——《柏楊版資治通鑑》〉共 29 篇。

7. 孫觀漢主編　夢回綠島　臺北　駿馬文化公司　1986 年 8 月　224 頁

本書收錄柏楊與孫觀漢、梁上元、陳麗真的書信往來，及相關評論文章。全書共 2 部分：1.「深知我」；2.「感激這美好的一生」。

8. **Jürgen Ritter**　**Kulturkritik in Taiwan: Bo Yang**（1920—）　**Bochum Studienverl**　1987 年　219 頁

本書係以柏楊的雜文為重心，詳細介紹柏楊的生平與簡介柏楊的歷史著作，理出柏楊的文化批評系統，並取五四時期的文學作品與之比較。全書共 5 章：1. Loben und work；2. Das "So jasoBenfaB"——Bo Yangs kulturkritik；3. Einordnung der Essays und der kulturkritik Bo Yangs；4. SchluBbtrachtungen；5. Bo Yang: Der häBliche Chinese（Uberset-zung）。後由墨勤譯為《醬缸》，林白出版社出版。

9. 周裕耕（Jürgen Ritter）著，墨勤譯　　醬缸　臺北　林白出版社　1989 年 1 月　265 頁

本書為 Jürgen Ritter 漢學系畢業論文中譯版。係以柏楊的雜文為重心，詳細介紹柏楊的生平與簡介柏楊的歷史著作，理出柏楊的文化批評系統，並取五四時期的文學作品與之比較。全書共 2 部分：「第一部分」收有周裕耕〈〈給柏楊先生的一封公開信〉及序〉、墨勤〈訪問本書作者周裕耕〉2 篇文章；「論文」共 5 章：1.導言；2.生平與著作；3.「醬缸」中國——柏楊的文化批評；4.柏楊雜文及其文化批評的定位；5.結語。正文前有周裕耕〈作者序〉、馬漢茂〈「醬缸文化」西遊記〉、墨勒〈譯者的話〉，正文後附有〈柏楊年表簡編〉。

10. 孫觀漢編著　　柏楊的冤獄　高雄　敦理出版社　1988 年 8 月　346 頁

本書收集柏楊遭受冤判及入獄後，其友人孫觀漢為營救柏楊，多次投書媒體、臺灣及美國政府高層的多篇言論及公開信，呈現海外在柏楊被捕之後輿論的反應及援手營救的情形，其中亦收有多篇柏楊及其妻與孫觀漢的書信往來。全書共 5 部分：1.神話統治下的一場冤獄；2.柏楊獄中答辯書；3.營救的無效；4.各方的輿論和反應；5.簡介柏楊的生平和著作。

11. 孫國棟　　評柏楊　香港　明報出版社　1989 年 1 月　150 頁

本書收錄孫國棟發表於《明報》月刊對柏楊《醜陋的中國人》及《資治通鑑》所發表的 5 篇文章：〈就教於柏楊先生——評《醜陋的中國人》〉、〈〈評《醜陋的中國人》〉引起的風波——兼談柏楊先生的謊言及其近作〉、〈再評柏楊著《醜陋的中國人》〉、〈一本不了解原著的譯作——評柏楊版《資治通鑑》〉、〈再評柏楊版資治通鑑——譯宋神宗序的謬誤〉。正文前有自序，正文後附有〈《資治通鑑》的政治觀念〉、陳啓明〈望文生義‧錯譯連篇——柏楊版《資治通鑑》選評〉、〈柏楊的回應〉、張苙蕪〈為柏楊先生一辯——評孫國棟先生對《醜陋的中國人》的批評〉。

12. Lin Zi-yao 編　　One Author Is Rankling Two Chinas（《一個作家觸怒兩個中國》）　臺北　星光出版社　1989 年 7 月　170 頁

本書爲外語文集，收錄國內外以英、法、日等多種語言發表之與柏楊相關的報導、評論、詩作及訪談，刊載時間從 1982 到 1989 年，橫跨 80 年代。但因《醜陋的中國人》在各國引起的話題性，故其中有 19 篇文章集中在 1987 年至 1988 年之間。全書共 22 篇文章：Edel Lancashire〈Popeye and the Case of Guo Yidong, Alias Bo Yang〉、Alain Peyraube〈Bao Yang: huit ans de prison poru crime de lese-majesté〉、Peter Yau〈A birthday...and a few ugly memories〉、〈Learning to face the facts〉、Chung-man〈A nation must have courage to face history〉、Yau Shing-mu〈China writer slams culture〉、Margaret Scott〈Stuck in the soy sauce vat of Chinese〉、Nicholas D. Kristof〈One Author Is Rankling Two Chinas〉、Robert Thomson〈Writer Bo Yang allowed to visit China after 40 years〉、James Rusk〈The man Chinese love to hate〉、Daniel Southerland〈Acid-Penned Chinese Writer Gains in Popularity〉、Patrick SABATIER〈Les imprécations de Bo Yang〉、Renato Ferraro〈"Ho tradito Confucio per Popeye"〉、Karen Ma〈Blame It On The Sage〉、Marueen Jones-Ryan〈To Bo Yang〉、Daniel Southerland〈China Allows Leading Critic to Visit From Taiwan, but Restricts His Actions〉、Fan Cheuk-wan〈Literary dream founders on rumours〉、Leung Sze-man〈Reflections on "Ugly Chinese"〉、Fan Cheuk-wan〈State control like AIDS〉、Annie Huang〈Local writer stirs controversy on both sides of strait〉、中山恆彦〈変ねりつつある中国に理解を――ベスセテ作家・柏楊氏に聞く〉、藤井省三〈共和国の興亡と文学――巴金・柏楊〉。

13. 柏　楊編　　對話戰場　臺北　林白出版社　1990 年 3 月　216 頁

本書收錄 1984 年到 1989 年間柏楊的受訪紀錄，包括臺、港、日、歐美等地的報章雜誌、電臺、電視臺的訪問紀錄共 17 篇：李寧〈歷史的鏡子〉、**Alain Peyraube** 訪問；梁其姿譯〈褻瀆君王的柏楊〉、呂嘉行〈士大夫和中國人〉、聶華苓〈爐邊漫談〉、譚嘉〈臺灣海峽兩岸的對話〉、張灼祥，魏便利〈很難絕對客觀〉、魯雪〈沒有制衡的權力最可怕〉、胡菊人〈怎麼看中國歷史〉、鍾春蘭〈從人治到法治〉、楊子江〈怎麼看法律〉、苦苓，洪惟助〈恨鐵不成鋼，不滿都是愛〉、中山恆彦，張玲玲〈了解變幻莫測的中國〉、胡菊人〈中國大陸的奧祕〉、張笠〈我很高興在這裡生根〉、吳錦發〈一覺回到解放前〉、張告白〈塑像之島〉、張涵〈兩性之間〉。

14. 北京中國華僑出版公司　　都是醜陋中國人惹的禍　臺北　林白出版社　1990 年 7 月　267 頁

本書是評論性專輯，精選大陸報章雜誌中有關評論《醜陋的中國人》的文章。正文

後附有「別篇」，輯錄港臺海外的評論文章。

15. 陳麗真編　　柏楊幽默散文賞析　廣西　灕江出版社　1992 年 6 月　231 頁

本書選錄柏楊雜文並賞析各篇特色。全書共 19 篇：1.民主的副產品，人生的潤滑油──〈養養幽默感〉賞析；2.讓過去、現在、將來永遠都記住──〈臥像・吊像〉賞析；3.「論辯的魂靈」──〈醬缸國醫生和病人〉賞析；4.笑中三味──〈自己爭氣，莫一味把人怨〉賞析；5.化莊嚴爲滑稽的幾幅人生圖畫──〈中國成爲真正的禮義之邦〉賞析；6.幽默之中的沉痛，荒誕底下的沉思──〈明哲保身〉賞析；7.冰糖葫蘆：一根竹簽上的一串蜜餞果──〈直呼名字〉賞析；8.管窺蠡測・洞若觀火──〈分而食之〉賞析；9.進步與倒退的辯證法──〈洋人進一步，中國人退一步〉賞析；10.跳出影子，面對真實──〈恐龍型人物〉賞析；11.「愛心」變奏曲──〈把羞辱當榮耀〉賞析；12.呼喚文明──〈三句話〉賞析；13.江湖郎中的叫賣聲──〈叱吒風雲〉、〈小民通茅塞〉、〈不可不讀〉賞析；14.敘史與抒懷──〈帝王皇后知多少〉賞析；15.形式與內容關係的諧談──〈醜的定義〉賞析；16.風趣的戀愛指南──〈談戀愛〉；17.「薄命邊緣」理論──〈男人薄命〉賞析；18.臭鞋與「瘴氣」──〈臭鞋大陣〉賞析；19.「牛道」的升價與人道的貶值──〈請牛容易送牛難〉賞析。

16. 柏楊日編委會　　歷史走廊　臺北　太川出版社　1993 年 3 月　270 頁

本書精選 1983—1993 年柏楊翻譯《資治通鑑》的 10 年期間，報章雜誌上有關柏楊先生的報導和專訪。全書分上、下兩輯：上輯收報紙雜誌「報導」47 則；下輯爲「專訪」28 篇：Alain peyranbe 著；梁其姿譯〈褻瀆君王的柏楊〉、丘慧薇〈正視中國人的居住情結〉、賴瑞卿〈隱密的愛情〉、楊文娟〈通鑑緣・柏楊與小讀者林卓漢對談〉、張惠珍〈沒有能力改正錯誤的人是懦夫〉、Margaret Scott 著；謝秩祿譯〈醬缸內的文化〉、Nicholas D. kristof 著；姚安莉譯〈一個作家觸怒兩個中國〉、吳淡如〈一個父親的呼喚〉、唐明施〈龍與龍年〉、James Rusk 著；姚安莉譯〈一生與「醬缸」搏鬥〉、Renato Ferraro 著；古桂英譯〈義大利人眼中看柏楊〉、李小玲〈三更有夢書當枕〉、彭樹君〈光明與黑暗〉、楊玫瑗〈柏老，不老〉、黃常惠〈惜福・惜緣〉、陳漱渝〈他在爭議中保持自我〉、許裕祥〈人文素養與企業之間〉、何倫〈《柏楊版資治通鑑》即將完成〉、柯慈音〈永不止息對世人的關愛〉、柯慈音〈中國式權力遊戲的教科書〉、黃靖雅〈且拭詩塵迎桂冠〉、黃靖雅〈柏楊說《通鑑》〉、邱婷〈苦心孤詣・古籍今譯〉、林英喆〈古典卷帙譯介成白話長牘〉、黃旭初〈歷史的殷鑑裡不要橫挑強鄰的法則〉、黃旭初〈珍惜生命的真愛〉、簡媜〈十年磨鏡〉、郭玉文〈榮耀臺灣上空的雙桂冠光華〉。

17. **盧心銘編**　**海峽兩岸話通鑑**　北京　中國友誼出版公司　**1993 年 11 月**　**226 頁**

本書爲讀者評論集，收入海內外各種意見的評論文章，摘編數十封讀者來信，反映不同層次讀者的感受及意見，有助於讀者們瞭解柏楊譯注《資治通鑑》。全書分 3 部分：1.評《現代語文版資治通鑑》；2.評《柏楊版資治通鑑》；3.「通鑑廣場」讀者來信分類摘編。

18. **李瑞騰**　**情愛掙扎：柏楊小說論析**　臺北　漢光文化公司　**1994 年 7 月**　**154 頁**

本書係從柏楊先生的長短篇小說看到那個時代，並且看出作者內心的掙扎、人格的掙扎、對貧窮的掙扎、甚至整個生命的掙扎。全書分 9 篇，1.《莎羅冷》中詭詐的愛情；2.柏楊小說中的雜文筆法──《打翻鉛字架》及《古國怪遇記》；3.探求《秘密》中的愛情；4.〈龍眼粥〉與〈強水街〉；5.悲劇與衝突──《掙扎》析論；6.《兇手》的悲劇成因；7.性的冒險──試析〈夜掠〉；8.《怒航》主題表現的兩大傾向；9.將來回到故鄉……。正文前有〈前言〉，正文後附有鄭瑜雯〈情愛掙扎──柏楊談小說〉。

19. **雷銳，劉開明**　**論柏楊式幽默**　臺北　星光出版社　**1994 年 8 月**　**274 頁**

本書選錄柏楊雜文並賞析其特色。全書共 20 篇：1.柏楊雜文的特色；2.〈養養幽默感〉（摘自《聞過則怒集》）──民主的副產品，人生的潤滑油；3.〈臥像·吊像〉（摘自《柏楊雜文選》）──讓過去、現在、將來永遠都記住；4.〈醬缸國醫生和病人〉（摘自《醜陋的中國人》序）──「論辯的靈魂」；5.〈自己爭氣，莫一味把人怨〉（摘自《早起的蟲兒》）──笑中三味；6.〈中國成爲真正的禮義之邦〉（摘自《早起的蟲兒》）──化莊嚴爲滑稽的幾幅人生圖畫；7.〈明哲保身〉（摘自《死不認錯集》）──幽默之中的沉痛，荒誕底下的沉思；8.〈直呼名字〉（摘自《早起的蟲兒》）──冰糖葫蘆：一根竹簽上的一串蜜餞果；9.〈分而食之〉（摘自《早起的蟲兒》）──管窺蠡測，洞若觀火；10.〈洋人進一步，中國人退一步〉（摘自《醜陋的中國人》）──進步與倒退的辯證法；11.〈恐龍型人物〉（摘自《早起的蟲兒》）──跳出影子，面對真實；12.〈把羞辱當榮耀〉（摘自《踩了他的尾巴》）──「愛心」變奏曲；13.〈三句話〉（摘自《踩了他的尾巴》）──呼喚文明；14.〈叱吒風雲〉（摘自《柏楊選集總序》）、〈小民通茅塞〉（摘自《紅袖集》序）、〈不可不讀〉（摘自《溫柔鄉》序）──江湖郎中的叫賣聲；15.〈帝王皇后知多少〉（摘自《姑蘇響鞋》引言）──敘史與抒懷；16.〈醜的定義〉（摘自《神魂顛倒集》序）──形式與內容關係的諧談；17.

〈談戀愛〉（摘自《大愚若智》）──風趣的戀愛指南；18.〈男人薄命〉（摘自《神魂顛倒集》）──「薄命邊緣」理論；19.〈臭鞋大陣〉（摘自《活該他喝酪漿》）──臭鞋與「瘴氣」；20〈請牛容易送牛難〉（摘自《柏楊雜文選》）──「牛道」的升價與人道的貶值。

20. 柏楊口述；周碧瑟執筆　　柏楊回憶錄　臺北　遠流出版公司　1996 年 7 月 409 頁

本書作者周碧瑟於 5 個月內與柏楊晤談 85 次，重新回憶柏楊先生長達 75 年的漫長歲月，載有柏楊本人的第一手資料並盡可能保留柏楊文字的原味。全書共 47 章：1.野生動物；2.家庭；3.繼母；4.上小學的日子；5.惡師和初中；6.背影和呼喊；7.逐出學校；8.劇毒海洛因；9.奇蹟──平面幾何；10.轟轟烈烈的戀愛；11.西安事變；12.犯上作亂；13.蛇山一帶紅點多；14.珞珈歌聲；15.結婚與父喪；16.荒山逃亡；17.大隧道慘案；18.開始用假證件；19.開除；20.；再做假證件；21.大學生活；22.城門突然關閉；23.永遠開除學籍；24.瀋陽陷落；25.北京陷落；26.橫渡臺灣海峽；27.第一次入獄；28.防空洞裡的一幕；29.救國團；30.被俘；31.十年雜文；32.夢寐一樣的往事；33.山崩地裂；34.調查局；35.軍法處看守所；36.南航；37.火燒島；38.同埋一丘；39.出獄；40.軟禁；41.自由；42.重返文壇；43.十年通鑑；44.愛荷華；45.家園；46.最後文字獄；47.尾聲。正文後附錄〈寫給劉展華的一封信〉。

21. 雷　銳　柏楊評傳　北京　中國友誼出版公司　1996 年 12 月　331 頁

本書敘述柏楊生活與寫作歷程，全書共 14 章：1.無愛的童年；2.熱血青春；3.在急轉的時代洪流中；4.步入臺灣文壇；5.在情愛與苦難中掙扎升華；6.右手小說，左手雜文；7.左手小說，右手雜文；8.猛撞醬缸；9.冤獄十年；10.跨上生命的巔峰；11.展翅翱翔，天寬地廣；12.向醜陋的中國人沉痛出擊；13.戰馬仍嘶人未老；14.柏楊旋風的力和熱。

22. 陳漱渝編　看，這個醜陋的中國人　北京　中國電影出版社　1997 年 9 月 530 頁

本書包含口述自傳及附錄 2 大部分。口述部分由周碧瑟執筆，小丁改寫：1.有三個生日的「野生動物」；2.「人皆有母，我獨無！」；3.可怕的算術，可惡的老師；4.第一次被開除；5.狠繼母與海洛因；6.居然考取高中；7.以慘敗告終的「初戀」；8.西安事變──崇拜蔣中正；9.忍無可忍揍繼母；10.投奔延安遭夭折；11.「長城外，古道邊，芳草碧連天」；12.包辦婚姻與傳統喪禮；13.千里逃亡，輾轉重慶；14.防空洞巧遇蔣中正；15.買假證件再度被開除；16.不讀大學心不死；17.日本投降，離亂未已；18.「我們是蔣匪！」；19.在古城北京的日子；20.橫渡臺灣海峽；

21.莫名其妙成「匪諜」；22.受歧視的基督徒；23.一言難盡「救國團」；24.莫須有的「共匪俘虜」；25.十年雜文似匕首；26.筆惹大禍，山崩地裂；27.文質彬彬的惡魔；28.夫妻本是同林鳥，大難來時各自飛；29.未把他遺忘的女孩子；30.綠島悲歌；31.八載鐵窗苦著書；32.終獲自由。正文後附錄：1.王榮〈走過死蔭幽谷〉、張香華〈看，這個醜陋的中國人〉、柏楊，張香華，聶華苓〈爐邊漫談〉、周碧瑟〈陪柏楊重走七十五年〉、吳淡如〈一個父親的呼喚〉、李小玲〈三更有夢書當枕〉、楊玟瑗〈柏老，不老〉、黃常惠〈惜福，惜緣〉、陳漱渝〈他在爭議中保持自我〉、丘惠中〈柏楊和孫觀漢〉、柏楊〈觀漢先生歸去來〉〈穿山甲人〉、Alain Peyraube〈褻瀆君王的柏楊〉、丘慧薇〈正視中國人的居住情結〉、楊文娟〈通鑑緣‧柏楊與小讀者林卓漢對談〉、許裕祥〈人文素養與企業之間〉、林照真〈讓綠島走出政治恐怖的陰影〉16 篇文章；2.《醜陋的中國人》起風波，收錄嚴秀、牧惠、弘征〈湘版《醜陋的中國人》編後記〉以及〈護短與愛國——評對《醜陋的中國人》的若干批評〉、孫國棟〈中國人醜陋嗎？——就教於柏楊先生〉、邵純〈《醜陋的中國人》讀後〉、梁超然〈魯迅，柏楊異同論——評《醜陋的中國人》〉以及〈再論魯迅與柏楊——兼答《醜陋的中國人》的編者〉、公劉〈醜陋的風波〉、段宏俊〈最醜陋的中國人——柏楊〉所著 8 篇文章；3.《柏楊版資治通鑑》，收錄柯慈音〈中國式權力遊戲的教科書〉、黃靖雅〈柏楊說《通鑑》〉、邱婷〈苦心孤詣，古籍今譯〉、簡媜〈十年磨鏡〉、林英(吉吉)〈古典卷秩譯介成白話長牘〉5 篇文章；4 榮耀臺灣上空的雙桂冠光華，收錄郭玉文〈榮耀臺灣上空的雙桂冠光華〉、柏楊〈獄中詩抄〉以及〈詩人的祈福〉3 篇文章；5.〈1990 年來函〉、〈1991 年來函〉、〈1992 年來函〉、〈1993 年來函〉、〈1994 年來函〉、〈1995 年來函〉、〈1996 年來函〉。

23. 覃賢茂編著　　柏楊傳奇　成都　四川人民出版社　1998 年 8 月　336 頁

本書為柏楊的傳記。全書共 12 章：1.心酸的童年；2.野性的青春；3.大學夢；4.別了，大陸；5.愛上美麗的寶島；6.秘密的鄉愁；7.貧窮，但充滿歡笑；8.十年雜文美名揚；9.終於收攏的魔網；10 綠島悲歌；11.火中的鳳凰；12.走向生命的顛峰。

24. 古繼堂　　柏楊傳　北京　作家出版社　1999 年 4 月　461 頁

本書根據「抓貓法」創作理論，從柏楊被誣入獄時開篇，欲突出和評價柏楊的人生經驗，從中概括出一些人生哲理，喚起人們的共感、共鳴。全書共 10 章：1.掉入魔窟，苦鬥魍魎；2.美國干預，重返人間；3.少年煉獄，虎口逃生；4.熱血報國，投筆從戎；5.千苦萬難，大學的夢；6.無意中成了「蔣經國的人」；7.十年雜文，觸怒當局；8.安身立命，重建家園；9.冰融雪化，榮歸故里；10.不是結尾。正文後附錄〈柏楊小傳〉、〈柏楊年表簡編〉、〈柏楊著作一覽表〉、〈有關研究和描寫

柏楊的書〉。

25. **黎活仁主編　　柏楊的思想與文學：「柏楊思想與文學國際學術研討會」論文集　臺北　遠流出版公司　2000 年 3 月　765 頁**

本書是香港大學亞洲研究中心 1999 年 6 月 10—11 日研討會的論文集。多角度論述了柏楊先生的思想、雜文、史著、報導文學、詩及小說等方面。全書共 5 個單元：1.專題討論，收錄唐德剛〈三峽舟中的一齣悲喜鬧劇——對名作家柏楊先生的個案透視〉；2.柏楊的思想與雜文，收有向陽〈猛撞醬缸的虫兒：試論柏楊雜文的文化批判意涵〉、周裕耕〈柏楊：非貴族的知識份子〉、梁敏兒〈共同體的想像：柏楊筆下的國民性〉、Aleksander Petrov〈Bo Yang's The Ugly Chinaman: Generic and Comparative Perspective〉；3.柏楊的史論，收有龔鵬程〈現代化思潮下的史論：《柏楊曰》的精神與處境〉、劉季倫〈柏楊的歷史法庭〉；4.柏楊的報告文學與舊詩，收有張堂錡〈從《異域》到《金山角‧荒域》：柏楊兩部異域題材作品的觀察〉、雷銳〈為時代的悲劇小人物撰史立傳：論柏楊的報導文學〉、黃守誠〈國家不幸詩家幸：柏楊舊詩的藝術成就〉；5.柏楊的小說，收有應鳳凰〈柏楊五十年代小說與戰後臺灣文學〉、張素貞〈遊走在神魔與歷史之間：論柏楊的《古國怪遇記》〉、黎活仁〈思想家的「陰影」（shadow）：魯迅與柏楊小說中的幽靈〉、朱嘉雯〈當代中國的放逐者：柏楊及其他同類短篇小說中「失鄉」主題探討〉、余麗文〈柏楊小說的城市和空間〉、朱耀偉〈反放逐的書寫：試論柏楊小說的「放逐」母題〉、鄧擎宇〈從小說的重複現象看柏楊的《掙扎》〉、梁竣瓘〈尋找柏楊小說中的女主角：文學、社會的交互考察〉、鄭雅文〈「中國」歷史走向「臺灣」社會——柏楊小說的死亡課題〉、Dusan Pajin〈Life after death, life before death - fabrics of life in the stories of Bo Yang〉。正文後附錄龔鵬程〈柏楊是一位難以歸類的作家〉。

26. **孫以年編　　透視柏楊　北京　大眾文藝出版社　2001 年 4 月　450 頁**

本書集結柏楊撰著之雜文及他人論述柏楊之文章。全書分上、下編：上編收錄柏楊撰著之雜文共 93 篇；下編收錄聶華苓〈爐邊漫談（節選）〉、周裕耕〈給柏楊先生的一封公開信〉、林淇瀁〈猛撞醬缸的蟲兒：試論柏楊雜文的文化批判意涵〉、劉季倫〈柏楊的歷史法庭〉，及柏楊演說文〈喜遇良師益友——「柏楊思想暨文學國際學術研討會」閉幕禮致詞〉共 5 篇。正文後附錄〈柏楊小傳〉、〈柏楊著作簡目〉。

27. **李世家　　走近柏楊　貴陽　貴州人民出版社　2001 年 9 月　382 頁**

本書依據柏楊的著作，及社會各界有關柏楊的評介，撰寫而成傳記。內容敘述柏楊

的生命歷程，以及在文學歷程上的代表性時期。全書共 13 章：1.少小時開封生活；2.在輝縣、百泉；3.離家出走後的非凡歷程；4.五十年代——小說家柏楊；5.六十年代——雜文家柏楊；6.人生文學；7.七十年代——入獄、史學家柏楊；8.八十年代——聲名鵲起的史學家柏楊；9.鏡鑑史學；10.中國心——愛中國、愛中國人；11.民主自由心——激烈針砭臺灣缺；12.人心——人道主義；13.寫作癖及「柏楊筆」。正文後附錄〈柏楊八十年生平事略〉。

28. 韓 斌　　柏楊傳　廣州　花城出版社　2002 年 7 月　387 頁

本書係以編年方式對柏楊的成長環境及成長過程所做的嘗試性敘述。前有引言，全文共 4 部，每一部下各依編年再分章。第 1 部：一九二〇——一九四九——一片模糊的眼淚，4 章；2.一九五〇——一九六七——猛撞「醬缸」，4 章；3.一九六八——一九七七——艱難而漫長的歲月，2 章；4.一九七八——二〇〇一——文化英雄，3 章。正文後附錄〈柏楊的妻子和兒女〉、〈柏楊著作和關於柏楊的著作〉。

29. 柏 楊　　新城對　臺北　遠流出版公司　2003 年 3 月　414 頁

本書選錄柏楊於 1980 年至 2003 年間接受報刊雜誌媒體的訪問，所涉話題極多，從自己的生命史到民族的文化史，從兩性關係到兩岸關係，從歷史糾葛到現實衝突，流洩出的是國族大願與人間大愛，及對於惡政的怒吼、對於人性尊嚴以及人權的呼喚。全書共收錄 35 篇，李寧〈歷史的鏡子〉；Alain Peyraube 訪問，梁其姿譯〈褻瀆君王的柏楊〉；呂嘉行〈士大夫和中國人——愛荷華大學五月花大樓訪柏楊一夕話〉；聶華苓〈爐邊漫談〉；聶華苓訪問，譚嘉整理〈臺灣海峽兩岸的對話〉；張灼祥，魏便利〈很難絕對客觀〉；魯雪〈沒有制衡的權力最可怕〉；胡菊人〈怎麼看中國歷史〉；鍾春蘭〈從人治到法治〉；楊子江〈怎麼看法律〉；苦苓，洪惟勖〈恨鐵不成鋼，不滿都是愛——走在歷史與政治鋒口的柏楊〉、中山恆彥訪問，張玲玲譯〈了解變幻莫測的中國〉；張笠〈我很高興在這裡生根〉、吳錦發〈一覺回到解放前〉、〈中華文化的反省與重建〉；張告白〈塑像之島——柏楊、趙少康、王克平對談銅像的文化結構〉；張涵〈兩性之間〉；柏楊〈女權與人權——中國婦女的三千年路〉；郭棋佳，曾光華〈華文與華人〉；《中國之春》雜誌編輯部〈正視自己的醜陋面〉；吳清泰〈華人才是真正的經濟動物〉；李怡〈中華民族是不是受到了詛咒？〉；高天生〈兩岸之間〉；岑逸飛〈不一樣的念頭〉；《南方》雜誌編輯部〈民主的實踐與挫敗〉；宋雅姿〈生活真相〉；里戈〈人權與生俱來〉；金鐘〈等到兩岸再長大〉；馬丁‧瓦斯勒（Martin Woesler）〈中國往何處去？〉；王瑩〈走過死蔭幽谷〉；湯芝萱〈見書就讀的人〉；許芳菊，林志懋〈從歷史看未來——誠實看歷史，務實看現在〉；李福鍾〈中華文化缺少了些什麼？——柏楊答記者問實錄〉、李凌俊〈「老莊稼漢」呼喚「尊嚴」〉；陶瀾〈建新跑道‧換新騎

士〉。

30. 柏　楊　柏楊全集・特別卷　臺北　遠流出版公司　2003 年 10 月　416 頁

本書為《新城對》重新編排後易名而成。

31. 黃守誠　國家不幸詩家幸　臺北　遠流出版公司　2003 年 10 月　245 頁

本書為柏楊小說和詩作的評論集，前後花費長達 15 年的時間，整理柏楊先生的小說及詩作並進行導讀。全書共 6 篇：1.國家不幸詩家幸；2.《曠野》的譬喻藝術；3.《怒航》中的孤憤吶喊；4.命運的嘲弄——《兇手》何處尋？；5.人生的枷鎖——《掙扎》的主題探索；6.愛情的煎熬——太聰明的戀愛都是不美的嗎？。

32. 李瑞騰主編　柏楊文學史學思想國際學術研討會論文集　臺北　行政院文建會　2003 年 12 月　377 頁

本書為研討會論文集，探討柏楊小說及其反映的社會、柏楊雜文筆法及其針對性、柏楊文學在文學史上的地位、柏楊史觀及其歷史解釋等議題。全書分 2 輯，共收錄 15 篇論文：1.討論柏楊的文學創作，收有葛浩文〈小說柏楊〉、高肖梅〈從短篇小說談柏楊的內在世界與文字中影音特色〉、鄭明娳〈尋找烏托邦——論柏楊小說中的女性形象〉、黃文成〈何年何月桃花開——論柏楊詩精神場域的救贖與書寫〉、王建國〈不安於室：論柏楊囚室之寫作場域及獄中詩詞作品之時空觀〉、應鳳凰〈「文學柏楊」與五、六○年代臺灣主導文化〉、梁竣瓘〈文學史上的柏楊〉；2.討論柏楊雜文與思想，收有李金銓〈柏楊，柏楊的筆，臺灣的新聞自由與人權運動〉、陳曉明〈世俗批判的現代意義——試論柏楊雜文的思想品格〉、普舍奇〈柏楊對人性的看法〉、王勇〈超越時空與國界的心靈覺醒——柏楊與菲律賓民族英雄芙西・黎薩（DR. JOSE RIZAL）思想批判性比較之我見〉、李栩鈺〈柏楊史觀下的女性命運——以《皇后之死》為考察中心〉、朱洪海〈柏楊思想對中國大陸「八十年代人」的影響〉、李瑞騰〈柏楊與南洋〉。正文後附錄〈「柏楊和他的時代」座談會紀錄〉。

33. 竇應泰　情愛苦旅——柏楊與他的五位妻子　北京　臺海出版社　2004 年 1 月　355 頁

本書依據柏楊的回憶錄以及評論柏楊生平的文章撰寫而成，內容敘述柏楊的五段姻緣。全書共 5 卷：1.柏楊與艾紹荷；2.柏楊與崔秀英；3.柏楊與齊永培；4.柏楊與倪明華；5.柏楊與張香華。

34. 遠流實用歷史館編　這個人・這個島：柏楊人權感恩之旅　臺北　遠流出版公司　2005 年 11 月　247 頁

本書以生活照以及相關圖像資料爲主，輔以簡明的文字敘述，呈現柏楊生命歷程中各個不同階段的轉折。正文前有序言〈這個人‧這個島──柏楊人權感恩之旅〉。全書共 3 章：1.捲起千堆雪；2.筆力萬鈞；3.鼓動飛翔的雙翼。正文後附錄〈柏楊大事記著作年表〉。

35. 張清榮主編　　柏楊與監獄文學　臺南　臺南大學　2008 年 8 月　309 頁

本書爲 2007 年柏楊學術國際研討會論文集結。前有黃秀霜及張清榮序，全書共 5 部分：1.專題演講：姚嘉文〈監房天地寬〉、黎活仁〈柏楊短篇小說的結構〉、周裕耕〈柏楊──從「糟老頭」到學術研究物件〉，共 3 篇論文；2.專題論文：張清芳〈衝冠一怒爲紅顏──世俗現代性的視角：柏楊史論《皇后之死》中的兩類后妃形象〉、許菁娟〈對柏楊事件的考察〉、黎活仁〈柏楊小說的空間形式〉、應鳳凰〈從《孔雀東南飛》到《異域》血淚──郭衣洞與臺灣反共文學〉、李宗定〈歷史、思想與詮釋：柏楊論「儒家」──從「孔子誅少正卯」談起〉、金尙浩〈存在的思想，苦痛的寄託：論柏楊的牢獄詩〉、朱偉祺〈白色恐怖時期的歷史記憶與創傷書寫──以施明正小說爲例〉、陳燕玲〈關不住的愛──柏楊獄中家書探究〉、張清榮〈柏楊《小棉花歷險記》初探〉、施保夙〈存在意義的追索──讀哈維爾《獄中書──致妻子朱榮貴〈柏楊的人權觀：一位虛無主義者的悲歌〉共 11 篇論文；3.綜合座談：與會者有張香華、張清榮、林淇瀁、應鳳凰、迫田勝敏；4.柏楊追思專文：蘇進強（履彊）〈追懷柏楊‧閱讀柏楊〉。

學位論文

36. 楊舒媖　　柏楊雜文析論──以不同版本的考察爲主　逢甲大學中國文學系碩士論文　李時銘教授指導　2004 年 4 月　111 頁

本論文主要探討柏楊對雜文的看法、書寫方式，並比較不同時期所出版的雜文間的差異。全文共 7 章：1.緒論；2.柏楊生平及其寫作的文化背景；3.柏楊雜文的外緣考察；4.柏楊雜文的先導──魯迅對柏楊的影響；5.柏楊雜文的版本比較（上）；6.柏楊雜文版本的比較（下）；7.結論。正文後附錄〈柏楊大事記〉、〈柏楊著作年表〉、〈柏楊的自創語〉等。

37. 尚靜宏　　永不停息的「五四」脈動──魯迅、柏楊小說比較研究　廣西師範大學中國現當代文學所　碩士論文　雷銳教授指導　2004 年　50 頁

本論文以魯迅與柏楊相似的背景、思想及作品，比較、歸納其小說文本的共同特性。全文共 5 章：1.相似的人生經歷；2.沉入文本（一）；3.沉入文本（二）；4.在

亂雲飛渡中堅守；5.柏楊小說的又一重意義。正文前有〈引言〉，正文後有〈結語〉。

38. 尹利萍　　幽默的力量——柏楊雜文幽默特色的比較研究　東北師範大學中國現當代文學　碩士論文　逢增玉教授，黃凡中教授指導　2005 年 10 月　22 頁

本論文分析魯迅與柏楊雜文幽默性的異同，探究柏楊雜文幽默性的根源，進而探討其雜文風格的具體特色。全文共 3 章：1.柏楊與魯迅幽默的異同；2.「柏氏幽默」產生的緣由；3.「柏氏幽默」的特點。正文前有〈引言〉，正文後有〈結語〉。

39. 沈超群　　柏楊與柏楊案——從新聞評議到白色恐怖的探討　東吳大學歷史學系　碩士論文　卓遵宏教授指導　2006 年 11 月　282 頁

本論文首先綜述柏楊案前後的政治情勢、經濟發展、國際關係、媒體氛圍等臺灣相關情勢，論析 1950—1980 年黨外自由主義雜誌傳承的系譜。其次由柏楊經歷與思想論述的角度切入，了解其思想運作模式。再者以「柏楊案」爲中心進行探討，以「大力水手事件」爲主要論述事件，並析論其對柏楊的影響。最後以柏楊著作爲文本，研究柏楊的「寫作意識」，論述柏楊的創作與思想脈絡的連結性，在新聞、儒家、政治、文學 4 個面向剖析其內容，並深層分析其心理與寫作環境相互間的效應。全文共 7 章：1.緒論；2.柏楊案相關之臺灣情勢綜述；3.柏楊生平與思想論述；4.柏楊案經過及調查平反；5.柏楊案之非法爭議；6.柏楊的寫作意識；7.結論。正文後附錄〈柏楊口述歷史訪談〉、〈柏楊大事紀及著作年表〉。

40. 古卯林　　百年雜文視野下的魯迅、李敖、柏楊、王小波雜文藝術的對比分析　暨南大學中國現當代文學　碩士論文　姚新勇教授指導　2008 年 5 月　58 頁

本論文以兩岸三地不同時期的最具代表性的雜文 4 大家魯迅、李敖、柏楊、王小波的雜文爲研究對象，將 4 家雜文的特色加以比較，分析其異同，探討中國現代雜文基本風格的建構及雜文藝術的發展變化。全文共 3 章：1.引言；2.共性分析；3.相異性分析。正文後有〈結語〉、〈後記〉。

41. 許毓真　　從知識分子的入世關懷論柏楊小說　南華大學文學系碩士班　碩士論文　張錫輝教授指導　2009 年 6 月　142 頁

本論文從知識分子的角度探討柏楊的文學理念與其小說承繼的文學傳統，進而析論其小說內容，並分析其小說中的人權與反抗的意識。全文共 5 章：1.緒論；2.國族

論述與感時憂國的文學傳統；3.入世關懷的體現——柏楊小說的主題探索；4.「人權」的再思索——柏楊及其小說透顯的反抗意識；5.結論。正文後附錄〈柏楊小說作品出版及其生平簡表〉。

42. 黃蕙如　　柏楊《皇后之死》研究　臺南大學國語文學系碩士班　碩士論文張清榮教授指導　2010 年 7 月　156 頁

本論文分析歸納柏楊以女性主義書寫的兩漢后妃為何死於非命，從中反思封建制度及男權體制下女性的不平等處境，闡明其平民史觀，再以藝術角度探討此文本於文學、歷史、教育上的價值。全文共 6 章：1.緒論；2.柏楊生平與《皇后之死》成書背景；3.《皇后之死》的內容與思想；4.《皇后之死》的寫作形式與特色；5.《皇后之死》的價值；6.結論。

43. 吳國銘　　柏楊小說研究　屏東教育大學中國語文學系　碩士論文　黃文車教授指導　2010 年 8 月　147 頁

本論文以柏楊小說為探討文本，探究其撰寫小說時，隱藏於內心深處的意圖，發掘其小說特色。全文共 5 章：1.緒論；2.柏楊的寫作生涯；3.柏楊小說創作的主題；4.柏楊小說的批判思想；5.結論。正文後附錄〈柏楊的求學歷程〉、〈雜文專書的最初出版書目〉。

作家生平資料篇目

自述

44. 柏　楊　　鷓鴣天（代序）　魔鬼的網　臺北　紅藍出版社　1955 年 10 月　〔1〕頁

45. 柏　楊　　學問猛增——柏楊小說選集第二集《打翻鉛字架》（《魔鬼的網》）序　帶箭怒飛　臺北　林白出版社　1986 年 5 月　頁 72—73

46. 郭衣洞〔柏楊〕　　《曠野》和我——寫在《曠野》開播之前[1]　空中雜誌　第 39 期　1962 年 9 月　頁 10—12

47. 郭衣洞　　《曠野》和我——寫在《曠野》開播之前　柏楊選集第二輯　臺北

---

[1] 本文後改篇名為〈序〉、〈愛情‧愛情——郭衣洞小說全集第三集《曠野》序〉，內容略有增修。

星光出版社　1980 年 5 月　頁 433—437

48. 郭衣洞　　序　郭衣洞小說全集・曠野　臺北　星光出版社　1980 年 10 月　頁 1—3

49. 郭衣洞　　愛情・愛情——郭衣洞小說全集第三集《曠野》序　帶箭怒飛　臺北　林白出版社　1986 年 5 月　頁 111—116

50. 柏　楊　　閒來看書　自立晚報　1965 年 7 月 8 日　5 版

51. 柏　楊　　閒來看書　柏楊隨筆第十輯・玉手伏虎集　臺北　星光出版社　1981 年 1 月　頁 1—5

52. 柏　楊　　閒來看書　牽腸集　臺北　遠流出版公司　2000 年 3 月　頁 11—14

53. 柏　楊　　序[2]　雲遊記　臺北　平原出版社　1965 年 11 月　頁 1—2

54. 柏　楊　　序　古國怪遇記　臺北　遠流出版公司　1981 年 12 月　頁 1—2

55. 柏　楊　　起敬起畏——柏楊小說選集第一集《古國怪遇記》（《雲遊記》）序　帶箭怒飛　臺北　林白出版社　1986 年 5 月　頁 69—71

56. 柏　楊　　我的生活——閉門思過、平心檢討　民眾日報　1968 年 4 月 1 日　12 版

57. 柏　楊　　我的生活——閉門思過，平心檢討　柏楊專欄第三輯・大男人沙文主義　臺北　星光出版社　1980 年 10 月　頁 73—79

58. 柏　楊　　我的生活——閉門思過，平心檢討　大男人沙文主義　臺北　遠流出版公司　2000 年 11 月　頁 65—69

59. 柏　楊　　十年孤窗三部書——《柏楊歷史研究叢書》序文[3]　自立晚報　1977 年 9 月 25 日　3 版

60. 柏　楊　　十年孤窗三部書——《柏楊歷史研究叢書》總序　柏楊專欄第一輯・活該他喝酪漿　臺北　星光出版社　1980 年 2 月　頁 185—195

---

[2] 本文後改篇名為〈起敬起畏——柏楊小說選集第一集《古國怪遇記》（《雲遊記》）序〉。
[3] 本文後改篇名為〈《柏楊歷史研究叢書》總序〉。

61. 柏　　楊　　《柏楊歷史研究叢書》總序　中國人史綱（上）　臺北　星光出版社　1982 年 2 月　頁 1—12

62. 柏　　楊　　十年鐵窗三部書——《柏楊歷史研究叢書》總序　帶箭怒飛　臺北　林白出版社　1986 年 5 月　頁 129—144

63. 柏　　楊　　《柏楊歷史研究叢書》總序　中國人史綱（上）　臺北　遠流出版公司　2002 年 10 月　頁 5—13

64. 鄧克保　　《異域》和我[4]　中國時報　1977 年 11 月 3 日　12 版

65. 鄧克保　　鄧克保《異域》重印校稿後記　異域　臺北　星光出版社　1977 年 11 月　頁 197—199

66. 柏　　楊　　戰馬仍嘶人未老——《異域》重印校稿後記　帶箭怒飛　臺北　林白出版社　1986 年 5 月　頁 201—205

67. 柏　　楊　　鄧克保《異域》重印校稿後記　異域　臺北　遠流出版公司　2000 年 12 月　頁 189—191

68. 鄧克保　　答謝[5]　中國時報　1977 年 11 月 30 日　12 版

69. 柏　　楊　　柏楊專欄第二集《按牌理出牌》自序[6]　愛書人　第 98 期　1979 年 1 月 11 日　1 版

70. 柏　　楊　　序　柏楊專欄第二輯・按牌理出牌　臺北　星光出版社　1980 年 2 月　頁 1—3

71. 柏　　楊　　老毛驢出牌——《柏楊專欄第二集・按牌理出牌》序　帶箭怒飛　臺北　林白出版社　1986 年 5 月　頁 78—81

72. 柏　　楊　　序　按牌理出牌　臺北　遠流出版公司　2000 年 11 月　頁 5—6

73. 柏　　楊　　談《中國人史綱》——我們所本的，不是別人開的黃腔，而是別人認真求證出來的事實　中國時報　1979 年 7 月 13 日　12 版

74. 柏　　楊　　談《中國人史綱》　柏楊專欄第三輯・大男人沙文主義　臺北　星

---

[4] 本文後改篇名爲〈鄧克保《異域》重印校稿後記〉、〈戰馬仍嘶人未老——《異域》重印校稿後記〉。

[5] 本文爲柏楊答謝中國時報讀者對自己的關懷。

[6] 本文後改篇名爲〈老毛驢出牌——《柏楊專欄第二集・按牌理出牌》序〉。

　　　　　　光出版社　1980 年 10 月　頁 129—135

75. 柏　　楊　　談《中國人史綱》　大男人沙文主義　臺北　遠流出版公司　2000
　　　　　　年 11 月　頁 106—111

76. 柏　　楊　　《中國人史綱》再談　中國時報　1979 年 7 月 22 日　12 版

77. 柏　　楊　　再談《中國人史綱》　柏楊專欄第三輯・大男人沙文主義　臺北
　　　　　　星光出版社　1980 年 10 月　頁 136—142

78. 柏　　楊　　再談《中國人史綱》　大男人沙文主義　臺北　遠流出版公司
　　　　　　2000 年 11 月　頁 112—116

79. 柏　　楊　　《中國人史綱》三談　中國時報　1979 年 7 月 31 日　12 版

80. 柏　　楊　　三談《中國人史綱》　柏楊專欄第三輯・大男人沙文主義　臺北
　　　　　　星光出版社　1980 年 10 月　頁 143—150

81. 柏　　楊　　三談《中國人史綱》　大男人沙文主義　臺北　遠流出版公司
　　　　　　2000 年 11 月　頁 117—122

82. 柏　　楊　　四談《中國人史綱》——我們信奉實質型的正名主義，是什麼就是
　　　　　　什麼　中國時報　1979 年 8 月 9 日　8 版

83. 柏　　楊　　四談《中國人史綱》　柏楊專欄第三輯・大男人沙文主義　臺北
　　　　　　星光出版社　1980 年 10 月　頁 151—157

84. 柏　　楊　　四談《中國人史綱》　大男人沙文主義　臺北　遠流出版公司
　　　　　　2000 年 11 月　頁 123—128

85. 柏　　楊　　孫觀漢先生歸去來　柏楊專欄第二輯・按牌理出牌　臺北　星光出
　　　　　　版社　1979 年 12 月　頁 256—262

86. 柏　　楊　　觀漢先生歸去來　看，這個醜陋的中國人　北京　中國電影出版社
　　　　　　1997 年 9 月　頁 333—337

87. 柏　　楊　　序[7]　柏楊專欄第一輯・活該他喝酪漿　臺北　星光出版社　1980
　　　　　　年 2 月　頁 1—3

88. 柏　　楊　　官怒甚大——《柏楊專欄第一集・活該他喝酪漿》序　帶箭怒飛

---

[7] 本文後改篇名為〈官怒甚大——《柏楊專欄第一集・活該他喝酪漿》序〉。

　　　　　　　臺北　林白出版社　1986 年 5 月　頁 74—77

89. 柏　　楊　　序　活該他喝酩漿　臺北　遠流出版公司　2000 年 11 月　頁 5—6

90. 柏　　楊　　序[8]　皇后之死第一集　臺北　星光出版社　1980 年 3 月　頁 1—2

91. 柏　　楊　　讀史札記——《皇后之死第一集》序　帶箭怒飛　臺北　林白出版
　　　　　　　社　1986 年 5 月　頁 145—147

92. 柏　　楊　　《柏楊隨筆》前言[9]　柏楊隨筆〔全十輯〕　臺北　星光出版社
　　　　　　　1980 年 5 月　頁 1—4

93. 柏　　楊　　火燒島駕返——《柏楊隨筆》總序　帶箭怒飛　臺北　林白出版社
　　　　　　　1986 年 5 月　頁 42—44

94. 柏　　楊　　《柏楊選集》前言[10]　柏楊選集〔全十輯〕　臺北　星光出版社
　　　　　　　1980 年 5 月　頁 3—4

95. 柏　　楊　　叱吒風雲——《柏楊選集》總序　帶箭怒飛　臺北　林白出版社
　　　　　　　1986 年 5 月　頁 17—18

96. 柏　　楊　　原柏楊先生自讚[11]〔《玉雕集》序〕　柏楊選集第一輯　臺北　星
　　　　　　　光出版社　1980 年 5 月　頁 183

97. 柏　　楊　　大開眼界——柏楊選集第一輯《動心集》（《玉雕集》）序　帶箭
　　　　　　　怒飛　臺北　林白出版社　1986 年 5 月　頁 19—20

98. 柏　　楊　　序　玉雕集　臺北　遠流出版公司　2000 年 3 月　頁 5

99. 柏　　楊　　原柏楊先生自讚[12]〔《堡壘集》序〕　柏楊選集第二輯　臺北　星
　　　　　　　光出版社　1980 年 5 月　頁 399—400

100. 柏　　楊　　不可不看——柏楊選集第二輯《降福集》（《堡壘集》）序　帶
　　　　　　　箭怒飛　臺北　林白出版社　1986 年 5 月　頁 21—23

101. 柏　　楊　　序　堡壘集　臺北　遠流出版公司　2000 年 3 月　頁 5—6

---

[8] 本文後改篇名為〈讀史札記——《皇后之死第一集》序〉。
[9] 本文後改篇名為〈火燒島駕返——《柏楊隨筆》總序〉。
[10] 本文後改篇名為〈叱吒風雲——《柏楊選集》總序〉。
[11] 本文後改篇名為〈大開眼界——柏楊選集第一輯《動心集》（《玉雕集》）序〉、〈序〉。
[12] 本文後改篇名為〈不可不看——柏楊選集第二輯《降福集》（《堡壘集》）序〉、〈序〉。

102.　柏　　楊　　原柏楊先生自讚[13]〔《紅袖集》序〕　柏楊選集第三輯　臺北　星
　　　　　　　　光出版社　1980 年 5 月　頁 185—186

103.　柏　　楊　　小民通茅塞——柏楊選集第三輯《紅顏集》（《紅袖集》）序
　　　　　　　　帶箭怒飛　臺北　林白出版社　1986 年 5 月　頁 24—25

104.　柏　　楊　　序　紅袖集　臺北　遠流出版公司　2000 年 3 月　頁 5—6

105.　柏　　楊　　原柏楊先生自讚[14]〔《高山滾鼓集》序〕　柏楊選集第四輯　臺北
　　　　　　　　星光出版社　1980 年 5 月　頁 197—198

106.　柏　　楊　　不通・不通——柏楊選集第四輯《騾子集》（《高山滾鼓集》）
　　　　　　　　序　帶箭怒飛　臺北　林白出版社　1986 年 5 月　頁 26—28

107.　柏　　楊　　序　高山滾鼓集　臺北　遠流出版公司　2000 年 7 月　頁 5—6

108.　柏　　楊　　原柏楊先生自讚[15]〔《越幫越忙集》序〕　柏楊選集第五輯　臺北
　　　　　　　　星光出版社　1980 年 5 月　頁 179—180

109.　柏　　楊　　越幫越忙——柏楊選集第五輯《吞車集》（《越幫越忙集》）序
　　　　　　　　帶箭怒飛　臺北　林白出版社　1986 年 5 月　頁 29—30

110.　柏　　楊　　序　越幫越忙集　臺北　遠流出版公司　2000 年 7 月　頁 5

111.　柏　　楊　　原柏楊先生自讚[16]〔《怪馬集》序〕　柏楊選集第六輯　臺北　星
　　　　　　　　光出版社　1980 年 5 月　頁 271—272

112.　柏　　楊　　再擂大鼓——柏楊選集第六輯《妙豬集》（《怪馬集》）序　帶
　　　　　　　　箭怒飛　臺北　林白出版社　1986 年 5 月　頁 31—33

113.　柏　　楊　　序　怪馬集　臺北　遠流出版公司　2000 年 3 月　頁 5—6

114.　柏　　楊　　原柏楊先生自讚[17]〔《鳳凰集》序〕　柏楊選集第七輯　臺北　星
　　　　　　　　光出版社　1980 年 5 月　頁 197—198

---

[13]本文後改篇名為〈小民通茅塞——柏楊選集第三輯《紅顏集》（《紅袖集》）序〉、〈序〉。
[14]本文後改篇名為〈不通・不通——柏楊選集第四輯《騾子集》（《高山滾鼓集》）序〉、〈序〉。
[15]本文後改篇名為〈越幫越忙——柏楊選集第五輯《吞車集》（《越幫越忙集》）序〉、〈序〉。
[16]本文後改篇名為〈再擂大鼓——柏楊選集第六輯《妙豬集》（《怪馬集》）序〉、〈序〉。
[17]本文後改篇名為〈帽子・戴不勝戴——柏楊選集第七輯《咬牙集》（《鳳凰集》）序〉、〈序〉。

115. 柏　楊　　帽子・戴不勝戴——柏楊選集第七輯《咬牙集》（《鳳凰集》）序　帶箭怒飛　臺北　林白出版社　1986 年 5 月　頁 34—35

116. 柏　楊　　序　鳳凰集　臺北　遠流出版公司　2000 年 3 月　頁 5—6

117. 柏　楊　　原柏楊先生自讚[18]〔《聖人集》序〕　柏楊選集第八輯　臺北　星光出版社　1980 年 5 月　頁 183

118. 柏　楊　　見見聖人——柏楊選集第八輯《候罵集》（《聖人集》）序　帶箭怒飛　臺北　林白出版社　1986 年 5 月　頁 36—37

119. 柏　楊　　序　聖人集　臺北　遠流出版公司　2000 年 3 月　頁 5

120. 柏　楊　　原柏楊先生自讚[19]〔《道貌岸然集》序〕　柏楊選集第九輯　臺北　星光出版社　1980 年 5 月　頁 195—196

121. 柏　楊　　道貌岸然——柏楊選集第九輯《馬翻集》（《道貌岸然集》）序　帶箭怒飛　臺北　林白出版社　1986 年 5 月　頁 38—39

122. 柏　楊　　序　道貌岸然集　臺北　遠流出版公司　2000 年 7 月　頁 5

123. 柏　楊　　原柏楊先生自讚[20]〔《前仰後合集》序〕　柏楊選集第十輯　臺北　星光出版社　1980 年 5 月　頁 189—190

124. 柏　楊　　前仰後合——柏楊選集第十輯《不悟集》（《前仰後合集》）序　帶箭怒飛　臺北　林白出版社　1986 年 5 月　頁 40—41

125. 柏　楊　　序　前仰後合集　臺北　遠流出版公司　2000 年 7 月　頁 5

126. 柏　楊　　序[21]　柏楊專欄第三輯・大男人沙文主義　臺北　星光出版社　1980 年 10 月　頁 1—2

127. 柏　楊　　天降大任於貴閣下——柏楊專欄第三集《大男人沙文主義》序　帶箭怒飛　臺北　林白出版社　1986 年 5 月　頁 82—83

128. 柏　楊　　序　大男人沙文主義　臺北　遠流出版公司　2000 年 11 月　頁 5—6

---

[18] 本文後改篇名爲〈見見聖人——柏楊選集第八輯《候罵集》（《聖人集》）序〉、〈序〉。
[19] 本文後改篇名爲〈道貌岸然——柏楊選集第九輯《馬翻集》（《道貌岸然集》）序〉、〈序〉。
[20] 本文後改篇名爲〈前仰後合——柏楊選集第十輯《不悟集》（《前仰後合集》）序〉、〈序〉。
[21] 本文後改篇名爲〈天降大任於貴閣下——柏楊專欄第三集《大男人沙文主義》序〉。

129. 柏　　楊　　五談《中國人史綱》　柏楊專欄第三輯・大男人沙文主義　臺北　星光出版社　1980 年 10 月　頁 158—164

130. 柏　　楊　　五談《中國人史綱》　大男人沙文主義　臺北　遠流出版公司　2000 年 11 月　頁 129—134

131. 郭衣洞　　關於《郭衣洞小說全集》[22]　郭衣洞小說全集〔全八輯〕　臺北　星光出版社　1980 年 10 月　頁 1—6，1—7

132. 柏　　楊　　不被喜歡的小說——《郭衣洞小說全集》總序　帶箭怒飛　臺北　林白出版社　1986 年 5 月　頁 97—106

133. 郭衣洞　　序[23]　郭衣洞小說全集・秘密　臺北　星光出版社　1980 年 10 月　頁 1—2

134. 柏　　楊　　謎樣的人生——郭衣洞小說全集第一集《秘密》序　帶箭怒飛　臺北　林白出版社　1986 年 5 月　頁 107—108

135. 柏　　楊　　序[24]　郭衣洞小說全集・怒航　臺北　星光出版社　1980 年 10 月　〔2〕頁

136. 柏　　楊　　郭衣洞小說全集第五集・悲憤的歷史《怒航》序　帶箭怒飛　臺北　林白出版社　1986 年 5 月　頁 119—120

137. 柏　　楊　　序[25]　郭衣洞小說全集・掙扎　臺北　星光出版社　1980 年 10 月　〔1〕頁

138. 柏　　楊　　郭衣洞小說全集第四集・長夜痛哭《掙扎》序　帶箭怒飛　臺北　林白出版社　1986 年 5 月　頁 117—118

139. 柏　　楊　　我和《曠野》　郭衣洞小說全集・曠野　臺北　星光出版社　1980 年 10 月　頁 363—371

140. 柏　　楊　　轉載・轉抄　柏楊隨筆第七輯・孤掌也鳴集　臺北　星光出版社　1981 年 1 月　頁 1—5

---

[22] 本文後改篇名為〈不被喜歡的小說——《郭衣洞小說全集》總序〉。
[23] 本文後改篇名為〈謎樣的人生——郭衣洞小說全集第一集《秘密》序〉。
[24] 本文後改篇名為〈郭衣洞小說全集第五集・悲憤的歷史《怒航》序〉。
[25] 本文後改篇名為〈郭衣洞小說全集第四集・長夜痛哭《掙扎》序〉。

141. 柏　楊　　轉載‧轉抄　蛇腰集　臺北　遠流出版公司　2000 年 3 月　頁 13
　　　　　　　—16

142. 柏　楊　　前言[26]　郭衣洞小說全集‧莎羅冷　臺北　星光出版社　1981 年 1
　　　　　　　月　頁 9—10

143. 柏　楊　　愛心越重‧痛苦越深——郭衣洞小說全集第二集《莎羅冷》序
　　　　　　　帶箭怒飛　臺北　林白出版社　1986 年 5 月　頁 109—110

144. 柏　楊　　《眼如銅鈴集》序[27]　柏楊隨筆第一輯‧眼如銅鈴集　臺北　星光
　　　　　　　出版社　1981 年 1 月　頁 5—6

145. 柏　楊　　堅固的籠——柏楊隨筆第一輯《眼如銅鈴集》（《神魂顛倒
　　　　　　　集》）序　帶箭怒飛　臺北　林白出版社　1986 年 5 月　頁 45—
　　　　　　　46

146. 柏　楊　　序　神魂顛倒集　臺北　躍昇文化公司　1990 年 10 月　頁 9—10

147. 柏　楊　　序　神魂顛倒集　臺北　遠流出版公司　2000 年 7 月　頁 5—6

148. 柏　楊　　《亂做春夢集》序[28]　柏楊隨筆第二輯‧亂作春夢集　臺北　星光
　　　　　　　出版社　1981 年 1 月　頁 3—4

149. 柏　楊　　奴隸根性——柏楊隨筆第二輯《亂做春夢集》（《鬼話連篇
　　　　　　　集》）序　帶箭怒飛　臺北　林白出版社　1986 年 5 月　頁 47—
　　　　　　　49

150. 柏　楊　　序　鬼話連篇集　臺北　躍昇文化公司　1990 年 11 月　頁 9—10

151. 柏　楊　　序　鬼話連篇集　臺北　遠流出版公司　2000 年 7 月　頁 5—6

152. 柏　楊　　《不學有術集》序[29]　柏楊隨筆第三輯‧不學有術集　臺北　星光
　　　　　　　出版社　1981 年 1 月　頁 3—4

153. 柏　楊　　聞過則怒——柏楊隨筆第三輯《不學有術集》（《聞過則怒

---

[26] 本文後改篇名爲〈愛心越重‧痛苦越深——郭衣洞小說全集第二集《莎羅冷》序〉。
[27] 本文後改篇名爲〈堅固的籠——柏楊隨筆第一輯《眼如銅鈴集》（《神魂顛倒集》）序〉、
〈序〉。
[28] 本文後改篇名爲〈奴隸根性——柏楊隨筆第二輯《亂做春夢集》（《鬼話連篇集》）序〉、
〈序〉。
[29] 本文後改篇名爲〈聞過則怒——柏楊隨筆第三輯《不學有術集》（《聞過則怒集》）序〉。

集》）序　帶箭怒飛　臺北　林白出版社　1986 年 5 月　頁 50—
51

154. 柏　　楊　　序　聞過則怒集　臺北　躍昇文化公司　1990 年 2 月　頁 9—10

155. 柏　　楊　　序　聞過則怒集　臺北　遠流出版公司　2000 年 7 月　頁 5

156. 柏　　楊　　《笨鳥先飛集》序[30]　柏楊隨筆第四輯・笨鳥先飛集　臺北　星光
出版社　1981 年 1 月　頁 3—4

157. 柏　　楊　　搶先振翅——柏楊隨筆第四輯《笨鳥先飛集》（《大愚若智
集》）序　帶箭怒飛　臺北　林白出版社　1986 年 5 月　頁 52—
54

158. 柏　　楊　　序　大愚若智集　臺北　躍昇文化公司　1990 年 12 月　頁 9—10

159. 柏　　楊　　序　大愚若智集　臺北　遠流出版公司　2000 年 7 月　頁 5

160. 柏　　楊　　《跳井救人集》序[31]　柏楊隨筆第五輯・跳井救人集　臺北　星光
出版社　1981 年 1 月　頁 3—5

161. 柏　　楊　　人生四不朽——柏楊隨筆集第五集《跳井救人集》（《立正
集》）序　帶箭怒飛　臺北　林白出版社　1986 年 5 月　頁 55—
58

162. 柏　　楊　　序　立正集　臺北　躍昇文化公司　1991 年 2 月　頁 9—10

163. 柏　　楊　　序　立正集　臺北　遠流出版公司　2000 年 3 月　頁 5—6

164. 柏　　楊　　《勃然大怒集》序[32]　柏楊隨筆第六輯・勃然大怒集　臺北　星光
出版社　1981 年 1 月　頁 5—6

165. 柏　　楊　　當和尚・就得撞鐘——柏楊隨筆第六輯《勃然大怒集》（《心血
來潮集》）序　帶箭怒飛　臺北　林白出版社　1986 年 5 月　頁
59—60

166. 柏　　楊　　序　心血來潮集　臺北　躍昇文化公司　1991 年 2 月　頁 9

---

[30] 本文後改篇名為〈搶先振翅——柏楊隨筆第四輯《笨鳥先飛集》（《大愚若智集》）序〉。

[31] 本文後改篇名為〈人生四不朽——柏楊隨筆集第五集《跳井救人集》（《立正集》）序〉。

[32] 本文後改篇名為〈當和尚・就得撞鐘——柏楊隨筆第六輯《勃然大怒集》（《心血來潮集》）序〉。

167. 柏　楊　　序　心血來潮集　臺北　遠流出版公司　2000 年 7 月　頁 5—6

168. 柏　楊　　《孤掌也鳴集》序[33]　柏楊隨筆第七輯・孤掌也鳴集　臺北　星光
出版社　1981 年 1 月　頁 5

169. 柏　楊　　蓋世文獻——柏楊隨筆第七輯《孤掌也鳴集》（《蛇腰集》）序
帶箭怒飛　臺北　林白出版社　1986 年 5 月　頁 61—62

170. 柏　楊　　序　蛇腰集　臺北　躍昇文化公司　1991 年 5 月　頁 9—10

171. 柏　楊　　序　蛇腰集　臺北　遠流出版公司　2000 年 3 月　頁 5—6

172. 柏　楊　　《水火相容集》序[34]　柏楊隨筆第八輯・水火相容集　臺北　星光
出版社　1981 年 1 月　頁 3—4

173. 柏　楊　　動不動一臉大義——柏楊隨筆第八輯《水火相容集》（《剝皮
集》）序　帶箭怒飛　臺北　林白出版社　1986 年 5 月　頁 63—
64

174. 柏　楊　　序　剝皮集　臺北　躍昇文化公司　1991 年 6 月　頁 9—10

175. 柏　楊　　序　剝皮集　臺北　遠流出版公司　2000 年 7 月　頁 5—6

176. 柏　楊　　《猛撞醬缸集》序[35]　柏楊隨筆第九輯・猛撞醬缸集　臺北　星光
出版社　1981 年 1 月　頁 3—4

177. 柏　楊　　別有居心——柏楊隨筆第九輯《猛撞醬缸集》（《死不認錯
集》）序　帶箭怒飛　臺北　林白出版社　1986 年 5 月　頁 65—
66

178. 柏　楊　　序　死不認錯集　臺北　躍昇文化公司　1991 年 2 月　頁 9

179. 柏　楊　　序　死不認錯集　臺北　遠流出版公司　2000 年 7 月　頁 5

180. 柏　楊　　《玉手伏虎集》序[36]　柏楊隨筆第十輯・玉手伏虎集　臺北　星光
出版社　1981 年 1 月　頁 3—4

[33] 本文後改篇名為〈蓋世文獻——柏楊隨筆第七輯《孤掌也鳴集》（《蛇腰集》）序〉。
[34] 本文後改篇名為〈動不動一臉大義——柏楊隨筆第八輯《水火相容集》（《剝皮集》）序〉。
[35] 本文後改篇名為〈別有居心——柏楊隨筆第九輯《猛撞醬缸集》（《死不認錯集》）序〉。
[36] 本文後改篇名為〈伏得好・伏得妙——柏楊隨筆第十輯《玉手伏虎集》（《牽腸掛肚集》）序〉。

181. 柏　　楊　　伏得好・伏得妙——柏楊隨筆第十輯《玉手伏虎集》（《牽腸掛
　　　　　　　　肚集》）序　帶箭怒飛　臺北　林白出版社　1986 年 5 月　頁 67
　　　　　　　　—68

182. 柏　　楊　　序　牽腸集　臺北　躍昇文化公司　1991 年 5 月　頁 9—10

183. 柏　　楊　　序　牽腸集　臺北　遠流出版公司　2000 年 3 月　頁 5

184. 柏　　楊　　序[37]　皇后之死第二集　臺北　星光出版社　1981 年 2 月　頁 1—
　　　　　　　　2

185. 柏　　楊　　不可不讀——《皇后之死第二集》序　帶箭怒飛　臺北　林白出
　　　　　　　　版社　1986 年 5 月　頁 165—166

186. 柏　　楊　　前言[38]　郭衣洞小說全集・凶手　臺北　星光出版社　1981 年 5 月
　　　　　　　　頁 1—2

187. 柏　　楊　　愛與恨——郭衣洞小說全集第七集《兇手》序　帶箭怒飛　臺北
　　　　　　　　林白出版社　1986 年 5 月　頁 123—125

188. 柏　　楊　　序[39]　柏楊專欄第四輯・早起的蟲兒　臺北　星光出版社　1981 年
　　　　　　　　9 月　頁 1—2

189. 柏　　楊　　一啄下肚——柏楊專欄第四集《早起的蟲兒》序　帶箭怒飛　臺
　　　　　　　　北　林白出版社　1986 年 5 月　頁 84—86

190. 柏　　楊　　序　早起的蟲兒　臺北　遠流出版公司　2000 年 11 月　頁 5—6

191. 柏　　楊　　所謂「借古諷今」（代序）[40]　皇后之死第三集　臺北　星光出版
　　　　　　　　社　1982 年 1 月　頁 1—3

192. 柏　　楊　　所謂「借古諷今」——《皇后之死第三集》序　帶箭怒飛　臺北
　　　　　　　　林白出版社　1986 年 5 月　頁 167—171

193. 柏　　楊　　前言[41]　郭衣洞小說全集・天涯故事　臺北　星光出版社　1982 年

---

[37]本文後改篇名爲〈不可不讀——《皇后之死第二集》序〉。
[38]本文後改篇名爲〈愛與恨——郭衣洞小說全集第七集《兇手》序〉。
[39]本文後改篇名爲〈一啄下肚——柏楊專欄第四集《早起的蟲兒》序〉。
[40]本文後改篇名爲〈所謂「借古諷今」——《皇后之死第三集》序〉。
[41]本文後改篇名爲〈天涯故事——郭衣洞小說全集第六集《天涯故事》序〉。

　　　　　　　　2 月　頁 9—10

194. 柏　　楊　　　天涯故事——郭衣洞小說全集第六集《天涯故事》序　帶箭怒飛
　　　　　　　　臺北　林白出版社　1986 年 5 月　頁 121—122

195. 柏　　楊　　　柏楊致世界詩人大會第五屆大會主席備忘錄　柏楊・美國・醬缸
　　　　　　　　臺北　四季出版公司　1982 年 4 月　頁 9—11

196. 柏楊講；君重記　　南華時報主辦第一次南加州文學座談會　柏楊・美國・
　　　　　　　　醬缸　臺北　四季出版公司　1982 年 4 月　頁 85—113

197. 柏　　楊　　　中國人與醬缸　柏楊・美國・醬缸　臺北　四季出版公司　1982
　　　　　　　　年 4 月　頁 231—246

198. 柏楊講；加州論壇報記　　人生文學與歷史　柏楊・美國・醬缸　臺北　四
　　　　　　　　季出版公司　1982 年 4 月　頁 309—355

199. 柏　　楊　　　後記[42]　金三角・邊區・荒城　臺北　時報文化出版公司　1982 年
　　　　　　　　5 月　頁 219—220

200. 柏　　楊　　　歸自群山——《金三角・邊區・荒城》後記　帶箭怒飛　臺北
　　　　　　　　林白出版社　1986 年 5 月　頁 206—208

201. 柏　　楊　　　總序[43]　新加坡共和國華文文學選集〔全 4 冊〕　臺北　時報文化
　　　　　　　　出版公司　1982 年 6 月　頁 1—3

202. 柏　　楊　　　血濃與水——《新加坡共和國華文文學選集》總序　帶箭怒飛
　　　　　　　　臺北　林白出版社　1986 年 5 月　頁 229—233

203. 柏　　楊　　　序[44]　柏楊專欄第五輯・踩了他的尾巴　臺北　星光出版社　1982
　　　　　　　　年 7 月　頁 1—2

204. 柏　　楊　　　叫聲如雷——柏楊專欄第五集《踩了他的尾巴》序　帶箭怒飛
　　　　　　　　臺北　林白出版社　1986 年 5 月　頁 87—88

205. 柏　　楊　　　序　踩了他的尾巴　臺北　躍昇文化公司　1989 年 9 月　頁 9—
　　　　　　　　10

---

[42]本文後改篇名為〈歸自群山——《金三角・邊區・荒城》後記〉。
[43]本文後改篇名為〈血濃與水——《新加坡共和國華文文學選集》總序〉。
[44]本文後改篇名為〈叫聲如雷——柏楊專欄第五集《踩了他的尾巴》序〉。

206. 柏　楊　　序　踩了他的尾巴　臺北　遠流出版公司　2000 年 11 月　頁 5—6

207. 柏　楊　　序[45]　中華民國文學年鑑 1980　臺北　時報文化出版公司　1982年 11 月　頁 1—2

208. 柏　楊　　文壇史料——《一九八〇年中華民國文學年鑑》序　帶箭怒飛　臺北　林白出版社　1986 年 5 月　頁 246—248

209. 柏　楊　　序[46]　可怕的掘墓人　臺北　四季出版公司　1983 年 5 月　頁 1—3

210. 柏　楊　　勢如山崩——帝王之死第一集《可怕的掘墓人》序　帶箭怒飛　臺北　林白出版社　1986 年 5 月　頁 172—175

211. 柏　楊　　後記[47]　柏楊詩抄　臺北　四季出版公司　1982 年 1 月　頁 163—165

212. 柏　楊　　《柏楊詩抄》後記　柏楊詩抄　臺北　學英文化公司　1984 年 8月　頁 169—171

213. 柏　楊　　坐牢還吟詩——《柏楊詩抄》後記　帶箭怒飛　臺北　林白出版社　1986 年 5 月　頁 223—225

214. 柏　楊　　《柏楊版資治通鑑》前言　柏楊版資治通鑑——壽春三叛　臺北遠流出版公司　1985 年 4 月　頁 19—20

215. 柏　楊　　醬缸國醫生和病人（代序）[48]　醜陋的中國人　臺北　林白出版社1985 年 8 月　頁 3—6

216. 柏　楊　　醬缸國醫生和病人——《醜陋的中國人》序　帶箭怒飛　臺北林白出版社　1986 年 5 月　頁 89—94

217. 柏　楊　　帝王皇后知多少——《皇后之死第一集》引言　帶箭怒飛　臺北林白出版社　1986 年 5 月　頁 148—164

---

[45]本文後改篇名爲〈文壇史料——《一九八〇年中華民國文學年鑑》序〉。
[46]本文後改篇名爲〈勢如山崩——帝王之死第一集《可怕的掘墓人》序〉。
[47]本文後改篇名爲〈《柏楊詩抄》後記〉、〈坐牢還吟詩——《柏楊詩鈔》後記〉。
[48]本文後改篇名爲〈醬缸國醫生和病人——《醜陋的中國人》序〉。

218. 柏　楊　　有點邪門——帝王之死第一集《可怕的掘墓人》引言　帶箭怒飛　臺北　林白出版社　1986 年 5 月　頁 176—187

219. 柏　楊　　腰斬——帝王之死第二集《忘了他是誰》序　帶箭怒飛　臺北　林白出版社　1986 年 5 月　頁 188—189

220. 柏　楊　　復活——《柏楊版資治通鑑》總序　帶箭怒飛　臺北　林白出版社　1986 年 5 月　頁 190—197

221. 柏　楊　　將更奮不顧身——《金三角‧邊區‧荒城》再版後記　帶箭怒飛　臺北　林白出版社　1986 年 5 月　頁 209—220

222. 柏　楊　　一個夢想——《一九六六年中國文藝年鑑》序　帶箭怒飛　臺北　林白出版社　1986 年 5 月　頁 237—242

223. 柏　楊　　流傳千古——《一九六七年中國文藝年鑑》序　帶箭怒飛　臺北　林白出版社　1986 年 5 月　頁 243—245

224. 柏　楊　　我希望我不是柏楊　夢回綠島　臺北　駿馬文化公司　1986 年 8 月　頁 212—217

225. 柏　楊　　柏楊選集前言[49]　玉雕集　臺北　躍昇文化公司　1988 年 11 月　頁 7—8

226. 柏　楊　　前言　高山滾鼓集　臺北　躍昇文化公司　1988 年 12 月　頁 7—8

227. 柏　楊　　前言　怪馬集　臺北　躍昇文化公司　1989 年 1 月　頁 7—8

228. 柏　楊　　前言　道貌岸然集　臺北　躍昇文化公司　1989 年 3 月　頁 7—8

229. 柏　楊　　前言　堡壘集　臺北　躍昇文化公司　1989 年 7 月　頁 7—8

230. 柏　楊　　前言　前仰後合集　臺北　躍昇文化公司　1989 年 8 月　頁 7—8

231. 柏　楊　　前言　聖人集　臺北　躍昇文化公司　1990 年 1 月　頁 7—8

232. 柏　楊　　前言　聞過則怒集　臺北　躍昇文化公司　1990 年 2 月　頁 7—8

233. 柏　楊　　前言　鳳凰集　臺北　躍昇文化公司　1990 年 8 月　頁 7—8

---

[49] 躍昇文化公司所再版之「倚夢閒話系列」與「西窗隨筆系列」其前言皆為相同內容；本文後改篇名為《前言》。

234. 柏　　楊　　前言　神魂顛倒集　臺北　躍昇文化公司　1990 年 10 月　頁 7—8

235. 柏　　楊　　前言　鬼話連篇集　臺北　躍昇文化公司　1990 年 11 月　頁 7—8

236. 柏　　楊　　前言　大愚若智集　臺北　躍昇文化公司　1990 年 12 月　頁 7—8

237. 柏　　楊　　前言　紅袖集　臺北　躍昇文化公司　1991 年 1 月　頁 7—8

238. 柏　　楊　　前言　越幫越忙集　臺北　躍昇文化公司　1991 年 1 月　頁 7—8

239. 柏　　楊　　前言　立正集　臺北　躍昇文化公司　1991 年 2 月　頁 7—8

240. 柏　　楊　　前言　心血來潮集　臺北　躍昇文化公司　1991 年 2 月　頁 7—8

241. 柏　　楊　　前言　死不認錯集　臺北　躍昇文化公司　1991 年 2 月　頁 7—8

242. 柏　　楊　　前言　牽腸集　臺北　躍昇文化公司　1991 年 5 月　頁 7—8

243. 柏　　楊　　前言　蛇腰集　臺北　躍昇文化公司　1991 年 5 月　頁 7—8

244. 柏　　楊　　前言　剝皮集　臺北　躍昇文化公司　1991 年 6 月　頁 7—8

245. 柏　　楊　　柏楊的回應　評柏楊　香港　明報出版社　1989 年 1 月　頁 126—127

246. 柏　　楊　　千言萬語此情不盡——《家園》前言　家園　臺北　林白出版社　1989 年 5 月　頁 5—8

247. 柏　　楊　　詩人的祈福[50]　文訊雜誌　第 83 期　1992 年 9 月　頁 111—112

248. 柏　　楊　　前言　路，要你自己走　臺北　星光出版社　1993 年 12 月　頁 3—4

249. 柏　　楊　　《柏楊回憶錄》序——重飛來時路[51]　中國時報　1996 年 4 月 20 日　35 版

250. 柏　　楊　　前言——重飛來時路　柏楊回憶錄　臺北　遠流出版公司　1996 年 7 月　頁 1—3

[50]本文爲柏楊獲國際桂冠詩人獎感言。
[51]本文後改篇名爲〈前言——重飛來時路〉。

251. 柏　楊　　穿山甲人　看，這個醜陋的中國人　北京　中國電影出版社
　　　1997 年 9 月　頁 338—350

252. 柏　楊　　九年又二十六天牢獄之災　貴州文史天地　1998 年第 6 期　1998
　　　年 6 月　頁 8—28

253. 柏　楊　　誠實的面對歷史——《柏楊曰》序　柏楊曰：讀通鑑・論歷史
　　　臺北　遠流出版社　1998 年 10 月　頁 1—3

254. 柏　楊　　喜遇良師益友——「柏楊思想暨文學國際學術研討會」閉幕禮致
　　　詞　柏楊思想與文學國際學術研討會　香港　香港大學亞洲研究
　　　中心主辦　1999 年 6 月 10—11 日

255. 柏　楊　　喜遇良師益友——「柏楊思想與文學國際學術研討會」閉幕式致
　　　詞　文訊雜誌　第 166 期　1999 年 8 月　頁 85—86

256. 柏　楊　　喜遇良師益友——「柏楊思想與文學國際學術研討會」閉幕禮致
　　　詞　明報月刊　第 404 期　1999 年 8 月　頁 21—22

257. 柏　楊　　喜遇良師益友——「柏楊思想暨文學國際學術研討會」閉幕禮致
　　　詞　柏楊的思想與文學：「柏楊思想與文學國際學術研討會」論
　　　文集　臺北　遠流出版公司　2000 年 3 月　頁 754—756

258. 柏　楊　　喜遇良師益友——「柏楊思想暨文學國際學術研討會」閉幕禮致
　　　詞　透視柏楊　北京　大眾文藝出版社　2001 年 4 月　頁 444—
　　　446

259. 柏　楊　　喜遇良師益友——「柏楊思想與文學國際學術研討會」閉幕禮致
　　　詞　我們要活得有尊嚴　臺北　遠流出版公司　2002 年 12 月　頁
　　　170—174

260. 柏　楊　　我是一個最幸運的人——八十歲生日感言　文訊雜誌　第 174 期
　　　2000 年 4 月　頁 10—11

261. 柏　楊　　鄧克保致編者函一　異域　臺北　遠流出版公司　2000 年 12 月
　　　頁 129—132

262. 柏　楊　　鄧克保致編者函二　異域　臺北　遠流出版公司　2000 年 12 月

頁 184—187

263.　柏　　楊　　報導文學與我　奮飛　臺北　遠流出版公司　2001 年 1 月　頁
121—129

264.　柏　　楊　　四十年家國——我為什麼編《中國大陸作家文學大系》　奮飛
臺北　遠流出版公司　2001 年 1 月　頁 143—144

265.　柏　　楊　　序　柏楊詩　臺北　遠流出版公司　2001 年 7 月　頁 16—17

266.　柏　　楊　　柏楊寫作近況　自由時報　2002 年 9 月 3 日　39 版

267.　柏　　楊　　天真是一種動力[52]　文化視窗　第 48 期　2003 年 2 月　頁 14

268.　柏　　楊　　天真是一種動力　天真是一種動力　臺北　人權教育基金會，遠
流出版公司　2004 年 11 月　頁 15—18

269.　柏　　楊　　序[53]　新城對　臺北　遠流出版公司　2003 年 3 月　頁 5—6

270.　柏　　楊　　《新城對》序　柏楊全集‧特別卷　臺北　遠流出版公司　2003
年 10 月　頁 7—8

271.　柏　　楊　　多動腦，不會老　書與人　第 11 期　2003 年 6 月　頁 7

272.　柏　　楊　　人文租界：山居　科學人　第 20 期　2003 年 10 月　頁 130

273.　柏　　楊　　盛裝返臺　明報月刊　第 472 期　2005 年 4 月　頁 51

274.　柏　　楊　　新的指導‧新的獲益——參加「柏楊文學史學思想國際學術研討
會」（序二）[54]　柏楊文學史學思想國際學術研討會論文集　臺北
行政院文建會　2003 年 12 月　〔3〕頁

275.　柏　　楊　　新的指導與獲益——參加 2003 年「柏楊文學史學思想國際學術研
討會」　天真是一種動力　臺北　人權教育基金會，遠流出版公
司　2004 年 11 月　頁 37—42

276.　柏　　楊　　我的方向　文訊雜誌　第 223 期　2004 年 5 月　頁 38

277.　柏　　楊　　民主痲疹　明報月刊　第 461 期　2004 年 5 月　頁 29

---

[52]本文為「行政院文化獎」頒獎典禮感言。
[53]本文後改篇名為〈《新城對》序〉。
[54]本文後改篇名為〈新的指導與獲益——參加 2003 年「柏楊文學史學思想國際學術研討會」〉。

278. 柏　楊　　民主麻疹　天真是一種動力　臺北　人權教育基金會　2004 年 11
月　頁 80—83

279. 柏　楊　　吳剛伐樹我洗缸[55]　明報月刊　第 465 期　2004 年 9 月　頁 20

280. 柏　楊　　吳剛伐樹我洗缸——千年揮斧樹仍在，井蛙洗缸費思量　天真是
一種動力　臺北　人權教育基金會，遠流出版公司　2004 年 11 月
頁 103—109

281. 柏　楊　　請再聽我說（序）　天真是一種動力　臺北　人權教育基金會，
遠流出版公司　2004 年 11 月　〔4〕頁

282. 柏　楊　　請聽我再說　明報月刊　第 467 期　2004 年 11 月　頁 33

283. 柏　楊　　骨肉團聚　文訊雜誌　第 237 期　2005 年 7 月　頁 65

284. 柏　楊　　序　二十世紀臺灣民主大事寫真　臺北　財團法人人權教育基金
會，遠流出版公司　2005 年 11 月　〔2〕頁

285. 柏　楊　　親情驚奇　講義　第 236 期　2006 年 11 月　頁 68

286. 柏　楊　　自序——品三國　柏楊品三國　臺北　遠流出版公司　2007 年 3
月　〔2〕頁

287. 柏　楊　　笑容才是人生　文苑（經典美文）　2009 年第 10 期　2009 年 10
月　頁 14—15

他述

288. 孫觀漢　　懷念與感慨——致柏楊先生第一封信[56]　自立晚報　1966 年 2 月
21 日　4 版

289. 孫觀漢　　越洋絮語——致柏楊先生第一封信　關懷與愛心　臺北　星光出
版社　1980 年 11 月　頁 35—42

290. 孫觀漢　　越洋絮語——致柏楊先生第一封信　孫觀漢全集‧關懷與愛心
臺北　九歌出版社　2000 年 1 月　頁 51—58

---

[55] 本文為柏楊自述著作出版《醜陋的中國人》過程，後改篇名為〈吳剛伐樹我洗缸——千年揮斧樹仍在，井蛙洗缸費思量〉。
[56] 本文後改篇名為〈越洋絮語——致柏楊先生第一封信〉。

291. 孫觀漢　　懷念與感慨——致柏楊先生第二封信[57]　自立晚報　1966 年 2 月
　　　　　　　22 日　4 版

292. 孫觀漢　　懷念與盼望——致柏楊先生第二封信　關懷與愛心　臺北　星光
　　　　　　　出版社　1980 年 11 月　頁 43—47

293. 孫觀漢　　懷念與盼望——致柏楊先生第二封信　孫觀漢全集・關懷與愛心
　　　　　　　臺北　九歌出版社　2000 年 1 月　頁 59—63

294. 孫觀漢，柏楊　　序一[58]　柏楊和他的冤獄　香港　文藝書屋　1976 年 1 月
　　　　　　　頁 1—3

295. 孫觀漢，柏楊　　這場冤獄——《柏楊和他的冤獄》序一　帶箭怒飛　臺北
　　　　　　　林白出版社　1986 年 5 月　頁 259—262

296. 微　晨　　風雨中秋懷獄中柏楊　柏楊和他的冤獄　香港　文藝書屋　1976
　　　　　　　年 1 月　頁 217—220

297. 華文湧　　小論柏楊　柏楊和他的冤獄　香港　文藝書屋　1976 年 1 月　頁
　　　　　　　221—222

298. 孫觀漢　　從筆和劍談到柏楊　柏楊和他的冤獄　香港　文藝書屋　1976 年
　　　　　　　1 月　頁 230—235

299. 王　渝　　記見到柏楊　柏楊和他的冤獄　香港　文藝書屋　1976 年 1 月
　　　　　　　頁 251—253

300. 孫觀漢　　柏楊和醬缸　柏楊和他的冤獄　香港　文藝書屋　1976 年 1 月
　　　　　　　頁 254—258

301. 孫觀漢　　短促和苦難的人生　柏楊和他的冤獄　香港　文藝書屋　1976 年
　　　　　　　1 月　頁 328—338

302. S.K.W　　奧立岡州立大學圖書館中柏書簡介　柏楊和他的冤獄　香港　文藝
　　　　　　　書屋　1976 年 1 月　頁 375—376

303. 孫觀漢　　寫在「柏楊和他的冤獄面後」　柏楊和他的冤獄　香港　文藝書

[57]本文後改篇名爲〈懷念與盼望——致柏楊先生第二封信〉。
[58]本文收錄柏楊獄中書信；後改篇名爲〈這場冤獄——《柏楊和他的冤獄》序一〉。

屋　1976 年 1 月　頁 426

304. 王　明　　我見過柏楊　南北極　第 96 期　1978 年 5 月　頁 73

305. 孫觀漢　　柏楊與我　愛書人　第 95 期　1978 年 12 月 11 日　3 版

306. 孫觀漢　　柏楊和我　日本能，中國不能　臺北　林白出版社　1985 年 12 月
頁 139—148

307. 孫觀漢　　柏楊和我　孫觀漢全集‧日本能，中國不能　臺北　九歌出版社
2000 年 5 月　頁 140—149

308. 梁上元　　柏楊和我——人生中難得的異數友情[59]　柏楊和我　臺北　星光出
版社　1979 年 6 月　頁 13—55

309. 梁上元　　不平凡的友情——《柏楊和我》序　帶箭怒飛　臺北　林白出版
社　1986 年 5 月　頁 274—277

310. 梁上元　　人生中難得的異數友情　夢回綠島　臺北　駿馬文化公司　1986
年 8 月　頁 158—199

311. 孫觀漢　　柏楊和我——滿眶眼淚酬知己　柏楊和我　臺北　星光出版社
1979 年 6 月　頁 3—12

312. 孫觀漢　　柏楊和我——滿眶眼淚酬知己　菜園拾愛　臺北　星光出版社
1981 年 1 月　頁 78—87

313. 孫觀漢　　柏楊和我——滿眶眼淚酬知己　孫觀漢全集‧菜園拾愛　臺北
九歌出版社　2000 年 3 月　頁 91—101

314. 梁黎劍虹　　柏楊和我——像他這樣的人我永不能忘　柏楊和我　臺北　星
光出版社　1979 年 6 月　頁 57—60

315. 虞和芳　　柏楊和我——心靈交流的友情　柏楊和我　臺北　星光出版社
1979 年 6 月　頁 61—71

316. 羅祖光　　柏楊與我——相交十七年　柏楊和我　臺北　星光出版社　1979
年 6 月　頁 72—86

[59]本文後改篇名為〈不平凡的友情——《柏楊和我》序〉、〈人生中難得的異數友情〉。

317. 史紫忱　柏楊和我——柏楊雜文的「鞭性」　柏楊和我　臺北　星光出版社　1979 年 6 月　頁 87—95

318. 吳覺真　柏楊和我——我教他怎麼做糖醋黃魚　柏楊和我　臺北　星光出版社　1979 年 6 月　頁 147—150

319. 筑　音　柏楊和我——歲寒的友情　柏楊和我　臺北　星光出版社　1979 年 6 月　頁 151—157

320. 姚安莉　柏楊和我——爐傍暖意融　柏楊和我　臺北　星光出版社　1979 年 6 月　頁 158—164

321. 張香華　柏楊和我——他的風貌一直在變，我不斷的發現他無數個另一面　柏楊和我　臺北　星光出版社　1979 年 6 月　頁 165—190

322. 寒　霧　十分迷惘——給柏楊先生最初的一封信　柏楊和我　臺北　星光出版社　1979 年 6 月　頁 193—205

323. 寒　霧　下定決心——致柏楊先生額外的兩封信　柏楊和我　臺北　星光出版社　1979 年 6 月　頁 206—216

324. 孫觀漢　致柏楊最初的兩封信　柏楊和我　臺北　星光出版社　1979 年 6 月　頁 217—228

325. 張紹騫　致柏楊先生函　柏楊和我　臺北　星光出版社　1979 年 6 月　頁 229—234

326. 沙　翁　欣聞歸來　柏楊和我　臺北　星光出版社　1979 年 6 月　頁 237—238

327. 韓　韓　我見到了柏楊　柏楊和我　臺北　星光出版社　1979 年 6 月　頁 243—249

328. 韓　韓　我見到了柏楊　柏楊專欄第二輯‧按牌理出牌　臺北　星光出版社　1979 年 12 月　頁 239—245

329. 張玉銘　柏楊和女詩人　柏楊和我　臺北　星光出版社　1979 年 6 月　頁 250—258

330. 齊以正　人權與柏楊　柏楊和我　臺北　星光出版社　1979 年 6 月　頁

259—263

331. 彭世灼　柏楊的婚姻戀愛觀　柏楊和我　臺北　星光出版社　1979 年 6 月　頁 300—333

332. 李康白　致柏楊先生書　柏楊選集第一輯　臺北　星光出版社　1980 年 5 月　頁 185—187

333. 何　經　新樂府　柏楊選集第一輯　臺北　星光出版社　1980 年 5 月　頁 189—190

334. 黃越欽　柏楊先生傳　柏楊選集第八輯　臺北　星光出版社　1980 年 5 月　頁 185—187

335. 龍　梅　歌功頌德　柏楊選集第八輯　臺北　星光出版社　1980 年 5 月　頁 189—191

336. 孫觀漢　十年來看看臺灣的柏楊　菜園拾愛　臺北　星光出版社　1981 年 1 月　頁 133—139

337. 孫觀漢　十年來看看臺灣的柏楊　孫觀漢全集・菜園拾愛　臺北　九歌出版社　2000 年 3 月　頁 148—154

338. 倪　匡　隨從雜記（代序）[60]　另一個角度看柏楊　臺北　廣城出版社　1981 年 7 月　〔21 頁〕

339. 倪　匡　隨從雜記——《另一個角度看柏楊》序　帶箭怒飛　臺北　林白出版社　1986 年 5 月　頁 281—306

340. 〔新加坡南洋商報〕　臺灣名作家柏楊，倪匡陪同下抵新　另一個角度看柏楊　臺北　廣城出版社　1981 年 7 月　頁 3—5

341. 潘正鐳　在火難中上升的鳳凰——側寫臺灣作家柏楊　另一個角度看柏楊　臺北　廣城出版社　1981 年 7 月　頁 25—35

342. 吳啓基　出軌的機緣——雜寫為柏楊而設的自由餐會　另一個角度看柏楊　臺北　廣城出版社　1981 年 7 月　頁 36—42

343. 陳永墀　傳統的挑戰者——談魯迅、柏楊　另一個角度看柏楊　臺北　廣

---

[60]本文後改篇名為〈隨從雜記——《另一個角度看柏楊》序〉。

城出版社　1981 年 7 月　頁 48—50

344.〔新加坡英文海峽時報〕　　The living Conscience of Chinese　另一個角度看柏楊　臺北　廣城出版社　1981 年 7 月　頁 51—58

345. 青青草　　外柔內剛的張香華——訪香華・談柏楊　另一個角度看柏楊　臺北　廣城出版社　1981 年 7 月　頁 77—85

346. 南　集　　一枝奇筆——柏楊　另一個角度看柏楊　臺北　廣城出版社　1981 年 7 月　頁 91—110

347.〔吉隆坡馬來亞通報〕　　柏楊計劃編纂馬華文學作品——指出華人面對兩項危機，介紹給臺灣讀者作互相交流　另一個角度看柏楊　臺北　廣城出版社　1981 年 7 月　頁 127—130

348.〔吉隆坡馬來西亞新明日報〕　　柏楊計劃編纂馬華文學選集，促進馬臺文學主流——強調語言是團結民族主要因素　另一個角度看柏楊　臺北　廣城出版社　1981 年 7 月　頁 131—133

349.〔吉隆坡馬來西亞南洋商報〕　　臺灣著名作家柏楊・希望馬臺文學作品能夠互相交流　另一個角度看柏楊　臺北　廣城出版社　1981 年 7 月　頁 134—138

350. 一　夢　　在苦難中折磨中茁壯——柏楊主持文學講座摘記　另一個角度看柏楊　臺北　廣城出版社　1981 年 7 月　頁 139—144

351. 楊　帆　　柏楊談華人的民族特性　另一個角度看柏楊　臺北　廣城出版社　1981 年 7 月　頁 145—156

352. 李素棒　　柏楊談坐牢・寫作・愛情　另一個角度看柏楊　臺北　廣城出版社　1981 年 7 月　頁 157—166

353. 艾　萱　　柏楊張香華共渡人生之旅　另一個角度看柏楊　臺北　廣城出版社　1981 年 7 月　頁 167—175

354. 南　集　　和柏楊握手　另一個角度看柏楊　臺北　廣城出版社　1981 年 7 月　頁 177—183

355. 全　睛　　楊振寧與柏楊　另一個角度看柏楊　臺北　廣城出版社　1981 年

7月　頁 184—185

356. 包亞管　　柏楊應該去學唱歌　另一個角度看柏楊　臺北　廣城出版社
1981 年 7 月　頁 186—188

357. 〔馬來西亞檳城光華日報〕　　柏楊出席「文學座談會」　另一個角度看柏
楊　臺北　廣城出版社　1981 年 7 月　頁 189—191

358. 陳禮和　　訪張香華，談柏楊——他們都是行路難道上，苦絕的畸零人　另
一個角度看柏楊　臺北　廣城出版社　1981 年 7 月　頁 200—205

359. 孔　昭　　趙雅芝心驚膽顫會柏楊　另一個角度看柏楊　臺北　廣城出版社
1981 年 7 月　頁 231—236

360. 白雲天　　超級明星作家柏楊　另一個角度看柏楊　臺北　廣城出版社
1981 年 7 月　頁 237—241

361. 白雲天　　臺灣作家明星柏楊　另一個角度看柏楊　臺北　廣城出版社
1981 年 7 月　頁 242—246

362. 癡　王　　柏楊遊港　另一個角度看柏楊　臺北　廣城出版社　1981 年 7 月
頁 247

363. 沙　翁　　柏楊　另一個角度看柏楊　臺北　廣城出版社　1981 年 7 月　頁
252

364. 張　微　　柏楊‧香港　另一個角度看柏楊　臺北　廣城出版社　1981 年 7
月　頁 254—256

365. 于　靜　　柏老訪星　另一個角度看柏楊　臺北　廣城出版社　1981 年 7 月
頁 263—265

366. 西門異　　柏楊來港後的聯想　另一個角度看柏楊　臺北　廣城出版社
1981 年 7 月　頁 266—268

367. 齊以正　　柏楊星馬行　另一個角度看柏楊　臺北　廣城出版社　1981 年 7
月　頁 269—274

368. 蔣　芸　　柏楊的三個十年　另一個角度看柏楊　臺北　廣城出版社　1981
年 7 月　頁 275—279

369. 應鳳凰　　編後記[61]　另一個角度看柏楊　臺北　廣城出版社　1981 年 7 月　頁 311—312

370. 應鳳凰　　外國人的看法——《另一個角度看柏楊》編後記　帶箭怒飛　臺北　林白出版社　1986 年 5 月　頁 307—309

371. 游淑靜〔微雲〕　　平原出版社　出版社傳奇　臺北　爾雅出版社　1981 年 7 月　頁 13—16

372. 微　雲　　平原出版社　柏楊 65：一個早起的蟲兒　臺北　星光出版社，時報出版公司，學英文化公司，歐語出版社，遠流出版公司　1984 年 3 月　頁 413—416

373. 陳麗真　　前言[62]　柏楊・美國・醬缸　臺北　四季出版公司　1982 年 4 月　頁 1—3

374. 陳麗真　　永不妥協——《柏楊・美國・醬缸》序　帶箭怒飛　臺北　林白出版社　1986 年 5 月　頁 310—312

375. 〔洛杉磯南華時報〕　　名作家柏楊羅省亮相，文化界歡宴齊聚一堂，且聽遭老頭娓娓道來，眾家柏楊迷津津有味　柏楊・美國・醬缸　臺北　四季出版公司　1982 年 4 月　頁 59—61

376. 〔洛杉磯南華時報〕　　海內外文學界論柏楊　柏楊・美國・醬缸　臺北　四季出版公司　1982 年 4 月　頁 69—71

377. 王　康　　他鄉遇故知——與柏楊伉儷重見記　柏楊・美國・醬缸　臺北　四季出版公司　1982 年 4 月　頁 73—76

378. 〔紐約世界日報〕　　作家柏楊告訴三百名座談會聽眾，文學散發感情不能掛帥但會成長　柏楊・美國・醬缸　臺北　四季出版公司　1982 年 4 月　頁 77—79

379. 〔洛杉磯南華時報〕　　「文學座談會」聽眾踴躍——柏楊言論風采受激賞　柏楊・美國・醬缸　臺北　四季出版公司　1982 年 4 月　頁 81—

---

[61] 本文後改篇名為〈外國人的看法——《另一個角度看柏楊》編後記〉。
[62] 本文後改篇名為〈永不妥協——《柏楊・美國・醬缸》序〉。

83

380.〔紐約星島日報〕　　柏楊會紐約文化界探討中國文化　柏楊‧美國‧醬缸
　　　臺北　四季出版公司　1982 年 4 月　頁 159—160

381.〔紐約世界日報〕　　愛盟舉行座談會柏楊演講並答問　柏楊‧美國‧醬缸
　　　臺北　四季出版公司　1982 年 4 月　頁 161—162

382. 鐸　塵　　強項的批評者[63]　柏楊‧美國‧醬缸　臺北　四季出版公司　1982
　　　年 4 月　頁 123—127

383. 阮大方　　我以身爲中國人而驕傲——聽柏楊座談會有感　柏楊‧美國‧醬
　　　缸　臺北　四季出版公司　1982 年 4 月　頁 129—131

384. 何滿子　　難看的官臉孔　柏楊‧美國‧醬缸　臺北　四季出版公司　1982
　　　年 4 月　頁 141—144

385. 何滿子　　柏楊就是柏楊　柏楊‧美國‧醬缸　臺北　四季出版公司　1982
　　　年 4 月　頁 145—147

386.〔紐約華語快報〕　　柏楊來紐約　柏楊‧美國‧醬缸　臺北　四季出版公
　　　司　1982 年 4 月　頁 157—158

387. 童之君　　能不驚弓——誌吾友柏楊先生　柏楊‧美國‧醬缸　臺北　四季
　　　出版公司　1982 年 4 月　頁 199—201

388.〔紐約北美日報〕　　柏楊過境一夕談——人如其文寓意全在幽默之中，一
　　　心繫國家民族語撼四座　柏楊‧美國‧醬缸　臺北　四季出版公
　　　司　1982 年 4 月　頁 203—205

389.〔紐約華僑日報〕　　冤獄時獲得支持，柏楊謝海外華人　柏楊‧美國‧醬
　　　缸　臺北　四季出版公司　1982 年 4 月　頁 207—208

390. 洪素麗　　柏楊先生紐約演講側記　柏楊‧美國‧醬缸　臺北　四季出版公
　　　司　1982 年 4 月　頁 251—256

391. 呂　松　　柏楊美國行　柏楊‧美國‧醬缸　臺北　四季出版公司　1982 年
　　　4 月　頁 261—273

---

[63] 本文記述柏楊先生的人生態度。

392. 張　　渝　　柏楊紐約來去　柏楊‧美國‧醬缸　臺北　四季出版公司　1982
　　　　　　　　年4月　頁275—287

393. 陳麗真　　柏楊和我——感激這美好的一生[64]　柏楊‧美國‧醬缸　臺北　四
　　　　　　　　季出版公司　1982年4月　頁359—374

394. 陳麗真　　感激這美好的一生　夢回綠島　臺北　駿馬文化公司　1986 年 8
　　　　　　　　月　頁200—211

395. 張道昉　　後記　新加坡共和國華文文學選集　臺北　時報文化出版公司
　　　　　　　　1982年6月　頁619—623

396. 張道昉　　新加坡共和國作家立場——《新加坡共和國華文文學選集》後記
　　　　　　　　帶箭怒飛　臺北　林白出版社　1986年5月　頁251—258

397. 丘秀芷　　柏楊，這個人　臺灣新生報　1982年7月28日　12版

398. 丘秀芷　　柏楊這個人　柏楊65：一個早起的蟲兒　臺北　星光出版社，時
　　　　　　　　報出版公司，學英文化公司，歐語出版社，遠流出版公司　1984
　　　　　　　　年3月　頁87—90

399. 藍玉鋼　　《七〇年代論戰柏楊》前言[65]　七〇年代論戰柏楊　臺北　四季出
　　　　　　　　版公司　1982年8月　頁1—2

400. 藍玉鋼　　讚譽與詆毀——《七〇年代論戰柏楊》序　帶箭怒飛　臺北　林
　　　　　　　　白出版社　1986年5月　頁313—315

401. 陶　　冰　　痴人說夢話柏楊　七〇年代論戰柏楊　臺北　四季出版公司
　　　　　　　　1982年8月　頁85—91

402. 達　　江　　聽司馬中原談柏楊　七〇年代論戰柏楊　臺北　四季出版公司
　　　　　　　　1982年8月　頁121—126

403. Edel Lancashire　　Popeye and the Case of Guo Yi dong, alias Bo Yang　The
　　　　　　　　China Quarterly　第92期　1982年12月　頁663—686

404. Edel Lancashire　　Popeye and the Case of Guo Yidong, alias Bo Yang（柏楊的

---

[64]本文後改篇名為〈感激這美好的一生〉。
[65]本文後改篇名為〈讚譽與詆毀——《七〇年代論戰柏楊》序〉。

卜派案）[66] 柏楊 65：一個早起的蟲兒 臺北 星光出版社，時報出版公司，學英文化公司，歐語出版社，遠流出版公司 1984年3月 頁103—149

405. Edel Lancashire Popeye and the Case of Guo Yidongz, Alias Bo Yang One Author Is Rankling Two Chinas 臺北 星光出版社 1989年7月 頁1—54

406. 〔王晉民，鄘白曼編〕 柏楊 臺灣與海外華人作家小傳 福州 福建人民出版社 1983年9月 頁210—211

407. 林海音 說不盡（之四）〔柏楊部分〕 聯合報 1983年12月30日 8版

408. 林海音 說不盡〔柏楊部分〕 剪影話文壇 臺北 純文學出版社 1984年8月 頁239—241

409. 林海音 說不盡〔柏楊部分〕 林海音作品集‧剪影話文壇 臺北 遊目族文化公司 2000年5月 頁230—232

410. 孫淡寧 不要哭！柏楊 前進世界 第51期 1984年3月 頁18—19

411. 孫淡寧 不要哭！柏楊 柏楊 65：一個早起的蟲兒 臺北 星光出版社，時報出版公司，學英文化公司，歐語出版社，遠流出版公司 1984年3月 頁71—73

412. 〔The New York Times〕 柏楊入獄的新聞報導 柏楊 65：一個早起的蟲兒 臺北 星光出版社，時報出版公司，學英文化公司，歐語出版社，遠流出版公司 1984年3月 頁3—6

413. 〔The New York Times〕 柏楊出獄新聞報導之一 柏楊 65：一個早起的蟲兒 臺北 星光出版社，時報出版公司，學英文化公司，歐語出版社，遠流出版公司 1984年3月 頁7—8

---

[66] 本文概述柏楊的「大力水手事件」──從戒嚴時期因翻譯「大力水手」（Popeye the Sailor Man）漫畫，遭致12年的牢獄之災，到出獄後於《中國時報》等報章雜誌撰寫專欄等歷程報導。

414.〔星島日報〕　　柏楊出獄新聞報導之二　柏楊 65：一個早起的蟲兒　臺北　星光出版社，時報出版公司，學英文化公司，歐語出版社，遠流出版公司　1984 年 3 月　頁 9—10

415.〔中國時報〕　　柏楊出獄後國內第一次見報　柏楊 65：一個早起的蟲兒　臺北　星光出版社，時報出版公司，學英文化公司，歐語出版社，遠流出版公司　1984 年 3 月　頁 11—12

416.〔臺灣日報〕　　柏楊‧張香華締姻緣　柏楊 65：一個早起的蟲兒　臺北　星光出版社，時報出版公司，學英文化公司，歐語出版社，遠流出版公司　1984 年 3 月　頁 13—17

417.〔Arizona Senior Citizen News〕　　詩人的另一個角落　柏楊 65：一個早起的蟲兒　臺北　星光出版社，時報出版公司，學英文化公司，歐語出版社，遠流出版公司　1984 年 3 月　頁 19—22

418.〔自立晚報〕　　柏楊復出的意義　柏楊 65：一個早起的蟲兒　臺北　星光出版社，時報出版公司，學英文化公司，歐語出版社，遠流出版公司　1984 年 3 月　頁 23—24

419.〔自立晚報〕　　又見禁書　柏楊 65：一個早起的蟲兒　臺北　星光出版社，時報出版公司，學英文化公司，歐語出版社，遠流出版公司　1984 年 3 月　頁 25—26

420.〔自立晚報〕　　政府第一次贈柏楊書　柏楊 65：一個早起的蟲兒　臺北　星光出版社，時報出版公司，學英文化公司，歐語出版社，遠流出版公司　1984 年 3 月　頁 27—28

421. 雲　匡　　人性的光輝[67]　柏楊 65：一個早起的蟲兒　臺北　星光出版社，時報出版公司，學英文化公司，歐語出版社，遠流出版公司　1984 年 3 月　頁 43—67

422. 項　莊　　柏楊這個人　柏楊 65：一個早起的蟲兒　臺北　星光出版社，時

---

[67]本文分 8 小節：1.關於柏楊；2.紀念柏楊坎坷的生命歷程；3.令人激動的真性和愛心；4.孫觀漢和柏楊；5.梁上元和柏楊；6.羅祖光和柏楊；7.張香華和柏楊；8.其他‧小結。

報出版公司，學英文化公司，歐語出版社，遠流出版公司　1984
年 3 月　頁 69—70

423. 星　辰　　柏楊談片　柏楊 65：一個早起的蟲兒　臺北　星光出版社，時報
出版公司，學英文化公司，歐語出版社，遠流出版公司　1984 年
3 月　頁 75—77

424. 武光東　　唯愛爲大　柏楊 65：一個早起的蟲兒　臺北　星光出版社，時報
出版公司，學英文化公司，歐語出版社，遠流出版公司　1984 年
3 月　頁 79—80

425. 胡菊人　　柏楊與偉大　柏楊 65：一個早起的蟲兒　臺北　星光出版社，時
報出版公司，學英文化公司，歐語出版社，遠流出版公司　1984
年 3 月　頁 81—82

426. 倪　匡　　倪匡論柏楊　柏楊 65：一個早起的蟲兒　臺北　星光出版社，時
報出版公司，學英文化公司，歐語出版社，遠流出版公司　1984
年 3 月　頁 83—85

427. 吳崇蘭　　華府春秋　柏楊 65：一個早起的蟲兒　臺北　星光出版社，時報
出版公司，學英文化公司，歐語出版社，遠流出版公司　1984 年
3 月　頁 91—97

428. 廖仁義　　一九八二年冬天的柏楊　柏楊 65：一個早起的蟲兒　臺北　星光
出版社，時報出版公司，學英文化公司，歐語出版社，遠流出版
公司　1984 年 3 月　頁 99—102

429. 胡倚風　　「柏楊是曠世的天才！」──訪孫觀漢教授　柏楊 65：一個早起
的蟲兒　臺北　星光出版社，時報出版公司，學英文化公司，歐
語出版社，遠流出版公司　1984 年 3 月　頁 201—205

430. 倪　匡　　先生　柏楊 65：一個早起的蟲兒　臺北　星光出版社，時報出版
公司，學英文化公司，歐語出版社，遠流出版公司　1984 年 3 月
頁 387

431. 倪　匡　　推崇　柏楊 65：一個早起的蟲兒　臺北　星光出版

公司，學英文化公司，歐語出版社，遠流出版公司　1984 年 3 月
頁 429

432. 汪毅君　柏楊六十五年歲壽辰　新聞天地　第 1889 期　1984 年 4 月　頁
18—19

433. 張香華　我愛的人在火燒島上（代序）[68]　柏楊詩抄　臺北　學英文化公司
1984 年 8 月　頁 1—5

434. 張香華　我愛的人在火燒島上——《柏楊詩抄》序　帶箭怒飛　臺北　林
白出版社　1986 年 5 月　頁 269—273

435. 董政明　不要祖國偉大，只要人民幸福——柏楊美國去來　向前看　第 4
期　1984 年 12 月 20 日　頁 32—34

436. 丘惠中　柏楊和孫觀漢　迷你思感　臺北　星光出版社　1985 年 4 月　頁
372—330

437. 丘惠中　柏楊和孫觀漢　看，這個醜陋的中國人　北京　中國電影出版社
1997 年 9 月　頁 330—332

438. 江舟峰　我們還可以做個好兒子[69]　醜陋的中國人　臺北　林白出版社
1985 年 8 月　頁 219—220

439. 南　日　柏楊餘波　醜陋的中國人　臺北　林白出版社　1985 年 8 月　頁
221—223

440. 管叔夷　倚夢閒話，閒話柏楊　雷聲　第 91 期　1985 年 12 月　頁 34—40

441. 楊文娟　《帶箭怒飛》序　帶箭怒飛　臺北　林白出版社　1986 年 5 月
頁 3—8

442. 孫觀漢　誰拘禁柏楊——《柏楊和他的冤獄》序二　帶箭怒飛　臺北　林
白出版社　1986 年 5 月　頁 263—268

443. 孫觀漢　誰拘禁柏楊——《柏楊和他的冤獄》序　夢回綠島　臺北　駿馬
文化公司　1986 年 8 月　頁 155—157

---

[68]本文後改篇名為〈我愛的人在火燒島上——《柏楊詩抄》序〉。
[69]本文為作者對於柏楊演講之感想。

444. 吳質剛　柏楊暢談六十歲生日感言——中國人為何醜陋　臺灣與世界　第 5
期　1987 年 3 月 23 日　頁 37—39

445. 吳祥輝　和國民黨了斷的日子：3 月 7 日——記柏楊 65 歲生日　前進世界
第 51 期　1987 年 3 月　頁 16—18

446. 聶華苓　聶華苓吹捧老柏楊——愛荷華的爐邊瞎話　天下事雜誌　第 1 期
1987 年 8 月　頁 47—49

447. Margaret Scott　柏楊重看中國人　時報新聞週刊　第 66 期　1987 年 9 月
頁 43—44

448. 江　迅　秋聲故里行，論文話平生　文學報　1987 年 12 月 11 日　2 版

449. 翟世耀　親情‧友情‧愛情——柏楊女兒談父親　聯合時報　1987 年 12 月
11 日　2 版

450. 黎伶姿　編者的話　柏楊說故事——詩文之美（12）　臺北　漢藝色研文
化公司　1988 年 1 月　頁 4—6

451. 黎伶姿　編者的話　柏楊在火燒島——詩文之美（13）　臺北　漢藝色研
文化公司　1988 年 1 月　頁 4—6

452. 李　黎　郭衣百洞亦無悔——序《柏楊小說選讀》　柏楊小說選讀　臺北
皇冠出版社　1988 年 2 月　頁 9—13

453. 〔編輯部〕　柏楊小傳　柏楊小說選讀　臺北　皇冠出版社　1988 年 2 月
頁 373—385

454. 〔柏楊〕　柏楊小傳　柏楊說文化　臺北　皇冠出版社　1988 年 9 月　頁
237—250

455. 〔柏楊〕　柏楊小傳　柏楊談愛情　臺北　皇冠出版社　1988 年 9 月　頁
327—340

456. 江　兒　是夫妻，也是朋友——柏楊與張香華　文訊雜誌　第 35 期　1988
年 4 月　頁 68—70

457. 江　兒　是夫妻，也是朋友　比翼雙飛——二十三對文學夫妻　臺北　文
訊雜誌社　1988 年 7 月　頁 36—43

458. 郭振亞，秦啓安　　輝縣訪柏楊之女郭素萍[70]　人民日報（海外版）　1988 年
　　　9 月 2 日　2 版

459. 〔皇冠出版社〕　　前言　柏楊說文化　臺北　皇冠出版社　1988 年 9 月
　　　頁 7—9

460. 〔皇冠出版社〕　　前言　柏楊談愛情　臺北　皇冠出版社　1988 年 9 月
　　　頁 8—9

461. 非　馬　　銅像[71]　臺灣文藝　第 116 期　1989 年 3 月　頁 156—157

462. 應鳳凰　　上海的頭痛時間[72]　家園　臺北　林白出版社　1989 年 5 月　頁
　　　275—280

463. 茹志鵑　　我和柏楊的交往　家園　臺北　林白出版社　1989 年 5 月　頁
　　　281—285

464. Peter Yau　　A birthday...and a few ugly memories　One Author Is Rankling Two
　　　Chinas　臺北　星光出版社　1989 年 7 月　頁 61—63

465. 〔Lin Zi-yao 主編〕　　Learning to face the facts　One Author Is Rankling Two
　　　Chinas　臺北　星光出版社　1989 年 7 月　頁 65—66

466. Chung-man　　A nation must have courage to face history　One Author Is
　　　Rankling Two Chinas　臺北　星光出版社　1989 年 7 月　頁 67—
　　　68

467. Yau Shing-mu　　China writer slams culture　One Author Is Rankling Two
　　　Chinas　臺北　星光出版社　1989 年 7 月　頁 69—74

468. Robert Thomson　　Writer Bo Yang allowed to visit China after 40 years　One
　　　Author Is Rankling Two Chinas　臺北　星光出版社　1989 年 7 月
　　　頁 91—94

469. Daniel Southerland　　Acid-Penned Chinese Writer Gains in Popularity　One

---

[70] 本文作者訪談與柏楊分隔臺海兩岸數十年的女兒郭素萍，談兩人開放探親後會面的情
　　形。
[71] 本文敘述柏楊知道家鄉要爲他造銅像，決心打碎反對權威化。
[72] 本文記述柏楊於上海時所發生的事。

　　　　　　　Author Is Rankling Two Chinas　臺北　星光出版社　1989 年 7 月
　　　　　　　頁 103—106

470. Patrick SABATIER　　Les imprécations de Bo Yang　One Author Is Rankling
　　　　　　　Two Chinas　臺北　星光出版社　1989 年 7 月　頁 107—110

471. Daniel Southerland　　China Allows Leading Critic to Visit From Taiwan, but
　　　　　　　Restricts His Actions　One Author Is Rankling Two Chinas　臺北
　　　　　　　星光出版社　1989 年 7 月　頁 129—132

472. Fan Cheuk-wan　　State control like AIDS　One Author Is Rankling Two Chinas
　　　　　　　臺北　星光出版社　1989 年 7 月　頁 145—148

473. Annie Huang　　Local writer stirs controversy on both sides of strait　One
　　　　　　　Author Is Rankling Two Chinas　臺北　星光出版社　1989 年 7 月
　　　　　　　頁 149—154

474. 藤井省三　　共和国の兴亡と文学——巴金・柏楊　One Author Is Rankling
　　　　　　　Two Chinas　臺北　星光出版社　1989 年 7 月　頁 165—170

475. 張挺立　　住在花園新城的名人：柏楊傳奇　臺灣時報　1990 年 4 月 15 日
　　　　　　　15 版

476. 文匯報　　柏楊其人其事　都是醜陋中國人惹的禍　臺北　林白出版社
　　　　　　　1990 年 7 月　頁 11—15

477. 陳漱渝　　柏楊談魯迅　國文天地　第 76 期　1991 年 9 月　頁 25—28

478. 張香華　　柏楊 vs.張香華——只緣身在此山中　方格子外的甜蜜戰爭　臺北
　　　　　　　海風出版社　1991 年 11 月　頁 54—77

479. 黃旭初　　作家柏楊談不當中國人的想像，歷史的啓示與臺灣的未來　自立
　　　　　　　晚報　1992 年 9 月 21 日　13—14 版

480. 朱恩伶　　昨日是柏楊日，柏楊七十有感：「廿年前若能預知今日溫暖，被
　　　　　　　捕時就不會感到悲哀」　中國時報　1993 年 3 月 8 日　22 版

481. 張文輝　　柏楊爲父親立墓碑　歷史走廊　臺北　太川出版社　1993 年 3 月
　　　　　　　頁 44—45

482. 黃　涓　　「大力水手」給柏楊惹禍　國際新聞界　1994 年第 1 期　1994 年 1 月　頁 61

483. 陳　斌　　柏楊北京行　臺聲　1994 年第 1 期　1994 年 1 月　頁 42—43

484. 顏國民　　柏楊的治史歲月　出版界　第 39 期　1994 年 3 月　頁 45—47

485. 張香華　　妻子眼中的柏楊[73]　國際人才交流　1994 年第 8 期　1994 年 8 月　頁 48

486. 張香華　　妻子眼中的「醜陋中國人」柏楊　愛情婚姻家庭（冷暖人生）2008 年第 7 期　2008 年 7 月　頁 18—19

487. 紀　柳　　臺灣作家柏楊的三次婚姻　海內與海外　1995 年第 4 期　1995 年 4 月　頁 50—51

488. 曾維君　　以當月下老人為樂——柏楊營造鐵窗外的春天　中央日報　1995 年 6 月 14 日　18 版

489. 王琰如　　閒話柏楊　青年日報　1995 年 6 月 28 日　15 版

490. 王琰如　　閒話柏楊　文友畫像及其他　臺北　大地出版社　1996 年 7 月　頁 119—126

491. 翟敬宜　　能與她結合就算再坐二十年牢也甘心，柏楊珍惜夫妻緣[74]　民生報　1996 年 3 月 24 日　31 版

492. 翟敬宜　　柏楊珍惜夫妻緣　海外學人　第 282 期　1996 年 3 月　頁 64—65

493. 陳文芬　　提到感情，柏楊就不說了　中國時報　1996 年 7 月 13 日　23 版

494. 藍博洲　　開始關懷政治犯生命　中國時報　1996 年 7 月 18 日　42 版

495. 劉小華　　喜歡牽著他的手——我所認識的是非人物柏楊　中國時報　1996 年 7 月 20 日　18 版

496. 周碧瑟　　代序——陪柏楊重走七十五年　柏楊回憶錄　臺北　遠流出版社　1996 年 7 月　頁 1—8

497. 周碧瑟　　陪柏楊重走七十五年　看，這個醜陋的中國人　北京　中國電影

---

[73] 本文後改篇名為〈妻子眼中的「醜陋中國人」柏楊〉。
[74] 本文後改篇名為〈柏楊珍惜夫妻緣〉。

出版社　1997 年 9 月　頁 294—299

498. 殷志鵬　會柏楊、香華於寶島　師友文緣　臺北　九歌出版社　1996 年 10
　　　月　頁 93—99

499. 〔中國時報〕　柏楊任師大駐校作家　中國時報　1996 年 11 月 5 日　19
　　　版

500. 張素貞　柏楊新創「文學 EQ」　中央日報　1996 年 11 月 19 日　18 版

501. 靳秀麗　柏楊走過苦難時代，依然童心未泯　大成報　1996 年 11 月 22 日
　　　28 版

502. 向　陽　　禁錮不住的泉聲——監獄書房〔柏楊部分〕　喧嘩、吟哦與嘆
　　　息：臺灣文學散論　臺北　駱駝出版社　1996 年 11 月　頁 187

503. 彭瑞金　臺灣文學的中心與邊緣論述〔柏楊部分〕　臺灣日報　1996 年 12
　　　月 1 日　23 版

504. 卓芬玲　柏楊被逼走上這條路　中時晚報　1997 年 3 月 23 日　5 版

505. 沈安明　柏楊和張香華詩緣爲姻緣　自由時報　1997 年 3 月 30 日　36 版

506. 沈　怡　夫妻書房恩愛兩邊藏　聯合報　1997 年 7 月 5 日　47 版

507. 楊正民　情誼不必有血緣——孫觀漢・柏楊・小牛　臺灣日報　1997 年 7
　　　月 18 日　35 版

508. 顏兆鴻　柏楊張香華以人權婚約見證幸福　大成報　1997 年 7 月 30 日　19
　　　版

509. 周碧瑟　柏楊訪柏楊　中國時報　1997 年 7 月 30 日　26 版

510. 周碧瑟　柏楊訪柏楊　海外學人　第 294 期　1998 年 3 月　頁 70—71

511. 周碧瑟　柏楊訪柏楊　柏楊詩　臺北　遠流出版公司　2001 年 7 月　頁
　　　157—159

512. 張香華　看，這個醜陋的中國人　看，這個醜陋的中國人　北京　中國電
　　　影出版社　1997 年 9 月　頁 273—276

513. 李瑞芬　柏楊真情指數細數生平　臺灣新生報　1997 年 10 月 18 日　20 版

514. 陳慧玲　爲了大力水手漫畫入獄——柏楊真情指數道出始末　自立早報

1997 年 10 月 19 日　36 版

515.〔青年日報〕　　回首求學路，柏楊真情告白　青年日報　1997 年 12 月 2 日　10 版

516. 許芳菊　　搏鬥醬缸文化——柏楊　天下雜誌　第 200 期　1998 年 1 月　頁 250—251

517. 劉湘吟　　看過地獄回來，依然誠實的柏楊　新觀念　第 111 期　1998 年 1 月　頁 32—39

518.〔九歌雜誌〕　　書緣・書香〔柏楊部分〕　九歌雜誌　第 203 期　1998 年 2 月　4 版

519.〔覃賢茂編著〕　　前言——時代造就的傳奇人物　柏楊傳奇　成都　四川人民出版社　1998 年 8 月　頁 1—6

520. 李瑞騰　　南方的誘惑[75]　聯合報　1998 年 9 月 20 日　37 版

521. 歐銀釧　　他是柏楊，他是我先生　民生報　1998 年 10 月 15 日　36 版

522. 彭琳淞　　柏楊心迴綠島　自由時報　1998 年 12 月 7 日　9 版

523. 莊哲權　　踏上火燒島，柏楊百感交集　中國時報　1998 年 12 月 10 日　31 版

524. 黃鳳鈴　　爲小民寫歷史的傳奇人——柏楊先生　明道文藝　第 274 期　1999 年 1 月　頁 136—140

525. 古繼堂　　引子　柏楊傳　北京　作家出版社　1999 年 4 月　頁 1—2

526. 古繼堂　　攬千峰成勝景，納百川歸大海——《柏楊傳》的構思和創作（後記）　柏楊傳　北京　作家出版社　1999 年 4 月　頁 435—442

527. 古繼堂　　柏楊小傳　柏楊傳　北京　作家出版社　1999 年 4 月　頁 443—444

528. 歐銀釧　　柏楊以游擊隊士兵自喻　民生報　1999 年 6 月 10 日　7 版

529. 陳文芬　　柏楊與孤軍後裔同過端午　中國時報　1999 年 6 月 21 日　11 版

530. 江　迅　　文化：解讀柏楊人權解密　亞洲週刊　第 13 卷第 24 期　1999 年

---

[75] 本文爲作者回憶和柏楊一起合作編輯書籍的往事。

6 月 21—27 日　頁 54—55

531. 陳文芬　柏楊遊東瀛，期許臺灣要更好　中國時報　1999 年 11 月 15 日　11 版

532. 吳晶晶　柏楊的悲歡人生　中央日報　2000 年 1 月 4 日　22 版

533. 陳文芬　柏楊慶生，全集問世　中國時報　2000 年 2 月 29 日　11 版

534. 晏山農　不畏浮雲遮望眼——賀柏楊八十壽誕　中國時報　2000 年 3 月 4 日　37 版

535. 江中明　歡度八十大壽，回顧來時路「友情是泉源活水」——柏楊：我是世上最幸運的人　聯合報　2000 年 3 月 5 日　9 版

536. 徐開塵　柏楊歡度八十壽宴，祝福盈懷榮耀滿身　民生報　2000 年 3 月 5 日　4 版

537. 陳玲芳　柏楊歡度八十大壽——《柏楊全集》面世祝賀　臺灣日報　2000 年 3 月 5 日　14 版

538. 龔鵬程　柏楊是一位難以歸類的作家　柏楊的思想與文學：「柏楊思想與文學國際學術研討會」論文集　臺北　遠流出版公司　2000 年 3 月　頁 721—724

539. 王俊吉　屁股下的黃金[76]　中央日報　2000 年 7 月 9 日　18 版

540. 徐惠隆　柏楊與李敖　盈科齋隨筆　宜蘭　宜蘭縣文化局　2000 年 12 月　頁 56—57

541. 孫梓評　永遠奮飛的人權鬥士柏楊（上、中、下）　中央日報　2001 年 3 月 5—7 日　18 版

542. 〔編輯部〕　柏楊小傳　透視柏楊　北京　大眾文藝出版社　2001 年 4 月　頁 447

543. 歐銀釧　柏楊手術復原良好　民生報　2001 年 5 月 1 日　6 版

544. 許素朱　私函中見真情　中央日報　2001 年 6 月 7 日　18 版

545. 張　紅　人物：柏楊最後的兩個心願　亞洲週刊　第 15 卷第 24 期　2001

---

[76] 本文從歐銀釧和張香華的口中了解柏楊，並寫下紀錄。

年 6 月 11—17 日　頁 48—49

546. 孫觀漢，柏楊　　孫觀漢與柏楊書信往來　孫觀漢全集・孫觀漢書信集　臺北　九歌出版社　2001 年 6 月　頁 145—235

547. 歐銀釧　柏楊痛哭失聲說心聲　民生報　2001 年 7 月 31 日　8 版

548. 郭冠英　柏楊碑　自由時報　2002 年 2 月 26 日　39 版

549. 張昌華　「茶，不說話」——我所知道的張香華和柏楊　書香人和　上海　上海人民出版社　2002 年 2 月　頁 83—100

550. 黃創夏　「找東西」是柏楊的最大樂趣　商業周刊　第 747 期　2002 年 3 月 18—24 日　頁 30

551. 江　迅　柏楊尋獲養女，再續半生緣　亞洲週刊　第 16 卷第 17 期　2002 年 4 月 22—28 日　頁 46—47

552. 古遠清　我所知道的柏楊先生　武漢文史資料　2002 年第 4 期　2002 年 4 月　頁 15—19

553. 歐銀釧　柏楊父女淚眼盯著視訊相認　民生報　2002 年 5 月 17 日　13 版

554. 范正華，侯悅林，張華雲　　「這是一個神話」——臺灣著名作家柏楊與瀋陽養女相認側記　臺聲雜誌　2002 年第 6 期　2002 年 6 月　頁 46—47

555. 陳文芬　夫妻之間也講人權，柏楊可當眾向老婆道歉　中國時報　2002 年 7 月 21 日　14 版

556. 韓　斌　引言　柏楊傳　廣州　花城出版社　2002 年 7 月　頁 3—5

557. 邱麗珠　作家柏楊稱羨客家人　六堆雜誌　革新第 92 期　2002 年 8 月　頁 24—25

558. 河沿漁人　臺灣作家柏楊苦尋養女 54 年　三月風　2002 年第 8 期　2002 年 8 月　頁 25—27

559. 許正雄　謝恩人，老柏楊又跪又磕頭　聯合報　2002 年 9 月 1 日　6 版

560. 東延飛　柏楊重續父女情緣　文化交流　2002 年第 6 期　2002 年 11 月　頁 17—18

561. 李瑞騰　創意無限，耐力超強[77]　臺灣日報　2002 年 12 月 26 日　25 版

562. 潘耀明　柏楊：歷史峽谷中的「渡客」精神　我們要活得有尊嚴　臺北　遠流出版公司　2002 年 12 月　頁 141—143

563. 陳文芬　柏楊歡渡 83，重做寫作人　中國時報　2003 年 3 月 7 日　14 版

564. 陳宛茜　柏楊 83 歲，小說將拍電視劇　聯合報　2003 年 3 月 7 日　14 版

565. 陳玲芳　柏楊 83 歲，活得很有尊嚴　臺灣日報　2003 年 3 月 7 日　12 版

566. 陳　旭　柏楊的父女情　西部人　2003 年第 5 期　2003 年 5 月　頁 17—20

567. 蔣楚婷　柏楊夫人淺談柏楊　兩岸關係　第 74 期　2003 年 8 月　頁 28—29

568. 賴素鈴　藝文耆宿重陽歡聚——全集即將問世，柏楊：社會待我不薄　民生報　2003 年 10 月 5 日　6 版

569. 王蘭芬　全集發表，柏楊感謝事業伴侶王榮文　民生報　2003 年 10 月 18 日　13 版

570. 李瑞騰　一甲子之後——寫在「柏楊文學史學思想國際學術研討會」之前　聯合報　2003 年 10 月 18 日　7 版

571. 貝羅貝（Alain Peyraube）　柏楊對文化研究與文化相對論的貢獻[78]　柏楊文學史學思想國際學術研討會　臺北　行政院文建會主辦　2003 年 10 月 18—19 日

572. 貝羅貝（Alain Peyraube）　柏楊對文化研究與文化相對論的貢獻　柏楊文學史學思想國際學術研討會論文集　臺北　行政院文建會　2003 年 12 月　頁Ⅶ—ⅩⅦ

573. 徐開塵　柏楊啓蒙 80 年代大陸學子　民生報　2003 年 10 月 20 日　6 版

574. 黃守誠　自序[79]　國家不幸詩家幸　臺北　遠流出版公司　2003 年 10 月　頁 5—10

---

[77]本文講述作者與柏楊相識的因緣，並評述柏楊之行誼。
[78]本文以文化相對論其中三個環節：語言、道德倫理及宗教與思想實踐，探討柏楊思想對現今的文化研究與文化相對論研究所進行的貢獻。
[79]本文記述遇識柏楊經過、其人及其文學精神。

575. 羅智華　　右手執筆寫史，左手捍衛人權的柏楊　人間福報　2003 年 11 月 9
　　　　　　　日　4 版

576. 李瑞騰　　近距離感受他的神采與魅力　有風就要停　臺北　九歌出版社
　　　　　　　2003 年 12 月　頁 153—155

577. 陳彥斌　　親密的夥伴關係——柏楊與王榮文　臺灣文學館通訊　第 2 期
　　　　　　　2003 年 12 月　頁 59

578. 陳郁秀　　他把他的一生奉獻給臺灣（序一）　柏楊文學史學思想國際學術
　　　　　　　研討會論文集　臺北　行政院文建會　2003 年 12 月　頁 I—II

579. 李瑞騰　　《柏楊文學史學思想國際學術研討會論文集》後記　柏楊文學史
　　　　　　　學思想國際學術研討會論文集　臺北　行政院文建會　2003 年 12
　　　　　　　月　頁 375—377

580. 李明賢　　柏楊看過地獄回來　自由時報　2004 年 1 月 30 日　5 版

581. 毛　毛　　我的父親柏楊　我的父親母親（父）　臺北　立緒文化公司
　　　　　　　2004 年 1 月　頁 225—228

582. 宋雅姿　　柏楊——活到老學到老　文訊雜誌　第 220 期　2004 年 2 月　頁
　　　　　　　60—61

583. 傅寧軍　　李敖與柏楊有何恩怨？　報刊薈萃　2004 年第 2 期　2004 年 2 月
　　　　　　　頁 47—48

584. 郭可慈，郭謙　　綠島囚徒夫婦彈奏出動聽的和弦（柏楊‧張香華）　現代
　　　　　　　作家親緣錄——震撼百年文壇的夫妻作家　北京　德宏民族出版
　　　　　　　社　2004 年 3 月　頁 243—249

585. 東方鳴　　柏楊與五位妻子　儒園　2004 年第 5 期　2004 年 5 月　頁 4—5

586. 秋水無塵‧西窗，張香華　　看，這個醜陋的中國人　好同學　2004 年第 9
　　　　　　　期　2004 年 9 月　頁 27—31

587. 智賢德　　爲柏楊生命補白　聯合報　2004 年 11 月 21 日　7 版

588. 向　陽　　綠島新生〔柏楊部分〕　我們其實不需要住所　臺北　聯合文學
　　　　　　　出版社　2004 年 12 月　頁 103—105

589. 方玟瑛　　不同的切入，相同的柏楊——「柏楊與中國文化研討會」紀實[80]
明報月刊　第 469 期　2005 年 1 月　頁 124—125

590. 牛茂林　　樂觀・奮進・恬淡——柏楊的養生之道　金秋　2005 年第 3 期
2005 年 3 月　頁 49—50

591. 王德威　　渴死者，渴生者〔柏楊部分〕　臺灣：從文學看歷史　臺北　麥
田出版公司　2005 年 9 月　頁 321—322

592.〔編輯部〕　　前言　這個人・這個島：柏楊人權感恩之旅　臺北　遠流出
版公司　2005 年 11 月　頁 4—7

593. 夏　行　　這個人，這個島——柏楊人權感恩之旅　中央日報　2005 年 12 月
25 日　17 版

594. 陳希林　　柏楊熱，北大博士生來臺專訪他　中國時報　2006 年 4 月 17 日
A8 版

595.〔聯合文學〕　　柏楊　聯合文學　第 263 期　2006 年 9 月　頁 6—7

596. 張香華，柏楊　　「酒店打烊，我就走。」——妻子張香華對柏楊封筆感言
明報月刊　第 490 期　2006 年 10 月　頁 73—74

597. 高肖梅　　衣上征塵雜酒痕——柏楊先生入獄前後　聯合報　2006 年 12 月
13 日　E7 版

598. 應鳳凰　　柏楊與平原出版社　五〇年代文學出版顯影　臺北　臺北縣文化
局　2006 年 12 月　頁 217—229

599. 師　欣　　我滿身都是傷[81]　視野　第 130 期　2006 年 12 月　頁 16—17

600. 師　欣　　柏楊：我滿身都是傷，想要突破自己好難　師道　2008 年第 6 期
2008 年 6 月　頁 46—47

601. 彭　歌　　歷劫幾遭情多深——柏楊當年　文訊雜誌　第 257 期　2007 年 3
月　頁 59—61

---

[80]與會者：楊恩成，張香華，陳忠實，商子雍，暢廣元，朱鴻，李西建，方英文，李
星，劉路，張國俊，李繼凱。
[81]本文後改篇名為〈柏楊：我滿身都是傷，想要突破自己好難〉。

602. 彭　歌　　歷劫幾遭情多深——柏楊當年　憶春臺舊友　臺北　九歌出版社　2009 年 12 月　頁 91—98

603. 游奇惠　　《柏楊品三國》編輯說明　柏楊品三國　臺北　遠流出版公司　2007 年 3 月　〔2〕頁

604. 聶華苓　　郭衣洞和柏楊　聯合報　2007 年 6 月 4 日　E7 版

605. 聶華苓　　郭衣洞和柏楊　明報月刊　第 498 期　2007 年 6 月　頁 23—28

606. 聶華苓　　郭衣洞和柏楊　讀書　2007 年第 7 期　2007 年　頁 146—152

607. 陳銘磻　　花園新城見柏楊　聯合報　2007 年 9 月 27 日　E7 版

608. 楊曉東　　柏楊 20 年後再論中國人　報刊薈萃　2007 年第 12 期　2007 年 12 月　頁 37—38

609. 張彥紅　　柏楊和他生命中的五個女人　名人傳記　2008 年第 11 期　2008 年 1 月　頁 67—71

610. 陳建功　　陳建功序言精選　北京文學（精彩閱讀）　2008 年第 1 期　2008 年 1 月　頁 142—146

611. 許俊雅　　新店溪流域的文化與文學——新店市——現代文學作家簡介——柏楊（一九二〇年—）　續修臺北縣志・藝文志第三篇・文學（上）　臺北　臺北縣政府　2008 年 3 月　頁 121—124

612. 郭冠英　　我還要飛——勿談柏楊　中國時報　2008 年 4 月 30 日　E7 版

613. 陳文芬　　在使他困頓的島上，有了他的流淚碑——我們的郭伯伯　聯合報　2008 年 4 月 30 日　E3 版

614. 楊　照　　堅持常識價值的人格者　聯合報　2008 年 4 月 30 日　E3 版

615. 李瑞騰　　我還能為柏老做些什麼？　聯合報　2008 年 4 月 30 日　E3 版

616. 履彊〔蘇進強〕　　願柏老青春不老　臺灣時報　2008 年 4 月 30 日　16 版

617. 履　彊　　願柏老青春不老　印刻文學生活誌　第 56 期　2008 年 4 月　頁 167—169

618. 李瑞騰　　未竟之書　印刻文學生活誌　第 56 期　2008 年 4 月　頁 170—173

619. 汪詠黛　　柏楊‧異域‧泰北情　中國時報　2008 年 5 月 1 日　E7 版

620. 〔編輯部〕　　本週焦點人物——柏楊：臺港著名作家病逝　瞭望新聞周刊
　　　2008 年第 18 期　2008 年 5 月 5 日　頁 45

621. 王　丹　　柏楊對大陸的影響　自由時報　2008 年 5 月 7 日　D13 版

622. 楊　照　　柏楊的精神旅程　中國時報　2008 年 5 月 11 日　E5 版

623. 應　妮　　柏楊與大陸的意外之緣　中國新聞周刊　2008 年第 16 期　2008
　　　年 5 月 12 日　頁 70—71

624. 張　閎　　不完美世界中的不完美的人　中國新聞周刊　2008 年第 16 期
　　　2008 年 5 月 12 日　頁 72

625. 蘇進強　　追懷柏楊‧閱讀柏楊　臺灣時報　2008 年 5 月 15 日　16 版

626. 履　彊　　追懷柏楊‧閱讀柏楊　印刻文學生活誌　第 58 期　2008 年 6 月
　　　頁 139—141

627. 蘇進強　　追懷柏楊，閱讀柏楊　柏楊與監獄文學　臺南　臺南大學　2008
　　　年 8 月　頁 309—312

628. 郭素萍　　悼念父親　臺灣時報　2008 年 5 月 18 日　23 版

629. 棻　涵　　願你安好　臺灣時報　2008 年 5 月 18 日　23 版

630. 〔南風窗〕　　野史學家——柏楊之烈士暮年　南風窗　2008 年第 10 期
　　　2008 年 5 月　頁 15

631. 丁文玲　　柏楊畢生反骨卻天真——以文學追尋人權歷史不歇　全國新書資
　　　訊月刊　第 113 期　2008 年 5 月　頁 22—25

632. 周東飛　　只為蒼生說人話　人民公安　2008 年第 9 期　2008 年 5 月　頁 49

633. 賀莉丹〔崔渝生〕　　41 歲才知道父親是柏楊　人民文摘　2008 年第 5 期
　　　2008 年 5 月　頁 14—15

634. 賀莉丹　　41 歲才知道父親是柏楊　愛情婚姻家庭（冷暖人生）　2008 年第
　　　9 期　2008 年 9 月　頁 22—23

635. 郭冠英　　「愛國匪諜」柏楊　南方人物周刊　2008 年第 15 期　2008 年 5
　　　月　頁 95

636. 楊　懿　　硬骨頭文人柏楊　環球人物　2008 年第 10 期　2008 年 5 月　頁
74—75

637. 胡子丹　　柏楊兄，您請！　中國時報　2008 年 6 月 12 日　E7 版

638. 聶華苓　　柏楊，我的朋友——兼記余紀忠先生（上、下）　中國時報
2008 年 6 月 26—27 日　E7 版

639. 聶華苓　　柏楊，我的朋友　明報月刊　第 510 期　2008 年 6 月　頁 40—49

640.〔光華〕　　憶柏楊吾師　光華雜誌　第 33 卷第 6 期　2008 年 6 月　頁 74
—75

641.〔名人傳記〕　　柏楊去世　名人傳記（上半月）　2008 年第 6 期　2008 年
6 月　頁 4

642. 王榮文　　見證歷史的一代風骨　文訊雜誌　第 272 期　2008 年 6 月　頁 45
—47

643. 向　陽　　孤鴻展翅迎箭飛——追懷柏楊　聯合文學　第 284 期　2008 年 6
月　頁 38—43

644. 陳漱渝　　那個奇怪的燒爐——送柏老遠行　群言　2008 年第 6 期　2008 年
6 月　頁 44

645. 王明青　　一生活得有尊嚴　明報月刊　第 510 期　2008 年 6 月　頁 50

646. 李瑞騰　　《柏楊全集》的補充說明——謹以此文悼念柏楊先生　明報月刊
第 510 期　2008 年 6 月　頁 51—54

647. 應鳳凰　　只為蒼生說人話：柏楊的寫作信念　明報月刊　第 510 期　2008
年 6 月　頁 55—58

648. 張香華　　望向天空，永遠朝向光明　明報月刊　第 510 期　2008 年 6 月
頁 39

649. 陳文芬　　記柏楊尋難友一事　明報月刊　第 510 期　2008 年 6 月　頁 47—
48

650. 彥　火　　海峽兩岸作家搭火記　明報月刊　第 510 期　2008 年 6 月　頁 49

651.〔臺灣光華雜誌〕　　「不為君王唱讚歌，只為蒼生說人話」——人權作家

柏楊辭世　臺灣光華雜誌　第 33 卷第 6 期　2008 年 6 月　頁 74
—75

652. 呂紹剛　　柏楊：做一個美麗的中國人　決策探索（上半月）　2008 年第 6
期　2008 年 6 月　頁 65—66

653. 齊樹峰　　柏楊：勇敢的啓蒙者，赤誠的中國人　黃河‧黃土‧黃種人
2008 年第 6 期　2008 年 6 月　頁 6—8

654. 小　師　　一代奇人——柏楊　21 世紀　2008 年第 6 期　2008 年 6 月　頁
36—37

655. 張　弘　　柏楊——那個給我們豎鏡子的人走了　小康雜誌　2008 年第 6 期
2008 年 6 月　頁 106—109

656. 〔新聞世界〕　　柏楊的傳奇生涯　新聞世界（社會生活）　2008 年第 6 期
2008 年 6 月　頁 43—44

657. 佚　名　　柏楊：憤怒人生閉上了嘴　意林　2008 年第 12 期　2008 年 6 月
頁 54—55

658. 〔健康必讀〕　　柏楊：犀利尖銳，歷盡坎坷　健康必讀　2008 年第 6 期
2008 年 6 月　頁 47

659. 〔創新作文〕　　柏楊：叩問靈魂的風骨　創新作文（初中版）　2008 年第
6 期　2008 年 6 月　頁 39—40

660. 習賢德　　打造塵世自我堡壘‧滌盡人生「未處囊中」之憾——柏楊：以常
識和良知捍衛尊嚴的人權作家[82]　傳記文學　第 553 期　2008 年 6
月　頁 4—26

661. 李先鳳　　不爲君王唱戰歌，只爲蒼生說人話——柏楊已逝，精神常存　新
聞大舞台　第 60 期　2008 年 6 月　頁 110—111

662. 陳怡嘉　　與柏楊締結良緣　張香華詩作與詩觀研究　政治大學國文教學碩
士學位班　碩士論文　張雙英教授指導　2008 年 6 月　頁 23—27

663. 陳怡嘉　　夫妻之愛——相依相愛的真情誓言　張香華詩作與詩觀研究　政

---

[82] 本文藉由回顧柏楊的事蹟與著作，闡明其人權作家之精神。

治大學國文教學碩士學位班　碩士論文　張雙英教授指導　2008
年 6 月　頁 51—59

664.〔封德屏主編〕　　柏楊　2007 臺灣作家作品目錄　臺南　國立臺灣文學館
2008 年 7 月　頁 553—554

665. 李　　鈞　　不爲君王唱贊歌，只爲蒼生說人話——悼柏楊先生　炎黃春秋
2008 年第 7 期　2008 年 7 月　頁 58—60

666. 小　　非　　柏楊長女追憶父親：一輩子鄉音不改[83]　勞動保障世界　2008 年第
7 期　2008 年 7 月　頁 53—55

667. 小　　非　　柏楊長女追憶父親：一輩子鄉音不改　新青年（珍情）　2008 年
第 8 期　2008 年 8 月　頁 44—45

668. 小　　非　　柏楊長女追憶父親：一輩子鄉音不改　校園心理　2008 年第 9 期
2008 年 9 月　頁 56—58

669. 小　　非　　追憶父親柏楊　山西老年　2008 年第 10 期　2008 年 10 月　頁 24
—25

670. 商子雍　　遙祭柏楊　雜文月刊（原創版）　2008 年第 7 期　2008 年 7 月
頁 62

671. 和荣頭　　紀念柏楊做一個美麗的中國人　雜文選刊（上旬版）　2008 年第
7 期　2008 年 7 月　頁 37

672. 王　　龍　　柏楊也有劣根性　東西南北　2008 年第 7 期　2008 年 7 月　頁 74

673. 張清榮　　民主戰馬不再奮蹄長嘶——《柏楊與監獄文學》序　臺灣時報
2008 年 8 月 13 日　10 版

674. 張清榮　　民主戰馬不再奮蹄長嘶　柏楊與監獄文學　臺南　臺南大學
2008 年 8 月　〔4〕頁

675. 許菁娟　　對柏楊事件的考察[84]　柏楊與監獄文學　臺南　臺南大學　2008 年

---

[83]本文後改寫爲〈追憶父親柏楊〉。
[84]本文分析因親共罪嫌被捕的柏楊爲何以反共作家身分獲釋，探討政府對柏楊的矛盾處
置與中、美、臺關係相關之處。全文共 6 小節：1.前言；2.「反共」作家柏楊；3.柏楊
爲何會因「親共」的罪嫌被捕入獄；4.柏楊爲何又得以重返「反共」作家之列？；5.柏

8 月　頁 103—126

676. 王明青　一身憔悴在風中・千古文章月當空──緬懷一代名士、著名作家柏楊先生　文綜雙月刊　第 3、4 期合刊　2008 年 8 月　頁 97—100

677. 李遠榮　柏楊的良知和鐵骨　文綜雙月刊　第 3、4 期合刊　2008 年 8 月　頁 101—102

678. 黃熾華　神交柏楊十餘年　文綜雙月刊　第 3、4 期合刊　2008 年 8 月　頁 103

679. 歐銀釧　痛苦是最好的養分──憶柏楊　人籟雜誌　第 51 期　2008 年 8 月　頁 6—8

680. 海　犁　憶柏楊吾師　人籟雜誌　第 51 期　2008 年 8 月　頁 8

681.〔人籟雜誌〕　柏楊小傳　人籟雜誌　第 51 期　2008 年 8 月　頁 9

682. 蕭　錚　珍惜「美好」鄙棄「醜陋」　群言　2008 年第 9 期　2008 年 9 月　頁 47—48

683. 蔣甫玉　柏楊：捨不得醬缸的龍　學習博覽　2008 年第 10 期　2008 年 10 月　頁 24—25

684. 楊東曉　柏楊：打破醬缸的人　時代教育（先鋒國家歷史）　2008 年第 10 期　2008 年 10 月　頁 50—52

685. 林欣誼　我們失去的作家〔柏楊部分〕　中國時報　2008 年 12 月 28 日　B1 版

686. 馬家輝　柏楊不止有一個　他們──關於這個時代的一些臉容和成敗　香港　花千樹出版公司　2009 年 1 月　頁 161—172

687. 聞　銘　柏楊小傳　聽柏楊講人生　西安　陝西師範大學出版社　2009 年 5 月　頁 220—227

688. 周昱樺　文化江河・水悠悠　人間福報　2009 年 6 月 15 日　B4—B5 版

楊獲釋之問題與鄉土文學論戰的關聯；6.結語。

689. 梁天盛　　柏楊：做一個美麗的中國人　語文世界（教師之窗）　2010 年第 1 期　2010 年 1 月　頁 14—17

690. 古遠清　　柏楊：傳奇人生　幾度飄零：大陸赴臺文人沉浮錄　桂林　廣西師範大學出版社　2010 年 2 月　頁 291—302

691. 王國華　　柏楊不和李敖鬥　學林碎話：1919 年—2009 年的中國文人剪影　臺北　秀威資訊公司　2010 年 3 月　頁 120—121

692. 古遠清　　柏楊「入住」中國現代文學館　海峽兩岸文學關係史　福州　福建人民出版社　2010 年 4 月　頁 334—335

693. 劉　雋　　柏楊魂歸故里　兩岸關係　2010 年第 9 期　2010 年 9 月　頁 44

694. 陳　蓉　　一代奇人柏楊「魂歸故里」　文化交流　2010 年第 11 期　2010 年 11 月　頁 49—52

695. 〔視野〕　當事人——歸來者　視野　2010 年第 22 期　2010 年 11 月　頁 71

696. 張香華等[85]　追憶柏楊　縱橫　2011 年第 3 期　2011 年 3 月　頁 27—31

697. 古遠清　　寫《醜陋的中國人》的柏楊先生　愛情婚姻家庭　2011 年第 4 期　2011 年 4 月　頁 24—25

訪談、對談

698. 王玉佩　　訪「柏楊專欄」作家　臺灣時報　1968 年 6 月 8 日　3 版

699. James Rusk 訪問；姚安莉譯　一生與「醬缸」搏鬥的柏楊[86]　自由時報　1977 年 3 月 28 日　11 版

700. James Rusk　The man Chinese love to hate　One Author Is Rankling Two Chinas　臺北　星光出版社　1989 年 7 月　頁 95—102

701. James Rusk 訪問；姚安莉譯　一生與「醬缸」搏鬥　歷史走廊　臺北　太川出版社　1993 年 3 月　頁 168—173

702. 陸　白　　鄧克保為什麼要寫《異域》續集——柏楊訪問記　大學雜誌　第

---

[85] 與會者：張香華、郭本城、陳曉明、周明、崔渝生、王榮文；紀錄：高芳。
[86] 本文後改篇名為〈The man Chinese love to hate〉、〈一生與「醬缸」搏鬥〉。

124 期　1979 年 4 月　頁 58—64

703. 元　璣　　訪柏楊・談愛情——聽柏楊的名言：愛情的諾言不是支票，是便
　　　　　　　條　柏楊和我　臺北　星光出版社　1979 年 6 月　頁 264—267

704. 周維介等[87]　　愛和力量的再生——與柏楊一席談　另一個角度看柏楊　臺北
　　　　　　　廣城出版社　1981 年 7 月　頁 59—76

705. 周維介等　　愛和力量的再生——與柏楊一席談　風過群山　臺北　遠景出
　　　　　　　版公司　1982 年 6 月　頁 85—99

706. 橡　棕　　柏楊信念彌堅——筆下無情人有情，獄內疾書三史著　另一個角
　　　　　　　度看柏楊　臺北　廣城出版社　1981 年 7 月　頁 119—126

707. 小　兵　　名作家柏楊訪問記——自稱糟老頭，名揚海內外　另一個角度看
　　　　　　　柏楊　臺北　廣城出版社　1981 年 7 月　頁 206—210

708. 陳　非　　柏楊專訪——人一定要活下去，只有在民族氣節與光榮的面前，
　　　　　　　才有選擇的餘地　另一個角度看柏楊　臺北　廣城出版社　1981
　　　　　　　年 7 月　頁 219—230

709. 石　靈　　與柏楊先生一夕談　另一個角度看柏楊　臺北　廣城出版社
　　　　　　　1981 年 7 月　頁 257—259

710. 郭淑敏　　柏楊談美國初步印象，認爲這兒是禮義之邦　柏楊・美國・醬缸
　　　　　　　臺北　四季出版公司　1982 年 4 月　頁 51—54

711. 齊　鳴　　夜訪柏楊夫婦　柏楊・美國・醬缸　臺北　四季出版公司　1982
　　　　　　　年 4 月　頁 149—156

712. 曾光華，郭棋佳　　訪柏楊先生[88]　臺大大馬十週年紀念特刊　臺北　臺大大
　　　　　　　馬十週年紀念特刊編輯委員會　1982 年 5 月 9 日　頁 107—112

713. 曾光華，郭棋佳　　華文與華人　新城對　臺北　遠流出版公司　2003 年 3
　　　　　　　月　頁 194—209

---

[87]與會者：周維介、英培安、迮茗、張道昉、歐清池、黃叔麟、李永樂、吳啓基、楊
萱；整理：潘正鐳、杜南發。
[88]本文後改篇名爲〈華文與華人〉。

714. 曾光華，郭棋佳　　華文與華人　柏楊全集・特別卷　臺北　遠流出版公司
　　　2003 年 10 月　頁 196—211

715. 吳清泰　　華人才是真正的經濟動物　柏楊專欄第五輯・踩了他的尾巴　臺
　　　北　星光出版社　1982 年 7 月　頁 237—252

716. 吳清泰　　華人才是真正的經濟動物　新城對　臺北　遠流出版公司　2003
　　　年 3 月　頁 210—221

717. 吳清泰　　華人才是真正的經濟動物　柏楊全集・特別卷　臺北　遠流出版
　　　公司　2003 年 10 月　頁 212—223

718. 向陽等[89]　　別讓鉛字架再被打翻——訪柏楊、張香華伉儷談現代詩　陽光小
　　　集　第 10 期　1982 年 10 月　頁 121—127

719. 柏楊；方梓專訪　　讀書，救命索　人生金言（下）　臺北　自立晚報社
　　　1983 年 9 月　頁 166—168

720. 雲匡　　柏楊答問　柏楊 65：一個早起的蟲兒　臺北　星光出版社，時報
　　　出版公司，學英文化公司，歐語出版社，遠流出版公司　1984 年
　　　3 月　頁 153—158

721. 李寧　　與柏楊談敏感問題　柏楊 65：一個早起的蟲兒　臺北　星光出版
　　　社，時報出版公司，學英文化公司，歐語出版社，遠流出版公司
　　　1984 年 3 月　頁 159—199

722. 聶華苓　　寒夜・爐火・風鈴：柏楊和他的作品[90]　新書月刊　第 22 期
　　　1985 年 7 月　頁 26—34

723. 聶華苓　　寒夜・爐火・風鈴——柏楊和他的作品　黑色・黑色・最美麗的
　　　顏色　臺北　林白出版社　1986 年 9 月　頁 149—177

724. 聶華苓　　寒夜・爐火・風鈴——柏楊和他的作品　當代作家對話錄　臺北
　　　傳記文學出版社　1986 年 10 月　頁 305—331

---

[89]訪問者：向陽、張雪映、陳煌；紀錄：明秋心。
[90]本文後改篇名為〈爐邊漫談〉。

725. 聶華苓　爐邊漫談[91]　對話戰場　臺北　林白出版社　1990 年 3 月　頁 31
—60

726. 聶華苓　寒夜‧爐火‧風鈴——柏楊和他的作品　聶華苓札記集　高雄
讀者文化出版公司　1991 年 10 月　頁 187—210

727. 聶華苓　爐邊漫談　看，這個醜陋的中國人　北京　中國電影出版社
1997 年 9 月　頁 277—293

728. 聶華苓　爐邊漫談（節選）　透視柏楊　北京　大眾文藝出版社　2001 年
4 月　頁 389—393

729. 聶華苓　爐邊漫談　新城對　臺北　遠流出版公司　2003 年 3 月　頁 32—
57

730. 聶華苓　爐邊漫談　柏楊全集‧特別卷　臺北　遠流出版公司　2003 年 10
月　頁 34—59

731. 〔《中國之春》雜誌編輯部〕　正視自己的醜陋面　醜陋的中國人　臺北
林白出版社　1985 年 8 月　頁 40—60

732. 〔《中國之春》雜誌編輯部〕　正視自己的醜陋面　新城對　臺北　遠流
出版公司　2003 年 3 月　頁 222—240

733. 〔《中國之春》雜誌編輯部〕　正視自己的醜陋面　柏楊全集‧特別卷
臺北　遠流出版公司　2003 年 10 月　頁 224—242

734. 吳錦發　訪柏楊夫婦談——中華文化的反省與重建（上、下）　民眾日報
1986 年 5 月 30—31 日　8 版

735. 吳錦發　中華文化的反省與重建　新城對　臺北　遠流出版公司　2003 年
3 月　頁 241—259

736. 吳錦發　中華文化的反省與重建　柏楊全集‧特別卷　臺北　遠流出版公
司　2003 年 10 月　頁 241—259

737. 劉文達　名作家柏楊戀愛婚姻經驗談　藝文誌　第 243 期　1986 年 12 月 1
日　頁 65—73

---

[91]本文為柏楊、張香華、聶華苓對談柏楊其生平和作品。

738. 高天生　　專訪柏楊[92]　自由時報　1987 年 5 月 1 日　7 版

739. 高天生　　兩岸之間　新城對　臺北　遠流出版公司　2003 年 3 月　頁 281 —290

740. 高天生　　兩岸之間　柏楊全集・特別卷　臺北　遠流出版公司　2003 年 10 月　頁 283—292

741. 沈富祥　　跳出醬缸！——專訪醬缸國醫生，柏楊[93]　南方　第 8 期　1987 年 6 月　頁 25—29

742. 〔《南方》雜誌編輯部〕　　民主的實踐與挫敗　新城對　臺北　遠流出版公司　2003 年 3 月　頁 315—323

743. 〔《南方》雜誌編輯部〕　　民主的實踐與挫敗　柏楊全集・特別卷　臺北　遠流出版公司　2003 年 10 月　頁 317—325

744. 岑逸飛　　柏楊腦裡的怪念頭[94]　天下事雜誌　第 1 期　1987 年 8 月　頁 36 —46

745. 岑逸飛　　不一樣的念頭　新城對　臺北　遠流出版公司　2003 年 3 月　頁 291—314

746. 岑逸飛　　不一樣的念頭　柏楊全集・特別卷　臺北　遠流出版公司　2003 年 10 月　頁 293—316

747. Nicholas D. Kristof 著；姚安莉譯　　一個作家觸怒兩個中國——《紐約時報》裡的作家柏楊[95]　自立晚報　1987 年 11 月 23 日　10 版

748. Nicholas D. Kristof　　One Author Is Rankling Two Chinas　One Author Is Rankling Two Chinas　臺北　星光出版社　1989 年 7 月　頁 85— 90

749. Nicholas D. Kristof 著；姚安莉譯　　一個作家觸怒兩個中國　歷史走廊　臺

---

[92]本文後改篇名爲〈兩岸之間〉。
[93]本文後改篇名爲〈民主的實踐與挫敗〉。
[94]本文後改篇名爲〈不一樣的念頭〉。
[95]本文原名爲〈One Author Is Rankling Two Chinas〉，後由姚安莉譯爲〈一個作家觸怒兩個中國〉。

北 太川出版社 1993 年 3 月 頁 148—151

750. Renato Ferraro著；古桂英譯 義大利人眼中看柏楊[96] 中國時報 1988 年 6 月 17 日 23 版

751. Renato Ferraro 'Ho tradito Confucio per Popeye" One Author Is Rankling Two Chinas 臺北 星光出版社 1989 年 7 月 頁 111—118

752. Renato Ferraro 著；古桂英譯 義大利人眼中看柏楊 歷史走廊 臺北 太川出版社 1993 年 3 月 頁 174—179

753. 陳漱渝 他在爭議中保持自我——臺北三晤柏楊記[97] 團結報 1988 年 8 月 14 日 2 版

754. 陳漱渝 他在爭議中保持自我——臺北三晤柏楊記 魯迅研究月刊 1991 年第 5 期 1991 年 5 月 頁 4—7

755. 陳漱渝 他在爭議中保持自我 歷史走廊 臺北 太川出版社 1993 年 3 月 頁 202—212

756. 陳漱渝 他在爭議中保持自我——臺北三晤柏楊記 一個大陸人看臺灣 臺北 朝陽堂文化公司 1994 年 11 月 頁 143—154

757. 陳漱渝 他在爭議中保持自我 看，這個醜陋的中國人 北京 中國電影出版社 1997 年 9 月 頁 320—329

758. 中山恆彥訪問；張玲玲譯 了解變幻莫測的中國[98] 中時晚報 1988 年 9 月 25 日 7 版

759. 中山恆彥 変ねりつつある中国に理解を——ベスセテ作家・柏楊氏に聞く One Author Is Rankling Two Chinas 臺北 星光出版社 1989 年 7 月 頁 155—164

760. 中山恆彥訪問；張玲玲譯 了解變幻莫測的中國 對話戰場 臺北 林白

---

[96] 本文原名爲〈Ho tradito Confucio per Popeye〉，後由古桂英譯爲〈義大利人眼中看柏楊〉。
[97] 本文後改篇名爲〈他在爭議中保持自我〉。
[98] 本文原名爲〈変ねりつつある中国に理解を——ベスセテ作家・柏楊氏に聞く〉，後由張玲玲譯爲〈了解變幻莫測的中國〉。

出版社　1990 年 3 月　頁 149—149

761. 中山恆彥訪問；張玲玲譯　　了解變幻莫測的中國　新城對　臺北　遠流出版公司　2003 年 3 月　頁 127—131

762. 中山恆彥訪問；張玲玲譯　　了解變幻莫測的中國　柏楊全集‧特別卷　臺北　遠流出版公司　2003 年 10 月　頁 129—133

763. 胡少安　北京深秋訪柏楊　新觀察　第 438 期　1988 年 11 月　頁 108—112

764. 張　笠　我很高興我在這裡生根——專訪柏楊[99]　自立晚報　1989 年 1 月 9 日　14 版

765. 張　笠　我很高興我在這裡生根　對話戰場　臺北　林白出版社　1990 年 3 月　頁 169—175

766. 張　笠　我很高興在這裡生根　新城對　臺北　遠流出版公司　2003 年 3 月　頁 132—137

767. 張　笠　我很高興在這裡生根　柏楊全集‧特別卷　臺北　遠流出版公司　2003 年 10 月　頁 134—139

768. 吳錦發　一覺回到解放前——訪柏楊夫婦、魚夫夫婦談「大陸之行」　民眾日報　1989 年 2 月 19 日　7 版

769. 吳錦發　一覺回到解放前　對話戰場　臺北　林白出版社　1990 年 3 月　頁 177—196

770. 吳錦發　一覺回到解放前　新城對　臺北　遠流出版公司　2003 年 3 月　頁 138—155

771. 吳錦發　一覺回到解放前　柏楊全集‧特別卷　臺北　遠流出版公司　2003 年 10 月　頁 140—157

772. 張告白　塑像之島——柏楊、趙少康、王克平對談銅像的文化結構　中國時報　1989 年 3 月 30 日　23 版

773. 張告白　塑像之島——柏楊、趙少康、王克平對談銅像的文化結構　對話

---

[99] 本文後改篇名為〈我很高興我在這裡生根〉。

戰場　臺北　林白出版社　1990 年 3 月　頁 197—210

774. 張告白　塑像之島——柏楊、趙少康、王克平對談銅像的文化結構　新城對　臺北　遠流出版公司　2003 年 3 月　頁 156—168

775. 張告白　塑像之島——柏楊、趙少康、王克平對談銅像的文化結構　柏楊全集・特別卷　臺北　遠流出版公司　2003 年 10 月　頁 158—169

776. 宋雅姿　探測柏楊與張香華的生活真相[100]　媚雜誌　第 3 期　1989 年 5 月　頁 90—96

777. 宋雅姿　生活真相　新城對　臺北　遠流出版公司　2003 年 3 月　頁 324—337

778. 宋雅姿　生活真相　柏楊全集・特別卷　臺北　遠流出版公司　2003 年 10 月　頁 326—339

779. Alain peyraube　Bo Yang：huit ans de prison pour crime de lèse-majesté[101]　One Author Is Rankling Two Chinas　臺北　星光出版社　1989 年 7 月　頁 55—60

780. Alain Peyraube 訪問；梁其姿翻譯　褻瀆君王的柏楊　對話戰場　臺北　林白出版社　1990 年 3 月　頁 17—21

781. Alain Peyraube 著；梁其姿翻譯　褻瀆君王的柏楊　歷史走廊　臺北　太川出版社　1993 年 3 月　頁 105—108

782. Alain Peyraube 訪問；梁其姿譯　褻瀆君王的柏楊　看，這個醜陋的中國人　北京　中國電影出版社　1997 年 9 月　頁 351—353

783. Alain Peyraube 訪問；梁其姿譯　褻瀆君王的柏楊　新城對　臺北　遠流出版公司　2003 年 3 月　頁 21—24

784. Alain Peyraube 訪問；梁其姿譯　褻瀆君王的柏楊　柏楊全集・特別卷　臺北　遠流出版公司　2003 年 10 月　頁 23—26

---

[100] 本文後改篇名爲〈生活真相〉。
[101] 本文後由梁其姿譯爲〈褻瀆君王的柏楊〉一文。

785. Margaret Scott　　Stuck in the soy sauce vat of Chinese[102]　One Author Is Rankling Two Chinas　臺北　星光出版社　1989 年 7 月　頁 75—84

786. Margaret Scott 訪問；謝秩祿譯　　醬缸內的文化　歷史走廊　臺北　太川出版社　1993 年 3 月　頁 141—147

787. Fan Cheuk-wan　　Literary dream founders on rumours and indifference　One Author Is Rankling Two Chinas　臺北　星光出版社　1989 年 7 月　頁 133—136

788. 李　怡　　中國的希望昇起了又破滅，中華民族是不是受到詛咒[103]　知識分子與中國　臺北　遠流出版公司　1989 年 8 月　頁 185—207

789. 李　怡　　中華民族是不是受到了詛咒？　新城對　臺北　遠流出版公司　2003 年 3 月　頁 260—280

790. 李　怡　　中華民族是不是受到了詛咒？　柏楊全集・特別卷　臺北　遠流出版公司　2003 年 10 月　頁 262—282

791. 林麗雲　　尋常歲月漾輕喜——訪柏楊、張香華夫婦　自立晚報　1990 年 2 月 14 日　14 版

792. 李　寧　　歷史的鏡子　對話戰場　臺北　林白出版社　1990 年 3 月　頁 7—13

793. 李　寧　　歷史的鏡子　新城對　臺北　遠流出版公司　2003 年 3 月　頁 13—20

794. 李　寧　　歷史的鏡子　柏楊全集・特別卷　臺北　遠流出版公司　2003 年 10 月　頁 15—22

795. 呂嘉行　　士大夫和中國人——愛荷華大學五月花大樓訪柏楊一夕話　對話戰場　臺北　林白出版社　1990 年 3 月　頁 23—29

796. 呂嘉行　　士大夫和中國人——愛荷華大學五月花大樓訪柏楊一夕話　新城

---

[102]本文後由謝秩祿譯爲〈醬缸內的文化〉。
[103]本文後改篇名爲〈中華民族是不是受到了詛咒？〉。

　　　　　　　對　臺北　遠流出版公司　2003 年 3 月　頁 25—31

797. 呂嘉行　　士大夫和中國人——愛荷華大學五月花大樓訪柏楊一夕話　柏楊
　　　全集・特別卷　臺北　遠流出版公司　2003 年 10 月　頁 27—33

798. 聶華苓訪問；譚嘉記　　臺灣海峽兩岸的對話　對話戰場　臺北　林白出版
　　　社　1990 年 3 月　頁 61—73

799. 聶華苓訪問；譚嘉記　　臺灣海峽兩岸的對話　新城對　臺北　遠流出版公
　　　司　2003 年 3 月　頁 58—69

800. 聶華苓訪問；譚嘉記　　臺灣海峽兩岸的對話　柏楊全集・特別卷　臺北
　　　遠流出版公司　2003 年 10 月　頁 60—71

801. 張灼祥，魏便利　　很難絕對客觀　對話戰場　臺北　林白出版社　1990 年
　　　3 月　頁 75—79

802. 張灼祥，魏便利　　很難絕對客觀　新城對　臺北　遠流出版公司　2003 年
　　　3 月　頁 70—74

803. 張灼祥，魏便利　　很難絕對客觀　柏楊全集・特別卷　臺北　遠流出版公
　　　司　2003 年 10 月　頁 72—76

804. 魯　雪　　沒有制衡的權力最可怕　對話戰場　臺北　林白出版社　1990 年
　　　3 月　頁 81—92

805. 魯　雪　　沒有制衡的權力最可怕　新城對　臺北　遠流出版公司　2003 年
　　　3 月　頁 75—85

806. 魯　雪　　沒有制衡的權力最可怕　柏楊全集・特別卷　臺北　遠流出版公
　　　司　2003 年 10 月　頁 77—87

807. 胡菊人　　怎麼看中國歷史　對話戰場　臺北　林白出版社　1990 年 3 月
　　　頁 93—103

808. 胡菊人　　怎麼看中國歷史　新城對　臺北　遠流出版公司　2003 年 3 月
　　　頁 86—94

809. 胡菊人　　怎麼看中國歷史　柏楊全集・特別卷　臺北　遠流出版公司
　　　2003 年 10 月　頁 88—96

810. 鍾春蘭　　從人治到法治　對話戰場　臺北　林白出版社　1990 年 3 月　頁 105—123

811. 鍾春蘭　　從人治到法治　新城對　臺北　遠流出版公司　2003 年 3 月　頁 95—110

812. 鍾春蘭　　從人治到法治　柏楊全集‧特別卷　臺北　遠流出版公司　2003 年 10 月　頁 97—112

813. 楊子江　　怎麼看法律　對話戰場　臺北　林白出版社　1990 年 3 月　頁 125—131

814. 楊子江　　怎麼看法律　新城對　臺北　遠流出版公司　2003 年 3 月　頁 111—116

815. 楊子江　　怎麼看法律　柏楊全集‧特別卷　臺北　遠流出版公司　2003 年 10 月　頁 113—118

816. 苦苓，洪惟助　恨鐵不成鋼，不滿都是愛——走在歷史和政治鋒口的柏楊　對話戰場　臺北　林白出版社　1990 年 3 月　頁 133—144

817. 苦苓，洪惟助　恨鐵不成鋼，不滿都是愛——走在歷史和政治鋒口的柏楊　新城對　臺北　遠流出版公司　2003 年 3 月　頁 117—126

818. 苦苓，洪惟助　恨鐵不成鋼，不滿都是愛——走在歷史與政治鋒口的柏楊　柏楊全集‧特別卷　臺北　遠流出版公司　2003 年 10 月　頁 119—128

819. 胡菊人　　中國大陸的奧秘　對話戰場　臺北　林白出版社　1990 年 3 月　頁 151—168

820. 張　涵　　兩性之間　對話戰場　臺北　林白出版社　1990 年 3 月　頁 311—216

821. 張　涵　　兩性之間　新城對　臺北　遠流出版公司　2003 年 3 月　頁 168—172

822. 張　涵　　兩性之間　柏楊全集‧特別卷　臺北　遠流出版公司　2003 年 10 月　頁 170—174

823. 黃旭初　歷史的殷鑑裡，不要橫挑強鄰的法則——黃旭初與柏楊對談　自立晚報　1992 年 9 月 21 日　13 版

824. 黃旭初　歷史的殷鑑裡不要橫挑強鄰的法則　歷史走廊　臺北　太川出版社　1993 年 3 月　頁 245—258

825. 郭玉文　榮耀臺灣上空的雙桂冠光華（柏楊、張香華）　自由時報　1993 年 2 月 10 日　25 版

826. 郭玉文　榮耀臺灣上空的雙桂冠光華　歷史走廊　臺北　太川出版社　1993 年 3 月　頁 264—270

827. 郭玉文　榮耀臺灣上空的雙桂冠光華　看，這個醜陋的中國人　北京　中國電影出版社　1997 年 9 月　頁 467—472

828. 蘇嫻雅　以熱血潤筆・憑良知力作　歷史走廊　臺北　太川出版社　1993 年 3 月　頁 38—40

829. 朱淑芬　柏楊張香華文學世界樂陶陶　歷史走廊　臺北　太川出版社　1993 年 3 月　頁 41—42

830.〔聯合報〕　柏楊上海行・中共耍花槍　歷史走廊　臺北　太川出版社　1993 年 3 月　頁 58—59

831. 丘慧薇　正視中國人的居住情結　歷史走廊　臺北　太川出版社　1993 年 3 月　頁 109—112

832. 丘慧薇　正視中國人的居住情結　看，這個醜陋的中國人　北京　中國電影出版社　1997 年 9 月　頁 354—356

833. 賴瑞卿　隱密的愛情　歷史走廊　臺北　太川出版社　1993 年 3 月　頁 113—117

834. 楊文娟　通鑑緣・柏楊與小讀者林卓漢對談　歷史走廊　臺北　太川出版社　1993 年 3 月　頁 118—127

835. 楊文娟　通鑑緣・柏楊與小讀者林卓漢對談　看，這個醜陋的中國人　北京　中國電影出版社　1997 年 9 月　頁 357—364

836. 張惠珍　沒有能力改正錯誤的是懦夫　歷史走廊　臺北　太川出版社

1993 年 3 月　頁 128—140

837. 吳淡如　　一個父親的呼喚　歷史走廊　臺北　太川出版社　1993 年 3 月
　　　　　　　頁 152—161

838. 吳淡如　　一個父親的呼喚　看，這個醜陋的中國人　北京　中國電影出版
　　　　　　　社　1997 年 9 月　頁 300—307

839. 唐明施　　龍與龍年　歷史走廊　臺北　太川出版社　1993 年 3 月　頁 162
　　　　　　　—167

840. 李小玲　　三更有夢書當枕　歷史走廊　臺北　太川出版社　1993 年 3 月
　　　　　　　頁 180—184

841. 李小玲　　三更有夢書當枕　看，這個醜陋的中國人　北京　中國電影出版
　　　　　　　社　1997 年 9 月　頁 308—312

842. 彭樹君　　光明與黑暗　歷史走廊　臺北　太川出版社　1993 年 3 月　頁
　　　　　　　185—192

843. 楊玫瑗　　柏老，不老　歷史走廊　臺北　太川出版社　1993 年 3 月　頁
　　　　　　　193—198

844. 楊玫瑗　　柏老，不老　看，這個醜陋的中國人　北京　中國電影出版社
　　　　　　　1997 年 9 月　頁 313—317

845. 黃常惠　　惜福・惜緣　歷史走廊　臺北　太川出版社　1993 年 3 月　頁
　　　　　　　199—201

846. 黃常惠　　惜福，惜緣　看，這個醜陋的中國人　北京　中國電影出版社
　　　　　　　1997 年 9 月　頁 318—319

847. 許裕祥　　人文素養與企業之間　歷史走廊　臺北　太川出版社　1993 年 3
　　　　　　　月　頁 213—216

848. 許裕祥　　人文素養與企業之間　看，這個醜陋的中國人　北京　中國電影
　　　　　　　出版社　1997 年 9 月　頁 365—367

849. 何　倫　　《柏楊版資治通鑑》即將完成　歷史走廊　臺北　太川出版社
　　　　　　　1993 年 3 月　頁 217—223

850. 柯慈音　　永不止息對世人的關愛　歷史走廊　臺北　太川出版社　1993 年
　　　　　3 月　頁 224—226

851. 黃靖雅　　且拭詩塵迎桂冠　歷史走廊　臺北　太川出版社　1993 年 3 月
　　　　　頁 230—233

852. 黃靖雅　　柏楊說《通鑑》　歷史走廊　臺北　太川出版社　1993 年 3 月
　　　　　頁 234—237

853. 黃靖雅　　柏楊說《通鑑》　看，這個醜陋的中國人　北京　中國電影出版
　　　　　社　1997 年 9 月　頁 455—457

854. 黃旭初　　珍惜生命的真愛　歷史走廊　臺北　太川出版社　1993 年 3 月
　　　　　頁 258—259

855. 簡　媜　　十年磨鏡　歷史走廊　臺北　太川出版社　1993 年 3 月　頁 260
　　　　　—263

856. 簡　媜　　十年磨鏡　海峽兩岸話通鑑　北京　中國友誼出版公司　1993 年
　　　　　11 月　頁 143—145

857. 簡　媜　　十年磨鏡　看，這個醜陋的中國人　北京　中國電影出版社
　　　　　1997 年 9 月　頁 462—464

858. 滕淑芬　　古籍今看——柏楊專訪　光華雜誌　第 18 卷第 5 期　1993 年 5 月
　　　　　頁 89—92

859.〔講義〕　講義人物：柏楊　講義　第 78 期　1993 年 9 月　頁 166

860. 里　戈　　人權與生俱來　星島日報（美國）　1994 年 3 月 6 日—12 日

861. 里　戈　　人權與生俱來　新城對　臺北　遠流出版公司　2003 年 3 月　頁
　　　　　338—359

862. 里　戈　　人權與生俱來　柏楊全集‧特別卷　臺北　遠流出版公司　2003
　　　　　年 10 月　頁 340—361

863. 鄭瑜雯　　情愛掙扎——柏楊談小說（上、下）　自由時報　1994 年 7 月 20
　　　　　—21 日　29 版

864. 鄭瑜雯　　情愛掙扎——柏楊談小說　情愛掙扎：柏楊小說論析　臺北　漢

　　　　　　光文化公司　　1994 年 7 月　　頁 144—154

865. 金　　鐘　　臺獨是通往統一之門——臺灣作家柏楊先生痛斥「民族主義」[104]
　　　　　　開放　　第 95 期　　1994 年 11 月　　頁 36—39

866. 金　　鐘　　等到兩岸再長大　　新城對　　臺北　　遠流出版公司　　2003 年 3 月
　　　　　　頁 360—367

867. 金　　鐘　　等到兩岸再長大　　柏楊全集・特別卷　　臺北　　遠流出版公司
　　　　　　2003 年 10 月　　頁 362—369

868. 韓維君　　有些事雖然並不後悔，但是可以修正　　臺灣日報　　1995 年 6 月 9
　　　　　　日　　11 版

869. 魏可風　　風雨任平生——柏楊的憤怒與愛　　聯合文學　　第 138 期　　1996 年
　　　　　　4 月　　頁 10—17

870. Martin Woesler、柏楊　　中國往何處去？——答德國出版社問[105]　　開放　　第
　　　　　　116 期　　1996 年 8 月　　頁 9—13

871. Martin Woesler　　中國往何處去？　　新城對　　臺北　　遠流出版公司　　2003 年
　　　　　　3 月　　頁 368—377

872. 馬丁・瓦斯勒（Martin Woesler）　　中國往何處去？　　柏楊全集・特別卷
　　　　　　臺北　　遠流出版公司　　2003 年 10 月　　頁 370—379

873. 柏楊，余國基　　人權——大人們都沒救了　　縱浪談　　臺北　　時報文化出版
　　　　　　公司　　1996 年 11 月　　頁 257—269

874. 湯芝萱　　見書就讀的柏楊[106]　　出版界　　第 50 期　　1997 年 5 月　　頁 20—22

875. 湯芝萱　　見書就讀的人　　新城對　　臺北　　遠流出版公司　　2003 年 3 月　　頁
　　　　　　388—395

876. 湯芝萱　　見書就讀的人　　柏楊全集・特別卷　　臺北　　遠流出版公司　　2003
　　　　　　年 10 月　　頁 390—397

---

[104]本文經修改、節錄，後改篇名為〈等到兩岸再長大〉。
[105]本文後改篇名為〈中國往何處去？〉。
[106]本文後改篇名為〈見書就讀的人〉。

877. 王　瑩　　走過死蔭幽谷　看，這個醜陋的中國人　北京　中國電影出版社
　　　　1997 年 9 月　頁 265—272

878. 王　瑩　　走過死蔭幽谷　新城對　臺北　遠流出版公司　2003 年 3 月　頁
　　　　378—387

879. 王　瑩　　走過死蔭幽谷　柏楊全集・特別卷　臺北　遠流出版公司　2003
　　　　年 10 月　頁 380—389

880. 林照真　　讓綠島走出政治恐怖的陰影　看，這個醜陋的中國人　北京　中
　　　　國電影出版社　1997 年 9 月　頁 368—371

881. 葉　茶　　沒有愛的童年——侯文詠 V.S 柏楊　自由時報　1997 年 10 月 26
　　　　日　37 版

882. 袁哲生　　冷靜的熱情——專訪柏楊、張香華　自由時報　1998 年 6 月 14 日
　　　　41 版

883. 祝家華　　專訪作家柏楊　亞洲週刊　第 13 卷第 21 期　1999 年 5 月 24—30
　　　　日　頁 49

884. 歐銀釧　　柏楊：八十歲是個使人吃驚的數目字，叮嚀年輕人要活得有尊嚴
　　　　民生報　2000 年 2 月 28 日　4 版

885. 歐銀釧　　柏楊八十歲感恩滿懷　民生報　2000 年 2 月 28 日　4 版

886. 柏楊，戴國煇講；陳淑美記　　從「歷史臺灣」看「民主臺灣」——柏楊 vs.
　　　　戴國煇　光華雜誌　第 25 卷第 6 期　2000 年 6 月　頁 82—91

887. 柏楊，戴國煇講；陳淑美記　　從「歷史臺灣」看「民主台灣」——柏楊 vs.
　　　　戴國煇　戴國煇全集 26・採訪與對談卷九　臺北　文訊雜誌社
　　　　2011 年 4 月　頁 383—392

888. 呂東熹，何國華　　柏楊疾呼：讓孩子在人權家庭長大——接受專訪，從中
　　　　國歷史一路談到漢人文化盲點與危機，殷切盼望人權得以有效生
　　　　根　自立晚報　2000 年 8 月 26 日　3 版

889. 洪宜勇　　用肉眼看歷史——柏楊訪談錄　聯合報　2001 年 4 月 2 日　37 版

890. 黃創夏　　柏楊、施明德細說綠島上的蒼涼歲月——綠島監獄將走入歷史

商業周刊　第 739 期　2002 年 1 月 21—27 日　頁 44—50

891. 江　迅　　專訪柏楊：中國人缺乏人權觀念　亞洲週刊　第 16 卷第 31 期　2002 年 7 月 29 日—8 月 4 日　頁 51

892. 李凌俊　　「老莊稼漢」呼喚「尊嚴」　文學報　2003 年 1 月 16 日　1 版

893. 李凌俊　　「老莊稼漢」呼喚「尊嚴」　新城對　臺北　遠流出版公司　2003 年 3 月　頁 408—411

894. 李凌俊　　「老莊稼漢」呼喚「尊嚴」　柏楊全集・特別卷　臺北　遠流出版公司　2003 年 10 月　頁 410—413

895. 陳彥斌　　爲人權而努力——柏楊訪談錄　文化視窗　第 48 期　2003 年 2 月　頁 15—17

896. 許芳菊，林志懋　　從歷史看未來——誠實看歷史，務實看現在　新城對　臺北　遠流出版公司　2003 年 3 月　頁 396—399

897. 許芳菊，林志懋　　從歷史看未來——誠實看歷史，務實看現在　柏楊全集・特別卷　臺北　遠流出版公司　2003 年 10 月　頁 398—401

898. 李福鍾　　中華文化缺少了些什麼　新城對　臺北　遠流出版社　2003 年 3 月　頁 400—407

899. 李福鍾　　中華文化缺少了些什麼？　柏楊全集・特別卷　臺北　遠流出版公司　2003 年 10 月　頁 402—409

900. 陶　瀾　　建新跑道・換新騎士　新城對　臺北　遠流出版公司　2003 年 3 月　頁 412—414

901. 陶　瀾　　建新跑道・換新騎士　柏楊全集・特別卷　臺北　遠流出版公司　2003 年 10 月　頁 414—416

902. 柏楊，李瑞騰講；杜秀卿記　　念天地之悠悠，獨執筆而淚下——李瑞騰專訪柏楊先生　文訊雜誌　第 215 期　2003 年 9 月　頁 53—55

903. 柏楊等[107]　　「世紀情話錄」——「名人談情」座談會　愛情 24 節氣　臺北　統一夢公園生活公司　2003 年 11 月　頁 122—131

---

[107] 與會者：柏楊、曹又方、幾米、廖咸浩、鄭羽書；主持人：蘇偉貞；紀錄：曾琮琇。

904. 陳彥斌　　站到我的肩頭來──訪柏楊談全集出版　臺灣文學館通訊　第 2
　　　　　　　期　2003 年 12 月　頁 54─58

905. 張驥良，厚祥敏，李曉高　　潘君密眼中的李敖與柏楊　三月風　2004 年第
　　　　　　　3 期　2004 年 3 月　頁 48─49

906. 藍　慧　　專訪柏楊：一支健筆見證孤軍血淚　亞洲週刊　第 18 卷第 19 期
　　　　　　　2004 年 5 月 9 日　頁 34

907. 古遠清　　柏楊──孤風傲骨的鬥士　海外來風　南京　東南大學出版社
　　　　　　　2004 年 8 月　頁 92─94

908. 應鳳凰，柏楊講；蕭安凱記　　文學、歷史與人生　印刻文學生活誌　第 13
　　　　　　　期　2004 年 9 月　頁 190─203

909. 應鳳凰　　文學、歷史與人生──與應鳳凰教授文學對話　天真是一種動力
　　　　　　　臺北　人權教育基金會，遠流出版公司　2004 年 11 月　頁 170─
　　　　　　　207

910. 柏楊，應鳳凰講；蕭安凱記　　文學、歷史與人生　風格的光譜／十場臺灣
　　　　　　　當代文學的心靈饗宴：國家臺灣文學館・第一季週末文學對談
　　　　　　　臺南　國家臺灣文學館籌備處　2006 年 9 月　頁 176─199

911. 黃詠梅　　柏楊：我們要活得有尊嚴　晚報文萃　2003 年第 9 期　2004 年 9
　　　　　　　月　頁 37─39

912. 李　婷　　讓小民建立理性文化──《姑蘇晚報》記者李婷女士訪問　天真
　　　　　　　是一種動力　臺北　人權教育基金會，遠流出版公司　2004 年 11
　　　　　　　月　頁 113─132

913. 金瑛洙　　歷史的教訓是：人們從不接受歷史的教訓──《中國人史綱》韓
　　　　　　　文譯者金瑛洙教授訪問　天真是一種動力　臺北　人權教育基金
　　　　　　　會，遠流出版公司　2004 年 11 月　頁 133─140

914. 張瑾華　　血濃於水・情濃於血──杭州《錢江晚報》記者張瑾華女士訪問
　　　　　　　天真是一種動力　臺北　人權教育基金會，遠流出版公司　2004
　　　　　　　年 11 月　頁 148─153

915. 陳宛茜，歐銀釧，于國華　　柏楊超浪漫，貓妻香華勇敢愛　聯合報　2004
年 12 月 21 日　10 版

916. 柏楊口述；劉湘吟筆錄　　柏楊答朱洪海九問——談《中國人史綱》的寫作
明道文藝　第 356 期　2005 年 11 月　頁 30—39

917. 〔編輯部整理〕　　百年之後我們還需要魯迅嗎？——柏楊 VS.朱洪海　新觀
念　第 219 期　2006 年 9 月　頁 48—50

918. 沈超群　　柏楊口述歷史訪談　柏楊與柏楊案—從新聞評議到白色恐怖的探
討　東吳大學歷史學系　碩士論文　卓遵宏教授指導　2006 年 11
月　頁 249—260

919. 黃文成　　口述歷史：柏楊獄中書寫　受刑與書寫——臺灣監獄文學考察
（1895—2005）　中國文化大學中國文學系　博士論文　康來新
教授指導　2006 年　頁 387—392

920. 聖嚴法師，柏楊　　人間淨土的菩薩行——忍辱　不一樣的佛法應用　臺北
法鼓文化　2007 年 1 月　頁 166—174

921. 黃玉芳　　柏楊不想聽的時事，一句「他媽的」——認為歷史錯誤不能忘，
但應寬恕看待，常因自殺等社會新聞紅了眼，「我現在只有息，
沒有作」　聯合晚報　2007 年 3 月 6 日　4 版

922. 黃玉芳　　動腦會痛，無法再寫——最近還找到兩篇 50 年前的未完稿，今辦
米壽暖壽會　聯合晚報　2007 年 3 月 6 日　4 版

923. 陳宛茜　　金庸來訪，柏楊像個老頑童　聯合報　2007 年 5 月 21 日　A10 版

924. 柏楊講；周碧瑟記　　政治犯：Made in Taiwan——摘自柏楊回憶錄　人本教
育札記　第 228 期　2008 年 6 月　頁 32—39

年表

925. 〔大學雜誌〕　　柏楊（郭衣洞）年譜　大學雜誌　第 124 期　1979 年 4 月
頁 65

926. 周裕耕（Jürgen Ritter）著；墨勤譯　　柏楊年表簡編　醬缸　臺北　林白出
版社　1989 年 1 月　頁 209—221

927. 黃旭初　柏楊履歷表　自立晚報　1992 年 9 月 21 日　13 版

928. 古繼堂　柏楊年表簡編　柏楊傳　北京　作家出版社　1999 年 4 月　頁 445—453

929. 李世家　柏楊八十年生平事略　走近柏楊　貴陽　貴州人民出版社　2001 年 9 月　頁 368—379

930. 楊舒鎂　柏楊大事記　柏楊雜文析論——以不同版本的考察為主　逢甲大學中國文學系　碩士論文　李時銘教授指導　2004 年 4 月　頁 95—98

931. 楊舒鎂　柏楊著作年表　柏楊雜文析論——以不同版本的考察為主　逢甲大學中國文學系　碩士論文　李時銘教授指導　2004 年 4 月　頁 99—102

932. 〔編輯部〕　柏楊大事記著作年表　這個人・這個島：柏楊人權感恩之旅　臺北　遠流出版公司　2005 年 11 月　頁 204—243

933. 沈超群　柏楊大事紀及著作年表　柏楊與柏楊案——從新聞評議到白色恐怖的探討　東吳大學歷史學系　碩士論文　卓遵宏教授指導　2006 年 11 月　頁 261—284

934. 〔臺灣時報〕　柏楊重要經歷　臺灣時報　2008 年 4 月 30 日　16 版

935. 聞　銘　柏楊大事年表　聽柏楊講人生　西安　陝西師範大學出版社　2009 年 5 月　頁 218—219

936. 許毓真　柏楊小說作品出版及其生平簡表　從知識分子的入世關懷論柏楊小說　南華大學文學系碩士班　碩士論文　張錫輝教授指導　2009 年 6 月　頁 129—133

其他

937. 〔吉隆坡馬來亞通報〕　聯袂涖馬觀光——臺灣雜文史學家柏楊・香港武俠科幻小說家倪匡　另一個角度看柏楊　臺北　廣城出版社　1981 年 7 月　頁 89—90

938. 吳新一　柏楊事件的啓示　柏楊 65：一個早起的蟲兒　臺北　星光出版

社，時報出版公司，學英文化公司，歐語出版社，遠流出版公司
1984 年 3 月　頁 31—34

939. 阮大仁　　柏楊，柏楊，君在何處？　柏楊 65：一個早起的蟲兒　臺北　星
光出版社，時報出版公司，學英文化公司，歐語出版社，遠流出
版公司　1984 年 3 月　頁 35—37

940. 阮大仁　　爲柏楊請命——兼評國府自取國人告洋狀之辱　柏楊 65：一個早
起的蟲兒　臺北　星光出版社，時報出版公司，學英文化公司，
歐語出版社，遠流出版公司　1984 年 3 月　頁 39—42

941. 〔聯合報〕　　名作《異域》搬上銀幕　歷史走廊　臺北　太川出版社
1993 年 3 月　頁 53—54

942. 〔中央日報〕　　中共禁止柏楊在大陸辦文學獎　歷史走廊　臺北　太川出
版社　1993 年 3 月　頁 61—62

943. 〔民生報〕　　柏楊獲頒桂冠詩人　歷史走廊　臺北　太川出版社　1993 年
3 月　頁 97

944. 湯芝萱　　李喬、柏楊擔任師大駐校作家　1996 臺灣文學年鑑　臺北　行政
院文建會　1997 年 6 月　頁 117

945. 陳文芬　　「柏楊曰」評通鑑，撫惜思今——對漠視人權發出不平之鳴　中
國時報　1998 年 8 月 21 日　11 版

946. 陳文芬　　今年是「柏楊年」因緣齊聚　中時晚報　1999 年 6 月 9 日　13 版

947. 歐銀釧　　這是重讀柏楊小說的時代——柏楊思想與文學研討會　民生報
1999 年 6 月 12 日　6 版

948. 〔民生報〕　　臺美獎公布柏楊、楊青矗獲人文獎　民生報　1999 年 10 月 8
日　7 版

949. 陳文芬　　臺美獎揭曉：人文獎——柏楊、楊青矗；科技獎——張俊彥；社
服獎——柯蔡玉瓊　中國時報　1999 年 10 月 8 日　11 版

950. 楊淑閔　　柏楊、柯媽媽等四人獲殊榮　民眾日報　1999 年 10 月 8 日　7 版

951. 李　翰　　王桂榮人才成就獎首度移師高市頒獎——柏楊、楊青矗等人獲獎

中國時報 1999 年 11 月 20 日 9 版

952. 楊菁菁 　臺美人才成就獎，四人獲殊榮——旅美華僑王桂榮夫婦創設，首
度在國內頒獎，柏楊、楊青矗、柯蔡玉瓊、張俊彥貢獻受肯定
自由時報 1999 年 11 月 20 日 9 版

953. 陳榮裕 　綠島人權紀念碑明揭幕——柏楊指象徵我國走出白色恐怖陰影，
是人權教育展開的起點 中國時報 1999 年 12 月 9 日 6 版

954. 黃盈雰 　臺美人才成就獎由柏楊、楊青矗等人獲獎 文訊雜誌 第 171 期
2000 年 1 月 頁 76—77

955. 陳曼玲 　柏楊八十大壽文化界慶生 中央日報 2000 年 3 月 4 日 18 版

956. 王瑞瑤 　柏楊 80 大壽樂淚慶生 中時晚報 2000 年 3 月 5 日 13 版

957. 陳宛蓉 　柏楊歡度八十壽宴，《柏楊全集》作賀禮 文訊雜誌 第 174 期
2000 年 4 月 頁 68

958. 呂東熹 　人權教育走入家庭，集團結婚心心相傳——作家柏楊突破性設
計，建立時代溫馨世家；12 月 10 日人權日送作堆，陳總統也將任
證婚人 自立晚報 2000 年 8 月 26 日 3 版

959. 呂東熹 　人權種子發芽了 自立晚報 2000 年 8 月 26 日 3 版

960. 〔民生報〕 　作家與受刑人和畫家義賣捐助災區兒童〔柏楊部分〕 民生
報 2000 年 9 月 22 日 6 版

961. 陳宛蓉 　柏楊之「母親不再哭泣」紀錄片見證歷史 文訊雜誌 第 179 期
2000 年 9 月 頁 69

962. 徐開塵 　柏楊籌辦人權婚禮 民生報 2000 年 11 月 2 日 10 版

963. 張麗君 　人權婚禮柏楊有夢 民生報 2000 年 12 月 2 日 4 版

964. 徐淑卿 　有關柏楊與小天使[108] 中國時報 2001 年 6 月 17 日 13 版

965. 〔聯合報〕 　全球中華文化藝術薪傳獎揭曉〔柏楊部分〕 聯合報 2001
年 11 月 7 日 14 版

---

[108] 本文為柏楊替好友孫觀漢主持新書發表會，並在會中提及自己的新書《鐵捲門下的天
使》，而有所感，希望可以幫助更多需要幫助的人。

966. 陳宛茜　　柏楊、張香華，游走兩人書房　聯合報　2002年6月9日　6版

967. 〔中央日報〕　　柏楊獲政院文化獎　中央日報　2002年11月9日　14版

968. 丁榮生　　柏楊獲2002行政院文化獎　中國時報　2002年11月9日　14版

969. 于國華　　柏楊獲行政院文化獎　民生報　2002年11月9日　13版

970. 曹銘宗　　柏楊獲政院文化獎　聯合報　2002年11月9日　14版

971. 陳玲芳　　獲政院文化獎，柏楊自消遣　臺灣日報　2002年11月9日　22版

972. 楊珮欣　　柏楊榮獲行政院文化獎　自由時報　2002年11月9日　40版

973. 丁榮生　　至情至性，柏楊獲頒政院文化獎　中國時報　2002年12月27日　14版

974. 曹銘宗　　柏楊：偉大時代建立在天真的夢〔柏楊獲頒行政院文化獎〕　聯合報　2002年12月27日　14版

975. 趙靜瑜　　期勉臺灣每一個人都有天真的夢，柏楊受頒行政院文化獎　自由時報　2002年12月27日　40版

976. 洪士惠　　柏楊獲行政院文化獎　文訊雜誌　第207期　2003年1月　頁75

977. 賴素鈴　　期待柏楊學發展，人道主義、小說比擬魯迅　民生報　2003年10月19日　A6版

978. 徐開塵　　朱洪海與柏楊──千里漫漫書相連　民生報　2003年10月26日　5版

979. 李明賢　　柏楊冤獄，監院平反　自由時報　2004年1月30日　5版

980. 張麗君　　柏楊哽咽：別讓民主政治死亡　民生報　2004年7月15日　4版

981. 〔中華日報〕　　扁贈勳五資深作家[109]　中華日報　2004年10月16日　2版

982. 陳文芬　　十月的西安很柏楊[110]　聯合報　2004年10月24日　6版

983. 陳希林　　向臺灣資深作家禮敬──柏楊研究中心，陝西師大將設立　中國

---

[109] 五位作家分別為柏楊、鍾肇政、葉石濤、琦君、齊邦媛。
[110] 本文說明陝西師範大學舉行「柏楊與中國文化」研討會，柏楊女兒崔渝生為《醜陋的中國人》一書說項。其次，該校將依柏楊捐贈之書籍，發展為大陸柏楊研究中心。

時報　2005 年 3 月 24 日　E8 版

984. 黃才晏　柏楊（國家二等卿雲勳章得主）　2004 臺灣文學年鑑　臺南　國家臺灣文學館　2005 年 7 月　頁 129

985. 丁文玲　千件柏楊手稿贈北京，文壇扼腕　中國時報　2006 年 11 月 15 日　A6 版

986. 蘇詠智　柏楊小說《曠野》，207 萬簽給大陸拍電影　聯合報　2006 年 12 月 1 日　D2 版

987. 王超群　臺南大學頒柏楊名譽博士學位　中國時報　2006 年 12 月 11 日　C4 版

988.〔人間福報〕　南大頒授柏楊名譽博士　人間福報　2006 年 12 月 12 日　6 版

989. 陳宛茜　2006，彼岸的柏楊年——兩年前爆紅，今年出了他近 40 本書，還將改拍電影　聯合報　2006 年 12 月 13 日　C6 版

990. 陳宛茜　南大頒名譽博士，柏楊終獲文憑——當年遺失證件，求學碰壁，校長到府「撥穗」，激動又高興，校方將設「柏楊文物館」　聯合報　2006 年 12 月 13 日　C6 版

991.〔中央社〕　史學人文領域成就非凡，臺南大學肯定柏楊貢獻　金門日報　2006 年 12 月 15 日　7 版

992. 丁文玲　柏楊隨緣，兩岸分享文化藏品　中國時報　2006 年 12 月 16 日　D4 版

993. 陳宛茜　柏楊手稿，捐北京現代文學館——副館長赴家中簽約，回贈哈金手模　聯合報　2006 年 12 月 16 日　C3 版

994.〔人間福報〕　柏楊 88 歲，藝文界為他暖壽　人間福報　2007 年 3 月 7 日　11 版

995.〔中央社〕　柏楊歡度 88 歲生日——曾慶瑜等粉絲到場祝賀，柏楊文物館擬 6 月開幕　更生日報　2007 年 3 月 7 日　14 版

996. 陳宛茜　《柏楊品三國》、《重返異域》——柏楊 88 生日，兩本新書暖壽

聯合報　2007 年 3 月 7 日　C6 版

997. 趙靜瑜　　文壇耆老柏楊，歡度 88 大壽——《柏楊品三國》等書祝賀出版
　　　　　　　自由時報　2007 年 3 月 7 日　B10 版

998. 劉梓潔　　柏楊 88 米壽，笑談還要繼續帥　中國時報　2007 年 3 月 7 日
　　　　　　　A7 版

999. 吳幸樺　　柏楊文物捐贈臺南大學典藏，教育部近千萬支助成立「柏楊文物
　　　　　　　館」　中國時報　2007 年 3 月 22 日　B12 版

1000. 趙家麟　　柏楊手稿贈南大，文物館六月啓用　中國時報　2007 年 3 月 22
　　　　　　　日　D4 版

1001. 朱雙一　　柏楊文物捐贈予中國現代文學館　文訊雜誌　第 258 期　2007 年
　　　　　　　4 月　頁 144

1002. 詹宇霈　　柏楊過 88 歲米壽　文訊雜誌　第 258 期　2007 年 4 月　頁 148

1003. 陳妍君　　柏楊作品「外流」北京「中國現代文學館」　交流　第 92 期
　　　　　　　2007 年 4 月　頁 70—72

1004. 趙慶華，許倍榕　　柏楊——臺南大學設立「柏楊文物館」　2007 年臺灣文
　　　　　　　學年鑑　臺南　國立臺灣文學館　2008 年 12 月　頁 133

作品評論篇目

綜論

1005. 金鼎文　　郭衣洞勿再「倚夢」閒話——斥失敗與投降主義的悲觀論調　中
　　　　　　　外建設　第 91 期　1965 年 5 月　頁 6—8

1006. 姚立民　　評介向傳統挑戰的柏楊　柏楊和他的冤獄　香港　文藝書屋
　　　　　　　1976 年 1 月　頁 282—327

1007. 姚立民　　評介向傳統挑戰的柏楊　七〇年代論戰柏楊　臺北　四季出版公
　　　　　　　司　1982 年 8 月　頁 1—55

1008. 黃守誠　　談郭衣洞和其作品　柏楊和他的冤獄　香港　文藝書屋　1976 年
　　　　　　　1 月　頁 349—355

1009. 黃守誠　　談郭衣洞和他的作品　郭衣洞小說全集・秘密　臺北　星光出版社　1980 年 10 月　頁 1—8

1010. 黃守誠　　談郭衣洞和他的作品　郭衣洞小說全集・秘密　臺北　躍昇文化公司　1988 年 8 月　頁 15—24

1011. 沙　翁　　柏楊專欄　柏楊和我　臺北　星光出版社　1979 年 6 月　頁 239—242

1012. 吳新一　　黑洞與醬缸　柏楊和我　臺北　星光出版社　1979 年 6 月　頁 296—299

1013. 渡邊英雄　　柏楊學　柏楊和我　臺北　星光出版社　1979 年 6 月　頁 334—346

1014. 二號先生　　柏楊勿再倚夢閒話——斥失敗主義與投降主義悲觀論調　柏楊隨筆第五輯・跳井救人集　臺北　星光出版社　1981 年 1 月　頁 323—349

1015. 二號先生　　柏楊勿再倚夢閒話——斥失敗主義與投降主義悲觀論調　立正集　臺北　躍昇文化公司　1991 年 2 月　頁 234—253

1016. 杜南發等[111]　　柏楊這個人和他的作品　另一個角度看柏楊　臺北　廣城出版社　1981 年 7 月　頁 6—17

1017. 杜南發等　　柏楊這個人和他的作品——一次小小的座談會　風過群山　臺北　遠景出版公司　1982 年 6 月　頁 75—84

1018. 迮　茗　　柏楊文章一二　另一個角度看柏楊　臺北　廣城出版社　1981 年 7 月　頁 18—24

1019. 東　協　　柏楊和他的作品　另一個角度看柏楊　臺北　廣城出版社　1981 年 7 月　頁 111—118

1020. 顏槐成　　從柏楊的作品談起　柏楊・美國・醬缸　臺北　四季出版公司　1982 年 4 月　頁 45—49

---

[111] 與會者：周維介、英培安、黃叔麟、楊萱、吳啓基、潘正鐳；主持人、整理：杜南發。

1021. 君　重　才華・風趣・氣質・情操——論柏楊的雜文與小說　柏楊・美國・醬缸　臺北　四季出版公司　1982 年 4 月　頁 63—67

1022. 譚載嶽講；邵達淵，賈源忱整理　「文學與人生」座談會結語[112]　柏楊・美國・醬缸　臺北　四季出版公司　1982 年 4 月　頁 115—121

1023. 愚　公　莊嚴與醜陋——評柏楊「文學與人生」座談會　柏楊・美國・醬缸　臺北　四季出版公司　1982 年 4 月　頁 133—139

1024. 〔紐約北美日報〕　從醬缸跳出來[113]　柏楊・美國・醬缸　臺北　四季出版公司　1982 年 4 月　頁 247—249

1025. 〔紐約北美日報〕　從醬缸跳出來　醜陋的中國人　臺北　林白出版社　1985 年 8 月　頁 254—255

1026. 徐　瑾　要隱惡揚善，勿作踐自己——對柏楊先生的批評與建議　柏楊・美國・醬缸　臺北　四季出版公司　1982 年 4 月　頁 257—260

1027. 徐　瑾　要隱惡揚善，勿作踐自己——對柏楊先生的批評與建議　醜陋的中國人　臺北　林白出版社　1985 年 8 月　頁 271—273

1028. 朱正生　「醬缸文化」　柏楊・美國・醬缸　臺北　四季出版公司　1982 年 4 月　頁 289—306

1029. 朱正生　「醬缸文化」　醜陋的中國人　臺北　林白出版社　1985 年 8 月　頁 256—270

1030. 則　師　我對柏楊不同看法　七〇年代論戰柏楊　臺北　四季出版公司　1982 年 8 月　頁 57—67

1031. 姚立民　再論柏楊　七〇年代論戰柏楊　臺北　四季出版公司　1982 年 8 月　頁 69—84

1032. 焓　拓　也談柏楊　七〇年代論戰柏楊　臺北　四季出版公司　1982 年 8 月　頁 93—96

1033. 林啓邦　柏楊案件並非文學問題　七〇年代論戰柏楊　臺北　四季出版公

---

[112]本文評論柏楊在「南加州文學座談會」上的演講。
[113]本文針對柏楊的「醬缸」論深入探討。

司　1982 年 8 月　頁 97—104

1034. 周昌華　　從文學角度看柏楊　七〇年代論戰柏楊　臺北　四季出版公司
1982 年 8 月　頁 105—119

1035. 應鳳凰　　編輯前言（代序）[114]　柏楊妙語集 1・柏楊談人生　臺北　學英
文化公司　1984 年 7 月　頁 1—7

1036. 應鳳凰　　珠玉——《柏楊妙語集》三書總序　帶箭怒飛　臺北　林白出版
社　1986 年 5 月　頁 353—360

1037. 曦鍾，龍雨　　柏楊和他的文學作品　深圳大學學報　1985 年第 1 期　1985
年 2 月　頁 57—63

1038. 葉石濤　　五〇年代的臺灣文學——作家與作品〔柏楊部分〕　文學界　第
15 期　高雄　文學界雜誌社　1985 年 8 月　頁 143—144

1039. 葉石濤　　五〇年代的臺灣文學——作家與作品〔柏楊部分〕　臺灣文學史
綱　高雄　文學界雜誌社　1991 年 9 月　頁 101—102

1040. 葉石濤　　五〇年代的臺灣文學——作家與作品〔柏楊部分〕　葉石濤全
集・評論卷五　臺南　國立臺灣文學館　2008 年 3 月　頁 113—
114

1041. 余　波　　也是醜陋中國人餘波　醜陋的中國人　臺北　林白出版社　1985
年 8 月　頁 224—226

1042. 姚立民　　中國傳統文化的病徵——醬缸　醜陋的中國人　臺北　林白出版
社　1985 年 8 月　頁 230—247

1043. 柏　仁　　中國人的十大奴性——論中國人的醜陋致柏楊　醜陋的中國人
臺北　林白出版社　1985 年 8 月　頁 294—300

1044. 〔縱橫社〕　　異於當時——《柏楊小說選集》序　帶箭怒飛　臺北　林白
出版社　1986 年 5 月　頁 278—280

1045. 孫觀漢　　心語——《柏楊語錄》後記　帶箭怒飛　臺北　林白出版社
1986 年 5 月　頁 345—349

---

[114]本文後改篇名為〈珠玉——《柏楊妙語集》三書總序〉。

1046. Dr. Howare Goldblatt 著；張香華譯　　正義和公道的尋求——《柏楊小說英
　　　譯本》總序　帶箭怒飛　臺北　林白出版社　1986 年 5 月　頁
　　　361—367

1047. 蘇眉如　　醜陋的「翻臉」，中共大肆批鬥柏楊　自立晚報　1987 年 4 月
　　　20 日　10 版

1048. 江　迅　　中國人：一場永恆的詛咒？——人民民主的堅持者柏楊　南方
　　　第 8 期　1987 年 6 月　頁 30—32

1049. 白少帆，王玉斌　　柏楊的散文　現代臺灣文學史　瀋陽　遼寧大學出版社
　　　1987 年 12 月　頁 756—763

1050. 孫國棟　　〈評《醜陋的中國人》〉引起的風波[115]　明報月刊　第 266 期
　　　1988 年 2 月　頁 103—108

1051. 孫國棟　　評《醜陋的中國人》〉引起的風波——兼談柏楊先生的謊言及其
　　　近作　評柏楊　香港　明報出版社　1989 年 1 月　頁 22—33

1052. 杜元明　　談柏楊雜文的藝術特色　文學世界　第 2 期　1988 年 4 月　頁
　　　118—120

1053. 崔永東　　臺灣學者與中國文化研究——柏楊與醬缸文化論[116]　中國文化報
　　　第 216 期　1988 年 8 月 14 日　3 版

1054. 易榮華　　從對國民性的揭示談魯迅、柏楊的異同　雲南師範大學學報
　　　1988 年第 5 期　1988 年 8 月　頁 87—88

1055. 伏東輝　　也談魯迅和柏楊　雲南師範大學學報　1988 年第 5 期　1988 年 8
　　　月　頁 92—93

1056. 馬漢茂　　「醬缸文化」西遊記——德文柏楊評傳漢譯本小序　醬缸　臺北
　　　林白出版社　1989 年 1 月　頁 7—14

1057. 林　青　　柏楊的小說世界　臺灣研究集刊　1989 年第 3 期　1989 年 8 月

---

[115]本文後改篇名為〈評《醜陋的中國人》〉引起的風波——兼談柏楊先生的謊言及其近
作〉。
[116]本文析論李敖的全盤西化思想以及柏楊的「醬缸文化論」。

頁 84—88

1058. 崔永東　評柏楊的文化史觀　學術界　1989 年第 3 期　1989 年 12 月　頁 46—51

1059. 文　牛　應鳳凰、《李敖語錄》、《柏楊妙語》　臺港與海外華文文學評論和研究　1991 年第 2 期　1991 年 9 月　頁 9

1060. 金漢，馮雲青，李新宇　柏楊　新編中國當代文學發展史　杭州　杭州大學出版社　1993 年 1 月　頁 707—708

1061. 楊際嵐　雜文創作——何凡、柏楊、龍應台等的雜文　臺灣文學史（下）福州　海峽文藝出版社　1993 年 1 月　頁 695—697

1062. 王景山　魯迅和臺灣新文學〔柏楊部分〕　臺灣香港澳門暨海外華文文學論文選　福州　海峽文藝出版社　1993 年 3 月　頁 109

1063. 應鳳凰　前言　柏楊妙語・女人篇　臺北　躍昇文化公司　1993 年 4 月　頁 2—8

1064. 應鳳凰　前言　柏楊妙語・社會篇　臺北　躍昇文化公司　1993 年 8 月　頁 2—8

1065. 〔亞洲週刊〕　砥礪——柏楊筆耕十年普及權力經典　亞洲週刊　第 7 卷第 14 期　1993 年 4 月 11 日　頁 40

1066. 李瑞騰　前言　情愛掙扎：柏楊小說論析　臺北　漢光文化公司　1994 年 7 月　頁 5—13

1067. 李瑞騰　將來回到故鄉[117]　情愛掙扎：柏楊小說論析　臺北　漢光文化公司　1994 年 7 月　頁 139—142

1068. 雷銳，劉開明　柏楊雜文的特色　論柏楊式幽默　臺北　星光出版社　1994 年 8 月　頁 7—36

1069. 葉海煙　文學之鑰——情愛掙扎　中央日報　1994 年 10 月 26 日　15 版

1070. 劉會文　柏楊雜文的幽默性　臺港與海外華文文學評論和研究　第 14 期　1996 年 3 月　頁 48—54

---

[117]本文綜論柏楊小說中的懷鄉主題。

1071. 徐開塵　　柏楊書名有講究，巧思幽默皆功夫　民生報　1999 年 2 月 9 日　19 版

1072. 彭世珍　　柏楊再創書史新里程　金石文化廣場出版情報　第 131 期　1999 年 3 月　頁 2

1073. 唐德剛　　三峽舟中的一齣悲喜鬧劇——對名作家柏楊生平的個案透視[118]　柏楊思想與文學國際學術研討會　香港　香港大學亞洲研究中心主辦　1999 年 6 月 10—11 日

1074. 唐德剛　　三峽舟中的一齣悲喜劇——對名作家柏楊生平的個案透視　明報月刊　第 404 期　1999 年 8 月　頁 16—20

1075. 唐德剛　　三峽舟中的一齣悲喜鬧劇——對名作家柏楊生平的個案透視　柏楊的思想與文學：「柏楊思想與文學國際學術研討會」論文集　臺北　遠流出版公司　2000 年 3 月　頁 1—26

1076. 唐德剛　　三峽舟中的一出悲喜鬧劇——對名作家柏楊生平的個案透視　透視柏楊　北京　大眾文藝出版社　2001 年 4 月　頁 1—20

1077. 唐德剛　　三峽舟中的一齣悲喜鬧劇——對名作家柏楊生平的個案透視　我們要活得有尊嚴　臺北　遠流出版公司　2002 年 12 月　頁 150—163

1078. 林淇瀁〔向陽〕　　猛撞醬缸的虫兒——試論柏楊雜文的文化批判意涵[119]　柏楊思想與文學國際學術研討會　香港　香港大學亞洲研究中心主辦　1999 年 6 月 10—11 日

1079. 林淇瀁　　猛撞醬缸的虫兒：試論柏楊雜文的文化批判意涵　柏楊的思想與文學：「柏楊思想與文學國際學術研討會」論文集　臺北　遠流出版公司　2000 年 3 月　頁 33—62

---

[118]本文針對柏楊生平及作品，利用微觀史學的法則進行探討；並兼論此一時代的文化轉型史。

[119]本文以柏楊 60 年代撰寫的雜文爲分析場域，聚焦於柏楊雜文的核心概念「醬缸」之上，縷析其中與意識型態國家機器相互悖違的意念，來浮現柏楊雜文對 60 年代統治機器的文化批判意涵。全文共 4 小節：1.緒言：利劍之下的咽喉；2.醬缸：柏楊雜文的核心概念；3.道統與民性：醬缸神話的符指；4.結語：孤鴻展翅迎箭飛。

1080. 林淇瀁　　猛撞醬缸的蟲兒：試論柏楊雜文的文化批判意涵　透視柏楊　北
　　　　　　　　京　大眾文藝出版社　2001 年 4 月　頁 402—443

1081. 周裕耕（Ritter, Jurgen）　柏楊：非貴族的知識分子[120]　柏楊思想與文學國
　　　　　　　　際學術研討會　香港　香港大學亞洲研究中心主辦　1999 年 6 月
　　　　　　　　10—11 日

1082. 周裕耕　　柏楊：非貴族的知識分子　柏楊的思想與文學：「柏楊思想與文
　　　　　　　　學國際學術研討會」論文集　臺北　遠流出版公司　2000 年 3 月
　　　　　　　　頁 67—99

1083. 周裕耕　　柏楊：非貴族的知識分子　天真是一種動力　臺北　人權教育基
　　　　　　　　金會，遠流出版公司　2004 年 11 月　頁 249—287

1084. 梁敏兒　　想像的共同體：柏楊筆下的國民性[121]　柏楊思想與文學國際學術
　　　　　　　　研討會　香港　香港大學亞洲研究中心主辦　1999 年 6 月 10—
　　　　　　　　11 日

1085. 梁敏兒　　想像的共同體：柏楊筆下的國民性　柏楊的思想與文學：「柏楊
　　　　　　　　思想與文學國際學術研討會」論文集　臺北　遠流出版公司
　　　　　　　　2000 年 3 月　頁 101—134

1086. 龔鵬程　　現代化思潮下的史論───《柏楊曰》的精神與處境[122]　柏楊思想
　　　　　　　　與文學國際學術研討會　香港　香港大學亞洲研究中心主辦
　　　　　　　　1999 年 6 月 10—11 日

---

[120]本文以柏楊思想和 60 年代及 80、90 年代臺灣和中國大陸政治環境及思潮為對象，探
討柏楊的觀念及文化批評是否過時，無法反映目前中國政治文化的情況。全文共 4 小
節：1.導言；2.五四時期反傳統與 60 年代柏楊文化批評：老調重彈？；3.80、90 年代：
民主臺灣，開放大陸與柏楊價值觀：無的放矢？；4.結語：非貴族主義知識分子：柏楊
與「綠島價值」。

[121]本文旨在透過社會學家埃利亞斯的理論，以「德國→尼采→魯迅」和「法國→福澤諭
吉→梁啟超」的二元分化，分析其傳承的過程，為柏楊有關國民性的討論，納入歷史
的過程中，從而為柏楊定位。全文共 4 小節：1.序言；2.國民性討論的背景；3.日常的
國民性與權力：醜陋的中國人；4.總結。

[122]本文旨在說明柏楊史論的精神旨趣及歷史處境。全文共 5 小節：1.入室操戈的戰士；
2.批判傳統的史著；3.獨具眼目的史觀；4.推動現代化工作；5.腹背受敵的境遇。

1087. 龔鵬程　　現代化思潮下的史論──《柏楊曰》的精神與處境　柏楊的思想
　　　　　　　　與文學：「柏楊思想與文學國際學術研討會」論文集　臺北　遠
　　　　　　　　流出版公司　2000 年 3 月　頁 171─205

1088. 龔鵬程　　現代化思潮下的史論──《柏楊曰》的精神與處境　南華哲學通
　　　　　　　　信　第 2 期　1999 年 7 月　頁 12─20

1089. 劉季倫　　柏楊的歷史法庭[123]　柏楊思想與文學國際學術研討會　香港　香
　　　　　　　　港大學亞洲研究中心主辦　1999 年 6 月 10─11 日

1090. 劉季倫　　柏楊的歷史法庭　柏楊的思想與文學：「柏楊思想與文學國際學
　　　　　　　　術研討會」論文集　臺北　遠流出版公司　2000 年 3 月　頁 215
　　　　　　　　─258

1091. 雷　銳　　為時代的悲劇小人物撰史立傳──論柏楊的報導文學[124]　柏楊思
　　　　　　　　想與文學國際學術研討會　香港　香港大學亞洲研究中心主辦
　　　　　　　　1999 年 6 月 10─11 日

1092. 雷　銳　　為時代的悲劇小人物撰史立傳：論柏楊的報導文學　柏楊的思想
　　　　　　　　與文學：「柏楊思想與文學國際學術研討會」論文集　臺北　遠
　　　　　　　　流出版公司　2000 年 3 月　頁 305─343

1093. 應鳳凰　　柏楊五十年代小說與戰後臺灣文學史[125]　柏楊思想與文學國際學
　　　　　　　　術研討會　香港　香港大學亞洲研究中心主辦　1999 年 6 月 10
　　　　　　　　─11 日

1094. 應鳳凰　　柏楊五十年代小說與戰後臺灣文學史　柏楊的思想與文學：「柏
　　　　　　　　楊思想與文學國際學術研討會」論文集　臺北　遠流出版公司

---

[123]本文探討柏楊的史論在中國現代思想史上的意義。全文共 7 小節：1.「柏楊曰」：舊
瓶裝新酒的史論；2.「漫漫如同長夜，一片漆黑」的中國歷史；3.「醬缸」；4.目的
論、柏楊的歷史法庭與歷史的相對性；5.歷史的向度與個體生命的向度之間的糾結；6.
關於中國古代史中無法突破的「上限」；7.結語。
[124]本文綜觀柏楊的報導文學作品，肯定其歷史地位。
[125]本文從後殖民理論觀點，探究柏楊小說與 50 年代主導文化，及與臺灣文學史書寫的
關係。全文共 4 小節：1.前言；2.小說全集與最早版本；3.文學史書寫與柏楊小說；4.結
語。

2000 年 3 月　頁 391—416

1095. 朱嘉雯　當代中國的放逐者：柏楊及其他同類短篇小說中「失鄉」主題探
討[126]　柏楊思想與文學國際學術研討會　香港　香港大學亞洲研
究中心主辦　1999 年 6 月 10—11 日

1096. 朱嘉雯　當代中國的放逐者：柏楊及其他同類短篇小說中「失鄉」主題探
討　柏楊的思想與文學：「柏楊思想與文學國際學術研討會」論
文集　臺北　遠流出版公司　2000 年 3 月　頁 489—517

1097. 朱耀偉　反放逐的書寫：試論柏楊小說的「放逐」母題[127]　柏楊思想與文
學國際學術研討會　香港　香港大學亞洲研究中心主辦　1999 年
6 月 10—11 日

1098. 朱耀偉　反放逐的書寫：試論柏楊小說的「放逐」母題　柏楊的思想與文
學：「柏楊思想與文學國際學術研討會」論文集　臺北　遠流出
版公司　2000 年 3 月　頁 551—570

1099. 鄭雅文　「中國」歷史走向「臺灣」社會——柏楊小說的死亡課題[128]　柏
楊思想與文學國際學術研討會　香港　香港大學亞洲研究中心主
辦　1999 年 6 月 10—11 日

1100. 鄭雅文　「中國」歷史走向「臺灣」社會——柏楊小說的死亡課題　柏楊
的思想與文學：「柏楊思想與文學國際學術研討會」論文集　臺
北　遠流出版公司　2000 年 3 月　頁 651—681

[126]本文藉由柏楊的回憶錄，及中國現代史的部分資料，考察柏楊短篇小說中失鄉客的際
遇與作者生平之間的關係。再與作家白先勇、陳映真、聶華苓及詩人余光中的失鄉與
懷鄉作品比較，以展現歷史的多元與放逐意義的多變。全文共 5 小節：1.前言：二度失
鄉的困境；2.貧困失鄉客的代言人；3.失根者的悲歌；4.失鄉者的衝突立場；5.結論：
反認他鄉是故鄉，荒唐嗎？
[127]本文旨在探析柏楊短篇小說中的「放逐」母題，重新肯定柏楊小說的價值。全文共 4
小節：1.緒言；2.被放逐的薛西弗斯（Sisyphus）；3.無家可歸：過去、未來、現在；4.
後話。
[128]本論文採文學與社會、歷史兩線的橫向與縱向呈現方式。全文共 5 小節：1.前言；2.
虛構出來的真實——柏楊小說的死亡事件及其反映的臺灣社會面；3.中國傳統在臺灣—
—柏楊小說的「靈異」傳承；4.自我流亡的投射；5.結語。

1101. 陳文芬　　柏楊小說，批評社會為經，釋放壓抑為緯　中國時報　1999 年 6 月 12 日　11 版

1102. 歐銀釧　　經過長夜痛哭的人[129]　明報月刊　第 404 期　1999 年 8 月　頁 14—15

1103. 歐銀釧　　經過長夜痛哭的人　我們要活得有尊嚴　臺北　遠流出版公司　2002 年 12 月　頁 144—149

1104. 朱文華　　柏楊——為「醜陋的中國人」把脈　臺港澳文學教程　上海　漢語大辭典出版社　2000 年 10 月　頁 165—167

1105. 朱嘉雯　　柏楊　1999 臺灣文學年鑑　臺北　行政院文建會　2000 年 10 月　頁 221

1106. 王　敏　　臺灣散文創作的繁榮——梁實秋、柏楊、李敖　簡明臺灣文學史　北京　時事出版社　2002 年 6 月　頁 347—350

1107. 杜正勝　　普世價值的高度——《九十一年度行政院文化獎》專輯[130]　臺灣日報　2002 年 12 月 26 日　25 版

1108. 張正陽　　理在雜間現，味從笑中來——試論柏楊 20 世紀 60 年代的雜文創作　湖洲師範學院學報　2003 年第 6 期　2003 年 6 月　頁 128—130

1109. 葛浩文（Howard Goldblatt）　小說柏楊[131]　柏楊文學史學思想國際學術研討會　臺北　行政院文建會主辦　2003 年 10 月 18—19 日

1110. 葛浩文　　小說柏楊　柏楊文學史學思想國際學術研討會論文集　臺北　行政院文建會　2003 年 12 月　頁 1—15

1111. 高肖梅　　從短篇小說談柏楊的內在世界與文字中影音特色[132]　柏楊文學史學思想國際學術研討會　臺北　行政院文建會主辦　2003 年 10

---

[129] 本文敘述柏楊的作品與時代背景之關係，並說明香港大學對於柏楊的研究情形。

[130] 本文推崇柏楊對於臺灣人文知識界的影響和貢獻。

[131] 本文討論柏楊早期的短篇小說，探討其與當時臺灣下層社會為主要之敘述背景與 1950、1960 年代截然不同的小說特色。

[132] 本文研究柏楊短篇小說中自成一格的寫作手法，特別是在文字中賦與影像與聲音的效果。全文共 4 小節：1.引言；2.柏楊的內在世界；3.文字影像化的特色；4.結論。

月 18—19 日

1112. 高甯梅　從短篇小說談柏楊的內在世界與文字中影音特色　柏楊文學史學
　　　　　　　思想國際學術研討會論文集　臺北　行政院文建會　2003 年 12
　　　　　　　月　頁 19—36

1113. 鄭明珠　尋找烏托邦——論柏楊小說中的女性形象[133]　柏楊文學史學思想
　　　　　　　國際學術研討會　臺北　行政院文建會主辦　2003 年 10 月 18—
　　　　　　　19 日

1114. 鄭明珠　尋找烏托邦——論柏楊小說中的女性形象　柏楊文學史學思想國
　　　　　　　際學術研討會論文集　臺北　行政院文建會　2003 年 12 月　頁
　　　　　　　39—63

1115. 黃文成　何年何月桃花開——論柏楊詩精神場域的救贖與書寫[134]　柏楊文
　　　　　　　學史學思想國際學術研討會　臺北　行政院文建會主辦　2003 年
　　　　　　　10 月 18—19 日

1116. 黃文成　何年何月桃花開——論柏楊詩精神場域的救贖與書寫　柏楊文學
　　　　　　　史學思想國際學術研討會論文集　臺北　行政院文建會　2003 年
　　　　　　　12 月　頁 67—92

1117. 王建國　不安於室：論柏楊囚室之寫作場域及獄中詩詞作品之時空觀[135]
　　　　　　　柏楊文學史學思想國際學術研討會　臺北　行政院文建會主辦
　　　　　　　2003 年 10 月 18—19 日

---

[133] 本文探討柏楊小說與社會關係，著重在文本中的女性形象。全文共 5 小節：1.前言；
2.告白（解）文學／敘事治療與惡女；3.流亡／恐怖／雌雄同體；4.女人的名字：強哉
嬌；5.結論。

[134] 本文主要探討柏楊 9 年監獄文學的經典作品——《柏楊詩》創作時的動機與精神，並
佐以臺灣各時期監獄文學作品與柏楊詩作進行對照。全文共 5 小節：1.前言；2.「丹心
全付紙和筆‧離恨空餘兒女腸」——獄中詩詞的創作動機；3.「危危紙筆沉流水‧冷冷
人心逼面寒」——苦悶的正視與描繪；4.「英雄豪捷千秋事‧恭埋衣冠拜上京」——歷
史場域自由奔馳書寫；5.結語。

[135] 本文自柏楊繫獄經過及其囚室寫作場域為進路，分析探究《柏楊詩》中的用典、意象
及敘事等方面，再佐以《柏楊回憶錄》為說明，揭示其獨特之時空觀。全文共 4 小
節：1.前言；2.柏楊繫獄經過及其囚室場域書寫；3.《柏楊詩》分析；4.結論。

1118. 王建國　　不安於室：論柏楊囚室之寫作場域及獄中詩詞作品之時空觀　柏楊文學史學思想國際學術研討會論文集　臺北　行政院文建會　2003 年 12 月　頁 101—139

1119. 應鳳凰　　「文學柏楊」與五、六〇年代臺灣主導文化[136]　柏楊文學史學思想國際學術研討會　臺北　行政院文建會主辦　2003 年 10 月 18—19 日

1120. 應鳳凰　　「文學柏楊」與五、六〇年代臺灣主導文化　柏楊文學史學思想國際學術研討會論文集　臺北　行政院文建會　2003 年 12 月　頁 145—167

1121. 梁竣瓘　　文學史上的柏楊[137]　柏楊文學史學思想國際學術研討會　臺北　行政院文建會主辦　2003 年 10 月 18—19 日

1122. 梁竣瓘　　文學史上的柏楊　柏楊文學史學思想國際學術研討會論文集　臺北　行政院文建會　2003 年 12 月　頁 171—194

1123. 李金銓　　柏楊，柏楊的筆，臺灣的新聞自由與人權運動[138]　柏楊文學史學思想國際學術研討會　臺北　行政院文建會主辦　2003 年 10 月 18—19 日

1124. 李金銓　　柏楊，柏楊的筆，臺灣的新聞自由與人權運動　柏楊文學史學思想國際學術研討會論文集　臺北　行政院文建會　2003 年 12 月　頁 197—220

1125. 陳曉明　　世俗批判的現代意義——試論柏楊雜文的思想品格　柏楊文學史

---

[136]本文從柏楊小說創作的轉折，雜文專欄的風行；及在「救國團」工作期間擔任「寫作協會」總幹事，自營出版社等文學生產角色進行探討，為「文學柏楊」在臺灣文學史找到合適的位置。全文共 5 小節：1.前言；2.初登文壇：從反共小說啟航；3.從「反共」「童話」到「文藝愛情」：小說形式的多次轉折；4.《異域》與柏楊雜文的橫掃市場；5.結語：柏楊文學與五、六〇年代臺灣主導文化。

[137]本文就兩岸的當代文學史及臺灣文學史上的柏楊進行清理，展示柏楊在不同的文學史著上的評價，進而探究其評價背景，以作為未來文學史家的參考。全文共 4 小節：1.前言；2.掃描文學史上的柏楊；3.影響柏楊在文學史地位的因素；4.結語。

[138]本文探討柏楊雜文背後的精神。全文共 4 小節：1.柏楊是座標：從噤若寒蟬到風起雲湧；2.柏楊雜文背後的精神；3.「醬缸文化」的詛咒；4.柏楊鼓吹人權與尊嚴。

　　　　　　　學思想國際學術研討會　臺北　行政院文建會主辦　2003 年 10
　　　　　　　月 18—19 日

1126. 陳曉明　　世俗批判的現代意義——試論柏楊雜文的思想品格　柏楊文學史
　　　　　　　學思想國際學術研討會論文集　臺北　行政院文建會　2003 年
　　　　　　　12 月　頁 225—247

1127. 陳曉明　　世俗批判的現代性意義——試論柏楊雜文的思想品格　杭州師範
　　　　　　　學院學報　2004 年第 4 期　2004 年 7 月　頁 33—40

1128. 陳曉明　　世俗批判的現代性意義——試論柏楊雜文的思想品格　天真是一
　　　　　　　種動力　臺北　人權教育基金會，遠流出版公司　2004 年 11 月
　　　　　　　頁 211—248

1129. 普舍奇　　柏楊對人性的看法[139]　柏楊文學史學思想國際學術研討會　臺北
　　　　　　　行政院文建會主辦　2003 年 10 月 18—19 日

1130. 普舍奇　　柏楊對人性的看法　柏楊文學史學思想國際學術研討會論文集
　　　　　　　臺北　行政院文建會　2003 年 12 月　頁 253—268

1131. 王　勇　　超越時空與國界的心靈覺醒——柏楊與菲律賓民族英雄扶西・黎
　　　　　　　薩思想批判性比較之我見[140]　柏楊文學史學思想國際學術研討會
　　　　　　　臺北　行政院文建會主辦　2003 年 10 月 18—19 日

1132. 王　勇　　超越時空與國界的心靈覺醒——柏楊與菲律賓民族英雄扶西・黎
　　　　　　　薩思想批判性比較之我見　柏楊文學史學思想國際學術研討會論
　　　　　　　文集　臺北　行政院文建會　2003 年 12 月　頁 273—289

1133. 朱洪海　　柏楊思想對中國大陸「八十年代人」的影響[141]　柏楊文學史學思

---

[139] 本文探討柏楊的人性觀。全文共 5 小節：1.「人有善良的一面」；2.「每個人都有歷史感。所謂歷史就是故事嘛！」；3.「人是會變的動物。主要的變是內在的變，一種天性身不由主的變。」；4.「人類是一個個健忘的動物，種種跡象看出來，人們正在努力要忘個精光。」；5.「個人的生命都是有限的，人生能有幾個大的盼望？」
[140] 本文比較柏楊與與菲律賓民族英雄扶西・黎薩思想批判性。全文共 4 小節：1.前言；2.柏楊和黎薩審醜觀下的中國人；3.柏楊和黎薩覺醒心靈的時代意義；4.結語。
[141] 本文就柏楊先生的思想對 80 年代青年的影響，探討柏楊作品思想的國民性價值。全文共 4 小節：1.適時出現的柏楊；2.80 年代，五四精神的重拾與延續；3.以尊嚴為核心，中國人文精神的建立；4.新的中國與新的中國人。

想國際學術研討會　臺北　行政院文建會主辦　2003 年 10 月 18 —19 日

1134. 朱洪海　　柏楊思想對中國大陸「八十年代人」的影響　柏楊文學史學思想國際學術研討會論文集　臺北　行政院文建會　2003 年 12 月　頁 321—337

1135. 李瑞騰　　柏楊與南洋[142]　柏楊文學史學思想國際學術研討會　臺北　行政院文建會主辦　2003 年 10 月 18—19 日

1136. 李瑞騰　　柏楊與南洋　柏楊文學史學思想國際學術研討會論文集　臺北　行政院文建會　2003 年 12 月　頁 343—356

1137. 高肖梅　　從青春到白頭，從報館到牢房——柏楊小說的象徵手法與文字影音化特色　中國時報　2003 年 10 月 19 日　3 版

1138. 黃守誠　　愛情的煎熬——太聰明的戀愛都是不美的嗎？[143]　國家不幸詩家幸　臺北　遠流出版公司　2003 年 10 月　頁 223—245

1139. 應鳳凰　　為流離失鄉的一代寫——回顧柏楊的小說　自由時報　2003 年 12 月 7 日　47 版

1140. 黃君琦　　「柏楊和他的時代」座談會紀錄　柏楊文學史學思想國際學術研討會論文集　臺北　行政院文建會　2003 年 12 月　頁 361—372

1141. 王宗凡，徐續紅　　從立人到尊嚴：魯迅與柏楊的藥方　廣西社會科學　2006 年第 2 期　2006 年 2 月　頁 140—144

1142. 陳希林　　《醜陋的中國人》彼岸一度查禁；反威權，煞到大陸 E 世代　中國時報　2006 年 4 月 17 日　A8 版

1143. 黃文成　　柏楊論[144]　受刑與書寫——臺灣監獄文學考察(1895—2005)　中國文化大學中國文學系　博士論文　康來新教授指導　2006 年 6

---

[142]本文旨在重現柏楊的南洋經驗，了解他的南洋觀點，依時間先後進行論述。
[143]本文析論柏楊的詩中的愛情主題。
[144]本文以《柏楊詩》和《柏楊說故事》為文本，挖掘柏楊在監獄中透過書寫所確立的精神方向與存在態度。全文分 4 節：1.獄中詩詞的創作動機；2.苦悶的正視與描繪；3.歷史場域自由奔馳與書寫；4.童言童話繫親情。後改篇名為〈國民政府遷臺以後（1945—1978）——柏楊論〉。

月　頁 177—196

1144. 黃文成　國民政府遷臺以後（1945—1978）——柏楊論　關不住的繆思——臺灣監獄文學縱橫論　臺北　秀威資訊科技公司　2008 年 4 月　頁 199—223

1145. 方　皇　歲末聲裡讀柏楊　全國新書目　2007 年第 2 期　2007 年 2 月　頁 12

1146. 劉梓潔　柏楊舊書大翻新　中國時報　2007 年 3 月 10 日　E1 版

1147. 應鳳凰　「反共＋現代」：右翼自由主義思潮文學版——五〇年代臺灣小說——郭衣洞的小說　臺灣小說史論　臺北　麥田出版公司　2007 年 3 月　頁 142—144

1148. 張清芳　世俗現代性觀照下的醬缸文化批判——淺論柏楊 60 年代雜文的思想內涵　魯東大學學報（哲學社會科學版）　第 24 卷第 3 期　2007 年 9 月　頁 64—67，89

1149. 應鳳凰　一本耐讀的奇書——走過曠野走過異域，終於走進歷史　聯合報　2008 年 5 月 4 日　E2 版

1150. 應鳳凰　從《蝗蟲東南飛》到《異域》——尋找郭衣洞的文學史位置[145]　全國新書資訊月刊　第 113 期　2008 年 5 月　頁 10—21

1151. 應鳳凰　從《蝗蟲東南飛》到《異域》血淚——郭衣洞與臺灣反共文學　柏楊與監獄文學　臺南　臺南大學　2008 年 8 月　頁 127—146

1152. 郭松民　從柏楊的悖論談起　記者觀察　2008 年第 6 期　2008 年 6 月　頁 62—63

1153. 李淑珍　二十世紀「中國通史」寫作的創造與轉化[146]　新史學　第 19 卷第

---

[145]本文整理郭衣洞於五〇年代的文學成就，並以後解嚴的視角審視郭衣洞此一時期的文學史位置。全文共 4 小節：1.郭衣洞與國民黨文獎會——如何／爲何得獎（1951—1953）；2.郭衣洞與「反共文學觀」（1952—61）；3.郭衣洞與「青年反共救國團」——主辦藝文活動（1954—1959）；4.郭衣洞與「春臺小集」——他的文壇郊遊網絡。正文前有「前言」，正文後有「結語」。後改篇名爲〈從《蝗蟲東南飛》到《異域》血淚——郭衣洞與臺灣反共文學〉。

[146]本文以柳詒徵《中國文化史》、錢穆《國史大綱》、呂思勉《呂著中國通史》、范文

2 期　2008 年 6 月　頁 85—149

1154. 應鳳凰　　猛撞醬缸，帶箭怒飛——回顧柏楊一生的寫作歷程　文訊雜誌
　　　　　第 272 期　2008 年 6 月　頁 48—55

1155. 徐昌安　　柏楊式的愛國　雜文月刊（選刊版）　2008 年第 6 期　2008 年 6
　　　　　月　頁 51

1156. 甘恒志，劉小華　　柏楊的時代　中國社會導刊　第 199 期　2008 年 7 月
　　　　　頁 58—61

1157. 謝郁慧　　臺灣早期幽默散文作家論——雜文作家篇——柏楊：猛撞醬缸的
　　　　　幽默（1920—2008）　臺灣早期幽默散文研究　中央大學中國文
　　　　　學系碩士在職專班　碩士論文　李瑞騰教授指導　2008 年 7 月
　　　　　頁 135—149

1158. 北　　望　　柏楊與一個時代的終結　法制資訊　2008 年 Z1 期　2008 年 7 月
　　　　　頁 15—16

1159. 張敬偉　　用「活得有尊嚴」矯治「醜陋」　北京紀事（紀實文摘）　2008
　　　　　年第 7 期　2008 年 7 月　頁 77

1160. 黎活仁　　柏楊短篇小說的結構[147]　柏楊與監獄文學　臺南　臺南大學
　　　　　2008 年 8 月　頁 15—76

1161. 周裕耕　　柏楊——從「糟老頭」到學術研究物件[148]　柏楊與監獄文學　臺
　　　　　南　臺南大學　2008 年 8 月　頁 77—87

瀾《中國通史簡編》、柏楊《中國人史綱》以及黃仁宇《赫遜河畔談中國歷史》為研
究文本，分別以史學目的、讀者設定、中國定義、民族立場、歷史分期、國史動力、
傳統評價、人之能動性、近世亂源、國族未來等 10 個議題檢視史家及其通史寫作的立
場與特性。全文共 5 節：1.楔子；2.渾沌開竅——「中國通史」的出現；3.三類立場，
六種史觀；4.二十世紀「中國通史」的轉化；5.結論。
[147]本文以羅蘭巴特的代碼理論分析柏楊短篇小說的結構。全文共 5 小節：1.引言；2.哈
里斯「1＋1」和「1−1」分類法；3.弗里德曼的六種「命運」情節；4.弗里德曼的四種
「性格」情節；5.克蘭「三分類法」。正文後附錄〈《秘密》的結構類型〉、〈《怒
航》的結構類型〉、〈《打翻鉛字架》的結構類型〉、〈《掙扎》的結構類型〉、
〈《兇手》的結構類型〉。
[148]本文由周裕耕講述柏楊的創作特質。

1162. 黎活仁　　柏楊小說的空間形式[149]　柏楊與監獄文學　臺南　臺南大學　2008 年 8 月　頁 127—146

1163. 李宗定　　歷史、思想與詮釋：柏楊論「儒家」——從「孔子誅少正卯」談起[150]　柏楊與監獄文學　臺南　臺南大學　2008 年 8 月　頁 165—182

1164. 金尚浩　　存在的思想苦痛的寄託：論柏楊的牢獄詩[151]　柏楊與監獄文學　臺南　臺南大學　2008 年 8 月　頁 183—196

1165. 朱榮貴　　柏楊的人權觀：一位虛無主義者的悲歌[152]　柏楊與監獄文學　臺南　臺南大學　2008 年 8 月　頁 283—291

1166. 張香華等[153]　　綜合座談　柏楊與監獄文學　臺南　臺南大學　2008 年 8 月　頁 293—307

1167. 王宗凡　　魯迅與柏楊筆下的國民性　社科縱橫　2008 年第 9 期　2008 年 9 月　頁 91—93

1168. 曾敏之　　柏楊談詩　作品　2008 年第 9 期　2008 年 9 月　頁 59

1169. 游宇明　　郭衣洞走了，柏楊依然活著（外二篇）　雨花　2008 年第 9 期　2008 年 9 月　頁 43—46

1170. 王宗凡，徐續紅　　「幸福」的追求：從魯迅到柏楊　前沿　2008 年第 9 期　2008 年 9 月　頁 168—171

[149]本文探討柏楊如何使用空間形式以減速其小說情節的進展，與經常運用的策略。全文共 8 小節：1.引言；2.開端節尾的空間化；3.華麗的修辭：空間化的技法；4.打斷敘述順序：〈約會〉的錯時與空間化；5.托多羅夫意義「欠缺」的錯時：靈異小說的分析；6.「俄羅斯娃」式的分層結構：〈沉船〉的分析；7.〈一條腿〉與狂歡化：取消因果關係的空間化寫法；8.結論。

[150]本文首在釐清「儒家」概念的認定，並直指柏楊對於儒家思想的文化批評所涉及的詮釋與史觀。全文共 4 小節：1.問題源起；2.歷史文獻的真偽與解讀；3.「儒家」概念的認定與詮釋；4.柏楊治史的方法：以雜文精神寫歷史評論。

[151]本文研究柏楊的牢獄詩，探索其詩反應的時代意義及分析其闡釋對象。全文共 4 小節：1.前言；2.苦楚中的默示錄；3.極度絕望中的希望；4.結語。

[152]本文自柏楊的文化認同與雜文創作談論柏楊於臺灣文學／文化／政治場域的處境，並探討他的人權觀、貢獻與限制性。全文共 2 小節：1.自由與容忍；2.結語：爭一塊錢的人權。

[153]與會者：張香華、張清榮、林淇瀁、應鳳凰、迫田勝敏。

1171. 王宗凡　　批判與承傳——魯迅、柏楊與孔子　廣西社會科學　2008 年第 10 期　2008 年 10 月　頁 192—195

1172. 戴詩成　　柏楊去了哪裡　新作文（高中版）　2008 年第 10 期　2008 年 10 月　頁 35—36

1173. 王宗凡　　論柏楊的教育思想　理論界　2008 年第 10 期　2008 年 10 月　頁 166—167

1174. 張　弘　　柏楊與通俗歷史　小康　2009 年第 1 期　2009 年 1 月　頁 77—79

1175. 王宗凡，徐續紅，申明　　「雅致」與「野俗」——魯迅與柏楊的幽默比較　湘潭師范學院學報（社會科學版）　2009 年第 1 期　2009 年 2 月　頁 62—66

1176. 張重崗　　柏楊及其文化療救的悖論　華文文學　2009 年第 2 期　2009 年 4 月　頁 18—23

1177. 張鴻聲，郝瑞芳　　世俗的現代性——論柏楊創作的品格　華文文學　2009 年第 2 期　2009 年 4 月　頁 24—27

1178. 沈超群　　柏楊生平與寫作思想——柏楊逝世週年紀念[154]　傳記文學　第 565 期　2009 年 6 月　頁 27—42

1179. 王宗凡　　來自魯迅的「基因」——論魯迅對柏楊的影響　湘潭師范學院學報（社會科學版）　2009 年第 4 期　2009 年 8 月　頁 198—200

1180. 應鳳凰　　那年，「柏楊」出第一本小說　中國時報　2010 年 1 月 4 日　E4 版

1181. 張清芳　　後工業社會的「激情之愛」——柏楊後期雜文對現代女性解放問題的反思　中國現代文學研究叢刊　2011 年第 3 期　2011 年 3 月　頁 176—184

分論

---

[154]本文簡介柏楊生平與寫作思想，藉以紀念作家逝世週年。全文共 4 小節：1.童年與求學時期；2.流亡與來臺初期；3.寫作與新聞時期；4.牢獄與重生時期。

◆單行本作品

論述

《中國歷史年表》

1182. 彭品光　《中國歷史年表》的評價　柏楊和我　臺北　星光出版社　1979
年 6 月　頁 396—408

《中國人史綱》

1183. 司馬文武　　一部用中國人立場寫成的歷史《中國人史綱》　自立晚報
1978 年 12 月 31 日　3 版

1184. 司馬文武　　一部用中國人立場寫成的史籍——《中國人史綱》　柏楊和我
臺北　星光出版社　1979 年 6 月　頁 356—362

1185. 史　銘　推介《中國人史綱》　自立晚報　1979 年 1 月 2 日　10 版

1186. 高　平　十年辛苦不尋常——評柏楊著《中國人史綱》　愛書人　第 99
期　1979 年 1 月 21 日　1 版

1187. 高　平　十年辛苦不尋常——評柏楊著《中國人史綱》　柏楊和我　臺北
星光出版社　1979 年 6 月　頁 368—382

1188. 沙　翁　論《中國人史綱》　柏楊和我　臺北　星光出版社　1979 年 6 月
頁 363—367

1189. 東方望　萬分 Charming 是柏楊——讀〈《柏楊歷史研究叢書》總序〉有
感　柏楊和我　臺北　星光出版社　1979 年 6 月　頁 388

1190. 東方望　萬分 Charming 是柏楊——讀〈《柏楊歷史研究叢書》總序〉有
感　欽此集　臺北　星光出版社　1980 年 8 月　頁 184—185

1191. 潘立夫　歷史的眼睛　柏楊和我　臺北　星光出版社　1979 年 6 月　頁
409—412

1192. 趙世洵　《中國人史綱》這部鉅著　柏楊 65：一個早起的蟲兒　臺北　星
光出版社，時報出版公司，學英文化公司，歐語出版社，遠流出
版公司　1984 年 3 月　頁 389—397

1193. 趙雅博　突破中國的歷史　柏楊 65：一個早起的蟲兒　臺北　星光出版

社，時報出版公司，學英文化公司，歐語出版社，遠流出版公司
1984 年 3 月　頁 399—403

1194. 倪　匡　　《中國人史綱》——好書　柏楊 65：一個早起的蟲兒　臺北　星
光出版社，時報出版公司，學英文化公司，歐語出版社，遠流出
版公司　1984 年 3 月　頁 425—427

1195. 〔大學研讀社編〕　　使人人知史、知恥的柏楊——重新建立認知體制的
《中國人史綱》　改變大學生的書　臺北　前衛出版社　1984 年
8 月　頁 79—84

1196. 史爲鑑　　《中國人史綱》　改變中學生的書　臺北　前衛出版社　1984 年
10 月　頁 205—209

1197. 譚　嘉　　從《中國人史綱》到柏楊　自由晚報　1984 年 12 月 24 日　10
版

1198. 司馬文武　　《中國人史綱》推薦理由　百人百書百緣——百位名家推薦百
本好書　臺北　賴國洲書房　1997 年 9 月　頁 130—131

1199. 莊金國　　大家都可以寫村史〔《中國人史綱》部分〕　臺灣日報　2000 年
9 月 16 日　31 版

1200. 楊際開　　痛心疾筆寫春秋（評柏楊《中國人史綱》上下冊）　二十一世紀
第 83 期　2004 年 6 月　頁 152—155

1201. 沈光海　　讀《中國人史綱》札記　湖州師範學院學報　第 27 卷第 5 期
2005 年 10 月　頁 137—138

1202. 雷　頤　　憂天下探世變的巨著——讀《中國人史綱》　博覽群書　2005 年
第 10 期　2005 年 10 月　頁 105—108

《史綱文選》
1203. 林紫耀　　前言　史綱文選　臺北　星光出版社　1979 年 9 月　頁 1—3
《皇后之死》
1204. 林雙不　　《皇后之死》　書評書目　第 89 期　1980 年 9 月　頁 75—77
1205. 林雙不　　《皇后之死》第一集　柏楊 65：一個早起的蟲兒　臺北　星光出

版社，時報出版公司，學英文化公司，歐語出版社，遠流出版公司　1984 年 3 月　頁 405—407

1206. 倪　匡　　皇后　柏楊 65：一個早起的蟲兒　臺北　星光出版社，時報出版公司，學英文化公司，歐語出版社，遠流出版公司　1984 年 3 月　頁 431—432

1207. 李栩鈺　　柏楊史觀下的女性命運——以《皇后之死》爲考察中心[155]　柏楊文學史學思想國際學術研討會　臺北　行政院文建會主辦　2003 年 10 月 18—19 日

1208. 李栩鈺　　柏楊史觀下的女性命運——以《皇后之死》爲考察中心　柏楊文學史學思想國際學術研討會論文集　臺北　行政院文建會　2003 年 12 月　頁 293—315

1209. 周　斌　　風流人物，倜儻文章　溫州瞭望　2006 年第 13 期　2006 年 9 月　頁 95

1210. 張清芳　　沖冠一怒爲紅顏——世俗現代性的視角：柏楊史論《皇后之死》中的兩類后妃形象[156]　柏楊與監獄文學　臺南　臺南大學　2008 年 8 月　頁 89—102

《可怕的掘墓人》

1211. 應鳳凰　　太陽的腳印〔《可怕的掘墓人》部分〕　文訊雜誌　第 2 期　1983 年 8 月　頁 125—126

《柏楊版資治通鑑》

1212. 蘇墱基　　復活古籍——《柏楊版資治通鑑》誕生[157]　新書月刊　第 2 期

---

[155]本文在「大歷史／小女人」之間，以《皇后之死》爲主幹，論述柏楊史論中的女性命運。全文共 5 小節：1.前言；2.柏楊女性觀的形成；3.原應歎息的女性命運；4.「死於非命」的《皇后之死》；5.結語。

[156]本文以世俗現代性爲視角，探討《皇后之死》所揭示的中國封建宮廷與醬缸文化，並提示柏楊透過作品對人權、法治、平等、自由的關懷表述。全文共 5 小節：1.柏楊著作中的世俗現代性情懷；2.史傳的世俗現代性：關注皇后妃的命運；3.昭儀趙合德：美豔抵不過政治陷害；4.皇太后王娡：傳奇的成功者；5.結論。

[157]本文後改篇名爲〈文壇和史學界驚起巨雷——《柏楊版資治通鑑》誕生〉。

　　　　　　　1983 年 11 月　頁 34—37

1213. 蘇墱基　文壇和史學界驚起巨雷——《柏楊版資治通鑑》誕生　柏楊 65：
　　　　　　　一個早起的蟲兒　臺北　星光出版社，時報出版公司，學英文化
　　　　　　　公司，歐語出版社，遠流出版公司　1984 年 3 月　頁 457—464

1214. 蘇墱基　文壇和史學界驚起巨雷——現代語文版《資治通鑑》誕生　海峽
　　　　　　　兩岸話通鑑　北京　中國友誼出版公司　1993 年 11 月　頁 112
　　　　　　　—117

1215. 章維新　　一個進步的起點——簡介一部用心翻譯的史書《柏楊版資治通
　　　　　　　鑑》　新書月刊　第 3 期　1983 年 12 月　頁 37—38

1216. 章維新　　一個進步的起點——一部用心翻譯的史書《柏楊版資治通鑑》
　　　　　　　柏楊 65：一個早起的蟲兒　臺北　星光出版社，時報出版公司，
　　　　　　　學英文化公司，歐語出版社，遠流出版公司　1984 年 3 月　頁
　　　　　　　465—469

1217. 章維新　　一個進步的起點——一部用心翻譯的史書《柏楊版資治通鑑》
　　　　　　　海峽兩岸話通鑑　北京　中國友誼出版公司　1993 年 11 月　頁
　　　　　　　118—121

1218. 黎　中　《資治通鑑》柏楊版陸續出版[158]　新書月刊　第 4 期　1984 年 1
　　　　　　　月　頁 21—22

1219. 黎　中　《資治通鑑》柏楊版開始出版　歷史走廊　臺北　太川出版社
　　　　　　　1993 年 3 月　頁 3—4

1220. 高　平　重擔——《柏楊版資治通鑑》[159]　中國時報　1984 年 2 月 21 日
　　　　　　　20 版

1221. 高　平　重擔——《柏楊版資治通鑑》　柏楊 65：一個早起的蟲兒　臺北
　　　　　　　星光出版社，時報出版公司，學英文化公司，歐語出版社，遠流
　　　　　　　出版公司　1984 年 3 月　頁 475—481

---

[158] 本文後改篇名爲〈《資治通鑑》柏楊版開始出版〉。
[159] 本文後改篇名爲〈重擔——柏楊全力譯《通鑑》〉。

1222. 高　平　　重擔——柏楊全力譯《通鑑》　海峽兩岸話通鑑　北京　中國友誼出版公司　1993 年 11 月　頁 122—127

1223. 唐德剛　　「通鑑」與我——從柏楊的白話《資治通鑑》說起　傳記文學　第 264 期　1984 年 5 月　頁 40—46

1224. 唐德剛　　「通鑑」與我——從柏楊的白話《資治通鑑》說起　史學與紅學　臺北　傳記文學出版社　1991 年 12 月　頁 223—242

1225. 呂應鐘　　不是柏楊不懂：試釋《柏楊版資治通鑑》不明的天象　新書月刊　第 9 期　1984 年 6 月　頁 47—49

1226. 孫觀漢　　談《柏楊版資治通鑑》　迷你思感　臺北　星光出版社　1985 年 4 月　頁 52—66

1227. 孫觀漢　　談《柏楊版資治通鑑》　孫觀漢全集・迷你思感　臺北　九歌出版社　2000 年 4 月　頁 72—86

1228. 李明德　　行走在地雷上——評《柏楊資治通鑑》　明報月刊　第 240 期　1985 年 12 月　頁 75—77

1229. 李明德　　走在地雷上——評《柏楊版資治通鑑》　國文天地　第 12 期　1986 年 5 月　頁 40—43

1230. 李明德　　行走在地雷上　海峽兩岸話通鑑　北京　中國友誼出版公司　1993 年 11 月　頁 130—136

1231. 孫國棟　　一本不瞭解原著的譯作——評《柏楊版資治通鑑》[160]　天下事雜誌　第 1 期　1987 年 8 月 1 日　頁 50—56

1232. 孫國棟　　評《柏楊版資治通鑑》（上、下）　歷史月刊　第 4—5 期　1988 年 5，6 月　頁 124—129，106—110

1233. 陳啓明　　望文生義，錯譯連篇——《柏楊版資治通鑑》選評　明報月刊　第 266 期　1988 年 2 月　頁 109—111

1234. 陳啓明　　望文生義，錯譯連篇——《柏楊版資治通鑑》選評　評柏楊　香港　明報出版社　1989 年 1 月　頁 117—125

---

[160]本文後改篇名為〈評《柏楊版資治通鑑》（上、下）〉。

1235. 唐德剛　　「臣光曰」「柏楊曰」，針鋒相對，各有千秋　聯合報　1993 年
　　　　　　　3 月 7 日　25 版

1236. 唐德剛　　「臣光曰」「柏楊曰」針鋒相對各有千秋　海峽兩岸話通鑑　北
　　　　　　　京　中國友誼出版公司　1993 年 11 月　頁 146—154

1237. 〔遠流雜誌〕　　《新書月刊》票選八三年出版大事　歷史走廊　臺北　太
　　　　　　　川出版社　1993 年 3 月　頁 5—9

1238. 〔大公報〕　　《柏楊版資治通鑑》北京將陸續出版　歷史走廊　臺北　太
　　　　　　　川出版社　1993 年 3 月　頁 10—11

1239. 翁玲瑟　　醜陋的中國人‧始料未及　歷史走廊　臺北　太川出版社　1993
　　　　　　　年 3 月　頁 12—13

1240. 〔民生報〕　　《柏楊版資治通鑑》延長出版加價發售　歷史走廊　臺北
　　　　　　　太川出版社　1993 年 3 月　頁 16—18

1241. 〔民生報〕　　《柏楊版資治通鑑》延期出齊　歷史走廊　臺北　太川出版
　　　　　　　社　1993 年 3 月　頁 19

1242. 〔時報周刊〕　　遠流致力解決《資治通鑑》冊數問題　歷史走廊　臺北
　　　　　　　太川出版社　1993 年 3 月　頁 20—25

1243. 周浩正　　編寫出歷史的智慧　歷史走廊　臺北　太川出版社　1993 年 3 月
　　　　　　　頁 28

1244. 朱恩伶　　柏楊十年譯成《資治通鑑》　歷史走廊　臺北　太川出版社
　　　　　　　1993 年 3 月　頁 98—100

1245. 柯慈音　　中國式權力遊戲的教科書　歷史走廊　臺北　太川出版社　1993
　　　　　　　年 3 月　頁 227—229

1246. 柯慈音　　中國式權力遊戲的教科書　看，這個醜陋的中國人　北京　中國
　　　　　　　電影出版社　1997 年 9 月　頁 452—454

1247. 邱　婷　　苦心孤詣‧古籍今譯　歷史走廊　臺北　太川出版社　1993 年 3
　　　　　　　月　頁 238—241

1248. 邱　婷　　苦心孤詣‧古籍今譯　海峽兩岸話通鑑　北京　中國友誼出版公

司　1993 年 11 月　頁 140—142

1249. 邱　婷　苦心孤詣，古籍今譯　看，這個醜陋的中國人　北京　中國電影出版社　1997 年 9 月　頁 458—461

1250. 林英喆　古典卷帙譯介成白話長牘　歷史走廊　臺北　太川出版社　1993 年 3 月　頁 242—244

1251. 蘇墱基　每月一書——《柏楊版資治通鑑》　光華雜誌　第 18 卷第 5 期　1993 年 5 月　頁 86—88

1252. 韓志遠　新階段的開創——《現代語文版資治通鑑》讀後　海峽兩岸話通鑑　北京　中國友誼出版公司　1993 年 11 月　頁 2—6

1253. 盧心銘　《資治通鑑》今譯體例的一個創新——兼談當前「古籍今譯熱」　海峽兩岸話通鑑　北京　中國友誼出版公司　1993 年 11 月　頁 7—15

1254. 元　文　古籍今譯怎樣為大眾讀者服務——讀《現代語文版資治通鑑》　海峽兩岸話通鑑　北京　中國友誼出版公司　1993 年 11 月　頁 16—20

1255. 蘇志達　求實存真保持原著神韻和歷史原貌——讀柏楊《現代語文版資治通鑑》的幾點感受　海峽兩岸話通鑑　北京　中國友誼出版公司　1993 年 11 月　頁 21—26

1256. 賀樹德，趙國印　獨闢蹊徑，別具匠心——評《現代語文版資治通鑑》　海峽兩岸話通鑑　北京　中國友誼出版公司　1993 年 11 月　頁 27—32

1257. 柳芃甫　一部適合現代讀者閱讀的歷史讀物　海峽兩岸話通鑑　北京　中國友誼出版公司　1993 年 11 月　頁 33—36

1258. 司馬憲民　司馬後人讀《資治通鑑》　海峽兩岸話通鑑　北京　中國友誼出版公司　1993 年 11 月　頁 37—39

1259. 朱耀廷　青年人的良師益友　海峽兩岸話通鑑　北京　中國友誼出版公司　1993 年 11 月　頁 40—43

1260. 石玉山　走進這座高大的藝術殿堂——讀《現代語文版資治通鑑》　海峽兩岸話通鑑　北京　中國友誼出版公司　1993 年 11 月　頁 44—48

1261. 吉　人　值得老年人常讀必備的《通鑑》　海峽兩岸話通鑑　北京　中國友誼出版公司　1993 年 11 月　頁 49—51

1262. 王　琰　與讀者息息相通——讀柏楊譯《資治通鑑》　海峽兩岸話通鑑　北京　中國友誼出版公司　1993 年 11 月　頁 52—55

1263. 高振鐸　評「白話譯本《資治通鑑》」　海峽兩岸話通鑑　北京　中國友誼出版公司　1993 年 11 月　頁 56—65

1264. 盧心銘　評白話《通鑑》《三國鼎立》分冊　海峽兩岸話通鑑　北京　中國友誼出版公司　1993 年 11 月　頁 66—77

1265. 石　才　從政名篇須慎評——試析柏楊對魏徵《十思疏》的評論　海峽兩岸話通鑑　北京　中國友誼出版公司　1993 年 11 月　頁 78—80

1266. 黃丕基　「柏楊曰」與他的《通鑑》今譯　海峽兩岸話通鑑　北京　中國友誼出版公司　1993 年 11 月　頁 81—86

1267. 陳少英　不盡黃河萬古流——與柏楊先生商榷　海峽兩岸話通鑑　北京　中國友誼出版公司　1993 年 11 月　頁 87—90

1268. 方　航　漫談《通鑑》柏楊今譯本中的「歷史地圖」　海峽兩岸話通鑑　北京　中國友誼出版公司　1993 年 11 月　頁 91—95

1269. 牧　惠　讀《通鑑》二題　海峽兩岸話通鑑　北京　中國友誼出版公司　1993 年 11 月　頁 96—103

1270. 高振鐸　評《現代語文版資治通鑑》及《豬皇帝》分冊　海峽兩岸話通鑑　北京　中國友誼出版公司　1993 年 11 月　頁 104—111

1271. 江　南　柏楊版《資治通鑑》　海峽兩岸話通鑑　北京　中國友誼出版公司　1993 年 11 月　頁 128—129

1272. 朱啓章　柏楊無罪！　海峽兩岸話通鑑　北京　中國友誼出版公司　1993 年 11 月　頁 137—139

1273. 何碩風　淑世的熱情與力量——歷史的詮釋者柏楊　海峽兩岸話通鑑　北京　中國友誼出版公司　1993 年 11 月　頁 155—160

1274. 逯耀東　「臣光曰」些什麼　魏晉史學及其他　臺北　東大圖書公司　1998 年 1 月　頁 289—295

1275. 王詠文　滾水灌螞蟻窩——美國華裔讀者王詠文女士就《柏楊版資治通鑑》訪問　天真是一種動力　臺北　人權教育基金會，遠流出版公司　2004 年 11 月　頁 154—157

1276. 沿　江　本期力薦：《柏楊版資治通鑑》　語文世界（初中版）　2007 年第 10 期　2007 年 10 月　頁 31

《柏楊版通鑑紀事本末》

1277. 徐開塵　《柏楊版資治通鑑紀事本末》昨披露　民生報　1999 年 2 月 9 日　19 版

1278. 曾意芳　柏楊版通鑑紀事首冊出版　中央日報　1999 年 2 月 9 日　10 版

1279. 陳文芬　柏楊再推通鑑紀事本末書系　中國時報　1999 年 2 月 9 日　1 版

1280. 江中明　《通鑑紀事本末》柏楊書寫逾半　聯合報　1999 年 2 月 23 日　14 版

1281. 黃盈雰　柏楊推出《通鑑紀事本末》　文訊雜誌　第 162 期　1999 年 4 月　頁 81

1282. 晏農山　柏楊觀點批青史　中國時報　1999 年 8 月 5 日　43 版

1283. 徐開塵　柏楊為白話史學再添獻禮　民生報　2001 年 3 月 16 日　7 版

《柏楊品三國》

1284. 肖　軍　笑看三國風雲，品點千古文化——臺灣作家柏楊封筆之作《柏楊品三國》　臺聲雜誌　2007 年第 1、2 期合刊　2007 年 2 月　頁 144

詩

《柏楊詩抄》

1285. 項　莊　讀《柏楊詩抄》　柏楊 65：一個早起的蟲兒　臺北　星光出版

社，時報出版公司，學英文化公司，歐語出版社，遠流出版公司　1984 年 3 月　頁 417—423

1286. 黃守誠　國家不幸詩家幸——柏楊舊詩的藝術成就[161]　柏楊思想與文學國際學術研討會　香港　香港大學亞洲研究中心主辦　1999 年 6 月 10—11 日

1287. 黃守誠　國家不幸詩家幸——柏楊舊詩的藝術成就　柏楊的思想與文學：「柏楊思想與文學國際學術研討會」論文集　臺北　遠流出版公司　2000 年 3 月　頁 351—384

1288. 黃守誠　國家不幸詩家幸　國家不幸詩家幸　臺北　遠流出版公司　2003 年 10 月　頁 11—99

散文

《不學有術集》（《聞過則怒集》）

1289. 胡秋原　胡秋原先生函　柏楊隨筆第三輯‧不學有術　臺北　星光出版社　1981 年 1 月　頁 195—197

《鬼話連篇集》（《亂做春夢集》）

1290. 倪　匡　論柏楊的幾本書　柏楊 65：一個早起的蟲兒　臺北　星光出版社，時報出版公司，學英文化公司，歐語出版社，遠流出版公司　1984 年 3 月　頁 409—411

《柏楊語錄》

1291. 孫觀漢　再談柏楊的著作　柏楊語錄　臺北　平原出版社　1967 年 8 月　頁 1—12

1292. 孫觀漢　再談柏楊的著作　柏楊和他的冤獄　香港　文藝書屋　1976 年 1 月　頁 366—368

1293. 孫觀漢　再談柏楊的著作　柏楊和我　臺北　星光出版社　1979 年 6 月

---

[161]本文針對《柏楊詩抄》中 40 首舊詩，依敘事、抒情及言志三方面探索。全文共 5 小節：1.獄中詩與敘事詩；2.〈鄰室有女〉的寫作藝術；3.抒情詩的境界；4.〈囑女〉中的父愛風貌；5.詠懷詩中的風骨。

頁 284—287

1294. 孫觀漢　再談柏楊的著作　孫觀漢全集・菜園裡的心痕　臺北　九歌出版社　2000 年 1 月　頁 128—131

1295. 孫觀漢　環境與地氣——序《柏楊語錄》[162]　自立晚報　1967 年 9 月 5 日 4 版

1296. 孫觀漢　寫在《柏楊語錄》校後印前　柏楊和他的冤獄　香港　文藝書屋 1976 年 1 月　頁 369—374

1297. 孫觀漢　環境與地氣——寫在《柏楊語錄》校後印前　柏楊和我　臺北 星光出版社　1979 年 6 月　頁 288—295

1298. 孫觀漢　環境與地氣——序《柏楊語錄》　菜園裡的心痕　臺北　遠景出版公司　1981 年 8 月　頁 100—107

1299. 孫觀漢　驚醒——寫在《柏楊語錄》校後印前　帶箭怒飛　臺北　林白出版社　1986 年 5 月　頁 334—344

1300. 孫觀漢　環境與地氣　孫觀漢全集・菜園裡的心痕　臺北　九歌出版社 2000 年 1 月　頁 132—139

1301. 孫觀漢　柏楊的著作（前言）[163]　柏楊和他的冤獄　香港　文藝書屋 1976 年 1 月　頁 356—365

1302. 孫觀漢　柏楊的著作——孫觀漢編《柏楊語錄》前言　柏楊和我　臺北 星光出版社　1979 年 6 月　頁 271—283

1303. 孫觀漢　柏楊的發明—醬缸——《柏楊語錄》序　帶箭怒飛　臺北　林白出版社　1986 年 5 月　頁 316—333

1304. 孫觀漢　柏楊的著作（前言）　孫觀漢全集・菜園裡的心痕　臺北　九歌出版社　2000 年 1 月　頁 115—127

《活該他喝酪漿》

[162] 本文後改篇名為〈環境與地氣——寫在《柏楊語錄》校後印前〉、〈驚醒——寫在《柏楊語錄》校後印前〉、〈環境與地氣〉。
[163] 本文後改篇名為〈柏楊的著作——孫觀漢編《柏楊語錄》前言〉、〈柏楊的發明，醬缸——《柏楊語錄》序〉。

1305. 李震洲　　評《活該他喝酪漿》　臺灣新聞報　1978 年 5 月 2 日　12 版

1306. 李震洲　　評《活該他喝酪漿》　柏楊和我　臺北　星光出版社　1979 年 6
月　頁 347—355

《早起的蟲兒》

1307. 林雙不　　《早起的蟲兒》　書評書目　第 95 期　1981 年 3 月　頁 51—52

《踩了他的尾巴》

1308. 胡菊人　　沒有文明那有文化　醜陋的中國人　臺北　林白出版社　1985 年
8 月　頁 301—302

《醜陋的中國人》

1309. 陳文和　　談《醜陋的中國人》　醜陋的中國人　臺北　林白出版社　1985
年 8 月　頁 192—196

1310. 王亦令　　賤骨頭的中國人　醜陋的中國人　臺北　林白出版社　1985 年 8
月　頁 274—279

1311. 劉前敏　　中國文化不容抹黑　醜陋的中國人　臺北　林白出版社　1985 年
8 月　頁 303—314

1312. 張香華　　你這樣回答嗎？比裔籍司儀神父談《醜陋的中國人》　醜陋的中
國人　臺北　林白出版社　1985 年 8 月　頁 336—354

1313. 林潔玲　　憤怒的聲音一致柏楊談《醜陋的中國人》（上、下）　自立晚報
1986 年 9 月 12—13 日　10 版

1314. 孫國棟　　中國人醜陋嗎？——就教於柏楊先生[164]　博覽群書　1987 年第 2
期　1987 年 3 月　頁 31—36

1315. 孫國棟　　中國人醜陋嗎？——就教於柏楊先生　南方　第 8 期　1987 年 6
月　頁 12—15

1316. 孫國棟　　就教於柏楊先生——評《醜陋的中國人》　評柏楊　香港　明報
出版社　1989 年 1 月　頁 5—22

1317. 孫國棟　　中國人醜陋嗎？——就教於柏楊先生　都是醜陋中國人惹的禍

---

[164] 本文後改篇名為〈就教於柏楊先生——評《醜陋的中國人》〉。

臺北　林白出版社　1990 年 7 月　頁 35—44

1318. 孫國棟　　中國人醜陋嗎？——就教於柏楊先生　看，這個醜陋的中國人
北京　中國電影出版社　1997 年 9 月　頁 402—407

1319. 梁超然　　魯迅、柏楊異同論——評《醜陋的中國人》　文藝理論與批評
1987 年第 3 期　1987 年 5 月　頁 31—35

1320. 梁超然　　魯迅‧柏楊異同論——評《醜陋的中國人》　都是醜陋中國人惹
的禍　臺北　林白出版社　1990 年 7 月　頁 71—86

1321. 梁超然　　魯迅，柏楊異同論——評《醜陋的中國人》　看，這個醜陋的中
國人　北京　中國電影出版社　1997 年 9 月　頁 412—422

1322. 梁超然　　魯迅、柏楊異同論——評《醜陋的中國人》　中華魂　2008 年第
1 期　2008 年 1 月　頁 62—63

1323. 李英聲整理　　中國：醬缸的俘虜？——胡台麗、邱義仁、黃光國、楊青矗
對談《醜陋的中國人》　南方　第 8 期　1987 年 6 月　頁 16—
25

1324. 張淑儀　　我看《醜陋的中國人》　讀者良友　第 22 期　1987 年 6 月　頁
73—77

1325. 張淑儀　　我看《醜陋的中國人》　都是醜陋中國人惹的禍　臺北　林白出
版社　1990 年 7 月　頁 115—124

1326. 嚴秀，牧惠，弘徵　　護短與愛國——評對《醜陋的中國人》的若干批評
文藝理論與批評　1988 年第 1 期　1988 年 1 月　頁 74—85

1327. 嚴秀，牧惠，弘徵　　護短與愛國——評對《醜陋的中國人》的若干批評
都是醜陋中國人惹的禍　臺北　林白出版社　1990 年 7 月　頁
125—162

1328. 嚴秀，牧惠，弘徵　　護短與愛國——評對《醜陋的中國人》的若干批評
看，這個醜陋的中國人　北京　中國電影出版社　1997 年 9 月
頁 376—401

1329. 〔編輯部〕　　《醜陋的中國人》　文化貴族　第 1 期　1988 年 2 月　頁

109

1330. 梁超然　　再論魯迅與柏楊——兼答《醜陋的中國人》的編者　文藝理論與批評　1988 年第 2 期　1988 年 3 月　頁 94—101

1331. 梁超然　　再論魯迅與柏楊——兼答《醜陋的中國人》的編者　都是醜陋中國人惹的禍　臺北　林白出版社　1990 年 7 月　頁 163—185

1332. 梁超然　　再論魯迅與柏楊———兼答《醜陋的中國人》的編者　看，這個醜陋的中國人　北京　中國電影出版社　1997 年 9 月　頁 423—438

1333. 華夏志，王鳳海　　一本有嚴重片面性的書——評《醜陋的中國人》兼與〈編後記〉作者商榷　河北學刊　1987 年第 5 期　1988 年 6 月　頁 10—14

1334. 華夏志，王鳳海　　一本有嚴重片面性的書——評《醜陋的中國人》兼與〈編後記〉作者商榷　都是醜陋中國人惹的禍　臺北　林白出版社　1990 年 7 月　頁 93—110

1335. 唐　堯　　兩本書的比較〔柏楊《醜陋的中國人》、高橋敷《醜陋的日本人》〕　讀書　1988 年第 7 期　1988 年 7 月　頁 79—80

1336. 孫國棟　　再評柏楊著《醜陋的中國人》——答張苣蕪先生　明報月刊　第 271—272 期　1988 年 7—8 月　頁 102—107，102—105

1337. 孫國棟　　再評柏楊著《醜陋的中國人》　評柏楊　香港　明報出版社　1989 年 1 月　頁 34—60

1338. 楊永慶　　對「柏楊毀滅民族自尊心」的異議　雲南師範大學學報　1988 年第 5 期　1988 年 8 月　頁 90—91

1339. 李瓊蘭　　柏楊《醜陋的中國人》與魯迅的《國民性弱點》　雲南師範大學學報　1988 年第 5 期　1988 年 8 月　頁 91—92

1340. 李友濱，王鳳海　　也談護短與愛國——與《醜陋的中國人》的編者再商榷　文藝理論與批評　1988 年第 5 期　1988 年 9 月　頁 57—63

1341. 鄧偉志，姜義華　　筆談——關於《醜陋的中國人》　書林　1988 年第 7 期

1988 年 9 月　頁 9

1342. 周裕耕（Jürgen Ritter）著，墨勤譯　〈給柏楊先生的一封公開信〉及序　醬缸　臺北　林白出版社　1989 年 1 月　頁 25—37

1343. 周裕耕　給柏楊先生的一封公開信　透視柏楊　北京　大眾文藝出版社　2001 年 4 月　頁 394—401

1344. Karen Ma　Blame It On The Sage　One Author Is Rankling Two Chinas　臺北　星光出版社　1989 年 7 月　頁 119—124

1345. Leung Sze-man　Reflections on "Ugly Chinese"　One Author Is Rankling Two Chinas　臺北　星光出版社　1989 年 7 月　頁 137—144

1346. 潘毅華　談《醜陋的中國人》　雲南師範大學學報　1988 年第 5 期　1989 年 8 月　頁 88—90

1347. 章培桓　魯迅與柏楊　書林　1990 年第 3 期　1990 年 5 月　頁 22—24

1348. 嚴秀，牧惠，弘徵　《醜陋的中國人》編後記[165]　都是醜陋中國人惹的禍　臺北　林白出版社　1990 年 7 月　頁 17—21

1349. 嚴秀，牧惠，弘徵　湘版《醜陋的中國人》編後記　看，這個醜陋的中國人　北京　中國電影出版社　1997 年 9 月　頁 372—375

1350. 金鍾鳴　自強，需要自省——《醜陋的中國人》序　都是醜陋中國人惹的禍　臺北　林白出版社　1990 年 7 月　頁 23—26

1351. 李宗凌　對《醜陋的中國人》的幾點看法　都是醜陋中國人惹的禍　臺北　林白出版社　1990 年 7 月　頁 27—29

1352. 汪　劍　民族虛無主義要不得　都是醜陋中國人惹的禍　臺北　林白出版社　1990 年 7 月　頁 31—34

1353. 邵　純　《醜陋的中國人》讀後　都是醜陋中國人惹的禍　臺北　林白出版社　1990 年 7 月　頁 45—48

1354. 邵　純　《醜陋的中國人》讀後　看，這個醜陋的中國人　北京　中國電影出版社　1997 年 9 月　頁 409—411

---

[165]本文後更改篇名為〈湘版《醜陋的中國人》編後記〉。

1355.〔天津日報〕　　龍與蟲　都是醜陋中國人惹的禍　臺北　林白出版社
　　　　1990 年 7 月　頁 49—53

1356. 愛　　華　　醜陋的《醜陋的中國人》　都是醜陋中國人惹的禍　臺北　林白
　　　　出版社　1990 年 7 月　頁 55—59

1357. 張宿宗　　一面哈哈鏡　都是醜陋中國人惹的禍　臺北　林白出版社　1990
　　　　年 7 月　頁 61—63

1358. 隋　　緣　　要重視對讀者的積極指導——對湘版《醜陋的中國人》〈編後
　　　　記〉的幾點想法　都是醜陋中國人惹的禍　臺北　林白出版社
　　　　1990 年 7 月　頁 65—69

1359. 左　　達　　中國人與中國文　都是醜陋中國人惹的禍　臺北　林白出版社
　　　　1990 年 7 月　頁 87—92

1360. 青　　竹　　柏楊有幾張皮？　都是醜陋中國人惹的禍　臺北　林白出版社
　　　　1990 年 7 月　頁 111—114

1361. 鄭偉志　　筆談：關於《醜陋的中國人》——「窩裡鬥」總歸是醜陋的　都
　　　　是醜陋中國人惹的禍　臺北　林白出版社　1990 年 7 月　頁 187
　　　　—189

1362. 姜義華　　筆談：關於《醜陋的中國人》——愛國主義與民族的反省精神
　　　　都是醜陋中國人惹的禍　臺北　林白出版社　1990 年 7 月　頁
　　　　190—193

1363. 謝遐齡　　筆談：關於《醜陋的中國人》——要注重自省　都是醜陋中國人
　　　　惹的禍　臺北　林白出版社　1990 年 7 月　頁 194—198

1364. 劉伯涵　　筆談：關於《醜陋的中國人》——「窩裡鬥」和「一盤散沙」
　　　　都是醜陋中國人惹的禍　臺北　林白出版社　1990 年 7 月　頁
　　　　198—201

1365. 王建輝　　筆談：關於《醜陋的中國人》——我們需要研究「中國人」　都
　　　　是醜陋中國人惹的禍　臺北　林白出版社　1990 年 7 月　頁 201
　　　　—203

1366. 劉　統　　筆談：關於《醜陋的中國人》——也談「醬缸」與中國文化　都是醜陋中國人惹的禍　臺北　林白出版社　1990 年 7 月　頁 203 —206

1367. 艾　火　　柏楊的困惑　都是醜陋中國人惹的禍　臺北　林白出版社　1990 年 7 月　頁 207—214

1368. 牧　惠　　柏楊與阿蘭・德隆　都是醜陋中國人惹的禍　臺北　林白出版社　1990 年 7 月　頁 215—218

1369. 公　劉　　醜陋的風波　都是醜陋中國人惹的禍　臺北　林白出版社　1990 年 7 月　頁 219—226

1370. 公　劉　　醜陋的風波　看，這個醜陋的中國人　北京　中國電影出版社　1997 年 9 月　頁 439—444

1371. 段宏俊　　最醜陋的中國人——柏楊　都是醜陋中國人惹的禍　臺北　林白出版社　1990 年 7 月　頁 229—238

1372. 段宏俊　　最醜陋的中國人——柏楊　看，這個醜陋的中國人　北京　中國電影出版社　1997 年 9 月　頁 445—451

1373. 翁紹裘　　中國人醜陋嗎？——不容醜化中華民族形象　都是醜陋中國人惹的禍　臺北　林白出版社　1990 年 7 月　頁 239—243

1374. 〔紐約中報社論〕　　從《醜陋的中國人》說起　都是醜陋中國人惹的禍　臺北　林白出版社　1990 年 7 月　頁 245—248

1375. 隨軍毅　　塔什干屠城——就在這裡，中國人受到詛咒　都是醜陋中國人惹的禍　臺北　林白出版社　1990 年 7 月　頁 249—252

1376. 阿修伯　　切莫自虐成狂　都是醜陋中國人惹的禍　臺北　林白出版社　1990 年 7 月　頁 253—259

1377. 亦　兼　　華人的優點去哪裡？　都是醜陋中國人惹的禍　臺北　林白出版社　1990 年 7 月　頁 261—267

1378. 周桂鈿　　我們的祖先無愧於我們——駁柏楊、評〈河觴〉〔《醜陋的中國人》部分〕　中國文化月刊　第 156 期　1992 年 10 月　頁 75—

94

1379.〔信　報〕　　中國開始批判柏楊〔《醜陋的中國人》〕　歷史走廊　臺北　太川出版社　1993 年 3 月　頁 29—30

1380.〔東方日報〕　　《醜陋的中國人》在大陸禁止發行　歷史走廊　臺北　太川出版社　1993 年 3 月　頁 31—32

1381.〔明　報〕　　柏楊談《醜陋的中國人》盼華夏再沒有政治犯繫獄　歷史走廊　臺北　太川出版社　1993 年 3 月　頁 33—34

1382.〔中央日報〕　　柏楊挨批　歷史走廊　臺北　太川出版社　1993 年 3 月　頁 35—37

1383.〔自立早報〕　　《醜陋的中國人》日文版三月底問世　歷史走廊　臺北　太川出版社　1993 年 3 月　頁 43

1384.〔自立晚報〕　　柏楊名著暢銷日本　歷史走廊　臺北　太川出版社　1993 年 3 月　頁 46

1385. 黃　菊　　《醜陋的中國人》日譯本躍入暢銷排行榜　歷史走廊　臺北　太川出版社　1993 年 3 月　頁 47—48

1386. 劉黎兒　　東瀛燒起了「柏楊」熱　歷史走廊　臺北　太川出版社　1993 年 3 月　頁 49—51

1387. 張淑敏　　?的中國人——《醜陋的中國人》讀後　書評　第 9 期　1994 年 4 月　頁 16—19

1388. 董青枚　　柏楊猛搖醬缸，中國人還是很醜陋　民眾日報　1995 年 10 月 5 日　26 版

1389. 尤小立　　沉浮總在一瞬間——十年後重讀《醜陋的中國人》　博覽群書　第 165 期　1998 年 9 月　頁 32

1390. 錢佳燮　　評《醜陋的中國人》　孔孟月刊　第 37 卷第 7 期（總第 439 期）　1999 年 3 月　頁 31—40

1391. Aleksandar Petrov　　Bo Yang's The Ugly Chinaman: Generic and Comparative

Perspective[166]　柏楊思想與文學國際學術研討會　香港　香港大學亞洲研究中心主辦　1999 年 6 月 10—11 日

1392. Aleksandar Petrov　Bo Yang's The Ugly Chinaman: Generic and Comparative Perspective　柏楊的思想與文學：「柏楊思想與文學國際學術研討會」論文集　臺北　遠流出版公司　2000 年 3 月　頁 143—162

1393. 陳　遼　百年臺灣文學發展論——臺灣文學五「性」〔《醜陋的中國人》部分〕　百年中華文學史論：1898—2013　上海　華東師範大學出版社　1999 年 9 月　頁 72—73

1394. 王宗法　柏楊的《醜陋的中國人》　20 世紀中國文學通史　上海　東方出版中心　2003 年 9 月　頁 594—595

1395. 甘智鋼　淺談柏楊與李亦圓的國民　兩岸關係　2003 年第 10 期　2003 年 10 月　頁 68

1396. 朱洪海　為文明書寫的文字——關於柏楊的《醜陋的中國人》　出版廣角　2008 年第 9 期　2008 年 9 月　頁 38—39

1397. 馮驥才　中國人醜陋嗎？——柏楊《醜陋的中國人》序言　雜文選刊（上旬版）　2008 年第 6 期　2008 年 6 月　頁 37

1398. 馮驥才　中國人醜陋嗎？——柏楊《醜陋的中國人》序言　散文　2008 年第 4 期　2008 年　頁 42—43

1399. 古遠清　《醜陋的中國人》在大陸掀起的風波　海峽兩岸文學關係史　福州　福建人民出版社　2010 年 4 月　頁 187—189

1400. 應鳳凰，傅月庵　柏楊——《醜陋的中國人》　冊頁流轉——臺灣文學書入門 108　臺北　印刻文學生活雜誌出版公司　2011 年 3 月　頁 70—71

《柏楊談男人和女人》

---

[166]本文探討《醜陋的中國人》一書中的多種對話形式，並發掘其多音複義及後現代主義的特色。

1401. 唐　亮　　　共同肩負的責任——讀《柏楊談男人和女人》[167]　博覽群書　1989 年第 2 期　1989 年 2 月　頁 19

《家園》

1402. 苦　苓　　　痛心讀《家園》　文心雕蟲　臺北　漢清出版公司　1991 年 4 月　頁 142—148

《醬缸震盪——再論醜陋的中國人》

1403. 南方朔　　　認識醜陋，免於無恥——讀柏楊新著《醬缸震盪——再論醜陋的中國人》　中國時報　1995 年 8 月 12 日　34 版

1404. 陳文芬　　　柏楊《醬缸震盪》，中日文版同步發行　中時晚報　1995 年 8 月 14 日　11 版

1405. 梁文翎　　　醬缸文化的簡單化思考模式——柏楊仍逃不出以偏概全的窠臼　明報月刊　第 360 期　1995 年 12 月　頁 109

《中國人，活得好沒有尊嚴》

1406. 陳文芬　　　柏楊新書《中國人，活得好沒有尊嚴》　中國時報　2002 年 7 月 19 日　14 版

小說

《辨證的天花》

1407. 司徒衛　　　郭衣洞的《辨證的天花》　五十年代文學論評　臺北　成文出版社　1979 年 3 月　頁 169—172

《蝗蟲東南飛》

1408. 應鳳凰　　　「反共＋現代」：右翼自由主義思潮文學版——五〇年代臺灣小說——郭衣洞《蝗蟲東南飛》　臺灣小說史論　臺北　麥田出版公司　2007 年 3 月　頁 165—167

1409. 陳栢青　　　指向最大之惡——郭衣洞的《蝗蟲東南飛》　文訊雜誌　第 262 期　2007 年 8 月　頁 49

《魔鬼的網》

---

[167]本文所論及之《柏楊談男人和女人》為吉林省吉林出版社所出版，未於臺灣發行。

1410. 司徒衛　　評介──《魔鬼的網》　文藝創作　第 59 期　1956 年 3 月　頁 49─50

1411. 潘榮禮　　絃外有音・音調蒼涼　柏楊 65：一個早起的蟲兒　臺北　遠流出版公司　1984 年 3 月　頁 351─357

《兇手》

1412. 楊小雲　　無奈和淒涼──短篇小說集《兇手》讀後　中華日報　1982 年 8 月 19 日　10 版

1413. 楊小雲　　無奈和淒涼──短篇小說集《兇手》讀後　柏楊 65：一個早起的蟲兒　臺北　星光出版社，時報出版公司，學英文化公司，歐語出版社，遠流出版公司　1984 年 3 月　頁 443─445

1414. 李瑞騰　　《凶手》的悲劇成因　情愛掙扎：柏楊小說論析　臺北　漢光文化公司　1994 年 7 月　頁 99─108

1415. 黃守誠　　命運的嘲弄──《兇手》何處尋？　國家不幸詩家幸　臺北　遠流出版公司　2003 年 10 月　頁 183─200

《異域》

1416. 朱介凡　　由鄧克保的《異域》論大悲慘大劫難時代之小說寫作　大陸文藝世界懷思　臺北　臺灣商務印書館　1969 年 5 月　頁 123─130

1417. 谷　風　　《異域》讀後　民聲日報　1977 年 4 月 11 日　9 版

1418. 回　回　　重讀鄧克保《異域》　臺灣時報　1977 年 9 月 20 日　12 版

1419. 葉明勳　　序　異域　臺北　星光出版社　1977 年 11 月　頁 1─2

1420. 葉明勳　　序　異域　臺北　遠流出版公司　2000 年 12 月　頁 7─8

1421. 鄧國輝　　天地正氣《異域》　出版與研究　第 18 期　1978 年 3 月 16 日　5 版

1422. 王幼瀾　　讀《異域》　臺灣新聞報　1978 年 3 月 22 日　12 版

1423. 方念國　　血淚斑斑昭青史──悲壯的《異域》　民聲日報　1979 年 4 月 19 日　11 版

1424. 陳麗真　　只有孤軍有　陳麗真選集　臺北　星光出版社　1980 年 3 月　頁

81—88

1425. 林雙不　《異域》　青少年書房　臺北　爾雅出版社　1981 年 10 月　頁 163—170

1426. 林雙不　談《異域》　柏楊 65：一個早起的蟲兒　臺北　星光出版社，時報出版公司，學英文化公司，歐語出版社，遠流出版公司　1984 年 3 月　頁 451—456

1427. 李瑞騰　從愛出發——近十年來臺灣的報導文學〔《異域》部分〕　文藝復興月刊　第 158 期　1984 年 12 月　頁 50

1428. 郭明福　死節從來豈顧勳　琳琅書滿目　臺北　爾雅出版社　1985 年 7 月　頁 25—27

1429. 王讚源　一本使人心靈顫動哭泣的書：《異域》　不拿耳朵當眼睛：文學與思想　臺北　東大圖書公司　1989 年 3 月　頁 23—31

1430. 呂正惠　解析《異域》神話　出版情報　第 29 期　1990 年 9 月　頁 14—15

1431. 呂正惠　解析《異域》神話　戰後臺灣文學經驗　臺北　新地文學出版社　1992 年 12 月　頁 293—296

1432. 〔文藝作品調查研究小組〕　《異域》　心靈饗宴　臺北　國家文藝基金管理委員會　1992 年 6 月　頁 157—158

1433. 李瑞騰　望鄉的棄兒——李瑞騰談《異域》　中國時報　1995 年 1 月 15 日　39 版

1434. 曾仕良　《異域》　翰海觀潮　臺北　明道文藝雜誌社　1997 年 5 月　頁 23—25

1435. 黃克全　鄧克保《異域》　永恆意象：經典名作導讀　臺北　爾雅出版社　1998 年 7 月　頁 138—139

1436. 應鳳凰　鄧克保的《異域》　臺灣文學花園　臺北　玉山社出版公司　2003 年 1 月　頁 56—59

1437. 王德威　一種逝去的文學？——反共小說新論〔《異域》部分〕　中華現

代文學大系（貳）‧臺灣一九八九—二〇〇三評論卷（二） 臺北 九歌出版社 2003 年 10 月 頁 743

1438. 王德威 一種逝去的文學？——反共小說新論〔《異域》部分〕 20 世紀臺灣文學專題 1：文學思潮與論戰 臺北 萬卷樓圖書公司 2006 年 9 月 頁 166

1439. 王德威 一種逝去的文學？——反共小說新論〔《異域》部分〕 如何現代，怎樣文學？ 臺北 麥田出版社 2008 年 2 月 頁 149

1440. 應鳳凰 柏楊《異域》的暢銷與奇遇 中華日報 2006 年 7 月 17 日 23 版

1441. 張堂錡 走過暗夜的戰士——論柏楊和他筆下的異域孤軍[168] 中國現代文學 第 10 期 2006 年 12 月 頁 163—184

1442. 張堂錡 走過暗夜的戰士——論柏楊和他筆下的異域孤軍 追想彼岸：現代中文文學研究論叢 2 臺北 文史哲出版社 2008 年 10 月 頁 147—169

1443. 須文蔚 再現臺灣田野的共同記憶——當代臺灣報導文學——臺灣報導文學分期介紹〔《異域》部分〕 文學 臺灣——11 位新銳臺灣文學研究者帶你認識臺灣文學 臺南 國立臺灣文學館 2008 年 9 月 頁 269

《曠野》

1444. 岳東生 新奇優美，別開生面——臺灣小說《曠野》比喻賞析 修辭學習 1988 年第 5 期 1988 年 9 月 頁 22—23

1445. 黃守誠 《曠野》的譬喻藝術 國家不幸詩家幸 臺北 遠流出版公司 2003 年 10 月 頁 101—144

1446. 王宗凡 「動物化」描繪，精細化抒寫——柏楊《曠野》比喻賞析 福建

---

[168]本文探討柏楊的一生際遇及其在小說、雜文、舊詩、報導文學、史學研究等方面的成就。全文共 5 節：1.前言：親愛的孩子你爲何哭泣？；2.經過長夜痛哭的傳奇作家；3.異域孤軍的悲壯史詩；4.蠻荒血淚的邊區荒城；5.結語：柏楊及其作品的熱力與魅力。

論壇（社科教育版）　2008 年第 12 期　2008 年 12 月　頁 80—83

1447. 王宗凡　「動物化」描繪，精細化抒寫——柏楊《曠野》比喻賞析　閱讀與寫作　2009 年第 3 期　2009 年 3 月　頁 11—13

《莎羅冷》

1448. 李爾康　悲劇是什麼？——讀郭衣洞《莎羅冷》[169]　中央日報　1962 年 11 月 28 日　6 版

1449. 李爾康　悲劇是什麼——論《莎羅冷》　郭衣洞小說全集・莎羅冷　臺北　星光出版社　1981 年 1 月　頁 11—13

1450. 倪　匡　傑出　柏楊 65：一個早起的蟲兒　臺北　星光出版社，時報出版公司，學英文化公司，歐語出版社，遠流出版公司　1984 年 3 月　頁 369

1451. 李瑞騰　《莎羅冷》中詭詐的愛情　情愛掙扎：柏楊小說論析　臺北　漢光文化公司　1994 年 7 月　頁 15—22

《掙扎》

1452. 李瑞騰　郭衣洞《掙扎》中的悲劇意識　自立晚報　1977 年 2 月 25 日　3 版

1453. 李瑞騰　郭衣洞《掙扎》中的悲劇意識　大學雜誌　第 112 期　1977 年 12 月　頁 61—63

1454. 李瑞騰　郭衣洞《掙扎》中的悲劇意識　柏楊 65：一個早起的蟲兒　臺北　星光出版社，時報出版公司，學英文化公司，歐語出版社，遠流出版公司　1984 年 3 月　頁 377—385

1455. 李瑞騰　郭衣洞《掙扎》中的悲劇意識　披文入情　臺北　蘭亭書局　1984 年 10 月　頁 71—80

1456. 辛　白　《掙扎》　柏楊 65：一個早起的蟲兒　臺北　星光出版社，時報出版公司，學英文化公司，歐語出版社，遠流出版公司　1984 年

---

[169]本文後改篇名為〈悲劇是什麼——論《莎羅冷》〉。

3 月　頁 329—334

1457. 裴可權　論郭衣洞的《掙扎》　中華日報　1984 年 9 月 10 日　9 版

1458. 李瑞騰　悲劇與衝突——試析柏楊短篇小說集《掙扎》[170]　臺灣文學觀察
雜誌　第 2 期　1990 年 9 月　頁 63—72

1459. 李瑞騰　悲劇與衝突——《掙扎》析論　情愛掙扎：柏楊小說論析　臺北
漢光文化公司　1994 年 7 月　頁 77—97

1460. 鄧擎宇　從小說的重複現象看柏楊的《掙扎》[171]　柏楊思想與文學國際學
術研討會　香港　香港大學亞洲研究中心主辦　1999 年 6 月 10
—11 日

1461. 鄧擎宇　從小說的重複現象看柏楊的《掙扎》　柏楊的思想與文學：「柏
楊思想與文學國際學術研討會」論文集　臺北　遠流出版公司
2000 年 3 月　頁 577—606

1462. 黃守誠　人生的枷鎖——《掙扎》的主題探索　國家不幸詩家幸　臺北
遠流出版公司　2003 年 10 月　頁 201—222

1463. 陳建忠　1950 年代臺港南來作家的流亡書寫：以趙滋蕃與柏楊為中心[172]
跨國的殖民記憶與冷戰經驗：臺灣文學的比較文學研究　新竹
清華大學臺灣文學研究所主辦　2010 年 11 月 19—20 日

1464. 陳建忠　1950 年代臺港南來作家的流亡書寫：以柏楊與趙滋蕃為中心　跨
國的殖民記憶與冷戰經驗：臺灣文學的比較文學研究　新竹　清
華大學臺灣文學研究所　2011 年 5 月　頁 455—483

《怒航》

---

[170] 本文後改篇名為〈悲劇與衝突——《掙扎》析論〉。

[171] 本文從「重複」現象入手，探討柏楊短篇小說集《掙扎》的內在結構及其意義，並指出作品形式空間化的特點。全文共 4 小節：1.引言；2.小說的重複；3.小說的空間形式；4.結論。

[172] 本文以南來作家柏楊的《掙扎》及趙滋蕃的《半下流社會》為例，探討冷戰年代裡流亡作家如何在文學作品中反映自身遭遇，並與流亡地發展出文學因緣。全文共 4 小節：1.前言：流亡書寫與本土文學史建構；2.流亡者的自畫像：《掙扎》與《半下流社會》中的難民與現代性；3.流亡地的新意義：《掙扎》與《半下流社會》中的家國想像土地經驗；4.結語：從流亡走向在地。

1465. 李爾康　　人性的發掘——讀郭衣洞著《怒航》　中央日報　1964 年 8 月 14 日　10 版

1466. 李爾康　　人性的發掘——讀郭衣洞著《怒航》　郭衣洞小說全集・怒航 臺北　星光出版社　1980 年 10 月　頁 1—3

1467. 歸　人　　在《怒航》中來去[173]　大道雜誌　第 329 期　1966 年 3 月　頁 18 —20

1468. 歸　人　　在《怒航》中來去　柏楊 65：一個早起的蟲兒　臺北　星光出版 社，時報出版公司，學英文化公司，歐語出版社，遠流出版公司 1984 年 3 月　頁 335—345

1469. 李瑞騰　　《怒航》中主題表現的兩大傾向　情愛掙扎：柏楊小說論析　臺 北　漢光文化公司　1994 年 7 月　頁 119—137

1470. 黃守誠　　《怒航》中的孤憤吶喊　國家不幸詩家幸　臺北　遠流出版公司 2003 年 10 月　頁 145—182

《祕密》

1471. 梁上元　　郭衣洞的《祕密》　中國時報　1977 年 11 月 12 日　12 版

1472. 梁上元　　郭衣洞的《祕密》　柏楊 65：一個早起的蟲兒　臺北　星光出版 社，時報出版公司，學英文化公司，歐語出版社，遠流出版公司 1984 年 3 月　頁 371—375

1473. 李瑞騰　　探求《祕密》中的愛情　情愛掙扎：柏楊小說論析　臺北　漢光 文化公司　1994 年 7 月　頁 41—61

《古國奇遇記》

1474. 林雙不　　《古國怪遇記》　書評書目　第 93 期　1981 年 1 月　頁 61—63

1475. 張素貞　　柏楊的《古國奇遇記》遊走在神魔與歷史之間[174]（上、中、下）

---

[173]本文列舉《怒航》中數篇短篇小說撰寫個人心得與評論。

[174]本文旨在從小說類型角度分析柏楊長篇小說《古國怪遇記》既古典又顛覆的創作技巧 及其寓託諷刺的內涵。全文共 8 小節：1.前言；2.小說類型：科幻？後設？荒誕？；3. 神魔小說套合歷史、文學人物；4.歷史人物說話巧用原典；5.善用諧音製造諧謔的效 果；6.借古諷今的嘲謔；7.雜文筆法與寓言諷託；8.結論。後改篇名為〈遊走在神魔與

中央日報　1996 年 12 月 3—5 日　18 版

1476. 張素貞　遊走在神魔與歷史之間——論柏楊的《古國怪遇記》　柏楊思想
與文學國際學術研討會　香港　香港大學亞洲研究中心主辦
1999 年 6 月 10—11 日

1477. 張素貞　遊走在神魔與歷史之間——論柏楊的《古國怪遇記》　柏楊的思
想與文學：「柏楊思想與文學國際學術研討會」論文集　臺北
遠流出版公司　2000 年 3 月　頁 423—445

1478. 張素貞　遊走在神魔與歷史之間——論柏楊的《古國怪遇記》　現代小說
啓事　臺北　九歌出版社　2001 年 8 月　頁 21—40

1479. 吳　彤　廢墟上的拯救——《西遊怪記》的文化批判探析[175]　世界華文文
學論壇　2008 年第 2 期　2008 年 6 月　頁 10—14

《柏楊短篇小說選》

1480. 陳忠實　閱讀柏楊——《柏楊短篇小說選》讀記[176]　當代文壇　2008 年第
2 期　2008 年 3 月　頁 67—69

報導文學

《金三角・邊區・荒城》

1481. 張大春　泰北滄桑的歷史見證——談《金三角、邊區、荒城》　時報雜誌
第 134 期　1982 年 6 月 27 日　頁 54—56

1482. 張大春　泰北滄桑的歷史見證——談《金三角・邊區・荒城》　柏楊 65：
一個早起的蟲兒　臺北　星光出版社，時報出版公司，學英文化
公司，歐語出版社，遠流出版公司　1984 年 3 月　頁 433—442

1483. 施　彌　介紹柏楊《金三角・邊區・荒城》　文匯讀書周報　1988 年 11
月 3 日　2 版

傳記

歷史之間——論柏楊的《古國怪遇記》〉。
[175] 《西遊怪記》原書名爲《古國怪遇記》、《雲遊記》。
[176] 本文所論及之《柏楊短篇小說選》爲新加坡萬里出版社所出版，並未於臺灣發行。

《柏楊回憶錄》

1484. 徐開塵　　柏楊下月推出回憶錄，執筆人是周碧瑟　民生報　1995 年 11 月
　　　　　　　　29 日　15 版

1485. 包黛瑩　　《柏楊回憶錄》再掀漣漪　中國時報　1996 年 3 月 21 日　39 版

1486. 卓芬玲　　榨出一本書的故事——柏楊、周碧瑟合寫《柏楊回憶錄》　中時
　　　　　　　　晚報　1996 年 5 月 7 日　19 版

1487. 卜大中　　人性的進化——《柏楊回憶錄》讀後感　光華雜誌　第 21 卷第 9
　　　　　　　　期　1996 年 9 月　頁 122—125

1488. 唐　鎮　　柏楊的苦煉　明報月刊　第 369 期　1996 年 9 月　頁 98

1489. 顏純鈎　　新書：《柏楊回憶錄》　亞洲週刊　第 10 卷第 43 期　1996 年
　　　　　　　　10 月 28 日—11 月 3 日　頁 83

1490. 李瑞騰　　《柏楊回憶錄》推薦理由　百人百書百緣——百位名家推薦百本
　　　　　　　　好書　臺北　賴國洲書房　1997 年 9 月　頁 65

1491. 鹿憶鹿　　特別的回憶——讀《柏楊回憶錄》　走看臺灣九○年代的散文
　　　　　　　　臺北　臺灣學生書局　1998 年 4 月　頁 9—10

1492. 余　杰　　未完成的反抗　雜文選刊　2000 年第 5 期　2000 年 5 月　頁 43

1493. 朱　天　　柏楊「野」史——《柏楊回憶錄》分析　內湖高工學報　第 21
　　　　　　　　期　2010 年 4 月　頁 1—4

書信

《柏楊在火燒島》

1494.〔漢藝色研編輯部〕　　編輯後記　柏楊在火燒島——詩文之美（13）　臺
　　　　　　　　北　漢藝色研文化公司　1988 年 1 月　頁 275

1495. 陳燕玲　　關不住的愛——柏楊獄中家書探究[177]　柏楊與監獄文學　臺南
　　　　　　　　臺南大學　2008 年 8 月　頁 213—242

---

[177]本文以《柏楊在火燒島——寫給女兒的信》為文本，探述獄中書信特殊的時空特質，
並梳理柏楊以父愛的形式，轉化對於愛情、友情、同胞生命的關愛給女兒——佳佳的
意義，亦藉由佳佳側顯監獄文學中囚者家屬的樣貌。全文共 5 小節：1.前言；2.柏楊、
佳佳及獄中家書；3.打破時空的隔閡；4.獄中柏楊情；5.結語。

兒童文學

《柏楊說故事——寫給女兒的小棉花歷險記》

1496. 黎伶姿　給小朋友的一封限時信　柏楊說故事——詩文之美（12）　臺北　漢藝色研文化公司　1988 年 1 月　頁 131—133

1497. 張清榮　柏楊《小棉花歷險記》初探[178]　柏楊與監獄文學　臺南　臺南大學　2008 年 8 月　頁 243—363

文集

《柏楊全集》

1498. 宇文正　柏楊現象再起？　中央日報　2000 年 3 月 27 日　12 版

1499. 趙靜瑜　柏楊年——訪問錄、文章集結出版　自由時報　2003 年 3 月 7 日　40 版

1500. 陳希林　八十三歲柏楊出版兩千萬字全集　中國時報　2003 年 9 月 17 日　8 版

1501. 趙靜瑜　八百萬字《柏楊全集》整理出版　自由時報　2003 年 10 月 18 日　41 版

1502. 洪士惠　二十八巨冊《柏楊全集》出版　文訊雜誌　第 218 期　2003 年 12 月　頁 85—86

1503. 梁竣瓘　《柏楊全集》出版　2003 臺灣文學年鑑　臺北　行政院文建會　2004 年 8 月　頁 184—186

1504. 胡文駿　「柏楊式」讀史——簡評《柏楊全集‧史學卷》　全國新書目　2010 年 11 期　2010 年 11 月　頁 68

◆多部作品

《中國人史綱》、《柏楊版資治通鑑》

1505. 朱　桂　從史綱到通鑑　柏楊 65：一個早起的蟲兒　臺北　星光出版社，

---

[178]本文透過作者的創作時空、寫作場域以及文本的童話本質、情節與主題的隱顯等層次，探述文本的創作寓意。全文共 6 小節：1.前言——冤獄形塑人權鬥士；2.《小棉花歷險記》的時空背景；3.《小棉花歷險記》的童話質素；4.《小棉花歷險記》的寫作場域；5.《小棉花歷險記》的隱諱與顯露；6.結語——至死不悔的堅持。

時報出版公司，學英文化公司，歐語出版社，遠流出版公司

1984 年 3 月　頁 471—474

《柏楊妙語集——談人生》、《柏楊妙語集——談社會》、《柏楊妙語集——談女人》

1506. 應鳳凰　　綠樹成蔭子滿枝——八、九月份文學出版——「柏楊妙語集」
　　　　　　　　文訊雜誌　第 14 期　1984 年 10 月　頁 309

《打翻鉛字架》、《古國怪遇記》

1507. 李瑞騰　　柏楊小說的雜文筆法　臺灣文學觀察雜誌　第 1 期　1990 年 6 月
　　　　　　　　頁 101—107

1508. 李瑞騰　　柏楊小說的雜文筆法——《打翻鉛字架》與《古國怪遇記》　情
　　　　　　　　愛掙扎：柏楊小說論析　臺北　漢光文化公司　1994 年 7 月　頁
　　　　　　　　25—39

《柏楊妙語》、《醜陋的中國人》

1509. 〔聯合報〕　　《解放軍報》批判柏楊——銅像拆了　歷史走廊　臺北　太
　　　　　　　　川出版社　1993 年 3 月　頁 80

《莎羅冷》、《祕密》

1510. 余麗文　　柏楊小說的城市與空間[179]　柏楊思想與文學國際學術研討會　香
　　　　　　　　港　香港大學亞洲研究中心主辦　1999 年 6 月 10—11 日

1511. 余麗文　　柏楊小說的城市與空間　柏楊的思想與文學：「柏楊思想與文學
　　　　　　　　國際學術研討會」論文集　臺北　遠流出版公司　2000 年 3 月
　　　　　　　　頁 523—544

《凶手》、《掙扎》、《怒航》、《秘密》

1512. 梁竣瓘　　尋找柏楊小說中的女主角：文學、社會的交互考察[180]　柏楊思想

---

[179]本文以城市發展為本，探究柏楊兩部短篇小說集《莎羅冷》和《祕密》中的場所構
造，展示柏楊的空間技法。全文共 5 小節：1.引言；2.建築／在場／不在場；3.流動空
間／重複／停頓；4.拆解空間／遊戲；5.結論。
[180]本文從《凶手》、《掙扎》、《怒航》、《秘密》4 部文本出發，藉由統計、社會分
析與文學史各個麵向，爬梳柏楊筆下的女性形象的種類與特質。全文共 5 小節：1.前

與文學國際學術研討會　香港　香港大學亞洲研究中心主辦
1999 年 6 月 10—11 日

1513. 梁竣瓘　尋找柏楊小說中的女主角：文學、社會的交互考察　柏楊的思想
與文學：「柏楊思想與文學國際學術研討會」論文集　臺北　遠
流出版公司　2000 年 3 月　頁 613—642

《Dragon-eye Rice Gruel》、《Chiang-shui Street》

1514. Dushan Pajin　Life After Death, Life Before Death: Fabrics of Life in the
Stories of Bo Yang[181]　柏楊思想與文學國際學術研討會　香港
香港大學亞洲研究中心主辦　1999 年 6 月 10—11 日

1515. Dushan Pajin　Life After Death, Life Before Death: Fabrics of Life in the
Stories of Bo Yang　柏楊的思想與文學：「柏楊思想與文學國際
學術研討會」論文集　臺北　遠流出版公司　2000 年 3 月　頁
687—717

《異域》、《金三角·邊區·荒城》

1516. 張堂錡　從《異域》到《金三角·荒城》——柏楊兩部異域題材作品的觀
察[182]　柏楊思想與文學國際學術研討會　香港　香港大學亞洲研
究中心主辦　1999 年 6 月 10—11 日

1517. 張堂錡　從《異域》到《金三角·荒城》——柏楊兩部異域題材作品的觀
察　柏楊的思想與文學：「柏楊思想與文學國際學術研討會」論
文集　臺北　遠流出版公司　2000 年 3 月　頁 267—294

1518. 張堂錡　從《異域》到《金三角·荒城》——柏楊兩部異域題材作品的觀

言；2.女性在小說中的幾種類型；3.文學與社會之對映關係：從五、六〇年代的社會說
起；4.交互關涉的文學作品：文學傳統與文學思潮縱橫談；5.結語。
[181]本文探討《Dragon-eye Rice Gruel》及《Chiang-shui Street》2 本短篇小說集的創作主
旨。
[182]本文主要探討柏楊兩部以異域為題材的作品《異域》和《金三角·荒城》。全文共 5
小節：1.奇人奇書：柏楊與《異域》；2.《異域》中「難言的隱痛」；3.《異域》的定
性：小說還是報導文學？4.《金三角·荒城》：報導文學的精采演示；5.從《異域》到
《金三角·荒城》：不變的入世情懷。

察　沿波討源，雖幽必顯：認識臺灣作家的十二堂課　桃園　中
央大學　2005 年 8 月　頁 183—207

《玉雕集》、《蛇腰集》

1519. 宇文正　　玉雕與蛇腰　中央日報　2000 年 5 月 14 日　18 版

《我們要活得有尊嚴》、《新城對》

1520. 洪士惠　　柏楊八十三歲壽宴發表新書　文訊雜誌　第 211 期　2003 年 5 月
頁 61

單篇作品

1521. 談開元　　我讀〈拱橋〉　自由青年　第 34 卷第 10 期　1965 年 11 月 16 日
頁 22

1522. 談開元　　我讀〈拱橋〉　柏楊 65：一個早起的蟲兒　臺北　星光出版社，
時報出版公司，學英文化公司，歐語出版社，遠流出版公司
1984 年 3 月　頁 325—328

1523. 王紘久　　〈一葉〉——郭衣洞的短篇小說　文風　第 11 期　1967 年 6 月
頁 16—18

1524. 王紘久　　郭衣洞的短篇小說〔〈一葉〉〕　青青文集　臺北　臺灣文源書
局　1967 年 11 月　頁 79—87

1525. 馬上庚　　我們需要沉思‧但絕不需要破壞　中國時報　1977 年 12 月 9 日
12 版

1526. 馬上庚　　我們需要沉思‧但絕不需要破壞　柏楊專欄第一輯‧活該他喝酪
漿　臺北　星光出版社　1980 年 2 月　頁 116—120

1527. 李　文　　十年心血‧不忍再見（讀者心聲）〔〈孫觀漢先生歸去來〉〕
柏楊專欄第二輯‧按牌理出牌　臺北　星光出版社　1979 年 12
月　頁 263—264

1528. 林也牧　　說〈蠱〉　中國時報　1980 年 1 月 7 日　8 版

1529. 林也牧　　說〈蠱〉　柏楊專欄第四輯‧早起的蟲兒　臺北　星光出版社
1981 年 9 月　頁 43—48

1530. 何懷碩　　健全的個人與孝道——與柏楊先生論孝〔〈歌頌自我犧牲〉〕
　　　　　　　藝術‧文學‧人生　臺北　大地出版社　1980 年 10 月　頁 325
　　　　　　　—334

1531. 徐復觀　　徐復觀先生函〔〈八〇年代大願〉〕　柏楊專欄第四輯‧早起的
　　　　　　　蟲兒　臺北　星光出版社　1981 年 9 月　頁 239

1532. 何　法　　歎柏楊的「金三角訪問記」〔〈出發〉〕　柏楊 65：一個早起的
　　　　　　　蟲兒　臺北　星光出版社，時報出版公司，學英文化公司，歐語
　　　　　　　出版社，遠流出版公司　1984 年 3 月　頁 305—311

1533. 諸葛更亮　與柏楊論中華、猶太文化之不同　柏楊 65——一個早起的蟲兒
　　　　　　　臺北　星光出版社，時報出版公司，學英文化公司，歐語出版
　　　　　　　社，遠流出版公司　1984 年 3 月　頁 295—300

1534. 水逆蕃　　西風東漸話柏楊〔〈三句話——美國之行雜感之三〉〕　柏楊
　　　　　　　65：一個早起的蟲兒　臺北　星光出版社，時報出版公司，學英
　　　　　　　文化公司，歐語出版社，遠流出版公司　1984 年 3 月　頁 313—
　　　　　　　317

1535. 雷銳，劉開明　呼喚文明——〈三句話〉賞析　論柏楊式幽默　臺北　星
　　　　　　　光出版社　1994 年 8 月　頁 180—186

1536. 流　溪　　如是我云詩——寫在〈打翻了鉛字架〉之後　柏楊 65：一個早起
　　　　　　　的蟲兒　臺北　星光出版社，時報出版公司，學英文化公司，歐
　　　　　　　語出版社，遠流出版公司　1984 年 3 月　頁 321—324

1537. 任仲倫　　〈第一是保護自己〉賞析　中國現代散文欣賞辭典　上海　漢語
　　　　　　　大詞典出版社　1990 年 1 月　頁 600—602

1538. 趙　朕　　〈臭鞋大陣〉賞析　臺灣散文鑑賞辭典　太原　北岳文藝出版社
　　　　　　　1991 年 12 月　頁 296—298

1539. 雷銳，劉開明　臭鞋與「瘴氣」——〈臭鞋大陣〉賞析　論柏楊式幽默
　　　　　　　臺北　星光出版社　1994 年 8 月　頁 257—261

1540. 朱雙一　　八十年代臺灣文學對於中華文化傳統的感應〔〈龍眼粥〉部分〕

臺灣香港澳門暨海外華文文學論文選　福州　海峽文藝出版社
1993 年 3 月　頁 167

1541.〔經濟日報〕　　〈塔什干屠城〉‧搬上舞臺　歷史走廊　臺北　太川出版
社　1993 年 3 月　頁 67—68

1542. 張明玉　柏楊的〈囑女〉詩　我喜愛的一首詩（二）　高雄　河畔出版社
1993 年 5 月　頁 183—187

1543. 黃守誠　柏楊獄中〈囑女〉詩中的父愛風貌（上、中、下）　中華日報
1998 年 2 月 10，17，24 日　15 版

1544. 陳　冷　有情人才會交到有情友〔〈寄孫觀漢〉〕　我喜愛的一首詩
（二）　高雄　河畔出版社　1993 年 5 月　頁 257—261

1545. 天　穹　〈七里山〉作品鑒賞　臺港小說鑒賞辭典　北京　中央民族學院
出版社　1994 年 1 月　頁 335—338

1546. 天　穹　〈沉船〉作品鑒賞　臺港小說鑒賞辭典　北京　中央民族學院出
版社　1994 年 1 月　頁 339—340

1547. 李瑞騰　性的冒險——試析〈夜掠〉　情愛掙扎：柏楊小說論析　臺北
漢光文化公司　1994 年 7 月　頁 111—117

1548. 雷銳，劉開明　民主的副產品，人生的潤滑油——〈養養幽默感〉賞析
論柏楊式幽默　臺北　星光出版社　1994 年 8 月　頁 39—44

1549. 雷銳，劉開明　讓過去、現在、將來都永遠記住——〈臥像‧吊像〉賞析
論柏楊式幽默　臺北　星光出版社　1994 年 8 月　頁 54—60

1550. 雷銳，劉開明　「論辯的魂靈」——〈醬缸國醫生和病人〉賞析　論柏楊
式幽默　臺北　星光出版社　1994 年 8 月　頁 65—71

1551. 雷銳，劉開明　笑中三味——〈自己爭氣，莫一味把別人怨〉賞析　論柏
楊式幽默　臺北　星光出版社　1994 年 8 月　頁 79—83

1552. 雷銳，劉開明　化莊嚴為滑稽的幾幅人生圖畫——〈中國成為真正的禮義
之邦〉賞析　論柏楊式幽默　臺北　星光出版社　1994 年 8 月
頁 91—97

1553. 雷銳，劉開明　　幽默之中的沉痛，荒誕底下的沉思——〈明哲保身〉賞析　論柏楊式幽默　臺北　星光出版社　1994 年 8 月　頁 104—108

1554. 雷銳，劉開明　　冰糖葫蘆：一根竹籤上的一串蜜餞果——〈直呼名字〉賞析　論柏楊式幽默　臺北　星光出版社　1994 年 8 月　頁 116—122

1555. 雷銳，劉開明　　管窺蠡測，洞若觀火——〈分而食之〉賞析　論柏楊式幽默　臺北　星光出版社　1994 年 8 月　頁 129—137

1556. 雷銳，劉開明　　進步與倒退的辯證法——〈洋人進一步，中國人退一步〉賞析　論柏楊式幽默　臺北　星光出版社　1994 年 8 月　頁 147—152

1557. 雷銳，劉開明　　跳出影子，面對真實——〈恐龍型人物〉賞析　論柏楊式幽默　臺北　星光出版社　1994 年 8 月　頁 159—163

1558. 雷銳，劉開明　　「愛心」變奏曲——〈把羞辱當榮耀〉賞析　論柏楊式幽默　臺北　星光出版社　1994 年 8 月　頁 170—174

1559. 雷銳，劉開明　　敘史與抒懷——〈帝王皇后知多少〉賞析　論柏楊式幽默　臺北　星光出版社　1994 年 8 月　頁 213—224

1560. 雷銳，劉開明　　形式與內容關係的諧談——〈醜的定義〉賞析　論柏楊式幽默　臺北　星光出版社　1994 年 8 月　頁 229—234

1561. 雷銳，劉開明　　風趣的戀愛指南——〈談戀愛〉賞析　論柏楊式幽默　臺北　星光出版社　1994 年 8 月　頁 239—242

1562. 雷銳，劉開明　　「薄命邊緣」理論——〈男人薄命〉賞析　論柏楊式幽默　臺北　星光出版社　1994 年 8 月　頁 248—252

1563. 雷銳，劉開明　　「牛道」的升價和人道的貶值——〈請牛容易送牛難〉論柏楊式幽默　臺北　星光出版社　1994 年 8 月　頁 269—274

1564. 張堂錡　　導讀：柏楊〈穿山甲人〉　二十世紀臺灣文學金典・散文卷（第一部）　臺北　聯合文學出版社　2006 年 5 月　頁 202

1565. 蔡孟樺　　〈歡樂的二十一世紀中國〉編者的話　穿越生命長流　臺北　香

海文化公司　2006 年 9 月　頁 346—347

1566. 符　娟　柏楊的〈鄰室有女〉　咬文嚼字　2008 年第 9 期　2008 年 9 月
頁 33

1567. 劉　樂　讀柏楊〈第一門重要功課〉　審計月刊　2009 年第 12 期　2009
年 12 月　頁 52

1568. 王宗凡　愛是什麼？——柏楊小說〈約會〉解析　閱讀與寫作　2010 年第
2 期　2010 年 2 月　頁 11—13

1569. 榮先申　「閑」得無聊　咬文爵字　2011 年第 1 期　2011 年 1 月　頁 32

多篇作品

1570. 哲　正　讀郭衣洞的小說〔〈七星山〉、〈隆格〉、〈周琴〉〕　愛書人　第
54 期　1977 年 10 月 21 日　3 版

1571. 哲　正　讀郭衣洞的小說〔〈七星山〉、〈隆格〉、〈周琴〉〕　柏楊 65：一
個早起的蟲兒　臺北　星光出版社，時報出版公司，學英文化公
司，歐語出版社，遠流出版公司　1984 年 3 月　頁 363—368

1572. 李瑞騰　〈龍眼粥〉與〈強水街〉　情愛掙扎：柏楊小說論析　臺北　漢
光文化公司　1994 年 7 月　頁 63—74

1573. 雷銳，劉開明　江湖郎中的叫賣聲——〈叱吒風雲〉、〈小民通茅塞〉、〈不
可不讀〉賞析　論柏楊式幽默　臺北　星光出版社　1994 年 8 月
頁 191—197

1574. 李瑞騰　家的變與不變〔〈旅途〉、〈微笑〉部分〕　臺灣文學二十年集
1978—1998：評論二十家　臺北　九歌出版社　1998 年 3 月　頁
249—250

1575. 李瑞騰　家的變與不變〔〈旅途〉、〈微笑〉部分〕　涵養用敬：國立中央
大學中文系專任教師論著集 1　桃園　中央大學中國文學系
2002 年 9 月　頁 577—578

1576. 黎活仁　　思想家的「陰影」（shadow）：魯迅與柏楊小說中的幽靈[183]　柏楊
　　　　　　　　思想與文學國際學術研討會　香港　香港大學亞洲研究中心主辦
　　　　　　　　1999 年 6 月 10—11 日

1577. 黎活仁　　思想家的「陰影」（shadow）：魯迅與柏楊小說中的幽靈　柏楊的
　　　　　　　　思想與文學：「柏楊思想與文學國際學術研討會」論文集　臺北
　　　　　　　　遠流出版公司　2000 年 3 月　頁 453—484

1578. 黃守誠　　餘音繚繞——討論柏楊出獄後的幾首詩〔〈重返故居〉、〈綠島呼
　　　　　　　　喚〉、〈賀周碧瑟博士生日〉、〈悼江南〉、〈祭姐墓〉〕　明道文藝
　　　　　　　　第 323 期　2003 年 2 月　頁 64—69

1579. 應鳳凰　　《自由中國》《文友通訊》作家群與五〇年代臺灣文學史〔〈幸
　　　　　　　　運的石頭〉、〈被猛烈踢過的狗〉部分〕　文藝理論與通俗文化
　　　　　　　　（上）　臺北　中研院文哲所　2004 年 12 月　頁 120—121

作品評論目錄、索引

1580. 古繼堂　　有關研究和描寫柏楊的書　柏楊傳　北京　作家出版社　1999 年
　　　　　　　　4 月　頁 460—461

1581. 尹子玉　　有關柏楊的報導和評論專著提要（初編）　文訊雜誌　第 215 期
　　　　　　　　2003 年 9 月　頁 55—60

1582.〔編輯部〕　柏楊評論專書提要　文訊雜誌　第 272 期　2008 年 6 月　頁
　　　　　　　　56—59

其他

1583. 張大春　　以小觀大談新加坡華文文學——評介《新加坡共和國華文文學選
　　　　　　　　集》（柏楊）　時報雜誌　第 156 期　1982 年 11 月　頁 46—47

1584.〔出版界雜誌〕　評介一九六六年《中國文藝年鑑》　柏楊 65：一個早起

---

[183]本文以日本容格心理學學者河合隼雄《陰影的現象學》一書建構的理論，分析思想家魯迅和柏楊在文學上的表現。全文共 7 小節：1.引言；2.魯迅的「陰影」與創造力；3.容格心理學意義的「陰影」；4.「陰影」與戀母系列小說：〈強水街〉的分析；5.與「陰影」的對話：〈晚霞〉的分析；6.「陰影」、騙子與「惡」：〈祕密〉的分析；7.結論。

　　　　　的蟲兒　臺北　星光出版社，時報出版公司，學英文化公司，歐
　　　　　語出版社，遠流出版公司　1984 年 3 月　頁 347—350
1585. 吳　鴉　短評《文學年鑑》〔《中華民國文學年鑑》〕　柏楊 65：一個早
　　　　　起的蟲兒　臺北　星光出版社，時報出版公司，學英文化公司，
　　　　　歐語出版社，遠流出版公司　1984 年 3 月　頁 447—450
1586. 迷迭香　柏楊、許素朱主編《孫觀漢全集》面世　中央日報　2000 年 1 月
　　　　　10 日　26 版

國家圖書館出版品預行編目資料

臺灣現當代作家研究資料彙編. 19, 柏楊／林淇瀁編
選. -- 初版. -- 臺南市：臺灣文學館, 2012.03
　　面；　公分
ISBN 978-986-03-2103-6(平裝)

1.柏楊 2.傳記 3.文學評論

863.4　　　　　　　　　　　　　　101004843

【臺灣現當代作家研究資料彙編】19

柏楊

發 行 人／　李瑞騰
指導單位／　行政院文化建設委員會
出版單位／　國立台灣文學館
　　　　　　地址／70041 台南市中西區中正路 1 號
　　　　　　電話／06-2217201　　　　　傳真／06-2218952
　　　　　　網址／www.nmtl.gov.tw　　電子信箱／pba@nmtl.gov.tw

總 策 畫／　封德屏
顧　　問／　林淇瀁　張恆豪　許俊雅　陳信元　陳義芝　須文蔚　應鳳凰
工作小組／　王雅嫺　杜秀卿　翁智琦　陳欣怡　陳恬逸
　　　　　　黃寁婷　詹宇霈　羅巧琳
編　　選／　林淇瀁
責任編輯／　陳恬逸
校　　對／　翁智琦　陳恬逸　陳逸凡　黃敏琪　黃寁婷　趙慶華　潘佳君
計畫團隊／　財團法人台灣文學發展基金會
美術設計／　翁國鈞・不倒翁視覺創意
印　　刷／　松霖彩色印刷事業有限公司

著作財產權人／國立台灣文學館
本書保留所有權利。欲利用本書全部或部分內容者，須徵求著作財產權人同意或書面授
權。請洽國立台灣文學館研典組（電話：06-2217201）

經銷展售／　　國家書店松江門市（02-25180207）
　　　　　　　國立台灣文學館—雪芙瑞文學咖啡坊（06-2214632）
　　　　　　　文建會員工消費合作社（02-23434168）
　　　　　　　南天書局（02-23620190）　　　唐山出版社（02-23633072）
　　　　　　　府城舊冊店（06-2763093）　　台灣的店（02-23625799）
　　　　　　　啟發文化（02-29586713）　　　三民書局（02-23617511）
　　　　　　　草祭二手書店（06-2216872）　　五南文化廣場（04-22260330）

初版一刷／2012 年 3 月
定　　價／新臺幣 550 元整
　　　　　　第一階段 15 冊新臺幣 5500 元整　第二階段 12 冊新臺幣 4500 元整
GPN／1010100533（單本）
　　　1010000407（套）
ISBN／978-986-03-2103-6（單本）
　　　978-986-02-7266-6（套）

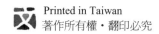